आधुनिक भारत का आर्थिक इतिहास

डॉ॰ धनपति पाण्डेय
प्रोफेसर, स्नातकोत्तर इतिहास विभाग
भागलपुर विश्वविद्यालय, भागलपुर

मोतीलाल बनारसीदास
दिल्ली, मुम्बई, चेन्नई, कोलकाता,
बंगलूरू, वाराणसी, पटना

द्वितीय पुनर्मुद्रण: दिल्ली, 2017
प्रथम संस्करण: पटना, 1994

ISBN: 978-81-208-2882-7 (सजिल्द)
ISBN: 978-81-208-2883-4 (अजिल्द)

मोतीलाल बनारसीदास

41 यू.ए. बंग्लो रोड, जवाहर नगर, दिल्ली 110 007
236, नाइंथ मेन, III ब्लॉक, जयनगर, बंगलूरू 560 011
8 महालक्ष्मी चैम्बर, 22, भुलाभाई देसाई रोड, मुम्बई 400 026
203 रायपेट्टा हाई रोड, मैलापोर, चेन्नई 600 004
8 कैमेक स्ट्रीट, कोलकाता 700 017
अशोक राजपथ, पटना 800 004
चौक, वाराणसी 221 001

आर.पी. जैन के द्वारा एन ए बी प्रिंटिंग यूनिट,
ए-44, नारायणा, फेज-1, नई दिल्ली 110 028 में मुद्रित
एवं जे.पी. जैन द्वारा मोतीलाल बनारसीदास
41 यू.ए., बंगलो रोड, जवाहर नगर, दिल्ली-110 007, के लिए प्रकाशित

समर्पण

दिवंगता इन्दिरा के नाम
जिसकी स्मृति मुझे कुछ
लिखने की सदैव प्रेरणा देती
रही है।

—धनपति

आभार

आधुनिक भारत का आर्थिक इतिहास इतिहास-प्रेमियों और पाठकों के समक्ष प्रस्तुत है। मुझे हर्ष है कि भारत के राजनीतिक तथा सामाजिक इतिहास की कड़ियों में यह कड़ी भी जुट गई। आधुनिक भारत का प्रशासनिक और संवैधानिक इतिहास निर्माणाधीन है।

प्रस्तुत पुस्तक का मूल उद्देश्य ब्रिटिशकालीन भारत के आर्थिक इतिहास का विवरण प्रस्तुल करना है। स्वतन्त्र भारत की सरकार ने भारत की आर्थिक सम्पन्नता के लिए कई महत्वपूर्ण कार्य विभिन्न क्षेत्रों में किये हैं जिनका इस पुस्तक में अध्ययन करना मेरा उद्देश्य नहीं है। मुख्य रूप से विदेशी सत्ता के काल का आर्थिक इतिहास ही प्रस्तुत करना था और वह भी इस दृष्टि और परिवेश में कि आम पाठक भी सहज ढंग से भारत देश के इस पक्ष के इतिहास की जानकारी प्राप्त कर सकें। छात्रों की सुविधा का विशेष रूप से ख्याल रखा गया है। विषय की दुरूहता की उपेक्षा की गई है और स्पष्टता, सरलता, सहजता और बोधगम्यता का निर्वाह किया गया है जिसकी अपेक्षा सुधी पाठक और छात्र करते हैं।

कोई भी पुस्तक अपने आप में पूर्ण नहीं होती और इतिहास का कोई विराम-चिह्न नहीं होता। अतः यह पुस्तक भी अधूरी है। इतिहास निरन्तर वाहन की तरह आगे बढ़ता जाता है। पुस्तक के द्वितीय संस्करण में वाहन को और आगे ले जाने का प्रयास किया जायेगा जिसमें स्वतन्त्र भारत की सरकार द्वारा भारत राष्ट्र के आर्थिक विकास के लिए किये गये और किये जा रहे कार्यों का इति-वृत होगा।

त्रुटियाँ हमारी कमजोरी हैं। वे रहेंगी ही। सदृश पाठकों और छात्रों से अपील हैं कि इन त्रुटियों से लेखक को परिचित करावें। उन्हें पुनर्नव संस्करण में सुधार दिया जायगा।

आशा है, पुस्तक का स्वागत कर लेखक को हौसला देंगे ताकि भारत का प्रशासनिक इतिहास भी आपके हाथों में जल्द आ सके।

मार्च, १९९४

—लेखक

अनुक्रम

—

1

अंग्रेजी राज की स्थापना के पूर्व भारत की अर्थव्यवस्था

यद्यपि भारत में अंग्रेजों तथा अन्य पाश्चमी जातियों का आगमन सत्रहवीं शताब्दी में होना प्रारम्भ हो गया था, किन्तु पारस्परिक प्रतिद्वन्द्विता में सफल होकर पश्चिम की एक जाति अंग्रेजों ने ही अठारहवीं शताब्दी के पूर्वार्द्ध में दो निर्णायक लड़ाइयाँ लड़कर यहाँ अपने राज की नींव डालने में सफलता प्राप्त की थी। जिन दिनों मुगल साम्राज्य के अन्तिम महान शासक औरंगजेब के नपुंसक उत्तराधिकारियों के काल में भारत राजनीतिक दृष्टि से संक्रमण युग से गुजर रहा था उन दिनों आर्थिक दृष्टि से वह समृद्ध एवं सम्पन्न था। अंग्रेजी सत्ता के संस्थापन के पूर्व भारत की अर्थ-व्यवस्था में विघटनकारी तत्व विद्यमान नहीं थे और नगर तथा गाँव आत्म-निर्भर थे। "अठारहवीं शताब्दी तक भारत की आर्थिक दशा अपेक्षित रूप से उन्नत थी तथा भारत की उत्पादन विधियाँ तथा उसके व्यापारिक और औद्योगिक संगठन विश्व के किसी भी अन्य देश में प्रचलित इस प्रकार की विधियों तथा संगठनों की तुलना में रखे जा सकते थे।"[1] अंग्रेजी शासन काल में भारत की अर्थ-व्यवस्था में आये परिवर्तनों को समझने के लिए अठारहवीं शताब्दी के पूर्वार्द्ध की भारतीय अर्थ-व्यवस्था के इतिहास का अध्ययन अपेक्षित है।

नगर तथा कस्बे : भारत की आत्मनिर्भरता उसके समृद्ध नगरों और कस्बों पर निर्भर करती थी। मध्य युग से ही भारतके नगर और कस्बे उद्योग तथा व्यापार के केन्द्र होने के कारण सम्पन्न थे। महान अकबर के काल में भारत में 120 नगर तथा 3,200 कस्बे थे जो भारत की सम्पदा की वृद्धि के स्रोत एवं प्राण थे।[2] इनमें दिल्ली, आगरा, काशी, चुनार, पटना, बरार, अहमद नगर कर्नाटक, जौनपुर, फतहपुरसीकरी, थट्टा, राजस्थान, अलवर, जयपुर, जोधपुर, बुरहानपुर, मुर्शिदाबाद, कानपुर कश्मीर, मुलतान, खान देश आदि के नाम लिये जा सकते हैं। इनमें से कोई भी नगर यूरोप के किसी भी नगर से समृद्धि तथा सम्पन्नता की दृष्टि से कम महत्त्वपूर्ण नहीं था। आगरा की तुलना लन्दन से की जा सकती है जहाँ लगभग पाँच-छः लाख नागरिक निवास करते थे। दिल्ली पेरिसकी तरह और अहमदाबाद भी लन्दन की तरह था। यद्यपि स्वतन्त्र औद्योगिक और व्यापारिक संस्थानों के अभाव के कारण इन नगरों

---

1. वेरा अनस्टे; द इकॉनोमिक डेवेलपमेंट ऑफ इण्डिया, तृतीय संस्करण, पृ० 5/ विपनचन्द्र, भारत में आर्थिक राष्ट्रवाद का उद्भव और विकास, प्रथम संस्करण, पृ० 51.
2. ताराचन्द; भारतीय स्वतन्त्रता-आन्दोलन का इतिहास, पहला खण्ड, द्वितीय संस्करण, पृ० 162.

तथा कस्बों का विकास यूरोप के नगरों की तरह न हो सका और इसके अतिरिक्त युद्धों और कतिपय आपदाओं के कारण आगरा, दिल्ली और लाहौर जैसे नगरों की स्थिति में गिरावट आ गई, फिर भी इन नगरों के व्यापारी और सौदागर इनकी समृद्धि को बरकरार रखने में सफल रहे। वे प्रवीण कलाकारों से भरे रहे, व्यापारियों के अखाड़े बने रहे और विदेशों से उनका व्यापार चलता रहा। वणिक वर्ग इन नगरों की समृद्धि के कारण थे जो यूरोप के मध्यम वर्ग से भिन्न थे।

वास्तविक भारत नगरों, कस्बों और गाँवों में बसता था। इन नगरों तथा गाँवों में विशिष्ट सामानों के उत्पादन के लिये विशिष्ट वर्ग होते थे जो उत्तम स्तर के सामानों का उत्पादन तथा निर्माण करते थे। नगर तथा गाँव मिलकर बड़े परिवारों की आवश्यकता की वस्तुओं का निर्माण करते थे। "कारीगरों के विशिष्ट समूह उत्पादन के विशिष्ट अंगों का कार्यभार सँभालते थे और विशेषज्ञ मिलकर बिक्री योग्य वस्तुएँ तैयार करते थे।[3]" मिसाल के रूप में, रूई धुननेवालों के स्वतंत्र समूह थे; कातनेवालों, बुननेवालों, रंगनेवालों आदि के भी समूह थे। इन समूहों के सभी कारीगर अपने-अपने कार्य में दक्ष थे। विभिन्न सामानों का उत्पादन करनेवाले कारीगर अलग-अलग अपने समाज में रहते थे। इसी प्रकार सुनार, जौहरी, लुहार, कुम्भकार आदि एक जमात में अपनी-अपनी बस्तियों में बसते थे।

गाँव सामाजिक संरचना के प्रमुख अंग थे। कम्पनी राज की स्थापना के पूर्व वे आर्थिक दृष्टि से आत्म-निर्भर थे। ग्रामीणों की छोटी-बड़ी आवश्यकताओं की पूर्ति गाँव के अन्दर बनी वस्तुओं और ग्रामीणों द्वारा उपजाये गये अनाजों से ही हो जाती थी। अभाव होने पर एक गाँव के लोग दूसरे गाँव से सामान मंगा लेते थे। अत: अगल-बगल के गाँव एक-दूसरे की आवश्यकता की पूर्त्ति कर देते थे। अगर एक-दो गाँवों को कोई चीज नहीं मिलती थी तो वह चीज गाँवों में लगनेवाली साप्ताहिक हाटों से प्राप्त कर ली जाती थी। अगर कोई ऐसी चीज जो ग्रामीण हाटों में भी नहीं मिलती थी उसे वार्षिक मेलों में ले लिया जाता था। मिट्टी के भाड़, सोने-चाँदी के आभूषण, लकड़ी के सामान, चमड़े की वस्तुऐं, तेल, मूर्त्ति आदि गाँव में ही तैयार की जाती थीं। एलफिन्सटन'[4] के अनुसार भारतीय ग्राम छोटे-छोटे गणराज्य की तरह थे जो अपनी आवश्यता की हर वस्तु स्वयं पैदा कर लेते थे। कच्चे माल गाँवों को नजदीक में ही मिल जाते थे। गाँव के अपने ही क्षेत्र में उगे हुए जंगल की लकड़ी का औजारों तथा मकान बनाने के लिए इस्तेमाल किया जा सकता था। रूई देश के कई भागों में प्राप्त थी। जिन वस्तुओं का उत्पादन होता था उनमें अधिकांश की खपत गाँव में ही हो जाती थी; जो बचता वह सप्ताह में एक बार होनेवाले ग्रामीण मेलों में बेचा जा सकता था। गाँव संपूर्णत: स्वपर्याप्त थे।

खपत के बाद अवशेष सामानों को बेचकर ग्रामीण भू-राजस्व देते थे। उनके पास अतिरिक्त सामानों की खरीद के लिये पैसे नहीं रह पाते थे। गाँव धन-संग्रह

---

3. वही, पृ० 163.
4. पी० ए० वाडिया तथा के० टी० मर्चेंट; आवर इकॉनोमिक प्रोब्लेम, पृ० 3.

नहीं कर सके। इसका कारण यह था कि वे कई ऐसे तत्वों के शिकार थे जिनके फलस्वरूप अधिक मुनाफा कमाने के लिये अथवा अधिक सामान बेचने के लिये सामान नहीं बच पाते थे। आत्म-निर्भर रहते हुए भी वे पूँजी के अभाव में थे। इसके अतिरिक्त ग्रामीणों में जातिगत बन्धनों की सुदृढ़ता प्राप्त थी और उनका व्यापार लगभग नगण्य ही था। पुनश्च, गाँव के कुलीन की मृत्यु होने पर उसकी सम्पत्ति उसके उत्तराधिकारी को नहीं मिलती थी और उसपर राज्य कब्जा जमा लेता था। ऐसी स्थिति में गाँवों में धनी वर्ग पैदा नहीं हो सका।

ग्रामीण अर्थ-व्यवस्था को साहूकार बहुत दूर तक प्रभावित करते थे। वे ग्रामीणों को कर्ज के रूप में धन देकर उनके कष्टों को दूर करते थे। किन्तु इसके बदले उनसे अधिक लाभ उठाते थे। वे किसानों का भरपूर शोषण करते थे और मौका मिलने पर उनकी जमीन भी हड़प लेते थे। साहूकार अधिक ब्याज लेते थे। भूपति साहूकार किसानों तथा ग्रामीणों को रुपये की जगह अनाज भी देते थे। फिर भी गाँव स्वावलंबी थे। कुल मिलाकार ग्रामीण समाज आर्थिक दृष्टि से स्थिरता का प्रतीक था और आर्थिक स्थिरता कृषि, उद्योग और स्थानीय व्यापार की संतुलित प्रणाली पर आधारित थे। मांग और पूर्ति के नियम प्राकृतिक रूप से चलते थे और कहा जा सकता है कि आमतौर पर खुशहाली थी। सर चार्ल्स मेटकाफ[5] ने आत्म-निर्भर ग्राम-समुदाय की विशेषताओं को निष्कर्ष में इन शब्दों में उल्लेख किया है। "आदिम हल और बैल से खेती और साधारण औजार की मदद से दस्तकारी की भित्ति पर टिका आत्म-निर्भर गाँव, यही अंग्रेजों के आने के पहले की भारतीय अर्थ-व्यवस्था का मूल सत्य है। ये स्वपर्याप्त गाँव सदियों भारतीय जीवन की मूल आर्थिक इकाई थे। इनमें न्यूनाधिक परिशोधन हुए थे, लेकिन राजनीतिक हलचल, धार्मिक उथल-पुथल और विनाशकारी युद्धों के बावजूद अंग्रेजों के आगमण के पहले तक गाँवों की चिरंतन प्रकृति लगभग अक्षुण्ण रही। विदेशी आक्रमण हुए, राजवंश बदले, आपसी लड़ाइयों के बाद विभिन्न राज्यों के भूभागों का नया बँटवारा हुआ, नये राज्य बने और बिगड़े, लेकिन आर्थिक इकाई के रूप में गाँवों की हैसियत ज्यों की त्यों रही———राज्य लुढ़कते रहे, क्रांतियाँ होती रहीं, हिन्दू, पठान, मुगल, मराठा, सिक्ख, अंग्रेज क्रमशः मालिक बने; लेकिन ग्राम समुदाय यथापूर्व बने रहे।"

अंग्रेजों के आने के पूर्व भारतीय कारीगर विश्व में अपनी कारीगरी के लिये प्रसिद्ध थे। ताराचन्द[6] के शब्दों में, "अपनी कारीगरी की प्रवीणता की दृष्टि से भारत के कारीगरों ने उस समय के संसार में अपना अद्वितीय स्थान बना लिया था।" पश्चिम के कारीगर भारतीय कारीगरों की तरह प्रवीण नहीं थे। इतना ही नहीं, उद्योग विषयक संगठन और प्रविधियों की दृष्टि से भी भारत यूरोप के देशों से बहुत चढ़ा-बढ़ा था। भारत के नगरों और गाँवों में वस्तुओं का इतना अधिक उत्पादन होता था कि उनसे न केवल भारत के लोगों की आवश्यकता की वस्तुओं की पूर्ति हो जाती थी अपितु एशियाई तथा यूरोपीय सौदागर भी

---

5. चार्ल्स मेटकाफ; जी० एस० धुर्ये की पुस्तक कास्ट एण्ड रेस इन इण्डिया पर उद्धृत, पृ० 24.
6. ताराचन्द, पहला खण्ड, पृ० 163

उनका व्यवहार करते थे। भारतीय वणिक इन उत्पादित वस्तुओं को भारत से जहाजों पर लादकर थल तथा जल मार्गों से यूरोप तथा विश्व के अन्य देशों में ले जाते थे और भारत की समृद्धि में दिन दूनी रात चौगुनी वृद्धि करते थे।

भारत के व्यापारी भारतीय वस्तुओं के साथ इरान की खाड़ी तक जाते थे। लाल सागर के सारे बन्दरगाहों में उनके जहाज चक्कर काटते रहते थे। वे "कंधार, काबुल, बलख, बुखारा, काशगर आदि में, अफगानिस्तान और मध्य एशिया में, इरान में शीराज, इस्फहान, रे तथा मेशेद में और रूस में बाकू, अस्त्राखान निजनी नोवगोरदो आदि में भी पर्याप्त संख्या में विद्यमान थे।".

रूस के उदारवादी विचारधारा के शासक पीटर महान के कथनानुसार "भारत का वाणिज्य विश्व का वाणिज्य है और.........जो व्यक्ति एकान्ततः उसका नियन्त्रण कर सकता है, वही यूरोप का तानाशाह है।"[7] पूर्वी एशिया के वर्मा, मलाया, इण्डोनेशिया, चीन, जापान आदि देशों की मण्डियाँ भारत उत्पादित एवं निर्मित वस्तुओं से भरी रहती थीं। बंगाल तथा कोरोमण्डल तट के नगरों में बने सामान एशियाई देशों में जाते थे। संक्षेप में अंग्रेजी शासन के पूर्व नगर, कस्बे और गाँव विशेष आकर्षण के केन्द्र थे जहाँ दक्ष कारीगर रहते थे और जहाँ के उत्पादित सामानों को व्यापारी एशिया तथा यूरोप के देशों में ले जाकर व्यापार करके अकूत धन का अर्जन करते थे।

औद्योगिक समाज का ढाँचा—भारत में औद्योगिक समाज का ढाँचा नगरों एवं गाँवों में निवास करने वाले कारीगरों, व्यापार करने वाले वणिक व्यापारियों, गाँवों और शाही कारखानों से बना था। औद्योगिक संरचना की ये प्रमुख इकाई थे जो आर्थिक विकास के मेरुदण्ड थे।

कारीगर समाज के दो वर्गों—साधारण और कुलीन के लिये आवश्यक सामानों का निर्माण करते थे और इसलिए कारीगर भी दो थे—एक वे जो साधारण अथवा आम लोगों के लिए वस्तुओं का निर्माण करते थे और वे मुख्यरूप से गाँवों में निवास करते थे तथा दूसरे वे जो समाज के कुलीनों अर्थात् धनपतियों के लिए उत्पादन करते थे और वे मुख्य रूप से नगरों और कस्बों में निवास करते थे। भारत में अंग्रेजों के आने के पूर्व नगरों तथा गाँवों में दोनों प्रकार के कारीगर फैले हुए थे। प्रथम श्रेणी के कारीगर आम लोगों की दैनिक आवश्यकता की वस्तुओं का निर्माण करते थे जहाँ द्वितीय श्रेणी के कारीगर धनी लोगों के लिए विलासप्रिय प्रसाधनों के निर्माण में लगे रहते थे। विशेष मौसम और अवसर पर काम आनेवाली वस्तुओं का निर्माण जो कारीगर करते थे वे वर्ष के कुछ महीनों में कृषि-कार्य भी करते थे क्योंकि उनके उत्पादनों की माँग समग्रतः इतनी अधिक नहीं थी कि वे पूरे वर्ष उस उद्योग में लगे रह सकें। कारीगर उपज का कुछ अंश अपनी मजदूरी के रूप में लेते थे। विलास की वस्तुओं का उत्पादन करने वाले कारीगर सालों भर उद्योग में लगे रहते थे। उनके द्वारा निर्मित विलास की वस्तुओं की खपत भारत के धनिकों में तो होती ही थी, देश के बाहर भी उनका निर्यात किया जाता था। ये कारीगर सामानों का उत्पादन

---

7. ताराचन्द, उद्धृत, पृ० 163। हैमिल्टन; प्रॉब्लेम्स ऑफ द मिड्ल ईस्ट पृ० 62

या तो अपने निजी घरों में करते थे या कस्बों में बने शाही कारखानों में। वे यूरोप के कारीगरों की तरह एक साथ बंधे हुए नहीं थे।

भारतीय कारीगरों की एक अन्यतम विशेषता यह थी कि उन्होंने श्रमिक संघों की तरह अपना कोई संगठन या संस्था का निर्माण नहीं किया था, फिर भी वे व्यापारियों के प्रभाव में थे। केवल गुजरात में एक श्रमिक संघ होने की सूचना हमें मिलती है। शिल्पकार वही उद्योग करते थे जो उनके पूर्वज किया करते थे। जब परिवार या समाज का कोई नया करीगर उद्योग में प्रवेश करता था तब पुराने कारीगर उसे कला का ज्ञान कराते थे। कारीगर किसी विशेष जाति का सदस्य होता था। एक कारीगर जिस जाति का होता था, उसके परिवार के सदस्य भी, जो वही उद्योग करने लग जाते थे, उसी जाति के होते थे। इस प्रकार जाति की सत्ता बड़ी थी, न कि कोई श्रमिक संघ।

कारीगरों का परिश्रम और उसकी कारीगरी उसकी इच्छा पर नहीं, व्यापारियों की इच्छा पर निर्भर करती थी। व्यापारी धनी होते थे, इसलिये वे गुमाश्तों अथवा दलाल बिचौलियों के द्वारा निर्धन कारीगरों को अग्रिम धन देकर उनके उत्पादित सामानों पर अग्रिम अधिकार कर लेते थे। व्यापारियों से धन पाकर कारीगर औज़ार तथा कच्चे माल खरीदते थे और उन व्यापारियों के लिए वस्तुओं का निर्माण करते थे जिनसे वे पेशा के रूप में नकद धनराशि पाते थे। वस्तुओं का निर्माण करने के पहले ही कारीगर अपनी पेशगी मजदूरी पा लेते थे। "जबतक पूर्व निर्धारित परिमाण में वस्तुएँ तैयार नहीं हो जाती थीं और उनपर व्यापारी की मुहर नहीं लग जाती थी, तब तक कारीगर को व्यापारी के लिये काम करना पड़ता था। प्रायः होता यह था कि व्यापारी का दलाल या बिचौलिया कारीगर से बने सामानों को संग्रह कर उन्हें बेचने के लिये मण्डियों में चला जाता था। ऐसा भी होता था कि व्यापारियों अथवा उनके दलालों के बदले धनपति ही कारीगरों से मिलकर सौदा कर लेते थे। ये धनपति कारीगरों का व्यापारियों से अधिक शोषण करते थे। संक्षेप में कम और साधारण आय में कारीगरों को व्यापारियों एवं कुलीनों के लिए काम करना पड़ता था।

औद्योगिक संरचना के एक अंग शाही कारखाने भी थे। देश के प्रान्तों की राजधानियों में ये कारखाने बिखरे हुए थे। पर्यटक बर्नियर ने उनके विवरण में इन कारखानों का उल्लेख किया है।[8] कारखानों में काम करने वाले मजदूरों पर मालिकों और दारोगाओं के नियन्त्रण रहते थे। सुलतान अथवा बादशाह केन्द्र के शाही कारखानों के और सूबेदार अथवा प्रान्तपति प्रान्तों के शाही कारखानों के संचालक थे। जो कारीगर उत्तम अथवा अच्छी वस्तुओं का उत्पादन करते थे वे राज्य या सरकार से पुरस्कार पाते थे। पुरस्कृत कारीगर फूले नहीं समाते थे और घटिया किस्म के उत्पादन में उत्साह पूर्वक सुधार लाते थे।

इन त्रुटियों के बावजूद भारत का उद्योग कारीगरों, व्यापारियों, कारखानों और गाँवों के सहयोग से विकसित अवस्था में था। मोरलैण्ड ने लिखा है कि

---

8. एफ० बर्नियर; ट्रैवेल्स इन द मुगल इण्डिया, (वी. ए. स्मिथ द्वारा संशोधित) पृ० 258-59

"मेरी समझ में यह बात अब भी निर्विवाद है कि उद्योग के क्षेत्र में भारत, आज की तुलना में, उस समय पश्चिमी यूरोप से कहीं आगे था।"[9] पाइरार्ड लिखता है कि भारतीय कारीगर किसी भी बात में स्वयं को पश्चिम के देशों के लोगों के ऋणी नहीं मानते थे, किन्तु पुर्तगालियों के वस्तु निर्माण तथा कारीगरी के संबंध में जानने के लिए अविलम्ब तत्पर हो जाते थे, क्योंकि "ये सभी जानकारी पाने के बहुत ही आकांक्षी तथा जिज्ञासु" थे। कारीगरों की दक्षता के सम्बन्ध में इसी पर्यटक ने लिखा है; "विश्व की और किसी भी जाति के लोगों को मोतियों तथा हीरे जवाहरात की इतनी अधिक जानकारी नहीं है; और स्वयं गोआ में उत्कृष्ट शिल्पों में लगे स्वर्णकारों, मणिकारों और अन्य शिल्पकारों में भी सभी खम्मात के बनिये और ब्राह्मण हैं, जिनकी अपनी बस्तियाँ और दुकानें हैं।"[10]

औद्योगिक उत्पादन : उन दिनों भारत उत्पादन के क्षेत्र में धनी था। कई सामानों का उत्पादन एवं निर्माण किया जाता था। अन्नोत्पादन के साथ-साथ वस्त्रोत्पादन एवं धातु की कई चीजों का उत्पादन करने में भारत आगे था। खाद्यान्न सबसे महत्त्वपूर्ण कृषिजन्य वस्तु थे जिनकी खेती प्रायः प्रत्येक गाँव में वहाँ की अपनी आवश्यकता की पूर्ति के लिए की जाती थी। खाद्यान्न के साथ-साथ कपास, गन्ना, तम्बाकू, पोस्ता और नील का भी उत्पादन किया जाता था। चीनी, वनस्पति तेल, अफीम आदि का उत्पादन काफी होता था। खास-खास जगहों में खास-खास चीजों का उत्पादन किया जाता था। पंजाब, उत्तर प्रदेश तथा बिहार में गेहूँ की उपज होती थी। बंगाल और बिहार में चना तथा अन्य दहलनी फसलें; पंजाब, उत्तर प्रदेश तथा बिहार में जौ; उत्तर प्रदेश और राजस्थान में बाजरा और मक्का; बिहार तथा बयाना जिले में नील, मालवा और बिहार में अफीम, मद्रास तथा बंगाल और कश्मीर में चावल और कपास देश के विभिन्न भागों में पैदा की जाती थी। भारत में अन्य उद्योग भी चलते थे। गुड़ और चीनी बनाने का उद्योग बंगाल, गुजरात और पंजाब में मुख्य रूप से होता था। अफीम और नील का रोजगार बंगाल और बिहार में चलता था। मिट्टी के खिलौने और बर्तन देश के विभिन्न भागों में बनाये जाते थे जो अपनी सुघड़ बनावट और सौन्दर्य के लिये प्रसिद्ध थे। दिल्ली, काशी और चुनार में काफी संख्या में मिट्टी के बर्तन बनाये जाते थे। दैनिक आवश्यकताओं की पूर्ति एवं कलात्मक वस्तुएँ बनाने के लिए लकड़ी का उद्योग चलता था। समुद्री जहाज निर्माण करने के उद्योग में भारतीय कारीगर कुशल थे। सामान एवं यात्रियों को ढोने के लिए बड़े-बड़े जहाज बनाये जाते थे। यूरोप के कारीगर भारतीयों की तरह अच्छे जहाज बनाना नहीं जानते थे। भारतीय कारीगरों की जहाज निर्माण दक्षता के सम्बन्ध में पार्किन्सन[11] ने लिखा है कि "जहाज निर्माण में कदाचित उन्होंने अंग्रेजों से जो कुछ सीखा उससे बहुत अधिक उन्हें सिखाया।" लोहा बनाने का उद्योग भी देश

---

9. डब्ल्यू० एच० मोरलैंड; इण्डिया एट द डेथ ऑफ अकबर, पृ० 155-56
10. ताराचन्द, उद्धृत, पृ० 167। ए० वायज औफ एफ पाइरार्ड ओफ ट्रैवल टु द ईस्ट इण्डीज, खण्ड-2, भाग-1, पृ० 248-49, 250
11. पार्किन्सन, ट्रेड आफ द ईस्टर्न सीज, पृ० 5।

में अच्छी स्थिति में था यद्यपि खान का कोयला प्राप्त न होने के कारण अच्छे इस्पात का निर्माण भारत में कम होता था। लोहे का प्रयोग मुख्यतया हथियार बनाने के लिए होता था। भारतीयों ने तलवार, कटार विशेषकर पंजाब, गुजरात ने दक्षता प्राप्त की थी। भारत में बनी तलवारें सम्पूर्ण पश्चिम एशिया में बहुत मूल्यवान मानी जाती थीं। जहाज निर्माण के सबसे अधिक महत्त्वपूर्ण केन्द्र थे गोआ, बसई, सूरत, मछलीपट्टम, सतगाँव, ढाका और चट्टगाँव। उन दिनों जहाजों का मानक आकार 300 से 500 टन तक होता था। कारीगर 1500 टन के जहाज का भी निर्माण करते थे। पुर्तगालियों ने रेहमी नामक जिस गोधा जलपान पर कब्जा किया था उसका टन-भार डेढ़ हजार था। देश की नदियों में चलनेवाली नौकाएँ काफी संख्या में बनाई जाती थीं। नौका-निर्माण उद्योग गोआ, कालीकट, सूरत, बसई, मछलीपट्टम, पुलीकट, लाहौर, इलाहाबाद और ढाका में चलता था। उस समय देश में नौका-निर्माण सम्बन्धी कार्य-व्यापार कितने जोरों पर था, इसका अनुमान इस तथ्य से लगाया जा सकता है कि उस समय 40,000 नौकाएँ सिन्धु नदी में तैरती थीं, 40 000 से 50,000 तक नावों का एक समूह बंगाल में विद्यमान था, 180 नौकाएँ आगरा और सतगाँव के बीच सक्रिय थीं, दो मस्तूलवाले 100 जहाजों का बेड़ा मलावार में विद्यमान था और इन सबके अतिरिक्त देश के बन्दरगाहों में अनगिनत जलयान मौजूद थे। खम्भात और गोआ के बीच समुद्र में आने-जानेवाले तीन-चार सौ जहाजों का एक बेड़ा था और 250 जहाजों का बेड़ा गोआ से दक्षिण तक आता-जाता था और बंगाल तथा उड़ीसा के पूर्वी समुद्र तट पर असंख्य जहाज आया-जाया करते थे।

दिल्ली और उसके निकटवर्ती स्थानों में ताम्बे का उद्योग, बंगाल में कांसे का उद्योग और बनारस तथा उसके निकट तेल का उद्योग अधिक अच्छी स्थिति में था। सोना, चाँदी, मोती, हीरा, हाथी दाँत आदि से सम्बद्ध उद्योग भी विकसित थे। सोना, चाँदी, हाथी दाँत का प्रयोग जेवर और मूर्तियाँ बनाने के लिये किया जाता था। सोना पंजाब और कुमायूँ की नदियों से प्राप्त किया जाता था। ताँबे की खानें राजस्थान और मध्यभारत में थीं और हीरे की खानें गोलकुण्डा और छोटानागपुर में थीं। विश्वप्रसिद्ध कोहेनूर हीरा गोलकुण्डा की खान से प्राप्त हुआ था। हीरों का प्रयोग आभूषणों, सिंहासनों एवं वस्त्रों में लगाने के लिए किया जाता था। भारत मोतियों का भी जबर्दस्त व्यापारी था। मोती-उद्योग दक्षिण भारत में अधिक जमा हुआ था।

इसी प्रकार शराब और मछली उद्योग में भी भारत धनी था। बंगाल, उड़ीसा तथा सिन्ध के लोग मछली बहुत पसन्द करते थे। पर्यटकों के अनुसार जहाजों में भोजन सुलभ करने के लिये मछलियों को धूप में सुखाकर उनमें नमक लगाया जाता था। मछली का तेल सिन्ध में तैयार किया जाता था और मछली की खाद का प्रयोग पश्चिमी भारत में प्रचलित था। भारत की कई जगहों में शराब बनाने का उद्योग चलता था, किंतु अच्छी शराब न बनाने के कारण फारस से रसीली एवं नशीली शराब मँगायी जाती थी। चमड़े का काम उत्तर प्रदेश में होता था। नमक पंजाब की पहाड़ियों से प्राप्त किया जाता था और समुद्र तथा झीलों के पानी से भी नमक तैयार किया जाता था। काँच के बर्तन और

शमादान आदि बनाने का उद्योग फतहपुर सीकरी, बरार और बिहार में काफी विकसित था। जौनपुर, गुजरात में सुगंधित तेल तथा इत्र वगैरह का उद्योग चलता था। मध्य युग में भवनों, राजमहलों आदि का निर्माण किया जाता था, इस कारण पत्थर काटने और इमारतें बनाने का उद्योग भी यहाँ चलता था। लाल पत्थर फतहपुर सीकरी और राजस्थान में पीला पत्थर पट्टा में और सफेद संगमर्मर जयपुर तथा जोधपुर में पाया जाता था। शोरा तैयार करने का उद्योग भी भारत में चलता था।

"भारत कभी एक बड़ा शिल्प उत्पादक राष्ट्र था और उसके औद्योगिक उत्पादन शताब्दियों तक एशिया तथा यूरोप के बाजारों की माँग की पूर्ति करते रहे हैं।"[12]

यहाँ सूती, ऊनी, रेशमी और अन्य प्रकार के वस्त्र भी तैयार किये जाते थे। श्रेष्ठतम सूती वस्त्र तैयार करने में भारत आगे था। वैसे तो यह उद्योग देशभर में चलता था, किन्तु इसके प्रधान केन्द्र ढाका, बनारस और आगरा, लाहौर, मुलतान और थट्टा, अहमदाबाद, पाटन, बड़ौदा, भड़ौच और सूरत, बुहरानपुर, और गोलकुण्डा थे। मुल्तान और पटना में भी सूती वस्त्र बनाये जाते थे। ऊनी वस्त्र उद्योग भी कम विकसित नहीं था। अमृतसर, कश्मीर आदि में यह उद्योग चलता था। मुगल सम्राट जहाँगीर ने अमृतसर में ऊनी वस्त्र के उद्योग को प्रारम्भ किया था। लाहौर भी इस उद्योग के लिए प्रसिद्ध था। जहाँ एक हजार कारखाने ऊनी वस्त्र का उत्पादन करते थे। विदेशी पर्यटकों ने इस उद्योग की काफी प्रशंसा की है। कश्मीर कालीन और शाल बनाने में बहुत आगे बढ़ा हुआ था। आगरा, मुल्तान, फ़तहपुर सीकरी, अलवर, जॉनपुर आदि में कालीनें बनाही जाती थीं। कुछ अच्छी कालीने कश्मीर में भी बनती थीं। रेशमी वस्त्र तैयार करने का उद्योग भी सन्तोषप्रद था। कश्मीर, बंगाल, गुजरात आदि इस उद्योग के लिए मशहूर थे। गुजरात में सबसे अच्छे रेशमी वस्त्र तैयार किये जाते थे। रेशमी वस्त्रों पर विभिन्न प्रकार के रंग चढ़ाने में भारतीय कारीगर निपुण थे। इन वस्त्रों पर कशीदा और सोने-चाँदी के धागों का काम भी किया जाता था। आगरा, लाहौर, दिल्ली, ढाका तथा अहमदाबाद में शाही कारखाने थे जो रेशमी वस्त्र की रंगाई करते थे। ढाका की मलमल समस्त विश्व में प्रचलित थी।

भारत के गाँव कुटीर उद्योग के लिए मशहूर थे। ग्रामीण अपने घरों में सूत कातने, वस्त्र तैयार करने और उन्हें रंगने का काम करते थे। संक्षेप में भारत में अंग्रेजों के आने के पूर्व विभिन्न उद्योग विकसित ही नहीं श्रेष्टतम भी तो इतना नामी था कि भारत के कपड़े विदेश की मण्डियों में भरे रहते थे और खुद ब्रिटेन भी इन वस्त्रों का प्रमुख ग्राहक था। भारतीय उद्योगों की प्रशंसा में वेबर लिखता है : "बुने हुए मुलायम वस्त्रों के उत्पादन, रंगों के मिश्रण, धातुओं और हीरे-जबहरात के काम इत्र बनाने और सभी प्रकार की तकनीकी कलाओं में भारतीयों की दक्षता प्राचीन काल से ही पूरे विश्व में आदर पाती रही है।[13]

---

12. विपनचन्द्र, पृ० 52। कांग्रेस प्रेसिडेन्सियल एड्रेसेज, पृ० 691-92। एस.एन, बनर्जी, स्पीचेज एण्ड राइटिंग्स, पृ० 219-20। आर० सी० दत्त, स्पीचेज एण्ड पेपर्स आन इण्डियन क्वेश्चेन्स (1897-1909)
13. ताराचन्द, पृ० 178। रिपोर्ट ऑफ द इण्डियन इन्डस्ट्रीयल कमीशन, 1916-18.

व्यापार—इन दिनों भारतीय व्यापार भी विकसित अवस्था में था। मुगल-कालीन व्यापार का क्षेत्र और विस्तार अभी तक बना हुआ था। भारत अपने उत्पादित सामानों को विदेशों में भेजता था और आवश्यक सामग्रियों को विदेशों से निर्यात करता था।

विदेशों से भारत में मुख्यरूप से विलास की वस्तुएँ और खनिज पदार्थ आते थे। चूँकि भारत कृषिगत और औद्योगिक वस्तुओं के सम्बन्ध में आत्मनिर्भर था, इसलिए इन क्षेत्रों के सामानों को वह विदेशों से निर्यात नहीं करवाता था। विदेशों से नयी-नयी विलास की वस्तुएँ धनपतियों के प्रयोग के लिए मंगाई जाती थीं किन्तु इनका व्यापार भी सीमित था। विदेशों से जो सामान भारत को भेजे जाते थे उनमें कच्चा रेशम, हाथी दाँत, मूंगा, कच्छप, कवच, अम्बर, सोना और चाँदी, सीसा, टीन, ताम्बा, जस्ता, पारा और सुहागा, गंधक आदि खनिज पदार्थ मुख्य थे। फ्रांस से ऊनी वस्त्र, इटली और फारस से रेशम, फारस से कालीन, चीन से कच्चा रेशम और मध्य एशिया तथा अरब से घोड़े भी भारत मंगाता था। अच्छी शराब, काँच के वर्तन, मखमल, दवाइयाँ और कम मात्रा में सोना और चाँदी भी भारत में विदेशों से आते थे। ब्रजनारायण लिखते हैं कि यद्यपि भारत में सोने और चाँदी की खानें नहीं थीं, तथापि ये दोनों धातुएँ बहुत बड़े परिमाण में विदेशों से यहाँ आती थीं और यहाँ से उनका निर्यात निषिद्ध था।"[14] हाकिन्स ने लिखा है कि "भारत में चाँदी बहुत है क्योंकि सभी राष्ट्र यहाँ सिक्का लाते हैं और उसके बदले वस्तुएँ ले जाते हैं और फिर यह सिक्का भारत में जमीन के नीचे गाड़ दिया जाता है, इसका प्रयोग नहीं किया जाता है।"[15] टेरी लिखता है कि "लाल सागर से लौटने वाला भारतीय जहाज प्रायः दो लाख पौण्ड स्टर्लिंग मूल्य का होता था और उसका अधिकांश सोने और चाँदी के रूप में होता था।"[16] उसने यह भी लिखा है कि "जिस तरह सभी नदियाँ समुद्र की ओर बढ़ती हैं, उसी तरह चाँदी की बहुत सी नदियाँ इस देश की ओर बढ़ती हैं और वहाँ ठहर जाती हैं, क्योंकि वहाँ कोई भी राष्ट्र विधिसंगत रूप से चाँदी लाकर वस्तुएँ तो खरीद सकता है परन्तु वहाँ से इस मूल्यवान धातु को किसी उल्लेखनीय मात्रा में ले जाना बहुत बड़ा अपराध माना जाता है।" बालकृष्ण ने लिखा है कि केवल इंग्लैण्ड से भारत ने 1708 से 1757 तक के 50 वर्षों में 2 करोड़ 20 लाख पौण्ड मूल्य के सोने-चाँदी का आयात किया।[17] सोने चाँदी का एक हिस्सा सिक्के ढालने में खर्च होता था और बाकी जमीन में गाड़ दिया जाता था या जेवर आदि बना लिया जाता था।[18] डा० फ्रायर भी इस बात की पुष्टिकरते हैं कि भारत में विश्व के खजाने का एक बड़ा अंश जमीन में गाड़ दिया जाता है।[19]

---

14. ब्रजनारायण, इण्डियन इकॉनोमिक लाइफ, पृ० 56-57
15. वही
16. वही
17. बालकृष्ण, कमर्शियल रिलेशन्स बिटवीन इंग्लैण्ड एण्ड इण्डिया (1600-1757), पृ० 208.
18. इलियट और डाउसन, हिस्ट्री ऑफ इण्डिया, खण्ड-3, पृ० 583
19. ए न्यू एकाउण्ट ऑफ ईस्ट इण्डीज, पृ० 283

भारत से निर्यात होने वाले सामानों में उत्कृष्ट सूती और रेशमी वस्त्र, मसाले, नील, चीनी, दवाएँ, जवाहरात, कला की अनोखी वस्तुएँ, अफीम, नमक, काली मिर्च आदि प्रमुख थीं। पाइरार्ड के अनुसार "भारत की कुछ मूल्यवान वस्तुओं में रेशमी तथा सूती माल का समावेश है, जिससे आशा-अन्तरीप से लेकर चीन तक प्रत्येक स्त्री और पुरुष सिर से पैर तक ढका रहता है।" मोरलेण्ड लिखता है कि 17वीं शताब्दी में प्रतिवर्ष लगभग 8000 गाँठें सूती कपड़ा विदेशों में भेजा जाता था, जिसमें से 4700 गाँठें यूरोपीय देशों में जाती थीं। 1757 के बाद से अकेले इंग्लैण्ड में ही प्रतिवर्ष भारत निर्मित सफेद सूती वस्त्र और सूसियों के दस लाख थानों से अधिक भी खपत हो जाती थी। संक्षेप में यूरोप के बाजार भारतीय वस्त्रों से भरे रहते थे। मच्छलीपट्टम से कम मात्रा में भारत लोहे और इस्पात का निर्यात करता था। कोरोमण्डल तट से सूत और गुजरात से सूती माल और नील का निर्यात होता था। वान ट्विस्ट के अनुसार भारत विदेशों को अफीम, हींग, लाह, आँवला, कत्था, हीरे जवाहरात, संगमरमर आदि का निर्यात करता था।

संक्षेप में भारतीय उद्योग इतना चढ़ा-बढ़ा था कि वह भारतीयों की आवश्यकता की पूर्ति करने के साथ-साथ विदेशियों की आवश्यकता की पूर्ति भी करता था। ताराचन्द लिखते हैं कि "भारत की जो औद्योगिक सर्वोपरिता 18वीं शताब्दी के अन्त तक बनी रही, उसने विश्व के वाणिज्य और उद्योग में इस देश को ईर्ष्याजनक स्थिति प्रदान कर दी थी।"[20] उन्होंने आगे लिखा है कि 17वीं शताब्दी में यह देश विश्व में औद्योगिक वस्तुओं का कदाचित सबसे बड़ा उत्पादक था। लगभग 18वीं शताब्दी के आरम्भ तक पृथ्वी का प्रायः प्रत्येक राष्ट्र बहुत मात्रा में भारत से श्रेष्ठ किस्म के सूती और रेशमी वस्त्र, मसाले, नील, चीनी, दवाएँ आदि मंगाता था और उनके बदले सोना और चाँदी भेजता था। बालकृष्ण लिखते हैं कि "17वीं शताब्दी के प्रारम्भ में भारत विश्व की मुद्राओं और वस्तुओं के वितरण तथा प्रचार में मानो श्वासनलिका की भाँति कार्य कर रहा था, यह वह समुद्र था जिसमें व्यापार और उद्योग की सभी नदियाँ मिलती थीं और इस प्रकार यह अपने देशवासियों को धनवान बना रहा था।[21]

भारत विश्व के कई देशों से जल और थल मार्गों द्वारा व्यापार करता था। थलमार्ग उत्तर पश्चिम की ओर था। इसके लिए एक सड़क लाहौर से काबुल तक और दूसरी सड़क मुल्तान से कन्धार तक जाती थी। गुजरात दक्षिण भारत के दोनों तरफ के समुद्री तट और बंगाल में अच्छे बन्दरगाह थे जो समुद्र मार्ग से व्यापार की सुविधा प्रदान करते थे। भारत के व्यापारिक सम्बन्ध यूरोप, अफ्रिका तथा एशिया के विभिन्न देशों से थे। फ्रांस, इग्लैण्ड, हालैण्ड, पुर्तगाल, अरब, मध्य एशिया, मिस्र, फारस, शिलौंग, वर्मा, चीन, जापान, दक्षिणपूर्वी एशिया के द्वीप-समूह, नेपाल आदि देशों से भारत व्यापार करता था।

व्यापारी वर्ग—भारत का वित्तीय पोषण तथा सम्पन्न करने का उत्तरदायित्व व्यापारी वर्ग पर था। भारत में दो प्रकार के व्यापारी थे—बड़े व्यापारी और छोटे व्यापारी। बड़े व्यापारी आर्थिक दृष्टिकोण से बहुत ही सम्पन्न थे और

20. ताराचन्द, पृ० 169
21. कर्मशियल रिलेशन्स, पृ० 37

छोटे व्यापारी कम सम्पन्न थे। लेकिन इनका वर्ग भी बहुत बड़ा था। छोटे व्यापारियों में जगतसेठ, नाथजी, चेट्टी आदि के नाम लिये जा सकते हैं।

भारत के समस्त उद्योग और व्यापार बड़े व्यापारियों के हाथ में थे। बड़े व्यापारी गोआ, कोरोमण्डल, बंगाल, सूरत, पंजाब, दिल्ली, आगरा, राजस्थान, उत्तर प्रदेश, बिहार आदि में फैले हुए थे और विभिन्न प्रान्तों तथा नगरों के वाणिज्य और व्यापार पर अपना गहरा प्रभाव जमाये हुए थे। इस काल के पर्यटक और सरकारी कागजात इन व्यापारियों के सम्बन्ध में कतिपय सूचनाएँ देते हैं। लिट चोटन ने गोवा के म्लेच्छ किंतु करोड़पति व्यापारियों का उल्लेख इन शब्दों में किया है, "गोवा निवासी भारतीय व्यापारी म्लेच्छ किंतु धनी व्यापारी हैं। वे काफी परिमाण में अधिक-से-अधिक व्यापार करते हैं। उनकी दुकानें कई किस्म के कीमती वस्त्रों जैसे रेशम, साटन, बेलबूटेदार रेशमी वस्त्रों, मखमल के अतिरिक्त नायलोन, कमीजों और सभी तरह के तैयार कपड़ों से भरी रहती हैं। चीनी मिट्टी के बर्तन भी उनकी दुकानों में भरे रहते हैं।"[22] यहाँ के व्यापारी कीमती हीरे-जवाहरात के साथ-साथ अन्य वस्तुओं का भी व्यापार करते थे। इन व्यापारियों में कुछ जौहरी थे और कुछ साधारण वस्तुओं के बड़े परिमाण में व्यापार करने वाले व्यापारी भी थे। समुद्रतटीय व्यापारियों का उल्लेख गुजरात रिपोर्ट में इस प्रकार आया है—"पूरे समुद्रतट के साथ-साथ अर्थात् गोआ कोरोमण्डल और बंगाल में व्यापार में जीविकोपार्जन करनेवाले बनिये सभी जगह दिखाई देते हैं। दूसरी ओर उनमें मे अनेक दलाली करते हैं। इन बनियों में ऐसे लोगों की संख्या उल्लेखनीय है, जो व्यापार के अधिकांश का संचालन करते हैं और इस प्रकार वे सबसे अधिक और सर्वश्रेष्ठ व्यापार केसंचाल क होने के नाते मुसलमानों से अधिक व्यापार कर लेते हैं। वे सूझबूझ वाले व्यापारी हैं और रुपया चुकाने में ईमानदार हैं। उनमें से अनेक व्यक्ति मुद्रा परिवर्तन का काम करते हैं और वे इन भागों में सभी स्थानों पर मिल जाते हैं।[23]

सूरत के व्यापारी संस्कारहीन जीवन तो व्यतीत करते थे लेकिन उनके खजाने सम्पदा से भरे रहते थे। वे व्यापार की वस्तुओं को कम कीमत पर खरीदकर अधिक कीमत पर बेचने में दक्ष थे। डा० फ्रायर नामक पर्यटक ने इन बनियों के सम्बन्ध में इस प्रकार लिखा है; "वे (सूरत के बनिये) देशी और विदेशी, दोनों प्रकार की वस्तुओं को कम कीमत पर खरीदने और महंगे दामों में बेचने में कितने होशियार, कितने प्रवीण हैं। यहाँ के बनिये गरीबी और हीनता की स्थिति में जीवन तो क्षुद्र दरिद्र का ही बिताते हैं पर उनके खजाने किसी राजा के खजाने से कम नहीं हैं। गवर्नर द्वारा प्रायः लूटे-खसोटे जाने पर भी वे इस देश में आने-जाने वाले व्यापारिक माल की सहायता से अविलम्ब क्षतिपूर्ति कर लेते हैं।[24] निश्चित रूप मे बन्दरगाह के किनारे रहनेवाले गोआ अथवा सूरत अथवा

22. ब्रजनारायण, पूर्वोद्धृत ग्रन्थ, पृ० 54-55 पर उद्धृत

23. वही, पृ० 59; ताराचन्द, उद्धृत, पृ० 171

24. ताराचन्द, पृ० 172

कोरोमण्डल के व्यापारी धनपति थे और उनकी शानशौकत किसी राजा अथवा रईस से कम न थी।

देश के व्यापार मार्गों के आसपास बसे हुए बड़े नगरों और कस्बों के बड़े व्यापारी भी बन्दरगाहों के तट पर निवास करने वाले व्यापारियों की तरह धन-सम्पूरित थे। भारत के उत्तर-पश्चिमी दिशा के भीतरी व्यापार को पंजाब और सिंध के व्यापारी नियंत्रित करते थे। पंजाब का एक उपनगर मुल्तान और सिंध के तीन उपनगर वक्खर, सक्खर और रोहड़ी इन व्यापारियों के केन्द्र थे। ये सम्पन्न व्यापारी मुख्यत: खतरी, लोहाना और भाटिया जाति के थे।

उत्तर भारत के दो नगर दिल्ली और आगरा व्यापार के मुख्य केन्द्र थे। चूँकि इन नगरों में आंतरिक जलमार्ग की सुविधा थी, इसलिए भीतरी व्यापार सुविधापूर्वक होता था। बंगाल के कासिम बाजार, रंगपुर और मालदह के व्यापारी ने भी व्यापार के क्षेत्र में अपना महत्त्वपूर्ण स्थान बना डाले थे। 1750 के बाद पूना तथा नागपुर (मराठा-प्रदेश) और अहमदाबाद (गुजरात) व्यापार के क्षेत्र में अपना स्थान बनाने लगे। दक्षिण में कोरोमण्डल और कोकन के व्यापारी व्यापार के क्षेत्र में महत्त्वपूर्ण भूमिका निभाते थे किंतु देश के भीतरी भाग में सफलतम व्यापार करनेवाले अहमदावाद, बंगलोर और तन्जौर के व्यापारी थे। भारत के दो उत्तरी प्रान्तों—उत्तर प्रदेश और बिहार का व्यापार अग्रवाल, ओसवाल, जैन तथा माहेश्वरी नस्ल के बनियों के हाथ में था जो आर्थिक दृष्टि से बहुत ही सम्पन्न माने जाते थे। राजस्थान के मारवाड़ी 1750 के बाद महाराष्ट्र के व्यापार को प्रभावित करने लगे। महाराष्ट्र में उन्होंने अपने निवास स्थान भी बनाना प्रारम्भ किया। इस प्रकार बन्दरगाहों, नगरों और कस्बों के धनी व्यापारी अंग्रेजी राज के पूर्व भारत के व्यापार के महत्त्वपूर्ण अंग थे और कीमती वस्तुओं का व्यापार लगभग उन्हीं के हाथों में था।

वृहत संख्या में छोटे-छोटे व्यापारी भी थे जो व्यापार में अपनी महत्त्वपूर्ण भूमिका निभाते थे। इनमें बंगाल के जगत सेठ, गुजरात के नाथ जी, आन्ध्रप्रदेश के कोमती और तमिल प्रदेश के चेट्टी व्यापारी उल्लेखनीय हैं। बंगाल का व्यापार जगत सेठों के हाथ में था। ऐसा उल्लेख मिलता है कि जब अलिवर्दी खाँ बंगाल का नवाब बना था तब इन जगत सेठों के पास 10 करोड़ की पूँजी थी, मराठों ने आक्रमण करके उनके दो करोड़ आर्काट रुपये हथिया लिये फिर भी उन्होंने इस नुकसान को महसूस नहीं किया। सूरत के नाथजी भी काफी सम्पन्न थे जिन्होंने भारत में लड़ाई लड़ रही ईस्ट इण्डिया कम्पनी को आर्थिक सहयोग भी दिया था। जगत सेठ मारवाड़ के और नाथजी बनारस के निवासी थे। इन दोनों से अधिक सम्पन्न दक्षिण के चेट्टी थे जिनका व्यापार वर्मा, मलाया और पूर्वी द्वीपों से चलता था। वे श्रीलंका में भी साहूकार के रूप में काम करते थे। मद्रास, वम्बई, कलकत्ता जैसे महाप्रान्तों में उनकी एजेंसियाँ व्यापारी कार्यों में संलग्न थीं। वे सभी व्यापारी आधुनिक बैंक के सभी काम करते थे। वे रकमें जमा करते थे, ऋण देते थे और हुण्डियाँ जारी करते थे। इन व्यापारियों का सम्पर्क राजाओं, राजपुत्रों, शिल्पकारों वगैरह लोगों से था। इस प्रकार कम्पनी शासन के पूर्व भारत इन व्यापारियों के माध्यम से व्यापार के माध्य से विपुल सम्पदा बटोरता था।

कृषि—यद्यपि व्यापार और उद्योग की तरह कृषि की स्थिति अच्छी न थी फिर भी भारत के किसान विभिन्न फसलों की खेती करते थे और उनका पेट भर जाता था। देश में गेहूँ, चना, चावल, ज्वार, बाजरा, रूई, तम्बाकू आदि की खेती की जाती थी और खेती के लिए सिंचाई की व्यवस्था थी। गेहूँ की पैदावार मुख्यरूप से पंजाब, मध्यप्रदेश, उत्तर प्रदेश और बिहार में की जाती थी। अन्य स्थानों में गेहूँ की पैदावार कम होती थी। संक्षेप में समस्त उत्तरी भारत में बंगाल से लेकर दक्षिण प्रायद्वीप तक लोग गेहूँ पर निर्भर करते थे। 19वीं शताब्दी तक विदेशों को भारत गेहूँ का निर्यात करता था। चना और जौ पंजाब, उत्तर प्रदेश और बिहार में पैदा किये जाते थे। जौ की खेती लोग गेहूँ के साथ करते थे। 14वीं शताब्दी में भारत की यात्रा करने वाले नूनिज ने लिखा है कि दक्षिण भारत में गेहूँ, चना, चावल और मोटे अनाज की खेती किसान करते थे। उसने लिखा कि अधिकांश किसान मोटे अनाज की खेती करना पसंद करते थे। मुख्य रूप से मैसूर, महाराष्ट्र, तमिलनाडु, पंजाब, उत्तरप्रदेश और बिहार में मोटे अनाज पैदा किये जाते थे। इसके बाद वे पान की खेती करना पसंद करते थे जिससे लोग हमेशा पान चबाते रहते थे।[25] मोटे अनाजों में ज्वार और बाजरा आता था। खफी खाँ ने भी इस बात की पुष्टि की है कि दक्कनवासी ज्वार और बाजरा की अधिक खेती करते थे और ये ही उनके मुख्य आहार थे। चावल की खेती मद्रास, उड़ीसा, आन्ध्रप्रदेश, केरल, कश्मीर और बंगाल में की जाती थी लेकिन अवध में अच्छे चावल की खेती की जाती थी। अवध का चावल "अपनी सफेद, कोमलता, सुगन्ध और उपयोगिता" के कारण अतुलनीय था। भारत के लोग चावल खाना अधिक पसन्द करते थे। कुल मिलाकर देश भर की एक तिहाई आबादी चावल खाना पसन्द करती थी।

भारत मकई का भी उत्पादन करता था। गेहूँ वाले क्षेत्रों में मकई की खेती की जाती थी। मकई की सबसे अधिक पैदावार पंजाब में होती थी। नील मुख्यतया बयाना जिले में, अफीम मालवा और बिहार में तथा कपास देश के विभिन्न भागों में पैदा की जाती थी। भारत के लगभग सारे क्षेत्रों में कपास की खेती की जाती थी। लेकिन गन्ने की खेती, थेवनाटे के अनुसार, कहीं-कहीं की जाती थी। पंजाब, उत्तरप्रदेश और बंगाल गन्ना पैदा करता था। सत्रहवीं शताब्दी के प्रारम्भ में पुर्तगालियों ने गुजरात में तम्बाकू की खेती प्रारम्भ की। कुछ ही दिनों में देश के कई भागों में तम्बाकू की खेती की जाने लगी। पोस्ता तथा नील की खेती बिहार तक ही सीमित थी।

कृषि से सम्बद्ध अन्य कई बातें उल्लेखनीय हैं। जोत की जमीन सीमित थी, इसलिये खेती में कम ही लोग लगते थे। सम्पूर्ण कृषि वर्षा, तालाब, कूप, नदी और नहर पर निर्भर करती थी। खाद्यान्न का व्यापार सीमित था क्योंकि उनकी खपत गाँवों और नगरों में ही होती थी। बचे हुए अन्न को लोग जमीन के नीचे गाड़कर गढ़ों में सुरक्षित छोड़ देते थे। अंग्रेजों के आगमन के पूर्व भारत में अनाजों का संग्रह किया जाता था। इलियट ने लिखा है कि अन्न-संग्रह के लिये ऐसे मजबूत और चिकने गढ़े बनाये जाते जिनमें अन्न 40 से 50 वर्ष की अवधि तक सुरक्षित

---

25. सेवेल; ए फॉरगोट्न इम्पायर, पृ० 386

अवस्था में रहते थे।[26] पंजाब और मैसूर में ऐसे गढ़े बनाने के प्रमाण मिले हैं। इस संबन्ध में डी० रॉस ने लिखा है कि "जिन दिनों अनाज की मांग कम होती थी, उन दिनों उसे लगभग 10 फीट गहरे बड़े-बड़े गढ़ों में रखकर ऊपर मिट्टी की परत चढ़ा दी जाती थी। इस तरह अनाज बीस वर्ष तक रखा जा सकता था। बाहर निकालने पर कुछ समय हवा में रखने के बाद वह खाने के सर्वथा उपयुक्त हो जाता था।[27] किसान कर के भार से दबे हुए थे। स्थानीय अधिकारी उनसे अधिक कर लेते थे और उन्हें यदा-कदा तंग किया करते थे। निरन्तर युद्ध, विद्रोह, जंगली जानवरों का भय आदि खेती के नुकसान के कारण थे।

अंग्रेजों के आगमन के पूर्व भारत में दुर्भिक्ष पड़ते थे। दो सौ वर्षों (1595-1792) के अन्दर भारत को लगभग 24 बार दुर्भिक्षों का शिकार होना पड़ा। सन् 1639 ई० में दक्कन, विजयनगर और गुजरात भयंकर दुर्भिक्ष के शिकार हुए। किन्तु देश के अन्य भाग अनाज से सम्पूरित थे जहाँ से अनाज लेकर दुर्भिक्ष को नियन्त्रित करने का प्रयास किया। सरकार इस दैवी प्रकोप के समय किसानों की सहायता करती थी।

यद्यपि कृषि की स्थिति अच्छी नहीं कही जा सकती, फिर भी 17वीं और 18वीं शताब्दियों में देश में इतना अनाज अवश्य पैदा हो जाता था जिससे भारतीयों को भूखा नहीं रहना पड़ता था। जब अंग्रेजों ने भारत की धरती पर पैर रखे और अपना प्रभाव बढ़ाने लगे तब देश अन्न के मामले में आत्म-निर्भरता खोने लगा। इस सम्बन्ध में हंटर ने लिखा है कि "भारत की आबादी का कुल पाँचवाँ भाग अर्थात् चार करोड़ व्यक्ति अपर्याप्त भोजन पर जीवन निर्भर कर रहे हैं।"[28] सर चार्ल्स इ. लयट ने भी लिखा है कि "मुझे यह कहने में संकोच नहीं है कि कृषि पर आधारित हमारी आधी आबादी को एक वर्ष के अन्त से दूसरे वर्ष के अन्त तक यह अनुभव नहीं हो पाता कि क्षुधा की पूर्णतः निवृत्ति कैसी होती है।"[29] निष्कर्ष में डा० ताराचन्द ने लिखा है कि "समय-समय पर भयंकर अकाल पड़ते रहने पर भी अंग्रेजों से पहले सामान्य दिनों में खेती पर आधारित आबादी की स्थिति 19वीं शताब्दी की तुलना में बेहतर ही थी।"[30]

वस्तुओं की मँहगाई का दौर भारत में अंग्रेजों के आने के बाद प्रारम्भ हुआ। कीमतों में एकरूपता नहीं थी और भिन्न-भिन्न स्थानों पर कीमतें भी भिन्न-भिन्न थीं। इसका कारण यह था कि उन दिनों भारत में परिवहन और संचार के साधनों का सन्तोषप्रद विकास नहीं हुआ था। कृषि से जिन चीजों का उत्पादन होता था, उनका व्यापार भी बहुत सीमित था। उत्तर भारत के कई स्थानों में वस्तुएँ ऊँची

---

26. इलियट, फेमिन रिपोर्ट ऑफ मैसूर, पृ० 8.
27. डी० रॉस, लैण्ड ऑफ फाइव रिवर्स एण्ड सिन्ध, पृ० 118
    ताराचन्द, पाद टिप्पणी—2, पृ० 176
28. फेमीन प्रोसीडिंग्स ऑफ द गवर्नमेंट ऑफ इण्डिया, दिसम्बर 1888, अंक 1-29
29. मद्रास क्रिश्चियन मैगजिन, अक्तूबर 1877, पृ० 231
30. ताराचन्द. पृ० 177.

कीमतों पर बिकती थीं, लेकिन बंगाल में वस्तुओं की कीमत सस्ती थी। इसी प्रकार गुजरात और पश्चिमी भारत में चीजों की कीमतें अधिक थीं और इनकी तुलना में उत्तर भारत की चीजें सस्ते दामों पर बिकती थीं। मोटे तौर पर सम्पूर्ण देश में प्रचलित कीमतों का अध्ययन करने पर यह बात स्पष्ट हो जाती है कि 17वीं और 18वीं शताब्दियों तक खाद्य पदार्थों और अन्य आवश्यक वस्तुओं की कीमतें असाधारण रूप से सस्ती थीं।

इतिहासकार मुखर्जी की एक तालिका 17वीं और 18वीं शताब्दियों की आवश्यक वस्तुओं और खाद्यान्नों की कीमत बतलाती है। तालिका इस प्रकार है—

उत्तर भारत में कीमतें

वर्ष	वस्तुएँ	प्रति रुपया	कितने सेर ?
1600	गेहूँ	1 रुपया	90
1650	गेहूँ	,,	107
1729 (बंगाल)	गेहूँ	,,	131
1600	ज्वार	,,	108·5
1650	ज्वार	,,	128
1600	बाजरा	,,	181
1650	बाजरा	,,	214
1600	चना	,,	130
1650	चना	,,	160
1729 (बंगाल)	चना	,,	171

चावल[31]

वर्ष	प्रति रुपया	कितने सेर ?
1600	1 रुपया	54 सेर
1650	1 रुपया	64 सेर
1729 (बंगाल)	1 रुपया	153 सेर

19वीं शताब्दी के प्रथम दशक तक उत्तर भारत में चावल का भाव सस्ता था और एक रुपये में 120 सेर चावल मिलता था।

दैनिक प्रयोग में आनेवाली चीजों की कीमत भी सस्ती थी। उत्तर भारत में कीमतें इस प्रकार थीं—

31. मुखर्जी, इकोनोमिक हिस्ट्री ऑफ इण्डिया, पृ० 46

वर्ष	वस्तुएँ और वजन	कीमत
1600	घी 10·3 सेर	1 रुपया
1661	घी 8·75 सेर	1 रुपया
1729	घी 9·6 सेर	1 रुपया
1600	तेल 13·5 सेर	1 रुपया
1661	तेल 20 से 23 सेर	1 रुपया
1729	तेल 31 सेर	1 रुपया
1600	चीनी 19·3 सेर	1 रुपया
1661	चीनी 14 सेर	1 रुपया
1600	नमक 60 सेर	1 रुपया

चूँकि सुव्यवस्थित मण्डियों के न रहने के कारण और परिवहन के साधनों के अभाव के कारणं गाँवों में अनाज तथा अन्य सामान पड़े रह जाते थे और इसलिये गाँव आत्म-निर्भर थे। किन्तु किसानों पर इसका बुरा प्रभाव पड़ता था। साधनों के अभाव में कृषक सस्ते दामों पर अनाजों और अन्य वस्तुओं को बेचने को बाध्य होते थे। इसके अतिरिक्त जब वर्षा कम होती थी तो वही किसान अधिक मूल्य पर दूसरी जगहों से अनाजों को खरीदते थे। नीचे की तालिका इस बात को स्पष्ट करती है—

शहर	सामान	प्रति रुपया	वजन	वर्ष
मुर्शिदाबाद	गेहूँ	1 रुपया	20 सेर	1712
मुर्शिदाबाद	गेहूँ	1 रुपया	3 मन 30 सेर	1729
मुर्शिदाबाद	जौ	1 रुपया	27 सेर	1712
मुर्शिदाबाद	जौ	1 रुपया	8 मन	1729
मुर्शिदाबाद	चावल	1 रुपया	10 सेर	1712
र्बाशदामुाद	चावल	1 रुपया	4 मन 15 सेर	1729

जब ब्रिटिश शासन काल में परिवहन के साधन और रेलें उपलब्ध हुईं तब चीजों के दाम बढ़ने लगे। जब देश में अकाल पड़ते थे तब वस्तुओं की कीमत विभिन्न स्थानों पर विभिन्न होती थी। अगर एक स्थान में गेहूँ की कीमत कम थी तो दूसरे स्थान पर अधिक। मजदूरी की दरें भी अलग-अलग थीं। एक मजदूर कम-से-कम 3 पैसे और अधिक-से-अधिक 12 पैसे प्रतिदिन मजदूरी के रूप में पाता था।

स्पष्ट है कि भारत में अंग्रेजों के आगमन के पूर्व तक गाँव आत्म-निर्भर थे, कृषक सुखी थे और व्यापार तथा उद्योग विकसित अवस्था में थे। अर्थ-व्यवस्था में अंग्रेजों के आगमन के पश्चात् ही परिवर्त्तन आने प्रारम्भ हुए जो दुखदायी थे।

2

भू-राजस्व प्रणाली और प्रशासन

पिछले अध्याय में भारत में अंग्रेजी राज की स्थापना के पूर्व की आर्थिक परिस्थितियों का अध्ययन प्रस्तुत किया गया है। इन परिस्थितियों में जो नवीन परिवर्तन आये वे वस्तुतः ब्रिटिश ईस्ट इण्डिया कम्पनी की देन हैं। भारत के शासन की बागडोर लगभग एक सौ वर्ष (1757-1857) तक कम्पनी के हाथ में रही और इस अवधि में भारत की राजनीति और सामाजिक संरचना के साथ-साथ अर्थ-व्यवस्था में भी अभूतपूर्व परिवर्तन आये। कम्पनी के उत्कर्ष काल के समय भारत का केन्द्रीय शासन ह्रासोन्मुख था। ह्रास की गति को कम्पनी ने और भी तेज कर दिया और राजनीतिक, सामाजिक तथा आर्थिक क्षेत्रों में एक नई व्यवस्था की नींव डाली। प्रचलित अर्थ-व्यवस्था के जिन पहलुओं को कम्पनी बहादुर ने बदलने का प्रयास किया उनमें पहली भूमि-व्यवस्था है। भारत में नये बदलाव एवं परिवर्तन लानेवाली इस कम्पनी के जन्म एवं विकास का एक संक्षिप्त इतिहास प्रस्तुत करना उचित होगा।

ईस्ट इण्डिया कम्पनी की स्थापना के कई चरण हैं। ताराचन्द के शब्दों में "कम्पनी की स्थापना वाणिज्यिक उद्यम की एक लम्बी प्रक्रिया की परिणति है।"[1] इंग्लैण्ड में चौदहवीं सदी के दूसरे दशक (1313 ई०) में 'फेलोशिप ऑफ स्टेपल्स' की स्थापना की गई थी। यह वाणिज्यिक संस्था थी और मुख्य रूप से ऊन का व्यापार करती थी। ऊन के व्यापार पर स्टेपल्स का एकाधिकार प्राप्त था। 15वीं सदी के प्रथम दशक (1407 ई०) में एक अन्य वाणिज्यिक संस्था की स्थापना की गई जिसका नाम 'कम्पनी ऑफ मर्चेन्ट एडवैन्चर्स' था। स्टेपल्स ऊन का व्यापार करती थी और एडवेंचर्स ऊनी वस्त्र का व्यापार करती थी।

ब्रिटेन में व्यापार हेतु कम्पनियाँ खोलने का दौर सोलहवीं शताब्दी से प्रारम्भ हुआ। इस शताब्दी की मध्यावधि में एक नई कम्पनी 'मस्कोबी कम्पनी' की स्थापना सिर्फ रूस से व्यापार करने के लिये की गई। इसी समय 'प्रशियन कम्पनी' भी खोली गई। सन् 1567 ई० में एक अन्य कम्पनी भी जिसका नाम 'अफ्रिकन कम्पनी' था, स्थापित की गई। इसी प्रकार 1577 ई० में 'स्पेनिश कम्पनी', 1578 में 'ईस्ट लैण्ड कम्पनी' और 1581 में 'तुर्की कम्पनी' बनी। इन सभी कम्पनियों को ब्रिटिश सम्राट से व्यापार करने के लिये अधिकार-पत्र मिले थे। सन् 1581 ई० में भूमध्यसागर के पूर्वी तटीय देशों से व्यापार करने के लिये 'लेवेन्ट कम्पनी' की स्थापना की गई। सन् 1592 ई० में लेवेन्ट कम्पनी का तुर्की कम्पनी के साथ विलयन हो गया। अन्त में दिसम्बर 1600 ई० में सम्राज्ञी एलिजाबेथ ने ईस्ट इण्डिया कम्पनी को अधिकार-

---

1. ताराचन्द, प्रथम खण्ड, पृ० 216

पत्र देकर उसे 'राष्ट्र की प्रतिष्ठा और धन-वैभव' बढ़ाने के लिए मौका दिया। राजकीय निकाय द्वारा कम्पनी का प्रबन्ध अधिकार-पत्र में किया गया। इस निकाय में गवर्नर, डिप्टी गवर्नर और समिति के चौबीस सदस्य थे। कम्पनी पूर्णतः स्वतन्त्र नहीं थी। सम्राज्ञी और प्रीवी कौंसिल को कम्पनी की आर्थिक व्यवस्था में हस्तक्षेप करने का मौका मिला। सम्राज्ञी ने अपने विशेषाधिकार का प्रयोग करके कम्पनी को 15 वर्ष के लिये अधिकार-पत्र दिया। इसके अनुसार कम्पनी को अधोलिखित अधिकार मिले—

(क) वह (कम्पनी) सम्पत्ति रख सकती थी,

(ख) अपने सदस्यों और कर्मचारियों में अनुशासन कायम रख सकती थी, और

(ग) व्यापार सम्बन्धी अन्य विशेषाधिकार का प्रयोग करने में वह स्वतन्त्र थी।

इतना ही नहीं, सम्राज्ञी ने अधिक अभिरुचि लेकर कम्पनी को आर्थिक अनुदान भी दिया। संक्षेप में 14वीं शताब्दी से लेकर 17वीं शताब्दी के प्रथम वर्ष तक ब्रिटेन में व्यापार के लिये जितनी कम्पनियाँ बनीं उनमें ईस्ट इण्डिया कम्पनी ही वाणिज्यिक विचारधारा की सच्ची प्रतीक थी। उसे भारत से स्थायी रूप से व्यापार करने का अधिकार मिला। वह हथियारों से लैस होकर व्यापार के लिये अधिकृत थी। इस प्रकार पहली बार "बड़े से बड़े पैमाने पर शस्त्र, समुद्री व्यापार और विस्तार तथा आत्म-रक्षा का पूर्णतम अधिकार" इस कम्पनी को प्राप्त हुआ।[2] अधिकार-पत्र का नवीनीकरण समय-समय पर ब्रिटिश अधिशासकों ने किया।

कम्पनी की समस्याओं और सफलताओं की जो शतवर्षीय कहानी है वह बड़ी विविधिताओं से भरी है। कम्पनी को अपनी एक सौ वर्ष की यात्रा में मुख्य रूप से तीन प्रकार की समस्याओं का सामना करना पड़ा—आन्तरिक समस्या, प्रतिद्वन्द्विता की समस्या और बस्तियों का निर्माण करने तथा भारत में अपनी जड़ जमाने की समस्या। इन समस्याओं के निदान में कम्पनी को सफलता मिली और अन्त में वह भारत के शासन की सर्वेसर्वा हो गई।

कम्पनी की पहली समस्या उसकी आन्तरिक कठिनाइयों से संबद्ध है जो "शाही परमाधिकार पर आधारित एकाधिकार के कारण" पैदा हुई। चूंकि ट्यूडर काल में कम्पनी का अस्तित्व कायम हुआ था और जैसे ही वह अपने अस्तित्व में आयी वैसे ही ट्यूडर की जगह स्टुअर्ट के हाथों में शासन की बागडोर आ गई थी। यद्यपि जेम्स प्रथम (1603-25) ने कम्पनी को संरक्षण प्रदान किया और शास-पत्र (अधिकार-पत्र) का नवीनीकरण किया। अब शास-पत्र को स्थायी बना दिया गया। किन्तु जेम्स ने कम्पनी के एकाधिकार को समाप्त करने के लिये भी प्रयत्न किया। उसके उत्तराधिकारी चार्ल्स प्रथम ने कम्पनी का खुलकर समर्थन नहीं किया। इसके विपरीत उसने अपने धन की आवश्यकता की पूर्त्ति करने के लिये ईस्ट इण्डिया कम्पनी के समानान्तर 'कोर्टेन्स ऐसोशियेसन'

2. डब्ल्यू० डब्ल्यू० हण्टर: ए हिस्ट्री ऑफ इण्डिया, भाग-1, पृ० 253

नामक एक कम्पनी को जन्म देकर उसे पूर्वी भारत से व्यापार करने के लिये अनुमति-पत्र दे दिया। फलतः इन दोनों कम्पनियों के बीच कई वर्षों तक संघर्ष चला। इस संघर्ष को ओलिवर क्रोमवेल ने समाप्त किया। उसने एक नया शास-पत्र लागू करके ईस्ट इण्डिया कम्पनी को 'एक स्थायी और संयुक्त पूँजी निगम' बना दिया। क्रोमवेल के इस कदम ने ईस्ट इण्डिया कम्पनी की प्रतिद्वन्द्वी कम्पनी का सफाया कर दिया। जब चार्ल्स द्वितीय इंग्लैंड का शासक बना तब कम्पनी ने अपनी आन्तरिक समस्याओं को समाप्त करने के लिये स्वयं पहल करना प्रारम्भ किया। उसने चार्ल्स के प्रति अपनी निष्ठा का प्रदर्शन किया और उसे कीमती उपहार देकर उसकी शुभकामना प्राप्त कर ली। कम्पनी की यह चाल काम कर गई और उसे व्यापार करने के लिये सम्राट से शास-पत्र मिल गया। शास-पत्र ने कम्पनी के एकाधिकार की गारन्टी दे दी। कम्पनी को अन्य अधिकार भी मिले। उसे किलाबन्दी करने और किले की रक्षा करने के लिए सशस्त्र सैनिकों को रखने का अधिकार मिला। बम्बई का बन्दरगाह भी कम्पनी को हस्तान्तरित हो गया। बम्बई में प्रभाव बढ़ाकर कम्पनी भारत के पश्चिमी तट को प्रभावित कर सकती थी। बम्बई अब कम्पनी का एक उपनिवेश था जिसका उपयोग उसने एक सैनिक अड्डे के रूप में किया और बंगाल की खाड़ी से लेकर मध्य अटलान्टिक तक हथियारों के बल पर अधिकार करने में सफल हो सकी। स्टुअर्ट शासन के अन्तिम चरण तक कम्पनी एक सुदृढ़ संस्था के रूप में परिणत हो चुकी थी। फिर भी, "उसे भारत में मुद्रा ढालने, कर लगाने, बन्दरगाह बनाने, सेना रखने और युद्ध और सन्धि करने के राष्ट्रीय अधिकार प्राप्त थे।"[3] कम्पनी राष्ट्र से भिन्न एक संस्था थी। इन अधिकारों की प्राप्ति का फल यह हुआ कि कम्पनी ने अपने व्यापार का अत्यधिक विकास किया और इससे उसे धन का लाभ हुआ। हण्टर लिखता है कि कम्पनी के हिस्सों का मूल्य 100 पौंड प्रति हिस्से से बढ़कर 360 पौंड और 1683 में 500 पौंड हो गया और उसके व्यापार का मूल्य इतना अधिक बढ़ गया कि कम्पनी पर राष्ट्र के व्यापार का आधे से अधिक भाग हड़प लेने का भी अभियोग लगाया गया।

गौरवपूर्ण क्रान्ति के फलस्वरूप पार्लियामेंट के बढ़ते अधिकार के कारण कम्पनी का एकाधिकार खतरे में पड़ गया। किन्तु कम्पनी के चतुर अधिकारियों ने मन्त्रियों और कोर्ट के सदस्यों को घूस देकर उनकी सद्भावना प्राप्त करने का प्रयास किया। मन्त्री उत्तम चरित्र के थे, अतः कम्पनी की चाल को उनपर कोई प्रभाव नहीं पड़ा। उन्होंने 1698 ई० में एक अधिनियम पास करके एक नई ईस्ट इण्डिया कम्पनी को जन्म दे डाला। अब देश में दो कम्पनी हो गई—पुरानी ईस्ट इण्डिया कम्पनी और नई ईस्ट इण्डिया कम्पनी। पहली कम्पनी राजकीय शास-पत्रों पर और दूसरी कम्पनी संसद द्वारा पारित अधिनियम पर खड़ी थी। अपने अधिकार और अस्तित्व को लेकर ये दोनों कम्पनियाँ लगभग 10 वर्षों तक आपस में लड़ती-झगड़ती रहीं। उनकी लड़ाई सन् 1708 ई० में खतम हुई। इस वर्ष गोडोलफिन पंचाट के अनुसार दोनों को मिलाकर एक कर दिया गया। इस संयुक्त कम्पनी को भी एकधिकार प्राप्त था,

3. वही, भाग 2, पृ० 275

सैनिकों को रखकर व्यापार करने का अधिकार था। यह व्यापारिक संस्था के साथ-साथ पूर्व में एक प्रतिनिधि मण्डल की तरह उभरकर कर सामने आई। एडमण्ड बर्क ने लिखा है कि "इस्ट इण्डिया कम्पनी केवल अंग्रेजों का व्यापार बढ़ाने के लिये बनाई गई कम्पनी नहीं थी, वास्तव में वह मानो पूर्व में भेजा गया एक प्रतिनिधिमण्डल थी जिसे इस साम्राज्य की सारी शक्ति और प्रभुसत्ता दे दी गई थी।"[4]

भारत में कम्पनी की दूसरी समस्या उसके प्रतिद्वन्द्वियों को लेकर पैदा हुई थी जिसमें यह बात निहित थी कि कम्पनी को हथियार रखने थे और इन हथियारों के बल पर दूसरों के मूल्य पर अपनी समृद्धि को प्राप्त करना था। पुर्तगालियों ने पूर्व भारत में अत्याचार और हथियार के सहारे अपने व्यापार को चलाया था। बाद में उन्हें डचों ने खदेड़ दिया। डचों ने अंग्रेजों से भी लड़ाई ठान ली, किन्तु वे पराजित हुए और प्रतिद्वन्द्विता में अंग्रेज आगे निकल गये। भारत को अब अंग्रेज अकेले प्रभावित करने लगे।

भारत में बस्तियों के बसाने और किलों के निर्माण करने से संबद्ध कम्पनी की तीसरी समस्या थी। भारत में जहाँ कहीं भी अंग्रेजों ने निवास किया वहाँ उन्होंने किलाबन्दी की। प्रारम्भ में बस्तियों तथा किलों के निर्माण के उनके स्वप्न पूरे नहीं हुए। मुगल सरकार के प्रतिरोध के कारण पश्चिमी तट पर वे अपनी बस्तियाँ नहीं बसा सके थे। इसके अतिरिक्त 1636 में कोर्टेन्स एसोशियेसन के सेवकों ने जब समुद्री डाके डाले तब उनके प्रधान मेथवोल्ड को उसके सहयोगियों के साथ सूरत के गवर्नर ने जेल में डाल दिया। औरंगजेब और शिवाजी के काल में भीषण युद्धों के चलते देश के भीतरी भाग में अंग्रेज अपनी बस्तियों का निर्माण न कर सके। 1668 ई० में जब चार्ल्स द्वितीय की कृपा से कम्पनी को बम्बई मिल गया तब किलाबन्दी करना कुछ आसान-सा प्रतीत होने लगा। इस समय अंग्रेजों ने मुगलों और मराठों से डरकर पश्चिमी तट की जगह पूर्वी तट को प्रभावित करने का प्रयास किया। यद्यपि उड़ीसा से कोरोमण्डल तट तक (बालासोर, पिपली, पुलीकट, मछलीपट्टम आदि) कोठियाँ स्थापित की गईं, लेकिन यह संतोषप्रद नहीं था। यद्यपि 1639 में कम्पनी ने मद्रास पर अधिकार किया, किन्तु व्यापार के लाभ की दृष्टि से मद्रास गंगा से दूर था, इसलिये उसने बंगाल को प्रभावित करने की ओर अपना ध्यान लगाया। सन् 1650 में बंगाल के गवर्नर ने आग्रह करने पर कम्पनी को व्यापार करने के लिये अनुमति-पत्र दे दिया। कम्पनी ने व्यापार के लिये बंगाल में अपना प्रतिष्ठान कायम किया और उसे मद्रास के फोर्ट सेंट जार्ज के अधीन कर दिया। किन्तु बंगाल में अलीवर्दी खाँ के शासन काल तक कम्पनी को विशेष सफलता नहीं मिली। बंगाल में जहाँ-तहाँ कम्पनी को कुछ कोठियों को बनाने में सफलता मिली। इसी समय अंग्रेजों और फ्रांसीसियों के बीच अपने-अपने प्रभाव-क्षेत्र बढ़ाने के लिए प्रतिद्वन्द्विता प्रारम्भ हुई। अन्त में 1757 में और 1764 में बंगाल के दो नवाबों सिराजुद्दौला और मीरकासिम को षड्यन्त्र के आधार पर पराजित कर कम्पनी ने बंगाल पर अधिकार किया एवं धीरे-धीरे भारत के कई भागों को अपने अधिकार में कर बैठी। कम्पनी ने मुगल सम्राट से फरमान प्राप्त करके बिहार, बंगाल और उड़ीसा की दीवानी भी प्राप्त

---

4. कैम्ब्रिज हिस्ट्री ऑफ इण्डिया, खण्ड-5 पृ०, 182.

कर ली। डॉ० ताराचन्द लिखते हैं : "इस तरह कम्पनी के इतिहास में वैध आर्थिक व्यापार का युग समाप्त हुआ और राजनीतिक सत्ता की छत्रछाया में तथा राजस्व की सहायता से किये जानेवाले व्यापार का युग प्रारम्भ हुआ। भारत के इतिहास में यह उन नई सामाजिक शक्तियों के प्रवर्त्तन का सूत्रपात था जिनका उदय दूर पश्चिम में हुआ था तथा जिन्हें समुद्रों और महाद्वीपों में से उत्तरोत्तर बढ़ते हुए सारी दुनिया को अपने में जकड़ लेना था।"[5]

अंग्रेजों की ईस्ट इण्डिया कम्पनी मुख्यतः व्यापार के ध्येय से भारतवर्ष आई थी, किन्तु वह राजनीति की संचालिका एवं स्वामिनी भी बन गई। सत्ताधारी कम्पनी अपने आर्थिक उद्देश्यों और मूल्यों को भूल नहीं सकी। कम्पनी ने भारत का आर्थिक शोषण करके अधिक-से-अधिक धनार्जन करने का प्रयास किया। आय के समस्त स्रोतों एवं साधनों पर उसने अधिकार करने का प्रयास किया। अपने लाभ ने लिए उसने उद्योगों को विनष्ट किया, व्यापार पर एकाधिकार कायम किया, कृषि का वाणिज्यीकरण किया, भू-राजस्व में नई-पद्धतियाँ चलाकर कर-वृद्धि के जरिये अधिक-से-अधिक धन उगाहने का प्रयास किया।

कम्पनी शासन के पूर्व भारत में भू-राजस्व प्रणाली—वैदिक काल से ही भारत के ग्राम भू-राजस्व तथा स्थानीय प्रशासन की इकाई के रूप में कार्य करते आ रहे थे। भारत में भू-स्वामियों का कोई ऐसा अभिजात वर्ग नहीं था जिसका भूमि पर मालिकाना हक रहा हो। प्राक् ब्रिटिश भारत में कभी भी जमीन पर, भूमि पर किसी की निजी मिलकियत नहीं रही। गाँव के लोग ही भूमि के स्वामी थे और भूमि के उत्पादन से दैनिक आवश्यकता की पूर्त्ति हो जाती थी। जब तक किसान निश्चित किया गया उपज का अंश या कर देता रहता था तब तक भूमि का स्वामी था। सम्राट या सामन्त जमीन के स्वामी नहीं थे। राज्य प्रशासन के लिए सम्राट उपज का एक हिस्सा किसानों से लेने का अधिकारी था।[6] किसी शासक ने किसान को भूमि के स्वामित्व से वंचित नहीं किया और न अपने लाभ के लिए बिचौलिया या जमीन्दारी वर्ग को जन्म दिया।[7] आर० के० मुखर्जी ने लिखा है कि "ग्राम में जमीन किसी जनजाति या उसके किसी प्रविभाजन विशेष जैसे ग्राम समुदाय, गोत्र और बिरादरी की होती थी; वह कभी राजा की सम्पत्ति नहीं मानी गई।"[8]

इसी लेखक ने आगे लिखा है कि भूमि का स्वामित्वाधिकार हमेशा कृषक के साथ ही रहा। सम्राट और सामंत भूमि के कतई स्वामी नहीं थे। चूँकि सम्राट भूमि का स्वामी नहीं था, इसलिये वह ऐसे अभिजात वर्ग की सृष्टि नहीं कर सका जिसका भूमि पर स्वामित्व हो। भू-राजस्व वसूल करने का काम ही वह किसी को दे सकता था। पाटिल अथवा ग्राम का प्रधान, मामलातदार अथवा नवाब की ओर

5. ताराचन्द, पृ० 238-39
6. वेडन पॉवेल; लैण्ड सिस्टम ऑफ ब्रिटिश इण्डिया,
7. ए० आर० देसाई; भारतीय राष्ट्रवाद की सामाजिक पृष्ठभूमि, द्वितीय संस्करण, पृ० 30
8. फण्डामेंटल यूनिटी ऑफ इण्डिया, पृ० 16

से नियुक्त व्यक्ति भू-राजस्व की वसूली करता था। ग्राम-समुदाय ही गाँव की भू-सम्पत्ति का वास्तविक अधिकारी था।

मुगल बादशाहों ने ग्रामीण अर्थ-व्यवस्था को यथावत् बनाये रखा और भू-राजस्व की परम्परागत उदार पद्धति को ही स्वीकार किया। नकद देकर सरकारी भुगतान की प्रथा शुरू हुई किन्तु भूमि पर ग्रामीण समुदाय का कब्जा रहा और परम्परागत अधिकारों में हस्तक्षेप नहीं किया गया।

भूमि-व्यवस्था में परिवर्तन—भारत की प्राचीन भूमि-व्यवस्था पर पहले-पहल अंग्रेजों ने ही चोट की। भारत विजय के बाद उन्होंने भू-व्यवस्था में परिवर्तन लाना प्रारम्भ किया। अब भूमि पर से किसानों का स्वामित्व खतम कर दिया गया और भू-स्वामित्व के दो रूप अस्तित्व में आये—देश के कुछ भागों में जमीन्दारों और किसानों की निजी मिल्कियत।

कम्पनी द्वारा लागू की गई जमीन्दारी प्रथा के तीन कारण थे। कम्पनी अपने देश की न्यायिक और आर्थिक धारणाओं के आधार पर जमीन का बन्दोवस्त कर सकती थी। ब्रिटेन की जमीन्दारी प्रथा में व्यक्ति भूमि का स्वामी था. किन्तु भारत में ग्राम-समुदाय को स्वामित्व प्राप्त था। दूसरा, कम्पनी हजारों-लाखों किसानों से भू-राजस्व को वसूल करने में कई कठिनाइयों का सामना करती थी और राजस्व-संग्रह के कार्य में भी अधिक समय लगता था। अतः इन कठिनाइयों को दूर करने के लिये वह कुछ जमीन्दारों को पैदा करना चाहती थी। तीसरा, नव-स्थापित कम्पनी प्रशासन की सुरक्षा के लिए कुछ ऐसे वर्ग की आवश्यकता थी जो उसका समर्थन करे। इसी सन्दर्भ में भू-राजस्व के संग्रह के लिये जमीन्दारों का जन्म हुआ। मुखिया, पाटिल, पंचायत आदि की जगह अब जमीन्दारों ने ले ली।

भू-राजस्व में एक और परिवर्तन लाया गया। गाँव अब भू-स्वामी नहीं थे। अतः वह कृषि का भी स्वामी नहीं रहा। अब कम्पनी हर किसान को जमीन का टुकड़ा देने लगी जिस पर उसका (किसान का) स्वामित्व कायम किया गया। जो किसान जमीन जोतता था वही उस जमीन का कर चुकाता था। अतः किसान का सरकार से प्रत्यक्ष संबंध कायम हो गया। इस व्यवस्था ने ग्राम समुदाय तथा पंचायत की मर्यादा तथा अधिकार को विनष्ट कर दिया। ए० आर० देसाई लिखते हैं, "इस तरह नई भूमि-व्यवस्था ने गाँव को उनके कृषि-संबन्धी न्यायिक तथा आर्थिक कार्यों से वंचित कर दिया। नई व्यवस्था ने उन सम्बन्ध-सूत्रों को भी समाप्त कर दिया जिसने जैविक रूप से किसानों को गाँवों के सामाजिक जीवन से बाँध रखा था। केन्द्रीय सत्ता के विभिन्न अवयवों ने ग्रामीण जीवन के सारे क्रियाकलाप हस्तगत कर लिये। जो कार्य पहले स्वायत्तशासी ग्राम संगठन किया करते थे वे कार्य अब सरकार द्वारा सम्पन्न होने लगे।"[9]

भू-राजस्व व्यवस्था की नई पद्धतियाँ

13 अप्रिल 1773 ई० को रेग्यूलेटिंग एक्ट पारित होने के बाद वारेन हेस्टिंग्स के नेतृत्व में भू-राजस्व व्यवस्था में परिवर्तन आना प्रारम्भ हुआ। बंगाल में भू-

9. ए० आर० देसाई

राजस्व प्रणाली में नव परिवर्तन लाना थोड़ा कठिन था। यह कठिनाई इसलिये और भी अधिक बढ़ गई थी क्योंकि कम्पनी के डायरेक्टरों ने वारेन हेस्टिंग्स को भारत से अधिक-से-अधिक-भू-राजस्व वसूल कर भेजने को कहा था। फिर भी, हेस्टिंग्स ने कम्पनी की आर्थिक सम्पन्नता तथा राजनीतिक सुदृढ़ता के लिये राजस्व मद को पुर्नव्यवस्थित करना परमावश्यक समझा। इस समय तक राजस्व प्रशासन बिखर चुका था और अकबर एवं अन्य मुगल सम्राटों की स्थापित की गई कर-व्यवस्था छिन्न-भिन्न हो गई थी। अंग्रेज कर्मचारियों तथा भारतीय नायब दीवानों के अत्याचारों से कम्पनी के संचालकों का यह विश्वास था कि राजस्व का बहुत बड़ा भाग कर्मचारियों द्वारा अपने निजी अधिकार में रख लिया जाता था। वारेन हेस्टिंग्स ने राजस्व को व्यवस्थित करने का प्रयास किया।

वारेन हेस्टिंग्स के भारत आगमन के समय बंगाल में अंग्रेजों के पास तीन प्रकार की भूमि थी :

1. वर्दमान, मिदनापुर और चटगाँव के जिले—बंगाल के तीन जिले 1760 ई० में मीरजाफर ने कम्पनी को दे दिये थे। इन जिलों का राजस्व कम्पनी के हाथों में था जिसे वह किसी को नहीं देती थी।
2. कलकत्ता और चौबीस परगना—1698 ई० से ही कलकते पर अंग्रेजों का अधिकार था और 1757 ई० में मीरजाफर ने उन्हें चौबीस परगना भी दे दिया। इन प्रदेशों की भूमि का जमीन्दार कम्पनी थी और वह बंगाल के नवाब को वार्षिक लगान देती थी। सन् 1759 ई० में क्लाइव ने चौबीस परगना मुगल सम्राट से प्राप्त किया था। संचालकों के आदेश से सन् 1763 ई० से इन पर भी लगान देना बन्द कर दिया गया। किन्तु यह प्रबन्ध स्थायी नहीं रह सका था और 1765 ई० से कम्पनी ने लगान देना पुनः प्रारम्भ कर दिया। किन्तु यह तय हुआ कि 1785 ई० के बाद कम्पनी लगान देना बन्द कर देगी।
3. बंगाल, बिहार और उड़ीसा के सूबे—मुगल सम्राट के फरमान के आधार पर इन सबों की दीवानी 1765 ई० में कम्पनी को प्राप्त हो गई थी। इसके बदले में कम्पनी ने 26 लाख रुपये प्रतिवर्ष मुगल सम्राट को और एक निश्चित धन-राशि बंगाल के नवाब को निजामत के कर्त्तव्यों को पूरा करने के लिये देने का आश्वासन दिया था।

राजस्व प्रशासन से सम्बन्धित मुख्य समस्या इस तीसरे प्रकार की भूमि की थी। क्लाइव ने अपने द्वैध शासन की व्यवस्था के अन्तर्गत इस उत्तरदायित्व को प्रत्यक्ष रूप से कम्पनी के हाथों में नहीं लिया था और दो भारतीय नायब दीवान नियुक्त करके कम्पनी के उत्तरदायित्व को समाप्त कर दिया था। किन्तु वारेन हेस्टिंग्स को स्पष्ट आदेश मिले थे कि कम्पनी दीवानी के लिए स्वतः उत्तरदायी हो। इस कारण राजस्व व्यवस्था का प्रत्यक्ष उत्तरदायित्व कम्पनी पर आ गया।

इस व्यवस्था में परिवर्त्तन करने के पूर्व वारेन हेस्टिंग्स ने एक राजस्व समिति का गठन किया और स्वयं उसका अध्यक्ष बना। कम्पनी ने पुराने नायब दीवानों को हटाकर और उनपर मुकदमा ठोक कर हर सम्भव लाभ को प्राप्त करने का प्रयास किया। गवर्नर जनरल का निजी बिचार था कि समस्त भूमि सरकार की

है। इसलिये उसने समस्त अनिश्चित तथा पुश्तैनी अधिकारों की अवहेलना की और जमीन्दारों को केवल कर-संग्रहकर्त्ता ही माना जो कर-वसूली के बदले किसानों से केवल कमीशन लेते थे अथवा ले सकते थे। सन्तोषजनक राजस्व-व्यवस्था करने के लिये राजस्व समिति ने सुप्रसिद्ध परीक्षण तथा शुद्धि का नियम अपनाया। समिति के निर्णय के अनुसार 1772 ई० में

(क) प्रत्येक जिले में राजस्व की पूरी जानकारी ली गई,

(ख) कर-संग्रहण के अधिकार ऊँची बोलीवालों को पाँच वर्ष के लिये नीलाम कर दिये गये। दूसरे शब्दों में, जिन्होंने अधिकतम राजस्व देने का वचन दिया उन्हें पाँच वर्ष के लिये भूमि दे दी गई। इस आधार पर जमीन्दार भूमि के स्वामी न होकर मात्र कर-संग्राहक थे।

(ग) समिति के निर्णय के अनुसार नये जमींदार किसानों को स्पष्ट रूप से पट्टे देने लगे जिनमें यह स्पष्ट कर दिया गया कि किसान किस मात्रा में जमीन्दारों को राजस्व देंगे।

(घ) राजकोष को मुर्शिदाबाद से स्थानान्तरित करके कलकत्ता लाया गया ताकि कम्पनी प्रत्यक्ष रूप से उसकी देखभाल कर सके।

(ङ) सन् 1773 ई० में कर-संग्रह की व्यवस्था में कुछ परिवर्त्तन लाया गया। निजी व्यापार में लगे भ्रष्ट ऑफिसरों को पदच्युत किया गया और उनके स्थान पर भारतीय नायब दीवान (जिलों में) नियुक्त किये गये। कार्यों का निरीक्षण करने के लिये छः प्रान्तीय परिषदों का गठन किया गया जिनका अध्यक्ष कलकत्ता परिषद् का एक सदस्य बनाया गया। इन परिषदों का गठन उनके ढाका, कलकत्ता, बर्दमान, मुर्शिदाबाद, दिनाजपुर और पटना में किया गया। राजस्व परिषदें राजस्व और उससे सम्बन्धित न्याय का काम करती थीं।

(च) समस्त राजस्व के हिसाब-किताब के निरीक्षण तथा देखभाल के लिये एक भारतीय अधिकारी 'राय रैयान' नियुक्त किया गया जिसे प्रत्येक माह 5,000 रुपये दिये जाने की व्यवस्था की गई। राजा राजवल्लभ (राय दुर्लभ का पुत्र) पहला भारतीय था जिसे इस पद पर नियुक्त किया गया।

(छ) एक आय लेखा सचिव की भी नियुक्ति की गई।

(ज) प्रत्येक जिले की राजस्व परिषद के प्रधान को प्रति माह 3,000 रुपये देने की व्यवस्था की गई ताकि वह व्यक्तिगत व्यापार से निजी लाभ उठाने की चिन्ता न करे और कम्पनी तथा सरकार के लाभ की बात सोचे।

वारेन हेस्टिंग्स ने 1774 ई० में अधिनियम पारित होने के उपरान्त राजस्व-व्यवस्था संबंधित अपनी रिपोर्ट को अपनी नई परिषद में प्रस्तुत किया और कुछ नये सुझाव भी रखे। परिषद् ने सुझावों को स्वीकार नहीं किया और उसके एक सदस्य फ्रान्सिस ने अपनी एक पृथक योजना को प्रस्तुत किया। इस योजना के अनुसार जमींदारों को हमेशा के लिए भूमि दे देनी थी। कुछ परिवर्तन करके वारेन हेस्टिंग्स ने फ्रान्सिस की योजना को स्वीकार कर लिया, किन्तु इस परिवर्तन के

कारण कोई समझौता न हो सका। किसी प्रकार का समझौता होने के पूर्व ही संचालकों के नये आदेश आ गये।

नये आदेश के अनुसार 1777-78 में पंचवर्षीय बन्दोवस्त को समाप्त कर दिया गया और उसकी जगह एकवर्षीय प्रणाली अपनायी गई तथा जहाँ तक सम्भव हुआ जमीन्दारों के साथ ही यह बन्दोवस्त किया गया। किन्तु राजस्व की दर ऊँची रहने के कारण रैयतों तथा किसानों पर अत्याचार करने की प्रक्रिया चलती रही।

सन् 1780 ई० में परिषद के सदस्य मौन्सन की मृत्यु हो गई और फ्रान्सिस इंग्लैण्ड चला गया। ऐसी स्थिति में वारेन हेस्टिंग्स अपने मनोनुकूल ढंग से राजस्व की व्यवस्था करने में स्वतन्त्र हो गया। उसने एक नई योजना को लागू किया। 1781 में जिलों की परिषदों को समाप्त कर दिया गया और चार सदस्यों के साथ एक नयी राजस्व समिति का गठन किया गया। जिलों में पुनः कलक्टर नियुक्त किये गये, किन्तु उन्हें राजस्व संग्रह का अधिकार नहीं था। राजस्व समिति की सहायता के लिये एक दीवान की नियुक्ति की गई। समिति के प्रत्येक सदस्य को राजस्व से, जिसे वसूल किया गया, दो प्रतिशत देने की व्यवस्था की गई। खजाने की व्यवस्था करने का काम भी समिति को ही सुपुर्द किया गया और राय रैयन को कम्पनी के उच्चतम परिषद के अधीन कर दिया गया। कानूनगो पुनः नियुक्त किये गये। कलकत्ता राजस्व समिति सर्वोपरि निरीक्षण संस्था बनी।

हेस्टिंग्स की इंग्लैंड वापसी के बाद 1786 ई० में संचालकों के आदेश से राजस्व-व्यवस्था में कुछ परिवर्तन लाये गये। जिलों में कलक्टरों की नियुक्ति की गई, राजस्व परिषदों का गठन किया गया और मुख्य शारिस्तादार नामक एक नये अधिकारी की नियुक्ति की गई जिसका काम था सारे कानूनगो के विवरण पत्र की जाँच-पड़ताल करना। जेम्स ग्राण्ट पहला व्यक्ति था जिसकी नियुक्ति इस पद पर की गई।

हेस्टिंग्स की राजस्व व्यवस्था न तो संतोषप्रद थी और न सफल ही। इसमें अनेक दोष थे। प्रथम, जमीन्दारों को पाँच वर्ष के लिये भूमि दी गई थी और उनके द्वारा उन किसानों को भूमि दी गई थीं जिन्होंने सरकार को अधिक-से-अधिक लगान देने के वायदे किये थे। इससे किसानों का शोषण होने की सम्भावना बढ़ गई। द्वितीय, राजस्व सम्बन्धी दरों का निर्धारण किसानों के साथ नहीं किया गया था, अतः इसकी सफलता संदिग्ध थी। तृतीय, जमींदारों के अत्याचार से किसानों की रक्षा करने का प्रबंध नहीं किया गया। इसी कारण जमींदार किसानों से अधिक-से-अधिक लगान की माँग करते थे और इससे किसानों का शोषण होने लगा था। चतुर्थ, एकवर्षीय व्यवस्था भी सुखदायी सिद्ध न हो सकी। इसका सबसे बड़ा दोष यह था कि राजस्व व्यवस्था से अधिक सम्बन्ध भारतीय अधिकारियों का था, अंग्रेज अधिकारियों का नहीं। इस बिन्दु पर सारे अंग्रेज अधिकारी भारतीय अधिकारियों पर ही निर्भर करते थे और उन्हीं से राजस्व के संबंध में जानकारी प्राप्त करते थे। इस कारण वे राजस्व संबंधी दोषों तथा किसानों की स्थिति से कभी भी परिचित नहीं हो सके। केन्द्रीयकरण की नीति

के कारण हेस्टिंग्स कोई निश्चित और ठोस कर-व्यवस्था का निर्धारण करने में असफल रहा। 1782 ई० में सर जॉन शोर को यह कहना पड़ा कि जिलों में वास्तविक स्थिति की तथा राजस्व की जानकारी आज हमें 1774 ई० की तुलना में कम ही है। अतः यह स्वीकार करना पड़ता है कि वारेन हेस्टिंग्स अपने पीछे दुख, विद्रोह एवं दुर्भिक्षों की एक शृंखला छोड़ गया।[10] 1789 ई० में कार्नवालिस को यह कहना पड़ा कि कम्पनी के अधीन प्रदेश का तीसरा भाग केवल जंगल है तथा वहाँ जंगली पशु बसते हैं।"[11]

सच तो यह है कि वारेन हेस्टिंग्स कभी भी एक नीति पर दृढ़ नहीं रहा। वह 1764 से 1786 ई० तक राजस्व-व्यवस्था और प्रशासन के संबंध में केवल अन्वेषण ही करता रहा। ऐसी स्थिति में ठोस व्यवस्था का होना सम्भव नहीं था। फिर भी पहले की अपेक्षा बंगाल की राजस्व व्यवस्था में सुधार आया तथा कम्पनी और किसानों की आर्थिक स्थिति में परिवर्तन आये। पहली बार कम्पनी ने इस व्यवस्था का उत्तरदायित्व अपने ऊपर लिया। यह भी तय हो गया कि भविष्य में आने वाले अंग्रेज प्रंशासक राजस्व व्यवस्था को ठोस करने के लिये चिन्तित होते रहेंगे।

वारेन ने हेस्टिंग्स के बाद भारत में अंग्रेज शासकों ने भू-राजस्व के लिए मुख्य रूप से तीन पद्धतियाँ चलाईं—स्थायी बन्दोवस्त प्रणाली, रैयतवारी पद्धति और महलवारी पद्धति। इन पद्धतियों को क्रमशः बंगाल, मद्रास तथा उत्तर भारत में चालू किया। इनका अध्ययन आवश्यक है।

स्थायी बन्दोवस्त पद्धति—1776 ई० में एक स्थायी भू-भाग राजस्व पद्धति प्रारम्भ करने की बात सोची गई। वारेन हेस्टिंग्स और वारवेल ने नीलामी द्वारा या पट्टे पर जमीन की बिक्री कर क्रेता को उसपर स्थायी अधिकार बनाये रखने का प्रस्ताव प्रस्तुत किया। इसी प्रकार गवर्नर जनरल की कौंसिल के सदस्य फीलिप फ्रांसिस ने स्थायी भू-राजस्व व्यवस्था का समर्थन किया। किन्तु ईस्ट इण्डिया कम्पनी के डायरेक्टरों ने प्रस्ताव को अस्वीकार कर दिया। संक्षेप में लार्ड कार्नवालिस ने स्थायी बन्दोवस्त की प्रणाली प्रारम्भ की और इसे बंगाल में कार्यान्वित किया।

बंगाल की राजस्व-व्यवस्था लार्ड कार्नवालिस के आगमन काल (1785 ई०) तक सिरदर्द बनी हुई थी। वारेन हेस्टिंग्स ने बंगाल को एक बूचड़खाना बना दिया था।' वह अपने पीछे, जैसा कि लिखा जा चुका है, दुर्दशा, उपद्रवों और अकालों की एक शृंखला छोड़ गया था। कार्नवालिस को संचालकों द्वारा यह आदेश मिला था कि वह सारी गन्दगी दूर कर दे और ऐसा प्रबन्ध करे जिसमें कम्पनी को लाभ हो, भारत के किसानों को भी प्रसन्नता मिले और भू-पतियों की भी सुरक्षा हो। भारत पहुँचते ही लार्ड कार्नवालिस ने भूमि विषयक दस्तूरों, पट्टों और लगानों के सम्बन्ध में जाँच-पड़ताल करने के आदेश दे दिये। वह स्थायी

---

10. सर जॉन शोर, 1782
11. कार्नवालिस, 1789

बन्दोवस्त करना चाहता था। उसके अनुसार इस बन्दोवस्त योजना से निम्नलिखित प्रमुख लाभ हो सकते थे :

(क) भूमि से प्राप्त होनेवाले लगान की राशि निश्चित रूप से निर्धारित हो जायेगी और कम्पनी के अधिकारियों को अन्य क्षेत्रों की ओर ध्यान देने के लिये समय मिल जायेगा। लगान चुकानेवाले भी वार्षिक बढ़ोत्तरी और कमी की चिंता से मुक्त हो जायेंगे।

(ख) राजस्व वृद्धि की चिन्ता न होने पर जमीदार कृषि उत्पादन वृद्धि के लिये चिन्तित रहेंगे, जंगलों को साफ कर कृषि योग्य भूमि को बनायेंगे और बंगाल का निर्यात व्यापार बढ़ जायेगा। इसके फलस्वरूप कालान्तर में समृद्धि और सम्पन्नता में वृद्धि होगी।

(ग) अंग्रेजों के लिए लाभ यह था कि इस बन्दोवस्त से धन-निष्कासन में सहायता मिलनेवाली थी और इंग्लैंड मालामाल हो जानेवाला था। पुनः अंग्रेजों के लिए इसका सबसे बड़ा लाभ इस आकर्षण में था कि जमींदारों को लगान वृद्धि का भय नहीं होता और वे निर्यात व्यापार की वृद्धि करते जिसका लाभ अंग्रेजों को ही मिलता। बंगाल से व्यापार के माध्यम से ही धन-निष्कासन होता था। इसलिए इंगलैंड के शासकों के लिए स्थायी व्यवस्था को स्वीकृति देने का मुख्य आकर्षण निर्यात की उस संभावना में था जो इस व्यवस्था से सम्भव हो सकती थी।

स्थायी बन्दोवस्त के लिए लार्ड कार्नवालिस ने सबसे पहले बंगाल में प्रचलित भूमिकर किराया और पट्टों का अध्ययन किया और ऊँचे पदों पर आसीन अधिकारियों से लम्बे दिनों तक वाद विवाद किया। वाद-विवाद में राजस्व बोर्ड के अध्यक्ष सर जॉन शोर तथा अभिलेख पाल (रिकार्ड कीपर) जेम्स ग्राण्ट सम्मिलित थे। भूमि व्यवस्था से सम्बन्धित तीन प्रश्न थे : समझौता किसके साथ किया जाय—जमींदारों के साथ या किसानों के साथ ?; भूमि उपज में सरकार के राजस्व का कितना भाग हो ?; और समझौता की अवधि कुछ वर्षों के लिये हो या स्थायी हो ? इन प्रश्नों पर लार्ड कार्नवालिस, जॉन शोर एवं ग्राण्ट के मध्य वाद-विवाद हुआ और तब अन्त में निर्णय लिया गया।

सर्वप्रथम प्रथम प्रश्न पर विचार किया गया। यह विवाद का विषय बना कि जमींदारों को राजस्व के संग्रह की जिम्मेदारी दी जाय या उसे भूमि का स्वामी बना दिया जाय। इस प्रश्न पर शोर और ग्राण्ट के अलग-अलग विचार थे। शोर का विचार था कि भूमि के स्वामी जमींदार हैं और राज्य केवल उनसे राजस्व का कुछ भाग मात्र प्राप्त कर सकता है। उसने विचार दिया कि "मैं जमींदारों को उस जमीन का मालिक समझता हूँ जो उन्हें उनके धर्मगत कानूनों के अनुसार उत्तराधिकार में मिली है। अतः विधि सम्मत उत्तराधिकारियों के होते हुए सरकार उन्हें न तो उस अधिकार से वंचित कर सकती है और न ही उक्त अधिकार में किसी प्रकार का परिवर्तन कर सकती है। अपनी इस जमीन को बेचने या रेहन रखने का उन्हें बुनियादी अधिकार है और हमें दीवानी मिलने से

पहले ही ये लोग उक्त विशेषाधिकार का प्रयोग करते रहे हैं।"[12] उसका कहना था कि जमींदार अपनी सारी भूमि को बपौती के रूप में अपनी सन्तान को दे सकते हैं और उसे बेच सकते हैं। ग्राण्ट का विचार इससे भिन्न था। उसका विचार था कि भूमि पर राज्य का अधिकार है और राज्य की ओर से जमींदार केवल भूमिकर के संग्रहकर्त्ता हैं। अतः सरकार जब चाहे तब उन्हें हटा सकती है। इसलिए सरकार जमींदारों या किसानों में से किसी से भी समझौता कर सकती है। कार्नवालिस स्वयं इंग्लैंड का जमींदार था और इस कारण वह सर जॉन शोर के विचार से सहमत था। इसके अतिरिक्त कम्पनी के अधिकारियों के पास न तो प्रशासनिक क्षमता और अनुभव थे और न वे किसानों से व्यवस्था को अच्छी तरह जोड़ सकते थे। अतः कार्नवालिस ने जमींदारों से ही समझौता करने का निर्णय लिया।

दूसरा प्रश्न था भूमिकर कितना हो और इसके निर्धारण का आधार क्या हो ? इस प्रश्न पर भी ग्राण्ट और शोर एकमत नहीं थे। ग्राण्ट का विचार था कि लगान को निश्चित करने का आधार भूमि की पैदावार ही हो सकता है क्योंकि 1765 ई० के बाद से कम्पनी ने पैदावार के आधार पर लगान प्राप्त नहीं किया है, इसलिये लगान निश्चित करने का आधार 1765 ई० में हुई पैदावार और वसूल किया गया लगान होना चाहिये। उसका यह भी विचार था कि इस व्यवस्था को लागू करने के पहले तत्कालीन स्थानीय परिस्थितियों के बारे में ज्ञान प्राप्त कर लेना चाहिये। किन्तु सर जॉन शोर इस विचार को स्वीकार नहीं करता था। उसका विचार था कि लगान को निश्चित करने का एकमात्र आधार तत्कालीन वर्षों में एकत्र किया गया लगान ही हो सकता है। अन्त में लार्ड कार्नवालिस ने इस विषय में शोर के मत का ही समर्थन किया और स्थायी बन्दोवस्त 1790-91 में वसूल किये गये लगान के आधार पर स्वीकार किया गया अर्थात् 2,6800,000 रुपये को ही आधार स्वीकार किया गया।

अन्तिम प्रश्न था बन्दोवस्त के समय का। यह स्थायी हो या अस्थायी। ग्राण्ट और शोर दोनों चाहते थे कि बन्दोवस्त स्थायी न होकर अस्थायी अर्थात् कुछ वर्षों के लिये हो। शोर का विचार था कि भू-सम्पत्तियों का सर्वेक्षण तथा उनकी सीमाओं का निर्धारण नहीं हुआ था। अतएव यह व्यवस्था दस वर्ष के लिये होनी चाहिये। किन्तु लार्ड कार्नवालिस का विचार भिन्न था। वह स्थायी बन्दोवस्त का समर्थक था। उसका कहना था कि दस वर्ष का समय इतना थोड़ा है कि कोई भी जमींदार भूमि में स्थायी सुधार करने का प्रयत्न नहीं करेगा। कार्नवालिस के मत का समर्थन इग्लैण्ड के प्रधान मन्त्री पिट और नियन्त्रक मण्डल के अध्यक्ष डण्डास ने किया।

अपने निर्णय तथा विचार को कार्नवालिस ने क्रिया में लागू किया। सन् 1790 ई० में जमीन्दारों के साथ एक दस वर्षीय समझौता किया गया और इंग्लैण्ड से संचालकों की स्वीकृति का पत्र आ जाने पर 1793 ई० में इस व्यवस्था को स्थायी बना दिया गया।

---

12. सर जॉन शोर का कार्य-विवरण, 18 जून 1789, पारा ग्राफ 360/डब्ल्यू० के० फर्निगर; द फीफ्थ रिपोर्ट, खण्ड 2, पृ० 80-81

यह निश्चित किया गया कि जमीन्दार और उनके उत्तराधिकारी भूमि के लगान का $\frac{8}{9}$ भाग कम्पनी को देंगे और $\frac{1}{9}$ भाग अपनी सेवाओं के लिये अपने पास रखेंगे। बंगाल में जमीन्दारों के ऐसे चार वर्ग थे जिनके साथ 1793 ई० में लगान का स्थायी बन्दोबस्त किया गया था। उनमें से एक तो कूच बिहार, असम और त्रिपुरा के राजाओं जैसे वे मूलतः स्वतन्त्र सरदार थे जो मुगल सम्राटों को नजराने के रूप में लगान देकर अपने-अपने इलाकों पर कब्जा जमाये बैठे थे; दूसरे, राजशाही, बर्दवान, दिनाजपुर आदि के राजाओं जैसे वे पुराने जमीन्दार परिवार थे जो स्वतन्त्र सरकारों की भांति सम्राट को निश्चित भूमिकर देते थे; तीसरे, वे लगान संग्राहक थे जिन्हें मुगल सरकार ने लगान वसूल करने का अधिकार दिया था और कई पीढ़ियों के उपरान्त जिनका ओहदा पुश्तैनी हो गया था; और चौथे वे किसान थे जिन्हें ईस्ट इण्डिया कम्पनी को दीवानी के अधिकार प्राप्त हो जाने के बाद से लगान वसूल करने के काम का भार सौंपा गया था तथा जिन्हें सामान्यतः 'जमीन्दार' कहकर पुकारा जाने लगा था। इस वर्ग में न केवल कलकत्ते के बहुतेरे बनिया थे जिन्होंने देय लगान की खुलेआम बोली देकर जमीन्दारी प्राप्त कर ली थी बल्कि कम्पनी में काम करनेवाले ऐसे बहुत से बेनामी पट्टेदार भी थे जिन्होंने बनियों तथा भारतीय कर्मचारियों के नाम से जमीनें ले रखी थीं।[13]

फ्लाउड आयोग ने लिखा है कि "स्पष्ट है कि यदि किसी के साथ समझौता करना ही अभीष्ट था, तो पहले दो वर्गों का पक्ष काफी मजबूत था, तीसरे का उनसे कम और चौथे का तो नहीं के बराबर था।"

छोटे-छोटे किसानों, शिल्पकारों एवं भृत्यों आदि को छोड़कर उपज की भूमि के तीन भागीदार थे : सरकार, बिचौलिये (जमीन्दार) और काश्तकार (रैयत)। स्थायी व्यवस्था ने पहले दो भागीदारों की स्थिति निश्चित कर दी और भूमि की उपज में सरकार का भाग हमेशा के लिये निर्धारित कर दिया गया। इससे आशा के अनुरूप ही सरकार को अधिकतम लाभ हुआ। जहाँ तक इस व्यवस्था के आर्थिक स्वरूप का प्रश्न था, इसके अनुसार इतना अधिक भू-राजस्व निर्धारित किया गया था जितना पहले कभी नहीं हुआ था। भूमि के पूर्व निर्धारित लगान में, जैसा कि उल्लेख किया जा चुका है, सरकार का भाग 89% निर्धारित किया गया जिसका परिणाम यह हुआ कि जमीन्दार के पास राजस्व संग्रह से सम्बद्ध कामों के लिये केवल 11% ही बाकी रहा।[14] इस तरह सरकार अपनी आय में होने वाली चिन्ताजनक घट-बढ़ से मुक्त हो गई और उसकी वाणिज्यिक तथा प्रशासनिक आवश्यकताओं—निवेश, भुगतान और सरकारी व्यय की पूर्ति के लिये पर्याप्त आय सुनिश्चित हो गई। इसके अतिरिक्त, जोती गई भूमि का लगान तो निश्चित कर दिया गया था किन्तु खेतों के विस्तार के साथ-साथ सरकार भी यह आशा कर सकती थी कि आनेवाले वर्षों में उसकी आमदनी और बढ़ जायेगी।

13. ताराचन्द्र, पहला खण्ड, पृ० 274
14. आर रिकड्‌स, इण्डिया और फैक्ट्स, खण्ड-1, पृ० 360.

इतिहासकारों ने स्थायी बन्दोवस्त के पक्ष-विपक्ष में कड़ी समीक्षा प्रस्तुत की है। मार्शमैन के शब्दों में "यह एक साहसपूर्ण तथा बुद्धिमत्तापूर्ण कदम था। इस भू-प्रदेशीय राजपत्र, जिसके कारण किसानों ने पहली बार भूमि से काम किया, के अनुकूल वातावरण में जनसंख्या बढ़ी, उत्पादन बढ़ा तथा जन-जीवन में उत्तरोत्तर सुधार हुआ।[15] पाँचवीं रिपोर्ट में इसके कुछ दोषों को स्पष्ट करने के बाद लिखा गया था कि यह कार्य सफल था और सरकार ने उसके ऐसे साधारण दोषों को दूर करने के लिये प्रत्येक संभव कदम उठाया था जो ऐसी क्रान्तिकारी प्रकृति के महत्त्वपूर्ण कानूनों में साधारणतया सम्मिलित ही हो जाते हैं।

किन्तु कुछ इतिहासकारों ने स्थायी बन्दोवस्त को उत्पीड़न का कारण माना और इसकी कटु आलोचना की। होम्स के अनुसार "स्थायी व्यवस्था एक दुखद भूल थी। साधारण किसानों को इससे कोई लाभ नहीं हुआ। जमींदार निरन्तर लगान देने में असमर्थ रहे जिसके फलस्वरूप सरकार को बार-बार उनकी सम्पत्ति बेचनी पड़ी।"[16] इसी प्रकार मिल ने भी इस व्यवस्था की कड़ी आलोचना की है और इसे किसानों के कष्ट का कारण बतलाया है। थार्नटर ने लिखा है कि "कार्नवालिस को यह बन्दोवस्त अज्ञानता के गम्भीर प्रभाव के कारण किया गया था।"

इस व्यवस्था के कुछ स्थायी लाभ भी थे। आर्थिक क्षेत्र को इस व्यवस्था ने प्रभावित किया। अब राज्य की आय निश्चित हो गई। अनावृष्टि और अतिशय वृष्टि से सरकार का कुछ भी लेना-देना नहीं रहा। फसल हो या न हो, जमींदारों द्वारा उसके खजाने में निश्चित धनराशि आनी ही थी। लगान की बार-बार व्यवस्था करने से भी सरकार को मुक्ति मिल गई। इस कारण कम्पनी के कर्मचारी अधिक स्वतन्त्रता के साथ न्याय, शासन और व्यापार आदि का काम कर सकते थे।

यह आशा भी की गई कि इस व्यवस्था से कृषि-कार्य को बढ़ावा मिलेगा, अधिक-से-अधिक भूमि कृषि-कार्य के लिये व्यवहार में लाई जायेगी और जमींदार जो भूमि के स्थायी स्वामी हो गये थे, खेती के नये-नये ढंग अपनाकर, उर्वरक का प्रयोग कर और फसलों को बदलकर उत्पादन-क्षमता में वृद्धि करेंगे। इससे किसान सन्तुष्ट तथा सफल हो जायेंगे। सबसे बड़ा लाभ तो यह था कि किसानों से वसूल करके जमींदारों द्वारा लगान दिये जाने के कारण कम्पनी की आर्थिक जड़ काफी मजबूत हो गई। जमींदारों ने कृषि-कार्य में अभिरुचि दिखलानी प्रारम्भ की क्योंकि कृषि के उत्पादन में वृद्धि होने से अधिकांश लाभ उन्हें ही प्राप्त था। सरकार को उन्हें निश्चित लगान देना था जबकि उत्पादन में वृद्धि होने से वे स्वयं किसानों से अधिक लगान ले सकते थे। इस कारण कृषि में उन्नति आई और इसका प्रभाव व्यापार और उद्योग पर भी पड़ा। कार्नवालिस के भारत आगमन के पूर्व बंगाल की भूमि का लगभग आधा हिस्सा जंगलों से भरा पड़ा था क्योंकि कृषि से लाभ न होने के कारण किसान भूमि छोड़कर भाग गये थे। किन्तु इस व्यवस्था के कारण जमींदारों के सहयोग से जंगलों से भरी भूमि को कृषि योग्य

---

15. जे० सी० मार्शमैन, द हिस्ट्री ऑफ इण्डिया, खण्ड-दो, पृ० 35
16. टी० आर० इ० होम्स; हिस्ट्री ऑफ द इण्डियन म्यूटिनी, पृ० 92

बनाया गया। जमींदारों को न्याय तथा शान्ति संस्थापन के कार्य से पृथक कर दिया गया था और वे कृषि के विकास में संलग्न हो गये थे। अब बिहार और बंगाल की आर्थिक स्थिति अच्छी होने लगी। इससे कम्पनी शासन की लोकप्रियता भी बढ़ी।

इस व्यवस्था से कम्पनी को राजनीतिक लाभ भी मिले। जमींदार भूमि के स्वामी बना दिये गये थे। इस बन्दोवस्त ने भारत में एक ऐसा वर्ग पैदा किया जो प्रत्येक स्थिति में कम्पनी को राजनीतिक लाभ देने लगा। सिपाही विद्रोह के समय बंगाल के जमींदारों ने अंग्रेजों का ही साथ दिया था। संक्षेप में, इस बन्दोवस्त ने जमींदारों की सहायता से अंग्रेजी साम्राज्य की जड़ों को मजबूत करने में मदद की।

इस व्यवस्था ने जमींदारों की स्थिति को भी सुरक्षित कर दिया। उसकी स्थिति पर तब तक कोई आँच आनेवाली नहीं थी जबतक वह कम्पनी को लगान देते रहनेवाला था।

सामाजिक दृष्टि से भी इस व्यवस्था से लाभ होनेवाला था। जमींदार किसानों के सामाजिक नेता हो गये। यह आशा की जाने लगी कि वे कृषकों की शिक्षा के लिये प्रबन्ध करेंगे और समाज-सेवा के कार्य में हाथ बटायेंगे। सेटनकार के शब्दों में "स्थायी बन्दोवस्त के राजनैतिक लाभों ने इसकी आर्थिक हानियों का सन्तुलन कर दिया।"

अन्त में दो विचारकों के विचारों का उल्लेख करना आवश्यक है। सर रिचर्ड टेंपुल ने लिखा है कि स्थायी बन्दोवस्त "एक ऐसा उपाय था जो बंगाल की जनता के बीच इंग्लैंड की जमींदारी से संबंधित संस्थाओं को स्वाभाविक बनाने में कारगर सिद्ध हुआ।"[17] लार्ड विलियम बेंटिक के अनुसार "यदि शक्तिशाली जन-विद्रोहों या क्रांति का मुकाबला करने के लिये सुरक्षा की जरूरत है तो मैं यह कहना चाहूँगा कि कई मामलों में और कई महत्त्वपूर्ण बातों में असफल होने के बावजूद स्थायी बन्दोवस्त का कम-से-कम एक बहुत बड़ा फायदा है और वह यह कि धनी भू-स्वामियों का एक ऐसा विशाल संगठन खड़ा किया गया है जो तहे दिल से यह चाहता है कि अंग्रेजी राज बना रहे और इसका जनता पर दबाव कायम रहे।"

प्रारम्भिक चरण में इस व्यवस्था से लाभ के लक्षण भले ही दिखलाई पड़े, किन्तु बाद के वर्षों में यह व्यवस्था हानिकारक निकली। वह शीघ्र ही सामाजिक उत्पीड़न और शोषण का साधन बन गई। इसके बहुत-से लाभ छाया रूप में ही रहे, वास्तविक रूप में प्रकट नहीं हुए।

सरकार को आर्थिक नुकसान उठाना पड़ा। व्यवस्था करते समय केवल स्थायी भूमिकर का निर्धारण किया गया था, भूमि उत्पादन के भावी मूल्य बढ़ने की ओर ध्यान नहीं दिया गया था। जब अधिकांश जंगलों से भरी भूमि को कृषि-योग्य बना लिया गया, तो सरकार अतिरिक्त उत्पादन का कुछ भी अंश नहीं

---

17. सर रिचर्ड टेंपुल; मैन एण्ड इवेन्ट्स ऑफ माय टाइम इन इण्डिया

प्राप्त कर सकी। उसे तो निश्चित किया गया भूमिकर ही पाने का अधिकार था। अधिक उत्पादन का सम्पूर्ण लाभ जमींदार अपने जिम्मे ही रखने लगे।

यह कहना कि इस बन्दोबस्त के कारण बंगाल आर्थिक नजरिया से सम्पन्न होने लगा एकदम गलत है। सच तो यह है कि परिणाम ठीक इसके विपरीत था। बंगाल आर्थिक अवनति को प्राप्त हुआ। यह आशा की गई थी कि जमींदार भूमि विषयक सुधारों की ओर उन्मुख होंगे। किन्तु ऐसा नहीं हुआ। वे केवल अधिकाधिक किराया प्राप्त करने की चिन्ता में पड़े रहे। कृषक भी भूमि और कृषि में सुधार तथा उन्नति लाने के लिए उत्सुक एवं लालायित नहीं रहे। इसका कारण यह था कि वे भूमि के स्वामी नहीं थे और इस बात से निरन्तर आतंकित रहते थे कि वे सरकार के आदेश पर भूमि से कभी भी बेदखल कर दिये जायेंगे। जमींदारों ने गाँव से दूर रहकर बड़े-बड़े नगरों में निवास करना प्रारम्भ किया और विलास-प्रिय साधनों का उपयोग करना प्रारम्भ किया। विलासिता के साधनों को जुटाने के लिये उन्होंने ग्रामीणों का शोषण करना प्रारम्भ किया। उन्होंने निश्चित की गयी धनराशि से अधिक धन उगाहना प्रारम्भ किया। केई के कथनानुसार "यह बिल्कुल निश्चित नहीं कि वह जमींदार आधीन काश्तकार से कितनी रकम की माँग कर सकता है" और "कुछ विशेष मामलों को छोड़कर अन्य मामलों में जमींदार रैयत से उतनी रकम ले लेते हैं जितनी ऐंठी जा सकती है और इसमें कोई सन्देह नहीं कि उन सब भुगतानों के बाद वास्तविक काश्तकार के पास जो कुछ बचता है, वह उसे जीवित रख पाने मात्र से अधिक नहीं होता।" उसने यह भी लिखा है कि 'वास्तव में यह तो नियत ही हो गया था कि रैयत के कोई अधिकार नहीं है और इस प्रकार उसे इस संबंध में जमींदार के साथ झगड़ने के लिये छोड़ दिया गया था।"[18] इसके अतिरिक्त मध्यस्थ (पटवारी, कानूनगो, तहसीलदार आदि) भी कृषकों का शोषण करने लगे जो राजस्व-व्यवस्था के कारण पैदा हुए। कारवर के शब्दों में "युद्ध, अकाल, महामारी से नीचे अनुपस्थित जमींदारी है जो ग्रामीण समुदाय के लिये सबसे बुरी है।"

किसानों की लूट की छूट इस व्यवस्था ने दी। लार्ड कार्नवालिस ने जमींदारों के साथ एक समझौता किया। उसने उनके राजनीतिक अधिकार तो छीन लिये, किन्तु उनके बदले ऐसी जमीनों के स्वामित्व के तथा इच्छानुसार उनका लगान बढ़ाने के अपरिमित अधिकार दे दिये जो पहले उनके पास नहीं थे। इस प्रकार जमींदारों की राजनीतिक सत्ता और अशान्ति फैलाने एवं पैदा करने की उनकी शक्ति तो समाप्त हो गई, किन्तु किसानों पर उनके आर्थिक भार अधिक बढ़ गये। इस प्रकार उक्त सौदे (समझौता) के दोनों पक्षधर परस्पर शान्तिपूर्वक सहयोग करने लगे। उनमें से एक अपनी राजनीतिक सत्ता का प्रयोग करने लगा और दूसरा आर्थिक अधिकारों का और इन दोनों का शिकार था वह गरीब किसान जिसके लिये ब्रन्दोवस्त में कोई स्थान नहीं था। सेटनकार ने लिखा है कि "पूर्णतः राजनैतिक दृष्टिकोण से तो यह व्यवस्था शंकाओं-आशंकाओं के निवारण का साधन-मात्र थी, पर वस्तुतः यह अच्छे आचरण और छल-प्रपंच तथा संकटपूर्ण काल में

18. द एडमिनिस्ट्रेशन ऑफ द ईस्ट इण्डिया कम्पनी, पृ० 199

निष्क्रिय निष्ठा से कहीं अधिक ऊँचे गुण के लिए प्रबल प्रेरणा-स्रोत सिद्ध हुई।"[19] संक्षेप में, इस बंदोवस्त से उस रैयत की बुरी तरह उपेक्षा की गई, जो अपने गाढ़े पसीने से वह धन पैदा करता था जिससे जमींदारों का गुजारा चलता था और सरकार का खजाना भरता था। संचालक मण्डल ने स्वीकार किया कि इस प्रकार बंगाल की रैयत के अधिकार चुपचाप समाप्त हो गए और वे वास्तव में इच्छाधीन काश्तकार हो गए।' यह कितनी गलत बात थी कि बहुसंख्यक किसानों की उपेक्षा कर दी गई और अल्पसंख्यकों को भूमि का स्वामी बना दिया गय। इसीलिए चार्ल्स मेटकॉफ ने लिखा है कि "कार्नवालिस भारत में व्यक्तिगत सम्पत्ति का निर्माण करने वाला नहीं बल्कि नाश करनेवाला था।"

कृषकों की दयनीय स्थिति के संबंध में मार्श मैन ने लिखा है कि "किसी व्यक्ति ने आज तक इस तथ्य का खण्डन नहीं किया कि बंगाल के कृषक वर्ग की अवस्था इतनी अधिक शोचनीय और अपमानजनक है जिसकी कल्पना कर पाना भी सम्भव नहीं। ये कृषक ऐसी तंग अँधेरी कोठरियों में रहते थे जिनमें पशुओं का भी रह सकना असम्भव था। फटे चिथड़ों में लिपटे हुए इन कृषकों के लिए अपने तथा अपने परिवार का भोजन जुटा पाना कठिन था। बंगाल की इस रैयत के लिए जीवन की अत्यन्त साधारण सुविधायें भी दुर्लभ थीं। (यदि इस तथ्य पर बल दिया जाए तो कोई अतिशयोक्ति न होगी कि) जो कृषक वर्ग सरकार के लिए प्रति वर्ष 30 लाख पौण्ड से 40 लाख पौण्ड तक की आय उपलब्ध करने वाली फसल उगाता था उसकी वास्तविक जर्जर स्थिति का सही ज्ञान निस्सन्देह हमें चौंका देगा।"

काश्तकारों की इस शोचनीय अवस्था के कारण गाँव में ऋण लेने की प्रथा ने भी उग्र रूप धारण कर लिया। इस नई राजस्व व्यवस्था में लगान या भू-राजस्व का बोझ इतना अधिक बढ़ गया कि किसानों को उसे चुकाने के लिए नियमित रूप से ऋण लेना पड़ता था। अनेक बार राजस्व अदायगी के बाद जो कुछ कृषक के पास बचा रहता था वह उसके अपने जीवन-निर्वाह के लिए भी पर्याप्त नहीं होता था इसलिए जीवन-निर्वाह के लिये ऋण का सहारा लेना अनिवार्य हो जाता था। इस प्रकार ब्रिटिश शासन में उत्पन्न हुई जमींदारी व्यवस्था कृषकों के निर्मम शोषण का दोहरा साधन बन गई—एक ओर लगान के रूप में और दूसरी ओर ऋण के ऊपर दिए जानेवाले ब्याज के रूप में।[20]

इस व्यवस्था ने किसानों के साथ सौदा किया, कोई समझौता नहीं। किसानों को जमींदारों के ऊपर छोड़ दिया गया। यह भी अन्यायपूर्ण था। बैवरिज ने लिखा है कि "केवल जमींदारों के साथ समझौता करके किसानों के अधिकारों को भुलाकर एक महान भूल और अन्याय किया गया। कालान्तर में जमींदारों ने अपने अधिकारों का दुरुपयोग करना प्रारम्भ किया। वे सरकार और किसान को ठगने लगे और सरकार उनपर नियन्त्रण रखने में असमर्थ हो गई।"[21]

---

19. सेटनकार; द मार्क्विस कार्नवालिस, पृ० 72
20. आर० एल० शुक्ल (स); आधुनिक भारत का इतिहास: पृ० 47
21. कैम्ब्रिज हिस्ट्री ऑफ इण्डिया; भाग-2, पृ० 631

यह व्यवस्था जमींदारों के लिए भी हानिकारक सिद्ध हुई। कम्पनी ने अनुचित तथा अधिक धन हासिल करने के लिए उनपर दबाव डालना प्रारम्भ किया। राजस्व की दर में वृद्धि होना स्वाभाविक था। राजस्व की इस बढ़ती माँग ने जमींदारों को बहुत अधिक दबा दिया। बताया जाता है कि बंगाल की आधी भू-सम्पदा (जो जमींदारों के पास थी) 1793 से 1815 तक के बाईस वर्षों में बेच दी गई और इस प्रकार हस्तान्तरित हो गई। नये क्रेता के लिए यह आवश्यक नहीं था कि वह काश्तकार से उतना ही लगान माँगे जो पुराना भू-स्वामी पाता था। नये भू-स्वामियों ने अधिक लगान माँगे और उन्हें वे मिले भी। पुराने भू-स्वामियों ने भी वही किया क्योंकि "प्रचलित लगान इस प्रकार बढ़ जाने के बाद बाकी रैयतों का लगान भी उसी स्तर पर बढ़ा देने में अधिक कठिनाई नहीं हुई।"[22]

इस व्यवस्था का परिणाम यह भी हुआ कि "कृषि से प्राप्त होनेवाली मूल्य राशि अब भूमि के सुधार में या कृषि के उत्पादन में सहायक न हो सकी, क्योंकि कृषक के पास, जो जमीन से जुड़ा था और जो कृषि के विकास के लिये जी-जान से मेहनत कर सकता था, वित्तीय साधनों का अभाव था। साथ ही कृषि से प्राप्त होनेवाले साधन (या मूल्य राशि) जिस जमींदार वर्ग के पास संचित हो रहे थे उसे कृषि से कोई लगाव नहीं था और वह इस धनराशि को अपने आमोद-प्रमोद के लिये निरर्थक ही व्यय कर रहा था।

सामाजिक दृष्टि से भी यह व्यवस्था निंदनीय थी। इस व्यवस्था ने स्पष्ट रूप से ग्रामीण समाज को दो भागों में बाँट दिया—जमींदार वर्ग और रैयत वर्ग। दोनों वर्गों के सदस्य आपस में झगड़ने लगे और इस तरह सामाजिक कलह बढ़ने लगा। ताराचन्द के शब्दों में "कार्नवालिस द्वारा आरम्भ किये गये इस बन्दोवस्त से भारतीय समाज के ढाँचे और देश के गाँवों की अर्थ-व्यवस्था में और अधिक बुनियादी परिवर्तन आ गया। इस बन्दोवस्त ने पुराने ग्रामीण समाज को नष्ट कर दिया, सम्पत्ति विषयक सम्बन्धों में परिवर्तन ला दिया, नये सामाजिक वर्गों को जन्म दिया और गाँवों में एक सामाजिक क्रांति पैदा कर दी।"[23]

निष्कर्ष में यह कहा जा सकता है कि स्थायी भू-व्यवस्था के बदले दीर्घ-कालिक भू-व्यवस्था से लाभ तो प्राप्त हो जाते किंतु उसके दोषों का निराकरण हो जाता। इस प्रकार कालान्तर में सरकार को भूमि की अर्नजित वृद्धि का एक भाग बढ़े हुए राजस्व के रूप में प्राप्त हो जाता और जमींदार भी रैयत पर अमानुषिक अत्याचार न कर पाते। मैक्लागन ने लिखा है कि स्थायी भू-व्यवस्था के क्षेत्र में "लगान में अंग्रेजी भू-कर (लैण्ड टैक्स) की भांति, कराधान का कोई लक्षण नहीं है और यह तो भूमि का किराया मात्र है जो उस समय निश्चित किया गया था जबकि भूमि का विक्रय मूल्य बहुत ही कम था अथवा नहीं के बराबर था।"[24] यदि यह

22. बी० एच० वेडन पावेल; द लैण्ड सिस्टम ऑफ ब्रिटिश इण्डिया, खण्ड—1 पृ० 625.

23. तराचन्द, प्रथम खण्ड, पृ० 273

24 ए० डी० मैक्लागन, द इम्पीरियल गजेटियर ऑफ इण्डिया, खण्ड-4 पृ० 220

भू-व्यवस्था दस या बीस वर्ष के पश्चात् अस्तित्व में आती तो भूमि की क्षमता का अधिक संगत दृष्टि से मूल्य निर्धारण (और परिणामतः कर निर्धारण या भू-राजस्व) हो पाता और अनेक असंगतियों एवम् अनियमितताओं का निराकरण हो सकता था क्योंकि तब तक कार्नवालिस इस क्षेत्र के लिये भी सक्षम अधिकारियों को सुप्रशिक्षित कर लेता.।

रैयतवारी प्रणाली : भू-राजस्व व्यवस्था के लिये दूसरी प्रणाली भी लागू की गई जो रैयतवारी पद्धति के नाम से जानी जाती है। इस पद्धति के अनुसार भूमि का स्वामी वही किसान माना गया जिसने अपना पंजीयन कराया था। पंजीकृत किसान ही सरकार को लगान देने का अधिकारी था। उसे भूमि विषयक कई अधिकार प्राप्त थे। वह भूमि को ठेके पर ले सकता था, उसे बन्धक रख सकता था और उसकी बिक्री कर सकता था। यह अपेक्षा की जाती थी कि वह समय पर लगान दे देगा। जबतक वह निश्चित लगान नियमित रूप से देता रहता था तबतक वह भूमि का स्वामी था।

रैयतवारी भू-राजस्व प्रणाली कैप्टन रीड तथा थॉमस मुनरो द्वारा 1792 ई० में लागू की गई। इन दोनों ने स्थायी बन्दोवस्त को पसन्द नहीं किया। उन्होंने अपने देश के सरकारी आफिसरों को यह विश्वास दिला दिया कि भारत के किसी भी भाग में स्थायी बन्दोवस्त की प्रणाली को लागू करना मूर्खतापूर्ण होगा। कम्पनी की समस्याओं पर विचार करने के लिये हाउस ऑफ कॉमन्स ने जिस प्रवर समिति का गठन किया था, उसने भी स्थायी व्यवस्था की जगह रैयतवारी प्रथा को ही समर्थन दिया। मुनरो के विचार थे कि "जब किसी बड़े प्रान्त के बारे में कोई बन्दोवस्त किया जाना हो तब वहाँ के लोगों की खुशहाली ही वह महान लक्षण होना चाहिये, जिसके सामने और सब बातों का स्थान गौण हो।"[25] वह रैयतवारी प्रथा को ही इस उद्देश्य की पूर्त्ति का साधन मानता था। इस प्रथा को इसलिये अच्छा मानता था क्योंकि इसमें जमींदारों या बिचौलियों का कोई स्थान नहीं था। उसका कहना था कि इस देश में भू-स्वामी और काश्तकार को————स्थायी रूप से कभी अलग नहीं किया जा सकता————भू-स्वामी को सदैव अपने खेत जोतने होंगे, अतः लगान की रकमें सीधे कास्तकार से ही वसूल की जानी चाहिये, जो भू-स्वामी के रूप में भुगतान करेगा और ऐसी दशा में ऐसे जमींदारों की सृष्टि किये बिना काश्तकार और राजस्व अधिकारी के बीच कोई और आदमी हो ही नहीं सकता, जो स्वयं भी कालान्तर में या तो छोटे-छोटे राजा बन जायेंगे या काश्तकार।"[26] अतः जमींदारों या बिचौलियों के एक पृथक वर्ग के जन्म होने की कोई आवश्यकता नहीं थी। रैयतवारी प्रथा का समर्थन मुनरो ने इन शब्दों में किया : "यह भी कहा जा सकता है कि इस प्रथा से देश के उद्योग के विकास और उत्पादन में अधिक अच्छे ढंग से संवर्द्धन हो सकता है क्योंकि जमींदारी प्रथा की तुलना में इस प्रथा से मालिकों और किसानों की संख्या बढ़ जाती है, क्योंकि किसी जमींदार के असामी की तुलना में

25. ताराचन्द, पहला खण्ड, उद्धृत पृ० 300। फर्मिगर, फिफ्थ रिपोर्ट, खण्ड-3, पृ० 504.

26. वही, पृ० 300-01/वही पृ० 505

स्वयं के नाते रैयत:सम्भवतः अपनी जमीन के सुधारने में अधिक उत्साह दिखाता है; और चूंकि उसे छूट बिलकुल न मिलने या बहुत कम मिलने के पहले पूरी मिलेगी, इसलिये वह और अधिक उत्साह दिखा सकेगा; और वह छोटा मालिक बेहतर प्रबन्ध और किसान होने तथा बड़े मालिक के मुकाबले जमीन की खेती में अधिक प्रत्यक्ष रूप से रुचि रखने के कारण उनके लिए अधिक मेहनत करेगा और उससे अधिक उपज प्राप्त करेगा; और यदि सम्पत्ति का परिणाम एक ही मान लिया जाए, तो यह अधिक अच्छा है कि वह चार-पाँच सौ बड़े मालिकों के बदले चालीस या पचास हजार छोटे मालिकों के हाथ में रहे; इस छूट से लाभ सीधे तौर पर रैयत को होने के कारण इससे उस वर्ग की परिस्थितियाँ बेहतर हो जायेंगी, जिनसे मुख्यतः राजस्व प्राप्त होता है और इससे वे अधिक अनाज पैदा कर सकेंगे तथा यह स्थिति आबादी की वृद्धि के लिए अनुकूल रहेगी। इस प्रथा के अन्तर्गत जोती जानेवाली भूमि के आकार के अनुसार राजस्व में घट-बढ़ होने की गुंजाइश के कारण इससे, सरकार को कुछ वर्षों की औसत में कोई हानि हुए बिना, किसान का बोझ हलका हो जाता है; रैयत जैसे-जैसे धनी होंगे, वैसे-वैसे यह घट-बढ़ कम होती जायेगी और अन्ततोगत्वा यह घट-बढ़ केवल तालाब वाली जमीनों तक सीमित रह जाएगी; रैयतवारी प्रथा में सारी अनधिकृत जमीन पर सरकार का हक बना रहने के कारण उसे यह सामर्थ्य मिल जाती है कि वह, देश में एक एकड़ भी व्यर्थ जमीन बाकी रहने तक रैयतों पर कोई नया बोझ डाले बिना राजस्व में क्रमिक वृद्धि कर सकती है।"[27] मुनरो बंगाल से बाहर इसी प्रथा को लागू करना चाहता था और कहता था कि रैयतवारी व्यवस्था भारत में सदा से बनी रही है और कोई अन्य व्यवस्था स्थायी हो ही नहीं सकती।

संक्षेप में इस प्रणाली का सार यह है कि बन्दोवस्त छोटे किसानों के साथ किया गया जो जमीन पर पूरे अधिकार रखते थे, उन्हें सिर्फ निश्चित मालगुजारी देना पड़ती थी जिसे सरकार अपने कर्मचारियों द्वारा सीधे इकट्ठा कर लेती थी। बन्दोवस्त निश्चित अवधि के लिये किया जाता था और पुनः नवीकृत होता था। साधारणतः यह अवधि 30 वर्ष की होती थी। इस बीच रैयत को भूमि से वंचित नहीं किया जा सकता था और न उसे कोई अतिरिक्त रकम ही देनी पड़ती थी। फसल तैयार होने पर सब खर्चों के बाद बचे हुए भाग का आधा इस प्रथा में सरकारी हिस्सा होता था।

कैप्टन रीड तथा थॉमस मुनरो ने इस प्रणाली को मद्रास महाप्रान्त के बारामहल जिले में सबसे पहले लागू किया। मुनरो मद्रास का गवर्नर था, इसलिये इस प्रणाली को लागू करने में उसे सहुलियत हुई। अपने गवर्नरी-काल में (1820-27) उसने इस व्यवस्था की देखरेख की। इस प्रणाली के अनुसार सरकार और कृषकों के बीच प्रत्यक्ष संबंध कायम किया गया। उपज का 50% भाग भू-राजस्व के रूप में लेने का निश्चय किया गया। गवर्नर ने रैयतवारी प्रणाली को स्थायी बनाने के लिए 1824 ई० में विज्ञप्ति तैयार की और उसे कम्पनी के संचालकों की सेवा में सुपुर्द किया। किन्तु संचालकों ने इस प्रणाली को स्वीकार नहीं किया, अतः मद्रास के किसान भूमिकर की अनिश्चितता के कारण दुखी रहे। बाद में लार्ड रिपन ने भी भूमिकर में किसी प्रकार की वृद्धि करने का सुझाव

27. फर्मिंगर, खण्ड-3, पृ० 503

नहीं दिया। किंतु इस प्रक्रिया एवं पद्धति को भी अस्वीकार कर दिया गया। मद्रास 1877 ई० में दुर्भिक्ष से पीड़ित रहा और इस कारण वहाँ के रैयतों की दशा और भी दयनीय हो गई। मुनरो की यह प्रणाली लगभग तीस वर्ष तक चलती रही।

मद्रास के रैयतों की स्थिति में सुधार लाने के लिये 1855 ई० में भूमि सर्वेक्षण और राजस्व व्यवस्था का कार्य प्रारम्भ हुआ। इस बार भू-राजस्वकी दर में कमी लाने तथा कृषि के क्षेत्र में विस्तार करने के प्रश्न पर विचार किया गया। निर्णित स्थल पर जब पहुँचा गया तब इस प्रणाली को 30 वर्ष के लिये स्थायी कर दिया गया। किन्तु इस बार भी लगान की राशि का निर्धारण नहीं किया गया। मद्रास की तरह बम्बई प्रान्त में भी यह प्रणाली लागू की गई। बम्बई के गवर्नर एलफिन्सटन तथा कमिश्नर चैपलिन ने इस प्रणाली को लागू करने में सहयोग किया। यह व्यवस्था भी दुखदायी सिद्ध हुई और किसानों पर पुनः भार पड़ गया।

यह प्रणाली भी गुण-दोष से भरी पड़ी थी। इस प्रणाली की एक बड़ी विशेषता यह थी कि इसमें बिचौलियों का कोई स्थान नहीं था, अतः रैयतों का शोषण कम हुआ। चूँकि रैयत किसान सरकार को निर्धारित लगान देता रहा, इस कारण वह भूमि का स्वामी बना रहा। जमीन जोतने वाला रैयत अब इस बात से भयभीत नहीं था कि उसे बीच में ही जमीन से बेदखल कर दिया जायेगा। इससे एक लाभ यह हुआ कि किसान अधिक अन्न उपजाने के लिये अधिक परिश्रम करने लगे और इससे उन्हें लाभ होने लगा। यद्यपि किसानों को 50 या 55 प्रतिशत लगान देना पड़ता था, फिर भी निश्चिन्त होकर खेती करने लगे। उन्हें इस बात का भी भय नहीं था कि भविष्य में लगान में वृद्धि होगी। चूँकि लगान का निर्धारण भूमि की उपज के अनुसार किया गया था, इसलिये किसानों को लगान की अदायगी करने में कोई कठिनाई नहीं होती थी। वे अधिक अन्नोत्पादन करके भू-राजस्व के रूप में अनाज निकालकर अवशेष अनाज को अपने व्यवहार में ला सकते थे।

इस प्रणाली के अनुसार कम्पनी सरकार ने सिद्धान्ततः स्वीकार किया कि 'भूमि के किराये की राशि पर नहीं अपितु इसके एक अंश पर भू-राजस्व के रूप में सरकार का अधिकार होना चाहिये।' अतः इस दृष्टि से रैयतवारी पद्धति अच्छी और लाभदायक सिद्ध हुई।

इस प्रणाली का एक यह भी गुण था कि 'इसने बहुत अधिक भू-स्वामियों का स्थान एक जमींदार, अर्थात् सरकार को दे दिया। इसके अन्तर्गत काश्तकार उस सरकार के सीधे सम्पर्क में आ गये, जो एकमात्र भू-स्वामी के रूप में काम कर रही थी। इसके बाद धरती पर काम करनेवाले मजदूरों और देश के शासकों के बीच कोई बिचौलिया नहीं रहा। हाँ, इसके अन्तर्गत उस भूमि पर काश्तकार का स्वामित्व अधिकार मान लिया गया, जिसमें वह खेती करता था।"

इसकी एक अन्य विशेषता यह थी कि इसने जनता तथा सरकार के मध्य घनिष्ठतम सम्बन्ध स्थापित कर दिया, क्योंकि इसके अनुसार कर्मचारी प्रत्येक जोत से सीधे लगान उगाहते थे। अतः लगान उगाहने के लिये खेत की पैमाइ

और सर्वेक्षण तथा, उसकी हदबन्दी करना आवश्यक था। ऐसा होने पर खेत गाँव, ताल्लुका वगैरह के नक्शे तैयार किये जाते थे जिससे किसानों को लाभ था।

यह पद्धति सर्वथा दोष-मुक्त नहीं थी। लगान की अदायगी में विफल होने पर भूमि पर सरकार का कब्जा हो जाता था और किसान की दखल समाप्त हो जाती थी। लगान चुकाने में किसान अनियमित हो जाते ही थे। धीरे-धीरे रैयत भूमिहीन होने लगे।

लगान-दर भी दोषयुक्त थी। यद्यपि मुनरो के प्रयास से भू-राजस्व $\frac{1}{2}$ से घटाकर $\frac{1}{3}$ कर दिया गया था, फिर भी दर कठोर थी। चुँकि उपज के अनुसार लगान की अदायगी करनी थी, इसलिए सरकारी अधिकारियों द्वारा आँका गया लगान बहुत अधिक होता था। यह लगान अदा करने में किसानों को बहुत कष्ट होता था।

इस पद्धति ने भी भू-राजस्व को स्थायित्व प्रदान नहीं किया। यद्यपि रैयतों से 30 वर्ष के लिए समझौता किया गया था, फिर भी स्थायित्व नहीं आ सका। किसान निरन्तर इस बात से सशंकित रहे कि लगान में सरकार पुनः वृद्धि कर सकती है। केवल कहने भर को था कि किसान आशंकित नहीं थे। सरकार के अधिकारी भी किसानों का शोषण करते थे और उनसे अधिक लगान वसूल करते थे। निष्कर्ष में ताराचन्द लिखते हैं कि "ग्रामीण-जीवन की एकता और संगति अस्त-व्यस्त हो गई और खेतिहर उन राजस्व-अधिकारियों के निर्दयतापूर्ण अत्याचारों का शिकार हो गया, जो ऐसे वर्षों में भी भू-राजस्व की माँग करते थे और उसके भुगतान के लिये आग्रह करते थे, जब सूखा पड़ने के कारण जमीन में अनाज होता ही नहीं था और सरकारी देनदारियाँ चुकाने के लिये खेतिहर के पास कोई साधन नहीं होता था।"[28] अतः 'सरकार और जमीन पर हल चलाने वाले किसान के बीच सीधा सम्पर्क हमेशा वरदान नहीं होता था।'

आर० सी० दत्त ने लिखा है कि "इस बन्दोवस्त से कम्पनी की रैयतों पर जकड़ का स्वरूप वही हो गया जो गुलाम के ऊपर इनके मालिकों का रहता है और कम्पनी उनसे वे सारे साधन भी छीन सकती थी जो उन्हें जीवित रखने के लिये अनिवार्य थे।[29] कम्पनी के संचालक के विचार में "—इस तथ्य से इनकार नहीं किया जा सकता कि इस प्रथा का प्रमुख लक्ष्य यही था कि जमीन से उत्पन्न उपज का अधिकाधिक भाग लगान के रूप में सरकार को प्राप्त हो सके।"[30]

1824-1826 के बीच भारत का भ्रमण करने वाले विशप हैनर ने लिखा है कि "मेरे विचार में करों की वर्त्तमान दर पर किसी देशी या विदेशी कृषक का टिक पाना असम्भव है। उपज का आधा भाग सरकार ले लेती है——खेदपूर्वक यह कहना पड़ता है कि अपनी किफायतशारी की आदतों और खेती के सीधे-सादे तरीकों के बावजूद कृषक अपने जीवनयापन के लिये पर्याप्त साधन नहीं जुटा

28. ताराचन्द, पहला खण्ड, पृ० 303
29. राम लखन शुक्ल (सम्पादित), आधुनिक भारत का इतिहास, उद्धृत पृ० 48
30. वही

पाते। यही वजह है कि अच्छी फसल के बावजूद कृषकों को अत्यधिक गरीबी की दशा में रहना पड़ता है। यदि फसल जरा भी खराब हो जाये तो स्त्रियाँ, पुरुष और बच्चे भूख से बेहाल होकर मरने लगते हैं और सड़कें, गलियाँ सभी लाशों से पटी दिखाई देती हैं———इस प्रकार कम्पनी के शासन में रहने वाले कृषक देशी रियासतों में रहनेवाले कृषकों की अपेक्षा अधिक गरीब, हतोत्साहित और दयनीय स्थिति में हैं। तथ्य तो यह है कि कोई भी देशीनरेश उतनी मालगुजारी की माँग नहीं करता जितनी हम करते हैं—।"[31]

महलवारी पद्धति :—लार्ड हेस्टिंग्स ने 1822 ई० में कम्पनी के अधिकृत प्रदेशों के भू-राजस्व के प्रबन्ध के लिये जिस नई पद्धति को लागू किया वह महलवारी पद्धति कही जाती है। यह पद्धति मध्यप्रदेश तथा पंजाब के क्षेत्रों में लागू की गई। लार्ड लारेन्स के शब्दों में "जमीनों के मालिक सम्भवतः गाँव की ओर से सरकार के साथ समझौता करते थे, व्यक्तिगत रूप से नहीं। गाँव की बिरादरी, अपने मुखिया या प्रतिनिधि के माध्यम से, निश्चित अवधि तक निश्चित रकम चुकाये जाने का भार अपने ऊपर ले लेती थी और फिर सारी देनदारी आपस में बाँट कर सबके अंश निर्धारित कर दिये जाते थे। इस व्यवस्था में मुख्यतः प्रत्येक व्यक्ति खेती करके अपने ही लिये निर्धारित रकम चुकाता था, पर अन्ततः वह अपने साथियों के अंश के लिये और वे सब उसके अंश के लिये उत्तरदायी होते थे, और इस प्रकार वे सब सम्मिलित दायित्व-सूत्र में बंधे रहते थे।[32] लार्ड हेस्टिंग्स ने लार्ड कार्नवालिस के स्थायी बन्दोबस्त को अस्वीकार किया था।

महलधारी पद्धति स्थायी नहीं थी। यह कहीं-कहीं तीस वर्ष के लिये और कहीं-कहीं बीस वर्ष के लिये लागू की गई थी। स्थायी बन्दोबस्त सम्बन्धी समझौता जमीन्दारों के साथ किया गया था, किन्तु महलवारी पद्धति में समस्त गाँव के साथ समझौता किया गया था। समस्त गाँव सम्मिलित रूप से और गाँव का प्रत्येक व्यक्ति अलग-अलग सारे गाँव के लगान की अदायगी के लिये उत्तरदायी बन गया। गाँव के नम्बरदार ने सरकार के निश्चित राजस्व देने के लिए समस्त गाँव की ओर से समझौता परिपत्र पर हस्ताक्षर किया। ग्रामीण अपनी-अपनी जोत के अनुसार लगान की राशि देते थे और सभी राशियों को मिलाकर गाँव लगान की अदायगी करता था। अतः गाँव का किसान तब तक अपनी भूमि का मालिक बना रहता था जबतक कि वह अपनी जोत का लगान देता रहता था। चूँकि उन प्रदेशों में, जहाँ यह पद्धति लागू की गई थी जमीन्दारी अथवा ग्राम पंचायत के अधीन भू-भाग 'महल' के नाम से पुकारा जाता था, इसलिये यह पद्धति महलवारी के नाम से विख्यात हुई।

इस पद्धति में समझौता के मुताबिक लगान का निर्धारण सरकार के अधिकारी करते थे। नम्बरदार ग्राम पंचायत के सदस्यों से परामर्श लेकर राजस्व की राशि का निर्धारण करते थे। मुख्य रूप से कलक्टर को यह अधिकार दिया गया

---

31. वही, पृ० 48-49.
32. रिपोर्ट ऑन द एडमिनिस्ट्रेशन ऑफ पंजाब टेरीटोरीज, 1854-55 से 1855-56, पैरा 39/ ताराचन्द, पहला खण्ड, पृ० 304

कि वह निर्धारित भूमि की मालगुजारी निश्चित करके किसानों के बीच भूमि का आबंटन करे। गाँव के लोगों को भूमि के अधिकारों से सम्बद्ध सरकारी पत्र मिलते थे जिसमें जमीन का नक्शा और रकबा दर्ज रहता था। भू-राजस्व की राशि भूमि की उत्पादन क्षमता, उसमें उगाई जानेवाली फसलों और फसलों के मूल्यों के अनुसार 20 या 30 साल के लिए निर्धारित की जाती थी।

उत्तर प्रदेश में महलवारी पद्धति के साथ-साथ अवध जिलों में एक और पद्धति थी जिसका नाम था ताल्लुकदारी पद्धति। इसके अनुसार कई गाँव एक तालुकदार के अन्तर्गत रहते थे। तालुकदार के साथ सरकार 30 साल के लिये समझौता करती थी। तालुकदार ही राजस्व की वसूली करता था। मुरादाबाद, बरैली, शाहजहाँपुर तथा रुहेलखण्ड में महलवारी पद्धति लागू थी।

इस नई प्रणाली में भू-राजस्व निर्धारित करने का कोई न्यायोचित आधार नहीं था जिसके फलस्वरूप जमीन्दारों तथा किसानों, दोनों की स्थिति बुरी हो गई। लार्ड विलियम बैंटिक ने 1833 ई० में इस प्रणाली के दोषों को दूर करने का प्रयास किया। उसने भू-राजस्व की दर 66% निश्चित कर दी और 30 वर्ष के लिये समझौता किया गया। 1842 ई० में मार्टिन वर्ड ने इसमें सुधार लाने के लिये पुनः सुझाव दिया। उत्तरी भारत के लेफ्टिनेंट गवर्नर जेम्स थॉमसन ने 1849 ई० तक नये रूप में भू-राजस्व की व्यवस्था की जिसके अनुसार भूमिकर उपज का 50% निर्धारित किया गया। संयुक्त प्रान्त तथा पंजाब में यही व्यवस्था लागू की गई।

अन्य प्रणालियों की तरह इस प्रणाली में भी कई दोष थे। इस प्रणाली के अतर्गत नम्बरदारों और बड़े लोगों को विशेषाधिकार प्राप्त थे। ये नम्बदार अपने निजी फायदे के लिये विशेषाधिकारों का दुरुपयोग करते थे। इनका समझौता सरकार के साथ हुआ था, न कि लगान देनेवाले किसान के साथ। वे सरकार तथा किसान के बीच बिचौलिये का काम करते थे। बिचौलिये स्थिति का लाभ उठाकर कभी-कभी गाँव की सारी भूमि अपने अधिकार में ले लेते थे। अतः गाँव के सरपंच न केवल छोटे किसानों का शोषण करते थे बल्कि उनका दमन भी करते थे। बड़े भू-स्वामी अपनी भूमि जोतवाने के लिये छोटे किसानों को बाध्य करते थे। वे उनसे बेगारी लेकर अधिक धन उगाहते थे। ग्रामीण और ग्राम पंचायत गौण हो रही थी। भूमिकर की दर कम नहीं रही। कर की वसूली में कठोर एवं क्रूर नीति को प्रश्रय दिया जाता था। सच्चे अर्थ में कम्पनी ने अपने निजी लाभ के लिये ऐसी भू-राजस्व नीति का अनुशीलन किया था। किसानों का भरपूर शोषण किया जाता था। कहीं-कहीं किसानों से 83% राजस्व वसूल किया जाता था। इससे जमीन्दारों की हालत भी गिरावट की दिशा में उन्मुख हुई। डा० रोमेश दत्त ने लिखा है कि "उत्तरी भारत के भूमि अधिनियम के कारण लोगों और इसके द्वारा भू-राजस्व की भावी सीमा भी निश्चित नहीं की गई जबकि प्रथम भू-राजस्व व्यवस्था की अवधि समाप्त होकर अगली व्यवस्था आरम्भ हो गई।"[33] इन्हीं दोषों के कारण 1833 ई० में लार्ड विलियम बैंटिक ने

33. द इकोनोमिक हिस्ट्री ऑफ इण्डिया, द्वितीय भाग, पृ० 33,

9 वें अधिनियम को पारित करके $\frac{1}{3}$ भाग तय किया था और समझौते की अवधि 30 वर्ष के लिये निश्चित की गई थी। मार्टिन वर्ड ने भी इस व्यवस्था में संशोधन लाने के लिये परामर्श दिया था। कालान्तर में यह भू-राजस्व 1855 के 'सहारनपुर अधिनियम' के अनुसार भूमि के किराये का 50% भाग कर दिया गया। कर की बढ़ी हुई दर और ब्रिटिश शासकों की भू-राजस्व नीति भारतीय कृषि के लिये घातक थी। डा० दत्त के विचार में "भू-राजस्व का निर्धारण अत्यधिक मात्रा में किया गया तथा यह अनिश्चित भी है। यदि इन नियमों के अन्तर्गत संसार के किसी भी देश को रखा जाये तो कृषि की अवनति होगी।"[34]

कथित सन्दर्भ भू-राजस्व के इतिहास की जानकारी देते हैं। इनसे यह बात स्पष्ट हो जाती है कि कम्पनी सरकार ने राजस्व व्यवस्था को स्थायी नहीं बनाया। सरकार ने दर को निश्चित रूप नहीं दिया ताकि उसे अधिक-से-अधिक धन का अर्जन करने को अवसर मिले। राजस्व की दर भी कड़ी थी। किसान समय पर धन (राजस्व) नहीं देने के कारण भूमिहीन होते गये। सशंकित किसान खेती से उदासीन रहने लगे जिसके चलते कृषि में अवनति आई। संक्षेप में अंग्रेजों की भू-राजस्व नीति ब्रिटेन के लिये वरदान और भारत के लिये अभिशाप सिद्ध हुई।

34. वही, प्रिफेस, पृ०. X.

3

कृषि का पिछड़ापन

अंग्रेजों के आगमन के पूर्व भारत की कृषि—रोमेश दत्त ने लिखा है कि किसी भी राष्ट्र की सम्पन्नता तथा सम्पत्ति के तीन प्रमुख स्रोत होते हैं—कृषि, व्यापार-उद्योग तथा उन्नत वित्तीय प्रशासन। भारत में अंग्रेजों के आगमन के पूर्व यहाँ की अर्थव्यवस्था सुदृढ़ थी और सम्पन्नता के प्रमुख स्रोतों में कृषि उन्नत अवस्था में थी। सम्पूर्ण भारत की अर्थव्यवस्था कृषि पर अधिक निर्भर करती थी क्योंकि भारत कृषि-प्रधान होने के कारण अन्नोत्पादन में आत्मनिर्भर था। रिपोर्ट के अनुसार भारत के लगभग 70% लोग कृषि पर ही निर्भर करते थे।

प्राचीन भारत अन्नोत्पादन में आगे था। प्राकृतिक साधनों की सुविधा के कारण कृषक मनमाने ढंग से अन्न का उत्पादन करते थे। भारतीयों के जीवन के मूल आधार कृषक थे। यद्यपि कृषक ही खेती करते थे, किन्तु समाज के अन्य धन्धों में लगे लोग भी कृषि पर निर्भर करते थे। सामुदायिक जीवन जीने के लोग अभ्यस्त थे और कृषक को बढ़ई, लुहार, चर्मकार, बुनकर आदि सभी मदद करते थे। चूँकि ग्रामीण कृषि कार्य करते थे, इसलिए ग्रामोत्थान का अर्थ था कृषि का उत्थान।

प्राचीन तथा मध्य युगीन भारत की कृषि की कुछ विशेषताएँ थीं जिनका विनाश भारत में अंग्रेजों के आने के पूर्व हो गया। इन विशेषताओं का उल्लेख इस प्रकार किया जा सकता है:—

1. प्राचीन तथा मध्य काल के भारतीय शासक कृषि के विकास के लिए उदारवादी नीति का अनुशीलन करते थे। वे अनुचित भू-राजस्व नहीं उगाहते थे और उदारतापूर्वक उसका संग्रह भी करते थे। कृषि की उन्नति के लिए कृत्रिम साधनों जैसे कूपों, नहरों, बाँधों आदि का प्रबन्ध किया जाता था, पशुओं तथा बाजारों की व्यवस्था की जाती थी और अकाल के समय लगान माफ किया जाता था और किसानों को अन्य सुविधाएँ भी दी जाती थीं।

2. कृषि के विकास के लिए ग्राम-पंचायतों की भी अहम् भूमिका होती थी। ग्राम पंचायतें सहकारिता के सिद्धान्त का अनुपालन करके कृषि में उन्नति लाने का प्रयास करती थीं। सहकारिता के कारण मध्ययुग तक भारत की कृषि सन्तोषप्रद ढंग से फलती-फूलती रही।

3. कृषक अपनी जमीन का स्वामी था। इस कारण वह मन से खेती करता था। हिन्दू उत्तराधिकार नियम के कारण परिवार के सारे सदस्यों का जमीन में बराबर का हिस्सा था। कहीं-कहीं बड़े पुत्र को अन्य भाइयों से थोड़ी अधिक भूमि मिल जाती थी जिसे 'जेठांश' कहा जाता था। जब तक संयुक्त परिवार चलता रहता था तब तक सामूहिक रूप से परिवार के सदस्य खेती करते थे और परिवार टूटने पर सारे सदस्यों के बीच बराबर-बराबर भूमि का आबंटन कर दिया जाता था। लगभग समस्त देश में उत्तराधिकार नियम प्रचलित था। बंगाल में

भूमि पर पिता का अधिकार होता था। उसके जीवनकाल में उसकी सन्तानें जमीन में हिस्सा नहीं ले सकती थीं। यह उत्तराधिकार प्रणाली 'दयाभाग' कहलाती थी। उत्तरी, दक्षिणी-पश्चिमी भारत में मिताक्षर उत्तराधिकार की प्रणाली प्रचलित थी जिसके अनुसार, पिता तथा पुत्रों को भूमि में बराबर का हिस्सा होता था। संक्षेप में, भूमि पर पिता या पुत्रों का, दूसरे शब्दों में, कृषकों का अधिकार होता था। संयुक्त परिवार टूटने पर भी खण्डित परिवार के सदस्य भू-स्वामी थे। भूमि पर स्वत्वाधिकार होने के कारण कृषक बड़े उत्साह से खेती करते थे।

4. यद्यपि कृषक साहूकारों अथवा महाजनों से कर्ज के एवज में अनाज देते थे, किन्तु कृषि का 90% भाग (लाभ) वे खुद लेते थे। मृत्यु, त्योहार, विवाह आदि के अवसरों पर साहूकारों से लिये गये कर्ज को फसल कटने पर अन्न देकर वे चुकाते थे। अंग्रेजों के शासन काल में कृषकों पर जो प्रभाव महाजनों का था वैसा प्रभाव प्राचीन या मध्य काल में उनपर नहीं था। संक्षेप में, कृषक साहूकारों को कर्ज और राज्य को टैक्स देते थे और शोषित नहीं थे।

5. भारत अन्न के सन्दर्भ में आत्म-निर्भर था। देश के विभिन्न हिस्सों में खाने योग्य विभिन्न फसलें उगाई जाती थीं। बंगाल, उड़ीसा, केरल, मैसूर, आन्ध्रप्रदेश आदि में धान की खेती होती थी और वह भी प्रचुरता से। बिहार, उत्तरप्रदेश, पंजाब, गुजरात और मध्यप्रदेश गेहूँ के उत्पादन के लिए मशहूर थे। गेहूँ की अधिकता के कारण भारत इसका निर्यात भी यूरोप के देशों को करता था। मकई, ज्वार, बाजरा, आदि मोटे अनाज भारत में पैदा किए जाते थे। दलहन, तेलहन और गन्ना के उत्पादन में भी वह आगे था। कुछ औद्योगिक फसलों जैसे कपास, नील, चाय, पटसन, कॉफी आदि की भी खेती की जाती थी। इन फसलों को बेचकर किसान नकद धन उगाहते थे। दुर्भिक्ष के समय भी देश अन्नाभाव में नहीं रहता था। 1595-1792 के मध्य भारत में लगभग 24 बार दुर्भिक्ष पड़े। 1630 और 1647 के दुर्भिक्ष तो जानलेवा थे। मोरलैंड ने लिखा है कि "वर्षा इतनी कम हुई कि बोये गए बीज नष्ट हो गए और घास तक पैदा नहीं हुई। पशु मर गए। कस्बों और गाँवों में, खेतों और सड़कों पर, मुर्दे इतनी अधिक संख्या में मौजूद थे और उनके कारण इतनी अधिक दुर्गन्ध उठ रही थी कि उन रास्तों से होकर जाना दुष्कर हो गया था। घास आदि के अभाव में मवेशियों को लाशों का मांस खिलाकर जीवित रखा गया और मनुष्यों को मृत पशुओं का मांस खाकर जीवन-रक्षा करनी पड़ी; कुछ लोग तो नितान्त निराशा की स्थिति में उन हड्डियों की तलाश में भटकने लगे, जिन्हें कुत्तों ने चूसकर छोड़ दिया था।"[1] किन्तु इन भयंकर दुर्भिक्षों के समय भी देश के कई भागों में भरपूर अनाज था। दुर्भिक्ष ग्रस्त क्षेत्रों में यातायात के अभाव के कारण अन्न नहीं पहुँचाये जा सकते थे। ताराचन्द लिखते हैं कि 17वीं और 18वीं शताब्दी में अकालों के कारण उत्पन्न संकट बुनियादी तौर पर उन अकालों से भिन्न थे जो सन् 1860 के बाद उस समय सामने आये, जब सामान्य वर्षों में खाद्यान्नों के निर्यात के के कारण कम वर्षा के वर्षों में खाद्यान्न की असाधारण कमी और मँहगाई हो

1. डब्ल्यू० एच० मोरलैंड; फ्रॉम अकबर टू औरंगजेब, पृ० 212

गई। इनके बाद अकालों में अकाल-निवारण के खाद्यान्न की कमी ने रुकावट डाली, यातायात के साधनों की कमी ने नहीं।"[2] अतः समय-समय पर अकाल पड़ते रहने पर भी अंग्रेजों से पहले सामान्य दिनों में खेती पर आधारित आबादी की स्थिति 19वीं शताब्दी की तुलना में बेहतर थी।

18वीं शताब्दी के पूर्व दुर्भिक्ष एवं वर्षा-अभाव होने पर भी किसान आशावादी थे और कड़े परिश्रम के साथ खेती करते थे। उन दिनों जनसंख्या में बहुत अधिक वृद्धि नहीं हुई थी और लोगों में जमीन के मालिक बनने की बेहिसाब इच्छा जागृत नहीं हुई थी। आबादी के अधिकांश लोग ग्रामोद्योगों में लाभकारी आर्थिक काम-धंधों में लगे रहते थे। कृषि और औद्योगिक मजदूरों के बीच समुचित संतुलन से आम आर्थिक स्थिति दो वक्त का भोजन प्राप्त करने की हालत में कुछ बेहतर थी।[3]

18वीं शताब्दी के उत्तरार्द्ध में और 19वीं शताब्दी के प्रारम्भ में भारत की कृषि और कृषकों को नई समस्याओं और संकटों का सामना करना पड़ा। कम्पनी काल में भूमि को व्यवस्थित करने के लिये राजस्व को मूलाधार बना कर कई प्रायोगिक प्रणालियाँ प्रारम्भ की गई थीं जिनका उल्लेख किया जा चुका है। इन प्रणालियों के अन्तर्गत भूमि की नाप कराई गई, राजस्व की दरें निर्धारित की गईं और जमीन्दारों तथा बिचौलियों का वर्ग तैयार किया गया। इस व्यवस्था से ब्रिटिश सत्ता को लाभ था। नई प्रणालियों (स्थायी, रैयतवारी और महलवारी) के साथ कृषकों के शोषण और कृषि की अवनति का युग प्रारम्भ हुआ। गृह-उद्योग विनष्ट हो गये। इससे भूमि और कृषि पर भार पड़ा। अतिरिक्त में जमीन्दारों का वर्ग पैदा हो गया। किसान कर्ज में डूबने लगे। जमीन बँटने लगी, बिकने लगी, बन्धक रखी जाने लगी। कृषक अब मात्र मजदूर था, भूमिपति नहीं। 19वीं शताब्दी के दौरान भूमि पर दबाव का भार अत्यधिक पड़ा। इसी समय ब्रिटेन में औद्योगिक क्रान्ति भी प्रारम्भ हुई थी। इस शताब्दी तक जनसंख्या में भी काफी वृद्धि हो गई थी। किसानों के मजदूर बनने पर कृषि की बेहतर अवस्था अब जाती रही। सरकार ने भी उत्तम कृषि के लिए कोई कदम नहीं उठाया। कृषकों को न तो बीज दिये गये, न पशुओं की व्यवस्था की गई और न उत्तम एवं वैज्ञानिक कृषि औजारों से उन्हें परिचित कराया गया। महाजनों के चंगुल से कृषकों को मुक्त करने के लिये भी सरकार ने यत्न नहीं किया। फलतः किसानों एवं देश की दरिद्रता बढ़ती गई। कृषि की गिरावट एक पड़ाव पर रुक जाय, ऐसा कोई पड़ाव नहीं था। "जैसे-जैसे अपनी सफलताओं की सीमाओं पर पहुँचता गया वैसे-वैसे कृषि का पतन एक आर्थिक बुराई के रूप में स्पष्ट होता गया।" कृषक मजदूर बनते गये और सरकार कृषि की उपेक्षा करती रही। अकाल का दौर प्रारम्भ हुआ।

कम्पनी काल में कृषि की दशा—कम्पनी काल में कृषि की प्राचीन तथा मध्ययुगीन रूपरेखा पूर्णतः बदल गई। इसमें ह्रास आया। कृषि में ह्रास के

---

2. ताराचन्द, पहला खण्ड, पृ० 171-77
3. चोपड़ा, पुरी और दास, आधुनिक भारत का सामाजिक, सांस्कृतिक और आर्थिक इतिहास, भाग-3, पृ० 154.

कई कारण थे। प्रथम, कम्पनी की राजस्व नीति दूषित तथा दोषपूर्ण थी। रोमेश दत्त के शब्दों में "ब्रिटिश राज के प्रारंभिक वर्षों में ईस्ट इण्डिया कम्पनी भारत को अपनी ऐसी जायदाद या उपनिवेश समझती थी जिसकी समस्त भूमि के उत्पादन पर उसका अधिकार है और उसकी मान्यता थी कि भू-राजस्व लेने के बाद कृषकों तथा भू-स्वामियों के पास केवल इतने साधन ही शेष रहें कि वे साधारणत: जीवित रह सकें।"[4] कंम्पनी सरकार ने उपज का लगभग 50% भाग राजस्व के रूप में कृषकों से लेना प्रारंभ किया। निस्सन्देह राजस्व की यह दर काफी ऊँची थी 'जो किसी भी अन्य देश की सभ्य सरकार द्वारा नहीं ली जाती।' कम्पनी ने भू-राजस्व की ऊँची दर निर्धारित कर कृषकों का शोषण करना प्रारम्भ किया। भारतीय राष्ट्रवादियों तथा नेताओं ने सरकार की भू-राजस्व नीति की कड़ी आलोचना की। उन्होंने भारत सरकार की इस नीति को किसानों के दुर्भाग्य और दरिद्रता का तथा कृषि के पिछड़ेपन का मुख्य कारण बताया।[5]

कम्पनी सरकार के काल में भूमि तथा भूमिकर को लेकर बिचौलियों और जमीन्दारों का वर्ग पैदा हुआ जो शोषण नीति का अनुपालक था। पहले की ग्राम पंचायतों के भूमि संबंधी अधिकार समाप्त कर दिये गये और जमीन्दार राजस्व संग्रह का काम करने लगे। जमीन्दार निर्धारित भू-राजस्व वसूल करने के साथ-साथ अतिरिक्त राजस्व की भी वसूली करते थे और इसकी वसूली में वे विवश कृषकों के साथ दुर्व्यवहार करते थे। जमीन्दारों की अत्याचारी करतूतों ने किसानों को खेती से उदासीन कर दिया। कृषि के ह्रास का यह दूसरा कारण था।

भू-राजस्व की दर भी कड़ी थी और अनिश्चित थी। यह कुछ अवधि के लिये ही निर्धारित कीं जाती थी तथा पुन: उसमें वृद्धि कर दी जाती थी। बंगाल में स्थायी बन्दोवस्त के समय 89% कर निर्धारित किया गया था। उत्तर भारत में 1822 ई० के सातवें विनियम के अनुसार राजस्व की माँग भूमि के शुद्ध परिसम्पदों के 80% के बराबर थी।[5] बम्बई महाप्रान्त में कर की माँग 1824-28 के बीच इतनी अधिक थी कि गवर्नर तक को भडौंच के सम्बन्ध में लिखना पड़ा कि "यहाँ अपनायी गई योजना के अनुसार किया गया ...... कर निर्धारण सर्वथा असम्भव है। साढ़े चार लाख की वृद्धि अभी पिछले ही वर्ष हो चुकी है। यह एक ऐसी स्थिति है, जिसकी कल्पना मैं प्रसन्नता पूर्वक नहीं कर सकता और विशेष बात यह है कि ये बातें बिल्कुल अन्धकार में छिपी हैं कि उक्त राजस्व के स्रोत क्या रहे हैं और यह वृद्धि किन सिद्धान्तों के आधार पर हुई है।"[6] अहमदाबाद जिले में गाँव उन्हें सौंप दिया जाता था जो

4. इकोनोमिक हिस्ट्री, भाग-2 पृ० VIII
5. विपनचन्द ; पृ० 351
5. रामेश चन्द्र दत्त; द इकोनोमिक हिस्ट्री अण्डर अर्ली ब्रिटिश रूल, पृ० 384-85.
6. 25 अप्रैल 1821 का मिनट. सेलेक्शन्स ऑफ पेपर्स फ्रॉम रिकार्ड्स एट ईस्ट इण्डिया कम्पनी हाउस. खण्ड-3, पृ० 662

सबसे ऊँची बोली लगाते थे। दक्कन और खान देश भी ऐसे ही भार से दबे हुए थे। मद्रास में सरकार 45% से 55% भाग राजस्व के रूप में लेती थी। ताराचन्द लिखते हैं कि "करों की दर इतनी ऊँची होने पर यह सम्भव न रहा कि कृषि के क्षेत्र में पूंजी का संचय होता, या भूस्वामी के लिये जमीन में कोई सुधार करने का उत्साह बना रहता।"[7] करों की दरों की अनिश्चितता ने कृषकों को खेती से मुख मोड़ दिया।

कृषि या भू-राजस्व से जो धन उगाहा जाता था, उसका उपयोग कृषि के साधनों के निर्माण तथा विकास में नहीं किया जाता था। यह सारी धनराशि ब्रिटेन भेज दी जाती थी। डॉ० ताराचन्द ने भू-राजस्व मद से उगाहे गये धन का एक छोटा-सा ब्यौरा प्रस्तुत किया है। उनके अनुसार 1792-93 में बंगाल महाप्रांत से 31 लाख पौंड भू-राजस्व वसूल किया गया जो 1835-36 में बढ़कर 33 लाख हो गया। 1810-11 में मद्रास में राजस्व के रूप में 10 लाख पौंड के लगभग धन वसूल किया गया जो 1825-26 में बढ़कर 40 लाख पौण्ड के लगभग हो गया। दूसरे शब्दों में, 15 वर्ष की अवधि में चार गुनी वृद्धि हो गई। बंबई महाप्रान्त में 1817 में 8,00.000 पौण्ड भू-राजस्व के रूप में वसूल किया गया जो 1818 में बढ़कर करीब 11,50,000 पौण्ड और 1837-38 में बढ़कर 18,60,000 पौण्ड हो गया।[8] यह सारा धन ब्रिटेन के लिये निष्कासित कर दिया जाता था। इसके फलस्वरूप भारत में कृषि का पेड़ सूखता गया। इसके दो परिणाम घटित हुए—कृषक निर्धनता के शिकार हुए और भारत राष्ट्र अकाल की चपेट में आने लगा।

कृषकों ने दैवी प्रकोप, सरकार की भू-राजस्व नीति के दोष, बिचौलियों तथा जमीन्दारों के अत्याचार तथा धन के बहिर्गमन से व्यग्र होकर अपनी भूमि को साहूकारों के पास बन्धक के रूप में रखना प्रारम्भ कर दिया। इससे वे कर्ज में डूबने लगे। इस हेतु महाजनों के पास भूमि को बंधक के रूप में रखना आवश्यक होने लगा। बन्धित जमीन पर उत्साह पूर्वक वे खेती नहीं कर सकते थे क्योंकि उपज का अधिकांश भाग कम्पनी सरकार ले लेती थी और बचा-खुचा अन्न या धन महाजन ले लेते थे। ऐसी स्थिति में कृषि में अवनति का आना स्वाभाविक था।

नई भू-राजस्व प्रणालियों ने कृषकों को भू-स्वामी होने से भी वंचित कर दिया था। "बंगाल की स्थायी प्रणाली के अन्तर्गत यद्यपि कुछ कानूनों द्वारा कृषकों की अपनी भूमि पर स्थायित्व की सुरक्षा की गई. किन्तु जागीरदार लोग किसानों को भूमि बदल कर देते थे ताकि नियमानुसार बारह वर्ष तक एक ही भूमि पर खेती करते रहने से उनको अपनी भूमि पर अधिकार न रहे। रैयतवारी प्रणाली में भू-राजस्व न देने की स्थिति में किसानों का अपनी भूमि पर अधिकार समाप्त हो जाता था। अतः कृषकों का अपनी कृषि-भूमि पर परम्परागत अधिकार समाप्त

7. ताराचन्द. खण्ड प्रथम. पृ० 332.
8. इम्पीरियल गजेटियर ऑफ इण्डिया, 1908, खण्ड-चार, पृष्ठ 20। ताराचन्द, पहला खण्ड, पृ० 332

हो गया और वे अपनी भूमि से ज़मीन्दारों या सरकारी कर्मचारियों द्वारा बेदखल किये जाते रहे। ऐसी स्थिति में कृषक असन्तुष्ट तथा अशान्त हो चले।

संक्षेप में इन्हीं कारणों ने भारतीय कृषि को पिछड़ेपत की स्थिति में ला दिया। डॉ० ताराचन्द लिखते हैं कि "एक ओर अंग्रेजों द्वारा लागू की गई भूमि-विषयक पट्टेदारियों ने गाँव का प्राचीन संगठन (संयुक्त परिवार, सामुदायिक खेती, ग्राम पंचायत आदि) छिन्न-भिन्न कर दिया; दूसरी ओर भारी कर निर्धारण ने कृषि की उन्नति रोक दी और खेती करनेवाले वर्गों को निर्धनता तथा साधनहीनता की स्थिति में ला गिराया।"[1]

क्राउन काल में कृषि की दशा—सिपाही विद्रोह के उपरान्त क्राउन सरकार ने अनुभव किया कि भारत में ब्रिटेन के दीर्घकालीन शासन के लिये कृषक वर्ग को भी सन्तुष्ट रखना आवश्यक है। इसीलिए 19वीं शतान्दी के उत्तरार्द्ध और विशेषकर 20वीं शताब्दी के प्रारम्भ से सरकार ने कृषि की उन्नति तथा विकास के लिए पहल करना प्रारम्भ किया।

यों अपने उद्योग के विकास के लिये सिपाही विद्रोह के पूर्व से ही ब्रिटिश सरकार ने भारत की कृषि में सुधार लाने के लिए पहल किया था तथा कृषि-संसाधनों के विकास के लिए कदम उठाया था। 1832 में ब्रिटेन के कई व्यापार-संघों ने संसदीय प्रवर समिति से भारत की कृषि के विकास के लिए संसाधनों को विकसित करने का अनुरोध किया। मैंनेचेस्टर के एक व्यापार-संगठन चैम्बर ऑफ कॉमर्स ने कहा कि "भारत की निर्यात योग्य वस्तुओं में वृद्धि और विकास करने से भारत को निम्स्सन्देह बहुत लाभ होगा; इससे केवल भारत का ही नहीं, हमारे देश का भी बहुत हित-साधन होगा। भारतीय कपास की किस्म में सुधार करना ब्रिटेन के सूती वस्त्र-उत्पादन की सफलता की दृष्टि से इतना अधिक महत्त्वपूर्ण है कि इस दिशा में भारत जो कुछ कर सकता है उसके अविलम्ब विकास के लिये सभी सम्भव सहायता अवश्य दी जानी चाहिये"[1] इसी प्रकार ग्लासगो चैम्बर ऑफ कॉमर्स ने यह विचार व्यक्त किया कि "निर्यात योग्य भारतीय वस्तुओं में होनेवाली प्रत्येक वृद्धि और सुधार से निस्संदेह यह प्रभाव पड़ेगा।" भारत में ब्रिटिश माल की मण्डी के विस्तार की संभावना थी।[2] जनान्दोलन के द्वारा भी ईस्ट इण्डिया कंपनी पर भारत के लिए दबाव डाला जाने लगा ताकि ब्रिटेन में विनिमय योग्य वस्तुओं का उत्पादन किया जा सके। इसके लिये कम्पनी को परामर्श दिये गये कि वह भू-राजस्व कम करे, सिंचाई के कृत्रिम साधनों का विकास करे, वाणिज्य फसलों (विशेषकर कपास की उत्तम किस्मों) की खेती प्रारंभ करे। यद्यपि ये सुझाव लागू नहीं किये गये, पर यह साफ हो गया कि कम्पनी उत्पीड़क होकर भी कृषि के विकास के सम्बन्ध में सोचने को बाध्य होगी।

भारत में पड़ने वाले अकाल ने सरकार को कृषि में परिवर्तन लाने के लिये बाध्य किया। भारत में क्राउन काल में 1860-61, 1868-69, 1876-78 में

1. सेलेक्ट कमिटी रिपोर्ट, 1883. खण्ड 2, भाग 2, पृ० 516.
2. वही पृ० 578
1. ताराचन्द, भाग एक, पृ० 330.

अकाल पड़े थे। अंतिम अकाल के समय लार्ड रिपन भारत का वायसराय था। इसने अकाल के कारणों पर विचार करने के लिए 1880 ई० में सर रिचर्ड स्ट्रेची के नेतृत्व में एक आयोग का गठन किया। आयोग ने कारणों के साथ-साथ अकाल निवारण के साधनों पर भी अपनी रिपोर्ट प्रस्तुत की। आयोग की सिफारिश पर ही कृषि में उन्नति लाने का प्रयास किया गया। इसी का फल था कि भारत के कुछ प्रान्तों में कृषि विभाग का निर्माण किया गया। भारत से अन्नों के निर्यात पर रोक लगा दी गई। सिफारिश के फलस्वरूप भू-राजस्व तथा अन्य करों में छूट देने की भी नीति अपनाई गई।

किन्तु कृषि के क्षेत्र में वास्तविक विकास लार्ड कर्जन (1899-1905) के काल से ही होना प्रारम्भ हुआ। 1899-1900 ई० में भारत पुनः अकाल के प्रकोप से बीमार हो गया। अकाल-संबंधी निर्देशों की जानकारी हासिल करने के लिए लार्ड कर्जन ने सर एन्टनी मैक्डानल की अध्यक्षता में एक आयोग का गठन किया जिसने 1901 ई० में अपना प्रतिवेदन दाखिल किया। प्रतिवेदन में कृषि की प्रगति करने की बात पर बल दिया गया। इसके लिए पशुओं, बीजों और कूपों की व्यवस्था किये जाने की सिफारिश की गई।

इन सिफारिशों को लार्ड कर्जन की सरकार ने स्वीकार कर लिया और उन्हीं के अनुसार कृषि में उन्नति लाने के कदम उठाये गये। 1901 में एक कृषि महा-निरीक्षक (Inspector General of Agriculture) के पद का सृजन किया गया जिसका कर्त्तव्य था केन्द्र तथा प्रान्तों की सरकारों को कृषि-विषयक मसलों पर परामर्श देना। सरकार ने एक अंग्रेज को इस बड़े पद पर नियुक्त किया। कृषि के कई विभागों को अस्तित्व में लाने का श्रेय लार्ड कर्जन की सरकार को प्राप्त है। 1903 ई० में लार्ड कर्जन ने सरकारी आदेश पत्र निकालकर पुनस्संगठन का प्रारम्भ किया ताकि कृषि में उन्नति लायी जा सके। पुनस्संगठन का कार्य 1905 ई० में पूरा हुआ। 1903 ई० में पूना इन्स्टिीच्यूट की स्थापना की गई जहाँ कृषि-विषयक रिसर्च और अनुसन्धान के काम होने लगे। इन्स्टिीच्यूट से जुड़ा एक कृषि कालेज था जिसने उच्चतर कृषि प्रशिक्षण देने का काम प्रारम्भ किया। सन् 1905 ई० में एक अखिल भारत कृषि बोर्ड (All India Agriculture Board) की स्थापना की गई। इसका प्रमुख काम था प्रान्तीय सरकारों को एक-दूसरे के सम्पर्क में लाना तथा केन्द्र की सरकार से कृषि-संबंधी उचित सिफारिशें करना।

लार्ड कर्जन के काल में कृषि की उन्नति के सराहनीय कार्य किये गये। उसके इंगलैंड वापस होने के बाद भी कृषि के विकास पर सरकार ने ध्यान दिया। 1906 ई० में 'भारतीय कृषि सेवा' (Indian Agriculture Service) प्रारम्भ की गई। 1908 ई० में पूना में एक कृषि कालेज खोला गया जो छात्रों को कृषि विज्ञान की शिक्षा देने लगा। कालान्तर में नागपुर, कानपुर, लायलपुर, कोयम्बतूर तथा काण्डले में भी कृषि महाविद्यालयों की स्थापना की गई। कृषि महानिरीक्षक के पद को जो लार्ड कर्जन द्वारा सृष्टित था, समाप्त कर दिया गया और कृषि संबंधी सरकार को परामर्श देने का काम पूसा के कृषि अनुसन्धान इन्स्टिीच्यूट के निर्देशक को दे दिया गया। सन् 1929 ई० तक निर्देशक ने परामर्श देने का कार्य किया।

दो विश्व-युद्धों की कालावधि (1914-39) में कृषि के क्षेत्र में नये-नये परिवर्तन लाये गये। इन दिनों भारत का राष्ट्रीय आन्दोलन भी अपनी जवानी पर था। भारतीय राष्ट्रवादियों को प्रसन्न करने के हेतु सरकार ने कृषि की तरक्की की ओर ध्यान देना आवश्यक समझा। 1919 के अधिनियम में कृषि विषयक उपबन्ध भी थे। इसके लागू होने पर कृषि एक हस्तान्तरित विषय के रूप में एक मन्त्री के अधीन कर दी गई। देश की कृषि का सारा भार मन्त्री के कन्धों पर छोड़ दिया गया। यद्यपि कृषि-मन्त्री के उत्तरदायी कार्य थे, किन्तु केन्द्रीय सरकार ने भी कृषि के विकास के लिए काम किया। उसने केन्द्रीय अनुसन्धान संस्थानों तथा पौधों और जानवरों के रोगों और अनिष्टकर वस्तुओं के संबंध में कतिपय मामलों के लिए अपने पास जवाबदेही रखी। कृषि के लिए एक रायल कमीशन या लिनलिथगो कमीशन का गठन किया गया जिसने 1928 ई० में अपनी सिफारिशी रिपोर्ट प्रस्तुत की। कृषि विभागों ने अबतक कृषि के विकास के लिए जो काम किये थे, कमीशन ने उनकी प्रशंसा की; साथ ही रिपोर्ट में 'भविष्य के कार्य के लिए विशाल सम्भावनाओं पर जोर दिया तथा कृषि की विभिन्न सम्भावनाओं के संबंध में विस्तृत सिफारिशें कीं।" इसकी सिफारिश पर ही जुलाई 1929 में एक इम्पीरियल कॉन्सिल ऑफ एग्रीकल्चरल रिसर्च' की स्थापना की गई। स्वतन्त्र भारत में भी यह संस्थान बना रहा, किन्तु 'इम्पीरियल' शब्द को हटाकर 'इण्डियन' शब्द रख दिया गया। इस संस्थान का काम था भारत में कृषि एवं पशु-चिकित्सा सम्बन्धी अनुसन्धान को प्रोन्नत करना, उसका मार्ग-प्रदर्शन करना तथा उसे समपदस्थ करना और इन बातों में प्रान्तीय कृषि विभागों की सहायता करना। केन्द्रीय बैंकिंग जाँच समिति (1931) ने अपने प्रतिवेदन में यह सिफारिश की कि प्रत्येक प्रान्त में एक प्रान्तीय आर्थिक जाँच बोर्ड स्थापित होना चाहिये। इस बोर्ड का काम सरकार को वैसी खबर देना हो जिसकी उसे एक रचनात्मक कृषि नीति का अनुसरण करने में समर्थ होने के लिए जरूरत पड़ती है। बाद में सर जॉन रसेल तथा आर० राइट ने भारत में कृषि विषयक अनुसंधान कार्य की प्रगति का सिंहावलोकन किया। उन्होंने अपनी रिपोर्ट में सिफारिश की जिससे अनुसंधान कार्यकर्त्ता और खेतिहर के बीच की खाई पाट दी जाए। इम्पीरियल कौन्सिल ऑफ एग्रीकल्चरल रिसर्च की एक विशेष उप-समिति ने इनकी जाँच की। उधार और कृषि-सम्बन्धी पैदावार की बिक्री के लिए बाजार भेजने के लिए बेहतर सुविधाओं के प्रदान द्वारा भारत सरकार ने कृषकों को और भी अधिक सहायता देने की अपनी इच्छा घोषित की। इम्पीरियल कौंसिल ऑफ एग्रीकल्चरल रिसर्च के अन्तर्गत एक केन्द्रीय मार्केटिंग विभाग शुरू किया गया। यह विभिन्न प्रान्तों के मार्केटिंग स्टॉफ से सहयोगपूर्वक काम करता था।

1857 के बाद और विशेषकर 20वीं शताब्दी के पूर्वार्द्ध में भारत की ब्रिटिश सरकार ने सिंचाई की भी व्यवस्था करने का प्रयास किया ताकि खेतों को पानी मिल सके एवं अन्नोत्पादन में वृद्धि हो जाय। 1921 ई० में सिंचाई के काम को दो भागों में वर्गित किया गया—उत्पादनशील और अनुत्पादनशील। एक तीसरा वर्ग भी था जिसमें गैर-पूँजी कामों से सींचे गये क्षेत्र शामिल थे।

1919 के सुधारों के उपरान्त सिंचाई को प्रान्तीय विषय बना दिया गया। इसके फलस्वरूप प्रान्तों की सरकारों ने सिंचाई कार्य को अधिक रुचि के साथ

करना प्रारम्भ किया। सिंचाई हेतु कई कार्य प्रारम्भ किये गये जिनमें से कुछ पूरे भी किये गये। 1926 ई० में लायड डाक (बम्बई) को पूरा किया गया। इसी प्रकार 1932 में सक्कर बैरेज (सिन्ध) पूरा किया गया। 1933 में सतलज घाटी परियोजना (पंजाब) का काम सम्पन्न किया गया। कावेरी का जल भण्डार तथा मेट्टूर परियोजना 1934 में पूरी हुई और इसी वर्ष निजाम सागर परियोजना का काम भी पूरा किया गया। शारदा अवध नहरें (युक्तप्रान्त) बनीं। इस प्रकार सिंचाई के कई कार्यक्रम अंगरेजों के शासन काल में पूरे किये गये।

स्वतन्त्र भारत में कृषि

स्वतन्त्र भारत की सरकार कृषि की स्थिति में विकास लाने के लिए कृतसंकल्प हुई। 1943 में ही अधिक अन्न उपजाओ' अभियान हुआ था, किन्तु तत्काल सफलता नहीं मिल सकी। 1951 के वर्ष से ही खाद्यान्नों की उत्पादन-वृद्धि पर अधिक ध्यान दिया जाने लगा।

भारत विभाजन के समय देश में कृषि दम तोड़ रही थी। भूमि तथा सिंचाई के कई क्षेत्र पाकिस्तान में चले गये थे जिसके कारण अन्नों का उत्पादन कम हो गया था। पाकिस्तान के अनेक शरणार्थी भारतवर्ष आ गये थे जिनके फलस्वरूप अन्न की खपत बढ़ गई थी। सदियों से कृषक दलित तथा त्रसित रहे थे, इसलिए कृषि के प्रति तत्काल अभिरुचि नहीं ले पा रहे थे। सरकार इन सारी समस्याओं को समझ रही थी। इसलिए उसने धीरे-धीरे कृषि के विकास की ओर ध्यान दिया जिस पर सारा भारत निर्भर करता था।

आजादी के दूसरे वर्ष अर्थात 1949 में भारत की कांग्रेस सरकार ने एक अभियान प्रारम्भ किया जो 'खाद्यान्न आत्मनिर्भरता अभियान' कहलाया। इसके तहत 1951 तक अन्न के मामले में देश को आत्म-निर्भर करने की बात कही गई। वर्षों से पिछड़ी कृषि इतनी जल्द सुधर नहीं सकती थी। फिर भी सरकार की चेष्टा थी कि कृषि को सुधारा जाय। 1951 से पंचवर्षीय योजनाओं को चालू किया गया। आठवीं पंचयोजनाओं तक कृषि को प्राथमिकता और महत्ता दिया जाना सरकार ने अपना कर्त्तव्य समझा। इन सारी योजनाओं में कृषि पर किये गये खर्चे का विवरण प्रस्तुत करना सम्भव नहीं है। यहाँ हमारा तात्पर्य केवल यह है कि योजनाओं के द्वारा अधिक अन्न पैदा करने की स्कीमें तैयार की गई, किसानों की भूमि का सर्वेक्षण किया गया, उनके लिए बीज तथा खाद की व्यवस्था की जाती रही, उत्तम पशुधन का प्रबन्ध किया गया, बीज और पशु तथा खाद के लिए गरीब किसानों को सरकारी, अनुदान दिया गया, सिंचाई के कई साधनों को विकसित किया गया, कीट-नाशक दवाओं का प्रबन्ध करके फसलों की रक्षा की गई, किसानों को ऋण-ग्रस्त होने से बचाया गया आदि। सरकार ने किसानों को नये वैज्ञानिक यन्त्रों से परिचित कराकर वैज्ञानिक कृषि को प्रोत्साहन दिया है और विदेशों से समय-समय पर कृषि-विशेषज्ञों को भारत आमन्त्रित कर नयी खेती के उपायों को ढूढ़ा है। बीच में सरकारों के बदलने से कृषि में भी विकास के चरण रुके हैं। जून 1991 में कांग्रेस की सरकार का पुनः गठन हुआ है। जनता को आशा है कि यह सरकार कृषि के विकास के लिए पुनः सचेष्ट रहेगी।

स्वतन्त्र भारत की सरकार ने कृषि एवं कृषि कार्यों में लगे लोगों के लाभ के लिए कतिपय कार्य भी किया है। राजस्व-प्रशासन को सुव्यवस्ति किया गया है, जमींदारी प्रथा का उन्मूलन कर दिया गया है, बटाईदारों को कतिपय लाभ दिये गये हैं, खेती की चकबंदी की गई है, भूमिहीनों को भू-स्वामी बनाया गया है और कृषि की उत्तम व्यवस्था करने वाले किसानों को पुरस्कार देने की व्यवस्था की गई है। नई खेती के विकास के लिए कई शिक्षण विद्यालय एवं महाविद्यालय, तकनीकी संस्थाएँ तथा विशिष्ट शालाएँ खोली गई हैं। सरकार कृषि पर सेमिनार करवा रही है, मेलों का आयोजन कर रही है, प्रसारण संचार साधनों पर कई प्रोग्रामों का प्रतिदिन आयोजन कर रही है। आशा है, भारत कृषि के क्षेत्र में अपनी ऊँचाई की जगह प्राप्त कर लेगा और संसार को अन्नों का भरपूर निर्यात करने में समर्थ हो जायेगा।

4

कृषि का वाणिज्यीकरण

भारत स्थित ब्रिटिश सरकार ने कृषि में परिवर्तन लाने के लिये नये-नये प्रयोग किये थे। भूमि की पैमाइश करायी गई थी, भू-राजस्व के निर्धारण के लिये स्थायी, महलवारी और रैयतवारी प्रणालियाँ लागू की गई थीं और बिचौलियों तथा ,जमींदारों का वर्ग पैदा करके काश्तकारों के शोषण के लिए सरकार ने उपाय कर डाले थे। सरकार के कदम से न केवल कृषि का विनाश हुआ अपितु अन्य कई दुष्परिणाम प्रकट हुए। राजस्व के भार से किसान भूमि का त्याग करने लगे, साहूकारों से कर्ज लेकर बेबसी का शिकार होने लगे और निर्धनता ने उनके द्वार पर दस्तक देना प्रारम्भ किया। ऐसी बात नहीं कि भारत परजीवी राष्ट्र था। यहाँ आर्थिक साधनों की बहुलता थी। प्राकृतिक साधनों की भरमार थी—यहाँ की भुमि में उर्वरा शक्ति थी, यहाँ जलशक्ति का भण्डार था। वस्तुतः प्रकृति ने कृषि की उन्नतता के सारे साधन भारत को प्रदान किये थे। फ़िर भी भारत को सम्पन्नता प्राप्त नहीं थी। विदेशी शासन ने भारत को निचोड़ डाला था और उसे गरीबी के द्वार पर ला छोड़ा था। भारत की मिट्टी धनी थी, किन्तु इसकी जनता निर्धन थी। प्रचुरता के बीच निर्धनता झांक रही थी। यह कैसी विडम्बना थी! अंग्रेजों ने कृषि में जो परिवर्तन लाये उनसे ग्रामीण समुदाय टूट कर बिखर गये थे। भूमि खण्ड-खण्ड में बँट गई थी। कृषक अब मजदूर हो गये थे।

कृषि की कुछ सँभली स्थिति और कृषकों की बची-खुची सुविधा और आशा तब और भी बुरी स्थिति में पहुँच गई जब सरकार ने एक बार पुनः कृषि में रूपान्तरण किया। यह भारत के आर्थिक इतिहास में 'कृषि का वाणिज्यीकरण' कहलाता है। उन्नीसवीं शताब्दी के उत्तरार्द्ध में कृषि का वाणिज्यीकरण करने की दिशा में कदम उठाया गया और कुछ ही वर्षों में इसे लगभग पूरा कर लिया गया। इस सदी में अन्य कारक तत्व थे जिन्होंने कृषि के वाणिज्यीकरण में सहयोग किया। इस शताब्दी के पूर्वार्द्ध काल तक भारतीय कृषक जीवन-निर्वाह के लिए कृषि-कार्य करते थे। वे उन्हीं अनाजों को पैदा करते थे जिन्हें वे, उनका परिवार, समाज और सम्पूर्ण देश के लोग खाते थे और खुशहाल जीवन व्यतीत करते थे। कृषि जीवनयापन का साधन था, व्यापार का नहीं। किन्तु 19वीं शताब्दी के उत्तरार्द्ध से धीरे-धीरे कृषि पर वाणिज्य का प्रभाव पड़ने लगा और उनकी प्रकृति व्यावसायिक और व्यापारिक हो गई। खेती ग्रामीण समुदाय के ही नहीं, राष्ट्रीय और अन्तर्राष्ट्रीय मण्डियों को भरने के लिए भी की जाने लगी। इस तथ्य को और स्पष्ट करने की जरूरत है।

वाणिज्यीकरण क्या है?

सरकार तथा अन्य कारणों के कारण कृषि में जो नव परिवर्तन आया वही वाणिज्यीकरण है। यह परिवर्तन कृषि के स्वरूप में आया था। इस परिवर्तन की मुख्य विशेषता यह थी कि "अब घरेलू उपयोग के बदले बाजार में बिक्री की

चीजों की खेती प्रारम्भ हुई। किसान अब खास किस्म की फसल उगाने पर जोर देने लगे। अपनी विशिष्ट उपयुक्तता के कारण कई गाँव की जमीन में केवल एक ही फसल उगाई जाने लगी जैसे रुई, गेहूँ, ईख, तेलहन इत्यादि।"[1] कपास पटसन, ईख, मूँगफली, तम्बाकू, नील जैसी व्यावसायिक फसलें अब अनाज के स्थान पर अधिक लाभदायक मानी जाने लगीं। इसके अतिरिक्त फलों, सब्जियों और मसालों की पैदाइश अधिक की जाने लगी। कृषि का यह व्यवसायीकरण या वाणिज्यीकरण सबसे अधिक चाय, रबड़, नील, तम्बाकू आदि के भावों में अधिक स्पष्ट था। इनकी बिक्री के लिए बड़ी-बड़ी मण्डियों की व्यवस्था की जाने लगी। इससे सबसे बड़ा लाभ यह हुआ कि फसलों के नकद धन मिलने लगे। चावल, दाल, गेहूँ, ज्वार आदि खाद्यान्न थे जो अधिकांश रूप में खाने में खर्च हो जाते थे; तम्बाकू, नील, चाय, रबड़ आदि खाद्यान्न न होने के कारण केवल बेचने के काम में आते थे। इन्हें बेचकर 95% नकद पैसे प्राप्त किये जा सकते। वाणिज्यीकरण से सरकार और ठेकेदारों को लाभ थे, भारतीय कृषकों के लिए यह आर्थिक मजबूरी थी।

वाणिज्यीकरण के कारण : कृषि के रूपान्तरण अथवा वाणिज्यीकरण के कई कारण थे। वे इस प्रकार हैं :—

1. नये भूमि संबंधों ने कृषकों को नकदी फसलों की खेती करने के लिए बाध्य किया। पहले भूमि और कृषक का अन्योन्याश्रय सम्बन्ध था। भूमि कृषक की होती थी, वह उसका स्वामी होता था और उसपर उसका अक्षय अधिकार था। समस्त ग्रामीण गाँव के आस-पास की जोत या परती जमीन के मालिक थे। जोत भूमि में फसलें पैदा की जाती थीं और परती में पशुओं के लिए चारा पैदा किया जाता था। ग्राम पंचायतें भी थीं जो भूमि सम्बन्धी समस्याओं को देखती थीं। ग्रामीण कृषक या जनसमुदाय या पंचायतें भूमिकर को एक साथ जमा करके सरकार या अन्य धारक को देते थे।

भारत में ब्रिटिश शासन की स्थापना के बाद भूमि का यह स्वरूप बदल गया। भारी कर, शोषक वर्ग, भूमि में टूटन, संयुक्त परिवार का बिखराव आदि ने भूमि पर से किसानों का स्वामित्व समाप्त कर दिया, पंचायतों का महत्त्व समाप्त हो गया, कर कड़ा हो गया और बढ़ती निर्धनता से तंग आकर किसानों ने कृषि कार्य से मुख मोड़ लिया, भूमि को महाजनों के पास बंधक रखना प्रारम्भ किया और भूमि तथा खेती के मालिक कम्पनी के सेवक तथा जमीन्दार हो गये। ऐसी स्थिति में नकद फसलें पैदा कर नकद धन कमाने की बात सोची जाने लगी।

2. विदेशी सरकार ने राजस्व की राशि निश्चित कर दी जिसका भुगतान निश्चित समय पर करने की व्यवस्था की गई। राजस्व की दर निश्चित रही, भले ही उसमें कालान्तर में वृद्धि की जाती रही। कृषकों को वार्षिक भुगतान करने के लिए बाध्य किया गया, चाहे उनके पास पैसे हों या न हों। गाडगिल ने इस तथ्य को इस प्रकार स्पष्ट किया है। "सरकारी कर-निर्धारण तथा महाजन के सूद की अदायगी आदि के कारण ऐसा हुआ। इन दो भुगतानों के लिए किसान को फसल काटने के तुरन्त बाद बाजार जाना पड़ता था और जो कुछ कीमत मिल

1. गाडगिल, पूर्वोक्त ग्रन्थ, पृ० 153

जाए उस पर अपनी फसल का बहुत बड़ा अंश बेच देना पड़ता था। फसल बेचकर कर और कर्ज चुकाये जाते थे।"[2]

पहले की स्थिति और थी। सामुदायिक और सामूहिक ढंग से राजस्व का भुगतान किया जाता था और संकट तथा आपात काल में राजस्व भी माफ कर दिये जाते थे। जब भूमि से पेट भरना सम्भव नहीं रहा, तब कुछ नकद धन ही मिल जाय, यह सोचकर किसानों ने मण्डियों के लिये फसलों को उगाना प्रारम्भ किया। और स्पष्ट शब्दों में, "भूमि कर की राशि प्रायः बहुत हुआ करती थी और पहले तो लगान की अदायगी के लिए और फिर, कालक्रम से महाजन का कर्ज चुकाने के लिए किसान को अधिक-से-अधिक पैसा बनाने की जरूरत हुई। वह विभिन्न कारणों से सूदखोर महाजनों के चंगुल में अधिकाधिक जकड़ता गया और इस तरह उसे बाजार के लिए उत्पादन करने को बाध्य होना पड़ा।"[3] गाडगिल ने इस प्रकार लिखा है: "नये भूमि सम्बन्धों और नियत धनराशि के रूप में भुगतान की प्रथा के फलस्वरूप ग्रामीण उपयोग के लिए उत्पादन के बदले बाजार में बिक्रय के लिए उत्पादन शुरू हुआ। इस तरह उत्पादन के रूप और चरित्र में मूलभूत परिवर्तन हुए।"[4]

3. 19 वीं शताब्दी के उत्तरार्द्ध में आवागमन के साधन काफी विकसित हो गए थे। इन साधनों के चलते मण्डियों को लगाना और उनतक पहुँचना काफी सुविधाजनक हो गया था। इन मण्डियों में नकदी फसलों को बेचना काफी आसान हो गया। संचार साधनों में रेलों और सड़कों का अत्यधिक महत्त्व था। इनकी सहायता से अनाज मण्डियों तक ले जाने में वास्तव में, बड़ी सुविधा हुई। इन साधनों ने राष्ट्रीय मण्डियों के विकास में काफी सहयोग दिया।

4. गांवों में मुद्रा अर्थतन्त्र का प्रचलन वाणिज्यीकरण की दिशा में पहला कदम है। मुद्रा अर्थतन्त्र ने प्रतियोगिता को जन्म दिया और अधिक-से-अधिक नकद धन कमाने का भूत सवार हो गया। नकदी फसलें धन उगलती थीं। इसलिए ऐसी ही फसलों की खेती प्रारम्भ की गई। आवागमन के बढ़ते साधनों ने अर्थतन्त्र को व्यापक बनाने में सहयोग किया। मुद्रा की नई प्रथा ने किसानों को शीघ्र फसल काटकर अन्न बेचने के लिए प्रलोभी बनाया।

5. इंगलैण्ड के लिए कच्चे माल की आवश्यकता ने वाणिज्यीकरण की नीति को और भी मजबूत बनाया। इंग्लैंड में आधुनिक उद्योग का विकास हो चुका था और नये कल-कारखानों को चलाने के लिए उसे कच्चे माल की जरूरत हुई। भारत की ब्रिटिश सरकार ने ऐसी नीतियों का अनुशीलन किया जिनके फलस्वरूप अधिक-से-अधिक क्षेत्रों में ब्रिटिश उद्योगों की जरूरत वाले कच्चे माल की खेती होने लगी। इसके चलते भारतीय कृषि वाणिज्यीकरण और विशिष्टीकरण की गति और अधिक तेज हुई।[5]

---

2. वही, पृ. 155
3. ए. आर. देसाई, पृ. 34-35.
4. गाडगिल, पृ. 153-55
5. आर. देसाई, पृ. 35

6. कृषि का वाणिज्यीकरण करने में ब्रिटिश सरकार की नीति ने भी महत्त्वपूर्ण भूमिका निभाई। ब्रिटेन के उद्योगों के बने रहने के लिए भारत द्वारा कच्चे माल की पूर्ति होना जरूरी था और सरकार इसी दृष्टि से भारत का विकास करना चाहती थी कि वह (भारत) ब्रिटेन को कच्चा माल देता रहे। सरकार की एक और भी नीति थी कि ब्रिटेन में बने माल भारत में बिकते रहें। एक पंक्ति में "ब्रिटिश सरकार की वाणिज्यिक नीति भारत को कृषि वस्तुओं और कच्चे माल का निर्यातक और निर्मित वस्तुओं का आयातक बनाने की थी। ऐसी स्थिति में भारतीय कृषि के वाणिज्यीकरण को प्रेरणा तथा प्रोत्साहन मिलना स्वाभाविक था।

7. सरकार की व्यापार-नीति और परिवहन के साधनों के विस्तार के फलस्वरूप भारत का विदेश व्यापार अपनी व्यापक परिधि में आ गया था। जब वाष्पचालित जलयान आविष्कृत हो गये तब व्यापार को व्यापक बनाने में और सहयोग मिला। सामानों को एक जगह से दूसरी जगह भेजने में काफी सुविधा हो गई थी। इतना ही नहीं, इन सामानों को कम समय में अब एक जगह से दूसरी जगह भेजना भी सम्भव हो गया था। इस परिवर्द्धित एवं विकसित वाणिज्य का प्रतिबिम्ब भारतीय कृषि पर पड़ा और कृषि का वाणिज्यीकरण होने लगा।

8. भारत में सोने-चाँदी का आयात अधिक होने लगा था। इसका कारण यह था कि कैलीफोर्निया तथा आस्ट्रेलिया में सोने की खान और मेक्सिको में चांदी की खान खोज निकाली गई थी। इसके कारण तथा वाणिज्य के विकास के कारण भारतीय कृषि वस्तुओं की कीमत में काफी बृद्धि हुई थी और इस प्रकार कृषि उत्पादन के लाभ में भी। मूल्य में वृद्धि के कारण कृषकों को कृषि का वाणिज्यीकरणकरने के लिए बल मिला।

9. भारतीयों ने ब्रिटिश शासन के विरुद्ध 1857 में विद्रोह किया था। इसका एक बड़ा परिणाम यह हुआ था कि भारत में ईस्ट इण्डिया कम्पनी का शासन समाप्त हो गया था और ब्रिटिश ताज ने भारत के शासन की सारी जवाबदेही और भार अपने ऊपर ले लिया था। इस परिवर्तन के बाद भारत के कृषिकों ने एक केन्द्रित शासन देखा और अपने हित की सुरक्षा होने का अनुभव किया। महारानी विक्टोरिया ने यह घोषणा की थी कि वह भारतीयों के हितों की रक्षा करेगी। इस हित में किसानों के भी हित थे। किसानों ने इस घोषणा और शासन के केन्द्रीकरण से लाभ उठाया।

10. अमरीकी गृह-युद्ध (1861-65) ने भारतीय कृषि को, खासकर कपास की खेती को प्रत्यक्ष रूप से प्रभावित किया। अन्य कृषि उत्पादन भी प्रभावित हुए बिना नहीं रह सके थे। जब अमरीकी गृह-युद्ध नहीं हुआ था तब इंग्लैण्ड में औद्योगिक विकास के लिए अमरीका से रुई का आयात होता था, किन्तु गृह-युद्ध के बाद रुई का आयात होना सम्भव नहीं रहा और अब इंग्लैण्ड ने भारतवर्ष से रुई (कपास) मँगाना प्रारम्भ किया। भारत में रुई का मूल्य बढ़ जाने के कारण कृषक कपास की खेती करने लगे क्योंकि इससे अधिक लाभ होता था। अग्रलिखित सारिणी कपास की कीमत में हुई वृद्धि की ओर संकेत करती है—

वर्ष	मूल्य (आना प्रति पौण्ड)
1859	2.7
1860	3.7
1861	4.2
1862	6.4
1863	10.5
1864	11.5
1865	7.1
1866	6.2

1860 ई० के पूर्व कपास की खेती करनेवाले किसानों को विभिन्न कठिनाइयों का सामना करना पड़ता था। मध्यप्रदेश और बरार के तत्कालीन कपास आयुक्त रीवेट कारनैक (Rivett Carnac) ने इन कठिनाइयों तथा भारतीय कपास पर अमरीकी गृह-युद्ध के प्रभाव का उल्लेख इन शब्दों में किया है: "अचानक जादू की भांति ये कठिनाइयाँ एक ही साथ बड़े प्रभावपूर्ण रूप से दूर कर दी गईं और 1864 में मध्य भारत में किये जाने वाले व्यापार को हमारे आज के बाजारों में किये जाने वाले व्यापार की तुलना में पहचानना कठिन है। जबकि रेलपथ धीरे-धीरे किन्तु निश्चय ही देश के हृदय में कार्यशील था तो कृषक की अवस्था में एक महान और निर्णायक परिवर्तन हो रहा था। भू-राजस्व व्यवस्था की कार्यशीलता ने भूमि-व्यवस्था के सम्बन्ध में उसकी चिन्ताओं से उसे मुक्त किया और अन्त में अमरीकी गृह-युद्ध ने कपास के मूल्य में वृद्धि कर रैयत के हाथों में अकथित धन लाकर उन सभी व्यक्तियों को महाजनों के चंगुल से अपने को स्वतन्त्र करने में समर्थ बनाया जो बहुत ही विचार-शून्य और फजूलखर्च नहीं थे।"[6]

11. प्रारम्भ में सरकार ने कृषि की उपेक्षा की थी। बाद में उसने उपेक्षा की नीति का परित्याग किया और वैज्ञानिक ढंग से कृषि में सुधार लाना प्रारम्भ किया। कृषि के विकास तथा उत्थान के लिए ब्रिटिश सरकार ने 1900-14 तक विशेष प्रयास किये। इस विकास ने भारत के कृषकों को नकदी फसल पैदा करने के लिये उत्साहित किया।

12. ब्रिटिश सरकार ने भारत के कई क्षेत्रों में सिंचाई की समुचित व्यवस्था की। सिंचाई की व्यवस्था ने कृषि के क्षेत्र में उत्साह लाया। पंजाब इसी व्यवस्था के कारण अन्न का भण्डार बन गया। यहाँ कई नहरों का निर्माण किया गया जिसके चलते पंजाब में अन्य प्रान्तों की अपेक्षा अधिक गेहूँ का उत्पादन होने लगा। सिंचाई की व्यवस्था की चर्चा पिछले अध्याय में की जा चुकी है। इस व्यवस्था के चलते भी कृषि के वाणिज्यीकरण में सहयोग मिला।

13. विश्व की प्रसिद्ध स्वेज नहर का निर्माण 1869 ई० में किया गया। इस नहर ने भारत के व्यापार को व्यापक बनाने में काफी सहयोग दिया। व्यापार-

---

6. एनुएल रिपोर्ट ऑफ द कॉटन कमिश्नर, सेंट्रल प्रोविन्सेस एण्ड बरार, 1867-68, पृ० 132

वृद्धि ने वस्तुओं के मूल्य में वृद्धि कर दी। भारतीय कृषक व्यापार वाली कृषि विषयक वस्तुओं का उत्पादन करने की ओर उन्मुख हुए। फलतः कृषि का व्यवसायीकरण हुआ।

कृषि के वाणिज्यीकरण का विस्तार—भारत के अब कई क्षेत्रों में वाणिज्य की दृष्टि से खेती की जाने लगी। वाणिज्यीकरण की प्रक्रिया करीब 1850 के बाद ही प्रारम्भ हुई और 1870 तक सिचाई परिवहन के साधन आदि के चलते कृषि का आंशिक वाणिज्यीकरण हो चुका था। 1880 के पश्चात् और विशेष कर 1900 के समय से भारतीय कृषि का अपेक्षाकृत अधिक सीमा तक वाणिज्यीकरण होने लगा। अब भारत के कई क्षेत्रों में ऐसी फसलें उगाई जाने लगीं जिनका केवल निर्यात किया जा सकता था। ऐसा विशेषकर बर्मा के धान, पंजाब के गेहूँ, पूर्वी बंगाल के जूट तथा खानदेश, बरार और गुजरात के रुई वाले इलाकों में हुआ। बिहार तथा बंगाल में नील की खेती प्रारम्भ की गई जो तकरीबन 1925-30 तक की जाती रही। 19वीं शताब्दी के अन्तिम चतुर्थांश में कृषि में क्रान्तिकारी परिवर्तन होने लगे थे जो 1900 और 1914 के बीच और अधिक स्पष्ट हो गये। कृषित भूमि का बहुत अंश व्यापार के लिए आवश्यक कृषि वस्तुओं के उत्पादन में लगा दिया गया। पटसन, कपास, गेहूँ, चावल, तेलहन आदि का उत्पादन केवल गृह-बाजार के लिए ही नहीं अपितु विदेशी बाजार के लिए भी होने लगा था। 1850 के पश्चात् वाणिज्यीकरण का दौर प्रारम्भ हुआ। और अखाद्य फसलों की खेती में काफी वृद्धि हुई। 1880-95 के बीच ऐसी खेती में काफी वृद्धि हुई। निम्नलिखित सारणी से ब्रिटिश भारत में कुछ फसलों के अन्दर समस्त कृषित भूमि के प्रतिशत का अनुमान लगाया जा सकता है।

फसलें	1890-91 से 1895-96	1895-96 से 1899-1900	1900-01 से 1904-05	1905-06 से 1909-10	1912
खाद्यान्न	81.3	81.0	80.2	79.3	78.2
तेलहन	6.0	5.5	5.7	5.4	6.5
पटसन	1.5	1.0	1.1	1.4	1.4
कपास	4.6	4.4	5.1	5.7	6.0

वाणिज्यिक वस्तुओं की बिक्री के लिए बाजारों का संगठन होने लगा। बाजारों में इन वस्तुओं की बिक्री की अधिक तथा शीघ्र सम्भावना थी। इन वाणिज्यिक फसलों के साथ-साथ ज्वार, बाजरा, कोदो आदि का बहुत बड़ा भाग भी कई कारणों से बाजार में आया, यद्यपि इन वस्तुओं का देशी व्यापार नहीं के बराबर होता था।

भारत के जिन भागों में वाणिज्यिक खेती प्रारम्भ हुई उनमें प्रमुख हैं बंगाल, पंजाब, महाराष्ट्र, दक्षिण भारत और संयुक्त प्रान्त। इस खेती की शुरुआत सर्वप्रथम बंगाल में हुई और प्रारम्भ में ही जूट, नील और पोस्ते की खेती महत्त्वपूर्ण सिद्ध हुई। कुछ समय बाद बंगाल में चाय की खेती भी प्रारम्भ की गई। इन फसलों पर लोगों के व्यक्तिगत अधिकार नहीं थे। सरकार ने इनपर अपना प्रभुत्व और अधिकार जमाया। सरकार अपने खजाने के राजस्व की पूर्ति

इन्हीं फसलों से करना चाहती थी। उसे अतिरिक्त आय की भी प्राप्ति हो सकती थी। इसलिए सरकार ने इनपर अपना एकाधिपत्य कायम किया और बिचौलियों की मदद से इन फसलों पर अपना नियन्त्रण रखा। ब्रिटेन तथा यूरोप के बागान मालिक नील, चाय आदि पर अपना कठोर प्रभाव रखते थे और मजदूर दास की तरह इन बागानों में काम करते थे। फसल तैयार होने पर वे बाध्य होकर अंग्रेजों के हाथ बेच देते थे। कभी-कभी तो फसल पकने के पूर्व ही उसकी बिक्री हो जाती थी। सम्पन्न कृषक और जमींदार कटाई के बाद अपनी फसल की बिक्री करते थे और अधिक लाभ पाने की चेष्टा करते थे। फसल तैयार करनेवालों को भी कुछ लाभ हो जाता था, किन्तु उन्हें उसी दर पर फसल बेचनी पड़ती थी जिस दर का निर्धारण सरकार अथवा उसके अधिकारी करते थे।

पंजाब में भी लगभग यही व्यवस्था थी। जब इस प्रान्त में सिंचाई की व्यवस्था हो गई तो लगभग 40 लाख एकड़ भूमि में खेती की जाने लगी। इन भूमियों पर गेहूँ की विशेष किस्में और अमरीकी कपास की खेती की जाती थी। इन फसलों का अधिकांश भाग करांची बन्दरगाह से विदेशों के लिए निर्यात किया जाता था। एक तरफ अन्न का व्यापार विदेशों के लिए किया गया, लेकिन दूसरी तरफ भारत पर उसका बुरा प्रभाव पड़ा। ग्रामीण क्षेत्र ऋण में डूबते गये, बटाईदारी की प्रथा जोरों पर चल निकली और भूमि के अधिकांश हिस्सों के स्वामी जमींदार बन गये।

दक्षिण भारत में मद्रास और महाराष्ट्र भी वाणिज्यिक फसल उगाने को बाध्य किये गये। मद्रास महाप्रांत में पहले से ही रैयतवारी प्रणाली प्रचलित थी। अतिरिक्त में जब यहाँ कृषि का वाणिज्यीकरण किया गया तब किसानों की गरीबी और भी बढ़ने लगी। इस राज्य को सम्पन्न और ब्राह्मण लोग विशेष रूप से प्रभावित करते थे। इनके राजस्व में सरकार कटौती करती थी और उन्हें खुद राजस्व के निर्धारण का अधिकार प्राप्त था। किन्तु अन्य सभी जाति के लोग वाणिज्यिक खेती से परेशान थे।

महाराष्ट्र में प्रचारित वाणिज्यिक खेती ने सामाजिक विषमता की वृद्धि में सहयोग किया और अछूतों की स्थिति और भी दयनीय हो गई। कमजोर वर्ग के लोगों की भूमि लेकर नकदी फसल उगाई जाती थी। उनकी जमीन बंधक भी रख ली जाती थी। उससे प्रादुर्भूत सामाजिक विषमता के विरुद्ध वहाँ के लोगों ने 1875 ई० में विद्रोह भी किया था।

संयुक्त प्रांत में इन्हीं नीतियों और पद्धतियों के आधार पर व्यावसायिक खेती प्रारम्भ की गई। यहाँ राजस्व का निर्धारण भी ऊँची दर पर किया गया जिसका संग्रह करने में काफी कठिनाई होती थी। इस प्रांत में गन्ना और गेहूँ जैसी फसलें ही अधिक पैदा की जाती थीं। इन फसलों से प्राप्त सारी आय सरकार, महाजन और सम्पन्न किसान के पास चली जाती थी और खेतिहर कर्ज में डूबते जाते थे।

कृषि के वाणिज्यीकरण के परिणाम—

यद्यपि वाणिज्यीकरण ने भारतीय किसानों को कुछ लाभ पहुँचाया और खेती का विशिष्टीकरण भी हुआ, किंतु इसके परवर्ती और दूरगामी परिणाम किसानों के लिए अभिशाप सिद्ध हुए। यह भी सही है कि कृषि में राष्ट्रीय स्वरूप आया

किंतु किसानों की सम्पन्नता और अन्नों की प्रचुरता का युग समाप्त हो गया। देसाई ने लिखा है कि "कुल मिलाकर किसानों की भौतिक स्थिति में भी बहुत तरक्की नहीं हुई। संगठन और उत्पादन की दृष्टि से भी कृषि की हालत में बहुत सुधार नहीं हुआ। अंग्रेजों के शासनकाल में भी अपने नवीन राष्ट्रीय रूप के बावजूद, भारतीय कृषि का इतिहास अविरत और वर्द्धनशील असंगठन का इतिहास रहा है। किसानों की दरिद्रता और ऋणग्रस्तता बढ़ती गई और उनके भूस्वामित्व का अपहरण होता रहा और उनके खेतिहर सर्वहारा की हैसियत में आ गये।"[7]

1. संयुक्त चरित्र का अन्त—व्यावसायिक खेती का पहला दुष्परिणाम यह हुआ कि गाँवों का संयुक्त-जीवन और आत्म-निर्भर जीवन समाप्त हो गया तथा गाँव का कृषितंत्र भी प्रभावित हुआ। श्री पिल्लई ने लिखा है कि "कृषि का यह वाणिज्यीकरण हमें आर्थिक जीवन के प्राचीन आत्मनिर्भरता के आदर्श से दूर, बहुत दूर ले जाता है और भूमि तथा उसके प्राकृतिक गुणों का भूतकाल में जितना सम्भव था उसकी अपेक्षा अच्छा शोषण करवाता है।"[8] ग्रामीण आत्मनिर्भरता का अंत हो गया और प्राचीनकाल की प्राकृतिक अर्थ-व्यवस्था के स्थान को मौद्रिक अर्थ-व्यवस्था ने ले लिया। फसल तैयार होते ही उसे शीघ्र बेच डालने की आवश्यकता उत्पन्न हुई क्योंकि राजस्व तथा ऋण चुकाने थे। पहले गाँव अपने निजी और सामूहिक आवश्यकताओं की पूर्ति के लिए खेती करता था, पर अब वह समस्त विश्व के लिए खेती करने लगा। कृषकों के अनेक बाजार पैदा हो गए और अब वे, जैसा कि लिखा जा चुका है, दूरस्थ प्रदेशों के लिए भी उत्पादन करने लगे। यह कैसी बिडम्बना थी कि विश्व को रोटी देनेवाला स्वयं भूखा रहने लगा। देसाई लिखते हैं कि "युगों की चट्टानशिला-सी देखने में अभेद्य इस प्राचीन परम्परागत संस्था भारतीय ग्राम समुदाय की जैसे अब जीवन-संध्या समीप आ गई थी। भारतीय ग्राम समुदाय पुरानी राजनीतिक उथल-पुथल, युद्ध और आक्रमण का आघात सफलतापूर्वक सँभाल सका था। लेकिन भारतीय इतिहास में अभूतपूर्व नये प्रकार के राजनीतिक शासनतंत्र और आधुनिक पूँजीवाद के वाणिज्यिक और औद्योगिक शक्तियों से परास्त हो गया। आत्मनिर्भर गाँवों का विनाश ऐतिहासिक दृष्टि से अप्रगतिशील कार्य था।"[9]

2. अकाल का प्रकोप—वाणिज्यिक खेती ने महामारी के रूप में अकाल को जन्म दिया। इस खेती के तहत खाद्यान्न की जगह व्यावसायिक अन्न पैदा किये गये जिसके परिणामस्वरूप अकाल का प्रकोप होने लगा। 1800 से 1900 के बीच अकाल से मरनेवालों की तालिका रजनी पामदत्त ने इस प्रकार दी है :

वर्ष	मृतकों की संख्या
1800-25	10,00,000
1825-50	4,00,000
1850-75	50,00,000
1875-1900	1,50,00,000

7. ए० आर० देसाई, पृ० 41
8. पी० पद्मनाभ पिल्लई; इकॉनामिक कन्डिशन्स इन इण्डिया, पृ० 76
9. ए० आर० देसाई, पृ० 38.

यह सही है कि प्राचीन और मध्य काल में भी भारत में अकाल पड़े थे, लेकिन कृषि के वाणिज्यीकरण की अवधि में पड़े अकालों का स्वरूप बदला हुआ था। उत्पादन के परिमाण में कमी नहीं थी, निर्यात अधिक होने के कारण क्रय शक्ति समाप्त हो गई थी क्योंकि कृषक एक तो अपनी आवश्यकता की लगभग समस्त कृषि वस्तुओं का उत्पादन कर लेता था और दूसरे वह उन्हें बुरे समय के लिये बचाकर रखा करता था। बचाकर रखने का कारण यह भी था कि परिवहन के साधनों के अभाव के कारण उनके लिये विस्तृत बाजार उपलब्ध नहीं था। किंतु कृषि के वाणिज्यीकरण के पश्चात् यद्यपि कृषकों की आमदनी बढ़ गई तथापि अकाल के प्रकोपों का सामना करने की उनकी समर्थता कम हो गई क्योंकि वे अधिक-से-अधिक पैसा कमाने के प्रलोभन में उन्हीं वस्तुओं का उत्पादन करने लगे जिनका बाजार में मूल्य अधिक होता था और उन्हें भी वे बेचकर पैसा ले लेते थे। अकाल के संकट के समय खरीदने की उनके पास शक्ति नहीं होती थी। पुनः, खाद्यान्नों में कमी आ गई, जानवरों के लिए चारागाह भी कम हो गये। परती भूमि में भी वाणिज्यिक अन्न लगाये गये। अतः आदमी भी मरे और पशु भी। अकाल के समय संकट से उबरने के लिए किसानों तथा अन्य लोगों ने ऋण लिये और ऋण की अदायगी के लिये जब दबाव पड़ा तब उन्होंने अपनी भूमि बेच डाली। अधिकांश किसान मजदूर बन गये।

3. ऋणग्रस्तता का युग—खेती के परिवर्तित स्वरूप ने किसानों को ऋणग्रस्त कर दिया और भारत में ऋणग्रस्तता का युग प्रारम्भ हुआ। 19वीं शताब्दी के आठवें दशक में किसान बुरी तरह ऋणग्रस्त हो गये। नकदी फसल से अच्छी आय होने के कारण किसानों की आवश्यकता ही नहीं बढ़ी अपितु उनमें फजूलखर्ची की लत भी आ गई। आय खर्च होने लगी और वे बेईमान साहूकारों के शिकार होने लगे। किसानों की बढ़ती हुई ऋणग्रस्तता का उल्लेख अकाल आयोग की रिपोर्ट में इस प्रकार किया गया है: "एक-तिहाई काश्तकार इस प्रकार बेतरह ऋणग्रस्त हैं कि अब उनके लिए ऋण-मुक्त होना असम्भव है; लगभग एक-तिहाई और लोग भी ऋण के चक्कर में हैं, यद्यपि वे कभी-भी अपने को ऋण से मुक्त कर लेने की स्थिति में हैं।"[10] किसानों की ऋणग्रस्तता 1880 के बाद ज्यामितिक दर से बढ़ती गई। लोगों ने यह स्वीकार कर लिया कि "बहुसंख्यक किसान सूदखोरों से कर्ज लिए हुए हैं।"[11] संक्षेप में भूमि का स्थानान्तरण गैर-काश्तकारों के हाथ में हो गया। इससे कृषि-कार्य को आघात पहुँचा। कृषि-दासता का जन्म हुआ, भूमि का विखण्डन हुआ और कृषक अब कृषक न रहे।

4. सामाजिक संरचना में तनाव—वाणिज्यिक कृषि ने गाँव की सामाजिक संरचना को प्रभावित किया। "जहाँ यह व्यवस्था किसी भी उत्पादक ऊर्जा को जन्म देने में असफल रही वहीं यह कृषि अर्थ-व्यवस्था के अन्तर्विरोधों को हल करने में असफल रही। उसने सामाजिक तनावों और राजनीतिक असन्तोष को उभारने में मदद की। इसकी अभिव्यक्ति अक्सर फूट पड़नेवाले किसान-विद्रोहों तथा जनान्दोलनों के रूप में हुई। दृष्टान्त के तौर पर 1873 के पवना दंगे, 1875 के दक्कन खेतिहर दंगे, 1878-79 के दौरान भड़के विद्रोह तथा 1894 के

---

10. द फेमिन कमीशन रिपोर्ट, 1880.
11. साइमन रिपोर्ट, जिल्द-1, पृ० 16.

असम खेतिहर दंगे।"[12] इन तनावों और दंगों को रोकने के लिए सरकार ने काश्तकारी अधिकारों को कानून बनाकर बदल डाला। ऐसे कई कानून मध्य प्रान्त, बंगाल, पंजाब, मद्रास आदि में बने। जो हो, सामाजिक संरचना में गड़बड़ी आ गई। किसान और साहूकार, किसान और बड़े काश्तकार के पारस्परिक संबंध बिगड़ गये।

5. भूमि की कीमत में वृद्धि—चूंकि वाणिज्यिक खेती ने नकदी फसलों को महत्त्व दिया क्योंकि ऐसी फसलें ऊँचे दामों पर बिकती थीं, इसलिए लोग भूमि खरीदने की ओर मुखातिब हुए ताकि वे नकद उगलनेवाली फसलों का उत्पादन कर सकें। ऐसी स्थिति में भूमि की कीमत बढ़ गई। जमीन्दार अधिक-से-अधिक लेने लगे और इस रफ्तार ने मध्यमवर्ग को पैदा किया जो नितान्त ही अकर्मण्य था।

6. कृषक मध्य वर्ग का जन्म—वाणिज्यीकरण ने बाजार में एक नये कृषक मध्य वर्ग को जन्म दिया। इस वर्ग के लोग अनुचित तथा गन्दे तरीकों द्वारा कृषि बाजार के संगठन के दोषों से लाभ उठाकर कृषि वस्तुओं के व्यापार में अधिक-से-अधिक लाभ उठाने के लिए उद्यत हो गये। इसी वर्ग को कृषि के वाणिज्यीकरण से लाभ हुआ। कृषि वस्तुओं का उचित दाम कृषकों को बाजार संगठन के दोषों के कारण न मिल सका। अतः उत्पादक निर्धन होते गये और बाजार-नियंत्रक सम्पन्न होते गये।

7. देश की जनसंख्या में वृद्धि—यह भी तर्क दिया जाता है कि वाणिज्यीकरण से किसानों को कुछ नकद लाभ हुए थे, इसलिए देश की जनसंख्या में वृद्धि को निम्नलिखित सारिणी स्पष्ट करती है[13]—

वर्ष	जनसंख्या वृद्धि (मिलियन में)
1872-81	3
1881-91	24.5
1891-1901	4.1
1901-1911	18.7
1911-1921	3.7

थोड़े समय के लिए अच्छी आय रही, और इसी समय में जनसंख्या बढ़ी। लेकिन दूसरी तरफ जब भारतीय उद्योग तथा गृह-उद्योग विनष्ट हो गये तब उद्योग पर निर्भर करने वालों का भार कृषि पर पड़ा। यदि अकाल का दौर प्रारम्भ नहीं होता, तो जनसंख्या में और भी वृद्धि होती।

संक्षेप में, कृषि का वाणिज्यीकरण किसानों के लिए मृगतृष्णा थी। इससे किसानों को थोड़ी-सी नकद आय अवश्य हुई, किन्तु अन्ततोगत्वा इससे नुकसान ही हुआ। कृषि की उपेक्षा होने लगी, देश की निर्धनता बढ़ी, किसान ऋणग्रस्त हुए, अकालों के प्रकोप से लोग मृत्यु को प्राप्त हुए।

12. आर० एल० शुक्ल (सम्पादक); आधुनिक भारत का इतिहास, पृ० 79.
13. रिपोर्ट ऑफ द सेन्सस ऑफ इण्डिया, 1921, पृ० 7.

5

उद्योग

किसी भी देश के आर्थिक विकास में उद्योगीकरण महत्त्वपूर्ण योगदान करता है। इससे राष्ट्रीय आय में तीव्र गति से वृद्धि होती है, जनता की आय में निश्चितता आती है, श्रमिकों की क्षमता में वृद्धि होती है जिससे उत्पादन के परिमाण बढ़ जाते हैं और परिवहन तथा संचार के कई साधन विकसित हो जाते हैं। भारत ने कभी ये लाभ प्राप्त किये थे।

प्राचीन काल से ही भारत औद्योगिक क्षेत्र में सम्पन्न रहा था और उद्योगों का विकास काफी हुआ था। एडवर्ड थार्नटन ने लिखा है कि "जब नील नदी की घाटी में पिरामिड देखने को भी नहीं मिलते थे, जब आधुनिक सभ्यता के केन्द्र इटली और यूनान जंगली और असभ्यावस्था में थे, उन दिनों भारत वैभव और सम्पत्ति का केन्द्र था।[1]" औद्योगिक आयोग की रिपोर्ट में भी यह कहा गया कि "जिन दिनों आधुनिक औद्योगिक प्रणाली का जन्म-स्थल पश्चिमी यूरोप असभ्य कबीलों का आवास-स्थल था उन दिनों आर्यावर्त अपने शासकों के धन और अपने शिल्पकारों के श्रेष्ठ कलात्मक कौशल के लिये विश्व-विख्यात था।"[2] भारत में प्राचीनकाल से ही कुटीर उद्योग विकसित अवस्था में था और यहाँ विभिन्न प्रकार के वस्त्र, धातुओं के आकर्षक सामान और हाथी दाँत, चन्दन तथा लकड़ियों के सामान बनाये जाते थे। शिल्पकार कला-मर्मज्ञ थे। लोहे के सामानों की प्रशंसा प्रो० विल्सन ने की है और लिखा है कि भारत के कारीगर लोहे को गर्म करना, उसे मोड़ना, उसे ढालना—जानते थे। वेबर भारत के वस्त्र उद्योग, धातु उद्योग और पत्थर उद्योग की प्रशंसा करता है। डा० रमेश दत्त ने भी लिखा है कि प्राचीन भारत में बुनाई आम जनता का राष्ट्रीय उद्योग थी और कताई लाखों नारियों का काम था।"[3] औद्योगिक संगठन बने हुए थे जो उद्योग के विकास में सहायक थे। ग्रामीण तथा नगरी शिल्प वंशगत थे।

प्राचीन युगीन उद्योग की विकसित स्थिति मध्ययुग में भी बरक़रार थी। यद्यपि अकबर के बाद उद्योग की गति में तेजी कम हो गई थी, फिर भी उत्पादन सन्तोषप्रद ढंग से होता था। यूरोप के शिल्प और कला से भारत का शिल्प और कला ऊँची ही थी। भारत से औद्योगिक वस्तुएँ मिस्र, फारस, सीरिया, अरब आदि देशों को जाती थीं। एक आयोग की रिपोर्ट के अनुसार, "बहुत पीछे के काल में भी जबकि पश्चिमी देशों के सौदागर भारत में सर्वप्रथम आये थे तो इस देश का औद्योगिक विकास किसी भी दशा में अधिक विकसित यूरोपीय राष्ट्रों की अपेक्षा निम्नतर नहीं था।"[4] सभी तरह के उद्योग भारत में चलते थे।

---

1. एडवर्ड थार्नटन; हिस्ट्री ऑफ ब्रिटिश इम्पायर इन इण्डिया, पृ० 503.
2. रिपोर्ट ऑफ द इण्डस्ट्रीयल कमीशन, 1916-18, पृ० 6.
3. इकॉनोमिक हिस्ट्री ऑफ इण्डिया, पृ० 110.
4. रिपोर्ट ऑफ द इण्डियन रायल इण्डस्ट्रियल कमीशन, 1916-18, पृ० 6.

सूती वस्त्र उद्योग, धातु उद्योग, काष्ठ उद्योग, शीशा उद्योग, चमड़ा उद्योग, कागज उद्योग आदि सभी भारत में विकसित अवस्था में थे। संक्षेप में, "यद्यपि मुगल काल में विभिन्न उद्योगों का निष्प्रवाह और विनाश होना प्रारम्भ हो गया था तथापि उस समय भी अन्य देशों की अपेक्षा भारत में उनका विकास अधिक था और वे विभिन्न प्रकार के भी थे।" औद्योगिक संगठन अभी भी कार्यरत थे और सरकार ने खुद कारखाने खोल रखे थे।

अंग्रेजों के भारत आगमन के समय का उद्योग—कथित सन्दर्भ भारत में अंग्रेजों के आने के पूर्व की औद्योगिक स्थिति का इतिहास प्रस्तुत करते हैं। अंग्रेजों के आगमन के वक्त भारत की औद्योगिक दशा का थोड़ा विस्तार से उल्लेख करना आवश्यक है।

जब अंग्रेज भारत आये तब यहाँ विभिन्न उद्योग स्वचालित थे। वस्त्र उद्योग, धातु उद्योग, आभूषण निर्माण उद्योग, मिट्टी और काष्ठ उद्योग, शीशा उद्योग तथा अन्य कई मिश्रित उद्योग भारत की सम्पदा-वृद्धि में सहायक थे। 18वीं शताब्दी में भारतवर्ष एक महान औद्योगिक और महान कृषि देश था और भारतीय करघे की वस्तुएँ एशिया और यूरोप के बाजारों की पूर्ति करती थीं।"[5]

चूँकि अंग्रेजों के पैर पहली बार बंगाल की धरती पर पड़े थे, इसलिए पहले बंगाल के उद्योग का ही उल्लेख किया जाय। उन दिनों यहाँ वस्त्र उद्योग, शोरा उद्योग, नमक उद्योग, पटसन उद्योग आदि विकसित अवस्था में थे जिनपर बंगाल तथा देश के नागरिकों की समृद्धि निर्भर करती थी। इन उद्योगों में वस्त्र उद्योग अधिक प्रोन्नत और श्रेयष्कर था। ढाका में मलमल का उद्योग प्रचलित था जो अपनी बारीकी और नफासत के लिए विश्व-विख्यात था। मलमल के वस्त्र इतने सुन्दर और बारीक होते थे कि कहा जाता है कि जब औरंगजेब की पुत्री ने एक ही साथ ऊपर-नीचे सात कपड़ों को भी पहना था तब भी औरंगजेब ने उसे इसलिए डाँटा था कि उसके अंग परिलक्षित हो रहे थे। मुद्रिका की सूराख से सात थान मलमल को आर-पार किया जा सकता था। जब मैनेचेस्टर के एक उद्योगपति ने ढाके की मलमल से अपने नगर की बनी मलमल को नगण्य पाया तो उसने ढाका की मलमल को वस्तु न कहकर 'वस्तु की छाया' (shadow of commodity) कहा और मलमल के निर्माण कार्य को मनुष्यों का नहीं, 'स्वर्ग की परियों और कीड़ों का काम' (Work of fairies or insects rather than of men) ठहराया। बंगाल में वस्त्र का उत्पादन इतना अधिक होता था कि वह उसका निर्यात भी करता था। बंगाल के थल-मार्ग से कपास निर्मित वस्त्र इस्फहान पहुँचते थे और वहाँ से उन्हें बसरा, मोचा और जद्दा भेजा जाता था। बंगाल रेशमी वस्त्र का भी उत्पादन करता था। 17वीं सदी के मध्य में व्यापारी प्रतिवर्ष साढ़े साठ लाख पौण्ड कासिम बाजार का रेशम जापान या हालैण्ड भेजते थे। मध्य एशिया के देशों में बंगाल से रेशमी वस्त्र का निर्यात होता था। अलीवर्दी खाँ के शासन काल तक "यूरोपियनों द्वारा व्यापार में लगाये

5. आर० सी० दत्त, पृ० vii
6. मजुमदार, राय चौधरी तथा दत्त; भारत का वृहत् इतिहास, तृतीय भाग, पृ० 205.

धन को छोड़कर मुर्शिदाबाद के महसूलधर की किताबों में करीब 70 लाख रुपयों का कच्चा रेशम बढ़ाया गया था।"[6]

चीनी उद्योग के क्षेत्र में भी बंगाल आगे था। 18वीं शताब्दी के मध्य तक चीनी तथा चीनी के बने सामान बाहर निर्यात किये जाते थे। 1756 तक बंगाल की चीनी मद्रास, मलाबार समुद्र तट, सूरत, बम्बई, सिन्ध के अतिरिक्त जद्दा, मस्कत, मोचा तथा फारस की खाड़ी तक पहुँचती थी। बंगाल में पाट, शोरा, नमक आदि उद्योग भी चलते थे। किन्तु प्लासी की लड़ाई के बाद बंगाल के सारे उद्योग ह्रासोन्मुख हो गए।" प्लासी की लड़ाई की आधी सदी के भीतर बंगाल की असाधारण समृद्धि को गहरा धक्का लगा जिन परिस्थितियों में बंगाल के समृद्ध व्यवसाय विनष्ट हो गए तथा अन्दरूनी व्यापार एक विशेषाधिकार सम्पन्न वर्ग के हाथों में चला गया। उन्होंने बंगाल की व्यापार तथा उद्योग की भावना तक को करीब-करीब पूर्ण रूप से पीस डाला।"[7]

बंगाल की तरह भारत के विभिन्न भागों में भी कई उद्योग चलते थे। भारत के घर-घर में हथकरघा उद्योग चलता था। इसे कुटीर उद्योग भी कह सकते हैं जो अत्यन्त महत्त्वपूर्ण था। चूँकि महाराष्ट्र, मध्य प्रदेश, तमिलनाडु, उत्तर प्रदेश और दक्षिण तथा उत्तर के अन्य भागों में कपास भरपूर पैदा होती थी, अतः बुनाई, तगाई और कताई के रूप में घर-घर गृह उद्योग चलते थे। किसान, उनकी अर्द्धांगिनियाँ तथा परिवारों की लगभग सभी औरतें सूत की कताई, वस्त्र की बुनाई और धागों को ठोस बनाने का काम करती थीं। हाथ और छोटी मशीनें कपास को चुनकर सूत काटने के लायक बनाती थीं। चरखों से सूत तैयार की जाती थी। जुलाहे और बुनकर सूत तैयार होने पर मोटे तथा महीन वस्त्र तैयार करते थे। मलमल, सूती वस्त्र, शतरंजी, दरी आदि तैयार करने में भारत के शिल्पकार अत्यन्त ही दक्ष थे। धोतियों और साड़ियों के केन्द्र चन्द्रकोना और शान्तिपुर में थे। मोटे वस्त्र का निर्माण लगभग सारे देश में होता था। विभिन्न रंगों और डिजाइनों के वस्त्र ढाका, जहानाबाद, (पटना), सिकन्दराबाद (बुलन्द शहर), लखनऊ, बनारस, जायस (राय बरैली), पांडा (फैजाबाद), रामपुर, मुरादाबाद, कानपुर, प्रतापगढ़, ललितपुर, शाहपुर, अलीपुर, मेरठ, आगरा, रोहतक, दिल्ली, इन्दौर, चन्देरी, ग्वालियर, अहमदाबाद, पटना आदि में तैयार किए जाते थे। दक्षिण भारत, हैदराबाद, मदुरा, तंजोर, आर्नी, रायचूर और सेलम वस्त्रोद्योग के केन्द्र थे।

हथकरघा उद्योग औरतों के हाथ में था, लेकिन इसमें प्रमुखता तांती (हिन्दू) और बुनकरों (मुसलमान) की थी। पीढ़ी-दर-पीढ़ी गृह उद्योग चलता रहा। इस उद्योग के जरिये लोग अपनी दैनिक आवश्यकताओं की पूर्ति करते थे और मिहनत का अधिकांश लाभांश प्राप्त कर लेते थे। "भारत की आर्थिक स्थिरता में बुनाई उद्योग का अपना ही विशिष्ट योगदान है।"

भारत में रेशमी वस्त्र भी तैयार किये जाते थे। बनारस, आगरा, वर्दवान, मुर्शिदाबाद, बांकुड़ा, मालदा, मिदनापुर, लाहौर, अमृतसर, पटियाला, राजशाही, कश्मीर आदि में अच्छी किस्म के रेशमी वस्त्र तैयार किये जाते थे। भारत में

7. वही पृ० 209.

रेशम के कीड़े पाले जाते थे और कीड़ों के लिए शहतूत की खेती की जाती थी और रेशम उद्योग को पूरी प्रधानता दी जाती थी। पर्व-त्योहारों के अवसर पर मध्यवर्ग के लोग और रोजमर्रे के जीवन में सामन्त, कुलीन तथा शासक वर्ग के लोग रेशमी परिधान धारण करते थे। रेशमी वस्त्रों पर सोने और चाँदी के काम भी किये जाते थे। उनपर जड़ाई का काम बड़ी दक्षता से किया जाता था।

ऊनी वस्त्रों का उत्पादन लुधियाना, अमृतसर, लाहौर, बीकानेर, जोधपुर, जयपुर, कश्मीर आदि में किया जाता था। कम्बल, शाल-दुशाले, पैंट, कोट, दस्ताने, मोजे आदि बनाने में यहाँ के कारीगर दक्ष थे। ऊन की प्राप्ति के लिए भारत के अनेक हिस्सों में भेड़ें पाली जाती थीं। पुरुषों के साथ-साथ औरतें भी ऊनी वस्त्र के निर्माण-कार्य में हाथ बँटाती थीं।

सोने-चाँदी के काम भी गृह-उद्योग के रूप में किये जाते थे। देश के लगभग सभी गाँवों में स्वर्णकार निवास करते थे जो इस उद्योग के प्राण थे। लाख, पीतल, सोना, चाँदी, हीरा, मोती तथा अन्य धातुओं के आभूषण गढ़ने में यहाँ के कारीगर सिद्धहस्त थे। दिल्ली के जौहरी और स्वर्णकार तलवारों तथा कटारों के हत्थों पर कीमती धातु जोड़ने में निष्णात थे। वस्त्र पर भी वे हीरे-जवाहरात जोड़ने की कला जानते थे। इसी प्रकार अलवर, जयपुर तथा बनारस के कारीगर सोने पर और लाहौर, लखनऊ और मुलतान और कश्मीर के कारीगर चाँदी पर तथा कश्मीर और जयपुर के कारीगर ताम्बे पर मीनाकारी करने में सबसे आगे थे। कटक और पुरी के जौहरी सोने और चाँदी के तारों के लैस बनाने में निपुण थे। तस्वीरों और आइनों के फ्रेम, इत्रदान, पानदान, पीकदान, गुलाब छिड़कने के पात्र, प्लेटें, छोटे-छोटे बक्से आदि पर धातु के काम किये जाते थे। ढाका, लखनऊ, रामपुर एवं कटक के कारीगर सोने और चाँदी की सुन्दर और आकर्षक प्लेटें बनाते थे। राजस्थान के स्वर्णकार सिंहासन और छत्र बनाने में विशिष्टता प्राप्त किये हुए थे।

भारत के गाँवों और नगरों में लोहे के विविध उपादान तैयार किये जाते थे। कुदाल, हसिया, कुल्हाड़ी, कैंची, छुरी, तलवार, कटार आदि सामान लोहार बनाते थे जो अच्छी संख्या में गाँवों में निवास करते थे। पीतल और ताम्बे के उद्योग भी पीछे नहीं थे। पीतल के आकर्षक बर्तन बनारस, मिर्जापुर, मुरादाबाद, नासिक, पूना, तंजोर, विजयापट्टम, अहमदाबाद, झांसी आदि में बनाये जाते थे। इन्हीं जगहों पर ताम्बे के पात्र भी बनते थे। मन्दिरों के पात्र, थालियाँ, कटोरियाँ आदि लोहे, पीतल और ताम्बे के बनाये जाते थे।

मिट्टी का उद्योग भी काफी विकसित और लोकप्रिय था। कुम्भकार मिट्टी का वर्त्तन बनाने में निपुण थे। कलशा, मटका, हड़िया, सुराहियाँ, दुग्धपात्र आदि सारे भारत में बनांये जाते थे। साधारण और रोजमर्रे के जीवन में काम आनेवाले बर्त्तन लोग अपने गाँवों में ही प्राप्त कर लेते थे। कुछ उत्तम तथा चमकदार बर्त्तन बंगाल, उत्तर प्रदेश, दक्षिण भारत आदि के नगरों में बनाये जाते थे। लखनऊ, रामपुर और अलीगढ़, मद्रास, मदुरा और सेलम (दक्षिण भारत) और खुलना, दिनाजपुर और रानीगंज (बंगाल) आदि में मिट्टी के विविध प्रकार के पात्र बनाये जाते थे जो पक्के और आकर्षक होते थे। मूर्त्तिकला भी विकसित अवस्था में थी।

कहना न होगा कि धातु, मिट्टी, लकड़ी, सोना और चाँदी का काम करनेवाले कारीगर भारतीय समाज के एक महत्त्वपूर्ण अंग थे।

गावों में तेल पेरने का उद्योग भी चलता था। अलसी, सरसों, अण्डी और नारियल से तेल निकालने का उद्योग चलता था। कहीं-कहीं सुगन्धित तेल और अर्क तैयार किये जाते थे। काष्ठ उद्योग भी काफी लोकप्रिय था। गांवों में ही कुर्सियाँ, मेज, चारपाइयाँ, चौकियाँ आदि बनाई जाती थीं। किसानों के लिए हल, बैलगाड़ी, हसिया और खुरपी के हत्थे बढ़ई बनाते थे। लकड़ी के उत्तम काम भी होते थे। "अभिजात वर्ग और राजदरबार, मन्दिर और बड़े-बड़े मकानों आदि के लिये लकड़ी का बढ़िया काम करने के लिए बढ़ई की जरूरत पड़ती थी। कई स्थानों पर लकड़ी का सजावटी काम करने और नक्काशी करने के कलात्मक काम भी बढ़ई करते थे। बनारस जैसी जगह के बढ़ई खूबसूरत खिलौने बनाने में बड़े ही प्रवीण थे। सूरत, अहमदाबाद, बम्बई, ट्रावनकोर, त्रिचनापल्ली, मदुरा, मद्रास और विशाखापट्टम जैसे स्थानों पर चन्दन की लकड़ी पर नक्काशी करने का विशेष शिल्प होता था। मुंगेर, मैनपुरी, होशियारपुर, बंगलोर में लकड़ी पर सुन्दर पत्थर या नग जड़ने का काम किया जाता था।" बाँस से टोकरियाँ, चटाइयाँ, कुर्सियाँ, छाते, पिंजड़े, पंखे आदि बनाये जाते थे।

यहाँ का चमड़ा उद्योग सारे देश में प्रसिद्ध था। गाँव के जानवरों के मरने पर उनके चमड़े उनके शरीर से उतार लिये जाते थे और गाँवों में ही विविध वस्तुएँ बनाई जाती थीं। "चमड़ा कमानेवाले, चमड़ा छीलनेवाले, चमड़ा रंगनेवाले तथा जूता बनानेवाले सभी के सभी अपने काम में निपुण थे। अच्छे और साधारण जूते, हैंड बैग, पेटियाँ, रस्सियाँ, जीन, मृदंग, तबले आदि चमड़े के बनाये जाते थे।

संक्षेप में भारत में अंग्रेजों के आने के पूर्व यहाँ विभिन्न उद्योग प्रचलित थे जिनके फलस्वरूप अर्थव्यवस्था सन्तुलित थी। ग्रामीण बेकार न थे और लोगों के भरण-पोषण तथा अपने जीवन का निर्वाह करने के लिए कई उद्योगों में लगे हुए थे। ग्रामीण समाज आत्म-निर्भर था। इस प्रकार की स्थिर और शान्त आर्थिक स्थिति में अंग्रेजों ने अपनी साम्राज्यवादी शोषण की नीति और प्रणाली यहाँ लागू की जिसने धीरे-धीरे देश की आर्थिक स्थिरता नष्ट कर दी।

भारत में विदेशी शासन की संस्थापना के पूर्व यहाँ से कई प्रकार की वस्तुओं का विदेशों के लिये निर्यात किया जाता था। भारत विदेशों को कागज, जूते, रंग, नील, स्वर्ण, रजत, वस्त्र, शाल-दुशाले, चमड़ा, चीनी, अन्न आदि कई सामान भेजता था। अरब देश, इरान, दक्षिण पूर्व एशिया, पश्चिमी अफ्रीका, यूरोप के देश भारत के औद्योगिक समानों से भरे रहते थे। इंग्लैण्ड के नागरिक भी भारत निर्मित वस्तुओं को काफी पसन्द करते थे। उनके घरों में इन वस्तुओं का प्रयोग में लाया जाता था। ब्रिटेन की महिलाओं को भारत में बने "छींटदार और बिना छापे के सूती कपड़े" बड़े पसन्द आते थे। अठारहवीं शताब्दी की एक रिपोर्ट के के अनुसार "अकस्मात् हमें अपनी स्त्रियाँ—निर्धन तथा धनवान सभी—सफेद छींटदार तथा छापेदार कपड़े पहने दिखाई पड़ने लगीं; कपड़ा जितना खुशनुमा और भड़कीला होता था उतना ही अधिक पसन्द किया जाता था।" इतना ही नहीं, अंग्रेजों ने इस अवधि में भारत में उत्तम किस्म के मालों के निर्माण कराने

का भी प्रयास किया। "17वीं सदी के अन्त में रेशम और सूती सामान का बड़ पैमाने पर भारत से निर्यात हुआ। कम्पनी के लिए बड़े लाभ का रोजगार था, और 1672 ई० में कम्पनी ने बहुत सारे बिलायती पैटर्नों के साथ अंग्रेज धुनिया, रंगरेज और तागा बाटनेवालों को हिन्दुस्तान भेजा कि वे वहाँ के कारीगरों को अंग्रेजी और यूरोपीय बाजार के उपयुक्त सामान बनाने के नये तरीके सिखा सकें।"[8] छींट का कपड़ा फर्श पर ही न बिछाकर परदों के रूप में और पाँव-वस्त्र से लेकर पेटीकोट तक काम में लाये।[9] डीफो को इस बात से बड़ी चिन्ता थी कि इंग्लैण्ड के घरों, निजी कमरों और शयन-कक्षों में भारतीय वस्त्र, फर्नीचर, परदे, गद्दे आदि भरे रहने लगे।[10] संक्षेप में, अंग्रेजों के आने के पूर्व भारत औद्योगिक क्षेत्र में ऊँचाई पर था।

कम्पनी काल में उद्योग

प्लासी और बक्सर के युद्धों के उपरान्त भारत में कम्पनी शासन स्थायी हो गया और कुछ ही वर्षों के अन्तर्गत उसने अपनी राजनीतिक शक्ति में वृद्धि कर ली। अब कम्पनी ने अपनी आर्थिक सम्पन्नता के लिए शोषण नीति का अनुसरण करना प्रारम्भ किया। सर्वप्रथम उसने बंगाल और मध्य भारत के क्षेत्रों में बिखरे हुए गृह-उद्योगों को विनष्ट कर देने का बीड़ा उठाया। ब्रिटेन में औद्योगिक विकास के लिए भारत के उद्योग का विनाश करना आवश्यक था। 1757 के शीघ्र बाद ही कम्पनी ने सम्पत्ति की लूट की प्रक्रिया प्रारम्भ की और इससे भारत के उद्योगों का विनाश हुआ। कम्पनी अब सब कुछ थी। हाथ में राजनीतिक सत्ता आ जाने से कम्पनी अपने लाभ के लिए तरह-तरह की सुविधाओं की सृष्टि कर सकती थी, जैसे कारीगरों को कम्पनी की शर्तों पर काम करने के लिए वाध्य करना, कम कीमत में सामान खरीदना, कारीगरों के कामों पर अपना एकाधिकार बनाए रखना, बाहर से खरीद कर लाई गई चीजों को जबर्दस्ती भारत में बेचना, राजनीतिक हथकण्डों से अपना एकाधिकार बनाए रखने के लिए देशी और विदेशी प्रतिद्वन्द्वियों का उन्मूलन आदि। इन्हीं कार्यों के द्वारा भारतीय उद्योगों का विनाश होना था। कम्पनी ने ऐसा ही कदम उठाया। उद्योगों के पतन की प्रक्रिया वस्त्र-उद्योग से प्रारम्भ हुई और तब धीरे-धीरे अन्य उद्योगों को भी समाप्त करने का प्रयास किया गया।

उद्योगों के विनाश के लिए कम्पनी बहादुर ने शक्ति का प्रयोग किया और अनुचित आर्थिक नीतियों पर अमल करके भारतीय उद्योगों के विकास की राह को बन्द कर दिया। भारतीय मालों की कीमत ब्रिटानी मालों की कीमत से 50 से 60 प्रतिशत कम कर दी गई। भारतीय मालों पर कड़े शुल्क लगा दिये गये जिससे आयात करने का मार्ग रुक गया। भारतीय मालों की कीमत कम्पनी ने इस प्रकार रखना प्रारम्भ किया जिससे कारीगरों को आर्थिक क्षति पहुँचे। भारत

---

8. टॉमसन और गैरेट, राइज एण्ड फुलफिलमेंट ऑफ ब्रिटिश रूल इन इण्डिया, पृ. 431-32.
9. पी० जे० टामस; मर्केन्टाइलिज्म एण्ड ईस्ट इण्डिया ट्रेड, पृ. 26.
10 विकली रिव्यू, 31 जनवरी 1708

तथा बंगाल के बुनकरों को सताया जाने लगा। भारतीय उत्पादकों को हानि पहुँचाने के लिए कच्चे माल का मूल्य-निर्धारण उचित ढंग से नहीं किया गया। कानून बनाकर भी भारत में बने मालों को इंग्लैंड आने से रोक दिया गया। ढाका या भारत के अन्य नगरों में बनी मलमल का व्यवहार कम करने के लिए भारी आयात कर लगाए गए और कालान्तर में कानून बनाकर भारत में बने रेशम और सूती वस्त्र की सबसे अच्छी किस्मों के लिए इंग्लैंड के दरवाजे बन्द कर दिए गए।[11]

कम्पनी सरकार तथा उसके कर्मचारियों ने वस्त्र उद्योग को विनष्ट करने में सर्वाधिक रुचि ली। बंगाल और बिहार के वस्त्र उद्योग को सबसे पहले शूली पर चढ़ाया गया। कम्पनी ने इन क्षेत्रों के कारीगरों को कई तरीकों से नियन्त्रण में डालना प्रारम्भ किया। सरकार ने बुनकरों तथा कारीगरों को अग्रिम धन देना प्रारम्भ किया और इस कार्य में उसके गुमाश्ते, एजेंट और कर्मचारी काम करने लगे। बुनकर स्वेच्छा से और बाध्य होकर भी प्राप्त अग्रिम धन से कपास खरीदने लगे और सरकार अथवा कम्पनी के लिए वस्त्र तैयार करने लगे। बुनकर पहले स्वतन्त्रतापूर्वक काफी तायदाद में वस्त्र तैयार करते थे। कम्पनी ने अब उन्हें ठेका देना प्रारम्भ किया। ठेके का अर्थ था पहले कम्पनी की आवश्यकता की पूर्ति करना और अन्य वर्गों तथा व्यापारियों के बारे में बाद में सोचना। इस प्रक्रिया के फलस्वरूप कपास और वस्त्रों पर कम्पनी का एकाधिकार कायम हो गया। राजनीतिक शक्ति तथा कठोर तरीके अपनाने में भी कम्पनी के कर्मचारी आगे निकल गए। कम्पनी ने वस्त्रों की कीमत अपने मनोनुकूल लगाना प्रारम्भ किया। उसने बुनकरों को बहुत ही कम कीमत देकर उनके द्वारा तैयार वस्त्र को खरीदना प्रारम्भ किया। खरीद की इस प्रक्रिया से भारतीय बुनकरों को नुकसान होने लगा। ठेके पर काम करने के कारण उनके पास बाजारों में बेचने के लिए अतिरिक्त वस्त्र अवशेष नहीं रह पाते थे। अतः उनकी आय बुरी तरह घट गई।

विलियम वोल्ट्स ने 1767 ई० में इस स्थिति की सटीक समीक्षा इन शब्दों में की है, "आजकल जिस ढंग से देश का आन्तरिक व्यापार चल रहा है, वह सारा का सारा व्यापार और एक विशिष्ट मात्रा में इस देश द्वारा यूरोप के लिए किया गया निवेश, वास्तव में, अनवरत दमन का ही दृश्य प्रस्तुत कर रहा है। देश के प्रत्येक बुनकर और वस्तु-निर्माता ने इसके कठोर घातक प्रभावों को अनुभव किया है। प्रत्येक वस्तु के उत्पादन को एकाधिकार का रूप दे दिया गया है, जिससे अंग्रेज बनियों और काले गुमाश्तों के साथ मिलकर मनमाने ढंग से यह फैसला कर लेते हैं कि प्रत्येक वस्तु-निर्माता कितने-कितने परिमाण में माल देगा और उसके बदले वह कितनी कीमतें वसूल करेगा।"[12] दमन एवं शोषण के एक अन्य चित्र को इसी समीक्षक ने, जो प्लासी की लड़ाई के सिर्फ तीन वर्ष बाद ही बंगाल आ धमका था, इन शब्दों में प्रस्तुत किया है, "कम्पनी के गुमाश्ते बुनकर से जबर्दस्ती एक बाण्ड भरवाते हैं कि वह एक निश्चित मात्रा में निश्चित समय के अन्दर और निर्धारित मूल्य पर कपड़ा देगा। और इसके लिए यह गुमाश्ता कुछ

11. डब्ल्यू० इ० एच० लेवी; हिस्ट्री ऑफ इंग्लैंड इन द एटिन्थ सेन्च्यूरी,
12. विलियम वोल्ट्स; कन्सिडरेशन ऑफ इण्डियन अफेयर्स, उद्धृत०, 242.

राशि उसे पहले ही दे देता है। आमतौर पर यह जानना जरूरी नहीं समझा ज़ाता कि बेचारा बुनकर इन शर्तों पर कपड़ा देने पर सहमत है या नहीं, गुमाश्ते जो कम्पनी के खर्च पर रखे गये हैं, अक्सर उन बुनकरों को जिस प्रकार के कागज पर चाहें हस्ताक्षर करने पर मजबूर कर देते हैं और यह बुनकर पैसा लेने से इनकार करता है तो, ऐसा भी सुनने में आया है कि यह राशि उसकी कमर में बाँध दी गई और कोड़े मारकर भगा दिया गया। इनमें से कई बुनकर आमतौर पर कम्पनी के गुमाश्ते की सूची में दर्ज हैं और उन्हें किसी अन्य के लिए काम करने की अनुमति नहीं है। उन्हें गुलामों की तरह एक जगह से दूसरी जगह लाया ले जाया जाता है और जहाँ-जहाँ वे जाते हैं वहीं उन्हें गुमाश्ते की तानाशाही और बदमाशी का शिकार होना पड़ता है। जब कपड़ा तैयार हो जाता है तो उसे एक गोदाम में लाया जाता है। कपड़े के ऊपर बुनकर का नाम लिखा रहता है। गुमाश्ता जब सुविधाजनक समझता है तब एक खाता का आयोजन करता है अर्थात् उस समय विभिन्न कपड़ों के टुकड़ों की कीमत निर्धारित की जाती है, और इस हालत में बेचारा बुनकर ही धोखाधड़ी का शिकार होता है क्योंकि कम्पनी के गुमाश्ते तथा जाँचदार आपस में मिलकर जो मूल्य निर्धारित करते हैं वह स्वतन्त्र रूप से बिक्री के मूल्यों से कम-से-कम 15% और कभी-कभी तो 40% कम होता है।"

कम्पनी सरकार द्वारा लादी गई ऐसी आर्थिक प्रणाली के फलस्वरूप करघा उद्योग का ह्रास हो गया। बुनकरों ने आर्थिक घाटे, अमानुषिक अत्याचार और होनेवाले दमन के कारण वस्त्र-निर्माण-कार्य से विमुख होना प्रारम्भ किया। 1767 में ही बैरलस्ट ने स्पष्ट कर दिया था कि बुनकर 'अपना धंधा त्यागकर कम जोखिम वाले धंधे खोज रहे हैं।'

सरकार के कुप्रयत्न ने सूती वस्त्र के साथ-साथ रेशमी वस्त्र के उद्योग को भी विनाश के कगार पर ला दिया। रेशमी वस्त्र तैयार करनेवाले कारीगरों को भी उसी नियन्त्रण में डाल दिया गया जिस प्रकार सूती वस्त्र के कारीगरों को डाल दिया गया था।

इस अवधि में कागज-उद्योग को भी क्षति उठानी पड़ी। ब्रिटिश शासकों ने भारत में इस्तेमाल के लिये केवल ब्रिटेन में बना कागज खरीदने का फैसला किया। सर चार्ल्स उड के आदेशानुसार भारत की ब्रिटिश सरकार विलायती कागज खरीदने को वाध्य थी। इसके कारण भारतीय कागज उद्योग अपने सबसे बड़े खरीदार और संरक्षक से वंचित हो गया।

एक अन्य महत्त्वपूर्ण उद्योग के विनाश के बारे में गाडगिल ने लिखा है कि "ढाल-तलवार और अन्य हथियारों पर खूबसूरत दमिश्की वगैरह जैसा काम भारत के उत्तर-पश्चिम में, कच्छ, सिन्ध, पंजाब में प्रचलित था। लेकिन इस विशिष्ट क्षेत्र में ब्रिटिश शासन ने दस्तकारी को पूरी तरह खतम ही कर दिया। अंग्रेजी शासन ने हथियारों से लैस रहने और उनके इस्तेमाल की आवश्यकता समाप्त कर दी और इसपर प्रतिबन्ध लगाये। अब विदेशी यात्रियों और अन्य लोगों के लिये अलंकारयुक्त खूबसूरत नुमायशी चीजें बनाना भर इस उद्योग का काम रह गया।"[13]

---

13. डी० आर० गाडगिल; द इंडस्ट्रियल इवोल्यूशन ऑफ इण्डिया इन रिसेन्ट टाइम्स, पृ० 41.

लोहा गलाने के उद्योग को भी क्षति पहुँची। देशी नरेशों के पतन के कारण यह उद्योग चौपट हो गया क्योंकि उनके यहाँ लोहे की खपत अधिक होती थी। किन्तु कम्पनी सरकार भी इस उद्योग के पतन के लिए उत्तरदायी है। उसने इंग्लैण्ड में भारतीय लोहे के निर्यात पर कर लगा रखा था और नई सरकार ब्रिटेन के बने लोहे के सामान को प्राथमिकता प्रदान कर रही थी। 'अनुचित सीमा-शुल्क और चीली नाइट्रेट के आविष्कार से शोरा उद्योग को काफी नुकसान हुआ। जंगलों के सरकारी संरक्षण और रेलवे के विस्तार के कारण लकड़ी के कोयले की कीमत बढ़ी, और लोहा गलानेवाले उद्योग को काफी नुकसान हुआ। इसकी एक वजह यह थी कि देशी उद्योग को बाहर के कच्चे लोहे से होड लेनी पड़ी।"[14]

जब इंग्लैण्ड में औद्योगिक क्रान्ति हो गई तब भारतीय उद्योगों पर अभिशाप का पहाड़ ही टूट पड़ा। भारत से कच्चे माल इंग्लैण्ड ढोये जाने लगे और वस्तुओं का निर्माण करके भारत की मंडियों में बेचा जाने लगा। भारत की सम्पदा इंग्लैण्ड जाने लगी और वहाँ के कल-कारखाने भारत के कच्चे माल और पूँजी से चलने लगे। ब्रुक एडम नामक एक अंग्रेज ने भी यह स्वीकार किया है कि "भारत से बहुत बड़ी मात्रा में सम्पत्ति आने से राष्ट्र (ब्रिटेन) की नकद पूँजी काफी बढ़ी, और उससे न केवल शक्ति के भण्डार में वृद्धि हुई बल्कि उसके लचीलेपन और गति में तेजी आई। प्लासी की लड़ाई के उपरान्त शीघ्र ही बंगाल से लूटी गई सम्पत्ति और माल इंग्लैण्ड पहुँचना प्रारम्भ हो गये और ऐसा प्रतीत होता है कि इसका जल्द ही असर हुआ, क्योंकि सभी विद्वान यह मानते हैं कि औद्योगिक क्रान्ति 1770 ई० में शुरू हुई। "आविष्कार अपने आप में निर्जीव और अचल होते हैं। इन्हें काम लाने के लिये काफी शक्ति इकट्ठी करने की आवश्यकता होती है। शक्ति का यह भण्डार हमेशा ही धन के रूप में होता है—ऐसा धन जो कहीं जमा करके रखा हुआ न हो वल्कि काम में आ रहा हो। भारतीय माल के तथा लूट कर लाई गई सम्पत्ति के इंग्लैंण्ड में पहुँचने और उसके बाद ऋण दिये जाने की गतिविधियों में विस्तार से पहले कोई भी शक्ति इतनी पर्याप्त नहीं थी कि आविष्कारों का उपयोग किया जा सकता है।" इस प्रकार भारत के धन से इंग्लैण्ड में औद्योगिक क्रांति का विकास हुआ और सम्पत्ति निकल जाने से भारत ने अपने उद्योग का नाश कर दिया। 1820 के बाद भारतीय वस्तुओं की माँग विदेशों में नहीं के बराबर रह गई और भारतीय उद्योगों का तेजी से विनाश हो गया। इस विनाश के संबंध में दो विद्वानों के कथन को निष्कर्ष के रूप में उद्धृत किया जा सकता है। श्री देसाई ने लिखा है कि "भारत में हस्तशिल्प सदियों से फूलते-फलते रहे थे। उनके लिए भारत सारे विश्व में प्रसिद्ध था और प्राचीन काल से ही मिस्रवासियों, इरानियों, चीनियों, यूनानियों, रोमनों, अरबों और यूरोपियनों की प्रशंसा और इर्ष्या का पात्र रहा। युगों तक इनके कारण भारत 'शानदार भारत' रहा। अंग्रेजी शासन काल में इस उद्योग का बड़ा दुखद अन्त हुआ। आज ये प्राचीन काल के अवशेष कौतूहल के विषय और आजायब घरों की वस्तु भर रह गये हैं। अब इनकी याद भर बाकी है, पुरानी कला-कृतियों की उनकी नकली अनुकृतियों में जिन्हें पुराने कारीगरों के वंशज अभी भी आगरा, बनारस, सूरत, अहमदाबाद, राजपूतना के कुछ शहरों तथा

14. वही, पृ० 45.

ऐसे ही कुछ अन्य स्थानों में तैयार करते हैं। पुराने कारीगरों के वंशज जिन्हें रोजगार का कोई दूसरा रास्ता नहीं मिला, जो पुराना रोजगार अपनाये रहे और किसी तरह अपना अस्तित्व बनाये रहे, अभी भी छोटे-छोटे पूँजीपतियों द्वारा चलाये गये कारखानों में बड़ी बुरी हालतों में काम करते हैं। 1880 ई० तक हस्तशिल्प उद्योग लगभग पूरी तरह समाप्त हो गया था।"[15] डी० आर० गाडगिल के शब्दों में "आठवें दशक में भारत जैसा महान देश एक विचित्र दृश्यावली था; जिसमें हस्तशिल्प उद्योग नष्टप्राय था; दूसरा कोई उद्यम अभी विकसित नहीं हुआ था, और अधिकाधिक लोग भूमि पर आश्रित होने लगे थे।"[16] ब्रिटिश शासन काल में उद्योगों के विनाश का यही इतिहास है।

उद्योगों के विनाश के कारण

भारतीय उद्योगों के विनाश की प्रक्रिया का उल्लेख कथित सन्दर्भों में किया गया है। यहाँ अब इनके विनाश के कारणों पर विचार किया जाय। इन कारणों का उल्लेख करने के पूर्व हमें यह स्मरण रखना चाहिए कि 1757 के बाद जो नये आर्थिक तत्व तैयार हुए जिनके पीछे कम्पनी सरकार का हाथ था वे तो उद्योगों के पतन के लिए उत्तरदायी हैं ही, भारत के औद्योगिक संगठन और उद्योगपति भी इसके लिए कम उत्तरदायी नहीं हैं। भारत के औद्योगिक संगठनों में कुछ ऐसी कमजोरियाँ थीं, जिन्हें उद्योगों के ह्रास के लिए आंशिक रूप से उत्तरदायी ठहराया जा सकता है।

सरकार का उत्तरदायित्व

सरकार तथा उसके अधिकारियों की दूषित आर्थिक नीतियाँ उद्योगों के पतन के लिए उत्तरदायी हैं। इन नीतियों का उल्लेख निम्नलिखित सन्दर्भों में किया जा सकता है—

1. दस्तक का दुरुपयोग—कम्पनी के कर्मचारियों ने दस्तकों का दुरुपयोग किया जिसका असर उद्योग और वाणिज्य पर पड़ा। ईस्ट इण्डिया कम्पनी ने 1656 ई० में बंगाल के गवर्नर (सूबेदार) शाहजादा शुजा से 3,000 रुपये वार्षिक अदायगी के बदले में सवा दो प्रतिशत सामान्य चुंगी की अदायगी से मुक्ति प्राप्त कर ली थी। इस रियायत को मुर्शिदकुली खाँ ने नामंजूर कर दिया। तब ईस्ट इण्डिया कप्पनी ने 1717 में बादशाह फर्रूखशियर से एक नया फरमान प्राप्त किया जिसमें पुराने विशेषाधिकार का पुनर्नवीनीकरण किया गया था। किन्तु नवाब ने यह शर्त्त लगाई कि कम्पनी के दस्तक अन्तरिक व्यापार के लिये प्रयुक्त नहीं हो सकेंगे तथा उनके अन्तर्गत वही चीजें आयेंगी जो समुंद्र द्वारा देश के भीतर लाई गई हैं या देश के बाहर जानेवाली हैं। कम्पनी ने इसे स्वीकार कर लिया।

अंग्रेज कर्मचारियों ने दो तरह से इस छूट का दुरुपयोग करना प्रारम्भ किया। पहला, कम्पनी के सेवक अपने खानगी व्यापार के लिये दस्तकों को प्रयोग में लाने लगे। उन्होंने इन दस्तकों को भारतीय व्यापारियों के हाथ बेचना प्रारम्भ किया

---

15. भारतीय राष्ट्रवाद की सामाजिक पृष्ठभूमि, पृ० 69-70.
16. द इन्डस्ट्रियल इवोल्यूशन, पृ० 43-44.

और व्यापारी चुंगी से बच गये। यद्यपि अलीवर्दी तथा मुर्शिद कुली खाँ ने बिना चुंगी व्यापार पर रोक लगाने के प्रयत्न किये, किन्तु, उन्हें सफलता नहीं मिली। सिराजुद्दौला के समय में भी दस्तक का दुरुपयोग होता रहा। मीरजाफर के काल में तो दुरुपयोग अपनी अंतिम सीमा पर पहुँच गया और 'कम्पनी के सेवक भी आंतरिक व्यापार के सम्बन्ध में करों की अदायगी से मुक्ति का दावा करने लगे।" दस्तक के दुरुपयोग के जरिये कम्पनी ने बंगाल के व्यापार पर एकाधिकार स्थापित कर लिया तथा अकूत धन का अर्जन किया। कम्पनी के व्यापारी अत्याचार के बल पर अनुचित लाभ उठाने लगे। नवाब की आय कम हो गई और भारतीय कारीगर हाथ पर हाथ धर कर बैठ गये। 1762 ई० में मीरकासिम ने कम्पनी के गवर्नर को लिखा "वे सिर्फ चौथाई दाम देकर... जबर्दस्ती माल उठा लेते हैं, तथा हिंसा और अत्याचार के तौर पर, वे रैयतों को लाचार करते हैं कि वे (रैयत) एक रुपये की चीज को पाँच रुपये में लें।" कम्पनी के कुछ कागजात भी इस बात की पुष्टि करते हैं कि जो कम्पनी के सेवकों की अनुचित मांगों को अस्वीकार करते थे, उन्हें "कोड़ा मारा जाता था अथवा कैद में रखा जाता था।" मीरकासिम ने कम्पनी के सेवकों द्वारा किये जा रहे दस्तक के दुरुपयोग का तीव्रतम विरोध किया और जब कौंसिल ने सुनवाई नहीं की तो उसने भीतरी चुंगी उठा दी जिसके फलस्वरूप सभी व्यापारी एक समान पलड़े पर आ गये। चुंगी का प्रश्न ही सन् 1764 ई० की लड़ाई का प्रमुख कारण था और कासिम को गद्दी का त्याग करना पड़ा था।

2. शक्ति का प्रयोग—उद्योग के विनाश का एक अन्य प्रमुख कारण कम्पनी द्वारा राजनीतिक शक्ति का प्रयोग और कारीगरों पर किये जानेवाले अत्याचार हैं। कारीगरों पर लगातार कई तरह से दबाव डाले गये। जुलाहों और कारीगरों को अग्रिम धन दिया गया और उत्पादित-वस्त्रों तथा अन्य सामानों को कम्पनी के सेवकों तथा व्यापारियों ने खरीदना प्रारम्भ किया। शक्ति का प्रयोग कर उनसे कम कीमत पर सामान लेकर उनका मुनाफा घटा दिया गया। गरीब जुलाहों को भय दिखाकर और उनकी पीठ पर कोड़े बरसाकर इकरारनामों पर उनके हस्ताक्षर लिये जाने लगे और अन्य दलों, वर्गों और व्यापारियों के लिए वस्त्र तैयार करने का काम रोक दिया गया। सिल्क के कारीगरों के साथ भी ऐसे ही दुर्व्यवहार किये गये। बंगाल के कारीगर तो और भी अधिक सताये गये। बंगाल में कहानी प्रचलित है कि "कम्पनी के लिए बुनने को लाचार होने से बचने के निमित्त बहुत से जुलाहे अपने अगूंठे स्वयं काट लेते थे।" यह कहानी भले ही गलत हो, पर यह सही है कि बंगाल के कारीगरों पर अत्यधिक अत्याचार किये गये। कारीगरों ने उद्योग का विशेषकर, वस्त्र-उद्योग का काम छोड़ दिया। बी० डी० बसु ने उद्योगों के विनाश के समस्त कारणों को इस प्रकार बतलाया है: (i) भारत में अबाध ब्रिटिश व्यापार प्रारम्भ करना, (ii) भारत में निर्मित वस्तुओं पर ब्रिटेन में बिक्री के लिये भारी कर लगाना, (iii) भारत से कच्चे माल का निर्यात करना, (iv) सीमा शुल्क और परिवहन शुल्क लगाना, (v) भारत में रहनेवाले अंग्रेजों को विशेष सुविधाएँ प्रदान करना, (iv) भारत में रेलवे का प्रारम्भ, (vii) भारतीय कारीगरों को अपने रोजगार की गुप्त बातें बतलाने को बाध्य करना और (viii) प्रदर्शनियों का आयोजन करना।[17]

17. द रूइन आँफ इण्डियन ट्रेड एण्ड इण्डस्ट्रीज, पृ० 10-11

3. धन की लूट—उद्योगों के विनाश का एक प्रमुख कारण भारतीय कोष का अंग्रेजों द्वारा अपहरण है क्योंकि इसके कारण एक ओर तो भारतीय जनता की क्रय शक्ति में ह्रास हुआ और दूसरी ओर ब्रिटिश औद्योगिक क्रांति को बल मिला। ब्रिटेन के आविष्कार के यन्त्रों और औद्योगिक क्रांति को चलाने के लिए भारत से धन मिला जिसे कम्पनी ने 1757 के बाद भारत से ब्रिटेन भेजना प्रारम्भ किया। प्लासी का युद्ध भारतीय हस्तशिल्प के लिये मृत्यु की घंटी थी। ब्रुक्स एडम्स ने लिखा है कि ब्रिटेन की औद्योगिक क्रांति भारत से लूट-खसोट कर इंग्लैंड में लाये हुए कोष के कारण ही सम्भव हो सकी। 1757-64 के बीच बंगाल के नवाबों ने जो कम्पनी के हाथों में कठपुतली थे, अपने अंग्रेज स्वामियों, कम्पनी के सेवकों और अधिकारियों को उपहार, मुआवजे तथा अन्य रूपों में लगभग 50 लाख पौण्ड स्टर्लिंग दे डाले। अगले पाँच दशक के अन्तर्गत धन एक अरब पौण्ड तक पहुँच गया। भारतीय कोष की लूट के संबंध में ब्रुक एडम्स ने लिखा है कि "सम्भवत: जब से विश्व प्रारम्भ हुआ किसी भी अन्य विनियोग ने कभी भी इतना आर्थिक लाभ नहीं उपलब्ध किया जितना कि भारतीय कोष की लूट ने।"[18] भारत से अपरिमित सोने-चाँदी भेजे गये। 1757 के पूर्व जहाँ विदेशों से भारत में सोने-चाँदी का आगमन होता था वहाँ इसके बाद भारत से ही विदेशों को जाने लगा। 1776 ई० में फिलीप फ्रांसिस के अनुमान के अनुसार "इस मुद्रा का मूल्य 12 लाख रुपये प्रतिवर्ष से कम नहीं है और मेरा विश्वास है कि यह बहुत साधारण अनुमान है।" इसी प्रकार वारेन हेस्टिंग्स ने 1780 में अनुमान लगाया कि प्रति वर्ष करीब 40 लाख रुपये के मूल्य का सोना-चादी इंग्लैंड को भेजा गया। सोना-चांदी न केवल व्यापार के रूप में बल्कि निजी सम्पत्ति के रूप में भी बाहर गया। इस लूट के जरिये ब्रिटेन की औद्योगिक क्रांति के लिए आवश्यक पूँजी का 'आद्य संचय' हो सका।[19] स्वर्ण के निर्गमन के सम्बन्ध में केट मिशेल ने लिखा है कि "भारतीय कृषक वर्ग की बहुत दिनों की संचित स्वर्ण की राशि के निर्गमन से भारतीय मण्डी और अधिक विपन्न हुई और इस तरह भारतीय उद्योग का और अधिक ह्रास हुआ।"[20] निश्चित रूप से भारत में आनेवाली आर्थिक विपत्ति की आँधी का यह द्योतक था।

4. भारतीय माल का बहिर्गमन—भारतीय माल का बहिर्गमन भी उद्योगों के विनाश का एक कारण बना। भारत से निजी व्यापार करके अंग्रेज नकद या सामान के रूप में सम्पत्ति इंगलैंड भेज देते थे। इस प्रकार भारत से ढोये जानेवाले धन का उल्लेख लार्ड कार्नवालिस ने इन शब्दों में किया है "उन दिनों केवल दो ही रास्ते थे जिनसे कम्पनी के कर्मचारी बिना डर के अपने देश को सम्पत्ति भेज सकते थे—या तो कम्पनी के नाम से बिल बनाकर और या फिर हीरे, जवाहरात की शक्ल में।" इन बिलों के कारण ही भारत के माल का बहिर्गमन होता था, किंतु इसके बदले में कुछ वापस नहीं आता था। सेवक भारत में धन इकट्ठा करते थे और कम्पनी को दे देते थे। इंगलैंड जाकर कम्पनी

---

18. द लॉज ऑफ सिविलिजेशन एण्ड डीके, पृ० 260
19. वही, पृ० 263-64.
20. इण्डस्ट्रीयलाइजेशन ऑफ द वेस्टर्न पैसिफिक, पृ० 280.

से धन को लेकर वे वापस ले लेते थे। वापस के पूर्व तक कम्पनी उस धन का उपभोग व्यापार-कार्य में करती थी। इस प्रकार भारतीय माल भारत के ही पैसे से खरीदे जाते थे और उनका बहिर्गमन हो जाता था। कम्पनी ने भी अपनी शक्ति बढ़ने पर धनार्जन करना प्रारम्भ किया। 1761-71 के बीच के एक दशक में ही कम्पनी की कमाई 11 लाख 90 हजार पौण्ड हो गई। यह रियासतों से सैनिक सेवा देकर पाया गया था। भारतीय रुपयों से खरीदा गया माल व्यापार के लिए विदेशों को भेजा जाता था जिसका सम्पूर्ण लाभ अंग्रेज ही उठाते थे। इस तरह उद्योग और व्यापार में उदासीनता आ गई। अंग्रेज देश के शासक थे, इसलिए उनमें अधिक-से-अधिक कमाने की लालसा बढ़ती गई। प्राप्त धन इंग्लैंड ले जाया गया जिसका उपयोग भारत के उद्योग या व्यापार के विकास के लिए नहीं किया गया।

5. इंग्लैंड में औद्योगिक क्रान्ति—1770 के आसपास जब भारत में औद्योगिक क्रान्ति की शुरुआत हुई तब भारत के अवशेष उद्योग भी उसकी बलिवेदी पर चढ़ गये। यह इंग्लैंड के लिए वरदान तथा भारत के लिए अभिशाप सिद्ध हुआ। क्योंकि भारत पर अंग्रेजों की पूर्ण पकड़ तथा इंग्लैंड में औद्योगिक क्रान्ति की शुरुआत लगभग एक ही समय में हुई और इसका सम्पूर्ण कुपरिणाम भारत को ही भुगतना पड़ा। स्मरण रहे कि 1757 में प्लासी की लड़ाई द्वारा राबर्ट क्लाइव ने भारत में अंग्रेजी सत्ता की नींव डाली तथा इसके शीघ्र बाद ही अभूतपूर्व तेजी से बहुत सारे परिवर्तन हुए। 1760 में दरकी-भरनी का आविष्कार हुआ और लोहा पिघलाने के जलावन के रूप में लकड़ी के बदले कोयले का इस्तेमाल हुआ। 1764 में हारग्रीब्स ने सूत कातनेवाली मशीन का आविष्कार किया, और 1776 में क्रांपटन ने एक ही साथ कई सूत कातने और उन्हें बटनेवाली मशीन का ईजाद कर डाला। 1785 में कार्ट राइट ने मशीन से चलनेवाले करघे का पेटेंट कराया, और इन सबसे महत्त्वपूर्ण बात यह हुई कि 1768 में वाट ने भाप से चलनेवाली इंजन को पूरा कर लिया। केन्द्रीभूत ऊर्जा के जितने सारे उद्‌गम थे, वाष्पचालित इंजन उनमें सबसे अधिक कार्यक्षम था।

यह बात सही है कि इंग्लैंड में सारे प्राकृतिक संसाधन मौजूद थे और वे औद्योगिक क्रान्ति के विकास में काफी सहायक थे। यह भी सही है कि भारत से ढोई गई सम्पत्ति और कच्चे माल ने इंग्लैंड में औद्योगिक क्रान्ति की गति में तेजी ला दी। औद्योगिक क्रान्ति के साथ "ब्रिटेन की समृद्धि तथा भारत की दरिद्रता साथ-साथ आगे बढ़ी।" "एक तो भारतीय वस्त्र उद्योग को ब्रिटिश वस्त्रों का मुकाबला विदेशी मण्डियों में करना पड़ा, दूसरे ब्रिटिश माल स्वयं भारत में भी भारतीय माल के मुकाबले पर आ गया और इन दोनों ही मुकाबलों में भारत पछाड़ खा गया।"

औद्योगिक क्रान्ति ने इंग्लैंड की अर्थ-व्यवस्था की प्रकृति में परिवर्तन लाया और इंग्लैंड तथा भारत के आर्थिक सम्बन्धों को कुप्रभावित किया। क्रान्ति के पूर्व ब्रिटेन से भारत में चाँदी का आयात होता था और इसके बदले भारत ब्रिटेन को सूती वस्त्र का निर्यात करता था। इस बात की पुष्टि वेरा एन्स्टे ने की है: "18वीं शताब्दी तक आर्थिक स्थिति की दृष्टि से भारत अपेक्षाकृत आगे ही था और उत्पादन तथा वाणिज्य संगठन के भारतीय तरीके विश्व के किसी भी भाग

में प्रचलित तरीकों का मुकाबला कर सकते थे।"[21] लेकिन अब बात उलट गई थी जिसका उल्लेख किया जा चुका है। औद्योगिक क्रान्ति के फलस्वरूप इंग्लैंड में बड़े पैमाने पर सूती वस्त्र तैयार होने लगा और अन्य सामान भी बनने लगे। अतः इन दो देशों में विनिमय की जानेवाली वस्तुओं का क्रम उलट गया। हाथ निर्मित भारत के वस्त्र मशीन निर्मित इंग्लैंड के वस्त्र का मुकाबला करने में असफल हो गए। मशीन ने प्रतियोगिता में इंग्लैंड को बहुत आगे निकाल दिया। अतः भारत में सूती वस्त्र के निर्माण का उद्योग चौपट होने लगा। गाँव के कारीगर और बुनकर आजीविका के साधन खो देने के लिए मजबूर हो गए और वे भूमिहीन श्रमिकों की स्थिति में जा पहुँचे। इंग्लैंड में धन का प्रवाह आ गया और भारत की सम्पदा की सरिता सूखने लगी। 19वीं शताब्दी की शुरुआत से ही औद्योगिक विकास के लिए इंग्लैंड और भी सक्षम हो गया क्योंकि भारत जैसे देश का स्वामी होने के कारण वह उत्पादित सामानों को बेचकर अधिक-से-अधिक लाभ प्राप्त कर सकता था। स्टोक्स के शब्दों में, "सन् 1800 ई० के बाद भारत में ब्रिटिश सत्ता को एक ऐसे उपकरण या साधन से अधिक और कुछ नहीं माना जाता था जिससे ब्रिटिश उद्योग के लिए विशाल सम्भावनाओं से युक्त भारतीय मण्डी पर अधिकार कर लेने के लिए आवश्यक शान्ति तथा सुव्यवस्थापूर्ण स्थितियाँ सुनिश्चित की जा सकें।"[22]

1788 में भारत का मुकाबला करने के लिए विश्व बाजार में इंग्लैंड तैयार हो गया। अब ढाके की मलमल और अच्छे सूती वस्त्र की तरह इंग्लैंड में भी वस्त्र तैयार होने लगे। ब्रिटेन के उद्योगपति भी विश्व में भारतीय माल का मुकाबला करने को कटिबद्ध थे। संक्षेप में ब्रिटेन और यूरोप की मण्डियाँ भारतीय मालों से खाली हो गईं और भारत के बाजारों में इंग्लैंड के सामान भर गए। सबसे बड़ी विडम्बना यह थी कि भारत से कच्चा माल प्राप्त करके ही इंग्लैंड अपने औद्योगिक विकास की इस सीमा तक पहुँच सका था। जब 19वीं शताब्दी के प्रारम्भिक वर्षों में ब्रिटेन में बिजली के करघों में और भी सुधार लाया गया तब भारतीय कारीगरों का दुर्भाग्य खुलकर हँसने लगा। कारीगरों की बुरी स्थिति का उल्लेख लार्ड विलियम बेंटिंक ने 1834 ई० में इन शब्दों में किया है: "वाणिज्य के इतिहास में उनकी दुर्दशा के बराबर दूसरी मिसाल नहीं मिलती। भारत के सूती वस्त्र निर्माण करने वाले बुनकरों की हड्डियाँ भारत में मैदानों का रंग सफेद बना रही हैं।" होरेस विलसन ने भी बड़ी शानदार शैली में इसकी चर्चा की है: "भारत के साथ सूती माल के व्यापार का एक दुखद प्रसंग है। इससे पता चलता है कि जिस देश पर भारत आश्रित हो चुका था उसने भारत के साथ कैसा अन्याय किया..........यदि प्रतिरोधक कर और कानून नहीं होते तो पेजली और मैनचेस्टर की मिलें शुरू में ही बन्द हो जातीं, और भाप की शक्ति से भी उन्हें फिर चला पाना सम्भव नहीं होता। भारतीय निर्माण उद्योग की बलि चढ़ाकर ही ब्रिटिश उद्योगों की सृष्टि की गई।"[23] कानून बनाकर भी भारतीय उद्योग को नष्ट कर देने का प्रयास किया गया। ब्रिटिश पार्लियामेंट ने 1700 ई० और 1720 ई० में ऐसे दो कानून बनाए

21. द इकॉनोमिक डेवेलेपमेंट ऑफ इण्डिया, पृ० 5.
22. द इंग्लिश यूटीलिटेरियन एण्ड इण्डिया, पृ० 13.
23. जेम्स मिल; हिस्ट्री ऑफ ब्रिटिश इण्डिया, उद्धृत, पृ० 385.

जिनके अनुसार भारत से भेजे गये सूती और रेशमी माल "इंग्लैंड में न तो पहने जा सकते थे और न किसी दूसरे प्रयोग में लाये जा सकते थे।" इससे भारतीय माल को निर्यात करने में बाधा हुई और व्यापार में घाटा हुआ। सूती वस्त्रों का निर्माण कम होने लगा। इतना ही नहीं, 1780 में सूती कपड़े पर नक्शे की छपाई करनेवाले अंग्रेजों ने एक स्मार पत्र दिया जिसके फलस्वरूप संचालक मण्डल ने चार वर्षों के लिए बंगाल से छपे हुए सूती मालों को मँगाना बन्द कर दिया। इससे जहाँ इंग्लैंड के सूती व्यवसाय को विकसित होने का मौका मिला वहाँ भारत का व्यवसाय नष्ट हो गया। संक्षेप में, इंग्लैंड की औद्योगिक क्रान्ति स्वयं भारत के लूटे हुए धन का परिणाम थी।

6. भारत में परिवहन के साधनों का विकास—भारत के उद्योग के लिए परिवहन के विकसित साधन भी घातक सिद्ध हुए। जब स्वेज नहर का निर्माण हो गया और भाप की शक्ति की खोज हो गई तब ब्रिटेन की सस्ती चीजों का भारत में आगमन होने लगा। यद्यपि परिवहन के विकसित साधनों के कारण विश्व के सारे देश एक दूसरे के निकट आ गये, लेकिन इनके दोषपूर्ण विकास के कारण भारत में आर्थिक स्थिति पर इनका प्रतिकूल प्रभाव पड़ा। भारतीय परिवहन प्रणाली, देश की कृषि का वाणिज्यीकरण और औद्योगिक अवसरों की सृष्टि और विकास कर भारत के आर्थिक जीवन को समन्वित करने के बदले अनेक कारणों से एक असमन्वित प्रणाली के रूप में विकसित हुई। बूकानन के शब्दों में 'रेल-पथों और वाष्प-जलयानों ने यूरोप के उद्योगपतियों के लिए यह सम्भव बनाया कि वे भारतीय कृषकों के समक्ष भारतीय ग्रामीण शिल्पकारों की अपेक्षा बहुत अधिक अनुकूल शर्तों पर वस्तुओं को रख सकें। आत्मनिर्भर स्थानीय अर्थ-व्यवस्था को अन्तर्राष्ट्रीय विशिष्टीकरण और व्यापार द्वारा विस्थापित कर दिया गया जिससे भारतीय शिल्पकार की बहुत अधिक पराजय हुई।"[24] भारत में रेल और रेल पथ के निर्माण और विकास ने आर्थिक संभ्रम में और भी अधिक वृद्धि की "वह भारतीय उद्योगों के लिए दुधारी तलवार सिद्ध हुआ और इनका दोनों ओर से विनाश किया। एक तो इसने भारतीय उद्योगों के बाजार को विनष्ट कर यूरोपीय वस्तुओं के बाजार की सृष्टि की और दूसरी ओर इसने देश के कच्चे माल को देश के अन्दर ही प्रयुक्त न कर उन्हें देश के बाहर निर्यात करने में सुविधा प्रदान की।" रेलवे में भारतीयों को अधिक और यूरोपियनों को कम भाड़े देने पड़ते थे। इसका असर भी उद्योगों पर पड़ा। इसके अधिक व्यापार-प्रधान क्षेत्रों में ही रेल का विकास हुआ। और विदेशी अधिक लाभ उठाने लगे। इस प्रकार "भारतीय रेल-पथों ने भारत में एक ठोस आर्थिक जीवन के विकास में सहायता पहुँचाने के बदले प्राचीन नगरों को नष्ट-प्राय कर दिया अथवा उन्हें केवल 'वितरण केन्द्र' बना दिया।" टी० एन० रामस्वामी ने लिखा है कि "प्राचीन आर्थिक प्रणाली के विघटन को शीघ्रगामी कर दिया," भारत के लगभग पाँच लाख गाँवों को आर्थिक प्रगति के क्षेत्रों से पूर्णतः पृथक् रखा और नवीन औद्योगिक केन्द्र की सृष्टि द्वारा क्षति की पूर्ति किये बिना ही प्राचीन औद्योगिक केन्द्रों की स्थिरता को विनष्ट कर दिया।[25]

---

24. बूकानन; द डेवेलोपमेंट ऑफ कैपिटलिस्ट इन्टरप्राइज इन इण्डिया, पृ० 130.
25. टी० एन० रामस्वामी; द एकॉनोमिक प्रोब्लेम ऑफ इण्डिया, पृ० 130.

7. देशी नरेशों का अन्त—भारत में ब्रिटिश सत्ता की स्थापना ने देशी नरेशों का अन्त कर दिया। उनके निजी शासन प्रभुत्व और प्रभाव समाप्त हो गये। हस्त-शिल्प की आकर्षक, कीमती तथा अलंकार पूर्ण कलात्मक वस्तुओं की मांग उनके परिवार के सदस्य और दरबार के मन्त्री तथा राज्य के कर्मचारी करते थे। शिल्पकार अपनी वस्तुओं को बेचकर उनसे अच्छी आय और मुनाफा भी प्राप्त कर लेते थे। वेलेजली तथा डलहौजी के काल में देशी नरेशों का अस्तित्व अधिक-अधिक समाप्त हो गया और इस कारण गृह-उद्योग की कद्र करने वाले देशी नरेश नहीं रहे। औद्योगिक आयोग के एक प्रतिवेदन के अनुसार "भारतीय शासकों की कचहरियों ने सेनाओं, अधिकारियों और श्रमिकों को खिलाने के लिए देश के अतिरिक्त अन्न को सर्वदा अपने पास आकर्षित किया है। ये और व्यापारी तथा शिल्पकार, जो आवश्यक वस्तुओं की पूर्ति करते थे, प्राचीन भारतीय राजधानी की जनसंख्या के अंग थे। औद्योगिक दृष्टकोण से इस जनसंख्या का सर्वाधिक रुचिपूर्ण अंग शिल्पकारों का वर्ग था जो न केवल शस्त्र और चमड़े की वस्तुओं का ही उत्पादन करते थे अपितु सुन्दर वस्त्रों, चित्रकारीपूर्ण पत्थरों, लकड़ी और हाथी दाँत पक्की धातु, आभूषण तथा अन्य विलासिता की वस्तुओं का भी उत्पादन करते थे जो वहुधा अनुपम कौशल और उच्च कलात्मक मूल्य की होती थी। आज भी भारतीय कलात्मक वस्तुओं के उत्पादन के प्रसिद्ध केन्द्र प्राचीन राजधानी के नगर ही हैं।"[26]

निष्कर्ष में भारतीय उद्योग के विनाश के कारणों के सम्बन्ध में सर अलफ्रेड चेटरटन ने लिखा है कि "देश का विदेशी व्यापार गृह-व्यापार की लागत से विकसित हुआ है और देश के संसाधनों के अस्वस्थ और एकांगी विकास में फलीभूत हुआ है। सड़क, रेल पथ, टेलीग्राफ, स्वेज नहर के निर्माण और समुद्र तथा भूमि पर परिवहन के साधनों में प्रत्येक सुधार ने भारतीय शिल्पकार की कठिनाइयों में योगदान किया है और अनेक दशाओं में उसका अन्ततः विनाश किया है। सरकार का ध्यान लगभग सम्पूर्णतः भूमि के लिए रास्ता खोलने, सिंचाई के लिए व्यवस्था करने में लगा है। उसने अनेक दशाओं में भारतीय मण्डियों को शोषित करने के लिए अंग्रेजी उद्योगपतियों के प्रयास में उनको प्रत्यक्षतः सहायता पहुँचाई है जबकि अध्यवसायी भारतीय शिल्पकार को अपनी अवस्था की परिवर्द्धित कठिनाइयों से यथाशक्ति लड़ने के लिए सर्वथा अकेला छोड़ दिया गया है।"[27]

भारतीयों का उत्तरदायित्व

भारत के उद्योगों के पतन के लिए न केवल कम्पनी सरकार और उसके कर्मचारी ही उत्तरदायी हैं अपितु भारतीय भी आंशिक रूप से उत्तरदायी ठहराये जा सकते हैं। यह सही है कि औरंजेब के मरणोपरान्त भारत के राजनीतिक बिखराव की स्थिति पर नियन्त्रण नहीं डाला जा सकता था, किन्तु अपने औद्योगिक संगठनों, वाणिज्य नीति का निर्धारण, वणिक संघ की व्यवस्था आदि में परिवर्तन लाकर उनमें व्याप्त कमजोरियों और दुर्गुणों को तो दूर अवश्य किया जा सकता

---

26. रिपोर्ट ऑफ इण्डस्ट्रियल कमीशन, पृ० 2-3
27. इनडस्ट्रीयल इवोल्यूशन इन इण्डिया, पृ० 20

था। इसलिये डॉ० आर० सी० दत्त, डॉ० ताराचन्द तथा अन्य भारतीय विद्वानों ने भारत के औद्योगिक अधिकारियों, चिन्तकों तथा संगठनों को भी देश के औद्योगिक ह्रास के लिए उत्तरदायी ठहराया है।

1. औद्योगिक संगठन के दोष—भारत के औद्योगिक संगठनों को उद्योग के विनाश के लिए उत्तरदायी ठहराया गया है। डॉ० ताराचन्द ने लिखा है कि "सच तो यह है कि इस देश के औद्योगिक संगठन में भी कुछ ऐसी कमजोरियाँ थीं जिन्हें उद्योगों के ह्रास के लिए आंशिक रूप से उत्तरदायी ठहराया जा सकता है। इस संबंध में पहली बात यह है कि भारतीय उद्योगपतियों और व्यापारियों ने उन्हीं मण्डियों से निरन्तर व्यापार करने की प्रक्रिया जारी रखी जिनसे सम्पर्क मध्ययुग से बना हुआ था। उन्होंने विश्व में नई मण्डियों की खोज करने का प्रयास नहीं किया। दूसरी तरफ इंग्लैंड निरन्तर अपनी मण्डियों की खोज करने में प्रयत्नशील रहता था। उसके प्रयास का ही नतीजा था कि उसकी विश्व-मण्डियों में भारत भी जुड़ गया। औद्योगिक क्रांति के बाद तो अंग्रेज विश्व में नई-नई मण्डियों की खोज में और भी सचेष्ट हो गए। अतिरिक्त मण्डियों की खोज में उदासीन नीति के अनुशीलन ने भारतीय उद्योग को नष्ट कर डाला। बिडम्बना यह कि जब भारत की मण्डियों में अंग्रेजी माल बिछ गये, तब भी भारत के व्यापारी सोए रहे।"[28]

2. राष्ट्रीय वाणिज्य नीति का अभाव—भारत की अपनी कोई राष्ट्रीय वाणिज्य नीति नहीं थी और न भारत के शासक अपनी मण्डियों की सुरक्षा के लिये प्रयत्नशील थे। भारत में विदेशियों की जो मण्डियाँ बन रही थीं, उन मण्डियों को रोकने की शक्ति भी किसी में न थी। जब भारत में मुगल काल में विदेशी शक्ति अपनी मण्डियों की दौड़ में संघर्षशील थी तब मुगल शासक इस दौड़ में तटस्थ थे। यही नहीं, जब 17-18वीं सदियों में भारतीय माल पर भारी आयात शुल्क लगाये गये उस समय भी भारत ने किसी प्रकार का विरोध नहीं किया जबकि वह प्रतिरोध करने की क्षमता रखता था। इन तथ्यों से यह बात स्पष्ट हो जाती है कि भारत की राष्ट्रीय वाणिज्य नीति नहीं थी और भारत में राष्ट्रीय दृष्टिकोण अभी पनप नहीं सका था।

3. सामुद्रिक शक्ति का अभाव—भारत ने कभी भी समुद्रयात्रा को प्रश्रय नहीं दिया और न सामुद्रिक शक्ति में विश्वास किया। अतः समुद्र-यात्रा की दिशा में भारत की कमजोरी उसके औद्योगिक ह्रास का कारण बनी। दूसरी तरफ ब्रिटेन का समुद्र की शक्ति पर अधिकार था और समुद्र में लूट-मार करके वह धन उगाहा करता था। यूरोप की अन्य शक्तियों को भी समुद्र पर अधिकार था। सामुद्रिक शक्ति के अभाव के कारण भारत समुद्र पार की मण्डियों पर काबू रखने में असमर्थ था। ऐसी स्थिति में सामुद्रिक शक्ति में बढ़े-चढ़े यूरोपीय देशों ने समुद्र पार की भारतीय मण्डियों को प्रभावित करने में सफलता प्राप्त की। ऐसी ही दशा में धीरे-धीरे भारत अपनी औद्योगिक प्रधानता खोता गया।

4. वणिक संघ की कमजोरी—ताराचन्द ने भारत की वणिक संघ व्यवस्था की कमजोरी को भारतीय उद्योग के ह्रास के लिये उत्तरदायी ठहराया है। उनके

28. ताराचन्द, भाग प्रथम, पृ० 344.

शब्दों में "उस वणिक संघ व्यवस्था की दृष्टि से भी भारत बहुत कमजोर पड़ता था, जो मध्ययुगीन यूरोपीय उद्योग और वाणिज्य की प्रमुख विशेषता थी। वणिक संघ व्यवस्था के प्रति अपना कर्त्तव्य पूरा कर देने वाली जाति प्रथा उद्योग को बाहरी आक्रमणों से न बचा सकी। जिस समय विदेशी व्यापारी औद्योगिक वस्तुएँ खरीदने के लिए व्यापार मंच पर उदित हुआ उस समय उन विदेशी ग्राहकों के एकाधिकारपूर्ण संगठन के मुकाबले में अकेला कारीगर बहुत ही तुच्छ रह गया। अपने ग्राहकों के आदेशों के अनुसार माल सुलभ करने के लिये उसे प्रायः उसीसे अग्रिम धन लेना पड़ता था। स्वतन्त्र वणिक संघ व्यवस्था और वित्तीय संगठन के अभाव में भारतीय उत्पादक न तो कीमतें निश्चित करने में अपनी बात मनवाने में समर्थ थे और न विदेशियों से पेशगी रकम लिये बिना उनके आर्डरों का माल तैयार करने में।"[29]

5. औद्योगिक उद्यमी वर्ग का अभाव—भारत में औद्योगिक उद्यमी वर्ग का अभाव था। भारत में तत्काल ऐसा वर्ग नहीं था जो पश्चिम में पहले मण्डियों पर अधिकार करता। दूसरी तरफ इंग्लैंड में ऐसा वर्ग था। यही कारण था कि भारत अपने औद्योगिक सामानों को संगठित कर पश्चिम में न बेच सका जबकि ब्रिटेन के उद्यमी वर्ग ने मण्डियों को तैयार कर उन मण्डियों में अपने मालों को भर दिया। यह सही है कि भारत के व्यापारी और उद्योग वाले लोग भी योग्य थे, किन्तु उनकी तुलना में तत्काल अंग्रेज अधिक प्रगतिशील निकल गये जिन्होंने औद्योगिक क्रांति के विकास के कई यन्त्रों और मशीनों की खोज कर डाली।

इस प्रकार 19वीं शताब्दी के पूर्वार्द्ध में भारत ने विश्व के व्यापार एवं उद्योग में अपने आधिपत्यका गौरवपूर्ण स्थान खो दिया जो उसे लगभग 2000 वर्षों तक प्राप्त था। धीरे-धीरे वह कच्चे मालों के उत्पादन के एक उपनिवेश तथा पश्चिम के सस्ते तैयार मालों के एक गोदाम के रूप में परिणत हो गया।

क्राउन काल में उद्योग (1850-1947)

औरंगजेब के मरणोपरान्त विश्रृंखलित भारत पर कम्पनी के अधिकार करने के बाद देश का अनौद्योगीकरण हुआ। किन्तु 19वीं शताब्दी के मध्य से आधुनिक उद्योगों के विकास की प्रक्रिया प्रारम्भ हुई। यह कहना गलत न होगा कि कुटीर उद्योग के विनाश की नींव पर भारत में आधुनिक उद्योग का जन्म हुआ। इस नये उद्योग को मोटे तौर पर दो भागों में बाँट सकते हैं—19वीं शताब्दी में औद्योगिक विकास और 20वीं शताब्दी में औद्योगिक विकास।

भारतीय इतिहास में 19वीं शताब्दी औद्योगिक विकास की दृष्टि से निराशा-जनक काल थी क्योंकि इसने न केवल गृह-उद्योग के विनाश को अपितु ब्रिटिश सरकार द्वारा आत्म भरोसे (Laissez faire) नीति को अपनाए जाने को भी देखा था। किन्तु इस नीति के बावजूद भारत में बगान उद्योग और कारखाना उद्योग विकास की राह पर चढ़ गये थे। कम्पनी के प्रयास से भारत में 18वीं सदी के अन्तिम वर्षों से ही नील की खेती शुरू हो गई थी और कुछ बाद के वर्षों में चाय और कहवा के बगान भी विकासोन्मुख हुए। 1850 तक

---

29. वहीं, पृ० 345.

केवल नील के कारखानों को छोड़कर व्यवहारतः अन्य कोई कारखाना उद्योग नहीं थे। किन्तु 1850-55 के बीच के काल में भारत ने पहली बार आधुनिक कारखाना प्रणाली के आधार पर सूती और पटसन उद्योगों के विकास के आरम्भ को देखा था। तत्पश्चात् कोयला खान उद्योग का विकास हुआ। 1880 तक वृहत् उद्योगों में इन्हीं की प्रमुखता थी।

इस प्रकार 1859 ई० तक भारत में नील, चाय, कहवा आदि का बगान उद्योग ही प्रमुख था जिनकी देखभाल, प्रबंध और नियन्त्रण का काम ईस्ट इण्डिया कम्पनी के अवकाश-प्राप्त कर्मचारी करते थे। यूरोप के भारत निवास करने वाले लोगों ने पहले कारखाना उद्योग में विशेष रुचि नहीं ली थी और कई कारणों से वे वृहत् उद्योगों के प्रति विरक्ति की भावना रखते थे। किन्तु 19वीं शताब्दी मध्य तक औद्योगिक विकास के मार्ग में आने वाले सारे बाधक तत्व श्रीहीन हो चले और वृहत् अथवा आधुनिक उद्योगों का क्रमशः विकास होने लगा।

आधुनिक उद्योग के विकास के कारण

1. 1833 के चार्टर अधिनियम ने भारत में आधुनिक उद्योगों के विकास के द्वार खोल दिये जिसके कारण भारत में उद्योग तथा व्यापार का विकास करने के लिए यूरोप के व्यापारियों को अवसर मिला और बगान उद्योग एवं पटसन, रेलवे आदि जैसे एकाधिकारी उद्योगों में विदेशी पूँजी तथा साहस का आगमन होने लगा। अब भारत से कोई भी देश स्वतन्त्र रूप से व्यापार कर सकता था क्योंकि अधिनियम ने अंग्रेजों की कम्पनी के व्यापार पर लादे गये एकाधिकार को समाप्त कर दिया था। ब्रिटेन के अतिरिक्त यूरोप तथा ब्रिटेन की कई कम्पनियों ने भारत में अपने कार्यालय खोल दिये तथा व्यापार करने लगीं। यूरोप के कई देश भी अपनी पूँजी लगाकर भारत में नये उद्योगों की स्थापना करने लगे। कई कम्पनियों के आगमन से विदेशों की तकनी की और पूँजी भारत में प्रयुक्त करना आसान हो गया। इस प्रकार एकाधिकार की समाप्ति ने आधुनिक उद्योगों की भारत में नींव डाली। अवकाश प्राप्त लोग भी इसमें लगे।

2. 19वीं शताब्दी के मध्य से भारत में संचार साधनों का विकास होना प्रारम्भ हुआ। रेल बनी और रेल-पथ बने। सड़के बनीं। बन्दरगाहों को साफ किया गया। रेल तथा सड़क ने समस्त देश को बन्दरगाहों तथा समुद्र से जोड़ दिया। फलतः उद्योगों का स्थानीयकरण-भी होना प्रारम्भ हो गया। बन्दरगाहों से जुड़ जाने के कारण औद्योगिक सामानों का भी विदेशों के लिए भारत से निर्यात हो सकता था तथा सड़कों के कारण आन्तरिक उद्योग भी चलाये जा सकते थे। इन संचार साधनों में रेलवे सर्वाधिक उपयोगी सिद्ध हुई। रेलवे के निर्माण की एक प्रमुख अभिप्रेरणा पर लार्ड डलहौजी ने यह टिप्पणी की थी। "इनकी स्थापना से भारत को जो व्यावसायिक और सामाजिक लाभ होंगे उनकी कल्पना नहीं की जा सकती ...... इंग्लैण्ड में भारतीय रुई की माँग बढ़ रही है; दूर के मैदानों से बन्दरगाहों तक इसे जाने के समुचित साधन उपलब्ध हों तो पर्याप्त परिमाण में अच्छी किस्म की रुई उगाई जा सकती है। हमने यह भी देखा है कि व्यापार सम्बन्धी सुविधाओं में थोड़ी सी भी वृद्धि होने पर भारत के दूरस्थ बाजारों में भी यूरोप के बने सामानों की माँग बढ़ रही है......धरती के इस छोर पर हमारे

लिए जो बाजार बन रहे हैं, उनके भावी विस्तार और सम्भावित मूल्य को आंकना सूक्ष्म दिव्य दृष्टि वाले विद्वानों के लिए भी आसान नहीं है।"[30] विकास की इस प्रक्रिया में रेलवे की भूमिका के बारे में कार्ल मार्क्स ने लिखा है कि "जिस देश में कोयला और लोहा प्राप्त है, वहाँ के परिवहन यन्त्र में मशीनों का इस्तेमाल शुरू हो जाने के बाद उस देश द्वारा खुद मशीनों के निर्माण को नहीं रोका जा सकता। रेलवे की तात्क्षणिक और सदा वर्त्तमान आवश्यकताओं की पूर्ति के लिए जिन औद्योगिक प्रक्रियाओं की जरूरत है उन्हें लाये विना किसी भी बड़े देश में रेलतन्त्र का सुचारु संचालन सम्भव नहीं। उद्योग की जिन शाखाओं का रेलवे से सीधा सम्बन्ध है, उनमें भी मशीनरी के इस्तेमाल की जरूरत पड़ती है। इसलिए रेलवे का प्रादुर्भाव भारत में आधुनिक उद्योगों के आगमन का पूर्व सूचक है।"[31]

3. भारत में चल रहे राष्ट्रीय आन्दोलन ने ब्रिटिश सरकार को नये उद्योगों की स्थापना के लिए बाध्य किया और भारत के उद्योगपतियों को बृहत् उद्योगों को विकसित करने के लिए उत्प्रेरित किया। स्वदेशी आन्दोलन कांग्रेस के नेतृत्व में चला जिसने गृह-उद्योग को पुनर्जीवन देने के लिए देश के पूँजीपतियों को प्रोत्साहन दिया। इस आन्दोलन से प्रभावित होकर ही भारत के उद्योगपति अपने देश के कच्चे माल का संरक्षण करने लगे और स्वयं नये उद्योगों के विकास के लिए तत्पर हुए।

4, भारतीय नेताओं के बदलते दृष्टिकोण एवं मनोवृत्ति ने भारत में आधुनिक उद्योगों को बढ़ावा दिया। उनका यह चिन्तन था कि आधुनिक उद्योग भारत के अर्थ-तन्त्र को बदल देंगे और देश के सभी आर्थिक रोगों के लिए अचूक औषधि सिद्ध होगा। भारत में औद्योगीकरण के अग्रदूत, जस्टिस राना डे ने भारत के लोगों को कहा : "हमें सर्वोत्तम शिक्षकों से सीखने के लिए यह ईश्वर द्वारा सुस्थापित व्यावहारिक कार्य है..........हमें अपने कच्चे माल के स्तर को सुधारना है अथवा हमारी धरती के आम स्तर के उत्पादन के अनुकूल होने पर उसका आयात करना है। हमें सहयोग द्वारा श्रम और पूँजी को संगठित करना है और उन्मुक्त रूप से विदेशी कौशल और मशीनरी का तबतक आयात करना है जबतक हम अपने आप भली प्रकार कार्य करना सीख नहीं जाते हैं तथा उनकी सहायता की अपेक्षा छोड़ नहीं देते। हम बहुत अधिक पिछड़ गये हैं, अब हमें नये कामों में हाथ डालना है तथा और अधिक कठोर श्रम के लिये ईमानदारी से कमर कसनी है।"[32] नेताओं ने स्वदेश वासियों को अपने सभी साधनों को जुटाकर उद्योग तथा व्यापार में प्रवृत्त होने के लिए प्रबोधित किया। भोलानाथ चन्द्र ने ऐसा ही कहकर भारतीयों के प्राणों में उत्साह का संचार किया। उनका युद्ध-घोष था : "हमें अवश्य ही पूँजीपति तथा उद्यमी बनना चाहिये। अपने देश को व्यापारियों का देश, मशीन बनाने वालों का देश तथा दूकानदारों का देश बनाना चाहिये।"[33] उन्होंने बतलाया

30. लार्ड डलहौजी मिनट ऑन रेलवेज
31. कार्ल मार्क्स; ऑन इण्डिया, पृ० 62.
32. राना डे, ऐसेज, पृ० 119-20
33. मराठा, 13 अप्रेल 1881

कि आधुनिक उद्योग एक ऐसा अभिकरण है जिससे भूमि पर आबादी के बढ़ते हुए दबाव को कम किया जा सकता है, दरिद्रता समाप्त की जा सकती है; बेरोजगारी खतम की जा सकती है और आजीविका के वैकल्पित साधन जुटाये जा सकते हैं।[34] उन्होंने आधुनिक उद्योग को देश की संस्कृति, चरित्र और प्रतिभा के विकास तथा विस्तार में सहायक भी बतलाया। राना डे के शब्दों में, "स्कूलों और कालेजों की अपेक्षा कारखाने और मिलें अधिक प्रभावशाली ढंग से राष्ट्र की गतिविधियों को जन्म दे सकती हैं।"[35] इस प्रकार भारतीय नेताओं ने नये उद्योगों के पक्ष में अभिभाषण कर अनुकूल पृष्ठभूमि का निर्माण किया।

5. इसी काल में स्वेज नहर का निर्माण हुआ। इसके निर्माण-कार्य ने यूरोप तथा भारत की दूरी को समाप्त कर दिया और अल्प समय में लोगों तथा सामानों का स्थानान्तरण आसान हो गया। नहर के जरिए भारत अब बड़ी आसानी से औद्योगिक सामानों तथा मशीनों का आयात कर सकता था। नहर ने उद्योग के विकास को भारत में आसान कर दिया।

6. भारत को अन्य देशों की तुलना में दो चीजों की काफी सुविधा थी—सस्ते श्रम की और सस्ते कच्चे माल की। यहाँ मजदूरों की संख्या अच्छी थी, इसलिए कल-कारखानों में काम करने के लिए सस्ते दर पर मजदूर मिल सकते थे। कच्चे माल का तो भारत भण्डार ही था। 19वीं शताब्दी के उत्तरार्द्ध से भारत के लोगों ने अपने देश के श्रम और कच्चे माल के महत्त्व को परखा और उद्योग के विकास की ओर ध्यान दिया।

7. 20वीं शताब्दी में यूरोप में कई प्रकार के संकट आए गृह-युद्ध के अतिरिक्त। उसे विश्व-युद्ध का भी सामना करना पड़ा। इन संकटों में यूरोप के देश उलझ गये जिसके फलस्वरूप भारत को आधुनिक उद्योगों को विकसित करने का अवसर मिल गया। इन संकटों के दौर-काल में ही भारत ने पुनः सूती वस्त्रों एवं जूट उद्योग को फलित करने का कार्य किया। उद्योगपतियों ने मालों का उत्पादन करके उन्हें बाजारों में बेचा तथा अर्जित आय को पुनः उद्योग के विकास में लगाया। संकट ने भारत को उद्योग के विकास के लिए मौका दिया।

8. इंग्लैण्ड की औद्योगिक क्रान्ति का प्रभाव उसके भारतीय उपनिवेश पर भी पड़ा। जब ब्रिटेन के विज्ञान एवं धन (पूँजी) ने भारत में प्रवेश किया तो स्वतः यहाँ भी औद्योगिक क्रान्ति का श्रीगणेश हो गया। बड़े-बड़े कल-कारखाने भारत में भी खुलने लगे और विभिन्न उद्योगों के विकास की सम्भावनाएँ बढ़ गईं। सही अर्थ में भारत में औद्योगिक क्रान्ति बीसवीं शताब्दी के प्रथम दशक के बाद ही हुई। भारत में जूट, वस्त्र, चीनी, कागज, सिमेंट, लोहा, चमड़ा आदि से सम्बद्ध उद्योग पुनर्जीवित होने लगे और कई अन्य नये उद्योग भी फलीभूत हुए।

कथित कारणों के चलते भारत में औद्योगिक विकास का युग आया। ब्रिटिश सरकार ने भी लोक-कार्यों में अभिरुचि का प्रदर्शन करना प्रारम्भ किया। भारत में चलनेवाले राष्ट्रीय आन्दोलन ने भी सरकार को इस बात के लिए बाध्य किया

---

34. मराठा, 23 जनवरी, सितम्बर 1881/एसेज, पृ० 113, 207
35. एसेज, पृ० 96

कि जिस देश की वह सरकार है उस देश के विकास के लिए भी सोचना उसके लिए अति आवश्यक है और अगर वह ऐसा नहीं करेगी तो उसे यहाँ टिकना भी मुश्किल हो जायेगा।

आधुनिक उद्योगों का विकास

ब्रिटिश भारत में आधुनिक उद्योगों के विकास-चरण को अग्रलिखित उपबन्धों में बाँटा जा सकता है—

(क) प्रथम विश्व-युद्ध के पूर्व उद्योग (1857-1914)

(ख) प्रथम विश्व-युद्ध और भारतीय उद्योग

(ग) दो विश्व-युद्धों के बीच भारतीय उद्योग (1914-1939)

(घ) युद्धोत्तर काल और भारतीय उद्योग (1939-1947)

(क) प्रथम विश्व-युद्ध के पूर्व उद्योग

उन्नीसवीं शताब्दी के उत्तरार्द्ध में भारत में औद्योगिक विकास श्लथ गति से हुआ। बीसवीं शताब्दी के प्रारम्भ से ही उद्योगों का तेजी के साथ विकास होना प्रारंभ हुआ।

सन् 1859 तक भारत में बगान उद्योग के विकास की सुदृढ़ नींव पड़ चुकी थी। 1835 में ही चाय उद्योग प्रारम्भ हो गया था और आधुनिक चाय उद्योग का विकास 1859 तक सन्तोषप्रद रहा। जहाँ 1850 में चाय बगानों की संख्या सिर्फ एक थी वहाँ दो दशक के बाद (1871) बढ़कर 295 हो गई। चाय के बगानों का क्षेत्रफल तथा उत्पादन भी 1850 में क्रमशः 1876 एकड़ और 216000 पौण्ड था जो 1871 में बढ़कर क्रमशः 31,303 एकड़ और 62,51143 पौण्ड हो गया। इसी प्रकार यद्यपि 17वीं शताब्दी में भारत में कहवा उद्योग का विकास-बिन्दु प्रारम्भ हुआ था, लेकिन 1860-71 के बीच ही इसका तीव्र विकास हो सका।

भारत में वस्त्र तथा पटसन के उद्योगों की स्थापना और विकास का कार्य 1850-60 के दशक में प्रारम्भ हुआ। 1855 तक प्रथम सूती वस्त्र का कारखाना, प्रथम पटसन का कारखाना और प्रथम कोयला खान उद्योग खुला। इसी अवधि में जब भारत में रेलवे परिवहन के रूप में प्रारम्भ हुई तब उद्योगों के विकास की और भी सम्भावना बढ़ गई। 1879 में भारत में 56 सूतीवस्त्र निर्माण करने के कारखाने थे। 1882 में जूट मिलों की संख्या 20 तक पहुँच गई। इनमें से अधिकांश यूरोपीय स्वामियों के हाथ में थी। 1880 के आसपास भारत में कोयला खदानों की संख्या 56 थी। इस वर्ष तक भारत के ये ही तीन प्रमुख उद्योग थे। जब इस शताब्दी के अन्तिम वर्ष तक भारत में 8000 मील लम्बा रेलपथ बन गया तब इन उद्योगों के विकास में और भी गति आई। जब भारत में 1880 में 58 सूती मिलें थीं जो 1890 में बढ़कर 144 और 1914 में बढ़कर 264 हो गईं। इसी प्रकार 1880 में 20 जूट मिलें थीं जो बढ़कर 1890 में 27 और

1914 में 64 हो गईं। कोयला उद्योग भी विकसित हुआ था। 1885 में कोयले का उत्पादन केवल 1.29 मिलियन टन था जबकि यह 1894 में बढ़कर 2·8 मिलियन टन और 1901 में 6 मिलियन टन और 1914 में 15·73 मिलियन टन हो गया। इन तीनों उद्योगों में सूतीवस्त्र उद्योग अधिक विकसित हुआ था। धीरे-धीरे नागपुर, शोलापुर और अहमदाबाद में सूतीवस्त्र निर्माण के कारखाने खुल गये।

लोहा और इस्पात उद्योग भी 19वीं शताब्दी के उत्तरार्द्ध में ही प्रारम्भ हुआ। 1873 में बिहार के झरिया में पहला लोहा और इस्पात का कारखाना खुला। इसका नाम बराकर आयरन वर्क्स था। बाद में इस उद्योग को बंगाल स्टील एण्ड आयरन कम्पनी के अन्तर्गत कर दिया गया। लेकिन 1910 के बाद ही झरिया का यह उद्योग विकसित हो सका। पुनः 1907 ई० में टाटा आयरण एण्ड स्टील कम्पनी की स्थापना जमशेदपुर में हुई जिसने 1912 से उत्पादन करना प्रारम्भ किया। 1915 तक अच्छे परिमाण में इसने उत्पादन नहीं किया क्योंकि यह नव-स्थापित कारखाना था। इस कम्पनी को 1924 में संरक्षण प्राप्त हुआ।

इस शताब्दी के अन्तिम दशक में शीशा उद्योग भी विकसित हुआ, किन्तु इसका समुचित विकास 20वीं शताब्दी में ही सम्भव हो सका। इसी शताब्दी में चमड़ा उद्योग, लकड़ी उद्योग, अभियान्त्रिकी, लाख उद्योग आदि के विकास की भी नींव पड़ी थी। रूस-जापान युद्ध (1904-05) के कारण मैंगनीज के उत्पादन में महान वृद्धि हुई। कोलार की खानों से सोना का उत्पादन होने लगा था और अबरख का उत्पादन भी राह पर चल निकला था। गाडगिल ने इन उद्योगों के विकास के संबंध में लिखा है कि 1890-1914 के बीच पेट्रोलियम, मैंगनीज, अबरख और शोरा जैसे नये उद्योगों का उद्‌भव हुआ और चावल तथा टिम्बर की भी कुछ मिलें खुलीं। इसके अतिरिक्त अभियन्त्रण और रेलवे के कारखाने खुले और लोहे और पीतल के ढलाई घर भी खुले।"[36] यद्यपि दुर्भिक्षों तथा अमरीकी सट्टेबाजी के कारण 1895-1905 के बीच भारतीय उद्योगों, विशेषकर सूती उद्योग के विकास की गति काफी धीमी हो गई, फिर भी औद्योगिक विकास का युग अब प्रारम्भ हो गया था। बूकानन ने लिखा है कि "1890 से विश्व-युद्ध तक प्रत्येक क्षेत्र में अविरल प्रगति हुई। सूती तकला-तकली की संख्या दुगुनी हो गई, शक्ति चालित कॉटन करघे चौगुने हो गये, जूट के करघे साढ़े चार गुना बढ़े, कोयला उत्पादन का भी परिमाण छः गुना बढ़ा।"[37]

गाडगिल ने 1914 तक भारतीय उद्योगों—सूती वस्त्र, पटसन उद्योग और कोयला उद्योग—की एक तालिका इस प्रकार प्रस्तुत की है।[38]

---

36. गाडगिल, पृ० 117-18.
37. बूकानन; द डेवेलेपमेंट ऑफ कैपिटलिस्टिक इन्टर-प्राइजेज इन इण्डिया, पृ० 139.
38. गाडगिल; पृ० 76, 79, 107, 110 और 112.

सूतीवस्त्र उद्योग

संख्या	वर्ष 1879-80	वर्ष 1889-90	वर्ष 1900-01	वर्ष 1913-14
कारखाना	58	414	194	264
कामगार व्यक्ति	39,537	99,224	1,56355	2,60,847
करघा	13,307	22,078	40,542	96,588
तकुआ	14,07,830	29,34,637	49,42,290	66,20576

पटसन उद्योग

संख्या	वर्ष 1879-80	वर्ष 1889-90	वर्ष 1901-02	वर्ष 1913-14
कारखाना	22	27	36	64
कामगार	27,494	62,739	114,795	216,288
करघा	4946	8204	16119	36050
तकुआ	70840	164245	331382	744289

कोयला उद्योग (टन में)

	वर्ष 1885	वर्ष 1901	वर्ष 1914
उत्पादन	12,94,221	60,38,053	15,7,38153
कामगार	22745	—	151367

19वीं शताब्दी में भारत के औद्योगिक विकास की एक प्रकार से सिर्फ नींव पड़ी थी। चूँकि इन उद्योगों में प्रमुख रूप से अंग्रेजों के हाथ थे, अतः विकास की रफ्तार में तेजी नहीं थी। भारत के लोग भी उदासीन थे क्योंकि वे जानते थे कि उद्योगों में यूरोपियनों द्वारा पूँजी लगी है जिसका मुनाफा और अधिक लाभ उन्हें (भारतीय) नहीं मिल सकते हैं। इस शताब्दी के औद्योगिक विकास और इससे जुड़ी कठिनाइयों का उल्लेख रुद्रदत्त और सुन्दरम ने इन शब्दों में किया है : "19वीं शताब्दी में अधिकांश नये उद्योग अंग्रेज व्यापारियों ने स्थापित किये थे। अतः यह स्वाभाविक था कि अंग्रेज व्यापारी ही भारत में भी औद्योगिक उद्यमों का अगुआ बनते। अंग्रेजों को अपने देश में उद्योगों के संचालन का अनुभव भी प्राप्त था। साथ ही, ब्रिटिश उद्यमों को सरकार का समर्थन भी प्राप्त था। इसके अतिरिक्त, भारत में विकसित अधिकांश व्यापार या तो सरकार से सम्बद्ध था या इसके हित ब्रिटेन से जुड़े थे। यद्यपि 19वीं शताब्दी में अंग्रेज उद्यमकर्त्ताओं ने भारत में औद्योगीकरण का सिलसिला प्रारम्भ किया, किन्तु वे कुल मिलाकर भारत की प्रगति की अपेक्षा अपने स्वार्थों से प्रेरित थे। अंग्रेजों के अतिरिक्त पारसी, यहूदी और आर्मेनियाई भी पहले सौदागर के रूप में और बाद में उद्योगपति के रूप में सामने आये। उनके आगे बढ़ने के मार्ग में न जाति-प्रथा बाधक थी और न समुद्र पार जाने या विदेशी रीति-रिवाजों को अपनाने का भय। वे सुसंगठित तथा अत्यधिक प्रगतिशील जातियाँ थीं, विशेष रूप से पारसी समाज अत्यन्त प्रगतिशील था और उसने यूरोप की वहुत सारी अच्छाइयों, विशेषकर व्यापार प्रणाली को अपना लिया था। इंग्लैंड के मुकाबले भारत में जिस विशिष्ट ढंग से कारखाना उद्योग का विकास हुआ उसके कारण भारतीय समाज के भीतर औद्योगिक नेतृत्व के विकास की अनुकूल परिस्थितियाँ नहीं पनप सकीं। पश्चिम में कारखानों की स्थापना में दो प्रमुख वर्ग प्रधान थे—व्यापारी वर्ग और कुशल शिल्पी वर्ग। व्यापारियों के पास पूँजी तथा व्यापारिक योग्यता तथा मजदूरी का प्रबन्ध करने की क्षमता के गुण विद्यमान थे। कुशल शिल्पियों के पास यद्यपि पूँजी नहीं थी, किन्तु उन्हें सामग्री और संचालन का ज्ञान था। कुछ विशेष कारणों से भारतीय व्यापारियों और शिल्पियों ने कारखाना-प्रणाली में अभिरुचि नहीं दिखलाई। अधिकांश भारतीय व्यापारी बनिया जाति के थे। उनके पास पूँजी थी और वे सदैव उसकी सुरक्षा और उससे पाने वाले मुनाफा के बारे में सोचते रहते थे। किन्तु अंग्रेजों द्वारा भारत में कारखाना प्रणाली आरम्भ करने पर व्यापारी वर्गों को और अधिक मुनाफे का अवसर प्राप्त हुआ। नौ परिवहन और रेलों के निर्माण के कारण आन्तरिक और विदेशी दोनों व्यापार बढ़े-चढ़े। इसके अतिरिक्त ऋण देने के अवसरों का भी विस्तार हुआ। फलतः व्यापारियों को अपने परम्परागत व्यवसायों में ही अधिक मुनाफा प्राप्त होने लगा जिससे उन्होंने पुराने व्यवसाय को छोड़कर कारखाना उद्यम को ग्रहण करने की ओर ध्यान नहीं दिया।"

इस शताब्दी में ऐसे उद्योगों के विकास की ओर ध्यान दिया गया जो भारत के व्यापार की दृष्टि से नहीं, विदेशी व्यापार की दृष्टि से महत्त्वपूर्ण थे। इस बात की भी चिन्ता की गई कि भारत के उद्योग यूरोप के उद्योग की प्रतियोगिता न कर सकें। इसलिए इस शताब्दी में भारी उद्योगों की जगह हल्के किस्म के और उपभोग की वस्तुओं से सम्बन्धित कुछ उद्योग ही स्थापित किये गये।

(ख) प्रथम विश्व-युद्ध और भारतीय उद्योग

प्रथम विश्व महायुद्ध का प्रभाव भारतीय उद्योग पर गहरे रूप से पड़ा। इस युद्ध ने स्पष्ट कर दिया कि भारत औद्योगिक दृष्टि से कमजोर है। भारत के उद्योग अभी तक आवश्यकता की सभी वस्तुओं की पूर्ति करने में सक्षम नहीं थे और भारत को विदेशों से लोहे तथा इस्पात के यन्त्र, रेलवे के सामान, कई प्रकार की रासायनिक चीजें, दवा आदि मँगानी पड़ती थीं। जब महायुद्ध प्रारम्भ हो गया तब यूरोप से इन सामानों का भारत के लिए निर्यात होना बन्द हो गया। भारत के रेल और नौवाहन परिवहन सैनिकों तथा रसदको ढोने लगे, किन्तु इनके लिए जिन यन्त्रों की जरूरत होती थी, उन यन्त्रों का आयात होना बन्द हो गया। ऐसी स्थिति में कुछ समय के लिए भारत की औद्योगिक तथा वाणिज्यिक प्रगति अवरुद्ध हो गई।

भारत स्थित ब्रिटिश सरकार तथा समुद्र पार ब्रिटिश सरकार को भारत की इस कमजोरी से चिन्ता हुई। युद्ध-काल में भारत की आर्थिक सम्पन्नता से ब्रिटेन को ही अधिक लाभ था। अंग्रेजों की इस कमजोरी का अनुभव अन्य यूरोपीय राज्यों ने भी किया। "भारत में आधारभूत और भारी उद्योगों का विकास करने में सरकार की विफलता और युद्ध के संचालन के लिए आवश्यक वस्तुओं की पूर्ति के लिए दूरस्थ देश, इंग्लैंड की पूर्ति पर निर्भर रहने से युद्ध-संचालन में अंग्रेजों की स्थिति कमजोर हो गई थी। अतएव इस युद्ध की अनिवार्यताओं ने भारतीय औद्योगिक विकास के प्रति सरकारी रुख में परिवर्तन लाया जो ब्रिटिश सरकार ने महसूस किया कि यदि भारतवर्ष विकसित औद्योगिक देश रहा होता तो वह इंग्लैंड के लिए भी लाभदायक सिद्ध हुआ होता।" संवैधानिक सुधार की एक रिपोर्ट में चर्चा थी कि "सामुद्रिक संचार के अस्थायी रूप से रुक जाने की सम्भावना हमें युद्ध के पूर्वी स्थलों में संरक्षणात्मक कार्यों के लिए एक सैनिक आधार के रूप में भारत पर निर्भर रहने के लिए बलपूर्वक बाध्य करती है। आजकल औद्योगिक दृष्टिकोण से विकसित समुदाय के उत्पादन युद्ध के सामानों की सूची से इतने मिलते-जुलते हैं कि भारत के प्राकृतिक साधनों का विकास लगभग एक सैनिक आवश्यकता का विषय हो जाता है।"[39] ब्रिटिश सरकार उद्योगों के संबंध में कुछ छूट देकर युद्ध के लिए भारतीय पूँजीपतियों का सहयोग प्राप्त करना चाहती थी। 1917 में शस्त्र समिति (Munition Board) की स्थापना और सर टॉमस हालैंड की अध्यक्षता में 1916 में राजकीय औद्योगिक आयोग (Royal Industrial commission) की नियुक्ति इस नवीन दिशा का संकेत करती है।

विश्वयुद्ध का भारत के उद्योग पर एक अच्छा प्रभाव पड़ा। युद्ध के समय कच्चे माल और खाद्यान्न की माँग काफी बढ़ी और इस कारण इनकी कीमत भी बढ़ी। इससे भारत का निर्यात व्यापार बढ़ा। अब भारत का व्यापार संतुलन बहुत ही अनुकूल हो गया। भारत में यूरोप की वस्तुओं का आयात इन दिनों बन्द-सा हो गया। इस परिस्थिति में भारत को अपने विभिन्न उद्योगों जैसे लोहा, ऊनी वस्त्र, चमड़ा उद्योग, धातु उद्योग आदि को प्रोत्साहन का अवसर मिला। ये चीजें बाहर जाने लगीं। चूँकि देश के अन्दर सूती कपड़ों की अधिक मांग

---

39. मान्टेग्यू-चेम्सफोर्ड रिपोर्ट ऑन इडियन कान्स्टीच्यूशनल रिफोर्म्स, पृ० 113.

थी, इसलिए सूतीवस्त्र उद्योग का विकास प्रथम युद्ध के दौरान काफी हुआ। पटसन का उद्योग भी इस सन्दर्भ में काफी विकसित हुआ। "युद्ध के दौर में सूती वस्त्र और पटसन की मिलें पूर्ण क्षमता भर कार्य कर रही थीं और इस कारण भारत के मिल स्वामियों को काफी धन उगाहने का अवसर प्राप्त हुआ।" इस्पात का उद्योग भी बढ़ा। 1913 में सिर्फ 19,000 टन इस्पात का उत्पादन होता था जो 1918 में बढ़कर 1,24000 टन हो गया। जब यूरोप से वस्तुओं का आयात होना (युद्ध के कारण) बन्द हो गया तब भारत में उपभोग की वस्तुओं का उत्पादन अधिक होने लगा। "किंतु सरकार की दोषपूर्ण नीति के कारण भारी आधारभूत उद्योगों का विकास नहीं होने के कारण प्रथम विश्वयुद्ध द्वारा भारतीय उद्योगों के लिए प्रस्तुत किये गये अस्थायी संरक्षण का भारतीय उद्योगों द्वारा पूर्ण लाभ नहीं उठाया जा सका। फलतः भारत में ब्रिटिश और जर्मन उद्योगों की वस्तुओं के बदले जापानी तथा अमरीकी उद्योगों की वस्तुओं की बाढ़ आ गई। भारतीय उद्योगों के साथ केवल यन्त्र और आवश्यक वस्तुओं के अभाव की ही बाधा नहीं थी बल्कि साथ ही कुशल प्राविधिक कार्यकर्त्ताओं और रसायन शास्त्रियों, कुशल श्रमिकों, कोयले, संगठित वित्तीय एवं पूँजी बाजार, पर्याप्त बैंकिंग एवं साख सुविधाओं तथा परिवहन सुविधाओं आदि के अभाव संबंधी बाधाएँ भी थीं।"

सन् 1916 में सर टॉमस हालैंड की अध्यक्षता में राजकीय औद्योगिक आयोग का गठन हुआ। इसका उद्देश्य था भारतीय उद्योग और व्यापार के विकास में भारतीय पूँजी के विनियोग की सम्भावनाओं की छानबीन करना और साधनों के सम्बन्ध में सुझाव देना। आयोग ने अपना प्रतिवेदन 1918 में प्रकाशित किया। भारतीय उद्योग की त्रुटियों को दूर कर उसे आवश्यक वस्तुओं की पूर्ति के संबंध में आत्म-निर्भर बनाने के उद्देश्य से इस आयोग ने उद्योगों के लिए प्रत्यक्ष तथा सक्रिय सरकारी सहायता की अनुशंसा की थी और इसने सुझाव दिया था कि "चूँकि एक औद्योगिक भारत स्वयं इंग्लैंड के लिए सहायक होगा इसलिए सरकार भारतीय औद्योगिक विकास के लिए औद्योगिक तथा रासायनिक गवेषणा सम्बन्धी प्राविधिक तथा वैज्ञानिक सेवाओं का संगठन करे, भण्डार क्रय विभाग की रचना करे, प्रान्तों में उद्योग विभागों की स्थापना कराये और उनके कार्यों का समन्वय करने के लिये केन्द्रीय सरकार के अधीन एक उद्योग विभाग की स्थापना करे।

युद्ध संचालन के लिए जरूरी सामानों के उत्पादन के लिए तथा उत्पादन में वृद्धि लाने के लिए 1917 ई० में शस्त्र समिति का गठन किया गया। इस समिति का मुख्य उद्देश्य था ऐसी भारतीय वस्तुओं तथा उद्योगों को विकसित करना जो युद्ध के लिए आवश्यक सामानों की पूर्त्ति करते थे। इसके चलते कई अन्य उद्योगों को भी विकसित होने का मौका मिल गया। यह बड़े परिमाण में देशी उद्योगों की वस्तुओं को खरीदता था, विदेशों से यन्त्र आदि के आयात के लिए व्यक्तियों और औद्योगिक संस्थाओं को सहायता देता था, उद्योगों को स्थापित करने के लिए प्राविधिक सूचना और परामर्श देता था, इत्यादि। फलतः देश में सूती वस्त्र उद्योग, जूट, लोहा और इस्पात, ऊनी, चमड़ा, शीशा, सीमेंट, कागज, रंग, तेल, रासायनिक आदि उद्योगों को स्फूर्ति मिली।

महायुद्ध के दौरान भारतीय उद्योगों को विकसित होने का इसलिए भी मौका मिला क्योंकि वस्तुओं की कीमत में कुछ वृद्धि हुई थी। भारत अधिक-से-अधिक वस्तुओं का निर्माण कर नकद धन का अर्जन कर सकता था। आर्थिक व्यवस्था पर सरकार ने युद्ध के दौर में कड़ा नियन्त्रण रखा था। इस नियन्त्रण ने विभिन्न उद्योगों को विभिन्न तरह से प्रभावित किया। जूट, अबरख, मैंगनीज, चाय, लोहा और इस्पात के उद्योग बढ़ने लगे क्योंकि सरकार युद्ध के लिए इनको एक निर्धारित मूल्य पर खरीद रही थी। दूसरी तरफ कोयला उद्योग शिथिल रहा क्योंकि उसके निर्यात पर सरकारी नियन्त्रण लग गये थे।

महायुद्ध के अन्तिम वर्ष में 1919 का सुधार अधिनियम पारित हुआ था जिसका प्रभाव भारतीय उद्योगों पर पड़ा था। इस अधिनियम के अन्तर्गत उद्योग को अब प्रान्तीय विषय बना दिया गया। लेकिन इससे तत्काल उद्योग को लाभ नहीं हुए। चूँकि प्रांतीय सरकारों के पास पर्याप्त धन नहीं था, इसलिए उनके निर्देशन में उद्योगों का विकास होना संभव नहीं था। अतः जब महायुद्ध के पश्चात् आर्थिक मन्दी का दौर चला तब भारत में उद्योगों की स्थिति बुरी हो गई।[40]

वाडिया और मर्चेन्ट तथा कुछ अन्य अर्थशास्त्र के विद्वानों ने महायुद्ध के समय की औद्योगिक उपलब्धि का लेखा-जोखा प्रस्तुत किया है। यद्यपि इस काल में सूती वस्त्र और पटसन की मिलें नहीं खुलीं लेकिन जो भी मिलें थीं उन्होंने उत्पादन में बड़ी तेजी लाई। युद्ध के समय करघों और कामगारों की संख्या डेढ़ गुनी हो गई। 1914 के पूर्व पटसन की 64 मिलें थीं जिनकी संख्या बढ़ गई और वे 76 हो गईं। इस्पात के उत्पादन में भी वृद्धि हुई। पेट्रोलियम, मैंगनीज, अबरख, कोयला आदि उद्योग सन्तोषप्रद ढंग से विकसित हुए। युद्ध की अवधि (1914-18) में सीमेंट के उत्पादन में 84 गुनी वृद्धि हुई और कोयले तथा लोहे का उत्पादन डेढ़ गुना हुआ। कुल कारखानों की संख्या 1914 ई० में 2,936 और प्रतिदिन मजदूरी करने वाले श्रमिकों की संख्या 9,51000 थी जो 1918 में बढ़कर क्रमशः 3,436 और 11,23,000 हो गई।[41] इसी प्रकार जहाँ महायुद्ध के पूर्व सूती वस्त्र का उत्पादन 110·5 करोड़ गज (औसतन) था वहाँ 1918 में 167·6 करोड़ गज हो गया।

दो विश्व-युद्धों के बीच भारतीय उद्योग

उद्योग में तेजी का काल अप्रैल 1920 तक रहा और इसके बाद उद्योगों के लिए मन्दी काल प्रारम्भ हुआ। 1921 में कठोर मन्दी आ गई जिससे भारत भी अछूता नहीं बचा। भारत के स्टॉक और मुद्रा बाजार अत्यन्त अस्थिर हो गये और सूद की दर तथा लाभांश बहुत ही कम हो गये। 1929-33 की महान मन्दी के काल में भारतीय निर्यात का मूल्य 339 करोड़ रुपये से घटकर मात्र 135 करोड़ रुपये हो गया और इसी प्रकार आयात का मूल्य 260 करोड़ रुपये से घटकर 135 करोड़ रुपये पर आ गया। मन्दी ने सरकारी वित्त को भी प्रभावित किया। गृह भार

40. बूकानन, पृ० 464.
41. वाडिया और मर्चेण्ट, पृ० 391.

अर्थात् भारतीय प्रशासन संबंधी इंग्लैंड में होने वाले व्यय, ऋण संबंधी सूद, आदि का भुगतान सोने का निर्यात कर दिया गया—इतनी बड़ी मात्रा में कि सोने का निर्यात 1931-37 के बीच के सात वर्षों में कुल 241 मिलियन पौंड का था। "भारतीय कृषकों की भूतकालीन बचत से इस सोने के निर्यात का अर्थ भारतीय बाजार की और भी अधिक गरीबी और तदनुसार भारतीय उद्योग की मन्दी हुआ।" किन्तु कारखाना उद्योग अधिक प्रभावित नहीं हुआ।

1932 के पश्चात् आधुनिक उद्योगों के विकास का काल पुनः प्रारम्भ हुआ और 1937 तक भारतीय उद्योग काफी दूर तक विकसित हो गये। इस विकास के कारण थे उद्योगों को सरकारी संरक्षण मिलना, विदेशों से सस्ते मूल्यों पर यन्त्रों का आना, भारत में सोने का बेचा जाना, स्वदेशी आन्दोलन आदि। अतः सभी उद्योग धीरे-धीरे विकासोन्मुख हुए।

सूती वस्त्र उद्योग का विकास सन्तोषप्रद था। इसका कारण यह था कि देश के अन्दर लोगों की आवश्यकता की पूर्त्ति करनी थी और युद्धजनित आवश्यकताओं को भी पूरा करना था। इस अवधि में भारत ने विदेशों से वस्त्रों का आयात कम कर दिया। इसके प्रतिकूल विदेशों में भारतीय वस्तुओं की मांग अधिक होने के कारण भारत ने अधिक निर्यात किया। अधिक लाभ प्राप्त करने के लिए भारत के उद्योगपतियों ने अपने देश के लोगों की जरूरतों की पूर्ति के लिए खास ध्यान नहीं दिया। जब विश्वयुद्ध अन्तिम दौर में था तब भारत में वस्त्र के अभाव के कारण आम लोग वस्त्र खरीदने में असमर्थ हो गये क्योंकि अधिकांश परिमाण में वस्त्र विदेश को भेजे जा रहे थे। द्वितीय विश्व-युद्ध के समय भारत में बस्त्रोत्पादन के लिए लगभग 389 मिलें थीं। 1926 में ही वस्त्र उद्योग को संरक्षण मिल चुका था।

सूती वस्त्र की तरह चीनी उद्योग भी विकसित हुआ। 1930-40 के बीच यह उद्योग काफी विकसित हुआ। 1931 ई० में लगभग 1,58,000 टन चीनी भारत की 30 मिलें पैदा कर रही थीं। जब 1932 में भारत की ब्रिटिश सरकार ने चीनी उद्योग को संरक्षण प्रदान कर दिया तब इस उद्योग के विकास में और भी गति आई। 1936 ई० तक चीनी मिलों की संख्या 30 से बढ़कर 135 हो गई और इस वर्ष आँकड़े के अनुसार भारत ने लगभग 9 लाख 50 हजार टन चीनी का उत्पादन किया। द्वितीय विश्व-युद्ध तक चीनी उद्योग में और भी प्रगति आई।

सीमेंट उद्योग भी विकासोन्मुख था। 1914 के पूर्व इण्डियन सीमेंट कम्पनी (पोरबन्दर), सीमेंट एण्ड इन्डस्ट्रियल कम्पनी (कटनी) और पोर्टलैंड सीमेंट कम्पनी (बून्दी) ने सीमेंट के उत्पादन में अभूतपूर्व प्रगति की थी। 1924 तक लगभग ढाई हजार टन सीमेंट का उत्पादन होने लगा। 1939-45 तक यह उत्पादन बढ़कर 12 लाख टन हो गया। 1936 में दस कम्पनियों ने मिलकर 'एसोशियेड कम्पनी लिमिटेड' बनाकर सीमेंट का उत्पादन करना प्रारम्भ किया।

चमड़ा उद्योग का विकास कानपूर की हार्नेस एण्ड सेडलरी फैक्ट्री के नेतृत्व में होना प्रारम्भ हुआ। बाद में मद्रास और बम्बई तथा दक्षिण भारत में यह उद्योग प्रारम्भ हुआ। 1930 में हाइड्स सेंस इन्क्वायरी कमिटी का निर्माण

हुआ जिसने भारत में चमड़ा उद्योग के विकास के उपायों पर अध्ययन करना प्रारम्भ किया।

दो विश्व-युद्धों के बीच लोहा तथा इस्पात उद्योग का भी विकास हुआ। 1924 में इस उद्योग को संरक्षण मिल चुका था। 1918 में ही बर्न एण्ड कम्पनी ने हीरापुर (आसनसोल) में इण्डियन आयरन एण्ड स्टील कम्पनी की स्थापना कर दी थी। 1923 में भद्रावती में मैसूर स्टेट आयरन वर्क्स कम्पनी खुली। 1937 में स्टील कारपोरेशन ऑफ बंगाल की स्थापना हुई। द्वितीय विश्व-युद्ध के समय तक भारत 10,00,000 टन से अधिक कच्चा लोहा तैयार करने में समर्थ हो गया था। भारत का कच्चा लोहा सबसे अधिक जापान जा रहा था। द्वितीय विश्व-युद्ध के आस-पास भारत लगभग 7,00,000 टन इस्पात प्रतिवर्ष तैयार करने लगा था।

वाडिया और मर्चेंट ने लिखा है कि यद्यपि विवेचनात्मक संरक्षण ने भारतीय उद्योगों को बढ़ाया तथापि राष्ट्र की आय में वृद्धि नहीं आई। उद्योगों का भी संतोषप्रद विकास नहीं था। बूकानन ने लिखा है कि 1938-39 तक भारत में केवल उन्हीं उद्योगों का विकास हुआ था जिनके लिए वातावरण तैयार करने की आवश्यकता नहीं थी। उसके विचार में कपास, पटसन, कोयला और लोहा भारत में पर्याप्त मात्रा में उपलब्ध थे ही और इनके लिए पूँजी प्राप्त करने में अधिक कठिनाई नहीं होती थी। इसलिये इन उद्योगों का विकास करना अत्यन्त सरल था। किन्तु इस समय तक भारत में ऐसे उद्योगों का विकास नहीं हो सका था जो भावी उद्योगीकरण के लिए आवश्यक आधारभूत उद्योग थे। प्राकृतिक दृष्टि से भाग्यशाली होने तथा विशाल बाजार उपलब्ध होने पर भी अभी तक कारखानों में कुल जनसंख्या का 20% भाग ही जीविका प्राप्त कर रहा था।[42] भावी औद्योगिक विकास की पृष्ठभूमि तैयार न होने के कारण ही भारत के उद्योगपति द्वितीय विश्व-युद्ध के समय लाभ उठाने में असमर्थ रहे। यद्यपि भारत में 1939 तक कारखानों की संख्या 2936 से बढ़कर 11613 हो गई थी और श्रमिकों की संख्या भी 950000 से बढ़कर 1750000 हो गई थी, फिर भी उत्पादन की क्षमता में बहुत अधिक वृद्धि नहीं हुई थी।

युद्धोत्तर काल और भारतीय उद्योग

द्वितीय महायुद्ध के काल में उद्योगों को विकसित होने का मौका मिला। युद्ध के कारण विदेशों से आने वाले सामान पर बन्धन पड़ गये थे, लेकिन युद्ध ने ही सामानों की माँग बढ़ा दी थी।

युद्धकाल में फेरो मैंगनीज, ताम्बा, तार पम्प, सांइकिल, सिलाई की मशीनें, कास्टिक सोडा, सुपर फास्फेट जैसे नये उद्योग विकसित हुए थे। किन्तु समय अनुकूल न रहने के कारण बड़े उद्योग पनप नहीं सके। इसी काल में रसायनों, प्लास्टिक, मशीन टूल्स, विद्युत सामानों के उत्पादन भी बढ़े। सामानों के उत्पादन के लिए 1939 में लगभग 11,114 कम्पनियाँ थीं जो 1945 में बढ़कर 14,859 हो गईं। इस काल में सल्फ्यूरिक एसिड, सिन्थेटिक अमोनिया, कास्टिक

---

42. बूकानन, पृ. 450-51

सोडा, क्लोरिन, ब्लीचिंग पाउडर आदि कई रासायनिक पदार्थ भारत में पैदा किये जाने लगे। 1941 में शस्त्र निर्माण के सात सौ प्रकार के सामान और उपकरण का निर्माण करने के लिए भारत में दो महान कारखाने बने। अगस्त 1941 में हिन्दुस्तान एयरक्राफ्ट कम्पनी ने निर्यात किये गये पुर्जों से पहली बार हवाई जहाज का निर्माण किया।

महायुद्ध ने प्रचलित उद्योगों को भी विकसित करने का सुअवसर दिया। लोहा तथा इस्पात, वस्त्र, चमड़ा, काँच, सीमेंट आदि के उद्योग विकसित हुए। अनुमानतः सामान्य उद्योगों में 14-15 प्रतिशत वृद्धि हुई थी। जहाँ एक अच्छे स्तर पर सूती वस्त्र और इस्पात उद्योग का विकास हुआ वहाँ सीमेंट तथा कागज के उद्योग काफी विकसित हुए। लेकिन चीनी तथा पटसन के उद्योग अधिक फलीभूत न हो सके।

महायुद्ध के दौरान 1938-39 और 1941 की अवधि में लोहा का 20 लाख टन का उत्पादन होने लगा। इसके पूर्व इसका उत्पादन केवल 16 लाख टन था। इस्पात के उत्पादन में वृद्धि हुई। 1939 में 8.67 लाख टन इस्पात का उत्पादन होता था जो 1942 में बढ़कर 14 लाख टन हो गया।[43]

लेकिन महायुद्ध की समाप्ति पर भारतीय उद्योग ह्रासोन्मुख हुए। 1944 से ह्रास की गति धीमी होने लगी और दो वर्ष बाद और भी अधिक ह्रास हुआ। सीमेंन्ट, चीनी, लौह-धातु, इस्पात, सूती वस्त्र, पटसन आदि के उद्योगों में काफी गिरावट आई। एल. सी जैन ने लिखा है कि "सब मिलाकर यह स्पष्ट हो जाता है कि द्वितीय महायुद्ध काल में भारतीय उद्योग विदेशी प्रतियोगियों से यन्त्रीकरण तथा नवीनीकरण की दृष्टि से पिछड़ गये। युद्धोपरान्त औद्योगिक ह्रास का खतरा फिर भी बना रहा"[44] नये यन्त्रों एवं तकनीकी के अभाव तथा सरकार की उदासीनता के कारण उद्योगों में ह्रास आया था।

महायुद्ध के उपरान्त भारत को आर्थिक संकट के काल (1945-47) से गुजरना पड़ा। संकट का कारण यह था कि उद्योग के जो संसाधन थे वे युद्ध की सामग्रियों का उत्पादन करते थे। इसलिए अन्य औद्योगिक सामानों का उत्पादन न हो सका। विदेशों से नये यन्त्र भी पर्याप्त संख्या में भारत में नहीं मँगाये गये थे। पुराने यंत्रों ने यौद्धिक सामग्रियों का उत्पादन अच्छी मात्रा में किया था जिसके कारण वे घिस-पिट गये थे। देश विभाजन के कारण भी उद्योगों को धक्का लगा था। इन तत्वों ने भारत में आर्थिक संकट पैदा किया।

स्वतन्त्र भारत में औद्योगिक विकास

स्वतन्त्र भारत की सरकार ने ह्रासोन्मुख उद्योगों को पुनर्जीवित करने का प्रयास किया। श्रम और पूँजी के सम्बन्ध पर विचार करने के लिये सरकार ने दिसंबर 1946 में एक त्रिपक्षीय उद्योग सम्मेलन बुलाया जिसमें श्रम और पूँजी के बारे में सिद्धान्त निरूपित किये गये। 1948 में पारित नियोजित राज्य बीमा

43. वाडिया और मर्चेंट, पृ. 357
44. इण्डियन इकोनमी ड्यूरिंग द वार, पृ. 128.

अधिनियम, कोयला-खान निर्वाह निधि तथा बोनस योजना अधिनियम, भारतीय कारखाना अधिनियम आदि उल्लेखनीय हैं।

सरकार ने 6 अप्रैल 1948 को औद्योगिक नीति की घोषणा की जिसमें पूँजी-वृद्धि के यन्त्रों और उत्पादन-वृद्धि के संसाधनों का उल्लेख किया गया। 13 फरवरी 1948 को औद्योगिक वित्त निगम के गठन के लिए एक विधेयक पारित किया गया। 1948-49 के बजट में उद्योगों पर लगाये गये करों में छूट दी गई। 6 अप्रैल 1949 की एक घोषणा में कहा गया कि "सरकार विदेशी पूँजी पर ऐसा कोई प्रतिबन्ध नहीं लगायेगी जो देशी पूँजी पर नहीं है और विदेशी पूँजी का अभी राष्ट्रीयकरण नहीं करेगी। यदि कभी राष्ट्रीयकरण किया भी गया तो उचित मुआवजा दिया जायेगा।"

सरकार की इन घोषणाओं और सत्प्रयत्नों ने उद्योगों में वृद्धि ला दी। उत्पादन की नवीन इकाइयाँ बनीं, उनका विस्तार किया गया। आवागमन में सुधार लाया गया, आवागमन के नये साधन विकसित किये गये।

सबसे बड़ी बात यह कि सभी पंचवर्षीय योजनाओं में उद्योगों के विकास के लिए अलग धनराशि रखी गई। आज तक सरकार इन योजनाओं के द्वारा उद्योगों के विकास में तत्पर है।

6

व्यापार

ब्रिटिश शासन की प्रथम सदी अर्थात् 18वीं सदी में "भारत के इतिहास की सबसे बड़ी महत्त्वपूर्ण बात है उसके उन्नत एवं विकसित आन्तरिक तथा विदेशी व्यापार। भारत का विदेशों से व्यापार चलता था और देश तथा यूरोप के व्यापारी यहाँ के मालों को खरीदकर उनका आयात-निर्यात करते थे और देश को समृद्ध बना रहे थे। हिन्दू, आर्मीनियन, तथा मुसलमान व्यापारी तो थे ही, यूरोप के व्यापारी भी प्रमुख थे।" भारत में विदेश के व्यापारियों के रहने पर भी इसके व्यापार तथा अर्थ-व्यवस्था पर विपरीत प्रभाव नहीं पड़ता था। जब मुगल बादशाहों ने अंग्रेजों को भारत से व्यापार करने के लिए शाही फरमान नहीं दिया था तब भी विदेश के व्यापारी भारत के कई नगरों में फैले हुए थे और वस्तुओं की खरीद-बिक्री तथा आयात-निर्यात से न केवल अपना मुनाफा प्राप्त करते थे अपितु इस देश की आर्थिक संरचना को भी सुदृढ़ करते थे। भारत में ब्रिटिश शासन की स्थापना के पूर्व बंगाल विदेशी व्यापार और व्यापारियों का आकर्षक केन्द्र था। 17वीं सदी के पूर्वार्द्ध के प्रथम तथा द्वितीय दशक में पोर्तुगीज बंगाल में विस्तृत विदेश व्यापार का विकास कर चुके थे। इस सम्पूर्ण सदी में व्यापार को उन्होंने प्रभावित किया, किन्तु 18वीं सदी में वे प्रभावहीन हो गये। उनके बाद फ्रान्सीसी व्यापारी, विशेषकर तब जब डूप्ले चन्दरनगर का प्रबन्धक था, व्यापार में सम्मिलित हुए, किन्तु वे भी 1741 के बाद शून्य की स्थिति में पहुँच गये। डच और अंग्रेज भी पहले से ही भारत के व्यापार को प्रभावित करते थे। इन दोनों ने 1750 के बाद भी बंगाल तथा भारत के अन्य भागों के व्यापार को प्रभावित किया। बंगाल में समृद्ध व्यापार चलाने का श्रेय इन दोनों विदेशी व्यापारियों को दिया जा सकता है। थोड़े समय बाद डचों ने भी मैदान छोड़ दिया और 1757 से अकेले अंग्रेज भारत में जम गये।

कम्पनी ने देशी तथा विदेशी व्यापारियों को निकाल बाहर करने के लिये कुछ अन्य तरीके भी अपनाये जिनका उल्लेख विलियम वोल्ट्स ने किया है। उसने लिखा है कि ऐसे बहुत से उदाहरण हैं जब स्वतन्त्र व्यारियों का—यहाँ तक कि यूरोपियनों, विशेषकर आर्मेनियनों, मुगलों और हिन्दुओं का भी—माल, एकाधिकार के फलस्वरूप, सड़क पर खुले आम रोक लिया गया और जबर्दस्ती महसूल गोदामों में ले जाया गया।"[2] उस माल के मालिकों को प्राय: "उनकी इच्छा के विरुद्ध, ऐसे जहाजों द्वारा माल भिजवाने के लिये वाध्य होना पड़ता था, जिनके बारे में उनकी राय अच्छी नहीं होती थी और जिन्हें ऐसी व्यवस्था के अन्तर्गत ऐसे गन्तव्य स्थानों तक जाना होता था, जो प्राय: उनकी अपनी व्यापार-योजना के प्रतिकूल पड़ते थे।"[1] पुन:, "इधर-उधर की तथा उपेक्षित बन्दरगाहों में उनका माल खराब होने के लिए छोड़ दिया जाता था और कभी-कभी तो वह खो भी जाता था। उन

---

1. विलियम वोल्ट्स पृ० 197/ताराचन्द, पहला खण्ड, पृ० 347-48.
2. तराचन्द, खण्ड प्रथम, उद्धृत, पृ० 347-48.

आर्मेनियनों को पूर्णत: नष्ट कर दिया गया, जो इरान और अरब को किए जाने वाले निर्यातों के बंगाल स्थित मुख्य व्यापारी थे और उनका स्थान कंपनी तथा उसके कर्मचारियों ने ले लिया।"[3]

1757 ई० तक भारत का व्यापार चढ़ा-बढ़ा था। लेकिन इसके बाद राजनीतिक सत्ता कायम करके अंग्रेजों तथा ईस्ट इण्डिया कम्पनी ने भारत के व्यापार पर एकाधिकार कायम कर लिया। इसी समय से शोषण की नीति अपनाई गई और व्यापार में ह्रास का युग प्रारम्भ हुआ। यद्यपि 1813 में चार्टर एक्ट ने कम्पनी के भारतीय व्यापार का एकाधिकार उठा दिया और 1833 के चार्टर एक्ट ने कम्पनी की व्यापारिक क्रियाशीलताओं का सदा के लिए अन्त कर दिया, किन्तु बाद के युग में भी भारत के व्यापार का अंग्रेजों ने पूर्ण रूप से शोषण किया।

कम्पनी काल में व्यापार

भारत और अंग्रेजों के बीच स्थापित सम्बन्ध के इतिहास की जानकारी के लिए हमें 17वीं शताब्दी के प्रारम्भ से ही अध्ययन करना होगा। इंगलैंड में 1600 ई० में ईस्ट इण्डिया कम्पनी की स्थापना हुई थी। यद्यपि इसकी स्थापना डचों की प्रतियोगिता में की गई थी जो गोलमिर्च के व्यापार में बढ़े-चढ़े थे, लेकिन भारत में सूती वस्त्र का व्यापार भी कंपनी निर्देशकों के आदेश पर करने लगी। 1688 तक कम्पनी भारत से शोरा, नील, गोलमिर्च तथा अन्य वस्तुएँ भी मँगाने लगी। 1688 के बाद कम्पनी की आयात सूची में विभिन्न प्रकार के सूती कपड़े ने सम्पूर्ण स्थान प्राप्त कर लिया; नील और गोलमिर्च एक कोने में ही रह गयं।[4] मुगल बादशाह औरंजेब की मृत्यु के 10 वर्ष बाद ईस्ट इण्डिया कम्पनी को भारत से व्यापार करने का कानूनी अधिकार मिला और इस अधिकार ने उत्तरोत्तर कम्पनी को आर्थिक सुदृढ़ता प्रदान की जिसके बल पर उसने भारत में राजनीतिक सत्ता कायम करने में सफलता प्राप्त की। इसी अधिकार के बल पर कम्पनी ने भारत के आन्तरिक व्यापार को तितर-बितर कर दिया और विदेशी व्यापार को अपनी मुट्ठी में कर लिया। मुगल बादशाह फर्रूखशियर ने 1717 में अंग्रेजों को एक फरमान दिया जिसके अन्तर्गत उन्हें व्यापार के विशेषाधिकार भी प्राप्त हो गये। किन्तु नवाब ने यह शर्त्त लगाई (जिसे कम्पनी ने स्वीकार कर लिया) कि "कम्पनी के दस्तक आन्तरिक व्यापार के लिये प्रयुक्त नहीं हो सकेंगे तथा उनके अन्तर्गत वही चीजें आयेंगी जो समुद्र द्वारा देश के भीतर लाई गई हैं अथवा देश के बाहर जानेवाली हैं।" किन्तु कम्पनी ने फरमान को ताखे पर रख दिया और देश के सभी व्यापार में हस्तक्षेप करने लगी। शोषण और ह्रास का चक्का साथ-साथ चला।

आन्तरिक व्यापार—ईस्ट इण्डिया कम्पनी के काल में भारत के आन्तरिक (देशी) व्यापार में काफी ह्रास आया। शाही फरमान की पुनरावृत्ति से कम्पनी के कर्मचारियों का दिमाग सातवें आसमान पर चढ़ गया और वे उसका दुरुपयोग

---

3. विलियम बोल्ट्स, पृ० 197.
4. पी० जे० टामस; मरकेंटाइलिज्म एण्ड ईस्ट इण्डिया ट्रेड, पृ० 380

कर देशी व्यापार में हस्क्षेप करने लगे जिसका प्रतिफल यह हुआ कि भारत के व्यापारी और व्यापार घाटे में चलने लगे। दस्तकों को आधार बनाकर अँग्रेज व्यापारी अपना निजी व्यापार करके अपनी जेब भरने लगे और दस्तक को भारतीय व्यापारियों के हाथ बेचने लगे जिससे वे चुंगी देने से बच जायँ। मुर्शिद कुली, अलीवर्दी खाँ, सिराजुद्दीन, मीरकासिम और मीरजाफर तक के कालमें व्यापार के पत्र का ऐसा ही दुरुपयोग कर कम्पनी प्रचुर धन बटोरने में सफल होती रही। व्यवधान डालने पर 1757 और 1764 में प्लासी और बक्सर की लड़ाइयाँ हुईं और षड्यन्त्र का सहारा लेकर अँग्रेज विजयी हुए। बंगाल के व्यापार पर एकाधिकार कायम करने में भी कम्पनी के अनुसेवकों को सफलता मिली। कम्पनी के अनुचर भारत के कारीगरों और व्यापारियों पर भी अत्याचार करने में आगे रहे।

1757 ई० के पूर्व भारत का व्यापार काफी बढ़ा-चढ़ा था। लेकिन इसके बाद नये आर्थिक तत्त्वों ने, जो पैदा होने लगे थे, व्यापार को चौपट करना प्रारम्भ किया। कम्पनी के व्यापारी स्वतन्त्र रूप से देश के अन्दर व्यापार करने लगे। आन्तरिक व्यापार के लिये उन्होंने सारी सुविधाओं की उपलब्धि शीघ्र ही कर ली। कई प्रकार के उत्पाती और बुरे तरीकों को खोजकर उन्होंने भारतीय व्यापारियों को देशी व्यापार से हाथ खींच लेने को बाध्य किया। भारतीय व्यापारियों की जगह कम्पनी के अँग्रेज व्यापारी और कर्मचारी व्यापार के लिए सामग्रियों का निर्यात करने लगे। पहले भारतीय व्यापारी मालों का निर्यात कर विपुल मुनाफा का अर्जन करते थे। इस मुनाफे से अब वे तबतक के लिये वंचित हो गये जबतक कोई पुनः नया परिवर्त्तन न हो जाता। सामग्रियों को कम्पनी के कर्मचारी ही सीधे बाजारों या गद्दियों में पहुँचाने लगे ताकि भारतीय व्यापारी मार्ग में कोई गड़बड़ न कर दें।

भारतीय व्यापारियों को व्यापार में शून्य करने के अतिरिक्त कम्पनी के कर्मचारियों ने एक तरीका यह भी अपनाया कि उन्होंने भारत के प्रदेशों में बिना चुंगी या शुल्क दिये व्यापार करना प्रारम्भ किया तथा राजकोष को विधिसम्मत राजस्व से वंचित करने लगे क्योंकि वे प्रायः अपने हस्ताक्षरों से ये परवाने जारी कर दिया करते थे कि "वह माल परिवहन शुल्क चुकाए बिना देश के एक भाग से दूसरे भाग में चला दिया जाए।" ऐसा नियम सबके लिये होता तो लाभ का पलड़ा थोड़ा-बहुत सन्तुलन में रहता। लेकिन ऐसा नहीं था। जहाँ कम्पनी के व्यापारी निःशुल्क व्यापार करते थे वहाँ भारतीय व्यापारियों को अपने ही देश में जगह-जगह शुल्क या चुंगी देनी पड़ती थी। बंगाल पर अधिकार करते ही अंग्रेजों ने शुल्कों में काफी बढ़ोतरी की। उन वस्तुओं पर भी शुल्क लगा दिया गया जो अबतक शुल्क-मुक्त थीं। नये टैरिफ और राहदारी अवरोधक खड़े कर दिये गये। संक्षेप में सम्पूर्ण देश में परिवहन और सीमा-शुल्क का एक वृहद यन्त्र कायम हो गया। इन शुल्कों से कम्पनी को दो लाभ हुए—उसके प्रतियोगी (डच, फ्रेंच, भारतीय आदि) देश के आन्तरिक व्यापार में शून्य हो गये और उनके कारण कम्पनी के उस राजस्व में लाभप्रद वृद्धि हुई, जिसका उपयोग अंशतः कम्पनी के सैनिक तथा असैनिक व्यय की पूर्ति के लिए और अंशतः इंगलेंड को निर्यात किया जानेवाला भारतीय माल खरीदने के लिए किया जाता था। बंगाल का आन्तरिक

व्यापार महज पाँच वर्ष के अन्दर ही विनष्ट हो गया। मीरकासिम ने व्यापार पर अनधिकार हस्तक्षेप के सम्बन्ध में अंग्रेज प्रभुओं को इन शब्दों में सूचना दी थी : "प्रत्येक बंगाली गुमाश्ता हर कारखाने में गड़बड़ी करता है और अपने आपको कम्पनी से कम नहीं मानता। हर परगने, हर गाँव और हर फैक्टरी में वे नमक, सुपारी, घी, चावल भूसा, मांस, टाट की बोरियाँ, अदरख, चीनी, तम्बाकू, अफीम और कई अन्य चीजें खरीदते या बेचते हैं। वे रैयतों, व्यापारियों आदि से मूल्य का चौथाई हिस्सा वस्तुओं के रूप में जबर्दस्ती छीनकर ले जाते हैं, और मारधाड़ तथा हिंसा के जरिये रैयत आदि को मजबूर कर देते हैं कि जो चीज एक रुपये की है उसके लिए वे पाँच रुपये दें।"[5] कटु सत्य का फर्दाफाश करने का फल मीरकासिम को मिला और 1764 में गद्दी छोड़ने को वाध्य होना पड़ा।

कम्पनी के कर्मचारियों के अत्याचार ने एक नया मोड़ लिया। कम्पनी ने जुलाहों से यह पहले ही इकरार करा लिया कि वे इसे निश्चित समय पर शर्तों के अनुसार सूती मालों को देंगे। जुलाहों को कोड़े और बेंत की मार दी गई और उनसे सस्ते दामों पर सामान लिया जाने लगा। कर्मचारियों के इस व्यवहार से तंग आकर जुलाहों ने वस्त्र निर्माण का कार्य करना छोड़ दिया और बंगाल में सूती तथा रेशमी वस्त्र-उद्योग समाप्त हो गये। 1767 में बंगाल के जुलाहों की स्थिति का उल्लेख करते हुए वेरेल्सट ने लिखा है कि कम्पनी के अमानुषिक अत्याचार के कारण ही बंगाल से वस्त्र उद्योग उठ गया। इतना ही नहीं, ब्रिटेन के शिल्पकारों के दबाव से सरकार को दो कानून पास कर यह नियम बनवाने पड़े कि "भारत से भेजे गये सूती और रेशमी माल इंगलैंड में न तो पहने जा सकते थे और न दूसरे काम में लाये जा सकते थे।"

चूँकि यूरोप के देशों में भारत के सूती और रेशमी मालों की बड़ी माँग थी इसलिए जब भारत से इन वस्तुओं का निर्यात होता था तब इंग्लैंड इसे ऊँचे दामों में यूरोप के बाजारों में बेच देता था लेकिन अमेरिकी स्वतंत्र्य संग्राम और फ्रांस में नेपोलियन के उदय के कारण जब इंग्लैंड से यूरोप के देश शत्रुता करने लगे तब भारत के आन्तरिक व्यापार को धक्का लगा और बंगाल के माल के उत्पादन में कमी हो गई। 1780 में एक स्मार पत्र के द्वारा इंग्लैंड ने बंगाल के सूती वस्त्रों को चार साल के लिए मँगाना वन्द कर दिया। इससे इंगलैंड का वस्त्र उद्योग आगे निकल गया। इंगलैंड में वस्त्र निर्माण के लिए मशीनें भी निकली थीं जिसके कारण वहाँ सूती उद्योग में क्रांति आ गई। उसने भारत से कपासों का आयात करना प्रारम्भ किया और मेनीचेस्टर में सूती वस्त्र तैयार कर बंगाल भेजे जाने लगे। सूती वस्त्रों के उत्पादन में मेनीचेस्टर में बाढ़ आ गई और इन मालों को उसने भारत के बाजारों में भर दिया। 1786 और 1790 के बीच 12 लाख पौण्ड की कीमत का सूती माल बाहर भेजा जाता था जो 1809 तक बढ़कर 1 करोड़ 84 लाख पौण्ड हो गया।

संक्षेप में 18वीं शताब्दी के समाप्त होते-होते बंगाल का आन्तरिक व्यापर समाप्त हो गया और व्यापार पर यूरोपीय शक्तियों का हाथ हो गया। बंगाल की

---

5. एडवान्स्ड हिस्ट्री ऑफ इण्डिया, भाग-4, पृ० 170

तरह देश के अन्य भागों का व्यापार भी अविकसित रहा। डलहौजी के काल में रेल की शुरुआत के कारण आंतरिक व्यापार को विकसित होने का कुछ सुअवसर मिला लेकिन वह भी अधिक नहीं था। इतना जरूर हुआ कि 1848 तक प्रांतों में रास्ते की चुंगियाँ उठा दी गईं और अन्तरप्रांतीय व्यापार चुंगी से मुक्त हो गया।

विदेशी व्यापार :

आंतरिक व्यापार के सिलसिले में इस बात की चर्चा की जा चुकी है कि इंगलैंड में बैठे भारत की सम्पूर्ण, अर्थव्यवस्था को औपनिवेशिक पद्धति पर ढालने की नीति अपनाई और भारत से कच्चे मालों अर्थात् कपास आदि को मँगाकर वस्त्रों का निर्माण कर बंगाल तथा भारत के तथा अन्य भागों के उद्योग को नष्ट कर दिया।

कम्पनी भारत और चीन के साथ ब्रिटेन से व्यापार करने के लिए एकाधिकार प्राप्त कर चुकी थी। भारत पर अधिकार करने के बाद कम्पनी ने प्रतियोगी यूरोपीय कम्पनियों को भारत के व्यापार से बाहर निकाल दिया। डच और फ्रांसीसी व्यापारियों को यह आदेश दिया गया कि वे कम्पनी के अधिकृत भारतीय प्रदेशों से व्यापार के लिए सामानों की खरीद बिक्री नहीं कर सकते हैं। वे कम्पनी के एजेंटों तथा अन्य एजेंटों के हाथों अपनी वस्तुएँ भी नहीं बेच सकते हैं। डच और फ्रांसीसी कम्पनियों के गुमाश्तों के साथ अंग्रेजी कम्पनी के एजेंट मार-पीट करने लगे और यह प्रयास करने लगे कि भारत के विदेशी व्यापार पर अंग्रेज व्यापारियों का एकाधिकार कायम हो जाय। केवल चीन के साथ किये जाने वाले अफीम और चाय के व्यापार के लिए यूरोप के व्यापारियों को उकसाया गया लेकिन यह कदम भी भारत में निवेश करने के लिए चीन की चाँदी अधिक कम मात्रा में प्राप्त करने की आवश्यकता से प्रेरित होकर ही उठाया गया था। कार्नवालिस के काल में भारतीय बाजारों को ब्रिटेन के माल से भर देने का प्रयास किया गया। 1813 से भारत में ब्रिटिश वस्तुओं की मण्डी का विस्तार करने के सुनियोजित प्रयास किये गये। इंगलैंड और भारत के बीच 1793 से 1813 के बीच प्रतिवर्ष औसतन 20 लाख पौंड मूल्य का विदेशी व्यापार हुआ। 1813 में भारत के व्यापार पर कम्पनी का एकाधिकार समाप्त हो गया और निर्बाध व्यापार का युग प्रारम्भ हुआ।

जब कम्पनी का एकाधिकार समाप्त हो गया तब ब्रिटेन से भारत में आधे परिमाण में सामान आने लगे 1829 में लगभग 40 लाख 50 हजार पौंड मूल्य की वस्तुएँ भारत आईं।

इन दिनों ब्रिटेन से जो वस्तुएँ आती थीं उनमें प्रमुख हैं ताँबा से निर्मित वस्तुएँ, लोहा, ऊनी कपड़ा, सूती कपड़ा, और सूती रस्सी। भारत के व्यापारिक ढाँचे में भी परिवर्तन लाया गया। भारत को ब्रिटिश वस्तुएँ निःशुल्क या नाम मात्र के शुल्कों पर भारत आने देने के लिए बाध्य किया गया जबकि भारत में बनी वस्तुओं पर इंगलैंड में आयात पर कड़े शुल्क लगे रहे।

1840 में भारत आनेवाले ब्रिटिश सूती माल पर $3\frac{1}{2}\%$ शुल्क दिया जाता था, जबकि इंगलैंड जानेवाले भारतीय सूती माल पर 10 प्रतिशत शुल्क चुकाना होता था।

17वीं शताब्दी तक भारत का विदेशी व्यापार धनी था और भारत सूती तथा रेशमी वस्त्रों, धातु के बर्तन, जड़ाऊ आभूषण, मसाला, अफीम, हाथी दाँत की वस्तुएँ, गलीचा वगैरह का निर्यात करता था। विदेशों से भारत में निर्यात होनेवाली वस्तुओं में सोना, जस्ता राँगा पारा, ताम्बा, घोड़े आदि प्रमुख थे।

19वीं सदी पूर्वार्ध में भारत का विदेशी व्यापार आगे बढ़ा क्योंकि रेल पथों का विकास हो गया था और 1869 में स्वेज नहर का निर्माण हो गया था। 19वीं सदी के पूर्वार्ध में भारत के कई प्रांत कम्पनी के कब्जे में आ गये थे और इस कारण कम्पनी भारत से कच्चा माल मँगाने और अपने उत्पादित सामानों को भारत में बेचने के लिए समर्थ हो गई थी। भारत से जो सामान इंगलैंड जाते थे उनपर अधिक कर लगा दिये जाने लगे। 19वीं सदी के मध्य तक भारत इंगलैंड को मुख्यत: अनाज तथा कच्चे माल भेजता था। इस समय तक इंगलैंड की बहुत सी वस्तुएँ भारत में आयात होती थीं। दुर्गा प्रसाद ने लिखा है कि 1834 से 1850 वर्ष की अल्प अवधि में ही आयात तथा निर्यात लगभग दुगुने हो गये। फलस्वरूप जहाँ 1834-35 में कुल विदेशी व्यापार की बचत 20 लाख रुपये थी, 49-50 तक यह बढ़कर 45 लाख रुपये हो गयी। भारत के विदेशी व्यापार में बहुत अधिक वृद्धि होने के उपरांत भी यह वृद्धि अप्राकृतिक रूप से थी। व्यापार का विकास वस्तुत: भारत के आर्थिक कल्याण का साधन न बनकर एक साधन मात्र बन गया था।

क्राउन काल का व्यापार

आंतरिक व्यापार—क्राउन काल में देशी व्यापार नाम मात्र का था। स्थानीय व्यापारी पहले की तरह ही व्यापार करते थे। देशी व्यापार के जरिये स्थानीय आवश्यकताओं की पूर्त्ति कर ली जाती थी। इस काल में परिवहन के साधनों का निर्माण तथा विकास हुआ था और इस कारण देशी व्यापार में प्रगति आई थी। डलहौजी ने रेलमार्ग का निर्माण किया था और रेलवे ने इस व्यापार को आगे बढ़ाया। क्राउन काल के शासक जनहित के कार्यों में रुचि भी लेते थे। इसलिए उन्होंने देश में शांति तथा व्यवस्था कायम की। इस शांति काल में देशी व्यापार को पनपने का मौका मिला। सरकार ने विभिन्न जगहों पर लगने वाली चुंगियों को भी समाप्त कर दिया था। इसलिए छोटे-छोटे व्यापारियों ने भी अपने जीवन-निर्वाह के लिए व्यापार को अपना साधन बना डाला था। देशी व्यापार में अनाजों एवं वस्त्रों की प्रधानता थी। हाट-बाजार, मेलों, प्रदर्शनियों आदि के आयोजन के समय दैनिक आवश्यकता की सामग्रियों की खरीद-बिक्री खूब होती थी और उन्हें सड़कों, नदियों, नहरों तथा रेलमार्गों के द्वारा देश के एक कोने से दूसरे कोने तक आसानी से पहुँचाया जाता था। देश में मध्य युगीन वस्तुओं एवं लुटेरों के दल समाप्त हो गये थे। इसलिए व्यापारिक मार्ग पूर्णत: निरापद थे। ऐसी स्थिति में देशी व्यापार का विकास हुआ।

विदेशी व्यापार :

किसी देश में शासन और राजनीति को अधिक प्रभावित विदेशी व्यापार ही करते हैं। इस व्यापार की अच्छी और बुरी स्थिति पर देश की प्रगति और अवनति निर्भर करती है। क्राउन काल में भारत का विदेशी व्यापार कई दृष्टियों

से महत्त्वपूर्ण है। इस काल में यह अंग्रेजों के एकाधिपत्य से मुक्त हुआ। ब्रिटेन के अतिरिक्त जर्मनी, फ्रांस, जापान, अमरीका, वगैरह ने भारत के साथ व्यापार करना प्रारम्भ किया। फिर भी ब्रिटेन को ही इस व्यापार से सर्वाधिक लाभ था क्योंकि उसकी सत्ता भारत में कायम थी। अन्तर्राष्ट्रीय या विदेशी व्यापार से प्रायः सभी संबंधित देशों को लाभ होता है। परन्तु शासक तथा शासित देशों के बीच व्यापारिक सम्बन्धों की बात दूसरी होती है। स्वतंत्रता प्राप्ति के पूर्व भारत के इंग्लैण्ड के साथ औपनिवेशिक व्यापारिक सम्बन्ध थे जिनका लाभ इंग्लैण्ड को ही हुआ। अनेक विद्वानों का विचार है कि औषनिवेशिक काल में भारत में इंग्लैण्ड को वास्तविक पूँजी के प्रवाह में इनके बीच व्यापार को बहुत सहायता मिली और इससे जहाँ इंग्लैण्ड में औद्योगीकरण सम्भव हुआ, वहाँ यह भारत के अल्प विकास एवं पिछड़ेपन का कारण बना। स्वतंत्रता मिलने पर और विशेष रूप से आर्थिक नियोजन की प्रक्रिया शुरू होने पर इस देश के विदेशी व्यापार की मात्रा, उसकी रचना तथा दिशा बहुत कुछ विकास की युक्ति द्वारा निर्धारित हुई है।

क्राउन काल के भारतीय विदेशी व्यापार को दो भागों में बाँटा जा सकता है—

प्रथम काल (1857 से 1905)

द्वितीय काल (1906 से 1947)।

सम्पूर्ण व्यापार के इतिहास के अध्ययन के लिए इन दो भागों का होना आवश्यक है—

प्रथम काल (1857-1905) :

यद्यपि ईस्ट इण्डिया कम्पनी का व्यापार सम्बन्धी एकाधिकार 1813 के चार्टर अधिनियम के अनुसार उठा दिया गया तो भी ब्रिटिश राष्ट्र उन्नीसवीं सदी के अन्त तक भारत के व्यापार पर निरन्तर एकाधिकार जमाये रहा। उन्नीसवीं सदी के अन्तिम चरण में जर्मनी, जापान आदि ने भारत में ब्रिटिश व्यापार की इस सुरक्षित भूमि में अनधिकार प्रवेश प्रारम्भ किया।

इस काल में स्वेज नहर के खुल जाने से भारत का सामुद्रिक व्यापार बहद बढ़ गया। 1855-60 के बीच भारतीय व्यापार का औसत वार्षिक मूल्य करीब 52 लाख रुपये का था जो 1869 में बढ़कर 90 करोड़ रुपये का हो गया। 1900 ई० में इसमें और भी वृद्धि हुई और विदेशी व्यापार का औसत मूल्य 200 करोड़ रुपये के औसत से भी बढ़ गया। 1929 तक यह 600 करोड़ रुपये के औसत से भी अधिक हो गया।

क्राउन काल में आयात-निर्यात के सामानों में भी परिवर्तन आया। रुचि पर विशेष बल था 1830 के बाद सूत तथा कपास का निर्यात अधिक हुआ। 1849 और 1901 के बीच की लगभग 50-52 वर्ष की अवधि में कपास का निर्यात पाँच गुणा हो गया जो निम्नलिखित तालिका से समझा जा सकता है—

कपास का निर्यात (करोड़ रुपयों में)

वर्ष	निर्यात
1849	1·8
1858	4·3
1868	20·1
1877	11·7
1901	10·1

1862 से 1872 तक अमेरिकी गृहयुद्ध के कारण भारत से कपास का निर्यात अधिक मात्रा में हुआ लेकिन युद्ध समाप्त हो जाने के बाद इसके निर्यात में कमी आई। 1870 के पश्चात् भारत में भी सूती वस्त्र तैयार होने लगे थे, इसलिए कपास की खपत भारत में ही होने लगी। बी० एम० भाटिया के अनुसार 1859-60 के बीच कपास का निर्यात दुगुना हो गया था। 1901 तक लगभग 4·24 करोड़ रुपये के मूल्य का सूत और अन्य अर्द्ध निर्मित्त सूत की चीजें निर्यात की जा सकती थीं। भारत से अनाज का निर्यात भी बहुत अधिक किया जाता था। 1878 में लगभग 10 करोड़ रुपये से अधिक के मूल्य के खाद्यान्नों का निर्यात हुआ जो 1901 में बढ़कर 14 करोड़ हो गया।

1860-64 में लगभग 1 लाख टन खाद्यान्न प्रतिवर्ष बाहर भेजे गये। 1867-68 में 1·29 करोड़ का क्वाटर खाद्यान्न का निर्यात विदेशों के लिए किया गया जो 1895-96 में बढ़कर 4·5 करोड़ हो गया।

अफीम भी भारत से विदेशों को भेजा जाता था। 1890 के पश्चात् इसका निर्यात कम हो गया।

1877 से 1890 के बीच अफीम का निर्यात 12 करोड़ रुपये से घटकर 10 करोड़ रुपये हो गया। भारत चाय का निर्यात करने में भी आगे था। 1858-59 में 0·6 करोड़ रुपये की चाय का निर्यात किया गया जो 1876-77 में बढ़कर 2·5 करोड़ रुपया हो गया। 1901 में 10 करोड़ रुपये की चाय का निर्यात हुआ। इसी प्रकार पटसन का निर्यात भारत करता था। 1859 और 1880 के बीच जूट का निर्यात 7 गुणा हो गया था। 1976 में 2·6 करोड़ रुपये की कच्ची जूट बाहर भेजी जाती थी जो 1901 में बढ़कर 10·9 करोड़ रुपये हो गई। सम्भवत: क्रिमिया युद्ध के कारण भारत से जूट अधिक मात्रा में बाहर भेजी गई। भारत नील का भी निर्यात करता था और इसके निर्यात में उत्तरोत्तर वृद्धि होती गई। 1877 में 3 करोड़ रुपये के मूल्य का नील बाहर भेजा गया जो 1901 में थोड़ा घट गया। चमड़ा और विभिन्न प्रकार के बीज भी बाहर भेजे जाते थे।

इसी प्रकार भारत में सूती और ऊनी वस्त्र, चीनी, धातु की वस्तुएँ, मशीनें आदि विदेशों से आती थीं। चमड़े के सामान, लकड़ियों के साज सामान, छोटी-बड़ी घड़ियाँ, खिलौने, खेल के सामान, मोटरकारें, मोटर-साइकिलें आदि भी भारत में आती थीं। इसके अतिरिक्त छोटी-छोटी चीजें भी जिनमें दियासलाई, छाते-कलम, टार्च आदि प्रमुख हैं; भारत में आयात की जाती थी।

द्वितीय काल—उन्नीसवीं सदी के अन्त के बाद भारतीय व्यापार में इंग्लैण्ड के प्रतिद्वन्द्वी के रूप में जर्मनी, जापान और अमरीका सम्मिलित हुए। इन नये राज्यों के शामिल होने से व्यापार का परिमाण बढ़ गया। देश में शांति तथा सुव्यवस्था थी, परिवहन के साधनों में विकास हुआ था, देश में स्वतंत्र व्यापार की नीति को ग्रहण किया गया था और भिन्न-भिन्न जगहों पर लगाई गई चुंगियों को उठा दिया गया था। इस कारण भारत का विदेशी व्यापार इंग्लैण्ड और नये राज्यों के द्वारा चलने लगा था और परिमाण में आशातीत वृद्धि हुई थी। प्रथम विश्वयुद्ध के समय आयात व्यापार के परिमाण में कमी अवश्य आयी, किन्तु युद्ध के बाद पुनः अनुकूल परिस्थितियाँ आने पर व्यापार में सरगर्मी आ गई। किन्तु पुनः विश्वव्यापी आर्थिक मन्दी के कारण भारतीय व्यापार को धक्का लगा।

प्रथम विश्वयुद्ध के समय इंग्लैंड ने मौका पाकर भारत की सामग्रियों का पुनः अधिकाधिक निर्यात किया। मगर बाद में, जहाँ तक आयात व्यापार का सम्बन्ध है, यह हिस्सा घट गया। इसका कारण था अमरीका, जापान तथा केन्द्रीय यूरोपीय देशों की सक्रिय प्रतियोगिता। 1922 से व्यापारिक समाचार और आँकड़ों का विभाग काम करने लगा। लन्दन और हेमवर्ग में भारतीय व्यापार कमिश्नर रखे गये।

द्वितीय विश्व के दौरान विश्व व्यापार, विश्व उत्पादन और अन्तर्राष्ट्रीय मूल्य स्तर ने पुनर्प्राप्ति के युग का महत्तम उत्कर्ष प्राप्त किया। विश्वयुद्ध ने वस्तुतः भारत के व्यापार पर गहरे परिणाम उत्पन्न किये। ब्रिटेन तथा उसके सहकर्मी देशों ने भारत के व्यापार को धक्का दिया। किन्तु 1943-44 में भारत की व्यापारिक स्थिति में कुछ तरक्की हुई। युद्ध में उसके निर्यात व्यापार का ढाँचा भी बदल गया। तैयार मालों के निर्यात में वृद्धि हुई तथा कच्चे मालों के निर्यात में कमी पड़ी। 1938 में तैयार माल निर्यात का 30·5% था और कच्चे माल तथा खाद्य क्रमशः 44·3% और 23·5% थे। 1944 में तैयार माल 51·5% तथा कच्चे माल और खाद्य क्रमशः 24·9% और 22·5% हो गये। 1945 में भारत के पूरे व्यापार की कीमत का जोड़ 481·9 करोड़ रुपये था। यह 1946 में 566·2 करोड़ रुपये तक पहुँच गया।

तैयार मालों का आयात भी बढ़ गया। 1947 में आयात निर्देशक को आदेश निकालने पड़े जिसका अभिप्राय था आयातों को कम करना। 1945 में टेरिफ बोर्ड बना, किन्तु तत्काल उसके सुझावों को क्रियात्मक रूप नहीं दिया गया। भारत के विदेशी व्यापार पर प्रभाव डालने वाली 1947 की एक प्रमुख धटना यह थी कि उसने जेनेवा व्यापार सम्मेलन में भाग लिया जिसमें विश्व-व्यापार को प्रभावित करने वाली अनेकानेक संधियाँ की गईं।

इस विदेशी व्यापार से भारत तथा उसके लोगों को लाभ नहीं हुआ और समष्टि रूप में भारतीय जनता पर हानिप्रद प्रभाव ही पड़ा। ब्रिटेन तथा अन्य यूरोपीय देशों के मालों का भारत में आयात इस दृष्टि से हानिकारक था कि भारत का माल यहाँ पड़ा रह जाता था। भारत से वस्तुओं का निर्यात भी लाभप्रद नहीं था क्योंकि कच्चे माल भारत से बाहर चले जाते थे जिसके फलस्वरूप भारत का उद्योग और कृषि नष्ट होने लगी थी। नौरोजी ने स्पष्ट रूप से कहा

था कि विदेश व्यापार कभी भी भारत के पक्ष में नहीं था, यह न तो व्यापार था और न ही व्यापारांतर। भारत की प्रतिवर्ष 40 करोड़ (40,00,00,000 रुपयों) की विपुल राशि के बदले उसे कभी एक कौड़ी तक निजी धन के रूप में वापस नहीं मिली।

अतः भारत से कच्चे मालों का निर्यात बन्द कर देने के लिए इस काल में भारतीय नेताओं ने अपना मत दिया। निर्यात की अधिकता से राष्ट्रीय सम्पत्ति की वृद्धि रुक गई अपितु भारत से धन का अधिकाधिक निष्कासन भी होने लगा। इसी प्रकार देश में विदेशी सामग्रियों के आयात भी हानिकारक थे। भारत के उत्पादनों को क्षतिग्रस्त आयात ने ही किया। वे वस्तुतः राष्ट्रीय हानि के स्रोत थे तथा राष्ट्र की आर्थिक और औद्योगिक मृत्यु के प्रबल सूचक थे। भारतीय नेताओं ने टिप्पणी की कि "आयातित सामग्री न तो देशी उत्पादनों को बढ़ाती है, न उनकी शेष पूर्ति करती है, न ही नई आवश्यकताओं तथा नए उद्योगों को जन्म देती है या तकनीकी ढंग से कहना चाहें तो यह किसी नई तथा प्रभावी माँग की सृष्टि नहीं करती है। 1873 में भोलानाथ चन्द्र ने देशवासियों को आयात के सम्बन्ध में इस प्रकार सचेत किया कि भारतीय उद्योग और गृह निर्मित्त उत्पादनों के विनाश को शिखर पर पहुँचाने वाले इन आयातों को वरदान न समझकर अभिशाप ही मानना चाहिए।

इस प्रकार आयात तथा निर्यात दोनों के स्वरूप ऐसे थे जिनसे भारत के हितों पर घातक प्रभाव पड़ता था और भारत को लाभ न थे।

विदेशी व्यापार के बहुत से चाय, नील, कॉफी तथा पटसन जैसे सौदे विदेशी पूँजी और प्रयत्न के विनियोजन के ही परिणाम थे। अतः इनके व्यापार से विदेशी पूँजीपतियों को ही लाभ थे और वे लोग इनके आयातों तथा उत्पादनों से होने वाले सभी लाभों में से भारतीयों की श्रम वृत्ति के रूप में उनका भाग छोड़ कर अवशिष्ट सारे लाभ इस देश से अपने देश को ले जाते थे। इसके अतिरिक्त भारत में जिन वस्तुओं का आयात होता था उनका अधिकांश भाग अंग्रेजों और अंग्रेजनुमा भारतीयों द्वारा खपत में खत्म हो जाता था और सर्वसाधारण द्वारा उपभोग में लाया जाने वाला आयात मात्रा में स्वल्प था। किन्तु आयात माल की कीमत जनसाधारण द्वारा पैदा की गई चीजों—गेहूँ, चावल, पटसन, जूट आदि को देकर ही चुकानी पड़ती थी। इस स्थिति में तीव्र गति से खाद्यान्न का अभाव होता जा रहा था। इसके बदले में भारत को विलास एवं आराम की वस्तुएँ लेनी पड़ती थीं जिनकी कोई जीवन-निर्वाह के लिए जरूरत नहीं थी। "बंगवासी" ने इस नजरिए को अपने 6 जुलाई 1889 के अंक में इन शब्दों में प्रकट किया, "हमें अपने चेहरे की दमक को बढ़ाने के लिए पाउडर और घुंघराले वालों की चमक बढ़ाने के लिए सुगन्धित क्रीम की आवश्यकता नहीं है, हमें अपने लोगों को आकर्षक सुगन्ध, घड़ियों और घड़ियों से मोहित करने की इच्छा नहीं है।........ हम रेशमी और ऊनी वस्त्रों में दमकना नहीं चाहते।.....हम आपकी रोटी और शैमोन से अपनी पापी प्यास नहीं बुझाना चाहते। —हम आपके वस्त्रों द्वारा अपनी लज्जा ढकना नहीं चाहते। यदि भारतीय जुलाहों की जाति का समूल नाश हो जाय तो हम उस स्थिति में वृक्षों की छालें भी ओढ़ लेंगे और यदि वृक्ष

की छालें भी उत्पन्न न हुईं तो हम नंगे ही रह लेंगे परन्तु आपके वस्त्रों का प्रयोग नहीं करेंगे। हम आपसे केवल यही प्रार्थना करते हैं कि हमें अपने ही हाल पर छोड़ दीजिए और जीवित तो रहने दीजिए।"

संक्षेप में, विदेश व्यापार ब्रिटेन के लाभ के लिए थे। भारत को इससे कोई विशेष लाभ न रहा। इसके विपरीत भारत का उद्योग नष्ट हो गया, व्यापार पर विदेशियों के प्रभाव कायम रहे, यहाँ खाद्यान्न का अभाव हो गया, देश का अधिकाधिक धन ब्रिटेन चला गया और निर्धनता तथा अकाल दृष्टिगोचर होने लगे।

1947 में जब देश का विभाजन हुआ और इसे स्वतंत्रता मिली तब भारत का विदेशी व्यापार गंभीर स्थिति से गुजरने लगा। पटसन, कपास तथा बहुत से उर्वर क्षेत्र पाकिस्तान में चले गए। संस्मरण रहे कि विभाजन के पूर्व भारत जूट और कपास का मुख्य रूप से निर्यात करता था। देश के खाद्यान्न पर भी विभाजन का प्रभाव पड़ा। इस प्रकार 1947 में भी कच्चे माल और खाद्यान्नों की भारत में कमी हो गई। मई 1948 के एक समझौते के अनुसार भारत की सरकार ने पाकिस्तान से प्रतिवर्ष 50 लाख गाँठ लेने का निश्चय किया। 1947-48 में 49 लाख गाँठ तथा इसके अगले बर्ष 48 लाख गाँठ पटसन पाकिस्तान से मँगाया गया 1946-48 तक भारत सरकार की उदार नीति के कारण आयात में बहुत अधिक वृद्धि हुई लेकिन भारत के विदेशी व्यापार को 183 करोड़ रुपए का घाटा हुआ। चूँकि भारत को खाद्यान्न और कच्चे माल बाहर से अधिक मँगाने पड़े, इसलिए कथित वर्षों के अन्तर्गत भारत में आयात अधिक हुआ। अनाज, कच्चे माल तथा मशीने अधिक संख्या में मँगाई गईं। 1949 तक भारत ने 30 लाख टन खाद्यान्न विदेशों से मँगाया जिसमें लगभग 130 करोड़ रुपए लगाए गए। मशीनों का आयात किया गया और 1950 तक 102 करोड़ रुपए लगा कर मशीनें मँगाई गई।

भारत ने विदेशों को पटसन, चाय, और तेलहन भेजे लेकिन इन सभी में कमी आई। 1949 में भारतीय रुपए का अमूल्यन हुआ और इस अवमूल्यन का भारतीय अर्थव्यवस्था पर और विशेष कर विदेशी व्यापार पर खराब असर पड़ा। फलतः सरकार ने एक 8 सूत्री कार्यक्रम चला कर व्यापार नीति में संशोधन किया, मुद्रा स्फीति को रोकने के उद्देश्य से व्यय में काफी कटौती की, उत्पादित वस्तुओं के मूल्यों में 10 प्रतिशत कमी करने का लक्ष्य बनाया, करों के भुगतान के लिए सुविधाएँ दी गई आदि।

1951 से जब पंचवर्षीय योजनाएँ बनने लगीं तब इन योजनाओं के जरिए विदेशी व्यापार को बढ़ावा देने का प्रयास किया गया। पंचवर्षीय योजनाओं ने निश्चित रूप से भारत के विदेशी व्यापार के मूल्य और परिमाण में वृद्धि कर दी है। भारत सरकार विदेशी व्यापार को बढ़ावा देने में बहुत सचेष्ट है। रूस, जापान, पूर्वी यूरोप, अमेरिका, कनाडा, चीन, नेपाल, जर्मनी, फ्रांस आदि सारे देशों से उसका व्यवहार होता है। 1974-75 में सोवियत रूस भारत के निर्यातों के लिए सबसे बड़ा बाजार था, उसके बाद संयुक्त राज्य अमेरिका, ग्रेट ब्रिटेन और उसके बाद जापान भारत सरकार ने अपने व्यापार नीति में परिवर्तन भी किया है। उसने उन्मुक्त व्यापार नीति को बढ़ा दिया है। उसने उच्च राजस्व प्रशुल्क का

विकास किया है, विदेशी व्यापार पर नियन्त्रण डालने का प्रयास किया है। और निर्यात को अधिक से अधिक प्रोत्साहन दिया है।

स्वतंत्र भारत में व्यापार

वह विदेशों से लगातार समझौता करके भारत के व्यापार को उत्तरोत्तर विकसित करने की दिशा में संलग्न है। 1948-49 में 10 देशों के साथ समझौता किया। 1948 में सामान्य व्यापार तथा प्रशुल्क समझौते पर भी भारत ने हस्ताक्षर किया जिसके अनुसार उसने सदस्य देशों को व्यापार में प्रशुल्क में छूट दी है और उन देशों में इन्हें भी प्रशुल्क में छूट मिली है। 1950 के बाद से भारत ने सोवियत रूस, हंगरी, इटली, स्वीटजरलैंड, जर्मनी, फ्रांस, जापान, इरान, इराक, चीन, वियतनाम, इण्डोनेशिया, पाकिस्तान, नेपाल आदि देशों से व्यापारिक समझौता किया है। जनता सरकार के काल में भारत की अर्थसमस्या में गंभीरता उत्पन्न हो गई और इसका प्रभाव व्यापार पर भी पड़ा। श्री नरसिंह राव की सरकार विदेश व्यापार की वृद्धि के लिए प्रयत्नशील रहेगी, ऐसी संभावना की जाती है।

7

दुर्भिक्ष

सामाजिक विज्ञान के शब्दकोष में दुर्भिक्ष को इन शब्दों में पारिभाषित किया गया है : दुर्भिक्ष भूख की वह अन्तिम स्थिति है जिसमें किसी क्षेत्र की जनसंख्या साधारण खाद्य की पूर्ति को प्राप्त करने में असमर्थ हो जाती है।"[1] दुर्भिक्ष आयोग ने अकाल का अर्थ इन शब्दों में प्रकट किया है। "दुर्भिक्ष का अर्थ बड़ी जनसंख्या का भूख से पीड़ित होना है।"[2] जब असामान्य रूप से लोग अभाव तथा भुखमरी से मरने लगते हैं तो हम उसे अकाल कहते हैं। किन्तु अर्वाचीन काल में दुर्भिक्ष की परिभाषा में बदलाव आ गया है। सी० बी० मामोरिया ने इसकी परिभाषा इस प्रकार बतलाई है : "वस्तुओं की मँहगाई और सामान्य बेरोजगारी ही अकाल के लक्षण हैं। भारत जैसे देश में आज धन का अभाव (अकाल) है, न कि अनाज का।"[3] अर्थशास्त्र के एक विद्वान डा० बी० एम० भाटिया ने भी मामोरिया के मत की पुष्टि करते हुए लिखा है कि औद्योगिक विकास एवं परिवहन के साधनों के विकास ने दुर्भिक्ष के अर्थ और स्वरूप में आधारभूत परिवर्तन ला दिया है। आज के युग में अन्नाभाव होने पर हम विदेशों से अनाज का आयात कर सकते हैं, किन्तु बाजार में अनाज भरा रहे और इतनी मँहगाई हो कि जनसाधारण उसे खरीद नहीं सके तो, यह भी दुर्भिक्ष की परिभाषा के अन्तर्गत आता है। डा० भाटिया ने लिखा है कि 17 वीं और 18 वीं शताब्दियों में दुर्भिक्ष उन्हीं क्षेत्रों को प्रभावित करते थे जिन क्षेत्रों में उनका प्रकोप होता था, किन्तु यातायात के साधनों का विकास होने के साथ-साथ दुर्भिक्ष एक प्राकृतिक प्रकोप के प्रतिफल की अपेक्षा एक निर्धनता और दुर्भिक्ष-ग्रस्तता की सामाजिक समस्या के रूप में परिणत हो गया।[4] अतएव दुर्भिक्ष की प्राचीन और आधुनिक परिभाषा में, और कारण स्वरूप में भी, अन्तर हो गया है। प्राचीन काल में दुर्भिक्ष का अर्थ खाद्यान्न का अभाव होता था, किन्तु आज के युग में दुर्भिक्ष का अर्थ वस्तुओं का महँगा होना और आम जनता की क्रय-शक्ति की अक्षमता हो गया है।

दुर्भिक्ष का स्वरूप

1850 ई० के पूर्व अनावृष्टि अथवा अतिवृष्टि के कारण देश के कई भागों में अन्नाभाव हो गया जिसके फलस्वरूप वे भाग अकाल के शिकार हुए जबकि देश के दूसरे भागों में अच्छी वर्षा हुई और इस कारण अन्न का उत्पादन खूब हुआ। 1850 ई० के पूर्व यातायात के साधन भी अच्छे न थे, इनलिये दुर्भिक्ष ग्रस्त क्षेत्रों को अनाज नहीं पहुँचाया जा सका। अतः ब्रिटिश शासन-काल (कम्पनी) में भारत ने अकाल के संकटों का सामना किया।

---

1. इनसाइक्लोपीडिया ऑफ सोशल साइन्सेस, भाग-6, पृ० 85
2. फेमिन कमीशन, 1867
3. एग्रीकल्चरल प्रोब्लेम्स ऑफ इन्डिया, पृ० 113.

प्राचीन काल से लेकर 1850 तक दुर्भिक्ष का लगभग एक ही प्रकार का स्वरूप था। इस काल में अन्नाभाव था। प्राचीन युग से ही लोग अकाल से परिचित थे। ऋग्वेद और ऋचाओं में अकाल की चर्चा आई है। लोग इन्द्र से इस बात की प्रार्थना करते थे कि दुर्भिक्ष का प्रकोप न हो। चाणक्य के अर्थशास्त्र में भी दुर्भिक्ष की चर्चा की गई है। डिगबी ने ग्यारहवीं शताब्दी तक भारत में पड़नेवाले ग्यारह दुर्भिक्षों का विवरण प्रस्तुत किया है।[5] 19 वीं शताब्दी से पूर्वार्द्ध तक के अकाल की भयंकरता के साथ लोगों की गरीबी का इन शब्दों में उल्लेख किया गया है "भारत में ब्रिटिश शासन का दूसरा चरण शुरू होने तक देश की गरीबी इतनी गहरी जड़ें पकड़ चुकी थी कि अधिकांश लोग बड़ी मुश्किल से दो वक्त का भोजन जुटा पाते थे। लोगों के पास अनाज अतिरिक्त मात्रा में इतना भी नहीं था कि यदि फसल न हो पाती तो अपने आप को जिन्दा रख सकते। प्रकृति भी हमेशा की तरह अनिश्चित ही रही। कभी बहुत अधिक वर्षा, कभी बेमौसम की वर्षा, तो कभी बिल्कुल ही न होना, देश के विभिन्न भागों में लोगों के लिये बहुत कठिनाइयाँ पैदा करता था। कोई भी बड़ी दैवी विपत्ति तुरत आर्थिक सन्तुलन बिगाड़ देती। लोगों को हर समय अकाल और अभाव का डर बना रहता और जब ये आते तो मृत्यु और दुर्दशा का ताण्डव होने लगता।"[6] संक्षेप में इस काल में अन्न का अभाव था।

1850 के बाद दुर्भिक्ष की प्रकृति में परिवर्तन आया। इसके पूर्व दुर्भिक्ष का प्रारम्भ इसलिये होता था कि खाद्यान्न की पूर्ति माँग की अपेक्षा कम होती थी। लेकिन अब दुर्भिक्षों का प्रकोप क्रय-शक्ति के अभाव के कारण होने लगा। प्राकृतिक प्रकोप की तुलना में अब मूल्यों की वृद्धि अधिक तीव्र थी।[7] इस काल में अकाल पड़े, किन्तु व्यापारियों ने अनाजों का भरपूर निर्यात करके अच्छी कमाई की। मानवीय कृत्यों या संस्थाओं के चलते दुर्भिक्ष का अनुभव किया गया, प्रकृति के प्रकोप का अभाव दुर्भिक्षों पर नहीं था। 1861 में कर्नल बेयर्ड स्मिथ ने बताया था कि इस निर्यात की प्रकृति के कारण जो अधिक उपजाऊ क्षेत्र थे वहाँ भी अनाज के मूल्य बढ़ रहे थे और इसके चलते निर्धन व्यक्तियों की स्थिति अत्यन्त विकट हो रही थी।[8]

इस काल में देश में आवागमन के साधन भी विकसित हो गये थे और रेलें दौड़ने लगी थीं। इससे लाभ यह था कि 19 वीं शताब्दी के उत्तरार्द्ध में जो भी दुर्भिक्ष पड़े, यातायात के साधनों के वल पर उनपर नियन्त्रण डाला जा सकता था। अन्नों का आयात भी आसानी से किया जा सकता था। अतः इस काल का अकाल मँहगाई से जुटा था।

दुर्भिक्ष के कारण

दुर्भिक्ष के कारणों के संबंध में इतिहासकारों और अर्थशास्त्रियों ने अपने-अपने

5. प्रोस्परस ब्रिटिश इण्डिया, पृ० 123
6. दास, पुरी और चोपड़ा, भाग-3, पृ० 193-94
7. भाटिया, पृ० 9
8. वही, पृ० 10

मत प्रकट किये हैं। उन्होंने इसके कारणों को मुख्यतः तीन श्रेणियों में विभक्त किया है : प्राकृतिक कारण, आर्थिक कारण और राजनीतिक कारण।

प्राकृतिक कारण:—प्राकृतिक कारणों में उन कारणों को सम्मिलित किया जाता है जिनके कारण खाद्यान्न की पूर्ति माँग की तुलना में असामान्य रूप से कम हो जाती है। ऐसे कारणों में वर्षा की अनिश्चितता, आँधी-तूफान, टिड्डियों तथा अन्य कीटाणुओं के आक्रमण, फसलों के रोग, बाढ़, वनों के विनाश आदि उल्लेखनीय हैं।

यह सर्वविदित है सदियों से भारत की कृषि मौनसून पर निर्भर करती रही है। किसी वर्ष अतिवृष्टि के कारण बाढ़ आ जाती है तो किसी वर्ष अनावृष्टि के कारण सूखा पड़ जाता है। कभी बेमौसम की वर्षा हुई तो फसल को नुकसान पहुँचता है। कभी-कभी एक ही वर्ष में देश के कुछ भागों में बाढ़ की स्थिति रहती है तो दूसरे भाग में सूखा की स्थिति। इन दोनोंही स्थितियों से जान-माल की क्षति होती है, फसलें मारी जाती हैं, आय और अन्न का अभाव हो जाता है और दुर्भिक्ष दुर्दिन ला देता है।

मौनसून की अनिश्चितता दुर्भिक्ष का प्रधान कारण होती है। प्रायः पाँच वर्ष के चक्र में दो वर्ष मौनसून की वर्षा होती है, दो वर्ष वर्षा की दृष्टि से संतोषप्रद नहीं हैं और सिर्फ एक वर्ष ही वर्षा की दृष्टि से अच्छा होता है। इसका अर्थ यह हुआ कि मौनसून के प्रतिकूल हो जाने के कारण देश में अन्न का अभाव हो जाता है। भारत के प्रथम अकाल आयोग (1880) ने भारत में अकालों के लिए प्रमुख रूप से बिना मौसम की वर्षा अथवा सूखे को उत्तरदायी माना है। भारत की कृषि मौनसून का एक जुआ है। श्रीमती हवेरा एन्स्टे के शब्दों में भारतीय कृषिक जनता आज भी अनेक बार बेकारी या अकाल की शिकार हो जाती है। उनके मत में यों भी वर्ष में सभी समय कृषि पर निर्भर लोगों को काम नहीं रहता लेकिन सूखे या अनावश्यक वर्षा से फसल खराब हो जाने पर उनका रहा-सहा आश्रय भी छूट जाता है।[9]

क्राउन काल में भारत में विनाशकारी अकाल पड़े। अंग्रेज शासकों ने मौनसून को ही अकाल का कारण ठहराया है। लार्ड कर्जन ने 1900 ई० में अपनी सामान्य सशक्त शैली में दुर्भिक्ष के वास्तविक कारणों पर इस प्रकार प्रकाश डाला : "दुर्भिक्षों का वास्तविक कारण समय पर वर्षा का न होना और उसके फलस्वरूप फसल का सूख जाना ही था।"[10] वायसराय का तर्क था कि यदि भारत में पड़े बहुत बड़े सूखे के फलस्वरूप अपरिहार्य कृषि उत्पादन की भारी क्षति (हानि) को ध्यान में रखा जाए तो यह स्पष्ट हो जायगा कि कोई भी सरकार न तो अकाश पर नियन्त्रण रख सकती है और न ही प्रकृति के इतने बड़े पैमाने पर विनाशकारी रूप की तथा उसके परिणामों के पहले से ही कल्पना कर सकती है।"[11] "जब किसी देश के वासियों की बहुत बड़ी संख्या एक ऐसे उद्योग पर निर्भर हो जो स्वयं

9. इकॉनोमिक डेवेलेपमेंट ऑफ इंडिया, पृ० 157-58.
10. विपनचन्द्र, पृ० 22
11. कर्जन; स्पीचेज, खंड-एक, पृ० 313-14

वर्षा पर निर्भर हो तो स्पष्ट है कि वर्षा न होने पर सारी कृषि पर निर्भर जनता का बुरी तरह से प्रभावित होना तथा वर्षा के पूर्णतः अभाव की स्थिति में जनता का विपन्न होना स्वाभाविक और निश्चित ही है ।"[12] इस प्रकार यह सही है कि मौनसून के बिगड़ने के कारण देश का आर्थिक सन्तुलन बिगड़ जाता है और इस कारण लोग अकाल और अभाव के डर से चिन्तित हो जाते हैं । यह सही है कि ब्रिटिश शासनकाल के कुछ दुर्भिक्ष मौनसून की गड़बड़ी के कारण घटित हुए किन्तु इसके कारण सरकार की नीति भी कम उत्तरदायी न थी । दुर्भिक्ष पड़ने के आर्थिक कारण भी हैं जो इस प्रकार हैं—

आर्थिक कारण—ब्रिटिश कालीन दुर्भिक्षों के पड़ने का एक कारण यह भी बतलाया जाता है कि सरकार तथा उसके अधिकारियों ने सिंचाई की उत्तम तथा सन्तोषप्रद व्यवस्था नहीं की । उन्होंने रेलवे को सुरक्षा की दृष्टि से अधिक महत्त्व दिया तथा रेल पथ के निर्माण में अधिक धन लगाया । सिंचाई के साधनों पर उन्होंने कुछ भी खर्च नहीं किया । अगर सिंचाई के साधनों के विकास के लिए सरकार धन खर्च करती तो अनावृष्टि का फसलों पर प्रभाव नहीं पड़ता और फसल के पौधों को सींचकर अन्नोत्पादन किया जा सकता था । मौनसून के प्रतिकूल होने पर सिंचाई के साधनों की कमी के कारण भारत की कृषि में ताला-बन्दी होने की सम्भावना बढ़ जाती थी ।

परिवहन के साधनों की उत्तम व्यवस्था न होने के कारण भी दुर्भिक्ष का प्रकोप का होना था । परिवहन के साधनों का नितान्त अभाव था । इस कारण खाद्यान्नों का वितरण विभिन्न क्षेत्रों में करना सम्भव नहीं था ।

अनुचित संग्रह तथा लाभ अर्जन की प्रवृत्ति ने दुर्भिक्षों को आमन्त्रित किया । व्यापारी अनाजों का नाजायज तरीकों से संग्रह करते थे और इस कारण अनाजों के मूल्य में वृद्धि हो जाती थी । कभी-कभी मँहगाई आसमान छूने लगती थी और सामान्य जन खरीद करने में असमर्थ हो जाते थे । कीमतों में बढ़ोत्तरी होने पर आर्थिक दृष्टि से सम्पन्न उपभोक्ता भी अनाज का संग्रह कर लेते थे । प्रायः देखा जाता है कि "जब-जब अनाज के भावों में अनावश्यक रूप से वृद्धि होती है तब-तब आर्थिक दृष्टि से सम्पन्न उपभोक्ता भी संग्रह करने की प्रवृति से प्रभावित होकर अनाज खरीदने के लिए बाजार पर टूट पड़ते हैं । इस मनोवैज्ञानिक कारण से भी देश में अनाज की कृत्रिम कमी पैदा हो जाती है । जमाखोर इसका नाजायज लाभ उठाते हैं और देश में दुर्भिक्ष की स्थिति उत्पन्न हो जाती है ।

कृषि का वाणिज्यीकरण भारतीय दुर्भिक्ष का एक प्रमुख कारण माना जाता है । वाणिज्यीकरण ने किसानों को उन फसलों का उत्पादन करने के लिए प्रेरित किया जिन्हें केवल बाजारों में बेचा जा सकता था और नकद आमदनी प्राप्त की जा सकती थी । अब किसान अपने पास अनाजों का भण्डार नहीं रखने लगे । मौद्रिक विनिमय प्रणाली ने कृषकों को अपनी फसलों को अपने पास जमा कर रखने के बदले उनका बाजारों में बिक्रय करने के लिए प्रवृत्त कर दिया । अतः अन्नों के भण्डार खत्म होने लगे जिसके फलस्वरूप देश दुर्भिक्ष का शिकार होने लगा । रेलें तथा रेलपथ ने वाणिज्यीकरण को और भी बढ़ावा दिया । "कृषि-

---

12. भारत सरकार का 10 जनवरी 1902 का प्रस्ताव, कन्डिका-3

वस्तुओं को शीघ्रतापूर्वक एक स्थान से दूसरे स्थान में ले जाना अति सम्भव बनाकर रेलपथों ने दुर्भिक्ष के स्वरूप को बदलकर खाद्यान्न अभाव के बदले इसे क्रय-शक्ति के अभाव से होनेवाला कर दिया। किन्तु इन रेल-पथों ने दुर्भिक्ष की सीमा एवं विस्तार तथा सरकारी दुर्भिक्ष साहाय्य कार्य की सीमा को बढ़ा दिया।

कृषि पर जनसंख्या के भार ने दुर्भिक्ष की स्थिति को पैदा किया। एक तरफ गृह-उद्योगों का विनाश हो गया और दूसरी तरफ आजीविका के भरपूर साधन उपलब्ध नहीं थे। इस कारण लोग अधिक से अधिक कृषि पर निर्भर करने लगे। कृषि की स्थिति को भी वाणिज्यिक नीति ने दयनीय बना डाला था। एक तो पहले से ही खाद्यान्न की कमी होने लगी थी, जब कृषि पर बेकार लोग भी निर्भर करने लगे तब अकाल की स्थिति का पैदा होना स्वाभाविक हो गया।

यह भी कुछ हद तक सत्य है कि महामारियों ने मनुष्य और पशु जो कृषि के आधार थे, दोनों को गहरे रूप से प्रभावित किया। कई क्षेत्रों में प्लेग, हैजा, चेचक जैसी महामारियों के फैल जाने से वहाँ खेती नहीं हो पाती थी जिसके फलस्वरूप अनाज का अभाव हो जाता था। अनाज के अभाव का असर किसानों की क्रय-शक्ति पर पड़ता था और लोग भूख से मरने की स्थिति में आ जाते थे। सरकार ने इन महामारियों पर नियन्त्रण पाने के लिए उचित कदम नहीं उठाया।

जनसमूह की निर्धनता तथा साधनहीनता दुर्भिक्ष का एक बड़ा कारण है। डा० आर० सी० दत्त ने मौनसून की प्रतिकूलता के साथ-साथ आम लोगों की निर्धनता को भी अकाल का कारण बतलाया है। उन्होंने लिखा है कि यदि लोग सम्पन्न होते तो निकट के प्रान्तों से खाद्यान्न मँगाकर या बाजारों से उन्हें खरीदकर अपने प्राणों की रक्षा कर सकते थे। पर पूर्णतया साधनहीन होने के कारण वे निकट के क्षेत्रों या बाजारों से भी कुछ खरीदने में असमर्थ थे। अतः फसल नष्ट होने पर लाखों लोग मृत्यु को प्राप्त हो जाते थे।[13] डा० भाटिया तथा आन्स्टे ने धन के अभाव को ही अकाल कहा है। अकाल आयोगों ने भी किसानों को गरीब तथा अदूरदर्शी बतलाया है।

राजनीतिक कारण—दुर्भिक्ष के पड़ने के कुछ राजनीतिक कारण भी हैं। भारत पर विदेशियों का शासन था और विदेशी प्रभु हमेशा चाहते थे कि भारत के लोगों का मनोबल टूटता रहे और राजनीति में वे शून्य रहें ताकि उनका शासन इस देश पर लदा रहे। इसी कारण सरकार ने राजनीतिक दाव-पेंच लगाकर भारत का हर दृष्टि से शोषण किया। सरकार ने हमेशा अपनी अकर्मण्यता, अव्यवस्थित प्रशासन और अदूरदर्शिता का ही परिचय दिया। अगर सरकार चाहती तो भावी सम्भावित अकाल को रोकने के लिए सैकड़ों कूपों को खुदवा सकती थी, हजारों नहरों का निर्माण कर सकती थी, अन्नागारों को बनवाकर अन्नों को संकट के दिनों के लिए जमा रख सकती थी। किन्तु उसने ऐसा नहीं किया। वह भारत को विपन्न, कमजोर एवं पंगु के रूप में देखना चाहती थी ताकि यहाँ उसका राजनीतिक शासन कायम रहे।

---

13. इकोनॉमिक हिस्ट्री ऑफ इंडिया, भाग-एक, पृ० 37

कारणों की आलोचना

मौनसून तथा ईश्वर की कृपा को दुर्भिक्ष का कारण बताने वाले अंग्रेज हैं। सच तो यह है कि इन कारणों में कुछ हद तक सत्यांश के होते हुए भी मुख्यतः सरकारी नीति ही भारत में पड़नेवाले दुर्भिक्षों की जड़ है। भारतीय राष्ट्रवादियों तथा चिन्तकों ने कथित सारे कारणों का खण्डन किया है और ब्रिटिश शासन को ही दुर्भिक्ष का कारण ठहराया है। डॉ० आर० सी० दत्त, दादा भाई नौरोजी आदि राष्ट्-नेताओं ने दुर्भिक्ष को प्राकृतिक प्रकोप का फल या परिणाम न न मानकर मानव की असफलताओं का परिणाम माना है। अतः उनका तर्क है कि जब मानव की अन्यमनस्कता अथवा स्वार्थपरता अथवा निष्क्रियता के कारण अकाल पड़ते हैं तो वे रोके जा सकते हैं।[14] इस काल में पड़ने वाले अकालों के संबंध में कहा गया है कि "प्रकृति भी कितनी क्रूर क्यों न हो अपर्याप्त वर्षा के कारण फसलें कितनी भी थोड़ी क्यों न हुई हों, अपने आप में दुर्भाग्य और दुख रूप अकाल तथा सूखा, जिससे बहुसंख्यक जनता नष्ट हो गई है, रोके जा सकते थे।"[15] यह ठीक है कि अकालों का तत्कालीन कारण वर्षा का अभाव है, परन्तु स्थिति के इस विश्लेषण पर रुक जाना ठीक नहीं। अपर्याप्त वर्षा समुचित विश्लेषण नहीं, क्योंकि सिंचाई जैसे वैज्ञानिक प्रयत्नों द्वारा प्रकृति को मानव के नियन्त्रण में लाया जा सकता है।[16]

इससे भी अधिक महत्त्वपूर्ण और विचारणीय विषय यह है कि ब्रिटिश सरकार ने भारत में द्रुतगामी यातायात के साधनों की व्यवस्था की थी, फिर भी देश के किसी विशेष क्षेत्र में केवल एक ही फसल के बिगड़ जाने पर दुर्भिक्ष की स्थिति क्यों उत्पन्न हो जांती है? आखिर सारे देश में एक साथ ही फसलें शायद ही कभी खराब होती हों और ऐसा वर्ष कभी नहीं रहा जब देश का कुल खाद्यउत्पादन यहाँ की कुल जनसंख्या की पूर्ति के लिए अपर्याप्त पड़ा हो।[17] राष्ट्रवादियों ने यह भी तर्क दिया कि भारत की तरह यूरोप के देश भी अकाल-ग्रस्त होते हैं किन्तु वे भारत की तरह कष्टों तथा दानवी उत्पान का सामना नहीं करते।[18] इंग्लैंड तब भी दुर्भिक्ष का शिकार नहीं हुआ जब समान वर्षों में ही उसका उत्पादन उसके खद्यान्न आवश्यकताओं के मुकाबले कठिनता से 50 प्रतिशत था।[19] ब्रिटिश सरकार विदेशों से या अन्य भारतीय प्रान्तों से खद्यान्नों का आयात कर सकती थी और अभाव ग्रस्त क्षेत्रों को भेज सकती थी। इन दोनों संभावनाओं को न अपनाना यही सिद्ध करता है कि दुर्भिक्ष फसल के बिगड़ने का परिणाम नहीं बल्कि खाद्य पदार्थों के उपलब्ध संभरण के खरीदने के साधनों के ही परिणाम है।[20] यदि वर्षा के अभाव के एक ही धक्के को सहन करने का दम

14. आर० सी० दत्त; स्पीचेज एण्ड पेपर्स ऑन इण्डियन क्वेशचन्स, पृ० 665.
15. वाचा; सी० पी० ए० प्० 356-57
16. जी० बी० जोशी; राइटिंग्स एण्ड स्पीचेज, पृ० 6
17. केशरी, 10, अप्रैल 1900/मद्रास स्टैन्डर्ड, 5 अगस्त 1900
18. केशरी, 21 जुलाई 1923.
19. दादा भाई नौरोजी, पावर्टी इन इण्डिया, पृ० 656
20. मराठा, 29 मार्च 1891/सोम प्रकाश, पहली दिसम्बर 0884.

भारतीय नहीं रखते तो यह तथ्य उनकी नितान्त दरिद्रता को ही सिद्ध करता है ।[21] अतः दुर्भिक्षों का मूल और स्पष्ट कारण देश को जकड़ने वाली गरीबी है जो अंग्रेजों के कारण भी है ।[22] फसलों का उजड़ना गरीबी का कारण नहीं बनता बल्कि गरीबी ही तंगी को दुर्भिक्ष का रूप दे देती है। इस प्रकार भारतीय दुर्भिक्ष के लिये ब्रिटिश सरकार अधिक उत्तरदायी है, प्रकृति नहीं।

दुर्भिक्ष का इतिहास

भारत के इतिहास में दुर्भिक्ष एक ऐतिहासिक सत्य है। हिन्दू शासकों के काल में भारत में दुर्भिक्ष नहीं पड़े, लेकिन मुस्लिम शासकों के काल में समय-समय पर देश अकाल से पीड़ित रहा। 917-I8, 94I, I022, I033, में भयंकर अकाल पड़े। मुगल काल में भी भारत अकाल से पीड़ित रहा। अंग्रेजों का शासन काल भी अकाल-मुक्त नहीं था। कम्पनी और क्राउन, दोनों काल में भारत में अकाल पड़े।

कम्पनी काल के दुर्भिक्ष

यद्यपि भारत में कुछ भयंकर दुर्भिक्ष 19वीं शताब्दी के अन्त तथा 20वीं शताब्दी के प्रथम चरण में पड़े, किन्तु कम्पनी काल में भी यह देश अकाल की चपेट में रहा। कम्पनी काल में भारत में 12 दुर्भिक्ष एवं 4 सूखे पड़े जिनके फलस्वरूप हजारों हजार भारतीय मृत्यु के शिकार हुए।

1769-70 में बंगाल में एक भयंकर दुर्भिक्ष पड़ा जिसने बंगाल की एक तिहाई जनता को निगल डाला। कलकत्ते के अंग्रेज अधिकारियों ने इस दुर्भिक्ष के सम्बन्ध में कम्पनी के संचालकों को लिखा : "इस दुर्भिक्ष ने कितने लोगों को निगल डाला है और लोग किस दुर्दमनीय और दयनीय स्थिति में हैं, इसका वर्णन नहीं किया जा सकता। केवल एक समृद्ध जिले पूर्णिया में ही एक-तिहाई जनसंख्या विनष्ट हो गई है तथा अन्य जिलों में भी ऐसा ही विनाश हुआ है।" हन्टर ने इस दुर्भिक्ष के सम्बन्ध में लिखा है: "1770 की धधकती ग्रीष्मऋतु में लोग मरते रहे। कृषकों ने अपने पशुओं को बेचा, उन्होंने अपने कृषि-यन्त्रों को बेचा अपने बीज को खा डाला, अपने पुत्र-पुत्रियों को बेचा जब तक कि बच्चों को खरीदने वाले समाप्त न हो गए। वे पेड़ों की पत्तियों और खेतों की घास को खाए और जून 1770 के दरबार में रेजिडेंट ने दृढ़ता पूर्वक कहा कि जीवित व्यक्ति मृत व्यक्तियों को खा रहे थे।"[23], हन्टर ने लिखा है कि अभाव से पीड़ित कृषक अपने बच्चों को एक-एक समय के भोजन के लिये बेच रहे थे। उन्होंने यह भी बताया कि बड़े शहरों की सड़कों पर निर्जीव शरीरों के ढेर लगे हुए थे और सियार तथा कुत्ते भी उन्हें उठाने में असमर्थ थे। भूख से पीड़ित व्यक्ति मरे हुए लोगों के मांसों को खा रहे थे। अनुमानतः इस दुर्भिक्ष से एक करोड़ लोगों को मृत्यु हुई थी।

---

21. भारत जीवन, 25 जुलाई 1898.
22. दादा भाई नौरोजी, स्पीचेज एण्ड राइटिंग्स, पृ० 251.
23. डब्ल्यू० डब्ल्यू० हन्टर, एनाल्स ऑफ रूरल बंगाल, खंड-1, पृ० 26-27

ब्रिटिश सरकार ने दुर्भिक्ष पर नियन्त्रण पाने के लिये किसी प्रकार का यत्न नहीं किया, बल्कि इसके विपरीत उसके अधिकारियों ने बाजारों तथा कृषकों से कम कम कीमत पर चावल खरीदकर पुनः उसे ऊँचे दामों पर बेचा।

1781-82 में मद्रास क्षेत्र में सूखा पड़ा और कई लोग मृत्यु को प्राप्त हुए। अकाल निवारण के लिए पुनः सरकार ने कोई कदम नहीं उठाया।

1784 में उत्तरी भारत के कई क्षेत्र, विशेषकर बंगाल तथा अवध, दुर्भिक्ष की चपेट में आ गये और पुनः जन-धन तथा पशु की हानि हुई।

1792 में हैदराबाद, बम्बई और मद्रास के कुछ जनपद दुर्भिक्ष के शिकार हुए। इस बार अनुमानतः एक करोड़ व्यक्ति स्वर्ग सिधार गये। इस बार मद्रास में कम्पनी सरकार ने दुर्भिक्ष-ग्रस्त पीड़ितों के लिए अत्यधिक काम किया।

19वीं शताब्दी के आरम्भिक दशक में अर्थात् 1802-03 में मद्रास, बम्बई, उत्तरी-पश्चिमी प्रान्तों तथा अवध में दुर्भिक्ष का दौर चला। उत्तरी क्षेत्र के किसानों की सरकार ने सहायता की। किसानों को कर में छूट दी गई और पीड़ितों को ऋण भी दिया गया। इलाहाबाद, बनारस, कानपुर तथा फतहगढ़ में जिन अनाजों का आयात हुआ उसके लिए सरकार ने व्यापारियों को पुरस्कार तथा पैसे दिये।

इसके बाद 1807, 1813 और 1823 में क्रमशः मद्रास, मम्बई और पुनः मद्रास महाप्रान्त के लोग दुर्भिक्ष के शिकार हुए।

1833 में प्रख्यात 'गन्तूर दुर्भिक्ष' पड़ा जिससे मद्रास के उत्तरी जिले, महाराष्ट्र के उत्तरी भाग, मैसूर और हैदराबाद प्रभावित हुए। बहुत समय तक सरकार ने पीड़ितों की ओर कोई ध्यान नहीं दिया। गन्तूर जिले की आबादी 5 लाख थी जिसमें 3 लाख व्यक्ति खेत रहे। इस दुर्भिक्ष को देखनेवाले कैप्टन बाल्टर कैम्पबेल ने लिखा है कि "कुत्ते मनुष्यों की हड्डियाँ चबाते फिर रहे थे और मनुष्य स्वयं को भूल चुका था। मरे हुए लोगों, घोड़ों और कुत्तों की ओर ये क्षुधा से पीड़ित अभागे भूखी निगाहों से देखते थे।"[24] कथन में अतिशयोक्ति अवश्य है फिर भी दुर्भिक्ष की भयंकरता को ठुकराया नहीं जा सकता।

इससे भी भयंकर अकाल 1837 में उत्तरी भारत में पड़ा जिसमें आगरा अधिक पीड़ित था। कहा जाता है कि इस आकाल ने लगभग 80 लाख व्यक्तियों को लील लिया और लोग बुरी से बुरी स्थिति में आ गये। जॉन लारेन्स के बक्तव्य को डॉ० दत्त ने इस प्रकार प्रस्तुत किया है: "मैंने जीवन में कभी ऐसे दृश्य नहीं देखे जैसे कि होडल और पलबल परगनों में देखे हैं।" कानपुर में विशेष सैनिक टुकड़ियाँ शवों को हटाने के लिए जाती थीं। हजारों शव गाँवों और कस्बों में उपेक्षित रूप से तबतक पड़े रहते थे जबतक कि जंगली जानवर आकर उन्हें खा नहीं जाते थे।"[25]

1854 में एक बार पुनः उत्तरी भारत दुर्भिक्ष का शिकार हुआ।

---

24. रमेश दत्त; इण्डिया इन विक्टोरियन एज पृ०, 70
25. रमेश दत्त; इकोनोमिक हिस्ट्री, भाग-1, पृ० 308.

कथित सन्दर्भ के आलोक में यह बात स्वीकार की जा सकती है कि कम्पनी काल में जितने अकाल पड़े उन अकालों के निवारण में सरकार ने कोई महत्त्वपूर्ण कदम नहीं उठाया और न किसी प्रकार की नीति का निर्धारण ही किया। भविष्य में अकाल की स्थिति पर नियन्त्रण पाने के लिए अन्नागार बनाये जा सकते थे, मुनाफाखोरों को दण्ड दिया जा सकता था, जल वितरण के साधनों की व्यवस्था की जा सकती थी और अन्नों का भरपूर आयात किया जा सकता था। किन्तु कम्पनी सरकार ने ऐसा कुछ भी नहीं किया। इसलिए इस काल में दुर्भिक्षों ने लोगों को काफी कष्ट दिया, उनके प्राण लिये और अन्त में सरकार को भी सोचने के लिए बाध्य किया।

क्राउन काल में अकाल

सिपाही विद्रोह के बाद भारत का शासन क्राउन के हाथों में चला गया। यह 19वीं शताब्दी का उत्तरार्द्ध काल था। इस काल में सरकार ने आर्थिक विकास के लिए नीतियों का निर्धारण करना प्रारंभ किया क्योंकि विद्रोह ने उसे जगा दिया था और यह आभास दे दिया था कि अगर सरकार केवल शोषण करेगी तो उसकी अन्त्येष्टि भी हो जाएगी। इस काल तक रेल और रेलपथ तथा संचार के अन्य साधन भी विकसित हो गये थे। भारत का विदेश व्यापार भी विकासोन्मुख हो रहा था। इसलिए सरकार की परिवर्तित नीति के कारण क्राउन काल में अकाल का स्वरूप भी बदल गया। इस शताब्दी में सिंचाई के साधन भी विस्तृत किये जाने लगे, कृषि के अधिनियम बनाये जाने लगे और दुर्भिक्ष नीति का निर्धारण किया जाने लगा।

इन साधनों के विकास के बावजूद भारत में इस काल में भी कई बार दुर्भिक्ष पड़े और हजारों लोग स्वर्ग सिधार गये। लगभग 10 दुर्भिक्ष और कई सूखे पड़े।

1860-61 में सरकार और प्रकृति, दोनों की उदासीनता तथा क्रूरता के कारण उत्तर-पश्चिमी प्रांतों में दुर्भिक्ष पड़े। आगरा, पंजाब, राजस्थान और कच्छ इस अवधि में दुर्भिक्ष से ग्रस्त थे। इसका सर्वाधिक प्रभाव आगरा और दिल्ली पर पड़ा था। 1860-61 के दुर्भिक्षों ने दिल्ली और आगरा के बीच का लगभग 25,000 वर्गमील क्षेत्र तथा 1 करोड़ 30 लाख व्यक्तियों को प्रभावित किया था। किन्तु राज्य की सजग नीति के कारण 1837 की अपेक्षा इस बार मृत्यु-संख्या कम रही। वस्तुतः पहली बार यह अनुभव किया गया कि दुर्भिक्ष का कारण अन्नाभाव नहीं था अपितु लोगों की वित्तीय कठिनाइयाँ थीं जिनके कारण अन्न उपलब्ध नहीं होता।[26] 1860-61 के अकाल ने उत्तरी-पश्चिमी प्रान्तों विशेष रूप से रोहिलखण्ड, दोआब तथा ट्रांस यमुना के 1 करोड़ 23 लाख एकड़ कृषि-क्षेत्र में से लगभग 44 लाख 60 हजार एकड़ क्षेत्र को पूरी तरह विनष्ट कर दिया। इसके अतिरिक्त राजपूताना की कुछ रियासतों, अलवर आदि पर भी इस दुर्भिक्ष का प्रभाव था। अनावृष्टि के कारण जब उपज कम हुई तो मूल्यों में वृद्धि हुई। उदाहरण के लिए सहारनपुर में मई 1860 में गेहूँ का मूल्य एक रुपया आठ आना प्रति मन था जो फरवरी 1861 में बढ़कर 5 रुपया प्रति मन हो गया।

---

26. रमेश दत्त; विक्टोरियन एज, पृ० 273-74.

दुर्भिक्ष की भीषणता ने सरकार को सहायता के लिये नहीं, स्वयं को स्वच्छ सिद्ध करने के लिए कदम उठाने को बाध्य किया। दरिद्रशालाओं की स्थापना की गई और इनका कार्य-भार कर्नल बेयार्ड (Col. Bayard) को दिया गया। लेकिन बेयार्ड की मात्र नियुक्ति भर हुई थी। उसने दुर्भिक्ष से सम्बद्ध कोई भी प्रतिवेदन प्रस्तुत नहीं किया। 1860-61 में सरकार द्वारा जो सहायता प्रदान की गई उसका औसत 7 आना प्रति व्यक्ति था।

1862 में अनावृष्टि हो गई जिसके फलस्वरूप बम्बई प्रान्त के शोलापुर, अहमद नगर, सतना, खानदेश एवं पूना जिलों में दुर्भिक्ष की स्थिति उत्पन्न हो गई।

1866-67 में बंगाल, बिहार और उड़ीसा में दुर्भिक्ष पड़े। मद्रास महानगर और मदुरा के बेलारी, सेलम, कोयम्बटूर, दक्षिण अर्काट और मदुरा तथा उड़ीसा, बंगाल और बिहार के क्षेत्र इस अवधि में दुर्भिक्ष से ग्रस्त हो गये। दुर्भिक्ष का भीषण रूप उड़ीसा में देखने को मिला। यहाँ का अकाल भारतीय अकालों के इतिहास में सर्वाधिक जानलेवा था। प्रकृति के धोखा देने के कारण उड़ीसा में अन्नोत्पादन बहुत ही कम हो गया था। उड़ीसा में करीब 12,000 वर्ग मील क्षेत्र में विकट स्थिति पैदा हो गई थी और अन्न के कई भण्डार लूट लिये गए थे। अनावृष्टि के बाद कई क्षेत्र बाढ़ के कारण जल-प्लावित हो गये। अकेले उड़ीसा में लगभग 13 लाख व्यक्ति दुर्भिक्ष के कारण मर गये। इस प्रांत के कई गाँव पूरी तरह उजड़ गये और गाँवों में लगभग 10% लोग रह गये।[27] उड़ीसा, बंगाल और बिहार में मिलाकर लगभग 4 करोड़ 75 लाख व्यक्ति दुर्भिक्ष से प्रभावित थे। पीड़ितों की सहायता के लिये सरकार ने डेढ़ करोड़ रुपये व्यय किया, किन्तु सतर्कता का अभाव था।

1868-69 में उत्तरी तथा मध्य भारत के क्षेत्र दुर्भिक्ष की चपेट में आये। राजपूताना और मध्य भारत के क्षेत्र सबसे अधिक प्रभावित थे। राजपूताना के मारवाड़, बीकानेर और अजमेर सर्वाधिक संकट-ग्रस्त हुए। 1868 में अनावृष्टि के कारण राजपूताना में पशु तथा मनुष्य मरे और 1869 में अतिवृष्टि के चलते वहाँ रबी की फसल पूर्णतः विनष्ट हो गई। जाँच कमिश्नर कर्नल ब्रुक के अनुसार बीकानेर और मारवाड़ की $\frac{1}{3}$ जनसंख्या तथा अजमेर जिले के 25% व्यक्ति भूखमरी के चलते मृत्यु की गोद में सो गये। कई लोग घरों को छोड़कर आजीविका की खोज में अन्यत्र चले गये। सरकार ने पीड़ितों पर करीब 6 लाख रुपया खर्च किया। प्लेग और टिड्डी के प्रकोपों ने दुर्भिक्ष को और भी भयंकर रूप में ला दिया।

जिस समय राजपूताना भयंकर दुर्भिक्ष की स्थिति से गुजर रहा था उस समय उत्तर-पश्चिमी प्रान्तों में भी अनावृष्टि के कारण दुर्भिक्ष का दौर प्रारम्भ हुआ। उत्तर-पश्चिमी प्रान्त में रबी की फसल में लगभग 4 करोड़ मन अनाज की क्षति हुई। ऐसा कहा जाता है कि सामान्य स्थिति के समय रेलवे के द्वारा इन क्षेत्रों को सामान भेज दिये जाते थे, लेकिन जब दुर्भिक्ष की संकटपूर्ण स्थिति आई तब सरकार ने इन क्षेत्रों के लोगों की किसी प्रकार की मदद नहीं की। यद्यपि सरकार ने यह घोषणा की थी कि किसी भी व्यक्ति को भूखमरी से मरने नहीं दिया जायेगा,

27. भाटिया, पृ० 65-72.

पर घोषणा केवल कागज तक ही सीमित रही। चौबीस जिलों में राहत के नाम पर केवल तीन लाख, बल्कि इससे भी कम, ही बाँटे गये। इन क्षेत्रों में लगभग तीन करोड़ व्यक्ति रहते थे। सहायता नगण्य रहने के कारण दुर्भिक्ष से करीब 6 लाख व्यक्ति मृत्यु को प्राप्त हुए। इन वर्षों में पंजाब, बम्बई तथा मध्य भारत के कुछ क्षेत्र भी अकाल की स्थिति में थे।

1873-74 में अवध, उत्तरी-पश्चिमी प्रान्त और बंगाल तथा बिहार में छोटे-बड़े दुर्भिक्ष पड़े। बंगाल और बिहार को अधिक नुकसान हुआ। अनावृष्टि के कारण ही इस अवधि में दुर्भिक्ष आया था। अनावृष्टि ने सूखा की स्थिति पैदा की और सूखे ने दुर्भिक्ष ला दिया। स्थिति पर नियन्त्रण पाने के लिए बर्मा से चावल का आयात किया गया। लोगों को काम देने के लिए रोजगार संबंधी योजनाएँ बनाई गई। इन योजनाओं से करीब 60 लाख व्यक्तियों को लाभ हुए। मृत्यु के निकट पहुँचने वाले लोगों को भोजन और रुपये दिये गये। अकाल पर नियन्त्रण पाने के लिए कई परोपकारिणी संस्थाओं ने भी अपने हाथ बँटाये।

1876-78 के बीच दक्षिण भारत में दुर्भिक्ष का दौर प्रारम्भ हुआ। 1876 में मैसूर, मद्रास, हैदराबाद, बम्बई आदि इस संकट से घिर गये। ब्रिटिश शासन काल में जितने भी अकाल पड़े उनमें यह अकाल सबसे बड़ा था। इसका प्रभाव उत्तर प्रदेश और मध्य भारत पर भी पड़ा। अनुमानतः इस दुर्भिक्ष ने 2 लाख $5\frac{1}{2}$ हजार वर्गमील क्षेत्र में 3 करोड़ 64 लाख व्यक्तियों को प्रभावित किया। सूखा और बेमौसम की वर्षा ने फसलों को विनष्ट कर दिया, फिर अनाजों की कीमत बढ़ गई और सर्वत्र अन्न का अभाव हो गया। 1877 में उत्तरी-पश्चिमी प्रान्तों की स्थिति दयनीय हो गई। 1873-78 की अवधि में मद्रास में जो दुर्भिक्ष पड़ा वह सर्वाधिक दुखदायी था। मैसूर की स्थिति इतनी बदतर हो गई थी कि राज्य सरकार को केन्द्रीय सरकार से 8 लाख स्टर्लिंग पौंड का ऋण लेना पड़ा। मद्रास में इस अवधि में 83,000 वर्गमील में लगभग 1 करोड़ 94 लाख व्यक्ति दुर्भिक्ष से पीड़ित हुए। लगभग 19 लाख व्यक्ति मैसूर में प्रभावित थे। 1878 में मैसूर, मद्रास, हैदराबाद तथा अन्य दक्षिणी राज्यों के अतिरिक्त उत्तरी-पश्चिमी प्रान्तों तथा पंजाब में औसत वर्षा से एक-तिहाई वर्षा ही हो सकी। भुखमरी में दिसम्बर 1878 तक लगभग $12\frac{1}{2}$ लाख व्यक्ति मर गये। 1876-78 के बीच हुए दुर्भिक्षों के पश्चात् बम्बई प्रान्त के दक्षिणी जिलों में अभाव की स्थिति उत्पन्न हो गई। इसके फलस्वरूप 1880 के प्रथम दुर्भिक्ष आयोग की नियुक्ति दुर्भिक्ष के कारणों तथा प्रभावों का अध्ययन करने और अपने सुझाव प्रस्तुत करने के लिए की गई।

1884-85 में पंजाब, मद्रास तथा बंगाल में पुनः दुर्भिक्ष का दौर प्रारम्भ हुआ।

1888-89 में बिहार के उत्तरी जिलों और उड़ीसा तथा गुजरात के क्षेत्रों में अकाल पड़ा। इसी समय अजमेर तथा मारवाड़ में भी अकाल पड़े। बिहार तथा बंगाल की स्थिति भी सूखा के कारण अत्यन्त गम्भीर हो गई। अगले दो वर्षों के अन्तर्गत मद्रास और बम्बई महानगर के कुल नगरों तथा गाँवों में अकाल पड़े जिसने शीघ्र ही भीषण रूप धारण कर लिया। अकाल-ग्रस्त लोगों तथा बीमे के लिए सरकार ने 1888 में डेढ़ करोड़ रुपये का आबंटन किया। दुर्भिक्ष के समय

भी कृषि बीमा फण्ड कर वसूल किया गया, किन्तु दुर्भिक्ष से राहत देने के लिए थोड़ी भी धनराशि खर्च नहीं की गई।

1896-97 में भारत के उत्तर और दक्षिण दोनों भागों में अकाल पड़े। अकाल का सबसे अधिक प्रभाव मध्य प्रान्त तथा उत्तरी-पश्चिमी प्रान्तों तथा पंजाब के कुछ भागों और बम्बई महानगर के कुछ क्षेत्रों पर पड़ा। प्रतिवेदन के अनुसार कुल मिलाकर लगभग 6 करोड़ लोग अकाल से पीड़ित हुए। अनावृष्टि के कारण ही अकाल पड़े। सरकार ने अकाल निवारण के लिए कुछ नहीं किया जिसके फलस्वरूप 40 लाख व्यक्ति स्वर्ग सिधार गये।

1899-1900 में पुनः दुर्भिक्ष पड़ा। पश्चिम, उत्तर और दक्षिण भारत के अनेक क्षेत्र दुर्भिक्ष की चपेट में आ गये। बम्बई, पंजाब, बरार, बड़ौदा, अजमेर, मारवाड़, राजपूताना और मध्यप्रान्त के क्षेत्रों पर अकाल का अधिक प्रभाव पड़ा। लार्ड कर्जन की सरकार इस भयंकर अकाल पर नियन्त्रण न पा सकी। रिपोर्ट के अनुसार लगभग 10 करोड़ रुपये अकाल पीड़ितों के बीच आबंटित किये गये। कर्जन के अनुमान के अनुसार "भारत की सम्पूर्ण आबादी का एक चौथाई हिस्सा अधिक या कम परिमाण में सहायता कार्यों के अन्तर्गत आ गया।" लेकिन ऐसा केवल कागज में कहा गया। रोमेश दत्त ने 19वीं शताब्दी के भारत में पड़े दुर्भिक्षों का विश्लेषण इन शब्दों में किया है; "रानी विक्टोरिया के राज्यारोहण के वर्ष एक भयंकर दुर्भिक्ष पड़ा जिसने उत्तरी भारत को वीरान बना दिया एवं लाखों व्यक्तियों के प्राण ले लिये। 1857-77 के बीच तीन बड़े दुर्भिक्ष पड़े जिन्होंने भारत के उत्तरी-पश्चिमी क्षेत्र, उड़ीसा और बिहार को प्रभावित किया। जिस वर्ष विक्टोरिया भारत की सम्राज्ञी बनी उस वर्ष मद्रास में भयंकर दुर्भिक्ष पड़ा जिसने दक्षिण भारत के 50 लाख लोगों को मृत्यु की गोद में सुला दिया। जब सम्राज्ञी का हरिक जयन्ती का वर्ष मनाया गया तब भारत में पुनः दुर्भिक्ष पड़ा और कई क्षेत्रों के लोग स्वर्ग सिधार गये। 1837, 1857, 1877 और 1897 के वर्ष भारत के आधुनिक काल के इतिहास की दुर्भाग्यपूर्ण घटनाओं के द्योतक थे—ये घटनाएँ प्रगति तथा समृद्धि की न होकर भयंकर विनाश एवं दुर्घटना की सूचक थीं।"[1] भारत की दरिद्रता को इन दुर्भिक्षों ने स्पष्ट रूप से प्रमाणित किया। दुर्भिक्षों की निरन्तर बढ़ती हुई तीव्रता, प्रसार एवं विनाशलीला भारत की बढ़ती हुई अशक्यता के पक्के अधिसूचक थे।

1900-08 के बीच भारत के विभिन्न भागों में दुर्भिक्ष की स्थिति उत्पन्न हो गई थी। 1904 ई० में बिहार में भयंकर सूखा पड़ा। वाडिया और मर्चेन्ट ने लिखा है कि इस दुर्भिक्ष ने लगभग 5 करोड़ व्यक्तियों को प्रभावित किया जिनमें 40 लाख व्यक्ति मृत्यु को प्राप्त हुए। मध्य प्रान्तों की स्थिति के सम्बन्ध में उन्होंने लिखा है कि मीलों तक कृषि क्षेत्र बेकार हो गया और गाँवों अथवा अनाजों की खेती के स्थान पर जंगल दिखाई देने लगे। 1906 और 1908 के बीच छोटे-छोटे अकाल पड़े।

1910 के बाद भी भारत के कई क्षेत्रों में लोग दुर्भिक्ष के शिकार हुए। 1918-19 में अकाल ने एक करोड़ लोगों को मार डाला और लगभग 15 करोड़

---

1. द इकोनॉमिक हिस्ट्री आफ इंडिया, भाग-2, पृ० 5-6

व्यक्तियों को प्रभावित किया।[29] 1920 में एक और दुर्भिक्ष पड़ा। 1942-43 का बंगाल का दुर्भिक्ष सम्पूर्ण भारतीय इतिहास की महानतम दुखद घटनाओं में से एक था जिसे उडहेड आयोग ने 'मानव निर्मित दुर्भिक्ष' कहा। इस आयोग का गठन बंगाल के दुर्भिक्ष की जाँच-पड़ताल के लिए किया गया था जिसने बतलाया कि "बंगाल के लगभग डेढ़ मिलियन दीन लोग उन परिस्थितियों के शिकार बन गये जिनके लिये वे उत्तरदायी नहीं थे। अपने विभिन्न अंगों के साथ समाज अपने कमजोर सदस्यों की रक्षा नहीं कर सका। वस्तुतः वहाँ पर नैतिक और सामाजिक विघटन हो गया था।

इस दुर्भिक्ष के कई कारण थे। 1938 के पश्चात् लगातार कई वर्षों तक फसल पैदा नहीं हुई। साथ ही, द्वितीय विश्वयुद्ध के कारण भारत में बर्मा से चावल का आयात नहीं हो सका और बंगाल चूँकि बर्मा युद्ध क्षेत्र के समीप था वहाँ अन्न का आयात-निर्यात बंद हो गया था। महायुद्ध के कारण देश की स्थिति भी अस्त-व्यस्त हो गई थी। 1942 का भारत छोड़ो आन्दोलन और उसके बाद सरकार की ओर से चलाये गये दमन चक्र तथा विदेशी खतरों और आन्तरिक गड़बड़ी का मुकाबला करने के लिये सेना का बराबर एक स्थान से दूसरे स्थान पर ले जाया जाना, युद्ध-कार्यों के लिए रेलवे और परिवहन के अन्य साधनों का उपयोग किया जाना और जनता की समस्याओं की ओर यह कहकर प्रशासन का कोई ध्यान न देना कि लड़ाई के कारण संकट की स्थिति है—आदि सभी बातें थीं जो लोगों के सामान्य आर्थिक जीवन में कष्टदायक कठिनाइयाँ पैदा कर रही थीं। 1942 की शरद ऋतु में तटवर्ती बंगाल और उड़ीसा के कुछ भाग में जानलेवा समुद्री तूफान आया जिसने फसलों को नष्ट कर डाला। इन कारणों के चलते बंगाल में भीषण अकाल पड़ा। बंगाल में अनाज का स्टॉक व्यापारियों के हाथ में चला गया जिससे बंगाल की स्थिति और भी बुरी हो गई। रिपोर्ट के अनुसार बंगाल के करीब 15 लाख व्यक्ति मृत्यु के शिकार हो गये।

स्वतन्त्र भारत में अकाल

स्वतन्त्र भारत भी दुर्भिक्ष का शिकार हुआ। 1966-67 में बिहार में एक भयंकर अकाल पड़ा। इस दुर्भिक्ष ने मध्यप्रदेश, गुजरात तथा उत्तर प्रदेश को भी प्रभावित किया। 1967-68 में राजस्थान में भी भयंकर अकाल पड़ा। 1968-69 में गुजरात पुनः दुर्भिक्ष की चपेट में आ गया। 1972 में लगभग सारा भारत सूखा का शिकार हुआ। पुनः 1974-75 में महाराष्ट्र, गुजरात और राजस्थान में अकाल पड़ा। मध्य प्रदेश और पश्चिमी बंगाल भी अकाल से प्रभावित हुए। बिहार के कुछ भाग 1976 में अकाल से प्रभावित हुए और बाढ़ ने आसाम, उत्तरी बिहार, कश्मीर, और उड़ीसा की खेती को विनष्ट किया।

जहाँ ब्रिटिश शासन काल में सरकार की उदासीनता तथा प्रकृति की प्रतिकूलता के कारण दुर्भिक्ष पड़े वहाँ स्वतंत्र भारत में भी यह प्राकृतिक प्रकोप बन्द नहीं हुआ। भारत की सरकार को चाहिये कि वह अधिक से अधिक अन्नागार की व्यवस्था करे और सिंचाई के समुचित साधनों का विकास करे।

---

29. वाडिया और मर्चेंट, पृ० 88

सरकार की दुर्भिक्ष निवारण नीति

भारत में ब्रिटिश शासन के पूर्व दुर्भिक्ष दूर करने के लिये कोई ठोस और प्रभावशाली नीति नहीं थी। इसके कई कारण थे। आवागमन के साधन विकसित नहीं थे और इस कारण सरकार चाहकर भी दुर्भिक्ष ग्रसित क्षेत्रों में सामान या अन्न नहीं भेज सकती थी। पुनः स्थानीय शासकों ने अपनी राजधानी में अनाज का भण्डार बना डाला था ताकि युद्ध के समय सैनिकों को संकट का सामना नहीं करना पड़े। इन्हीं अन्नागारों से दुर्भिक्ष के समय कभी-कभी पीड़ितों को अन्न दिया जाता था। संकट के समय शासक सड़क, नहर, तालाब, दुर्ग, मन्दिर, भवन आदि का निर्माण करना प्रारम्भ करते थे ताकि लोगों को जीवन-निर्वाह के लिए काम मिल सके। कभी-कभी गैर-सरकारी लोग दुर्भिक्ष के समय धन का दान करते थे। इस तरह भारत में ब्रिटेन के शासन के पूर्व कोई ठोस नीति अकाल निवारण के हेतु नहीं बनी थी, फिर भी कथित उपायों द्वारा शासक अकाल पर नियन्त्रण पाने के लिए प्रयास करते थे।

1. 1760-1857 की अवधि में सरकार की नीति—अपने शासन काल में कम्पनी बहादुर दुर्भिक्ष की समस्या और इसके निवारण के लिये सावधानीपूर्वक न तो कदम उठा सकी और न तो इनपर विचार ही किया। 1760 के बाद कम्पनी मुख्य रूप से क्षेत्र-विस्तार के काम में लगी रही और वाणिज्य-व्यापार के मद से केवल धनार्जन करती रही। यह भी कहा जाता है कि कम्पनी के पास ऐसी प्रशासनिक मशीनरी और अनुभवी अधिकारी भी नहीं थे जो दुर्भिक्ष पर नियन्त्रण डालने की क्षमता रखते हों।

19वीं शताब्दी के प्रारम्भिक चरण में कम्पनी ने अकाल पीड़ितों की सहायता करने के लिए समाधान ढूढ़ना प्रारम्भ किया। उदाहरण के लिए 1812 में उसने यह नियम बनाया कि अकाल-ग्रस्त क्षेत्रों से अनाज का निर्यात बन्द कर दिया जाय और ऊबेर क्षेत्रों से अनाज का आयात किया जाय। 1833 में कम्पनी सरकार ने काम खोजने वालों को काम दिया ताकि वे अकाल का अनुभव न कर सकें।

2. 1857 के बाद सरकार की नीति—1857 के बाद भारतीय शासन का उत्तरदायित्व क्राउन पर आ पड़ा। क्राउन काल में अकाल की स्थिति का अध्ययन करने के लिये तथा समस्या को सुलझाने के लिये क्राउन ने विभिन्न दुर्भिक्ष आयोग बनाने प्रारम्भ किये।

(क) 1860-61 में दिल्ली और आगरा के दुर्भिक्ष को दूर करने के लिए सरकार ने दरिद्रशालाओं का निर्माण किया और लार्ड केनिंग ने कर्नल बेयर्ड को उसका अध्यक्ष बनाया। बेयर्ड ने 1861 में जाँच प्रतिव्रेदन प्रस्तुत किया जिसमें कुछ उचित एवं सही बातों को स्पष्ट किया गया। प्रतिवेंदन में कहा गया कि "दुर्भिक्ष देश में अन्नाभाव के कारण नहीं बल्कि अन्य स्थानों से दुर्भिक्ष-ग्रस्त स्थानों पर अन्न न पहुँचाया जाना है। इसके अतिरिक्त, दैवी प्रकोप के समय जीवन यापन को क्षमता का आधार वह भूमि-व्यवसाय है जिसके अन्तर्गत वे रह रहे हैं।" बेयर्ड स्मिथ ने दुर्भिक्षों पर नियन्त्रण पाने के लिये भू-राजस्व के स्थायी प्रबन्ध की सिफारिश की तथा कृषि के विकास हेतु सिंचाई कार्य, सड़कों तथा संचार साधनों के विस्तार के लिए भी प्रस्ताव रखे। किन्तु बेयर्ड असफल रहा क्योंकि उसके सुझावों और सिफारिशों पर

सरकार ने अमल नहीं किया। लगान अनिश्चित रहा, ऊँची दर बरकरार रही, कृषि की उपेक्षा की जाती रही। अतः दुर्भिक्षों की आवृत्ति-पुनरावृत्ति होती रही। रोमेश दत्त ने ठीक ही लिखा है कि "रानी विक्टोरिया के शासन ने जनसाधारण की आर्थिक दशा को नहीं सुधारा और न अन्य सभ्य प्रशासन वाले घातक दुर्भिक्षों से ही इस देश की सुरक्षा का कोई उपाय किया।"

(ख) जब 1865-66 में उड़ीसा तथा अन्य प्रान्तों में अकाल पड़े तब क्राउन सरकार ने जार्ज कैम्पबेल की अध्यक्षता में एक समिति का गठन किया जिसके प्रतिवेदन में 1880 के रायल आयोग की कुछ सिफारिशों को प्रत्याशित किया गया। दूसरे शब्दों में कैम्पबेल द्वारा की गई जाँच ने "उस सहानुभूतिपूर्ण नीति की नींव डाली थी जिसे भारतीय सरकार ने अपनाया है।[30] उड़ीसा के भयंकर दुर्भिक्ष को देखकर सर स्टेफर्ड नॉर्थकोट ने बड़े दुख के साथ कहा था : "यह महाविनाश हमारी विफलता का सर्वदा स्मारक रहेगा, इस देश की जनता के लिए, इस देश की सरकार के लिये, हमारे उन पदाधिकारियों के लिये एक लज्जा रहेगा जिनके लिये हम सम्भवतः बहुत कुछ गौरवान्वित रहे हैं।"[31] कैम्पबेल की अध्यक्षता में 1868 में नियुक्त दुर्भिक्ष जाँच आयोग की सिफारिशों के अनुसार दुर्भिक्ष निवारण का कार्य जिलाधीशों को सौंप दिया गया। कृषि विकास कार्यों के लिये तकाबी ऋण बाँटने की व्यवस्था की गई। कैम्पबेल समिति ने यह भी सुझाव दिया था कि दुर्भिक्ष के समय भूख से पीड़ित व्यक्तियों को मुफ्त अनाज बाँटा जाय।

3. प्रथम दुर्भिक्ष आयोग—1873-74 और 1876-77 के विकट दुर्भिक्षों ने सरकार को यह सोचने के लिए वाध्य किया कि 'दुर्भिक्ष आकस्मिक घटना' नहीं है। यह 'एक स्थायी समस्या' है। अतः इसपर नियन्त्रण के लिए स्थायी प्रयास करना आवश्यक माना गया। तदनुसार 1878 ई० में एक दुर्भिक्ष बीमा कोष (Famine Insurance Fund) का गठन किया गया जिसमें प्रतिवर्ष 1·5 करोड़ रुपये जमा करने की व्यवस्था की गई। राज्य की सरकारों ने भी इस कोष में विभिन्न राशियाँ ज़मा कीं। 1876-78 के भयंकर दुर्भिक्ष के समय एक स्पष्ट दुर्भिक्ष नीति अपनाने के लिये भारत सरकार ने प्रथम बार प्रबल रूप से अनुभव किया।

इस प्रबल अनुभव के कारण ही भारत सरकार ने पहली बार 1878 में प्रथम दुर्भिक्ष आयोग की नियुक्ति सर रिचाड स्ट्रॉची की अध्यक्षता में की। इस आयोग का काम था दुर्भिक्ष को दूर करने के लिए साधारण सिद्धांतों का निर्धारण करना और बचाव तथा प्रतिरक्षण के लिए सरकार को सुझाव देना। इस आयोग ने अग्रलिखित सुझाव दिये :

(i) अकाल की सम्भावना होने पर सरकार लोगों को काम दे ताकि अकाल पड़ने पर वे अपना जीविकोपार्जन कर सकें। उनकी मजदूरी समय-समय पर निश्चित की जाये ताकि लोगों को भोजन मिल सके।

---

30. रिपोर्ट ऑफ फेमिन कमिशन, पृ० 1.

(ii) असहाय गरीबों को भोजन देना अथवा देने की व्यवस्था करना सरकार का काम है और इसके लिए भिन्न-भिन्न वर्गों की सूची तैयार की जाए। सरकार पके हुए भोजन, खाद्यान्न तथा रुपये के जरिए अकाल का निवारण कर सकती है, किन्तु जो सरकार मदद करे उस मदद का उपयोग दान-शालाओं और सहायता के शिविरो में रहकर किया जाय।

(iii) दुर्भिक्ष-ग्रस्त क्षेत्रों में अन्न के आयात पर ध्यान देना चाहिये, निजी व्यापारियों पर विश्वास रखना चाहिये और अन्य का निर्यात तभी रोकना चाहिये जब यह निश्चित हो जाए कि निर्यात बन्द करने से पूरे देश की अन्न की स्थिति अच्छी रहेगी। भू-राजस्व एवं अन्य करों में छूट की नीति निर्धारित करने का परामर्श दिया गया।

(iv) दुर्भिक्ष-पाड़ितों की सहायता के लिए जो भी व्यय किये जायेंगे उनका भार प्रांतीय सरकारों को वहन करना पड़ेगा। आवश्यकतानुसार अकाल-ग्रस्त क्षेत्रों को केन्द्रीय सरकार की सहायता भी मिलेगी।

(v) भयंकर सूखे की स्थिति में दूध देनेवाले पशुओं को घास वाले प्रदेशों में ले जाने का प्रबन्ध करना चाहिये।

(vi) क्षेत्रों अथवा गाँवों का निरन्तर निरीक्षण किया जाय।

(vii) सिंचाई-कार्यों के अतिरिक्त संरक्षणात्मक सिंचाई कार्यों की व्यवस्था की जाय

(viii) शीघ्रातिशीघ्र भारत में उद्योगों आदि का विकास किया जाय ताकि कृषि पर जनता के भार को कम किया जा सके। प्रतिवेदन में कहा गया कि भारत में सबसे बड़ी कठिनाई यही है कि यहाँ पर अधिकांश जनता के लिए कृषि ही आजीविका का एकमात्र साधन है। अत: उद्योगों आदि का विकास कर आजीविका के साधनों का बहुमुखीकरण किया जाय।

(ix) दुर्भिक्ष सहायता इस प्रकार से दी जानी जाहिये कि जनता की मितब्ययिता, आत्मनिर्भरता और आत्मविश्वास को किसी भी प्रकार से धक्का न पहुँचे और समाज के ढाँचे और स्वरूप को कमजोर न कर सके। यदि दान और सहायता अनुचित ढंग से और अत्यधिक मात्रा में दी जायेगी तो उसका अनुचित प्रभाव भी होगा और जनता के नैतिक स्तर पर घातक प्रभाव पड़ेगा।

इस आयोग की सिफारिशों के आधार पर अन्तर्कालीन दुर्भिक्ष संहिता 1883 में निर्मित की गई। इस संहिता में सुरक्षा और राहत कार्यों के आरम्भ होने की स्थिति के संबंध में सुझाव दिये गये थे। संहिता में यह कहा गया कि दुर्भिक्ष-ग्रस्त जिलों की घोषणा होनी चाहिये और इन जिलों में काम करने वाले अधिकारियों के अधिकारों और कर्त्तव्यों की सूची तैयार करनी चाहिये। 1883 तथा 1896 के दुर्भिक्ष में इस संहिता में दिये गये सुझावों को परखने और संशोधित करने का अवसर मिला।

4. द्वितीय दुर्भिक्ष आयोग—1896-97 के दुर्भिक्ष ने द्वितीय दुर्भिक्ष आयोग का निर्माण करने के लिए सरकार को वाध्य किया। यह आयोग, पंजाब के उप-गवर्नर सर जेम्स लायल (James Lyall) की अध्यक्षता में बना। कुछ परिवर्त्तनों के साथ इस आयोग ने 1880 के आयोग के सुझावों को स्वींकार किया। इस आयोग ने ग्रामीणों के लिये राहत कार्य किये जाने पर जोर दिया, भू-राजस्व की वसूली में उदार नीति अपनाने पर बल दिया और समाज के कमजोर वर्गों जैसे बुनकरों और समाज के अनुसूचित जातियों आदि के प्रति विशेष ध्यान देने के लिए सुझाव दिया। इस आयोग ने अपेक्षाकृत अधिक उदार मजदूरी तथा दुर्भिक्ष सहायता के लिये सुझाव दिया था। इसने सुझाव दिया था कि दुर्भिक्ष कोष से सहायता को विकेन्द्रित कर उसकी मात्रा में वृद्धि की जानी चाहिये। इसने दुर्भिक्ष कोष की व्यवस्था में सुधार करने और उसे ठीक प्रकार खर्च करने के लिये कार्य-वाही करने का सुझाव दिया था।

लायल दुर्भिक्ष आयोग ने इन सुझावों को भारत की निर्धनता का अनुभव करके दिया था क्योंकि आयोग ने पाया था कि "कृषक जनता का निम्नवर्ग अभी घोर निर्धनता के शिकंजे में इतना कसा हुआ है कि उसके पास सामान्य वर्षों में भी पर्याप्त भोजन नहीं होता।"[32]

5. तृतीय दुर्भिक्ष आयोग—कथित सुझावों पर अभी अच्छी तरह विचार भी नहीं हुआ था कि उत्तरी और केन्दीय भारत में एक विनाशकारी दुर्भिक्ष का दौर 1899-1900 में आरम्भ हो गया जिसने अपने साथ हैजा और अन्य महामारियों को भी लाया। इस दुर्भिक्ष ने 50% 50 करोड़ रुपये की फसल को नष्ट कर डाला एवं 42% पशुधन की बर्बादी हुई। इस दुर्भिक्ष की जाँच-पड़ताल करने के लिए लार्ड कर्जन ने सर एन्थोनी मैकडोनेल की अध्यक्षता में तृतीय दुर्भिक्ष आयोग का गठन किया। 1901 में इस आयोग ने अपना प्रतिवेदन प्रस्तुत किया जिसमें सहायता के स्वीकृत नियमों का संक्षेप में वर्णभ किया गया तथा 1880 ई० के आयोग के सिद्धांतों का समर्थन किया गया। किन्तु उन लाभों पर विशेष जोर दिया गया, जो भूमि-राजस्व तथा मालगुजारी के पहले ही स्थगित करने और बीज का अनाज तथा मवेशी की खरीद के लिये पहले ही उधार रुपये बाँटने से हो सकते थे। इसने सिफारिश की कि जिस प्रान्त में सहायता कार्यों के बड़े पैमाने पर अपनाये जाने की सम्भावना हो, वहाँ एक दुर्भिक्ष आयुक्त नियुक्त किया जाये। इसमें अराजकीय सहायता का अधिक मात्रा में उपयोग और बड़े-बड़े कार्यों के स्थान पर ग्राम स्तर के कार्यों को प्रारम्भ करने का सुझाव था। आयोग की अन्य सिफारिशों में अधोलिखित अधिक महत्वपूर्ण हैं :

(i) विशेष परिस्थितियों में बड़े सार्वजनिक कार्यों की अपेक्षा, जो अबतक सहायता कार्यों की मुख्य विशेषता थे, गाँव में स्थानीय कार्यों को विशेष तरजीह दी जाये।

(ii) सहायता बाँटने के मामले में अराजकीय सहायता का अधिक मात्रा में उपयोग किया जाये।

---

32. रिपोर्ट ऑफ फेमिन कमीशन, 1898, पृ० 59-92

(iii) कृषि बैंकों की स्थापना हो

(iv) कृषि के विकास के लिए परिवहन सुविधाओं, उन्नत कृषि साधनों आदि का प्रयोग किजा जाये।

(v) सिंचाई कार्य का अधिक विस्तार हो।

(vi) गाँवों में सहकारिता समितियों की स्थापना की जाये। इन समितियों में धनी व्यक्तियों को सहयोग देने का प्रोत्साहन दिया जाना चाहिये।

(vii) पशुओं की रक्षा के लिए चारे की उचित व्यवस्था की जानी चाहिये।

(viii) श्रमिकों को न्यूनतम मजदूरी सिद्धांत के बजाय काम के अनुसार मजदूरी की व्यवस्था करनी चाहिये।

(ix) तकावी ऋण को उदारता पूर्वक वितरित करन और भू-राजस्व में शीघ्रता पूर्वक छूट देने के सम्बन्ध में भी सिफारिश की गई।[33]

संक्षेप में इस आयोग की सिफारिशों में विशेष बात यह थी कि इसमें जनता की उचित समय पर आर्थिक सहायता कर उसके नैतिक बल में वृद्धि करने पर जोर दिया गया था ताकि वह अकाल का निर्भीक होकर सामना कर सके। दूसरे शब्दों में आयोग ने 'भौतिक युद्ध-कला' अथवा 'जनता में जी-जान लगा देने' की आवश्यकता पर जोर डाला। इसका अर्थ यह था कि खतरे का लक्षण प्रकट होते ही जनता की सहायता तकावी कर्ज देकर, लगान माफ या स्थगित कर, खानगी दान का संगठन और अराजकीय समर्थन तथा सहायता प्राप्त कर की जाये। इन सिफारिशों को सरकार ने स्वीकृत ही नहीं किया, कार्यान्वित भी किया। इन्हीं के आधार पर पश्चात् कालीन दुर्भिक्ष सहायता-नीति निर्धारित हुई। इस प्रकार भारत में दुर्भिक्ष बन्द करने एवं उसका सामना करने के लिए एक बड़ा कदम उठाया गया।

1907-08 के उत्तर प्रदेश के अकाल और 1918-21 के बीच बम्बई, हैदराबाद, मद्रास, संयुक्त प्रान्त और बंगाल में पड़नेवाले अकालों के समय इस तीसरे आयोग के सुझावों के फल देखने को मिले। अकाल में सहायता के लिये यन्त्र की वृद्धि के साथ-साथ रेलवे, सिंचाई, कृषि और उद्योगों की उन्नति द्वारा दुर्भिक्ष संवरण की नीति का भी विकास हुआ। 1919 के भारत शासन कानून के वित्तीय विकेन्द्रीकरण नियमों के अन्तर्गत बर्मा और आसाम को छोड़कर प्रत्येक प्रांतीय सरकार को दुर्भिक्ष पर खर्च करने के लिये अपने साधनों में से प्रति वर्ष एक निश्चित रकम देना आवश्यक हो गया। प्रान्तों के राजस्वों से इन वार्षिक अनुदानों को केवल दुर्भिक्ष सम्बन्धी सहायता पर ही खर्च करना था। यहाँ दुर्भिक्ष के अन्तर्गत अनावृष्टि या अन्य प्राकृतिक संकटों से होनेवाले दुर्भिक्ष भी सम्मिलित हैं। जिस रकम की दुर्भिक्ष सम्बन्धी सहायता पर खर्च करने की जरूरत नहीं होती थी, वह एक दुर्भिक्ष-सहायता-कोष के निर्माण में लगा दी जाती थी। 1935 के संविधान के अन्तर्गत दुर्भिक्ष-सहायता-व्यय पूर्णतया एक प्रान्तीय दायित्व बन गया, यद्यपि

---

33. एडवान्स्ड हिस्ट्री ऑफ इण्डिया, भाग-3, पृ० 282

दुर्भिक्ष सहायता कोष के लिये प्रान्तों के वार्षिक अनुदान (चन्दे) पूर्ववत जारी रहे। निश्चित रूप से मैकडानेल आयोग की सिफारिशों को कार्यान्वित करने से देश में दुर्भिक्ष निवारण नीति में अभूतपूर्व सहायता मिली और 1943 तक व्यापक तथा जानलेवा दुर्भिक्ष भारत में नहीं पड़ा।

6. **चतुर्थ दुर्भिक्ष आयोग**—1942-43 में बंगाल में एक भीषण दुर्भिक्ष पड़ा जिसने चतुर्थ दुर्भिक्ष आयोग को जन्म दिया। इस आयोग की स्थापना 1944 ई० में जे० ए० वूडहेड (J. A. Woodhea) की अध्यक्षता में हुई। वूडहेड आयोग ने बंगाल-दुर्भिक्ष को 'मानव निर्मित दुर्भिक्ष' कहा। इस आयोग ने अपने प्रतिवेदन में निम्नलिखित सिफारिशें कीं :

(i) कृषि मूल्य को उत्पादक और उपभोक्ता दोनों के अनुकूल रखा जाय।

(ii) खाद्यान्न को अर्जित करने में राज्य का एकाधिकार हो।

(iii) समस्त देश के खाद्यान्न संबंधी प्रशासन को समन्वित करने के लिये एक 'अखिल भारतीय खाद्यान्न समिति' का गठन किया जाय।

(iv) केन्द्र की सरकार के अधीन एक पृथक खाद्य तथा कृषि विभाग का निर्माण किया जाय और अस्थायी रूप से खाद्यान्न नियन्त्रण किया जाय।

(v) अन्न का वितरण राशन की दूकानों के द्वारा हो।

(vi) 1952 तक के लिए न्यूनतम स्तर पर अनाजों के मूल्य का निर्धारण किया जाय।

(vii) 'अधिक अन्न उपजाओ' आन्दोलन के द्वारा अधिक से अधिक अन्नोत्पादन किया जाय।

(viii) सरकार को अन्नागार बनाकर उन्हें अन्न से भरना चाहिये।

(ix) स्वास्थ्यवर्द्धक अनाजों की खेती बढ़ानी चाहिये।

(x) नई प्रणाली अपनाकर कृषि में विकास लाना चाहिये।

(xi) आबादी की वृद्धि पर नियन्त्रण डालना चाहिये।

1878 के बाद भारत सरकार ने दुर्भिक्ष कोष को धन देना प्रारम्भ किया और इसी वर्ष सरकार की ओर से कोष में पन्द्रह करोड़ रुपये जमा किये गये जिन्हें राहत देने, कर्ज देने और रक्षा करने के कार्य में लगाया गया। 1919 के मान्टेग्यू चम्सफोर्ड सुझाव के बाद अकाल में राहत देने का कार्य प्रान्तीय विषय बना दिया गया। प्रत्येक प्रान्त को वार्षिक धन देकर कोष को बरकरार रखना था। केन्द्रीय सरकार के परामर्श से कोष से धन लेकर खर्च करना था। सुरक्षा और ऋण के मद में इस धन को खर्च करना था।

1935 के भारतीय अधिनियम ने पृथक दुर्भिक्ष कोष के लिये कोई प्रस्ताव नहीं दिया, किन्तु व्यवहार में प्रायः हर प्रान्त में पहले की तरह दुर्भिक्ष कोष का निर्माण किया गया।

भारत में दुर्भिक्ष के संबंध में जो कुछ भी कहा जाय, लेकिन यह सही है कि लोगों की निर्धनता ही दुर्भिक्ष का कारण है। लोगों के पास धन के अभाव के

कारण क्रय-शक्ति नहीं थी। अतः दुर्भिक्ष तथा उसके रफ्तार पर नियन्त्रण कायम करना सर्वदा असम्भव था। किसानों पर कर्ज का बोझ, बढ़ती आबादी, रोजगार की कमी, आवागमन के उत्तम साधनों का अभाव, गैर-कृषि कार्यों में नियुक्ति के अवसर का नहीं मिलना आदि दुर्भिक्ष के मुख्य कारण थे।

1947 के बाद स्वतन्त्र भारत की सरकार की नीति में दुर्भिक्ष के संबंध में बदलाव आया। सरकार ने अन्न के मामलों में देश को आत्मनिर्भर बनाने का प्रयत्न किया है। इसलिए सभी पंचवर्षीय योजनाओं में कृषि पर विशेष ध्यान दिया जाता रहा है। देश में हरित क्रान्ति चली। इसके अतिरिक्त बढ़ती आबादी के कारण भरण-पोषण के लिए सरकार ने विभिन्न औद्योगिक संस्थानों, कारखानों तथा योजनाओं को भी चालू किया। इस प्राकृतिक विपदा का सामना करने के लिये भारत की सरकार सचेष्ट और प्रयत्नशील है।

8

धन-निर्गम

भारत में ब्रिटिश राज आर्थिक शोषण के लिये कुख्यात रहा है। इस राज के काल में देश के उद्योग, व्यापार, कृषि आदि का भरपूर शोषण हुआ और भारत की विपुल सम्पदा का प्रवाहन इंलैण्ड की और होता रहा। भारत से इंग्लैंड के लिए इस परिमाण में धन का निष्कासन हुआ कि यह देश उत्तरोत्तर निर्धनता का शिकार होता रहा, उसकी आय के समस्त साधनों पर अंग्रेजों का नियन्त्रण कायम होता गया तथा भारतीय अपनी आर्थिक विपन्नता का अनुभव करते रहे।

धन-निर्गम का अर्थ

धन-निर्गम का अर्थ है भारत की आर्थिक लूट। भारत में आय के जो साधन थे उनपर भारत स्थित ब्रिटिश सरकार का नियन्त्रण कायम था और आय के अधिकांश लाभ सरकार के अधिकारी और कर्मचारी उठा लेते थे। यह सम्पूर्ण आय सात समुद्र पार ब्रिटेन भेज दी जाती थी। इस आय को भारत के उद्योग, व्यापार अथवा कृषि के विकास में नहीं लगाया जाता था।

धन-निष्कासन का अर्थ स्पष्ट करते हुए डॉ० ताराचन्द ने लिखा है कि "भारत से ब्रिटेन के लिए माल का निर्यात ही भारत से धन का निष्कासन है जिसमें भारत और इंग्लैंड दोनों की अर्थ-व्यवस्था पर व्यापक प्रभाव पड़ा। उन्होंने यह भी लिखा है कि "ईस्ट इण्डिया कम्पनी ने बंगाल में एकत्र राजस्व से भारतीय वस्तुएँ खरीद कर उन्हें इंग्लैण्ड भेज देने की नीति अपना ली। उन खरीदों को 'निवेश' कहा जाता था। उनके रूप में भारत से धन निकासी हो रही थी।[1] श्री टी० एन० हजैला के अनुसार "ब्रिटिश शासन ने भारतीयों पर भारी कर का भार लाद दिया था और करों के रूप में जो आय प्राप्त होती थी वह इंग्लैण्ड को भेज दी जाती थी। अगर इसका उपयोग भारत के विकास के साधनों (कृषि, व्यापार, उद्योग, सिंचाई आदि) पर किया जाता तो देश सम्पन्न होता। लेकिन ऐसा न करके करीब सारी आय ब्रिटेन के विकास में लगाई गई। निर्गम की यह प्रक्रिया भारत के लिये अभिशाप सिद्ध हुई और इंलैण्ड के लिए बरदान थी। श्री के० सी० राय ने "धन के वाह्य प्रवाह को देशों के बीच मौद्रिक आय का हस्तान्तरण" बतलाते हुए लिखा है कि "यह एक पक्षीय भुगतान है जो प्रधान देश को लगभग भेंट स्वरूप ही दिया जाता है।" भारत के तत्कालीन राष्ट्रनेताओं ने इस धन-निष्कासन की धारा को प्राय: 'आयातों पर निर्यात के आधिक्य' माना। दूसरे शब्दों में भारत से वस्तुओं का निर्यात अधिक हुआ जिसके प्रतिपादन में भारत को कुछ नहीं मिला और भारत देश उत्तरोत्तर निर्धनता का शिकार होता गया। स्पष्ट रूप से, धन निकासी का अर्थ था भारत की सम्पदा उगलने वाले आर्थिक साधनों पर ब्रिटेन के प्रभुओं का नियन्त्रण और उनसे प्राप्त आय का 90% भाग इंग्लैण्ड भेज देना।

---

1. ताराचन्द, खण्ड एक, पृ० 361

गंगा से निकली स्रोत नली के जरिए भारत का धन प्रवाहित होकर इंग्लैण्ड की टेम्स नदी में जमा होता गया। वस्तुतः धन निर्गम का यही अर्थ है।

बहिर्गमन धन का लेखाजोखा

डॉ॰ ताराचन्द ने विविध स्रोतों के आधार पर भारत से बाहर जानेवाले धन का एक मोटा-मोटी हिसाब प्रस्तुत किया है। बंगाल के राजस्व तथा खर्च विषयक एक विवरण[2] के अनुसार कम्पनी प्रशासन के पहले छः वर्षों में भारत का शुद्ध राजस्व 1,3066,991 पौंड और कुल खर्च 90,27,609 पौंड था; और इस तरह 40,39,152 पौंड का शुद्ध अधिशेष रह जाता था। अधिशेष की यह रकम वस्तुओं के रूप में इंग्लैण्ड भेज दी जाती थी। ईस्ट इण्डिया कम्पनी के कर्मचारी भी निजी धन कमाते थे जिसे वे अपने देश को भेजते थे। ऐसे भेजे गये धन की सीमा का कुछ अनुमान बंगाल के तत्कालीन गवर्नर हेरी वेरेल्ट द्वारा संकलित 1766 और 1768 के बीच के तीन वर्षों में हुए आयात्त-निर्यात के आँकड़ों से लगाया जा सकता है। उन आँकड़ों के अनुसार उक्त तीन वर्षों में कुल 6,424,375 पौण्ड के माल का आयात हुआ और 53,11,250 पौंड के माल का निर्यात हुआ और इस तरह 46,86,875 पौंड का अथवा औसतन 15 लाख पौंड का वार्षिक अधिशेष रहा। इस प्रकार होनेवाली निकासी का परिणाम बाद के वर्षों में और अधिक बढ़ता गया। यहीं बात सरकार के विरुद्ध जाने के लिए राष्ट्रवादियों के आन्दोलन का एक आधार बनी।

व्यक्तिगत तौर पर भेजी गई रकमों और सरकारी व्यापार के आँकड़ों में उपलब्ध निर्यात अधिशेष को ध्यान में रखते हुए विलियम डिगबी ने अनुमान लगाया है कि "कदाचित प्लासी और वाटरलू की लड़ाई के बीच एक अरब पौंड की रकम भारत से निकालकर अंग्रेजी बैंक में पहुँचाई गई।"[3] प्रोफेसर फर्बर ने दस 'ब्यापारिक मौसमों' में हुए व्यापार के आंकड़ों के आधार पर यह निष्कर्ष निकाला है कि "इसमें तो सन्देह नहीं कि भारतीय धन की जिस तरह की निकासी का ऊपर वर्णन किया गया है, वास्तव में होती थी किन्तु यह निश्चित है कि वह बहुत अधिक हद तक नहीं पहुँची थी। 1783-93 की अवधि में प्रतिवर्ष 19 लाख पौंड से अधिक रकम की पश्चिम की ओर निकासी से अधिक की कल्पना उचित नहीं ठहराई जा सकती।"[4] जॉन स्ट्रेची का मत है कि "प्रोफेसर फर्बर की बात ठीक ही है क्योंकि इस आधुनिक तथा अमरीकी खोजकर्त्ता का रकम कम करके बताने में कोई स्वार्थ नहीं है।"[5]

प्रोफेसर वकील का मत है कि 1834-1939 के बीच भारत से लगभग 105 करोड़ पौण्ड का धन वहिर्गमित हुआ। मान्ट गोमरी मार्टन के अनुसार भारत से आर्थिक प्रवाह की मात्रा 30 से 40 पौण्ड वार्षिक थी और धन की निकासी ने

---

2. फोर्थ रिपोर्ट ऑफ द हाउस ऑफ कॉमन्स, 1773/जॉन ब्योशेम्प; ब्रिटिश इम्पीरियलिज्म इन इण्डिया, पृ॰ 26.
3. प्रासपरस ब्रिटिश इण्डिया, 33.
4. जॉन कम्पनी एट वर्क, पृ॰ 305.
5. द एण्ड ऑफ इम्पायर, पृ॰ 63

भारत के श्रमिकों की दैनिक मजदूरी औसतन दो से तीन पैसे के बराबर थी। आर० सी० दत्त के अनुसार भी 1757-1939 के बीच भारत से धन के वाह्य प्रवाह का औसत लगभग 30 लाख पौण्ड वार्षिक रहा।

विद्वानों ने भारत से प्रतिवर्ष इग्लैण्ड भेजे जानेवाली धनराशि का भी हिसाब जोड़ा है। कहा जाता है कि भारत प्रतिवर्ष इंग्लैण्ड को 16 लाख गृह-प्रभार के रूप में देता था जिसमें कर्ज का ब्याज, प्रशासन पर किये जानेवाले ब्यय, सेना, रेलवे आदि पर किये जानेवाले ब्यय आदि शामिल थे। अनुमानतः 1895-96 में भारत ने इंग्लैण्ड को 50 करोड़ से अधिक भेजे। इसके अलावा, इनाम, ग्रेच्यूटी, पेन्शन आदि के रूप में सेना के कई खर्च थे जो प्रतिवर्ष देने पड़ते थे। यह राशि लगभग 10 वर्ष में 1887 तक 26 करोड़ और अगले 10 वर्ष में 1900-01 तक 35 करोड़ से अधिक थी। हेन्डमेन ने प्रतिवर्ष वास्तविक निर्गम 300 लाख बताया है। ए० जे० विलसन के मतानुसार इसका सालाना निर्गम £ 35 लाख कहा है। मेकलिन ने लिखा है कि भारत इंग्लैंड को प्रतिवर्ष 300,000 000 की राशि भेजता था जिसके बदले में उसे कुछ नहीं मिलता था। टिड्डियों की तरह अंग्रेज भारत के धन को चाट गये और भारत में दरिद्रता फैलने लगी।

धन निर्गम और भारतीय नेता

भारत के मुख्यतः दो नेताओं दादा भाई नौरोजी तथा महादेव गोविन्द रानाडे ने धन निर्गम पर अपनी प्रतिक्रिया जाहिर की है। नौरोजी ने 'पावर्टी इन इण्डिया' (Poverty in India) और 'अन-ब्रिटिश रूल इन इण्डिया' (Un-British Rule in India) नामक अपनी पुस्तिकों में धन निर्गम के संबंध में अपने जो विचार व्यक्त किये हैं उनसे भारत के समाज और अर्थ-व्यवस्था में एक क्रान्ति आई। उन्होंने सप्रमाण यह बतलाया कि "भारतीय अर्थतन्त्र भारी आर्थिक निर्गम का शिकार है। ब्रिटिश अधिकारियों को दिये जानेवाले पेन्शन, ब्रिटिश सेना को भारत में रखने के लिए युद्ध मंत्रालय को दिये जानेवाले धन, इग्लैंड में भारतीय शासन पर होनेवाले ब्यय तथा अंग्रेज व्यापारियों द्वारा भारत से इंग्लैंड भेजी जानेवाली अपनी अर्जित आय के रूप में भारत की विपुल सम्पत्ति देश से बाहर खींची जा रही थी और इस कारण भारत का आर्थिक ह्रास होता गया और इसके नागरिक गरीब होते गये। उन्होंने सरकार को चेतावनी दी कि वह भारत के साथ न्याय करे और ऐसा काम न करे कि भारत के लोग ब्रिटिश शासन का विरोध करें। उन्होंने यह भी कहा कि धन-निष्कासन इस कारण भी हुआ क्योंकि भारत के प्रशासन में अधिक-से-अधिक अंग्रेज थे। उन्हीं के शब्दों में "जनता की भीषण गरीबी और दयनीय अवस्था का मूल कारण विदेशियों को भारतीय शासन में असाधारण रूप से नौकरी देना, देश के भौतिक साधनों की हानि और धन-निर्गम था। उन्होंने यह भी कहा कि "यह जीवन और मृत्यु का सवाल है। इस बुराई को हटा दीजिए और भारत प्रत्येक दशा में समृद्ध हो जायेगा।"

दादाभाई नौरोजी ने भारत के मध्य तथा उत्तर मध्ययुग के शासकों से भारत के ब्रिटिश शासन की तुलना की। उन्होंने बतलाया कि यह सही है कि मुगलों और मराठों ने भारत की जनता को लूटा, किन्तु उनके लूट का धन भारत में ही रहा जो यहीं किसी न किसी रूप में खर्च हुआ। पहले के शासकों ने भारी कर

लगाये, लेकिन उन करों की आय को भारत में ही खर्च किया गया। अंग्रेजों के शासन में यह आय बाहर भेज दी जाती थी। अंग्रेजों ने देश को अधिक लूटा और भारत की अर्थ-व्यवस्था के मूल को हिला दिया। उनके अनुसार "भारत की व्यवस्था अत्यन्त बुरी है, उसकी अवस्था स्वामी और दास की ही नहीं, उससे भी बुरी है। यह तो उन लुटेरों के हाथों में लूटे जानेवाले देश की अवस्था में है जो हाथ पर हाथ मारकर सब कुछ लूट रहे हैं। अंग्रेजों के आने के पूर्व विदेशी लुटेरे लूट कर चले जाते थे। लेकिन यह अंग्रेज की लूट तो चल ही रही है।"

भारत से धन-निर्गम के सम्बन्ध में अपने विचार व्यक्त करने के उपरान्त दादाभाई नौरोजी ने सरकार को चेतावनी भी दी और अन्त में यह कहा कि "भारत और इंग्लैंड के बीच वित्तीय सम्बन्धों की समुचित जाँच-पड़ताल की जानी चाहिये तथा उन्हें नैतिक और न्यायपूर्ण आधार पर रखा जाना चाहिये।" सुझाव के रूप में उन्होंने यह कहा कि भारत के राजस्व पर भारित अनेक मदों का व्यय, भारत में रखी जानेवाली अंग्रेज सेनाओं का व्यय, इण्डिया आफिस का व्यय आदि इंग्लैंड के धन से, न कि भारत के धन से, होना चाहिये।" उन्होंने यह भी माँग की कि प्रशासन के उच्चतर पदों पर भारतीयों को भी नियुक्त करना चाहिये क्योंकि ब्रिटिश सरकार द्वारा इंग्लैंड से 'अपने आदमी' चुनकर भेजे जाने से न केवल भारत का आर्थिक पतन होता है अपितु भारतीयों के नैतिक आदर्श भी नीचे गिरते हैं। उन्होंने भारत के प्राकृतिक विकास के साधनों के लिये विदेशी पूँजी का स्वागत किया। किन्तु यह भी साफ किया कि उस पूँजी का उद्देश्य भारत का शोषण करना नहीं, अपितु विकास करना होना चाहिये। धन-वहिर्गमन के सवाल पर उन्होंने विश्व के देशों के सामने अंग्रेज सरकार की शोषण नीति को नंगा किया और इस सवाल को भारत के हित के लिए बड़े गम्भीर ढंग से लिया।

भारत के राष्ट्रवादी आन्दोलन की उदारवादी परम्परा के एक प्रमुख स्तम्भ महादेव गोबिन्द राना डे (1842-1901) ने भी धन-निर्गम पर अपने मत व्यक्त किये। उन्होंने भी यह स्वीकार किया कि भारत की समस्त आय का $\frac{1}{8}$ से भी अधिक भाग किसी न किसी रूप में इंग्लैंड जाता रहा है। किन्तु उन्होंने भारत की निर्धनता के संबंध में दादाभाई के धन निर्गम सिद्धान्त को स्वीकार नहीं किया। उन्होंने इस बात को अस्वीकार किया कि जब तक हम इंग्लैंड को भारी कर देते रहेंगे तब तक हमारे दुर्भाग्य का अन्त नहीं होगा। उन्होंने कहा कि "इस भार का एक अंश तो उस धन का ब्याज है जो हमें उधार दिया जाता है अथवा हमारे देश के उद्योग-धंधों में लगाया जाता है। अतः हमें शिकायत न करके उल्टे इस बात के लिये कृतज्ञ होना चाहिये कि एक ऐसा साहूकार है जो ब्याज की अल्प दर पर हमारी आवश्यकताएँ पूरी करता है। दूसरा अंश उस सामान का मूल्य है जो हमें दिया जाता है और जैसा हम स्वयं अपने देश में नहीं बना सकते। शेष राशि वह है जिसे प्रशासन, प्रतिरक्षा, पेंशनों आदि के भुगतान के लिए आवश्यक बतलाया जाता है। अतः मैं उचित समझता हूँ कि हम इस कर के प्रश्न पर व्यर्थ के वाद-विवाद में न फँसें अपितु इसे अपने राजनीतिज्ञों के लिए छोड़ दें।" राना डे ने भी भारत की पिछडी कृषि को भारत की निर्धनता का मूल कारण बतलाया।

धन निर्गम का प्रभाव

धन निर्गम ने इंग्लैंड और भारत दोनों को प्रभावित किया। भारत की लूट से जहाँ इंग्लैंड धन सम्पूरित हुआ वहाँ भारत निर्धन और खोखला हो गया।

इंग्लैंड पर प्रभाव—डा० ताराचन्द के शब्दों में "भारत से होनेवाली धन की निकासी ने इंग्लैंड के औद्योगिक विकास में योग दिया। प्लासी की लड़ाई के बाद इंग्लैंड का जो भव्य औद्योगिक ढाँचा अस्तित्व में आने लगा वह प्रधानतः भारतीय उत्पादनों के अवशेषों पर ही निर्मित हुआ था।"[6]

ब्रिटिश इतिहासकार ने भी इस तथ्य को स्वीकार किया है। बंगाल की लूट शासन के प्रारम्भिक चरण में ही कम्पनी के कर्मचारियों ने की। लूट में जो धन मिला, उससे औद्योगिक क्रान्ति का प्रारम्भ हुआ और इस धन ने औद्योगिक उत्पादन को आवश्यक शक्ति तथा प्रेरणा प्रदान की।[7] ब्रुक्स एडम्स ने भी स्वीकार किया है कि भारतीय धन ने यहाँ आकर और राष्ट्र की नकद पूँजी में उल्लेखनीय वृद्धि करके न केवल उसके शक्ति-भण्डार में वृद्धि की अपितु उसकी लोच और गतिशीलता में भी वृद्धि कर दी। उसके शब्दों में "प्लासी की लड़ाई के थोड़े ही समय बाद बंगाल की लूट का धन लन्दन पहुँचने लगा और उसका तत्काल प्रभाव भी दिखाई पड़ा। 1760 में 'फ्लाइंग शटल' का आविष्कार हुआ और प्रदावरण में कोयला लकड़ी का स्थान लेने लगा। 1764 में हारग्रीव ने 'स्पिनिंग जेनी' का आविष्कार किया; 1779 में क्राम्पटन ने चरखा बनाया, 1785 में कार्टराइट ने शक्तिशाली करघे को पेटेंट कराया और इन सबसे बड़ी बात, 1768 ई० में वाट्स ने भाप से चलनेवाले इंजन को परिष्कृत रूप दिया...... पर यह सत्य होने पर भी इन मशीनों ने उस समय की बढ़ती हुई गतिशीलता को प्रकट होने के साधन प्रदान किये, उन्हें उक्त गतिशीलता का कारण नहीं माना जा सकता।"[8] एडम्स लिखता है कि भारत के धन ने ही इंग्लैंड की इन मशीनों को गतिशीलता प्रदान की और वहाँ अपरिमित मात्रा में उत्पादन होने लगा। 1760 से 1815 तक विकास की गति काफी तेज हुई। निश्चित रूप से भारत के धन के इंग्लैंड पहुँचने के बाद ही इंग्लैंड की औद्योगिक क्रान्ति अपने विकास के बिन्दु पर पहुँच गई।

भारत पर प्रभाव—धन निकासी ने भारत की अर्थ-व्यवस्था की दुर्गति कर दी। इसके कई परिणाम भारत को भुगतने पड़े।

धन निर्गम के कारण भारत में पूँजी का संचय न हो सका। आर्थिक साधन नौकरशाही के खर्च जुटाने के साधन थे, भारत के लिए उनका उपयोग नहीं किया गया। अगर भारत के पास पूँजी रहती तो उसका उपयोग कृषि, व्यापार, उद्योग आदि में किया जा सकता था।

---

6. भारतीय स्वतन्त्रता आन्दोलन का इतिहास, खण्ड-एक, पृ० 362
7. जॉन स्ट्रेची, पृ० 67
8. द लॉज ऑफ सिविलिजेशन एण्ड डिके, पृ० 259-60

भारत से धन निकलने के कारण जहाँ इंग्लैंड में औद्योगिक उत्पादन बढ़ गया वहाँ भारत में घट गया। भारत के औद्योगिक उत्पादन में कई बाधाएँ उपस्थित हो गईं। भारत से ही सामान लेकर इंग्लैंड ने सामानों का उत्पादन किया और भारत में उनका निर्यात कर इसके बाजारों को भर दिया। इससे भारतीय उद्योगों को विकसित होने का अनुकूल अवसर नहीं मिला। विदेशी सरकार की यह नीति थी कि भारत के लोग अपने देश के औद्योगीकरण की दिशा में यथासम्भव पूँजी का विनियोग न कर पायें।

भारत के धन से इंग्लैंड की पूँजी बढ़ी और वही पूँजी भारत में वापस आकर लोगों का शोषण करने लगी। इस पूँजी को भारत में प्रयुक्त कर अंग्रेज अधिक-से-अधिक लाभ प्राप्त करने लगे। पूँजी बढ़ने के कारण भी थे। सारे आर्थिक साधनों पर यूरोप के लोगों ने अधिकार कर लिया था। सारी कोयले और सोने की खानों, जूट और पटसन की मिलों, मदिरा बनाने के स्थानों, काफी तथा चाय के बगीचों और नील की फैक्टरियों पर उनका एकाधिकार था। भारत की तीन-चौथाई ऊनी और कागज की मिलों, जूट, प्रेस, तेल मिलों, लकड़ी मिल, कपास के कारखानों आदि के मालिक विदेशी ही थे। सारे जहाजों का व्यापार, रेलें और बैंक उनके कब्जे में थे। 1900 ई० में मेकलिन्स ने ठीक ही लिखा कि "भारत की समस्त आय के साधन इस देश को गिरवी रख दिये गये हैं।" ऐसी स्थिति में भारत पूँजी का संचय कर ही नहीं सकता था।

आर्थिक निर्गम ने नैतिक निर्गम को बढ़ावा दिया। दादाभाई नौरोजी ने लिखा है कि देश में अंग्रेज अधिकारियों को नौकरियाँ दी गईं। उनकी जगह भारतीय नौकरी कर सकते थे। वे नौकरी करके पूँजी जमा कर सकते थे और उसका उपयोग भारत में ही होता। अंग्रेजों को जहाँ नौकरियों के चलते अनुभव और योग्यता मिली, वहाँ भारतीयों में इनका अभाव रहा। अनुभव तथा योग्यता का यह निकास नैतिक निर्गम ही था जिसने भारत को पतनोन्मुख बनाया।

धन निर्गम ने वास्तव में भारत को आर्थिक दृष्टि से खोखला बना दिया। जब भारत 1947 ई० में स्वतन्त्र हुआ तब उसे विरासत में विभाजित भारत के साथ-साथ विपन्न भारत भी मिला।

9

भारतीय रेल

विपनचन्द्र लिखते हैं कि "रेलों के निर्माण का भारतीय जनता के जीवन, संस्कृति और अर्थव्यवस्था पर एक क्रांतिकारी प्रभाव पड़ा। रेलों की स्थापना से पूर्व अंगरेज़ यथार्थ में न भारतीय जीवन में प्रवेश पा सके थे न भारत को विकासशील विश्वमंडी के साथ जोड़ सके थे और न ही भारत को पूँजीवादी विकास पथ की दिशा पर डाल सके थे। वस्तुत: देश के विदेशी शासकों ने समय बीतते-बीतते रेलों के निर्माण को देश के सभी आर्थिक रोगों की रामवाण औषधि के रूप में किया और अन्य सभी योजनाओं से उसे प्राथमिकता देते हुए उसके विकास पर शक्ति तथा तीव्रता से बल दिया।"[1]

निश्चित रूप से भारत के इतिहास में रेलों का निर्माण एक महत्त्वपूर्ण कदम है जिसने जीवन के सभी पहलुओं को, विशेषकर आर्थिक पहलू को गहरे रूप से प्रभावित किया। भारत में पहली रेलगाड़ी 16 अप्रील 1853 को, बम्बई से थाना के बीच 21 मील की दूरी तय करती हुई चली थी। 16 अप्रील 1953 को भारतीय रेल ने अपना शताब्दी समारोह मनाया। इन सवा सौ वर्षों की अवधि में भारतीय रेलों का काफी तीव्र गति से विकास हुआ है। 1900 में 24752 मील, 1951-52 में 34119 मील और 1958-59 में 35081 मील लम्बे रेल-पथ बन गये। 1990 तक रेल-पथों की लम्बाई में और भी वृद्धि हुई है। इस बीच 1925 में सरकार ने ईस्ट इण्डियन रेलवे (ई० आई० आर०) का राष्ट्रीयकरण कर दिया। 1944 तक सम्पूर्ण रेलवे के राष्ट्रीयकरण की प्रक्रिया भी पूरी कर ली गई। रेलों के कारण आज न केवल हमारी सभ्यता और संस्कृति का विकास हुआ है और न सिर्फ गाँव और शहर के लोग एक दूसरे के बहुत करीब आ गये हैं अपितु रेलों ने भारत के आधुनिकीकरण में सहयोग भी किया है।

रेलों के विकास के कारण :—

भारतीय रेलों के निर्माण और विकास में लार्ड डलहौजी ने सर्वप्रथम पहल किया। उसमें ऐसी बात नहीं कि वह भारत का कल्याण चाहता था, सच तो यह है कि भारत में रेलों के चालू हो जाने से सर्वाधिक लाभ ब्रिटेन और भारत में शासन करने वाले अंग्रेजों को था। भारत में रेल और रेल-पथों के निर्माण के लिए कई तत्वों ने काम किया जो इस प्रकार है :—

1. भारत में अंग्रेजों का शासन कम्पनी के नेतृत्व में लगभग 100 वर्ष पूरा होने को था। इन वर्षों के अन्तराल में अंग्रेजों ने यह अनुभव किया कि भारत में उनके शासन को सुदृढ़ बनाने की आवश्यकता है और सुदृढ़ता के लिए सैन्य टुकड़ियों का

---

1. भारत में आर्थिक राष्ट्रवाद का उद्भव और विकास, पृ० 152.

कम समय में भारत में एक स्थान से दूसरे स्थान तक जाना आवश्यक है ताकि जरूरत होने पर वे आन्तरिक विद्रोहों का दमन कर सकें और बाह्य आक्रमणकारियों को भी रोक सकें। अतः सुरक्षा के साधनों के विकास के लिए लम्बी दूर तक तेज गति से चलने वाले परिवहन के साधन की आवश्यकता थी। विदेशी शासन की सुरक्षा की इसी भावना ने भारत में रेल और रेल-पथ के निर्माण का मार्ग प्रशस्त किया। आर० सी० दत्त ने लिखा है कि इंग्लैंड की पार्लियामेंट में भारत में प्रशासनिक सुविधा के लिए रेलों के निर्माण-कार्य प्रारम्भ करने के लिए निरंतर दबाव पड़ रहा था अतः भारत पर शासन की पकड़ सुदृढ़ करने के लिए शीघ्रगामी रेल की आवश्यकता महसूस की गई।[2]

2. कम्पनी बहादुर की शासन नीति का मूलाधार भारत का आर्थिक शोषण करना था। अंग्रेज ब्रिटेन को औद्योगिक क्रांति के विकास के लिए भारत से अधिक-से-अधिक कच्चा माल ढो कर इंगलैंड ले जाना चाहते थे।[3] वह यह भी चाहते थे कि इंग्लैंड में जिन औद्योगिक वस्तुओं का उत्पादन हो उन्हें तेजी से कम समय में भारत लाकर उसके बाजारों को भर दिया जाय। संक्षेप में कच्चे माल को ढोने तथा आयात-निर्यात को सुविधाजनक बनाने के लिए शीघ्रगामी परिवहन के मुख्य साधन रेल की आवश्यकता हुई। भारत का शोषण करने के लिए रेल को ही अधिक उपयुक्त साधन माना गया।

3. भारत में रेल परिवहन को प्रारम्भ करने के लिए इंग्लैंड के पूँजीपतियों ने भी अपनी सरकार पर दबाव डाला।" भारतीय रेल-पथ-परिवहन इंग्लैंड के पूँजीपतियों की अतिरिक्त पूँजी के विनियोग के लिए अच्छा अवसर था। अतः अधिक स्पष्ट करते हुए ए० आर० देसाई लिखते हैं कि "ब्रिटिश पूँजीवाद के सामने यह समस्या भी थी कि ब्रिटेन में अधिक पूँजी एकत्र होती जा रही थी और उसका वहाँ लाभदायक इस्तेमाल संभव नहीं था। इस पूँजी के लिए विकास की जरूरत थी। रेलवे निर्माण का कार्यक्रम शुरू करने पर भारत सरकार को पूँजी की जरूरत होती थी। ब्रिटेन में एकत्र पूँजी के अतिरेक का एक अंश भारतीय सरकार को कर्ज रूप में दिया जा सका और इस तरह उसका विकास संभव हुआ।"[4]

4. भारत में रेलवे की स्थापना के प्रशासनिक कारण भी थे जिसमें सामरिक नीति भी शामिल थी। अंग्रेजों ने राजस्व प्रशासन की व्यवस्था की थी। उनकी सरकार ने गाँवों के अन्तर्जीवन पर आघात किया, उनके न्यायिक और पुलिस सम्बन्धी स्वातंत्र्य को समाप्त किया, उसकी जगह पर सारे देश को एक जैसी विधि व्यवस्था प्रदान की और उसके कार्यान्वयन के लिए गाँवों में अपने प्रतिनिधि भेजे। वस्तुतः उन्होंने पहले के स्वशासित गाँवों से वे सारे कार्य हथिया लिये जो राज्य द्वारा

---

2. आर० सी० दत्त, इकोनोमिक हिस्ट्री ऑफ इण्डिया।
3. डल्लू० डब्लू० ह्यूमर, द मार्क्विस ऑफ डलहौजी, पृ०-192-94
4. सोशल बैकग्राउन्ड ऑफ इण्डियन नेशनलिज्म (हिन्दी रूपान्तर), पृ०-103

संचालित होते थे........। इस तरह अंग्रेजों ने भारत में एक विशाल प्रशासनिक यंत्र की स्थापना की। इसके लिए रेलवे की स्थापना अनिवार्य थी।"

5. इंग्लैंड का उद्योगपति वर्ग भारत में रेलों के निर्माण और विकास के लिए अपनी सरकार पर दबाव डाल रहा था। वे उद्योगपति अपने कारखानों में अधिक-से अधिक वस्तुओं का उत्पादन कर उन्हें भारत में बेचने के लिए लालायित थे। उन्हें भारत एक विशाल बाजार के रूप में दिखलाई पड़ रहा था। यह वर्ग भारत के बन्दरगाहों को देश के प्रमुख नगरों से जोड़ देने के लिए रेलों के निर्माण पर जोर दे रहा था।

6. भारत में रेल परिवहन के विकास का श्रेय लॉर्ड डलहौजी को प्राप्त है। जिन दिनों वह गवर्नर जनरल बनकर आया था उन दिनों भारत की राजनीतिक स्थिति अच्छी नहीं थी। कम्पनी की शोषण नीति से व्यग्र होकर भारतीय विद्रोह करने पर उतारू थे। इस स्थिति में डलहौजी ने अनुभव किया कि "भारत में ब्रिटिश साम्राज्य को सुदृढ़ और सुरक्षित करने के लिए सैनिक छावनियों की अधिक आवश्यकता होनी चाहिए और उन समस्त छावनियों को रेल-मार्गों द्वारा एक दूसरे के साथ जोड़ देना चाहिए। अतः उसने भारत में रेल परिवहन के निर्माण और विकास की सारी व्यवस्था कर डाली।"

विकास के चरण :—

भारतीय रेल-पथ के विकास के कई चरण हैं। इन समस्त चरणों को दो शताब्दियों में समेट कर अध्ययन किया जा सकता है—19वीं शताब्दी में विकास और 20वीं शताब्दी में विकास।

19वीं शताब्दी में विकास :—

लार्ड डलहौजी के शासनकाल के पूर्व ही भारत में रेल-निर्माण का कार्य प्रारम्भ करने का निश्चय किया गया था। 1831-32 में मद्रास में निर्माण की योजना बनी थी और मद्रास तथा बंगलोर के बीच रेल-पथ बनाने की योजना बनी। परंतु यह रेलगाड़ी अपनी गति के लिए पशुओं पर निर्भर थी। अतः यह योजना सफल न हो सकी।

भारत के लिए सर्वप्रथम भाप रेलगाड़ियों की योजना 1843 में इंग्लैड में तैयार की गई और इसी समय भारत में रेलों का आरम्भ और विकास पुरानी गारंटी पद्धति के अन्तर्गत किया गया। यह पद्धति 1844 से 1869 तक चालू रही। 184 -45 में ईस्ट इण्डिया रेलवे कम्पनी और ग्रेट इण्डिया पेनिन्सुला रेलवे कम्पनी नामक दो प्राइवेट कम्पनियों ने कलकत्ता से उत्तर-पूर्व एवं बम्बई से पूर्व तथा उत्तर तक रेल-पथ के निर्माण के प्रस्ताव रखे। सरकार ने 1849 में इन कम्पनियों के साथ जो समझौता किया उसे पुरानी गारण्टी पद्धति (ओल्ड गारन्टी सिस्टम) कहते हैं। समझौते के अनुसार—(1) रेलवे कम्पनियों को सरकार ने निःशुल्क भूमि दी

जिसपर रेल-पथ बनाना था। (2) विनियोजित पूँजी पर कम्पनियों को 4½ से 5 प्रतिशत वार्षिक व्याज की गारन्टी दी गई और यह तय हुआ कि व्याज से अधिक लाभ कम्पनी और सरकार आपस में बाँट लेंगे। (3) 25 अथवा 50 वर्ष के बाद सरकार को कम्पनियों से रेलों को खरीद लेने का अधिकार होगा और (4) रेल कर्मचारियों की नियुक्ति, रेलभाड़ा आदि सभी कार्य सरकार करेगी कम्पनी नहीं।

पुरानी गारन्टी पद्धति के अन्तर्गत भारत में सर्वप्रथम बम्बई से थाना तक 16 अप्रील 1853 को रेल-पथ बना जो 21 मील लम्बा था। ईस्ट इण्डियन रेलवे के हावड़ा से हुगली तक के 23 मील लम्बे तक के प्रथम खण्ड का उद्घाटन 15 अगस्त 1854 को किया गया जिससे पूर्वी भारत में रेल परिवहन का प्रारम्भ हुआ। 1854 से 1856 तक तीन महत्त्वर्ण रेल-पथों का निर्माण किया गया—बम्बई से कल्याण रेल-पथ, जो 37 मील लम्बा था, कलकत्ता से रानीगंज रेल-पथ, जो 121 मील लंबा था, और मद्रास से आर्काट रेल-पथ, जो 65 मील लम्बा था। 1857 तक बम्बई कल्याण रेल-पथ पर 54 मील रेल मार्ग और जोड़ दिया गया। 1849 से 18,8 के बीच पुरानी गारन्टी पद्धति के अन्तर्गत 4265 मील लम्बा रेल-पथ तैयार हो गया। 1869 तक भारत में 11 बड़े रेलमार्ग थे।

पुरानी गारन्टी पद्धति दोषपूर्ण सिद्ध हुई। इस पद्धति ने फजूल खर्ची को बढ़ावा दिया। यद्यपि कम्पनियों को अच्छा लाभ प्राप्त हुआ, किन्तु मितव्ययिता नहीं बरती गई। विनियोग और ब्याज की गारन्टी के कारण मितव्ययिता को भुला दिया गया। इस पद्धति का एक दोष यह था कि सुविधायुक्त होने पर भी कम्पनी अपेक्षित दूरी तक रेलमार्गों का निर्माण नहीं कर सकी। इस योजना के अन्तर्गत रेल-पथों के विकास का वार्षिक औसत लगभग 342 किलोमीटर ही रहा। इस योजना से सरकार को अधिक घाटा रहा। पाँच प्रतिशत ब्याज की गारन्टी मिल जाने से रेलवे कम्पनियों ने अन्धाधुन्ध रुपया लगाना शुरू कर दिया। लागत की तुलना में आमदनी कम हुई और सरकार को करोड़ों रुपये की हानि उठानी पड़ी। भारत के एक भूतपूर्व वित्त सदस्य डब्लू० एन० मेयसी ने 1872 में अपने साक्ष्य में कहा : "रेल-पथों पर व्यय की जाने वाली सारी धनराशि अंग्रेज पूँजीपतियों से आती थी और जब तक उसे भारत के राजस्व में से 5 प्रतिशत ब्याज की प्रतिभूति प्राप्त थी, तब तक उसकी बला से, चाहे उधार दी गई धन राशि हुगली में फेंकी जाय अथवा ईंट-गारा बनाने के काम में ली जाय।[5] अतः आमदनी की जगह अधिक घाटा ही होने लगा और सरकार को स्वयं यह घाटा पूरा करना पड़ा।[6] जनवरी 1869 में अपने एक निबंध में गवर्नर जनरल जॉन लॉरेन्स ने भी कम्पनियों के लाभ और सरकार के घाटे का उल्लेख किया।[7] उसनें इस पद्धति को समाप्त कर देने की सिफारिश की। भारत सचिव ने 1870-80 की अवधि में इस पद्धति को समाप्त कर दिया और सरकार ने खुद अपने व्यय से रेलों का निर्माण करना

5. विपनचन्द्र, उद्धृत, पृ०-154-55

6. इम्पिरियल गजेटियर, खण्ड-3, पृ० 10-468

7. आर० डी० तिवारी, रेलवेज इन माडर्न इण्डिया, पृ०-56

प्रारम्भ किया। इसके अतिरिक्त इस पद्धति के अन्तर्गत रेलवे कम्पनियों का प्रबन्ध अच्छा नहीं कहा जा सकता। अपनी आय के सम्बन्ध में निश्चित रहने के कारण कम्पनी काम करने में उपेक्षा की नीति बरतती थी। कम्पनियों का हिसाब-किताब भी ठीक ढंग से नहीं रखा जाता था। एक तरफ इंजीनियरों को अच्छे वेतन दिये जाते थे और दूसरी तरफ उनके कार्यों का निरीक्षण नहीं किया जाता था। इस प्रणाली के अन्तर्गत केवल सुरक्षा और सैनिक आवश्यकताओं को ध्यान में रखकर रेल और रेल-पथ बनाये गये जिसके फलस्वरूप व्यापार के विकास पर ध्यान नहीं दिया गया। इस पद्धति ने आम जनता पर अधिक आर्थिक भार लाद दिया क्योंकि प्रतिवर्ष व्याज के रूप में सरकारी कोष से काफी रुपया चुकाना पड़ता था। इस पद्धति ने कम्पनी की कार्यक्षमता को नियंत्रित रखा। रेलवे को रेलवे कम्पनी और सरकार दोनों क्रियान्वित करते थे। इस दोहरे नियंत्रण के कारण रेलवे की कार्यक्षमता पर बुरा असर पड़ा। इस प्रणाली के सम्बन्ध में टी० रावर्टसन ने अपने प्रतिवेदन में इस प्रकार लिखा : "जिन रेलवे कम्पनियों ने अतिरिक्त लाभ अर्जित करने की आशा नहीं देखी उनके लिए मितव्ययिता के लिए कोई प्रलोभन नहीं था......जिन रेल कम्पनियों ने वर्ष के एक आधे भाग में अधिक व्यवसाय किया और दूसरे आधे भाग में नहीं, उन्हें वर्ष के अपेक्षाकृत बुरे आधे भाग में अधिक-से-अधिक व्यय करने के लिए प्रोत्साहन मिला क्योंकि वर्ष के अच्छे आधे भाग में अपेक्षाकृत कम व्यय उनके लाभ को बढ़ाता था जबकि बुरे अर्द्धभाग में परिवर्द्धित व्यय सरकार द्वारा प्रत्याभूत न्यूनतम लाभ को प्रभावित नहीं करता था।[8] यद्यपि 1869 में सरकार ने रेल-निर्माण का काम अपने हाथों में ले लिया और 1869 से 1881 के बीच 13 करोड़ रुपया व्यय करके लगभग 9875 मील लम्बे रेल-पथ का निर्माण किया किन्तु सरकार अधिक समय तक इस काम को अच्छी तरह न कर सकी और उसने पुनः पुरानी कम्पनियों का सहयोग लेने का निर्णय लिया। इन दिनों 1869 से 1872 तक पंजाब, राजपूताना, बंगाल, बम्बई, मद्रास आदि दुर्भिक्ष से आक्रांत हुए थे। और 1880 के दुर्भिक्ष आयोग ने सरकार को यह सुझाव दिया था कि यदि दुर्भिक्षों के आक्रमण से भारतीयों की रक्षा करनी है तो 20 हजार मील लम्बी रेल लाइन बनाना आवश्यक है।[9] अतः विवश होकर सरकार ने पुरानी कम्पनियों से सहायता ली और एक नई पद्धति निकाली। नवीन गारन्टी पद्धति पुरानी गारन्टी पद्धति को संशोधित कर 1882 में बनाई गई थी।

इस पद्धति के अनुसार व्याज की दर 5% से घटा कर $3\frac{1}{2}$% कर दी गई। इसके अतिरिक्त सरकार ने अतिरिक्त लाभ में अपना भाग बढ़ाकर 60% कर दिया। 25 वर्ष बाद सरकार रेल प्रबन्ध का अधिकार कम्पनी से अपने हाथ में ले सकती थी। रेल मार्गों को दो श्रेणियों में बाँटा गया—सुरक्षा और रक्षा के कार्य के लिए रेल-पथ जिनके निर्माण का कार्य सरकार के हाथों रहा और अन्य रेल पथ जिनका निर्माण नई योजना के अन्तर्गत कम्पनियां कर सकती थीं।

---

8. रिपोर्ट ऑन द एडमिनिस्टेशन एण्ड बर्किंग ऑफ द इण्डियन रेलवे, 1903, पारा-17
9. विपनचन्द्र, पृ०-155

नवीन गारन्टी पद्धति के अनुसार 1882 से 1921 तक रेल निर्माण का कार्य किया गया। 1882 से 1900 तक रैलों के विकास में तेजी आई। 1881 में भारत में 9875 मील लम्बे रेल-पथ बन गये थे जो 1900 के अन्त तक बढ़ कर 2500 मील हो गये। इस पद्धति के अन्तर्गत रेलों के द्वारा सरकार को लाभ होने लगा। 19वीं शताब्दी के अंतिम दशक में सरकार को रेलवे से लगभग पौने दो करोड़ रुपये का लाभ हुआ।

20वीं शताब्दी में विकास—

20वीं शताब्दी में भारत में रेल और रेल-पथ का निर्माण बहुत तीव्र गति से हुआ। रेल में यात्रा करने वाले यात्रियों की संख्या बढ़ी और देश के उद्योग और व्यापार भी विकसित हुए। भारत के निर्माण में रेल अब वरदान सिद्ध होने लगी। कार्यकारियों की कुशलता सिद्ध होने लगी, आय में वृद्धि हुई, मितव्ययिता पर ध्यान रखा जाने लगा और रेल एक उत्पादक व्यवसाय बन गया।

20वीं शताब्दी से रेलों के विकास के लिए कई समितियों का गठन होने लगा जिनकी सिफारिशों के अनुसार नवीन पद्धति के अन्तर्गत काम होने लगा। ऐसी ही एक रावर्टसन समिति थी जिसका गठन 1901 में किया गया था। इस समिति ने निम्नलिखित सुझाव दिये—

(1) एक रेलवे फण्ड का गठन किया जाय जो पुराने रेल-पथ में सुधार लावे और नये रेल-पथ का निर्माण करे।

(2) एक रेलवे बोर्ड का निर्माण किया जाय जिसमें व्यापारिक वर्ग के भी प्रतिनिधि हों।

(3) रेल-पथों को रेलवे कम्पनियों को पट्टे पर उठा दिया जाय ताकि प्रगति में कोई बाधा न आवे।

(4) रेलों की संचालन क्षमता में वृद्धि करने का प्रयास किया जाय, और

(5) गारंटी पद्धति से ही नये रेल-पथ बनें।

यद्यपि समिति के सुझाव उपयोगी थे किन्तु कई कारणों से उनके आधार पर काम नहीं किया गया। देश में राष्ट्रवाद की लहर तेज थी, इसलिए रेलवे कम्पनियों को रेल प्रबन्ध का भार नहीं दिया गया। पूँजी का अभाव रहने के कारण रेलवे फण्ड का गठन भी करना मुश्किल था किन्तु 1905 में रेलों के प्रबन्ध के लिए लॉर्ड कर्जन ने वाणिज्य एवं उद्योग विभाग के अन्तर्गत एक रेलवे बोर्ड की स्थापना अवश्य कर दी जिसके एक अध्यक्ष और दो सदस्य रखे गये।

इस व्यवस्था के फलस्वरूप 1915 तक 35200 मील लम्बा रेल-पथ बन गया। रेलों में कुल पूँजी भी 1901 में लगभग 340 करोड़ रुपये से बढ़ कर 1910 में लगभग 440 करोड़ रुपये हो गई। विनियोजन पूँजी पर शुद्ध लाभ की मात्रा 1910 में 0·62 प्रतिशत बढ़ गई। 1907 में लार्ड मैके की अध्यक्षता में मैके समिति बनी। इस समिति का मुख्य उद्देश्य रेलों की आर्थिक स्थिति और प्रशासनिक समस्याओं का अध्ययन करना था। 1908 में मैके समिति ने अपनी रिपार्ट प्रस्तुत की जिसमें अग्रलिखित सुझाव सरकार को दिये गये—

(1) भारत में 10000 मील लम्बे रेल-पथों का निर्माण किया जाय।

(2) रेल-पथों के निर्माण में 18 करोड़ 75 लाख रुपये लगाये जायँ।

(3) रेलवे कम्पनियों को अपना पैसा लगा कर ब्रान्च रेल-पथों का निर्माण करना चाहिए।

(4) सरकार अपने अधीनस्थ रेलों को रेलवे कम्पनियों को दे दे और रेलवे बोर्ड के सदस्यों के अधिकारों में वृद्धि की जाय।

(5) सरकार ने कुछ सिफारिशों के अनुसार काम किया लेकिन रेलवे कम्पनियाँ मुख्य और ब्रांच रेल पथ का निर्माण अच्छे ढंग से न कर सकीं। 1908 में सरकार ने रेलवे बोर्ड को मान्यता दे दी। लेकिन सरकार ने सुझाव के अनुसार धन रेल-पथ के निर्माण में नहीं दिया जिसकी कटु आलोचना की गई।

प्रथम विश्वयुद्ध के समय भारत में रेल विकास के कार्य की प्रगति धीमी हो गई लेकिन इसके बाद 1920 में जब विलियम आकवर्थ की अयक्षता में आकवर्थ समिति बनी तब रेलवे का विकास पुनः होने लगा। इस समिति ने रेल प्रबन्ध में सुधार लाने के लिए सरकार को निम्नलिखित सुझाव दिया—

(1) समिति ने ब्रिटिश कम्पनियों, अथवा ब्रिटिश एवं भारतीय कम्पनियों के मिश्रण की पद्धति द्वारा प्रबन्ध प्रणाली को अस्वीकार कर दिया और यह सुझाव दिया कि रेलों का प्रबन्ध सरकार करे। "गारन्टी पद्धति का काल समाप्त हो जाने पर सभी कम्पनियों के उत्क्रमणों को सरकार के प्रत्यक्ष प्रबन्ध में दे दिया जाय।" "समिति ने राज्य-प्रबन्ध के अन्तर्गत प्रबन्ध, विकास समन्वय कर देने का सुझाव दिया।

(2) समिति ने रेलवे बोर्ड का नाम रेल आयोग कर देने की सिफारिश की जिसमें पाँच सदस्य मुख्य आयुक्त, वित्तीय आयुक्त और तीन सदस्य रखने की बात कही। रेल आयोग के सदस्यों की सहायता के लिए कुछ विशेषज्ञ रखने की बात कही। उसने यह भी सुझाव दिया कि रेल बोर्ड तथा रेलों का सारा कार्य वायसराय के परिषद् के एक सदस्थ के अधीन हो जो रेलों से हमेशा सम्पर्क बनाये रखे और इस उद्देश्य के लिए एक नये विभाग का निर्माण किया जाय। इस विभाग का काम होगा बन्दरगाहों, जल-परिवहन, थल-परिवहन और संचार के साधनों का निरीक्षण करना। परिषद का सदस्य रेल विभाग का भी अध्यक्ष हो।

(3) एक "रेल भाड़ा ट्रिब्यूनल" स्थापित करने का सुझाव दिया गया जिसमें तीन सदस्य रखने की बात कही गई। ट्रिब्यूनल का काम होगा रेल भाड़ों के सम्बन्ध में जनता की शिकायतों को सुनना और रेलवे कर्मचारियों के साथ हुए विवादों को सुलझाना।

(4) केन्द्रीय तथा सलाहकार समितियाँ बनें जो जनता की शिकायतों को सरकार तक पहुँचावे।

(5) रेल कर्मचारियों का भारतीयकरण किया जाय और इसकी एक न्यूनतम सीमा निर्धारित कर दी जाय।

सम़िति की सिफारिश को ध्यान में रखकर सरकार ने 1922 में रेलवे बोर्ड का पुनर्गठन किया और रेलों के राष्ट्रीयकरण की नीति क्रिया में परिणत की जाने लगी। 1924 के बाद रेलवे के लिए अलग बजट तैयार होने लगा और रेलवे संचित कोष तथा रेलवे ह्रास कोष का गठन कर रेलों का आशाप्रद विकास होने लगा। सामान्य राजस्व से रेलवे वित्त को पृथक कर दिया और इस प्रकार रेलवे ही अपने आय-व्यय के लिए उत्तरदायी बनी।

इन सिफारिशों के फलस्वरूप 1926 से 1930 के बीच भारतीय रेल अधिक विकसित हुई। 1930 तक 41700 मील लम्बे रेल-पथ बन कर तैयार हो गये। रेलों में विनियोजित पूँजी की मात्रा भी बढ़ कर लगभग 857 करोड़ हो गई। रेल विभाग की आय में भी वृद्धि हुई। 1819-20 में उसकी आय लगभग 89 करोड़ रुपये थी जो 1920-30 में बढ़कर 116 करोड़ रुपये हो गई।

1926 में डिकिन्सन समिति का गठन हुआ जिसने "एकाउन्टेन्सी की पद्धति और पूँजीपति तथा आयगत प्राप्ति के व्ययों का अंकेक्षण करके एक उन्नतिशील पद्धति अपनाने की सिफारिश की थी। इसी वर्ष रॉबन समिति का भी गठन किया गया था जिसका सुझाव था कि सरकार कुछ नये रेल-पथ का भी निर्माण करे। सरकार ने इन सभी सुझावों को स्वीकार कर लिया।

1929-30 में जब आर्थिक मंदी आई तब उसका प्रभाव भारतीय रेल पर पड़ा। इससे बचने के लिए सरकार ने 1931 में रेलवे छटनी उप-समिति का गठन किया जिसमें खर्च रोकने के लिए और खर्च में मितव्ययिता लाने के लिए सरकार ने कई सुझाव दिये। 1932 में एक पोप समिति बनी जिसने रेल पथों पर प्रतिदिन होनेवाले व्ययों में मितव्ययिता लाने की बात कही। इसी प्रकार 1935-36 में जनलेखा समिति का गठन हुआ जिसने रेलों की बिगड़ती आर्थिक स्थिति के सम्बन्ध में सरकार को व्यवस्था लाने के सुझाव दिये। सरकार ने इन विभिन्न समितियों के सुझावों को स्वीकार किया और तदनुसार काम करने का प्रयास किया।

इन सभी समितियों में बड़ी और महत्त्वपूर्ण बेजबुड समिति (वेजबुड समिति) थी जिसका गठन 1936-37 में किया गया। समिति ने जून 1937 में रेलों का स्थिति की जाँच कर अपनी रिपोर्ट दाखिल की। इस समिति के मुख्य सुझाव इस प्रकार है—

(1) रेलों द्वारा सामान्य बजट में अंशदान शीघ्र रोक दिया जाय।
(2) रेलवे संचित कोष और रेलवे ह्रास कोष में प्रतिवर्ष 30 करोड़ रुपये जमा किये जाएँ जौर इन दोनों को आर्थिक रूप से मजबूत किया जाय।
(3) रेलवे के थल संयंत्रों को अधिक प्रभाव में लाया जाय और प्रयोग में मितव्ययिता के सिद्धान्त का पालन किया जाय।
(4) रेलवे के प्रत्येक विभाग की परीक्षा की जाय और अत्यधिक कर्मचारियों की छटनी कर दी जाय।

(5) विकास कार्य में प्रोत्साहन देने के लिए एक केन्द्रीय आर्थिक अन्वेषण समिति का गठन किया जाय।

(6) रेलों की कार्यप्रणाली अधिक-से-अधिक सरल बनाई जाय। एक विज्ञापन व्यूरो और रेलवे सूचना अधिकारी की स्थापना की जाय।

(7) रेल प्रबन्ध में गैर-भारतीयों को अधिक रखा जाय।

(8) रेलों की गति में वृद्धि लाई जाय ताकि खर्च में कटौती हो।

(9) कम दूरी के लिए स्थानीय गाड़ियाँ चलाई जायँ।

(10) वापसी टिकट की व्यवस्था की जाय ताकि अधिक यातायात के प्रति लोगों में आकर्षण हो, आदि।

1937 में वर्मा को काट कर भारत से अलग कर दिया गया जिसके फलस्वरूप 2000 मील लम्बे रेल-पथ वर्मा में चले गये। 1939 के पूर्व भारत में 41 हजार मील लम्बे रेल पथ बन गये थे और विनियोजित पूँजी की मात्रा भी लगभग 850 करोड़ रुपये लगभग थी।

द्वितीय विश्वयुद्ध में रेलों पर असाधारण भार आ गया, फिर भी उसकी आय में वृद्धि हुई। 1944 तक सम्पूर्ण रेलों का राष्ट्रीकरण कर दिया गया।

1947 में भारत में 42 स्टेट कम्पनी रेलवे यूनिट थे जिन्हें मिला कर भारतीय सरकारी रेल में परिणत कर दिया गया। जब 1947 में देश का बटबारा हुआ तब लगभग 7000 मील लम्बे रेल मार्ग पाकिस्तान में चले गये और लगभग 150 रुपये का पूँजी विनियोग भी पाकिस्तान के हिस्से में आ गया। कुल 803 करोड़ रुपये के ऋण पूँजी में से 667·43 करोड़ की ऋण पूँजी भारत को तथा शेष पाकिस्तान को प्राप्त हुई।

भारत विभाजन का भारतीय रेलवे पर बहुत बुरा प्रभाव पड़ा। भारत के हिस्से में जितनी रेल इंजिनें मिली थीं उनमें से लगभग $\frac{1}{3}$ इंजिनें बहुत पुरानी थीं और ढंग से काम नहीं कर रही थीं। दूसरे लगभग 83 हजार मुसलमान रेल कर्मचारी पाकिस्तान चले गये जिसके फलस्वरूप रेल कर्मचारी की संख्या भारत में घट गई। इसी समय विभाजित भारत से आसाम का रेल सम्बन्ध टूट गया। अतः शीघ्र ही आसाम तक रेल मार्ग बनाना आवश्यक हो गया। जनवरी 1950 से रेल मार्ग का निर्माण किया जाने लगा और 143 मील लम्बा रेलमार्ग बना। एक बड़ा प्रभाव विभाजन का यह हुआ कि रेलमार्गों को अब कराँची के बदले बम्बई बन्दरगाह से सम्बद्ध किया गया और इससे भारत की नई सरकार को काफी खर्च का वहन करना पड़ा। भारतीय रेल का एक बड़ा भाग पाकिस्तान में चला गया था, बहुत सी रेलवे लाइनें टूट गई थीं और इसी प्रकार कई तरह की समस्यायें पैदा हो गई थीं।

निश्चित रूप से 1947 के बाद भारतीय रेल की स्थिति अच्छी नहीं थी। रेल और रेलमार्ग को सुधारने के लिए 1948 में पंडित हृदयनाथ कुंजरू की अध्यक्षता में कुंजरू समिति बनी जिसने 1949 में अपना प्रतिवेदन प्रस्तुत किया। प्रतिवेदन में यह कहा गया कि—(1) रेल कर्मचारियों की कार्यक्षमता बढ़ाई जाय। (2) रेलवे में कार्य विश्लेषण पद्धति का सिद्धान्त लागू किया जाय (3)

रेलों का विद्युतीकरण किया जाय (4) रेलों के संचालन एवं प्रबन्ध के लिए सम्बद्ध संगठन स्थापित किये जायँ। (5) रेल कर्मचारियों के मंहगाई भत्ते में वृद्धि की जाय और उन्हें खाद्यान्न नहीं दिये जाएँ (6) रेलों के पुनर्समूहीकरण का कार्य पाँच वर्षों के लिए स्थगित रखा जाय और (7) रेलवे द्वारा सामान्य राजस्व को जो अंशदान दिया जाता है वह स्थायी रूप से जारी रखा जाय।

कुंजरू समिति के सुझाव के अनुसार स्वतंत्र भारत की सरकार ने काम करना प्रारम्भ किया जिसके फलस्वरूप 1950 तक भारतीय रेल पुनः प्रगति की ओर बढ़ चली। 1950 तक भारतीय रेलमार्ग की कुल लम्बाई 34022 मील थी जिसके निर्माण में लगभग 812.99 करोड़ रुपये लगे थे। इस वर्ष तक रेल से 51·30 करोड़ रुपये की आमदनी प्रतिवर्ष थी। 1952 में रेल-पथ की लम्बाई 34123·24 मील हो गई। इस तरह भारतीय रेल की स्थिति में कुछ सुधार आया।

भारतीय रेल-पथों का पुनर्समूहीकरण भी किया गया। कुंजरू समिति ने अगले 5 वर्षों के लिए पुनर्समूहीकरण का कार्य स्थगित कर देने का सुझाव दिया था किन्तु 1950 में इस तथ्य पर विस्तारपूर्वक विचार करने के लिए एक समिति का गठन किया गया, जिसने रेलवे को 6 अंचलों में विभाजित कर देने का परामर्श दिया अतः 1951 में ही रेल-पथ के पुनर्समूहीकरण के सिद्धान्त को लागू कर दिया गया जिसके अन्तर्गत रेलवे में कई प्रकार के सुधार लाये गये। रेल-पथ को 6 समूह की जगह 9 समूहों में विभाजित कर दिया गया जो इस प्रकार हैं :—(1) दक्षिण रेल-पथ—इसका उद्घाटन 14 अप्रील 1951 को हुआ और उसके अन्तर्गत मद्रास और दक्षिण मराठा रेलवे, दक्षिण रेलवे तथा मैसूर रेलवे सम्मिलित किये गये। इस रेल-पथ का प्रधान कार्यालय मद्रास में खोला गया। (2) पश्चिमी रेल-पथ—जिसका उद्घाटन 5 नवम्बर 1951 को हुआ। इसमें बम्बई, बड़ौदा और सेन्ट्रल इण्डिया रेलवे, सौराष्ट्र रेलवे, कच्छ, राजस्थान तथा जयपुर रेलवे सम्मिलित थी। इसका प्रधान कार्यालय बम्बई को बनाया गया। (3) मध्य रेल-पथ—जिसका उद्घाटन 5 नवम्बर 1951 को हुआ और उसमें ग्रेट इण्डियन पेनिन्सुला रेलवे, निजाम रेलवे, सिन्धिया रेलवे और ढोलपुर रेलवे को शामिल किया गया। इसका भी प्रधान कार्यालय बम्बई में खोला गया। (4) उत्तरी रेल पथ—इसका उद्घाटन 14 अप्रील 1952 को हुआ। इस समूह में ईस्ट पंजाब, जोधपुर, बीकानेर रेलवेज और ईस्ट इण्डियन रेलवे के तीन ऊपरी भाग शामिल थे। दिल्ली में इसका हेड क्वार्टर था। पूर्व रेल पथ का उद्घाटन 14 अप्रील 1952 को हुआ जिसमें तीन ऊपरी भागों को छोड़कर ईस्ट इण्डियन रेलवे को रखा गया। कलकत्ता इसका प्रधान कार्यालय था। (6) उत्तर-पूर्वी रेल-पथ—का उद्घाटन 14 अप्रील 1952 को हुआ और इसका प्रधान कार्यालय गोरखपुर रखा गया। इसमें अवध तिरहुत रेलवे, आसाम रेलवे, आर० बी० बी० एण्ड सी० आई० रेलवे के फतेहगढ़ जिले को सम्मिलित किया गया। (7) दक्षिण-पूर्वी रेलवे—का उद्घाटन 1 अगस्त 1955 को किया गया। इसका प्रधान कार्यालय कलकत्ता रखा गया। इसमें भूतपूर्व बंगाल-नागपुर रेलवे को रखा गया है। (8) उत्तरी-पूर्वी सीमान्त रेल-पथ में आसाम रेलवे के कुछ भाग और अवध तिरहुत रेलवे के कुछ भाग रखे गये हैं। इसका प्रधान कार्यालय पाण्डु रखा गया। इसका उद्घाटन 15 जनवरी 1958 को हुआ था। (9) दक्षिण मध्य रेलवे—इसका उद्घाटन 1 अक्टूबर 1966 को

हुआ । इसका मुख्य कार्यालय सिकन्दराबाद हुआ ।

यद्यपि इस पुनर्समूहीकरण के पक्ष और विपक्ष में बहुत सी बातें कही गईं किन्तु इससे कालांतर में लाभ हुआ । खर्च में मितव्ययिता आई । रेलों का अधिक उपयोग बढ़ा और व्यापारियों तथा उद्योगपतियों को लाभ हुए ।

आजादी के बाद सरकार ने पंचवर्षीय योजना का श्रीगणेश किया जिसके द्वारा भारत में चतुर्दिक विकास होने लगा । पंचवर्षीय योजनाओं में रेलवे को भी स्थान मिला और इन योजनाओं के फलस्वरूप रेलवे में काफी विकास आया । किन्तु यह कहना उचित नहीं है कि भारतीय रेल समस्याओं से मुक्त है । अभी भी रेलवे को कई समस्याओं का सामना करना पड़ता है । इसके प्रबन्ध में काफी व्यय होता है, कार्यकुशलता बहुत अच्छी नहीं है । सुरक्षा का अभाव है, आत्मनिर्भरता नहीं है; यात्रियों को अधिक सुविधाएँ नहीं हैं, रेलों पर आक्रमण भी किया जाता है । रेलवे वित्त की स्थिति बिगड़ी हुई है । जुलाई 1991 में पी० वी० नरसिंहा राव की सरकार ने जो रेलवे बजट पास किया है, उसमें भी इन समस्याओं की ओर पूर्णतः ध्यान नहीं दिया गया है । भारतीय जनता पार्टी के अध्यक्ष डॉ० मुरली मनोहर जोशी ने स्पष्ट शब्दों में कहा है कि सरकार ने रेलवे की सुरक्षा, यात्रियों की सुविधा आदि पर ध्यान नहीं दिया है । अन्य नेताओं ने भाड़े की वृद्धि के लिए आलोचना की है ।

ब्रिटिश रेलवे का प्रभाव

ब्रिटिश भारतीय रेलवे ने भारत के आर्थिक, सामाजिक और राजनीतिक जीवन को गहरे रूप से प्रभावित किया । इसके प्रभाव अच्छे और बुरे दोनों प्रकार के थे । लेकिन तत्काल भारत में रेलवे की शुरुआत भारत के लिए लाभप्रद रही ।

आर्थिक प्रभाव

ब्रिटिश शासन काल ने रेलवे ने देश की अर्थ-व्यवस्था का काया पलट कर दिया । कृषि, उद्योग, व्यापार, श्रम, ग्रामीण अर्थव्यवस्था, डाकसेवा आदि इससे प्रभावित हुए । यद्यपि तत्काल अंग्रेजों को रेल सेवा से अधिक लाभ हुआ, किन्तु भारत को भी लाभ प्राप्त हुए । इंग्लैंड के इस कार्य के चलते परिवहन क्रान्ति का अनुभव करने वाले भारत एशिया का प्रथम देश था ।

कृषि पर प्रभाव :—

रेलों के कारण कृषि के विभिन्न पहलू विकसित हुए । अब कृषि केवल जीवन-निर्वाह के लिए ही नहीं व्यापार के लिए भी की जाने लगी । खाद्य फसलों के साथ-साथ अन्य फसलें भी उगाई जाने लगीं । फसलों का विशिष्टीकरण होने लगा । उदाहरण के लिए बंगाल में जूट, पंजाब, में गेहूँ, और बम्बई में कपास की खेती होने लगी और इन सामानों को रेलमार्ग के द्वारा जहाँ-तहाँ भेजकर अधिक आय प्राप्त की जाने लगी । रेलों ने कृषि की उपज के बाजार विस्तृत किये । व्यापारिक फसलों को अधिक-से-अधिक पैदा करने की प्रवृत्ति किसानों में जगी जिन्हें वे बाजारों में बेचकर नकद धन पाने लगे । परिवहन व्यय में कमी आई । रेल के द्वारा कृषि

उत्पादित सामानों को कम व्यय करके आसानी से भेजा जाना संभव हो गया। किसान देश के विभिन्न भागों की यात्रा करके कृषि से संबंधित कला और प्रयोग की जानकारी लेने लगे। संक्षेप में कृषि अब स्थानीय महत्ता की अपेक्षा राष्ट्रीय महत्त्व की हो गई और इसका श्रेय रेलों को ही प्राप्त है।

व्यापार पर प्रभाव :—

डॉ० जॉनसन ने लिखा है कि रेलों के विकास ने आन्तरिक एवं बाह्य दोनों व्यापारों को विकसित किया। चाय, पटसन, कोयला, लोहा, अनाज, कपास, खाल आदि वस्तुएँ रेलों के द्वारा एक स्थान से दूसरे स्थान पर तेजी से भेजने में सहुलियत हुई और इन वस्तुओं का निर्यात भी किया जाना संभव हो गया। देश के अन्दर वस्तुओं की ढुलाई का काम रेलवे ने बहुत अधिक किया। इसी तरह रेलों ने बन्दरगाहों से देश के भीतरी भागों में माल पहुँचाना प्रारम्भ किया जिससे विदेशी व्यापार का विकास हुआ।

आधुनिक उद्योगों पर प्रभाव :—

रेलों ने भारत में आधुनिक उद्योगों के विकास को प्रोत्साहित किया। जैसे-जैसे रेल-पथ बन्दरगाहों से देश के भीतरी भागों तक विकसित होते गये वैसे-वैसे विभिन्न प्रकार के उद्योग भी उन भागों में स्थापित होते गये। चाय बगानों का विकास रेल यातायात के कारण अधिक हुआ। अंग्रेजों ने इन बगानों के विकास में अपनी पूँजी लगाई। इसी प्रकार रेल परिवहन के कारण ही बम्बई में मिलों ने सूती वस्त्र को और बंगाल ने जूट उद्योग को विकसित किया। रेलों के द्वारा कच्चा माल, कोयला, तेल आदि चीजों को औद्योगिक क्षेत्रों में पहुँचाया जाने लगा और औद्योगिक कारखानों द्वारा उत्पादित सामानों बो देश में वितरित किया जाने लगा। वन उद्योग, खनिज़ उद्योग, इंजिनियरिंग उद्योग आदि के विकास में रेलों ने अहम भूमिका निभाई। श्रमिकों की गतिशीलता बढ़ाने में भी रेलों ने काम किया। इस तरह भारत में आधुनिक उद्योगों के विकास का द्वार रेलों ने खोला।

रोजगार के अवसर :—

रेलों ने भारतीयों को रोजगार के कई अवसर प्रदान किये। भारत में रेलों का निर्माण और विकास का काम होने से कई लोगों को रोजगार मिला और विभिन्न रोजगारों का भी विकास हुआ।

मूल्य स्तर पर प्रभाव :

व्हे रा एन्स्टे के अनुसार "वस्तुओं के मूल्यों में उतार-चढ़ाव को रोकने में तथा

10. जॉनसन, पृ० 93-97

अकालों के प्रभाव को कम करने में रेलों ने पर्याप्त योगदान किया है।"[11] रमेश दत्त के अनुसार रेलों ने खाद्यान्नों की विषमता को कम किया तथापि खाद्यान्नों की पूर्त्ति रेलों द्वारा नहीं बढ़ सकती थी।[12]

रेलों ने समस्त देश में कीमतों में समानता की प्रवृत्ति को भी बढ़ावा दिया। कम समय में तेजी से जब वस्तुएँ एक स्थान से दूसरे स्थान पर रेलों के द्वारा पहुँचाई जाने लगी तब कीमतों के अन्तर अपने-आप कम होते गये। देश के विभिन्न भाग एक-दूसरे से जुड़ते गये जिसके फलस्वरूप कीमतों में समानता की प्रवृत्ति पनपती गई।

सामाजिक प्रभाव :

रेलों ने न केवल आर्थिक क्षेत्र को प्रभावित किया बल्कि कई सामाजिक पहलुओं को भी कई दृष्टियों से प्रभावित किया।

डॉ० ए० आर० बेसाई ने सामाजिक प्रभाव का उल्लेख करते हुए लिखा है कि "रेलों ने भारत के ग्रामों को स्वावलम्बन तथा एकांकी अस्तित्व को समाप्त करके भारतीय जनता में राष्ट्रीय भावना तथा एकता को जन्म दिया। देश के विभिन्न क्षेत्रों में निवास करनेवाली जनता को एकता के सूत्र में बाँधने का श्रेय बड़ी सीमा तक रेलों को ही है।"[13] रेलों ने वैज्ञानिक तथा प्रगतिशील सामाजिक, विचारों के प्रसार में काफी सहयोग किया। अस्पृश्यता के परिसमापन और भारतीयों के सामाजिक दृष्टिकोण को उदार बनाने में रेलों का योगदान प्रशंसनीय माना जायेगा।

सामाजिक जीवन को आधुनिक बनाने में तथा दृष्टिकोण को व्यापक बनाने में आधुनिक नगरों का योगदान होता है। आधुनिक और औद्योगिक नगरों के विकास में रेलों ने काफी सहयोग किया जिसके फलस्वरूप भारत के सामाजिक जीवन में परिवर्त्तन आना संभव हो गया।

राजनीतिक प्रभाव :

रेलों ने भारतीय राजनीति को भी प्रभावित किया। रेलों के विकास से ब्रिटिश शासन को भारतीयों पर नियंत्रण रखने में सुविधा हो गई। 1857 और उसके बाद भी भारत में जन्म लेनेवाले उपद्रवों और विरोध से स्वर को कुचलने में शासन को इसलिए सुविधा हुई क्योंकि वह अब रेलों के जरिये सेना को आसानी से एक जगह से दूसरी जगह भेज सकती थी।

रेलों ने भारत में राष्ट्रीय आन्दोलन के विकास में भी सहयोग किया। डॉ० देसाई का मत है कि सम्पूर्ण भारत में 19वीं शताब्दी के उत्तरार्द्ध से जो राष्ट्रीय

11. ह्वेरा एन्स्टे, पृ० 143-44।
12. आर० सी० दत्त, पृ० 360।
13. ए० आर० देसाई, पृ० 116-19।

संगठन बनने प्रारम्भ हुए उनका मुख्य श्रेय रेलों को ही प्राप्त है। राजनीतिक चेतना जागृत करके वास्तव में रेलों ने जनतंत्रीय व्यवस्था के लिए एक आधार तैयार किया।

कथित सन्दर्भों में रेलवे के अच्छे आर्थिक, सामाजिक और राजनीतिक परिणामों का उल्लेख किया गया है। देश का आर्थिक एकीकरण, कृषि, व्यापार और उद्योग की प्रगति, मूल्य स्तर की समानता, शासन की सुरक्षा, सामाजिक दृष्टिकोण में परिवर्तन आदि सभी अच्छे परिणाम कहे जा सकते हैं।

रेलों के बुरे प्रभाव :

रेलों ने भारत पर कुछ बुरे प्रभाव भी छोड़े। यद्यपि भारतीय अर्थव्यवस्था अच्छी हुई, लेकिन उस पर रेलों के कारण बहुत ही बुरा प्रभाव पड़ा और भारत को कई तरह की हानियाँ उठानी पड़ीं।

स्वदेशी उद्योगों का विनाश :

रेल ने भारतीय उद्योगों के विनाश में अपना हाथ बटाया। कारखानों से उत्पादित देशी माल को रेलों ने देश के भीतरी भाग तक पहुँचाया, वस्तुओं की बिक्री के लिए बाजारों के विकास में सहायता की और इस प्रकार स्वदेशी उद्योग ठप पड़ने लगे। इसके अतिरिक्त रेलमार्गों के विकास के कारण भारत में विदेशों से सस्ती वस्तुएँ आने लगीं चूँकि इंग्लैंड में औद्योगिक क्रांति हो चुकी थी जिसके फलस्वरूप वस्तुओं का उत्पादन अधिक होता था और इस कारण वस्तुओं की कीमत घट गई थी। ऐसी वस्तुओं की प्रतियोगिता में भारत के घरेलू उद्योगों से निर्मित वस्तुएँ महँगी होने के कारण टिक नहीं सकीं। अतः कुटीर एवं स्वदेशी उद्योग पतनोन्मुख हो गये।

कृषक और कृषि पर बुरे प्रभाव :

रेलों ने कृषक और कृषि दोनों पर अपने बुरे प्रभाव डाले। कृषि का वाणिज्यीकरण होने लगा। कपास, पटसन, चाय आदि की खेती बढ़ गई जिसका रेलों के माध्यम से व्यापार होने लगा। रेलों के कारण कृषि का वाणिज्यीकरण होने से खाद्यान्न की कमी हो गई जिसके फलस्वरूप भारत में दुर्भिक्ष पड़े। शिल्प कला के विनाश से कृषि पर जनसंख्या का भार बढ़ गया। भूमिहीन श्रमिकों की संख्या में वृद्धि हुई और दुर्भिक्ष बहुत संभावित हो गया। कृषि के वाणिज्यीकरण ने कृषकों को ऋणग्रस्त बना दिया। किसानों की आत्मनिर्भरता में भी कमी आई।

वनों का विनाश :

रेलमार्ग के निर्माण में भारत के जंगल अच्छी संख्या में काट डाले गये। जंगलों की कमी हो गई। इस कमी ने जलवायु को प्रभावित किया जिसका कृषि पर प्रतिकूल प्रभाव पड़ा। बाढ़, भूक्षरण आदि रोग उत्पन्न हो गये। अतः ब्रिटिश सरकार ने वन संरक्षण नीति की उपेक्षा कर भारत को दरिद्र बना दिया।

भारत का शोषण :

भारत के शोषण में रेलों के कारण बढ़ोत्तरी हुई। विदेशी पूँजीपतियों ने भारत में पूँजी लगाकर लाभ प्राप्ति की दृष्टि से रेलों का निर्माण किया और बाद में व्यापार, उद्योग, कृषि आदि से धनार्जन करना प्रारम्भ किया। भारत का धन विदेशों को मिलने लगा। सरकार की यह नीति रही कि विदेशी पूँजी के माध्यम से भारत में उपलब्ध साधनों का भरपूर लाभ उठाया जाय। अंग्रेज व्यापारी सम्पूर्ण भारत में फैल जायें और हर प्रकार से भारत का आर्थिक शोषण हो।

भारतीय अर्थव्यवस्था पर कुठाराघात :

सरकार की रेल नीति के कारण देश की अर्थव्यवस्था पर भारी भार पड़ गया। रेल निर्माण की पुरानी और नई गारंटी पद्धतियों के कारण भारतीय जनता का शोषण किया गया। रेल निर्माण का खर्च जनता पर करों का भार लाद कर जुटाया गया। इसके अतिरिक्त रेलों के द्वारा कच्चे माल को ढोकर इंग्लैंड ले जाया गया। खाद्यान्नों का निर्यात करके देश को दरिद्र बनाया गया। संक्षेप में यह कहा जा सकता है कि सरकार की इस रेल व्यवस्था ने देश की अर्थव्यवस्था को बिगाड़ दिया। ए० आर० देसाई ने लिखा है कि ब्रिटिश सरकार ने मूलतः अपने लाभ के लिए भारत में रेल का विकास किया था, इसलिए भारत की हर प्रकार की व्यवस्था पर तत्काल इसका कुप्रभाव पड़ना ही था। उनके शब्दों में "भारत से आवागमन के आधुनिक साधनों की स्थापना और विस्तार, भारतीय राष्ट्र के आर्थिक, सामाजिक, राजनीतिक और सांस्कृतिक जीवन के सहज स्वतंत्र और बहुमुखी विकास के दृष्टिकोण से नहीं, वरन् मूलतः भारत में अंग्रेजों के आर्थिक, राजनैतिक और सैनिक स्वार्थों की पूर्त्ति के लिए किया गया। इस कारण भारतीय आवागमन और संचार व्यवस्था का रूप उपनिवेशी रहा। इसलिए भारत में रेलवे और सड़कों का विकास अपर्याप्त, एकांगी और विकृत रहा।"[14]

आधुनिक भारत के निर्माण में रेलों की भूमिका :

यह सही है कि भारत में रेलवे तथा परिवहन के अन्य साधनों का विकास ब्रिटिश हित की दृष्टि से किया गया और एकांगी रहा, फिर भी आधुनिक भारत के निर्माण में इसकी प्रगतिशील भूमिका रही।

भारत के प्रान्तों में समाज के आर्थिक आधार को नष्ट करने में रेलवे ने ऐतिहासिक दृष्टि से प्रगतिशील नई आर्थिक शक्तियों की मदद की। उन्होंने आधुनिक समाज के औद्योगिक माल को भारत में पहुँचाने में मदद की और इस तरह गाँवों की आर्थिक आत्मनिर्भरता को समाप्त किया। उन्होंने भारत को एक आर्थिक इकाई बनाने में मदद की और विश्व की मण्डी से भारत का संबंध जोड़ा। रेलवे के कारण राष्ट्रीय अर्थव्यवस्था सम्भव हो सकी, जो भारतीय राष्ट्र का मौलिक आधार है।[15]

---

14. ए० आर० देसाई, पृ० 104।
15. वही, पृ० 105।

भारत में उद्योगीकरण की प्रक्रिया को तीव्र करने में रेलवे की भूमिका अहम थी। जोन ब्यूकम्प ने लिखा है कि "रेलवे के निर्माण भारतीय मध्यम वर्ग में शिक्षा का प्रचार; ग्रेट ब्रिटेन द्वारा वसूल किये जाने वाले कर का बढ़ता हुआ बोझ और उसके साथ कृषि पर बढ़ता हुआ दबाव, रूई, जूट, लोहा, कोयला जैसे कच्चे माल की विद्यमानता, जिसका भारत में भी इस्तेमाल संभव था, इन सबके चलते भारत में उद्योगीकरण आवश्यक था।"[16]

रेलवे से भारत के व्यापारियों, जमीन्दारों और बुद्धिजीवियों को कुछ आर्थिक लाभ हुए जिसके फलस्वरूप भारत में स्वतन्त्र उद्योग का जन्म सम्भव हो सका। आधुनिक भारत के निर्माण में इन उद्योगों की भूमिका रही। इसके चलते "राष्ट्रीय औद्योगिक बर्जुआजी का जन्म हुआ, जिन्होंने बाजारों को लेकर ब्रिटेन का विरोध भी किया। औद्योगिक सर्वहारा वर्ग भी पैदा हुआ और राष्ट्रीय आंदोलन पर निरंतर दबाव बढ़ता गया।[17] कार्ल मार्क्स ने ठीक ही लिखा है कि रेलवे भारत में सही रूप में आधुनिक उद्योग का अग्रदूत है।[18]

रेलवे ने भारतीय कृषि में काफी क्रांति ला दी। इनके चलते कृषि के उत्पादनों की बिक्री सम्भव हो गई। किरगले ने व्यावसायिक अनाजों को पैदा करना प्रारम्भ किया। भारत का कृषि तंत्र राष्ट्रीय और विश्व के अर्थतंत्र का अंगभूत अंश बन गया। वाणिज्यीकरण से नुकसान भी हुआ पर भारत के पास धन भी जमा होने लगा जिससे जरूरत की चीजें खरीदी जाने लगीं और जीवन स्तर ऊँचा उठने लगा। धन ने शिक्षा के विकास में भी मदद की।

दुर्भिक्ष पर रेलवे ने नियंत्रण डालकर भारतीयों को चिन्तन करने का, अपनी स्थिति के बारे में सोचने-समझने का अवसर दिया। देसाई के शब्दों में "अकाल के दिनों में तो रेलवे वरदान ही सिद्ध हुआ। देश के दूसरे भागों की फसल का अधिशेष दुर्भिक्ष वाले इलाकों में तेजी से लाया जा सका और इस तरह इलाके के लोगों की तकलीफों को दूर किया जा सका।"

रेलवे का शक्तिशाली प्रभाव सामाजिक जीवन पर पड़ा। रेलवे ने सामाजिक स्तर पर भारतीय जनता को एकबद्ध किया, लोगों को एक दूसरे के निकट लाया। लोग अपने देश की समस्याओं, क्षेत्रों, घटनाओं से परिचित हुए। देश-पेम की भावना बढ़ी। गाँव नगर एक हो गये।

रेलों ने लोगों को यत्र-तत्र प्रव्रजन करने का अवसर दिया। नौकरी की खोज में भविष्य के निर्माण में, शिक्षित लोग, डॉक्टर, वकील, शिक्षक छोटे-बड़े नगरों में बस गये। लोगों का आपस में सम्मिश्रण हुआ और इस सम्मिश्रण ने गहरा प्रभाव छोड़ा।" कुछ दिनों तक पुराने और स्थानीय प्रान्तीय दृष्टिकोण

---

16. जॉन ब्यूकंप, ब्रिटिश इम्पेरियलिज्म इन इण्डिया, पृ०-42/ए० आर० देसाई, उद्धृत, पृ०-105-06
17. ए० आर० देसाई, पृ०-106
18. काल मार्क्स, ऑन इण्डिया, पृ०-62-63

बने रहे, लेकिन उनके विनाश की प्रक्रिया शुरू हुई। पुराने संकीर्ण विचार और दृष्टिकोण निरन्तर समाप्त होते गए। इसके चलते व्यापक राष्ट्रीय चेतना और राष्ट्रीय आधार पर सहयोग का रास्ता प्रशस्त हुआ।

देसाई लिखते हैं कि "भोजन-पान, शारीरिक संबंध व्यवहार, और ऐसी ही अन्य बातों के विषय में जो रूढ़िवादी या सामाजिक आदतें थीं, उनको समाप्त करने में और आधुनिक भारत के निर्माण का रास्ता प्रशस्त करने में रेलवे ने बहुत बड़ा योगदान दिया। रेलवे ने निष्पक्ष रूप से केवल भाड़ा चुकाने के आधार पर, हिन्दू, छूत-अछूत सबको एक जगह से दूसरी जगह पहुँचाया। कुलीन हिन्दुओं को पहले तो यह बात जँची नहीं, लेकिन शीघ्र ही उन्होंने अछूतों के साथ यात्रा की बात से समझौता कर लिया, क्योंकि रेलगाड़ी से यात्रा करने के जो लाभ थे उनसे वे वंचित रहना नहीं चाहते थे। इस तरह रेलवे ने सनातनी हिन्दुओं की कट्टर रूढ़िवादिता और भोजन-पान, छूत-अछूत संबंधी उनकी पाप शंका को कालक्रम से समाप्त किया। रेलवे के कारण लोग आचरण में अधिक मिलने लगे। निरन्तर मिलने-जुलने और सामाजिक आदान-प्रदान से सामाजिक पृथकता के पुराने भाव भी धीरे-धीरे तिरोहित होने लगे।"[19]

रेलवे ने भारतीय जनता के राजनीतिक आन्दोलन को संगठित करने का काम किया। आधुनिक रेलवे, बस, डाक तथा तार के बिना भारतीय राष्ट्रीय कांग्रेस, लिबरल फेडरेशन, नेशनल डेमोक्रेट्स, यूथ लीग, ऑल इण्डिया वीमन्स कॉफ्रेन्स, अखिल भारतीय छात्र संगठन, ऑल इण्डिया किसान सभा, जैसी संस्थाओं का न तो जन्म ही होता और न वे राष्ट्रीय स्तर पर अपना कार्य ही कर पाते। विभिन्न शहरों, गाँवों, जिलों, प्रान्तों के लोगों को रेलवे के द्वारा आपस में मिलने का, विचारों के आदान-प्रदान का और आन्दोलन के लिए कार्यक्रम निश्चित करने का मौका मिला और इसके बिना राष्ट्रीय आन्दोलन की कल्पना ही नहीं की जा सकती।

रेलवे के द्वारा लोगों के बीच प्रगतिशील सामाजिक और वैज्ञानिक विचारों का प्रचार-प्रसार हुआ। इनके चलते देश में सर्वत्र वैज्ञानिक और प्रगतिशील साहित्य का वितरण होने लगा। प्रान्त को वितरण से शिक्षा के प्रसार में सहुलियत हुई। वैज्ञानिक, कलाकार, सामाजशास्त्री, दार्शनिक आदि अपना ज्ञान भण्डार और कलाजन्य आनन्द लोगों तक पहुँचाने लगे। आधुनिक भारत के निर्माण के सभी द्वार रेलवे ने खोल दिये थे। भारत को अब नई सभ्यता की रोशनी में भ्रमण करना था।

□□

---

19. वही, पृ०-107

10

निर्धनता

किसी भी देश पर विदेशी शासन का अर्थ होता है उस देश का शोषण और शोषण प्रत्यक्ष रूप से उस देश की समृद्धि और सम्पन्नता पर आघात करता है। विदेशी शासन के अधिकारी शासित देश से अधिक से अधिक धनार्जन करना चाहते हैं और अधिक धनार्जन तभी होता है जब औचित्य की सीमा लांघ कर अनुचित तरीके से शासित देश की अर्थ-व्यवस्था में हस्तक्षेप किया जाता है। भारत की यही कहानी है। 1757 की लड़ाई ने इग्लैण्ड की ईस्ट इण्डिया कम्पनी को बंगाल में पैर रखने की थोड़ी-सी जगह दी और 1764 की लड़ाई में भारत के भाग्य का अंतिम निर्णय करके कम्पनी को सम्पूर्ण देश में सत्ता कायम करने के लिए सुअवसर दे दिया।

निर्धनता की बुनियाद

भारत में कम्पनी की प्रारम्भिक विजयों ने ही इसकी निर्धनता की बुनियाद डाल दी। अगर 1757 और 1764 की लड़ाइयों के कारणों की सही समीक्षा की जाय तो यह बात स्पष्ट हो जाती है कि कम्पनी के शासन का मूलाधार भारत का शोषण था। प्लासी और बक्सर की लड़ाइयाँ व्यापार, व्यापारिक वस्तुओं पर चुंगी और कोठियों के निर्माण को लेकर हुई थीं। कम्पनी बिना चुंगी दिये भारत में व्यापार करना चाहती थी। जब बंगाल के नवाब सिराजुद्दौला और मीरकासिम ने व्यापार के इस रवैये का विरोध किया तब षड्यंत्रों के आधार पर उन्हें पराजित किया गया। उनकी पराजय के बाद भारत में निर्धनता के आगमन का द्वार खुल गया।

ईस्ट इण्डिया कम्पनी मनमाने ढंग से लगान वसूल करने लगी। शोषण की बुनियाद वस्तुतः कम्पनी की दीवानी प्राप्ति के साथ ही भारत में पड़ गई। भारत को निर्धन बनाने का कम्पनी का यह पहला कदम था। इसके बाद भारत में गवर्नर जनरल, कम्पनी के बड़े पदाधिकारी तथा उसके एजेन्ट और गुमाश्ते मनमाने ढंग से शासन करने लगे। उनकी आर्थिक स्थिति अच्छी होने लगी। आर्थिक सम्पन्नता ने उनकी सैनिक शक्ति में वृद्धि की जिसके फलस्वरूप कालान्तर में भारत की तमाम शक्तियाँ भू-लुण्ठित हो गईं। हैदरअली और टीपू हार गये और मैसूर की शक्ति का मान-मर्दन हो गया। अवध कम्पनी के हाथों अपमानित हुआ और कम्पनी राज्य में उसका अवैध विलयन हो गया। रणजीत सिंह के बाद पंजाब पद-दलित हुआ। हैदराबाद का निजाम भी दौड़ में हार गया था। मराठे अपनी शक्ति खो चुके थे। इन सारी शक्तियों के पराजित होने के बाद कम्पनी भारत में अजेय शक्ति के रूप में उभरी और उसकी अजेयता ने भारत का शोषण करने में प्रोत्साहित किया।

दीवानी प्राप्त करने के बाद कम्पनी ने भूमि-सम्बन्धी सुधार कर राजस्व वसूली के लिए व्यवस्था की। भारत में बिचौलियों का जन्म हुआ। बिचौलिए राजस्व वसूल करके एक तरफ कम्पनी का खजाना भरते थे और दूसरी तरफ अपनी जेब भी गर्म करते थे। बीच में बेचारे काश्तकार पिसे जाते थे। राजस्व की दर में पहले की अपेक्षा काफी वृद्धि हो गई थी। राजस्व चुकाने में असमर्थ होने पर भारतीय काश्तकार साहूकारों की चपेट में आ गये और ऋण-ग्रस्तता के शिकार हो गये। बाद में कम्पनी ने खेती का वाणिज्यीकरण करके ऐसी फसलों को उगाना प्रारम्भ किया जिन्हें बाजारों में बेच कर वह नकद धन प्राप्त करने लगी। यूरोप तथा भारत के व्यापारियों को परे हटाकर अंग्रेज व्यापारियों ने व्यापार पर एकाधिपत्य कायम कर लिया और कम कीमत पर वस्तुओं को खरीद कर (ऊँची कीमत पर बेंच कर) अधिक मुनाफा कमाना प्रारंभ किया। सामानों के उत्पादन की जिम्मेदारी भारतीय किसानों, कारीगरों और उद्योग-पतियों की थी, मुनाफा कमाने के अधिकारी कम्पनी और अंग्रेज थे। अपने औद्योगिक विकास के लिए कम्पनी ने भारत के उद्योग को नष्ट किया और भारत से कच्चे माल प्राप्त कर मैनेचेस्टर, बकिंघम, लिवरपूल और ग्लासगो के कारखानों में वस्तुओं का निर्माण कर उनकी बिक्री के लिए भारत को एक विस्तृत उपनिवेश-बाजार के रूप में परिणत किया। 1857 तक कम्पनी भारत का खुलेआम शोषण करती रही और भारत उत्तरोत्तर निर्धन होता गया।

निर्धनता की पहचान

आश्चर्य की बात यह है कि शोषण नीति का शिकार होकर भी भारतीय भारत में अंग्रेजों के शासन का विरोध नहीं करते थे। इससे भी आश्चर्य की बात यह है कि वे भारत में ब्रिटिश शासन को आवश्यक मानते थे। सिपाही विद्रोह के समय तक भारतीय बुद्धिजीवियों और सामान्य नागरिकों की भी अवधारणा थी कि भारत में ब्रिटिश राज भारतीयों के हित तथा लाभ के लिए है और इसका बने रहना अत्यावश्यक है।

किंतु ब्रिटिश राज के प्रति यह धारणा और भारतीयों की निष्ठा सिपाही विद्रोह के कुछ ही वर्ष के बाद बदलने लगी। भारत के कुछ प्रारम्भिक नेताओं ने जब ब्रिटिश राज्य की उपलब्धियों के सम्बन्ध में चिंतन-मनन करना प्रारम्भ किया तब वे इस निष्कर्ष पर पहुँचे कि अंग्रेजों ने भारत को 'कुछ' देने के बदले इससे 'अधिक' पाया है और देश का इतना अधिक शोषण किया है कि भारत निर्धन हो चला है। 19वीं सदी के अंतिम चरण से विदेशी शासन के कारण निर्धनता की ओर बढ़ते भारत पर अधिक चिंतन किया जाने लगा। भारतीय नेता, समाचार पत्र, तथा कुछ अंग्रेज लोग भी इस बात को अस्वीकार न कर सके कि भारत में अगर विदेशी शासन बना रह जायेगा तो भारत पूर्णत: जर्जर और खोखला हो जायेगा। भारतीय राष्ट्रीय कांग्रेस ने तो निर्धनता को स्पष्ट ही नहीं किया, अपितु अपने अधिवेशनों में इसे नियन्त्रित करने के लिए कई प्रस्ताव भी पास किये :

(क) भारतीय नेताओं में दादा भाई नौरोजी प्रथम व्यक्ति थे जिन्होंने 'प्रॉवर्टी ऑफ इण्डिया' लिखकर भारत की निर्धनता की ओर ब्रिटिश सरकार का ध्यान आकर्षित किया और भारत को खुशहाल बनाने के लिए बुद्धिजीवियों की एक अलग जमात खड़ी की। जहाँ 1866 में उनका यह मन्तव्य था कि 'जन समूह आजतक अंग्रेजी शासन के लाभों को समझ नहीं पाया है'[1] उन्होंने ही 1871 में यह वक्तव्य देना प्रारम्भ किया कि विदेशी शासन के कारण 'देश निरंतर पंगु और दरिद्र बनता जा रहा है'[2] उन्होंने लन्दन की कला परिषद में अपना एक निबंध पढ़ा और यह स्पष्ट किया कि भारतीयों के पास इतनी क्रय-शक्ति नहीं है कि वे अपनी आवश्यकताओं के सामानों को खरीद सकें। स्पष्ट था कि उनका संकेत भारत की निर्धन स्थिति की ओर था।

भोला नाथ चन्द्र, महादेव गोविन्द रानाडे, जी० बी० जोशी आर० सी० दत्त तथा विपिन चन्द्र पाल ने भी भारत में व्यापक होती भारतीय निर्धनता के सम्बन्ध में अपने विचार व्यक्त करके जनमानस को जगाया और विदेशी शासन को भारत के लिए अनुपयोगी और निरर्थक बतलाया। भोलानाथ चन्द्र ने एक मुख पत्र 'मुखर्जी मेगजीन' के माध्यम से भारत में ब्रिटिश शासन की आक्रामक शोषण नीति की कटु आलोचना की और भारत की खुशहाली समाप्त होने के लिए अंग्रेजों को उत्तरदायी ठहराया। महादेव गोविन्द रानाडे ने यह मन्तव्य प्रकट किया कि अंग्रेजों की बुरी अर्थ-व्यवस्था ने ही भारत में निर्धनता को आमंत्रित किया है। जी० बी० जोशी ने भी महादेव गोविन्द रानाडे के मत की पुष्टि की और शासन की गलत आर्थिक नीति को ही भारत की निर्धनता का कारण बतलाया। श्री आर० सी० दत्त ने, जो राष्ट्रवादी, प्रसिद्ध विद्वान और सरकार के अधिकारी थे, भारत की निर्धनता की पहचान बुद्धिजीवियों और नेताओं को कराने के लिए दो भागों में 1901 और 1903 में अपनी प्रसिद्ध प्रस्तक 'द इकोनोमिक हिस्ट्री ऑफ इण्डिया' की रचना की जिनमें उन्होंने ब्रिटिश राज्य को ही भारत में बढ़ती निर्धनता के लिए उत्तरदायी ठहराया। बंगाल के उग्रवादी नेता विपिन चन्द्र पाल ने 1901 में 'न्यू इण्डिया' के माध्यम से अपने विचार व्यक्त किये जो इस प्रकार हैं "मेरे विचार में नवीन भारत को व्यग्र बनाने वाली सभी उलझनप्रद समस्याओं में सर्वाधिक महत्त्वपूर्ण और सर्वाधिक सम्पीड़क आर्थिक समस्या है।"[3]

(ख) भारत की निर्धनता पर भारतीय प्रेस और समाचार पत्र भी हावी हुए। उन्होंने भारतीयों के दुर्भाग्य का चित्र खींचा और भारत में बढ़ती निर्धनता की जानकारी न केवल भारतीयों को बल्कि अंग्रेजों को भी दी। समाचार पत्रों ने भारत की आर्थिक दयनीयता को 'गंभीर' ही नहीं, 'दुर्भाग्यपूर्ण' भी बतलाया, भारतीयों को 'निरीह प्राणी' की संज्ञा दी, उन्हें 'अर्धमृत नागरिक' बतलाया। बंगाल के एक मुख पत्र 'सुलभ दैनिक' में वह सन्दर्भ प्रकाशित हुआ। "वह अपनी

---

1. दादाभाई नोरोजी के एसेज, स्पीचेज एण्ड राइटिंग्स, पृ० 26, 27 और 3..
2. वही, पृ० 134—135.
3. न्यू इण्डिया, 12 अगस्त 1901.

जीवन-शक्ति खो चुका है। उसका रक्त चूस लिया गया है और अर्थनीति की दृष्टि से देखा जाए तो वह वास्तव में हड्डियों का ढाँचा मात्र होने के अतिरिक्त और कुछ नहीं। वह आधा भूखा है, आधा नंगा है। उसका दैनिक आहार थोड़े से चावल और बहुत से कन्दमूल तथा पौधों के पत्ते हैं। उसके जीवन में कभी स्वादिष्ट भोजन का आनन्द नहीं मिला। उसके वस्त्र फटे हुए चीथड़े मात्र हैं। उसका निवास स्थान एक टूटी-फूटी झोपड़ी मात्र है, जो मौसम के कष्टों से उसकी रक्षा ही नहीं कर पाती।"[4]

महाराष्ट्र के एक प्रसिद्ध साप्ताहिक पत्र 'केसरी' ने अपने एक अंक में यह प्रकाशित किया कि भारत में विनाश का ताण्डव नृत्य है, समृद्धि समाप्त हो चुकी है और दुर्भाग्य का दानव सारे भारत को अकाल के शिकंजे में जकड़ चुका है।[5] निर्धनता का प्रचार पंजाब के एक पत्र 'विक्टोरिया पेपर' ने भी किया। 26 जनवरी 1893 के अपने एक अंक में उसने यह साहसपूर्वक प्रकाशित किया कि वह भारतीथ जो भारतीयों को खाता-पीता बताता है देशद्रोही है।[6]

(ग) कुछ अंग्रेज बुद्धिजीवियों ने भी भारत की बढ़ती निर्धनता के सम्बन्ध में चिंता व्यक्त की और यह स्वीकार किया कि भारत अवश्य ही निर्धन हो गया है। 1888 की आर्थिक जाँच पर जो प्रस्ताव आया उसमें यह कहा गया कि कृषकों का निम्न वर्ग और सभी भागों में वहुसंख्यक जनता अभावग्रस्त है।" लार्ड डफरिन ने अपने ही प्रस्ताव में यह स्वीकार किया था कि भारत के कई बड़े भू-भागों के छोटे किसान और मजदूर अपने दोनों वक्त का भोजन भी जूटाने में असमर्थ हैं। 1898 में लायल दुर्भिक्ष आयोग का गठन हुआ था। आयोग के प्रतिवेदन में यह बात स्वीकार की गई थी कि निम्नवर्गीय किसान व्यापक निर्धनता की जंजीर में इस तरह कसे हुए हैं कि उनके पास सामान्य वर्षों में पर्याप्त भोजन नहीं होता। भारत में ब्रिटिश शासन के दोष से बचाने वाले लार्ड कर्जन ने भी यह स्वीकार किया "भारत में पर्याप्त यहाँ तक कि पर्याप्त से बहुत अधिक दरिद्रता है।[6]

यह एक मजाक की बात है कि जहाँ शासक वर्ग के कुछ लोग और प्रशासकीय आयोग भारत में व्यापक निर्धनता को स्वीकार करते थे वहीं भारत सचिव जार्ज हेमिल्टन ने 16 अगस्त 1921 को हाउस ऑफ कॉमन्स में अपने भाषण में कहा : "यदि यह सिद्ध किया जा सके कि हमारे प्रशासन में भारत बौद्धिक सम्पन्नता की दृष्टि से और अधिक पिछड़ गया है तो मैं इसे एकदम आत्म-निन्दा मानने को तैयार हूँ तथा स्वीकार करता हूँ कि इस स्थिति में हमें भारत कौ और अधिक समय तक अपने नियंत्रण में रखने के विश्वसनीय अधिकारी नहीं।"[7] लेकिन इसी सज्जन ने 3 फरवरी 1902 को पुन: यह घोषणा की थी कि "मैं एक से अधिक बार अपना मत व्यक्त कर चुका हूँ कि भारत में हमारे प्रशासन का मुख्य और

4. विपनचन्द्र, उद्धृत, पृ० 5.
5. रामगोपाल, लोकमान्य तिलक : ए बायोग्राफी पृ० 186-188.
6. रिपोर्ट ऑन द नेटिभ प्रेस फॉर द पंजाब, 4 फरवरी 1893.
7. विपनचन्द, उद्धित, पृ० 12.

एक मात्र उद्देश्य केवल हमारा यह विश्वास है कि हम दरिद्र भारतीय जनता को भौतिक दृष्टि से समृद्ध बना सकते हैं।"[8] स्पष्ट है कि भारत सचिव एक जगह आत्म-निन्दा का पात्र नहीं बनना चाहता क्योंकि वह भारत की निर्धनता वृद्धि में अंग्रेजों का हाथ नहीं मानता, लेकिन दूसरी जगह वही भारत को निर्धनता से निकालकर भौतिक समृद्धि देने का दंभ भरता है।

संक्षेप में निर्धनता 'भारत की समग्र आर्थिक दुर्दशा की मूल व्याधि' थी।[9] भारत की तत्काल यह एक बहुत बड़ी समस्या थी।[10]

(घ) भारतीय राष्ट्रीय कांग्रेस ने 19 वीं शताब्दी में होने वाले अपने सारे अधिवेशनों में और 20 वीं शताब्दी के प्रथम दो दशकों में होने वाले अधिवेशनों में भारत की निर्धनता की पुष्टि कर दी और इसे नियंत्रित करने के लिए कई तरह के प्रस्ताव भी पास किये ताकि सरकार का ध्यानाकर्षण हो। यहाँ कुछ अधिवेशनों की ही चर्चा की जायेगी। अपने दूसरे अधिवेशन (कलकत्ता 1886) में ही कांग्रेस ने यह प्रस्ताव पारित किया कि उसे चिंता है कि भारत में निर्धनता व्यापक हो रही है। दादाभाई नौरोजी ने निर्धनता पर अध्यक्षीय भाषण दिया और सरकार से आग्रह किया कि वह भारत की भौतिक समृद्धि का उपाय ढूढ़ने के लिए सचेष्ट रहे।[11] 1891 में नागपुर के 7 वें अधिवेशन में कांग्रेस ने पुनः चिंता व्यक्त की। अधिवेशन में सम्मिलित कई प्रतिनिधियों ने निर्धनता पर चिंता व्यक्त की। लन्दन मिशनरी सोसाइटी के प्रिंग्ल केनेडी ने जो बंगाल में रहता था, यह कहा कि भारत के कई बड़े भू-भागों के लोग घोर निर्धनता में हैं और सालों साल उन्हें भरपूर भोजन नहीं मिलता[12] इसी अधिवेशन के एक दूसरे प्रतिनिधि अमरावती (बरार) निवासी श्री आर० एन० मघोलकर ने जो 1890 में प्रतिनिधि के रूप में इग्लैण्ड गये थे, घोषणा की कि ब्रितानियों तथा ब्रितानी सरकार के उदार तथा स्वस्थ विचार के बावजूद आज का भारत दयनीय दृश्य प्रस्तुत करता है। भारत को कवियों ने स्वर्ण और मोती का देश कहा है और दुनिया में ऐसा कोई दूसरा देश नहीं है। लेकिन आज भारत में चारों तरफ निर्धनता है और प्रतिदिन सामान्य जन निर्धनता के सागर में डूब रहे हैं।[13] भारत सरकार के सांख्यकी विभाग के महानिदेशक सर विलियम हण्टर का कथन था कि भारत के 40 करोड़ लोगों को पर्याप्त भोजन नहीं मिल रहा है।[14] बंगाल के गवर्नर जनरल सर चार्ल्स इलियट ने कहा कि "मुझे यह कहने में तनिक भी हिचक नहीं होगी कि आबादी के आधे कृषक यह नहीं जानते हैं कि भरपेट भोजन क्या होता है।[15] लखनऊ के कमिश्नर हेरिंग्टन ने

8. विपनचन्द पाद टिप्पणी, 109/इण्डियन डिबेंट्स, 3 फरवरी 1902.
9. जी० एस० अय्यर, स्पीचेज एण्ड राइटिंग पृ०-9.
10. हिन्दू 27 मई 1891
11. द इन्साइक्लोपिडिया ऑफ इण्डियन नेशनल कांग्रेस, (1885-1890) भाग प्रथम —ए० मुईन जेदी तथा शहीदा जैदी द्वारा संकलित पृ० 135, 137 और 138
12 वही, (1891-95); भाग-2 पृ० 24
13. वही, पृ०-24.
14. वही पृ० 25.
15. वही

भी बिना किसी हिचकिचाहट के यह कहा कि भारत की आबादी का बहुत बड़ा भाग पर्याप्त भोजन नहीं जुटा पाता है।"[16] अधिवेशन में कांग्रेस ने निर्धनता दूर करने के लिए आग्रहयुक्त प्रस्ताव पास किया और यह भी कहा कि अगर सरकार चाहे तो सिंचाई की व्यवस्था करके, कृषि बैंकों की स्थापना करके और कृषि में सुधार लाकर निर्धनता को नियंत्रित किया जा सकता है।

1892 के इलाहाबाद में आयोजित 8 वें अधिवेशन में अध्यक्ष उमेशचन्द्र बनर्जी ने भूखमरी और निर्धनता से सम्बन्धित प्रस्ताव पास किये।[17] 1901 में कलकत्ता में 17 वाँ अधिवेशन प्रारम्भ हुआ जिसके अध्यक्ष डी० ई० वाचा थे। इस अधिवेशन में भी कांग्रेस ने प्रस्ताव पास कर सरकार से आग्रह किया कि राजस्व का स्थायी बन्दोवस्त किया जाय, कृषि बैंकों की स्थापना की जाय, खेती में सुधार लाया जाय और धन निर्गम पर रोक लगाई जाय।[18] संक्षेप में कांग्रेस ने अपने अधिवेशनों में निर्धनता के सम्बन्ध में प्रस्ताव पास कर एक तरफ सरकार का ध्यान आकर्षित किया और दूसरी तरफ इस मुद्दे पर राष्ट्रीय आन्दोलन के लिए अपना जनमत तैयार किया।

निर्धनता के कारण—भारत की निर्धनता के कारणों पर दोनों पक्षों ने अपने-अपने मत व्यक्त किये हैं। सरकार और उसके प्रतिनिधियों ने यह मत व्यक्त किया कि भारत की निर्धनता के लिए भारत के लोग और प्रकृति उत्तरदायी है और सरकार ने तो भारत के हित का हमेशा ख्याल किया है। लेकिन भारतीय नेताओं तथा कांग्रेस के विचार में निर्धनता के लिए भारत की ब्रिटिश सरकार ही उत्तरदायी है। इसलिए सरकार तथा उसके प्रतिनिधियों ने जिन प्राकृतिक कारणों और भारतीयों की अकर्मण्यता तथा नासमझी को निर्धनता का कारण बतलाया भारतीय नेताओं ने उनका खण्डन किया।

1. **जनसंख्या की वृद्धि**—ब्रिटिश प्रशासकों तथा उनके समर्थकों ने भारत की बढ़ती हुई जनसंख्या को निर्धनता का प्रथम और महत्त्वपूर्ण कारण बतलाया। जहाँ डफरिन इस बढ़ती जनसंख्या को निर्धनता का कारण बताता है[19] वहीं उसके बाद भारत आने वाले वायसराय लार्ड लैंसडॉन ने इस जनसंख्या को भारत की भौतिक समृद्धि के लिए आवश्यक माना है। यह कैसा विरोधाभास है ? सरकार के अनुसार "जनसंख्या की वृद्धि आजीविका के साधनों को शीघ्रता से पीछे छोड़ती जा रही है और इस प्रकार निर्धनता को अनिवार्य बनाती जा रही है।"[21]

भारतीय नेताओं ने जनसंख्या को निर्धनता का कारण नहीं माना।[22] उसके अनुसार भारत की जनसंख्या न तो अधिक है और न तो बढ़ी है। उन्होंने

---

16. वही
17. वही पृ० 233-34.
18. वही पृ० 256-257
19. डफरिन, पृ० 240-41
20. कर्जन-स्पीचेज, खण्ड-3 पृ० 180। विपन चन्द्र. पृ० 18.
21. दादाभाई नौरोजी, पावर्टी पृ० 266-67। हिन्दू, 6 जुलाई 1898
22. जोशी, पृ० 773-75.

यह भी तर्क दिया कि अगर मान भी लिया जाय कि भारत की जनसंख्या बढ़ी है तो सरकार को इसकी जीविका के लिए साधनों का प्रबन्ध करना चाहिए लेकिन सरकार ने ऐसा कुछ भी नहीं किया। सरकार को चाहिए कि वह कृषि में सुधार लाए और उत्पादन में वृद्धि करे। उन्होंने यह भी तर्क दिया कि भारत में अभी जनसंख्या में वृद्धि होनी चाहिए क्योंकि भारत के प्राकृतिक साधनों के द्वारा जो उत्पादन होता है उसकी पूरी खपत देश में नहीं हो पाती है और सारे उत्पादित सामान अंग्रेज बैच कर मालामाल हो जाते हैं।[23] जोशी का निम्नलिखित सन्दर्भ इस तथ्य को अधिक स्पष्ट करता है : "जनसंख्या और उत्पादन में सदैव एक प्राकृत अनुपात रहता है जो प्रत्येक समाज के औसत जीवनस्तर का निर्धारण करता है। जब जनसंख्या और उत्पादन दोनों सामान्य तथा बराबर दर से आगे बढ़ते हैं और अनुपात बनाए रखते हैं तब राष्ट्र के जीवनस्तर में किसी प्रकार की गड़बड़ी नहीं होती। इसके विपरीत जब जनसंख्या असामान्य गति से बढ़ती है और उत्पादन अपनी सामान्य स्थिति में रहता है तब सही अर्थों में अत्यधिक जनसंख्या का रोग माना जाता है। जब उत्पादन गिर जाए और जनसंख्या सामान्य गति से बढ़ रही हो तो उसे अपर्याप्त उत्पादन का रोग ही कहना चाहिए। पश्चिम की पूँजीपति राजनीतिक अर्थव्यवस्था केवल एक 'अनुपात' शब्द को ही देखती हुई दो नितांत भिन्न प्रकृति की बुराइयों को परस्पर मिला देती है। इसी रूप में वह भारत के सम्बन्ध में दोनों स्थितियों में, 'अत्यधिक जनसंख्या का प्रयोग करती है। जैसा कि हम पहले देख चुके हैं, यहाँ जनसंख्या सामान्य गति का अतिक्रमण करके नहीं बढ़ रही है और यदि देश का कुल उत्पादन आवश्यकता के परिणाम के अनुरूप नहीं बढ़ता जबकि देश में भौतिक साधनों की प्रचुरता है, तो यह स्पष्टः राजनीतिक अर्थशास्त्रियों द्वारा घोषित अत्यधिक जनसंख्या का रोग न होकर अपर्याप्त उत्पादन का ही रोग हैं जिसे वे लोग मान्यता नहीं देते।"[24] नेताओं ने यह भी तर्क दिया कि अगर निश्चित रूप से जनसंख्या बढ़ी है या बढ़ रही है तो देश में औद्योगिक विकास लाकर बढ़ती जनसंख्या को भोजन दिया जा सकता है।

2. भारतीय स्वयं उत्तरदायी—सरकार ने निर्धनता के लिए भारतीयों को ही उत्तरदायी ठहराया। उसका कहना था कि भारत के लोग प्रकृत्यानुसार अपव्ययी हैं और विवाह, मृत्यु तथा अन्य सामाजिक घटनाओं के समय अपने सामर्थ्य से अधिक खर्च करते हैं।[2] उसने दो-तीन आधारों को लेकर भारतीयों की अपव्ययिता की प्रकृति और प्रवृत्ति को सिद्ध करने का प्रयास किया है। उनका कहना है कि विवाह के अवसर पर भारतीय हाथ खोलकर उदारतापूर्वक खर्च करते हैं। वे मुकदमाबाज भी हैं और अदालतों में मुकदमा जीतने के लिए कम खर्च नहीं करते हैं। उन्होंने हिन्दुस्तानियों को निराशावादी और अदूरदर्शी भी बतलाया और यह कहा कि इन चारित्रिक दोषों के कारण भारतीय समृद्धि के सोपान पर नहीं चढ़ सकते।

---

23. विपनचन्द्र, उद्धत, पृ० 20.
24. डफरिन—स्पीचेज, पृ० 2401 कर्जन-स्पीचेज, खण्ड-3. पृ० 1491 विपनचन्द्र, पृ०, 21

निर्धनता की इस सरकारी धारणा को भी प्रशासन के अधिकारियों ने गलत ठहराया। विवाह पर और अन्य सामाजिक उत्सवों के अवसर पर सामाजिक मर्यादा के निर्वाह के लिए खर्च किया ही जाता है। यह केवल भारत में ही नहीं होता है, ब्रिटेन भी इससे अलग नहीं है। इसके अतिरिक्त साल में एक-दो बार अपने भौतिक कार्यों से अलग रहकर मनोरंजन के लिए अगर कुछ समारोहों का आयोजन किया जाता है तो यह कौन सी गलत बात है। 1888 की आर्थिक जाँच के प्रतिवेदन में भारतीयों को अपव्ययी बतलाया गया। भारतीय नेताओं ने सरकार की धारणा के विपरीत यह बतलाया कि भारतीय न तो नासमझ हैं और न फजूल खर्च करने वाले व्यक्ति हैं। उन्होंने यह भी कहा "विश्व में भारतीय किसान से बढ़कर अधिक अल्पाहारी, मितव्ययी तथा संयमी कोई दूसरी जाति नहीं है।"[25] उन्होंने भारतीयों के मुकदमाबाज होने के तर्क का भी खण्डन किया और इसके लिए भी ब्रिटिश राज को ही दोषी ठहराया। नेताओं ने यह भी कहा कि अगर सरकार सामाजिक समितियों अथवा प्राचीन भारत की पद्धति पर पंचायतों का गठन करे तो भारतीय अपने मुकदमों का फैसला इन इकाइयों से करा सकते हैं। किन्तु सरकार ने इन सामाजिक संस्थाओं की स्थापना करने का कभी प्रयास नहीं किया।

3. महाजनों की भूमिका—लार्ड इफरिन, लार्ड कर्जन तथा 1901 के दुर्भिक्ष आयोग के अध्यक्ष सर एण्टोनी मेकडोनाल ने व्याज पर रुपया देने वाले भारतीय महाजनों को भारत की निर्धनता के लिए उत्तरदायी ठहराया है। गाँव के इन महाजनों को 'भारत की मुसीबत' बताकर यह सिद्ध करने का प्रयास किया कि महाजनों ने ही भारत के ग्रामीण जीवन का विनाश किया और निर्धनता को सम्भावित बना दिया। महाजनों ने ब्याज की ऊँची दर पर किसानों को कर्ज दिया और जब कर्ज की वसूली नहीं हुई तब उन्होंने उनकी जमीन हड़प ली।

इस तर्क को भी असंगतिपूर्ण बतलाया गया। भारत के प्रबुद्ध जनों ने महाजनी के पेशे के विकास के पीछे सरकार का हाथ ही बतलाया। उनका मत था कि "भारतीय किसान को अपनी धरती से पर्याप्त आजीविका नहीं मिल पाती थी, फलतः वह अपने तथा अपने परिवार के भरण-पोषण के लिये, विशेषतः तंगी के दिनों में, ब्याज की बहुत ऊँची दरों पर ऋण लेने को वाध्य था। इस प्रकार किसान के पास दो विकल्प थे—वह भूखों मरे या साहूकार को शरण में जाए।"[26] उन्होंने ऋण-ग्रस्तता के लिये भू-राजस्व पद्धति की कठोरता को उत्तरदायी ठहराया और कठोरता सरकार की देन थी। समाचारपत्रों ने भी इसी तथ्य को स्वीकार किया। दृष्टान्त के तौर पर एक दैनिक समाचार पत्र ने यह प्रकाशित किया कि "खून चूसने वाला ऋणकर्त्ता साहूकार सरकारी भू-राजस्व पद्धति का उपज है। साहूकार का जन्म ही इसलिये हुआ है कि क्योंकि सरकार लगान से दबे किसान को संकट के समय में भी लगानों में किसी प्रकार की राहत नहीं देती थी।"[27] अतः

25. विपनचन्द्र पृ० 21
26. इन्दु प्रकाश, अगस्त 1879। केशरी, 19 फरवरी 1902/मराठा, 10, अप्रील 1881.
27. अमृत बाजार पत्रिका, 12 जून 1884। विपनचन्द्र, पृ० 405.

भारतीय नेताओं ने निर्धनता के प्रमुख कारण ऋण-पद्धति तथा महाजन को नहीं मानते हुए महाजनी से उत्पन्न बुराइयों को जिसके लिए सरकार उत्तरदायी थी, स्वीकार किया। इसलिए उन्होंने जहाँ सरकार की भर्त्सना की वहाँ महाजनों की भी आलोचना की। भारतीय राष्ट्रीय कांग्रेस के 1899 के अधिवेशन में पंजाब के प्रतिनिधि लाला मुरलीधर ने साहूकारों को इस रूप में चित्रित किया : साहूकार मनुष्य और पशु का विचित्र समन्वित रूप है।.......साहूकार के पास शेर के पंजे हैं, लोमड़ी का दिमाग है और बकरे का दिल है।........वह पैसे को हड़पनेवाला, घृणित जोंक है।........वह गरीब खेतिहर का खून चूसता है।"[27] ऐसे महाजनों को सरकार ने ही तरजीह दी थी।

4. प्रकृति और अकाल—ब्रिटिश अधिकारियों ने प्रकृति तथा अकाल को भारतीय दरिद्रता के लिए उत्तरदायी ठहराया। अतिवृष्टि तथा अनावृष्टि के कारण अकाल पड़ते हैं और प्रकृति की यह क्रूरता निर्धनता बढ़ाती है, कर्जन यह मानता था। भारतीय नेताओं ने इस धारणा का भी खण्डन किया क्योंकि अगर अकाल के कारणों का सरकार शुरू से निवारण करती तो देश दरिद्र नहीं होता। वह सिंचाई की व्यवस्था करके, अन्नागारों का निर्माण करके और निर्माण-कार्य प्रारम्भ करके प्रकृति के प्रकोप और अकाल के संकट पर अधिकार कर सकती थी।

सही समीक्षा—भारतीय नेताओं ने निर्धनता के कारणों की सही समीक्षा की है और निष्कर्ष में यह बतलाया है कि "भारत की दरिद्रता पारम्परिक और अपरिहार्य नहीं। यह मानव निर्मित है, अतः इसका विश्लेषण तथा निवारण किया जा सकता है।"[28] यह भी कहा गया कि "भारत की निर्धनता और दुर्भाग्य का वास्तविक कारण ईश्वर की कृपणता न होकर मानव की लोभ-लालसा है।"[29]

कांग्रेस के प्रतिनिधियों ने अपने अधिवेशनों में निर्धनता के वास्तविक कारणों को स्पष्ट किया है। उन्होंने बतलाया कि भारत से इंग्लैंड के लिए धन का निर्गमन हुआ। सरकार ने भारतीय कृषकों पर भारी लगान लगा दिया, भू-राजस्व पद्धति में उचित सुधार नहीं लाया गया, सार्वजनिक निर्माण कार्य को बढ़ावा देकर साधारण लोगों की जीविका का प्रबन्ध नहीं किया गया और कृषि बैंकों की स्थापना नहीं की गयी। अगर सरकार इन कार्यों को करती तो देश दरिद्रता का शिकार नहीं होता। भारत के उद्योगों को नष्ट किया गया, कृषि पर भारी लगान का भार लाद दिया गया और कृषि का वाणिज्यीकरण किया गया और व्यापार पर अंग्रेज व्यापारियों का एकाधिपत्य कायम किया गया। भारत के सभी प्राकृतिक और मानवीय स्रोतों पर जो धन पैदा करते थे, ब्रिटिश सरकार ने अधिकार किया और भारत निर्धन बन गया।

---

28. विपनचन्द्र, उद्धृत, 405-6
29. वही, पृ० 2।। एस० एन० बनर्जी—स्पीचेज, भाग प्रथम, पृ० 26.
30. अमृत बाजार पत्रिका, 12 अगस्त 1986.

11

भारतीय श्रमिक संघ आन्दोलन

श्रमिक संघ क्या है ?

श्रमिक संघों के उद्‌गम के सम्बन्ध में विभिन्न चिन्तकों और लेखकों ने विभिन्न विचार दिये हैं। सिडनी, वेब, राबर्ट हाक्सी, सेलिग पर्लमैन, कार्ल मार्क्स, चर्चिल, वी० वी० गिरि आदि विचारकों ने विशेष रूप से श्रमिक संघ की परिभाषा प्रस्तुत की है। सिडनी तथा बैट्रिस वेब के मत में "एक श्रमिक संघ मजदूरी प्राप्त करनेवालों का एक ऐसा स्थायी समुदाय है जिसका उद्देश्य उनकी कार्मिक जीवन की स्थितियों को सुधारना और कायम रखना है।"[1] वेब के मतानुसार इन संघों का मूल उद्देश्य "रोजगार की स्थितियों को इस प्रकार सक्रिय रूप से नियमित बनाने का है कि श्रमिकों को औद्योगिक प्रतिस्पर्द्धा के बुरे प्रभावों से बचाया जा सके।" इन उद्देश्यों की पूर्त्ति के लिये पारस्परिक बीमा, सामूहिक सौदाकारी तथा कानूनी विधि जैसे तरीकों को अपनाया जाता है और इनको अपनाने के लिये सामाजिक विकास की स्थिति को ध्यान में रखना आवश्यक है। उनका कहना है कि प्रजातांत्रिक समाज में एक ऐसे श्रमिक संगठन की आवश्यकता होती है जिसके द्वारा श्रमिक भी अपने रोजगार की स्थितियों को नियन्त्रित करने में कुछ योग दे सकें। इस प्रकार से श्रमिक संघों के विकास को पूँजीवादी व्यवस्था की एक घटना मात्र नहीं कहा जा सकता अपितु प्रजातान्त्रिक राज्य में उनका एक स्थायी महत्व है।

रॉबर्ट हॉक्सी मानता है कि सामूहिक मनोविज्ञान की देन श्रमिक संघ हैं। श्रम समस्याओं तथा श्रमिक उन्नति के उपायों और कार्यक्रमों पर सामूहिक रूप से औचित्य की परिधि के अन्तर्गत श्रमिक संघों में ही विचार किया जा सकता है। सेलिग पर्लमैन ने लिखा है कि "किसी भी देश में श्रमिक संघ आन्दोलन का स्वरूप उस देश के बुद्धिजीवियों के कार्यों, पूँजीवाद से विरोध तथा लोगों में रोजगार पाने की इच्छाओं के पारस्परिक सामंजस्य पर निर्भर करता है। कार्ल मार्क्स ने संघ को ही सबसे प्रथम और आगामी संगठन केन्द्र माना। इन संघों से ही श्रमिकों को एकत्रित और संगठित होने की भावना मिलती है। इसीलिये वह दुनिया के श्रमिकों को एक होने के लिए आह्वान करता है। उसका विचार है कि श्रमिक संगठन ही एक ऐसा साधन और केन्द्र है जिसके अन्तर्गत कार्य करते हुए श्रमिकों का वर्ग समाज की व्यवस्था में परिवर्तन ला सकता है।

फ्रांक टोनेबाम (Frank Tonnenbaum) नामक एक विद्वान ने लिखा है कि "श्रमिक आन्दोलन एक परिणाम है, जिसका मुख्य कारण मशीन है।" काम करते समय श्रमिकों को मशीनों से दुर्घटना हो जाने का भय होता है। अतः वे

1. सिडनी तथा वेब; हिस्ट्री ऑफ ट्रेड यूनियोनिज्म, पृ० 4.

अपने बचाव तथा सुरक्षा के लिए अपने संघ के जरिये मशीन पर नियन्त्रण पाने का प्रयास करते हैं और इस प्रकार ये संघ सामाजिक कल्याण में सहायक सिद्ध होते हैं। श्रमिक संघों के नेतृत्व में संचालित आन्दोलन व्यवस्था को उखाड़कर श्रमिकों के लिए औद्योगिक प्रजातन्त्र की स्थापना करता है।

ब्रिटेन के प्रधानमन्त्री विन्सटन चर्चिल ने श्रमिक संघ को स्थायित्व तथा प्रगति की आत्मा माना है। उसके शब्दों में "श्रमिक संघ वे संस्थाएँ हैं जो हमारे सामाजिक जीवन और प्रगति के मूल में निहित हैं और जिन्होंने सिद्ध कर दिया है कि स्थायित्व तथा प्रगति का संयोग किया जा सकता है।" भारतीय विद्वान श्री वी० वी० गिरि ने संघों को श्रमिकों के आर्थिक हित के लिए आवश्यक माना है। उनके शब्दों में" श्रम-संघ श्रमिकों के आर्थिक हितों की रक्षा तथा सुधार हेतु बनाये जाते हैं।" संक्षेप में यह कहा जा सकता है कि श्रमिक संघ श्रमिकों अर्थात् मजदूरों का वह संगठन है जो उद्योगपतियों के शोषण से सुरक्षा पाने और श्रमिकों के अधिकारों तथा हितों की रक्षा के उद्देश्य से संगठित किया जाता है।

श्रमिक संघ के विभिन्न रूप :

श्रमिक संघों के कई प्रकार हैं। एक दस्तकारी या व्यावसायिक संघ होता है। किसी एक विशेष व्यवसाय या दो-तीन व्यवसायों में काम करनेवाले श्रमिक इस संघ के सदस्य होते हैं। रेल इंजन के इन्जीनियरों का संघ, अहमदाबाद जुलाहा संघ आदि व्यावसायिक संघ हैं। एक औद्योगिक संघ होता है। एक ही प्रकार के उद्योग में लगे श्रमिक इस संघ के सदस्य होते हैं। एक ही उद्योग में लगे हुए श्रमिकों का संघ या रेल कर्मचारियों का संघ इस प्रकार के संघ हैं। भारत या अन्य देशों में भी इसी प्रकार के संघ हैं। भारत या अन्य देशों में अधिकतर औद्योगिक संघ ही होते हैं। संघ का तीसरा प्रकार फेडरेशन होता है। विभिन्न संघ जब विशेष उद्देश्य की पूर्ति के लिए संगठित होकर एक सम्मिलित संघ बना लेते हैं तो उसे 'फेडरेशन' कहा जाता है। ऐसे फेडरेशन स्थानीय, प्रान्तीय, देशीय और अन्तर्राष्ट्रीय भी होते हैं। अहमदाबाद का सूती कपड़ा फेडरेशन स्थानीय है, बम्बई के रेल डाक कर्मचारियों का फेडरेशन प्रान्तीय है, नेशनल फेडरेशन ऑफ इण्डियन रेलवे मेन या इण्डियन नेशनल ट्रेड यूनियन कांग्रेस राष्ट्रीय है और इन्टरनेशनल कनफेडरेशन ऑफ ट्रेड यूनियन्स अन्तर्राष्ट्रीय फेडरेशन हैं।

श्रमिक संघ का विकास :

भारतीय श्रमिक संघ का इतिहास संक्षिप्त है, किन्तु यह अनुभवों तथा क्रान्तिकारी कार्यों से भरा पड़ा है। श्रमसंघ के विकास के इतिहास को दो खण्डों में बाँटा जा सकता है। 19वीं शताब्दी में विकास और 20वीं शताब्दी में विकास।

19वीं शताब्दी में विकास—औद्योगिक विकास के साथ श्रमिक संघों का तथा उनके आन्दोलनों का विकास हुआ। इस संदर्भ में भारत में भी श्रम-संघ का जन्म हुआ। 19वीं शताब्दी के मध्य भाग में भारत में औद्योगिक क्रान्ति

हुई और कल-कारखानों की स्थापना होने लगी। देश के बड़े उद्योगों ने श्रमिकों को औद्योगिक संघों के निर्माण के लिए उत्प्रेरित किया। भारत में संघों के निर्माण की कहानी बड़ी ही रुचिकर है। यहाँ उद्योगपतियों या मालिकों ने ही सबसे पहले अपने संघ बनाये और श्रमिकों के विरुद्ध अपने हितों की रक्षा करने के यत्न किये। भारत में निवास करने वाले कामकाजी यूरोपियनों ने अपने श्रमिक संघ का निर्माण किया। उनके पक्ष में 1860 में एक अधिनियम भी पारित हुआ। इस अधिनियम के अन्तर्गत काम छोड़नेवाले श्रमिकों पर मुकदमा (मालिकों द्वारा) चलाया जा सकता था। इस अधिनियम के अंतर्गत मालिक अपने हितों की रक्षा करने के लिए उद्यत हुए। इस अधिनियम का नाम 'श्रमिक संविदा भंग अधिनियम' था। 1860 के बाद मालिकों के संघ शक्तिशाली बनने लगे। बीच-बीच में इन संघों ने प्रशासन की श्रम नीति को भी प्रभावित किया। मालिकों के ये संघ या संगठन 'चेम्बर्स ऑफ कामर्स' कहलाते हैं।

प्रथम विश्व-युद्ध तक श्रमिक संघों का विकास बड़ा धीमा रहा क्योंकि युद्ध के आसपास के वर्षों में परिस्थितियाँ अनुकूल नहीं थीं। इसके अतिरिक्त श्रमिक गरीब थे जबकि स्वामी बड़े समृद्ध थे। जनता की उपेक्षा तथा उदासीनता के कारण श्रमिक संघ न पनप सके। जन-समुदाय अभी तक संघों के गठन कार्य में गहरी अभिरुचि न ले रहा था। सरकार भी अभी तक उदासीन नीति बरत रही थी क्योंकि वह संघों को अपना सिरदर्द मान रही थी। अतः सरकार की तटस्थ नीति के कारण भी संघों का विकास बड़ा ही शिथिल रहा।

यद्यपि संघ बहुत न बने, फिर भी 19वीं सदी के पूर्वार्द्ध से लेकर प्रथम विश्व-युद्ध तक श्रमिकों के हितों की चिन्ता की गई। चिन्ता करने वाले थे सामाजिक कार्यकर्त्ता, जन उपकारी व्यक्ति और धार्मिक नेता। किन्तु इनके कार्य मानवतावाद तथा धर्म से उत्प्रेरित थे। इनमें किसी प्रकार की सामूहिक समझौता या सौदाकारी न थी। सन 1872 ई० में बंगाल के पी० सी० मजूमदार ने, जो ब्रह्मसमाजी थे, बम्बई के श्रमिकों के लिए आठ रात्रि पाठशालाओं की स्थापना की।[2] पुनः, 1878 में कलकत्ता में कुछ ब्रह्मसमाजी कर्त्ताओं ने कर्मचारियों के मिशन का गठन किया। उन्होंने धर्म तथा नैतिक जीवन के विकास के लिए उपदेश दिये और मजदूरों तथा पिछड़ी जातियों के लिये रात्रि पाठशालाओं की स्थापना की। श्री शशिपद बनर्जी ने 'बड़ा नगर संस्थान' की स्थापना की जिसका उद्देश्य था पटसन के उद्योग में लगे हुए श्रमिकों की शिक्षा तथा सामाजिक कल्याण के लिए काम करना। अतः संघों के अभाव के बावजूद श्रमिकों के हितों का ध्यान रखा जाता रहा।

19वीं शताब्दी के उत्तरार्द्ध से संघों का कुछ निर्माण होने लगा क्योंकि इस अवधि में मालिक और श्रमिक संघर्ष के निकट आ गये। हड़ताल का दौर भी प्रारम्भ हुआ। पामदत्त ने लिखा है कि 1877 में नागपुर की मिल के मजदूरों ने मजदूरी के मसले को लेकर हड़ताल कर दी। 1882 और 1890 के मध्य मद्रास तथा बम्बई में करीब 25 बार हड़ताल हुई।[3]

---

2. आर० के० मुखर्जी; इण्डियन वर्किंग क्लास, पृ० 352-53
3. रजनी पामदत्त; इण्डिया टुडे, पृ० 375

अब आन्दोलन का सिलसिला भी प्रारम्भ हुआ। 1875 में श्री सोरावजी शपुरजी के नेतृत्व में बम्बई के श्रमिकों ने अपनी बुरी एवं बदतर स्थिति की ओर भारत सरकार का ध्यान आकर्षित करने का प्रयास किया और आन्दोलन किया। इस आन्दोलन का मुख्य उद्देश्य था श्रमिकों, विशेषकर महिला और बाल श्रमिकों की सुरक्षा के लिये अधिनियम बनवाना। किन्तु शपुर जी का आन्दोलन प्रभावकारी सिद्ध न हो सका। इसी वर्ष 'बम्बई फैक्टरी कमीशन' नियुक्त किया गया। इन दो घटनाओं के फलस्वरूप 1881 में कारखाना अधिनियम पारित हुआ। 1884 में द्वितीय बम्बई कारखाना आयोग बना।

श्रमिक समाज में जागरण लाने का काम श्री नारायण मेघाजी लोखण्डे ने 1884 में किया जिन्हें श्रम करने वालों का पहला नेता कहा जाता है। यावज्जीवन मजदूर आन्दोलन में स्वयं को समर्पित करनेवाले इस नेता ने अपना जीवन भी एक मजदूर के रूप में प्रारंभ किया था। 1884 में उन्होंने बम्बई के कारखानों में काम करनेवाले मजदूरों का एक सम्मेलन बुलाया जिसमें एक निवेदन पत्र तैयार किया गया।[4] निवेदन पत्र में सप्ताह भर में एक दिन की छुट्टी और काम के घण्टों में कमी लाने का उल्लेख किया गया तथा मजदूरों को अन्य सुविधायें देने का भी निवेदन किया गया। निवेदन पत्र को कारखाना आयोग के सम्मुख प्रस्तुत किया गया जिसपर आयोग ने विचार भी किया। किन्तु सरकार ने इसपर तनिक भी ध्यान नहीं दिया। कारखाना मजदूर अधिनियम बनाने के लिये आन्दोलन चलता रहा और लोखण्डे के नेतृत्व में श्रमिक सजग होते रहे। 1889 में वायसराय की सेवा में एक निवेदन पत्र प्रस्तुत कर श्रमिकों की सुरक्षा की बात उठाई गई।

अप्रैल 1890 में बम्बई में 10 हजार श्रमिकों का एक सम्मेलन हुआ जिसमें महिलाओं ने भी हिस्सा लिया। इसी वर्ष श्रमिकों ने सप्ताह में एक दिन की छुट्टी के लिए प्रार्थना करते हुए एक निवेदन पत्र बम्बई के मिल मालिक के सम्मुख प्रस्तुत किया। उनकी माँग स्वीकार कर ली गई। इस सफलता से उत्प्रेरित होकर श्री लोखण्डे ने 1890 में 'बम्बई मिल हैण्ड्स एसोशियेसन' (Bombay Millhand's Association) नामक प्रथम श्रमिक संस्था की स्थापना की। श्रमिकों की समस्याओं से सरकार तथा मालिकों को परिचित कराने के लिये उन्होंने 'दीनबन्धु' नामक एक पत्रिका का प्रकाशन भी करना प्रारम्भ किया। 19वीं शताब्दी के अन्तिम दशक तक श्री लोखण्डे एक प्रभावशाली नेता के रूप में उभर चुके थे और उनका सरकार पर भी प्रभाव पड़ने लगा था। 1890 में कारखाना आयोग के सम्मुख गवाही देने के लिये बम्बई के प्रतिनिधि के रूप में वे ही उपस्थित हुए थे। किन्तु अभी तक बम्बई मिलहैण्ड्स एसोशियेसन कोई संगठित श्रमिक संघ नहीं था क्योंकि इसके पास निधि, विधि और सदस्य-सूची नहीं थी। रजनी पामदत्त ने लोखण्डे को 'श्रमिक आन्दोलन का अग्रदूत' नहीं माना है क्योंकि श्रमिकों के हित के लिये अथवा कानून बनवाने के लिए उन्होंने जो भी प्रयास किये उनमें मुख्य रूप से श्रमिक-सेवा की नहीं, जन-सेवा की भावना प्रबल थी।[5]

---

4. आर० के० दास; लेबर मूवमेंट इन इण्डिया, पृ० 20
5. इण्डिया टुडे पृ० 375

1891 में द्वितीय कारखाना अधिनियम के पास होने के साथ ही श्रमिक आन्दोलन का प्रथम अध्याय समाप्त हो जाता है। श्री लोखण्डे और श्री बंगाली के निधनोपरान्त संघ के निर्माण तथा संचालन के लिए अच्छे नेता नहीं मिल सके। 1897 में यूरोपियन और आंग्ल-इण्डियन रेलवे कर्मचारियों का एक संघ 'भारत-बर्मा रेलवे कर्मचारी विलयित समिति' (Amalgamated Society of Railway Servants of India and Burma) बना और इसको भारतीय अधिनियम के अन्तर्गत पंजीकृत कराया गया। यही समिति 1928 में 'रेलवे कर्मचारियों का राष्ट्रीय संघ (National Union of Railwaymen) के नाम से जानी गई। इस समिति का मुख्य उद्देश्य भाईचारे के आधार पर कर्मचारियों को काम करना था।

20वीं शताब्दी में श्रमिक संघ का विकास—1905-14 के बीच दो कारणों ने श्रमिक आन्दोलनों को बढ़ावा दिया। वे हैं बंगाल विभाजन और स्वदेशी आन्दोलन। बंगाल विभाजन ने समस्त देश में राजनैतिक असन्तोष को व्याप्त कर दिया और लोगों में राष्ट्रीय चेतना पैदा करने में सहयोग किया। इस समय कुछ भारतीय नेताओं ने श्रमिकों का पक्ष लिया। इसी तरह स्वदेशी आन्दोलन के उठने पर कुछ नेताओं ने श्रमिकों के जीवन और दशा में सुधार लाने की बातें कहीं। इनसे श्रमिक संघ आन्दोलन को नया जीवन मिला। इसी समय बम्बई की मिलों के संचालन के लिये विद्युत शक्ति का प्रयोग किया जाने लगा तब उत्पादन की क्षमता और परिमाण में वृद्धि हुई। इससे मजदूरों ने काम के घण्टे कम करने के लिए आन्दोलन चलाया। फलतः 1905-09 के बीच हड़तालों का दौर प्रारम्भ हुआ। बंगाल के रेल कर्मचारियों ने हड़ताल की। बाल गंगाधर तिलक को जब कैद कर लिया गया तब बम्बई में छः दिनों तक हड़ताल चली जिसमें काफी संख्या में श्रमिक थे।

बीसवीं शताब्दी के प्रथम दशक में स्वदेशी आन्दोलन के प्रभाव के कारण कई संघों का जन्म हुआ। इनमें बम्बई पोस्टल यूनियन (1907), कलकत्ता का प्रिन्टर्स यूनियन (1908), बम्बई की कामगर हितवर्द्धक सभा (1910) आदि के नाम लिये जा सकते हैं। बम्बई से श्रमिकों में चेतना की भावना पैदा करने के लिए 'कामगर समाचार' नामक एक पत्रिका का भी प्रकाशन करना प्रारम्भ किया गया। इन सभी संघटनों में कामगर हितवर्द्धक सभा अधिक लोकप्रिय हुई क्योंकि इसने श्रमिकों के काम करने के समय, उनके झगड़ों, दुर्घटना से हुई क्षति की पूर्ति के लिए जैसे अनेक काम किये और इसके लिये सरकार को भी प्रार्थना-पत्र भेजे। 1911 के फैक्टरी अधिनियम के पारित होने के साथ-साथ श्रमिक संघ आन्दोलन का बीसवीं सदी में एक और अध्याय समाप्त हुआ।

सच्चे अर्थ में श्रमिक संघ आन्दोलन का इतिहास प्रथम विश्वयुद्ध के बाद से ही प्रारम्भ होता है। इसके पूर्व के संघ विशेष प्रयोजन के लिए बनते थे और प्रयोजन के पूरा हो जाने पर समाप्त हो जाते थे। श्रमिकों में भी शिक्षा का, जागरण का और अनुशासन का अभाव था। इसका कारण यह था कि कोई भी अखिल भारत स्तर का नेता नहीं था जो श्रमिकों का मार्ग-दर्शन कर सके; श्रमिकों में दासता की भावना धावित थी। वे नारे लगाकर और हड़ताल

का काम करके अपने घरों को लौट जाते थे। अतः महायुद्ध के पूर्व के श्रमिक असन्तुष्ट, अशिष्ट तथा नासमझ थे।

महायुद्ध ने श्रमिकों की शक्ति एवं स्थिति में परिवर्तन ला दिया। 1914 के बाद भारत में संघ आन्दोलन के तीव्र विकास के अनेक कारण थे। पहला, महायुद्ध के बाद स्वदेश वापस आकर सैनिकों ने विदेश के श्रमिकों की उच्च स्थिति से परिचित कराया। भारतीय श्रमिकों में सुगबुगाहट आने लगी। दूसरा, रूस की बॉल्शेविक क्रान्ति ने भारत के श्रमिकों पर असर डाला। सर्वहारा वर्ग की क्रान्ति ने श्रमिकों में नई जागृति ला दी। तीसरा, युद्धोपरान्त जब वस्तुओं की कीमत बढ़ी तब निर्वाह के लिए ऊँची कीमतों पर वस्तुएँ खरीदी जाने लगीं। लेकिन श्रमिकों की मजदूरी जहाँ की तहाँ रही। श्रमिक अपनी इस सस्ती मजदूरी में परिवर्तन लाना सोच रहे थे। चौथा, महायुद्ध के काल में उद्योगपतियों ने अधिक लाभ प्राप्त किया। वे इस लाभ को अकेला पचा लेना चाहते थे। यह बात श्रमिकों को बुरी लगती थी और वे भी इस लाभ में अपना हिस्सा चाहते थे। पाँचवाँ, इन दिनों देश में जो घटनायें घट रही थीं उनका प्रभाव भी श्रमिकों पर पड़ा। कांग्रेस और लीग एकता के सूत्र में बँध गई थीं और इस कारण श्रमिक बड़े प्रसन्न थे। किन्तु जालियाँवाला बाग की धटना, रौलेट अधिनियम, अत्याचारी कर और लगान तथा सरकार की शोषण नीति से समस्त देश के लोगों की तरह वे भी असन्तुष्ट थे। छठा, इन्हीं दिनों अन्तर्राष्ट्रीय श्रम संगठन (Interenational Labour Organisation) का संगठन हुआ जिसने विश्व के मजदूरों को सम्मानजनक जीवन जीने की प्रेरणा दी। इसका प्रगाव भारत के श्रमिकों पर भी पड़ा। अन्तर्राष्ट्रीय श्रम संगठन ने उन्हें उनके अधिकारों से परिचित कराया। आर० के० दास ने लिखा है कि अपने अधिकारों तथा आत्म-सम्मान के प्रति सजग हो जाने के बाद अब श्रमिक पुराने सामाजिक अत्याचारों तथा नई आर्थिक कठिनाइयों को सहन नहीं कर सकते थे। नवीन क्रान्तिकारी विचारों के प्रभाव के कारण उनमें नई सामाजिक तथा राजनीतिक चेतना आ चुकी थी।[6]

श्रमिकों का जागरण और असन्तोष हड़ताल के रूप में प्रस्फुटित हुआ। 1918-20 की अवधि में समस्त देश में कई हड़तालें हुईं। बम्बई की मिल के मजदूर 1918 में हड़ताल पर चले गये। जनवरी 1919 तक हड़ताल चलती रही। सवा लाख मजदूर हड़ताल में शामिल थे। 1920 तक देश में लगभग 15 लाख मजदूर हड़ताल में शामिल थे[7] तथा लगभग 200 हड़तालें हुईं।

प्रथम श्रमिक संघ निर्माण का श्रेय श्री वी० पी० वाडिया को दिया जाता है जिन्होंने 1918 ई० में मद्रास में चुलाई नामक स्थान में वस्त्र उद्योग के श्रमिकों का संगठन किया जिसका नाम 'मद्रास मजदूर संघ' (Labour Union) था। एक वर्ष के अन्तर्गत ही ऐसे चार संघ बन गये जिनके कुल सदस्यों की संख्या 20,000 थी। ऐसे ही कुछ और संघ बने। मिल मालिक संघ के अध्यक्ष श्री अम्बा लाल साराभाई की बहिन कुमारी अनुसूइया ने अहमदाबाद में सूती वस्त्र उद्योग में लगे श्रमिकों का एक संघ 1917 में बनाया था। 1919-23 के मध्य इन संघों की अधिक

6. द लेबर मूवमेंट इन इण्डिया, पृ० 23
7. रजनी पामदत्त; इण्डिया टुडे, पृ० 78.

स्थापना हुई। यद्यपि बहुतेरे संघ बने किन्तु वे कमजोर थे। अतः एक वृहत संघ के निर्माण की योजना बनाई जाने लगी। इसी योजना और चिन्तन के फलस्वरूप 1920 ई० में भारतीय ट्रेड यूनियन कांग्रेस की स्थापना हुई। इसकी स्थापना में श्री नारायण मल्हार जोशी का हाथ था। कांग्रेस के स्थापना वर्ष से लेकर 1925 ई० तक श्रमिक संघों का तेजी से विकास होना प्रारम्भ हुआ। कांग्रेस के प्रथम अधिवेशन के समापति और स्वागत समिति के अध्यक्ष क्रमशः लाला लाजपत राय और दीवान चमनलाल थे। इस कांग्रेस के अधिवेशन की सैनिक को इंगलैण्ड के श्रम-नेता कर्नल वैजवुड ने अपनी उपस्थिति से बढ़ा दिया। बाद में इसके समापति के पद को सी० आर० दास, पण्डित जवाहर लाल नेहरू, नेता जी सुभाषचन्द्र और वी० वी० गिरि ने सुशोमित किया। संघ और कांग्रेस का गठबंधन हो गया था जिसके फलस्वरूप संघ को शक्ति मिली।

1922 में केन्द्रीय श्रम समिति की स्थापना हुई और उसी वर्ष आल इण्डिया रेलवे मेन फेडरेशन तथा पोस्ट एण्ड टेलीग्राफ यूनियन की भी स्थापना की गई। फेडरेशन में कई छोटे-छोटे संघ जुड़ गये। बंगाल में भी कई संघों को मिलाकर एक संघ बनाया गया।

इस काल में श्रमिक संघों को वैध बनाने का आन्दोलन चला। फलतः 1926 में श्रम संघ अधिनियम (Trade Union Act) पारित किया गया जिसके अनुसार श्रमिक संघों को वैध बना दिया गया। किन्तु उन्हीं संघों को वैधानिक रूप दिया गया जो रजिस्टर्ड थें।

इन्हीं दिनों संघों को साम्यवादियों ने प्रभावित करना प्रारम्भ किया। 1924 के कानपुर अधिवेशन के बाद उनका प्रभुत्व अखिल भारतीय ट्रेड यूनियन कांग्रेस पर कायम होने लगा और 1929 तक उम्होंने अपनी स्थिति को काफी सुदृढ़ कर लिया। उनके प्रभाव को शून्य बनाने के लिए 1926 में श्रम-संघ अधिनियम पारित किया गया था। उनकी सुदृढ़ स्थिति के कारण ही 1929 में 'अखिल भारतीय ट्रेड यूनियन कांग्रेस' के नागपुर अधिवेशन में नरम दल के समर्थकों ने श्री नारायण मल्हार जोशी के नेतृत्व में 'अखिल भारतीय ट्रेड यूनियन फेडरेशन' नामक एक पृथक संस्था की स्थापना की। पुनः 1931 में रानाडे और देशपाण्डे जैसे वाम-पन्थी नेताओं ने 'अखिल भारतीय रेड ट्रेड यूनियन कांग्रेस' की स्थापना की जिससे संघ के आन्दोलन को धक्का लगा।

टूटन और बिखराव की इस अवधि में समझौता की प्रक्रिया भी प्रारम्भ हुई, 1931 में रेलवे कर्मचारियों के संगम के प्रयत्न से एक 'श्रमिक संघ एकता समिति' की स्थापना हुई जिसने यूनियन, फेडरेशन, कांग्रेस आदि के बीच एकता लाने के लिए एक कार्यक्रम प्रस्तुत किया। जब 1934 ई० में ट्रेड यूनियन कांग्रेस का वार्षिकोत्सव प्रारम्भ हुआ तब इस अवसर पर साम्यवादियों से मेल हो गया और रेड ट्रेड यूनियन को समाप्त कर दिया गया। सन् 1936 में एकता का धरातल और भी पुष्ट हुआ। इस वर्ष श्री वी० वी० गिरि के प्रयत्न से ट्रेड यूनियन फेडरेशन और ट्रेड यूनियन कांग्रेस मिलकर एक हो गये। इस तरह एका हुई अखिल भारतीय ट्रेड यूनियन कांग्रेस का वार्षिक अधिवेशन नागपुर में 1940 में

बड़े उत्साह के साथ सम्पन्न हुआ। इसके सभापति डा० सुरेश बनर्जी तथा सचिव श्री नारायण मल्हार जोशी बनाये गये। स्मरण रहे कि नागपुर में ही विभाजन का काम हुआ था और पुनः ये यूनियन मिलकर एक हो गये। कालान्तर में मतभेदों और झगड़ों से बचने के लिए अधिवेशन में यह निर्णय लिया गया कि "कोई भी राजनैतिक प्रस्ताव तब तक पास नहीं होगा जबतक कि वह उपस्थित सदस्यों की तीन चौथाई संख्या को मान्य न हो।"

इन्हीं दिनों बंगाल श्रम-संघ का गठन हुआ। लोकनायक जयप्रकाश नारायण के नेतृत्व में पटना में 1934 में 'समाजवादी दल' बना। 'हिन्दुस्तान मजदूर सेवक संघ' की भी एक श्रम सलाहकार समिति के रूप में स्थापना हुई जिसका सम्बन्ध 'अहमदाबाद कपड़ा मिल मजदूर परिषद्' से था।

परन्तु एका की भित्ति में शीघ्र ही दरार पड़ गई और द्वितीय महायुद्ध के प्रारम्भ होते ही श्रमिक संघ बिखरने लगे। युद्ध के दौरान जब कांग्रेस के नेता 1942 के दौर में जेल में बन्द कर दिये गये तब सुअवसर पाकर साम्यवादियों ने श्रमिकों एवं उनके संघों को प्रभावित करना प्रारम्भ किया। ट्रेड यूनियन कांग्रेस में उनका प्रभाव बढ़ने लगा। कांग्रेस के कुछ सदस्य महायुद्ध के प्रति तटस्थ नीति का अनुशील करने की चाह रखते थे, लेकिन कुछ लोग श्री मानवेन्द्र नाथ राय और उनके समर्थकों के नेतृत्व में युद्ध में पूरा सहयोग करने के पक्ष में थे। इस मतभेद ने श्री राय को 'इण्डियन फेडरेशन ऑफ लेबर' नामक एक पृथक संस्था बनाने के लिए वाध्य किया किन्तु इसे जनसमूह का पूरा समर्थन नहीं मिला।

महायुद्ध के बावजूद द्वितीय महायुद्ध के काल में श्रमिक आन्दोलन की प्रगति का मार्ग अवरुद्ध नहीं हुआ। 1939-40 में श्रमिक संघों की संख्या 667 तक पहुँच गई जिसमें लगभग 511000 सदस्य थे। संघों के फण्ड में भी 75% की वृद्धि हुई।

संक्षेप में महायुद्ध की अवधि में भारत में दो स्तरीय श्रमिक संघ थे—अखिल भारतीय ट्रेड यूनियन कांग्रेस तथा इण्डियन फेडरेशन ऑफ लेबर। दोनों की लोकप्रियता तथा प्रभाव क्षेत्र को देखकर सरकार ने दोनों को बारी-बारी से 1944 में अन्तर्राष्ट्रीय सम्मेलनों में प्रतिनिधत्व करने को अधिकृत किया। इसलिए 1944 में फेडरेशन से तथा 1945 में ट्रेड यूनियन कांग्रेस से प्रतिनिधि भेजने के लिए परामर्श लिया गया। जाँच के बाद 1946 में यह घोषणा की गई कि अखिल भारतीय ट्रेड यूनियन कांग्रेस का प्रतिनिधित्व अधिक हुआ है। स्वतन्त्र रूप से संघों ने काम भी करना प्रारम्भ किया।

स्वतन्त्र भारत में श्रमिक संघ

भारत की स्वतन्त्रता के वर्ष विभाजन का एक और कदम उठा। जैसे ही भारतीय राष्ट्रीय कांग्रेस ने शासन की बागडोर थामी वैसे ही इस बात की जानकारी होते देर न लगी कि साम्यवादियों के प्रभाव में अधिक श्रमिक तथा उनके संघ थे। सरकार ने उनके प्रभाव को समाप्त करने के लिए श्रमिकों की समस्याओं को 'हिन्दुस्तान मजदूर सेवक संघ' के द्वारा हल करने का प्रयास किया

तथा अखिल भारतीय ट्रेड यूनियन कांग्रेस को अपने प्रभाव में लाने का प्रयास किया। जब इससे भी सम्यवादियों का प्रभाव घटते नजर नहीं आया तब कांग्रेस सरकार ने एक पृथक संघ का निर्माण करने के लिए कदम उठाया। मई 1947 में कांग्रेस ने एक सम्मेलन किया जिसमें हिन्दुस्तान मजदूर सेवक संघ के अध्यक्ष सरदार वल्लभ भाई पटेल और सचिव श्री गुलजारी लाल नन्दा ने भाग लिया। सम्मेलन में लिये गये निर्णय के अनुसार जिस संघ की स्थापना की गई वह 'भारतीय राष्ट्रीय ट्रेड यूनियन कांग्रेस' के नाम से जाना गया। शीघ्र ही यह कांग्रेस शक्तिशाली हो गई और 1948 से यही संस्था राष्ट्रीय एवं अन्तर्राष्ट्रीय सम्मेलनों में अपना प्रतिनिधि भेजती रही है।

अपने पृथक अस्तित्व को स्पष्ट करने के लिए साम्यवादियों ने दिसम्बर 1948 में एक पृथक मजदूर संगठन कायम किया जिसका नाम था 'हिन्द मजदूर सभा'। इस सभा की शक्ति तब और बढ़ गई जब श्री एम० एन० राय की 'भारतीय फेडरेशन आफ लेबर' का इसमें विलयन हो गया। मई 1949 में 'संयुक्त ट्रेड यूनियन कांग्रेस' (United Trade Union Congress) नामक एक और श्रमिक संघ का गठन हुआ जिसकी स्थापना में प्रो० के० टी० शाह तथा श्री मृणाल कान्ति बोस के हाथ थे। समाजवादी प्रभाव में अखिल भारतीय रेलवे कर्मचारी संगम आ गया और श्री जयप्रकाश नारायण इसके अध्यक्ष बनाये गये। रेलवे कर्मचारियों ने एक और संघ का गठन किया जिसका नाम 'भारतीय राष्ट्रीय रेलवे कर्मचारी संगम' रखा गया। श्री हरिहरनाथ शास्त्री की अध्यक्षता में भारतीय राष्ट्रीय ट्रेड यूनियन कांग्रेस के नेताओं ने इस संघ की स्थापना की थी।

1955 से देश की राजनीतिक पार्टियों के नेतृत्व में श्रमिक संघ कायम किये जाने लगे। इस वर्ष तक पंजीकृत संघों की संख्या 865 थी और सदस्यों की संख्या 889000 थी। इसी वर्ष जनसंघ (अब भारतीय जनता पार्टी) के नेतृत्व में भोपाल में भारतीय मजदूर संघ, संयुक्त समाजवादी दल के नेतृत्व में 'हिन्द मजदूर पंचायत' और मार्क्सवादी कम्युनिस्ट पार्टी के नेतृत्व में 'भारतीय श्रमिक संघों का केन्द्र, बना। धीरे-धीरे अब 4 की जगह 8 संघ बन गये जिन्हें सरकार से मान्यता भी प्राप्त है। वे हैं—भारतीय राष्ट्रीय ट्रेड यूनियन कांग्रेस, अखिल भारतीय ट्रेड यूनियन कांग्रेस, हिन्द मजदूर सभा, संयुक्त ट्रेड यूनियन कांग्रेस, भारतीय श्रमिक संघों का केन्द्र, हिन्द मजदूर पंचायत, भारतीय मजदूर संघ और संयुक्त ट्रेड यूनियन कांग्रेस—लेनिन श्रेणी।

किन्तु ये सभी संघ एकता के सूत्र में बँध जाना चाहते थे और अभी भी चाह रहे हैं। यही कारण है कि भारतीय राष्ट्रीय यूनियन कांग्रेस, अखिल भारतीय ट्रेड यूनियन कांग्रेस तथा मजदूर सभा ने मिलकर 'मजदूर संघों की राष्ट्रीय परिषद' का गठन किया है। पुनः ऐसा ही एक संगठन भारतीय श्रमिक संघों के केन्द्र, संयुक्त ट्रेड यूनियन कांग्रेस एवं हिन्द मजदूर पंचायत ने मिलकर 'मजदूर संघों की संयुक्त परिषद' के नाम से किया है। राष्ट्रीय कांग्रेस का वर्चस्व भारतीय राष्ट्रीय ट्रेड यूनियन कांग्रेस पर, और समाजवादियों का वर्चस्व हिन्द मजदूर सभा पर और साम्यवादियों का वर्चस्व अखिल भारतीय ट्रेड यूनियन कांग्रेस पर है। इनके

अतिरिक्त कई अखिल भारतीय संगम भी हैं, जो रेल, बैंक, चाय, प्रेस, खान आदि से जुड़े हैं और सभी स्वतंत्रता के बाद, विशेषकर 1955 से पनपे हैं।

भारत में श्रमिक संघ आन्दोलन अब दृढ़ धरातल पर हैं जिसके फलस्वरूप मजदूरों की शक्ति को तुरत चुनौती देना सरकार के लिए भी संभव नहीं रह गया है। फिर भी अन्य देशों की तुलना में भारत में श्रमिक संघ आन्दोलन ठोस धरातल पर नहीं है। रॉबर्टस ने लिखा है कि "भारत में श्रमिक संघ आन्दोलन इतना शक्तिशाली नहीं है जितना इसे होना चाहिये।" वी. वी. गिरि भी यह स्वीकार करते हैं कि भारत में श्रमिक संघ आन्दोलन अभी तक प्रारम्भिक अवस्था में ही है तथा आधुनिक श्रमिक संघ पिछले तीस वर्षों से ही कार्य करते हुए पाये गये हैं। अभी भी श्रमिक संघ आन्दोलन को अपने कतिपय दोषों को दूर कर स्वस्थ तथा सशक्त बनना है।

12

भारत में सहकारिता आन्दोलन

सहकारिता क्या है ?

अर्थशास्त्र के विशारदों ने सहकारिता के अर्थ को कई दृष्टियों से स्पष्ट किया है। इसमें एक नहीं, एक से अधिक व्यक्ति होते हैं जो अपने लाभ के लिए, आर्थिक हितों की प्राप्ति के लिए मिल-जुलकर काम करते हैं। अतः सहकारिता व्यक्तियों की उस सामुदायिक भावना को कहते हैं जिसका उद्देश्य उचित साधनों द्वारा सामान्य आर्थिक उद्देश्यों को प्राप्त करना है। जब लोग यह अनुभव करने लग जाते हैं कि समाज या राष्ट्र का कोई विशेष सबल वर्ग उनका आर्थिक शोषण कर रहा है तब लोग आपस में मिल जाते हैं और स्वयं ही उस कार्य को करने लग जाते हैं जिसे विशष वर्ग करके उनका शोषण करता था। लोगों के मिल जाने से ही सहकारिता की भावना पैदा नहीं होती, सहकारिता एक ऐसा संगठन है जिसमें पारस्परिक आर्थिक हित सम्पादन के किए व्यक्ति समानता के आधार पर ऐच्छिक रूप से संगठित होते हैं। दूसरे शब्दों में व्यक्ति मानव प्राणी के रूप में एक-दूसरे के मित्र बनकर संगठित होते हैं। वे पूँजीपति के रूप में संगठित नहीं होते। यह सहकारिता का प्रथम सिद्धान्त है। सहकारिता में समानता की प्रधानता होती है। सारे सदस्य समानता के आधार पर संगठित होते हैं और यह उसका दूसरा सिद्धान्त है। लोग अपनी इच्छा से संगठन में सम्मिलित होते हैं, किसी बाहरी दबाव पर नहीं। यह इसकी तीसरी विशेषता है। चौथी विशेषता लोगों का अपना स्वार्थ है। अपने हितों की रक्षा के लिए लोग संगठन के सदस्य होते हैं। आर० सी० सक्सेना ने सहकारिता को व्यावसायिक संगठन भी कहा है।[1] इसी विद्वान के अनुसार सहकारी संगठन में लाभ का उद्देश्य भी हो सकता है। किन्तु इससे प्राप्त लाभ को सहकारिता संगठन के सदस्यों के बीच बाँट दिया जाता है जो खुद मालिक भी होते हैं और कर्मचारी भी।[2] सहकारिता पारस्परिक सहायता पर आधारित होती है। दूसरे शब्दों में प्रत्येक सदस्य सबके लिए और सब प्रत्येक सदस्य के लिए (All for each and each for all) कार्य करते हैं। सहायता का आधार न रहने पर सहकारिता का अस्तित्व ही नहीं बन सकता है। संक्षेप में जब मनुष्य का सामूहिक प्रयास आर्थिक हितों की वृद्धि के लिए लगाया जाता है तब वही सहकारिता है।[3]

---

1. आर० सी० सक्सेना : श्रम समस्याएँ एवं समाज कल्याण, पृ. 870.
2. वही
3. स्ट्रिकलैण्ड, को-ऑपरेशन इन इण्डिया, पृ० 15।

सहकारिता के जन्म का उद्भव स्थल

सहकारिता के विचार का विकास शोषण की प्रतिक्रिया में हुआ। शोषण निर्धनता का कारण है और निर्धनता अनेक दुष्परिणामों को जन्म दे डालती है। इस दुष्परिणाम से सुरक्षा पाने के लिए ही सहकारिता का जन्म हुआ। "जब पूँजीवाद और स्वतंत्र प्रतियोगिता के दोष बहुत गम्भीर हो गये तब ऐसे व्यक्तियों ने, जो राज्य के हस्तक्षेप में विश्वास नहीं करते थे, शोषक वर्ग से बचने के लिए विभिन्न कार्यों को अपनी ही भलाई के लिए स्वयं ही करना प्रारम्भ कर दिया।" अतः इस दृष्टि से सहकारिता को हम पूँजीवाद और समाजवाद के मध्य एक समझौता कह सकते हैं। स्मरण रहे कि सहकारिता में मनुष्य की प्रधानता होती है, न कि पूँजी की। इसका आधार भौतिक के साथ-साथ सामाजिक और नैतिक भी है।

जैसा कि लिखा जा चुका है, सहकारिता का अभ्युदय शोषण के खिलाफ हुआ, अतः इसका सबसे पहले विचार इंगलैण्ड में पनपा जहाँ औद्योगिक क्रान्ति के चलते पूँजीपतियों ने श्रमिकों का आर्थिक एवं दैहिक शोषण करना प्रारम्भ किया। औद्योगिक क्रांति ने देश को आर्थिक सम्पन्नता अवश्य दी, साथ-ही-साथ इसके दुष्परिणामों एवं दोषों ने श्रमिकों के हितों का हनन भी करना प्रारंभ किया। श्रमिकों को सहकारिता की भावना देने का काम रॉबर्ट ओवन ने किया। उन्होने न्यू लेनार्क में जहाँ उनका कारखाना था, श्रमिकों की एक बस्ती बसाई।[1] उन्होंने बस्ती के श्रमिकों को व्यवसाय के प्रबन्ध में भाग लेने की यथा सम्भव व्यवस्था की। ओवन ने बाल श्रम को समाप्त करने, काम के घंटों को कम करने तथा जुर्माने को समाप्त करने जैसे महत्त्वपूर्ण सुधार भी किये। इसके अतिरिक्त श्रमिकों के कल्याणार्थ अन्य कार्य भी किए गये। उनकी इच्छा थी कि सहकारिता के आधार पर श्रमिकों को स्वयं ही व्यवस्था के प्रबन्ध का उत्तरदायित्व सौंपा जाय। उन्होंने निर्धन, असहाय तथा बेरोजगारों के लिए सहकारी गाँवों और बस्तियों के निर्माण का समर्थन किया। इन बस्तियों में श्रमिकों को आत्मनिर्भर बनाने के लिए काम दिए जाते थे। उनके समर्थकों ने एक सहकारी समिति का गठन भी किया जिसका नाम 'नेशनल इक्वीटेब्ल लेबर एक्सचेंज' (National Equitable Labour Exchange) रखा गया। इस समिति में कारखानों के श्रमिक ही थे। वे व्यवसाय का स्वयं प्रबन्ध करते थे अर्थात् खुद माल का उत्पादन करते थे और खुद उन्हें बेचते थे। यद्यपि रॉबर्ट ओवन के प्रयत्न सफल न हो सके, किन्तु सहकारिता के आदर्श का उन्होंने श्रमिकों के समक्ष प्रदर्शित कर दिया।

यहाँ विभिन्न देशों में आन्दोलन के उद्भव का इतिहास प्रस्तुत करना सम्भव नहीं है। ओवन के नेतृत्व में इंगलैण्ड में प्रचारित सहकारिता का सिद्धांत फ्रांस में भी विकसित हुआ जहाँ इंगलैण्ड से आर्थिक सफलता मिली।

1. नन्दलाल भटनागर : सहकारिता के सिद्धांत और भारतीय सहकारिता, पृ०, 18-36।

जर्मनी में रेफिसन तथा शूलजे ने तथा इटली में सीलोर लज्जटाई ने सहकारी साख समितियों का गठन करके सहकारिता आन्दोलन को चलाया। अब आन्दोलन फैलने लगा। डेनमार्क में दुग्ध उत्पादन उद्योग में सहकारिता के सिद्धांत को अपनाया गया। मालों की बिक्री तथा मकानों के निर्माण में भी सहकारिता को आधार बनाया गया।

सहकारिता के विचार का जन्म और तत्संबंधी समितियों का गठन श्रमिकों के शोषण का ही फल था। इस सिद्धांत के अनुसार श्रमिक स्वयं ही मालिक और कर्मचारी थे, उत्पादक और बिक्रेता थे। यह आन्दोलन उन लोगों के लिए बरदान सिद्ध हुआ जो शोषित थे, निर्धन थे, बेकार थे। इस आन्दोलन से श्रमिकों की स्थिति में सुधार लाने की सम्भावनाएँ बढ़ गईं। भारत में भी सहकारी आन्दोलन चला।

भारत में सहकारी आन्दोलन का इतिहास

'भारत के लिए सहकारिता का सिद्धांत नया नहीं था। प्राचीन काल में कृषक सहकारिता के आधार पर कृषि का कार्य और टैक्स अदायगी का कार्य किया करते थे। जब भारत में अंग्रेजों का शासन प्रारंभ हुआ तब सहकारिता आन्दोलन ने जोर पकड़ा। यद्यपि मद्रास, बंगाल आदि में 19वीं सदी में ही सहकारिता आन्दोलन की बुनियाद पड़ी, लेकिन इस आन्दोलन का वास्तविक इतिहास 1964 ई० से ही प्रारम्भ हुआ।

भारत में सहकारिता आन्दोलन के इतिहास को दो खण्डों में बाँटा जा सकता है—19वीं सदी में सहकारिता आन्दोलन और 20वीं सदी में सहकारिता आन्दोलन।

19वीं शताब्दी में सहकारिता आन्दोलन

भारत में सहकारिता का जन्म ग्रामीण ऋणग्रस्तता तथा साहूकारों (महाजन) के आर्थिक उत्पीड़न तथा अत्याचारों के कारण हुआ। 19वीं सदी के उत्तरार्द्ध से भारतीय किसान ऋणग्रस्त हो गये थे। ऋणग्रस्तता से मुक्ति पाने के लिए सहकारिता आन्दोलन का जन्म और विकास भारत में हुआ। इसी सदी में जर्मनी में छोटे-छोटे बैंकों की स्थापना जर्मन ग्रामों में हुई। ये ग्रामीण बैंक काफी सफल रहे। भारतीय श्रमिकों को इन बैंक की सफलता ने काफी प्रभावित किया। श्रमिक अपने कल्याण के लिए सहकारी समितियों की स्थापना करने की बात सोचने लगे।

19वीं सदी के उत्तरार्द्ध में मद्रास सरकार ने ग्रामीणों की ऋण-समस्या का अध्ययन करने के लिए तथा ऋण की समस्या के निदान के लिए 1892 ई० में फ्रेडरिक निकोलसन (Fredrick Nicolson) को नियुक्त किया। निकोलसन ने अपनी रिपोर्ट 1897 में प्रस्तुत की। रिपोर्ट में ऋण-समस्या के निदान के लिए रेफिसन आधार की सहकारी साख समितियों की स्थापना करने का परामर्श दिया और अपनी रिपोर्ट के सारांश को दो अक्षरों में व्यक्त किया: "रेफिसन को लाओ (Find Raifieisen)"। लेकिन उसकी रिपोर्ट के सुझाव पर किसी ने ध्यान नहीं दिया और इसलिए साख-समितियों की स्थापना नहीं हो सकी। इसके पूर्व भी जर्मनी के ग्रामीण बैंकों से प्रभावित होकर 1882

ई० में विलियम वेडर वर्न और श्री एम० जी० रानडे ने बैंकों की स्थापना के लिए ब्रिटिश भारत की सरकार के समक्ष एक प्रस्ताव प्रस्तुत किए थे। लेकिन उनका प्रस्ताव भी सफल न हो सका और ग्रामीणों की ऋण-समस्या का निराकरण नहीं हो सका।

19वीं शताब्दी की समाप्ति के वर्ष ही उत्तर प्रदेश के एक बड़े अधिकारी श्री डुपरनेक्स (Dupernex) ने सहकारिता को बढ़ावा देने के लिये 'द पीपुल्स बैंक ऑफ इण्डिया' (The People's Bank of India) नामक एक पुस्तक की रचना की। इतना ही नहीं, पुस्तक में वर्णित अपने सिद्धांतों को कार्यान्वित करने के लिए उन्होंने अपनी जबावदेही पर कुछ सहकारी समितियों को भी खोला। इन्हीं दिनों पंजाब में भी सहकारिता आन्दोलन की नींव पड़ रही थी। वहाँ के एक उच्च अधिकारी एडवर्ड मैकलागन (Edward Maclagan) ने भी डुपरनेक्स की तरह सहकारी साख समितियों की स्थापना करके कल्याण का कार्य करने का प्रयास किया।

लेकिन 19वीं सदी में सहकारिता के सिद्धांत, विचार और समितियों को प्रचारित करने के लिए जो भी प्रयास किए गये, उनका सरकार पर कोई विशेष प्रभाव नहीं पड़ा। सहकारिता आन्दोलन मुख्य रूप से 20वीं सदी के प्रारंभ से ही लोकप्रिय हो सका।

20वीं सदी में सहकारिता आन्दोलन

इस सदी के प्रारम्भ होते ही भारत में सहकारिता आन्दोलन गर्म होने लगा। इसके कारण थे 1901 का दुर्भिक्ष आयोग, सरकार का प्रयास, मजदूरों के प्रयास और नेताओं की सिफारिश।

1901 में भारत में दुर्भिक्ष पड़ा जिसकी जाँच-पड़ताल के लिए दुर्भिक्ष आयोग का गठन किया गया। आयोग ने अपनी रिपोर्ट प्रकाशित की जिसमें साख-समितियों की स्थापना पर अधिक बल दिया गया तथा इनकी स्थापना के लिए सरकार से सिफारिश की गई। अतः दुर्भिक्ष आयोग की सिफारिश ने सहकारिता आन्दोलन की लहर प्रारम्भ कर दी।

आयोग की सिफारिश पर विचार करने के लिए भारत के तत्कालीन गवर्नर जनरल लार्ड कर्जन ने सर एडवर्ड लॉ (Sir Edward law) की अध्यक्षता में एक समिति का गठन किया। आयोग की सिफारिश, एडवर्ड लॉ के प्रयास और गवर्नर जनरल के कदम के फलस्वरूप 1904 ई० में पहला 'सहकारी साख-समिति अधिनियम' (Co-operative Credit Societies Act 1904) पारित हुआ। इस अधिनियम के साथ ही प्रथम बार भारत में सहकारिता आन्दोलन का सुव्यवस्थित रूप में प्रारम्भीकरण हुआ। इस अधिनियम के अनुसार लोगों (श्रमिकों या संघों या कारीगरों) को साख-समितियाँ स्थापित करने का कानूनी अधिकार मिल गया। इन समितियों को दो खण्डों में विभाजित किया गया। अधिनियम की मुख्य विशेषताएँ इस प्रकार है :

(i) एक ही ग्राम या नगर के दस व्यक्ति सहकारी साख समितियों की स्थापना करके उन्हें पंजीकृत करवा सकते थे। दस व्यक्ति एक रोजगार वाले या एक ही जाति के भी हो सकते थे।

(ii) इन समितियों का काम था सदस्यों को ऋण देना। धन सदस्यों, सरकार या विभिन्न संस्थाओं से उगाहा जा सकता था।

(iii) समितियों के कार्य की देख-रेख के लिए प्रत्येक प्रांत में रजिस्ट्रार की नियुक्ति का प्रावधान बनाया गया। रजिस्ट्रार सरकार का उच्चाधिकारी ही बन सकता था।

(iv) समितियों के हिसाब-किताब करने का अधिकार रजिस्ट्रार को दिया गया। रजिस्ट्रार इसके लिए किसी अन्य को भी मनोनीत कर सकता था।

(v) ग्रामों की समितियों में ग्रामीण और नगरों की समितियों में नागरिक (शहरी) ही नियुक्त हो सकते थे।

(vi) लाभ की राशि आरक्षित कोष में जमा करनी थी। लाभांश पर सदस्यों का अधिकार नहीं था। नगर के सदस्य कुछ लाभ ले सकते थे।

(vii) उचित जमानत लेकर सदस्य ऋण की प्राप्ति कर सकते थे।

(viii) अधिनियम के प्रावधानों के तहत निर्मित समितियाँ स्टाम्प, आयकर, रजिस्ट्रेशन शुल्क आदि से मुक्त थीं।

निश्चित रूप से 1904 के इस अधिनियम ने सहकारिता आन्दोलन के विकास को सशक्त धरातल दिया। जगह-जगह जहाँ-तहाँ साख-समितियों की स्थापना होने लगी। समितियों की संख्या में काफी वृद्धि भी होने लगी। 1906-07 में जहाँ 843 समितियाँ थ उनकी संख्या 1911-12 में बढ़कर 8177 हो गयी। इसी तरह सदस्यों की संख्या में भी बढ़ोत्तरी हुई। 1906 में जहाँ सदस्यों की संख्या (हजार में) 70.8 थी वहाँ 1912 में 407.3 हो गई। आन्दोलन अब सुमार्ग पर चल निकला था। उत्साही श्रमिकों और नेताओं के मजबूत कन्धों की अब अधिक जरूरत थी।

यद्यपि कथित अधिनियम ने लोगों की, विशेषकर श्रमिकों की आँखें खोल दी थीं; फिर भी वह पूर्णतः सफल नहीं हो सका, इसके कतिपय दोष थे जिनके फलस्वरूप श्रमिकों को अधिक लाभ न मिलने वाला था। अधिनियम में महाजनों के पंजे से ऋणग्रस्त श्रमिकों और कृषकों को मुक्त करने के लिए किसी भी तरह का प्रावधान नहीं था। अतः ऋण की समस्या यथावत् बनी रही। समितियों से शहरों को आय हो सकती थी; ग्रामों को नहीं। अतः एक तरह का ऐसा भी प्रावधान होना चाहिए था जो शहरों के धन को ग्रामों की तरफ ले जाय और दोनों क्षेत्रों के विकास में संतुलन कायम किया जा सके। समितियों के सदस्यों की निर्धनता भी अधिनियम की विफलता का कारण थी। निर्धन सदस्य वाजिब जमानत पर ऋण पाने में सर्वथा असमर्थ थे। अधिनियम के तहत क्षेत्रों (नगरों एवं ग्रामों) का वर्गीकरण भी वैज्ञानिक और सुविधाजनक नहीं था। अधिनियम में एक दोष यह भी था कि इसके प्रावधान केवल साख समितियों के लिए थे, गैर-साख समितियों के लिए नहीं। श्रमिकों के लाभ के लिए गैर-साख समितियों के गठन के लिए स्वतंत्रता दी जाने लायक थी। लाभ का थोड़ा-बहुत वितरण भी करना आवश्यक

था। इन्हीं कारणों से यह अधिनियम बहुत सफल न हो सका। फिर भी इसने भारत में सहकारिता आन्दोलन की ओर सरकार तथा नेताओं का ध्यान आकर्षित करने में सफलता प्राप्त की। सर डेंजिल और सर एडम्सन आशा करते थे कि इस अधिनियम के द्वारा भारत में नागरिकों को स्वावलम्बन का पाठ पढ़ाया जा सकेगा, किन्तु तत्काल उनकी आशा फलीभूत नहीं हो सकी।

इस अधिनियम के दोषों को दूर करने के लिए सरकार ने काफी चिन्तन-मंथन किया और अन्त में 1912 में एक नया अधिनियम पारित किया। जिसे 'सहकारी समिति अधिनियम' कहा जाता है। इस अधिनियम का मुख्य उद्देश्य 1904 के अधिनियम के दोषों को तो दूर करना था ही, साथ ही उसे व्यापक भी बनाना था। 1912 के अधिनियम में क्रय-विक्रय; उत्पादन; बीमा; आवास आदि जैसी गैर-साख समितियों के संस्थापन का भी अनुदेश दे दिया गया एवं देख-भाल के लिए केन्द्रीय संगठनों को भी मान्यता दे दी गई। समितियों का गठन वैज्ञानिक ढंग से किया जाने लगा। इस अधिनियम में मुख्य बातें इस प्रकार थीं :

(i) गैर-साख समितियों के गठन और उनके पंजीकरण को मान्यता प्रदान की गई।

(ii) समितियों का वैधानिक रूप से वर्गीकरण किया गया; अर्थात ग्रामीण और शहरी समितियों के स्थान पर अब इनका वर्गीकरण सीमित और असीमित देयता वाली समितियों के आधार पर किया गया।

(iii) पंजीकृत समिति को लाभ का ¼ भाग आरक्षित कोष में और 10 प्रतिशत दान के लिए रखकर अवशेष लाभांश को सदस्यों में बाँट देना था।

(iv) समितियों के सम्बन्ध में प्रान्त की सरकारों को विधि-निर्माण करने का अधिकार मिला।

(v) ऋण को वसूल करने में समितियों को वसूल करने में समितियों को प्राथमिकता दी गई।

(vi) सहकारी समितियों के भाग को जब्त करना अवैध करार दिया गया।

यह अधिनियम सहकारिता आंदोलन की लोकप्रियता का द्योतक था। 1904 के अधिनियम की तुलना में यह अधिक व्यापक और वैज्ञानिक सिद्ध हुआ। इसने गैर-साखसमितियों की स्थापना की भी इजाज्त दी थी। इसलिए देश के कई भागों में गैर-साख समितियों की भी स्थापना की जाने लगी। कई सहकारी बैंक खुल गये, जिनमें जिलों और प्रान्तों के बैंक उल्लेखनीय हैं। बंगाल की अपेक्षा पंजाब, बम्बई एवं मद्रास में समितियों की अधिक स्थापना हुई क्योंकि वहाँ के कृषक भू-स्वामी थे जबकि बंगाल में जमीन्दार जमीन के स्वामी थे। अब समितियों के माध्यम से वस्तुओं का क्रय-विक्रय होने लगा, जानवरों का बीमा कराया जाने लगा; उपभोक्ता सहकारी भंडार खोले गये और आवश्यक मालों की खरीद की जाने लगी। 1914 तक देश में सहकारी समितियों की

संख्या 15000 तक पहुँच गयी जिसके सदस्यों की संख्या लगभग 7 लाख थी। अगर 1904 के अधिनियम को सहकारिता आन्दोलन का प्रथम सोपान माना जा सकता है तो 1912 के अधिनियम को द्वितीय सोपान कहा जा सकता है।

प्रथम विश्वयुद्ध के दौरान भी सहकारिता आन्दोलन की गति में कमी नहीं आयी। आन्दोलन की समीक्षा करने के लिए भारत की ब्रिटिश सरकार ने 1914 में सर एडवर्ड मैक्लागन की अध्यक्षता में एक समिति का गठन किया। इस समिति ने जाँच-पड़ताल के बाद आन्दोलन के कतिपय दोषों की ओर इंगित किया और सुधार सम्बन्धी कई महत्त्वपूर्ण सुझाव दिये। इसने बताया कि नागरिकों की निरक्षरता के कारण सहकारी आन्दोलन के विकास का मार्ग रुक जाता है। समिति के प्रबन्धकों में निष्ठा तथा ईमानदारी के अभाव के कारण भी आन्दोलन की गति में तेजी नहीं आ रही है। प्रबन्धक ईमानदारी-पूर्वक जरूरतमन्द लोगों को ऋण न देकर आन्दोलन की लोकप्रियता को मार देते हैं। ऋण देने में अनावश्यक विलम्ब किया जाता है। इन दोषों की ओर इंगित कर मैक्लागन ने आन्दोलन के विकास का पथ साफ किया।

मैक्लागन समिति ने न केवल दोषों को साफ-साफ दर्शाया अपितु कुछ बड़े ही महत्त्वपूर्ण सुझाव भी दिये। कुछ सुझाव इस प्रकार हैं:

(i) समिति के सदस्यों के निर्वाचन में औचित्य पर ध्यान देना चाहिये। अच्छे चरित्र और योग्यता वाले व्यक्तियों को ही सदस्य के रूप में निर्वाचित करना चाहिये।

(ii) इन सदस्यों को सहकारिता के सिद्धान्त, उद्देश्य, इससे होने वाले लाभ आदि का ज्ञान देना चाहिये।

(iii) सदस्यों की आर्थिक स्थिति की जानकारी लेकर ही उन्हें ऋण देने का प्रबन्ध करना चाहिये।

(iv) जमानत के लिए ऋण का उपयोग केवल उत्पादक कार्यों के लिए ही होना चाहिये।

(v) ऐसी समितियों को रद्द कर देना चाहिये जो सहकारिता के सिद्धान्तों की उपेक्षा करके काम करती हैं।

(vi) सदस्य अपव्ययी न हों।

मैक्लागन समिति के सारे-के-सारे सुझाव अच्छे थे और उनके कार्यान्वयन पर सहकारिता आन्दोलन के विकास में चार चाँद लग जाते। लेकिन महायुद्ध का दौर चल रहा था जिसके चलते सरकार का ध्यान सहकारिता की ओर नहीं था। महायुद्ध छिड़ जाने के कारण समिति के सुझाव पर कार्यवाही नहीं की जा सकी। समिति आन्दोलन को जनप्रिय बनाने के लिए इसे प्रान्तीय विषय बनाना चाहती थी। लेकिन युद्ध के दौरान सब कुछ ज्यों-का-त्यों धरा रह गया।

1919 और 1929 के बीच सहकारिता आंदोलन एक स्थायी मार्ग से विकासोन्मुख होने लगा। 1919 के अधिनियम के अन्तर्गत सहकारिता को प्रान्तीय विषय बना दिया गया जिसके लिये मन्त्रीगण विधान सभा के सम्मुख उत्तरदायी थे। सहकारिता को अपनी लोकप्रियता वृद्धि के लिए मन्त्रियों ने मुद्दा बनाया और इसका विकास तेजी से करने लगे। इस अधिनियम के पश्चात सहकारी समितियों की संख्या में काफी वृद्धि हुई। लेकिन सारी-की-सारी समितियाँ कारगर सिद्ध न हो सकी। 1926 में रायल कृषि आयोग और प्रान्तीय तथा केन्द्रीय बैंकिंग जाँच समिति ने भी सहकारिता के विचार और साहित्य में महत्त्वपूर्ण योगदान दिया। इस बीच और 1929 के कुछ बाद भी 1919 के अधिनियम के आधार पर कई प्रान्तों में उनकी जरूरत के अनुसार अधिनियम बने। उदाहरणार्थ 1925 में बम्बई ने, 1932 में बिहार ने, 1935 में उड़ीसा ने और 1937 में कुर्ग ने अधिनियम बनाये। संक्षेप में 1929 तक सहकारिता आन्दोलन ने अच्छी प्रगति की।

1929 से 1935 तक का काल सहकारिता आन्दोलन के ह्रास और पुनर्निर्माण का काल कहा जा सकता है। 1929 में आर्थिक मन्दी के आरम्भ होने से पूर्व यह आन्दोलन प्रगति करता रहा। किन्तु कृषि मूल्यों के गिरने तथा साथ ही किसानों की आय में कमी हो जाने के कारण आन्दोलन को गहरा धक्का लगा। कई समितियाँ समाप्त हो गईं और आन्दोलन में कई प्रकार के दोष समाहित हो गये। ग्रामों के विकास में सहकारिता आन्दोलन ने कुछ नहीं किया। किसानों की स्थिति ज्यों-की-त्यों थी। देश के हर भाग में आन्दोलन न पहुँच सका था किन्तु इन दोषों के बावजूद यह आन्दोलन श्रमिकों एवं कृषकों के लिए मुक्ति की आशा के समान था। इसी समय जब 1935 में रिजर्व बैंक ऑफ इण्डिया की स्थापना हुई तो यह आशा की जाने लगी कि यह बैंक आन्दोलन की प्रगति में सहायक होगा। रिजर्व बैंक ने अपने अन्तर्गत एक कृषि साख विभाग (Agricultural Credit Department) को भी खोल दिया ताकि कृषि साख की समस्याओं का अध्ययन किया जा सके। रिजर्व बैंक ने यह भी स्पष्ट कर दिया कि वह सहकारिता आन्दोलन को तभी समर्थन और सहयोग देगा जब आन्दोलन अपने कथित दोषों को दूर करेगा। फिर भी बैंक ने समय-समय पर रिपोर्टें प्रकाशित की और आन्दोलन की समालोचना की जिसके फलस्वरूप आन्दोलन के पुनर्गठन और पुनर्वास के संबंध में मदद मिली। इसी समय बहु-उद्देशीय सहकारी समितियों के महत्त्व और उद्देश्य पर भी बल दिया गया। प्रान्तीय स्वतंत्रता (1937) के बाद मन्त्रियों ने किसानों की स्थिति में सुधार लाने के लिए अपनी चिन्ता प्रकट की। इस चिन्ता ने सहकारी आन्दोलन को सहारा दिया। सब मिलाकर 1939 के पूर्व सहकारिता आन्दोलन की स्थिति को अच्छा नहीं कहा जा सकता।

1939 से 1947 तक सहकारिता आन्दोलन का इतिहास ब्रिटिश भारत के इतिहास का अन्तिम चरण है। द्वितीय विश्व युद्ध (1939-1945) के समय सहकारिता आन्दोलन की स्थिति में कुछ सुधार आया। सुधार आने का कारण यह था कि द्वितीय महायुद्ध के दौरान कृषि-उत्पादन वस्तुओं की कीमत काफी

बढ़ गई जिसके फलस्वरूप समितियों की स्थिति आर्थिक दृष्टि से अच्छी हो गई। सहकारी समितियों ने अपने अधिकांश ऋणों को चुका दिया और इस कारण आंदोलन को वित्तीय स्थिति सन्तोषप्रद हो गई। उपभोक्ता सहकारिता और सहकारी खेती भी खूब होने लगी। आन्दोलन की प्रगति का अनुमान इस बात से लगाया जा सकता है कि 1938-39 में सहकारी आन्दोलन केवल 6% जन-संख्या तक पहुँच पाया था। 1945-46 में यह 16% हो गया।[1]

1945 में भारत की ब्रिटिश सरकार ने 'सहकारिता आयोजन समिति' का गठन श्री सरैया की अध्यक्षता में किया गया। इसने आन्दोलन का विकास करने, वहु-उद्देशीय समितियों का गठन करने और रिजर्व बैंक द्वारा अधिकाधिक सहायता देने की सिफारिश की। इसके एक वर्ष पूर्व अर्थात् 1944 में प्रो० गाडगिल की अध्यक्षता में एक कृषि वित्त उपसमिति का गठन किया था जिसे ऋण की समस्या को हल करने संबंधी सुझाव देने थे और किसानों को ऋण देने के संबंध में भी सुझाव देने थे। सरैया और गाडगिल समितियों ने जो परामर्श और सुझाव दिये, उनपर विचार-विमर्श सरकार ने करना प्रारम्भ किया। 1949 ई० में रजिस्ट्रारों और अखिल भारतीय सहकारी संस्थाओं का एक संयुक्त सम्मेलन हुआ। इस सम्मेलन में सहकारी आन्दोलन को विकसित करने का निश्चय किया गया। यह निर्णय लिया गया कि अधिक-से-अधिक बहु-उद्देशीय समितियों का गठन किया जाय, कृषि उत्पादनों को सहकारी समितियों को सुपुर्द कर दिया जाय, दो सहकारी समितियों का गठन प्रत्येक जिले में अवश्य हो और अधिक-से-अधिक आर्थिक मदों के लिए सहकारी समितियों की स्थापना की जाय।

यद्यपि स्वतन्त्रता प्राप्ति के वर्ष तक सहकारिता आन्दोलन को बढ़ावा दिया गया, लेकिन कतिपय खास दोष अभी तक यथावत् बने हुए थे। गठित समितियों में अधिकांश समितियाँ निष्क्रिय थीं। किसान पूर्णत: सूद पर रुपये लगाने वाले महाजनों से पूर्णरूपेण मुक्त नहीं थे। देश के नागरिक अभी तक सहकारिता आन्दोलन से होनेवाले लाभ से अभी तक पूरी तरह परिचित नहीं थे।

स्वतन्त्र भारत में सहकारिता आंदोलन

भारत के स्वतंत्र होने के बाद सहकारिता आन्दोलन एक नये रूप में संचालित हुआ। 1951 से आन्दोलन रिजर्व बैंक के हस्तक्षेप से पुन: विकासोन्मुख हुआ। रिजर्व बैंक ने 1951 ई० में एक 'निर्देशन समिति' की नियुक्ति की। इस समिति ने ग्रामीण साख व्यवस्था का अध्ययन किया और तब 1954 ई० में अपनी रिपोर्ट प्रस्तुत की। रिपोर्ट में इसने इस बात का सुझाव दिया कि ग्रामीण साख के विकास के लिए एक संगठित योजना का निर्माण किया जाय। इसके कुछ महत्त्वपूर्ण सुझाव इस प्रकार थे :

(i) जितनी भी सहकारी संस्थाएँ बने उनमें राज्य की साझेदारी अवश्य हो। साझेदारी होने पर राज्य प्राथमिक और जिला-स्तर पर बनी समितियों के लिये पूँजी का संग्रह कर सकता है।

---

1. आर० सी० सक्सेना, पृ० 875।

(ii) साख की एकीकृत योजना तैयार करनी चाहिये। साख समितियों की तालमेल बिक्री, निर्माण कार्य, उत्पादन, वितरण आदि के साथ बैठाना चाहिये।

(iii) समितियों के सदस्यों की संख्या में वृद्धि की जानी चाहिये।

(iv) समितियों के सदस्यों और कर्मचारियों को प्रशिक्षण देना चाहिये ताकि समितियों को कार्यप्रणाली और प्रबन्ध में उत्तमता आये।

(v) बैंकों का, चाहे वे भूमि से सम्बद्ध हों या सहकारी बैंक से, पुनर्गठन होना चाहिये। रिजर्व बैंक लम्बे दिनों के लिए कोष का प्रबन्ध करे ताकि कृषि साख को लाभ हो और कृषकों को ऋण मिल सके।

निर्देशन समिति के सुझावों के आधार पर आजाद भारत में सहकारिता आन्दोलन को विकसित होने का सुअवसर मिला। सरकार ने इन सुझावों के आधार पर प्रान्त में शीर्ष सहकारी बैंक तथा जिलों में केन्द्रीय बैंकों की स्थापना की। सहकारी समितियों का उनके कार्यों से तालमेल बैठाया गया। रिपोर्ट के अनुसार ही पहली जुलाई 1955 को इम्पीरियल बैंक, स्टेट बैंक ऑफ इण्डिया के रूप में परिणत कर दिया गया ताकि गाँवों के हल्कों में 400 नई शाखाओं की स्थापना की जा सके। कर्मचारियों को प्रशिक्षण देने के लिये एक केन्द्रीय समिति बनाई गई। पूना में एक सहकारी महाविद्यालय के साथ-साथ पाँच अन्य सहकारी प्रशिक्षण केन्द्र खोले गये।

जब स्वतंत्र भारत की सरकार ने पंचवर्षीय योजनाओं का निर्माण किया तब उनमें सहकारिता को भी स्थान दिया गया। अब योजनाओं के कारण सहकारिता आन्दोलन को विकसित होने का काफी मौका मिला। आन्दोलन की लोकप्रियता का पता इस बात से ही लगाया जा सकता है कि महज पाँच वर्षों में समितियों की संख्या 1,81,000 से बढ़कर 2,40,000 तक पहुँच गई। सदस्यों की संख्या में भी इसी तरह वृद्धि हुई। प्रथम पंचवर्षीय योजना के अन्त तक कुल कृषि समितियाँ 1,98,679 थी जिनमें साख समितियाँ 1,59,939 थी। द्वितीय पंच-वर्षीय योजना में सहकारिता के विकास के लिए एक विस्तृत कार्यक्रम तैयार किया गया और गाँवों तथा ग्रामीणों के विकास के लिए विशेष कदम उठाए गये। गाँवों से सहकारी समितियों का सम्बन्ध जोड़ने में अधिक-से-अधिक प्रयास किया गया और प्रत्येक परिवार के व्यक्ति को समितियों का सदस्य बनाने का प्रयास किया गया। इस योजना के अन्तर्गत रिजर्व बैंक ने सहकारिता आन्दोलन को आगे बढ़ाने के लिए कई काम किए। दीर्घकालीन राष्ट्रीय कृषि साख कोष एवं स्थायी रूप से राष्ट्रीय कृषि साख कोष की स्थापना इसके तत्वावधान में ही हुई। 1970 तक इन दोनों कोषों में करोड़ों रुपये जमा हो गये। एक स्थायी परामर्शदात्री समिति की स्थापना की गई जिसका काम था सहकारी साख के लिए समय-समय पर रिजर्व बैंक को परामर्श देना। कर्मचारियों के प्रशिक्षण पर भी विशेष ध्यान दिया गया। ऑफिसरों के लिए छः महीने का कोर्स और कर्मचारियों के लिए पूरे एक साल का कोर्स रखा गया। इस योजना के तहत सहकारी संस्थाओं में समाजवादी अर्थ-व्यवस्था के निर्माण पर भी

विशेष बल दिया। कई सहकारी भवन; सहकारी गोदाम आदि बनाये गये। जनवरी 1959 में कांग्रेस दल ने अपने नागपुर अधिवेशन में एक नये कृषि ढाँचे की घोषणा की जिसमें सहकारी खेती को प्रश्रय दिया गया। उत्तर प्रदेश में पंचायतों के साथ-साथ बहु-उद्देशीय सहकारी समितियों की योजना प्रारम्भ की गई। सेवा सहकारी समितियों की स्थापना का कार्यक्रम भी प्रारम्भ किया गया।

द्वितीय पंचवर्षीय योजना के काल की दो समतियों की रिपोर्टों का उल्लेख करना आवश्यक है। वे हैं मालकम डार्लिंग रिपोर्ट और बैंकुण्ठ लाल मेहता समिति रिपोर्ट। सर मालकम डार्लिंग को कोलम्बो योजना के प्राविधिक सहकारिता के कार्यक्रम के तहत सहकारिता आन्दोलन की सफलता के लिए आमन्त्रित किया गया। डार्लिंग के बाद 1960 ई० में श्री बैकुण्ठलाल मेहता की अध्यक्षता में एक और समिति ने अपनी रिपोर्ट प्रस्तुत की जिसका सम्बन्ध सहकारी साख से था। कोलम्बो योजना के तहत आमन्त्रित 1957 में डार्लिंग ने भारत में सहकारिता आन्दोलन के इतिहास का अध्ययन किया। अपनी रिपोर्ट में डार्लिंग ने कई महत्त्वपूर्ण तथ्यों की ओर सरकार का ध्यान आर्कषित किया। उन्होंने तमिलनाडु, पंजाब, महाराष्ट्र और आन्ध्र प्रदेश की सहकारी समितियों का उल्लेख करके यह बतलाया कि इन क्षेत्रों में समितियाँ अधिक काम कर सकती है, पर वे नहीं कर पातीं। उसका मत था कि बड़े आकार की समितियों का गठन नहीं करना चाहिये और न सीमित दायित्व वाली समितियों को ही स्थापित करना चाहिए। उन्होंने समितियों के स्वतन्त्र अस्तित्व का समर्थन किया और यह कहा कि इन्हें भारत सरकार की आर्थिक मदद नहीं लेनी चाहिए। वह समितियों की मितव्ययीता के भी समर्थक थे। इसी प्रकार मेहता समिति की रिपोर्ट (1960) की महत्त्वपूर्ण थी जिसने मालिकों एवं कृषकों को एक साथ जोड़ना चाहा, समितियों में राज्य की साझेदारी को प्रश्रय दिया, बैंकों को ऋण देने में उधार नीति बरतने को कहा, छोटी-छोटी समितियों के गठन के लिए सुझाव दिया आदि। मेहता रिपोर्ट पर सहकारी मन्त्रियों ने विचार-विमर्श करके पंचायतों और सहकारी समितियों को एक साथ जोड़ने का निर्णय दिया और पंचायतों को खुलकर सहकारिता में हिस्सा लेने को कहा।

तृतीय पंचवर्षीय योजना ने भी सहकारिता को प्रश्रय दिया। इसी योजना के अनुसार सारे जिलों और अंचलों को सहकारिता समितियों से जोड़ने का प्रयास किया गया। सहकारिता समितियों के इतिहास-चरण के अध्ययन के लिए कई समितियाँ भी बनी। एक ऐसी ही समिति राजस्थान के विधानसभा के भूतपूर्व अध्यक्ष श्री रामनिवास मिर्धा की अध्यक्षता में बनी जिसने 1965 में अपनी रिपोर्ट दाखिल की। 1963 में ही एक अध्ययन दल का गठन हुआ था जिसने गैर-कृषि साख क्षेत्रों का अध्ययन किया। इन्होंने यह सुझाव दिया था कि भारत के प्रत्येक नगर में सहकारी समिति बननी चाहिये। संक्षेप में इन पंचवर्षीय योजनाओं में सहकारिता को शामिल सहकारिता आन्दोलन को सफल बनाने का प्रयास किया गया।

आन्दोलन की विफलता

सहकारिता आन्दोलन के विकास के लिए ब्रिटिश भारत और स्वतंत्र भारत की सरकारों ने पूरा प्रयास किया, लेकिन उन्हें पूर्ण सफलता नहीं मिली।

आन्दोलन की सफलता की जो आशा की गई थी, उसकी पूर्ति पूरी तरह न हो सकी और सहकारिता आन्दोलन विफल ही हुआ। सभी इस बात को महसूस करते हैं कि देश की अर्थ-व्यवस्था को सुदृढ़ बनाने में सहकारी समितियों की महत्त्वपूर्ण भूमिका होती है, फिर भी इसे सफलतम रूप देना सर्वथा असम्भव है। इसकी विफलता के अग्रलिखित कारण हैं :

1. **शिक्षा का अभाव** : सहकारिता आन्दोलन के विफलता का सबसे बड़ा कारण शिक्षा का अभाव है। यद्यपि स्वतन्त्रता के बाद भारत में यान्त्रिकी, चिकित्सा, कला, वाणिज्य से सम्बद्ध शिक्षा का विकास हुआ है, लेकिन सहकारी समिति के सदस्यों के लिए विशेष शिक्षा एव प्रशिक्षण का अभाव ही रहा है। अल्प शिक्षा के कारण समितियों के सदस्य सफलतापूर्वक अपने कार्यों का निष्पादन करने में असमर्थ हो जाते हैं और इस कारण समितियाँ असफल हो जाती हैं। सरकार जबतक इन समितियों के सदस्यों को प्रशिक्षित करने का प्रयास नहीं करेगी तबतक सहकारी आन्दोलन को सफल बनाना मुश्किल होगा।

2. **सरकार के दोष** : आन्दोलन की सफलता सरकार की नीति पर भी निर्भर करती है। इन समितियों पर सरकारी नियंत्रण अधिक रहा है। नियंत्रण के भार तले दबे रहने के कारण समितियों को स्वतन्त्र वातावरण में साँस लेने का अवसर नहीं मिलता है। सरकार को चाहिये कि वह इन्हें स्वतन्त्र रूप से काम करने का अवसर दे, इसे स्वावलम्बी बनने दो तभी समितियों का विकास होगा। समितियों के विकास से आर्थिक लाभ होगा और आर्थिक लाभ से देश धन-धान्य से परिपूर्ण होगा।

3. **स्वार्थ नीति** : सदस्यों की स्वार्थ नीति समितियों को फलने-फूलने नहीं देती। इनके सदस्य अपने निहित स्वार्थ की पूर्ति करने के लिए पहले प्रयास और पहल करते हैं और बाद में श्रमिकों एवं कृषकों की समस्याओं की ओर ध्यान देते हैं। न केवल सदस्य, अपितु राष्ट्र के नेता भी अपने स्वार्थ-लाभ के लिए सहकारिता आन्दोलन का विरोध करते हैं। इस स्वार्थ-नीति का परित्याग करना आवश्यक है। कर्मचारियों को ईमानदार और नेताओं को निष्ठावान बनकर सहकारिता को विकसित करना चाहिए।

4. **विकेन्द्रीयकरण का अभाव** : सहकारी समितियाँ कुछ खास व्यक्तियों के हाथों तक निहित हैं। शहरों के लोग तेज तर्रार नेता हैं। उनके व्यक्तित्व के कारण शहरों की समितियों को सरकार से आर्थिक लाभ प्राप्त हो जाते हैं। लेकिन गाँवों की समितियों को ऐसे लाभ नहीं मिल पाते। समितियाँ खास लोगों के हाथों में ही केन्द्रित न हो। अगर शहरी और ग्रामीण सारी समितियों को समान रूप से जरूरत के अनुसार सरकार से आर्थिक अनुदान मिलता रहे, तब सहकारी आन्दोलन सफल बनाया जा सकता है।

5. **आदर्श सिद्धान्त एवं गुण** : सहकारिता के विकास के पीछे जीवन और चरित्र के आदर्श सिद्धान्त काम करते हैं। अगर नेता, सदस्य, कर्मचारी, त्यागी एवं सहिष्णु हो, स्वार्थहीन और परोपकारी हों, एक-दूसरे के दर्द

एवं समस्याओं को समझने-सुनने वाले हों तो निश्चित रूप से सहकारिता आन्दोलन को सफल बनाया जा सकता है। निष्क्रियता विकास को रोक देती है। अतः कर्मचारियों को सक्रिय होकर समितियों का कार्य करना चाहिए, उनके उद्देश्यों को सफल करना चाहिए।

6. **सामाजिक ढांचे में परिवर्तन :** भारत का सामाजिक ढाँचा दोषपूर्ण है। नगरों और गाँवों, दोनों क्षेत्रों में शोषक हैं। पूंजीपतियों और महाजनों के फेरे में पड़कर श्रमिक और कृषक दम तोड़ देने से उनकी समितियाँ, जिनके वे सदस्य हुआ करते हैं, मर जाती हैं। समाज के इन आर्थिक एवं सामाजिक घटकों का विनाश आवश्यक है। समितियों पर उनके प्रभाव अगर न हों तो सहकारिता आन्दोलन सफल बनाया जा सकता है।

यह सौभाग्य की बात है कि भारत में सरकारी समितियाँ अभी जीवित हैं और इन समितियों के कई शाखाएँ कार्यरत हैं। सरकार, देश के नेताओं

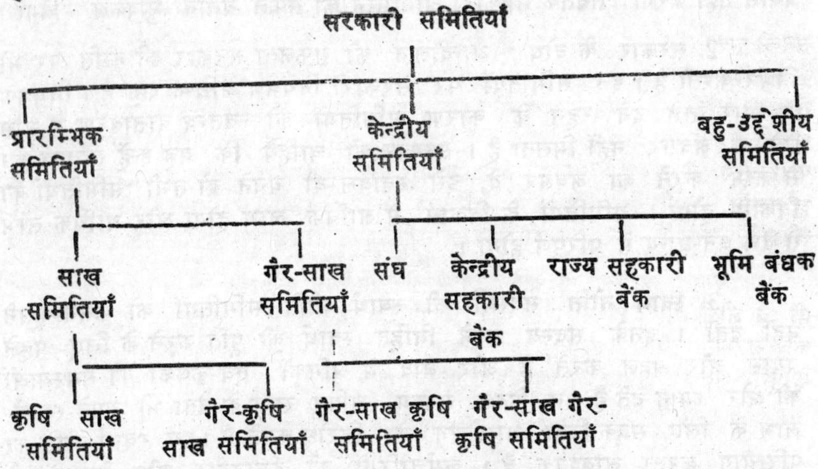

और सदस्यों को निष्ठावान बनकर इन सरकारी संस्थाओं को उत्तरोत्तर विकासोन्मुख करने का प्रयास करना चाहिए ताकि स्वयं भारत की अर्थ-व्यवस्था सुदृढ़ हो सके और सम्पूर्ण राष्ट्र भौतिक सुख को प्राप्त कर सके।

13

भारतीय परिवहन के तीन आयाम : पथ, जल तथा वायु

भारत में परिवहन के तीन मुख्य साधन-स्रोत हैं—पथ, जल और वायु। पथ परिवहन के रेल आयाम का अध्ययन किया जा चुका है। यहाँ हम पथ परिवहन के बचे सड़क एवं जल तथा वायु परिवहन के इतिहास का अध्ययन करेंगे।

1. सड़क परिवहन

भारत सड़कों के लिए प्रसिद्ध रहा है। भारत में अंग्रेजों के आने और उनकी सत्ता की स्थापना के पूर्व सड़क यातायात के प्रमुख साधन थे। भारत के प्राचीन तथा मध्य युग के शासकों ने सड़क परिवहन का विकास किया था। सैन्धव घाटी की सभ्यता, मौर्य शासन, गुप्त शासन आदि के काल में, देश में अच्छी सड़कें थी। प्राचीन काल में राजमार्ग बनाये गये थे। मध्य युग में प्रशस्त पथों और ग्रैण्ड ट्रंक रोड जैसे मार्गों का निर्माण हुआ था। मेगास्थनीज, ह्वेनसांग, फाहियान, विदेशी पर्यटकों आदि ने थल परिवहन की सड़कों की चौड़ाई, लम्बाई और उनकी व्यवस्था का अपने विवरणों में उल्लेख किया है।

भारत में अंगरेजों को परिवहन के साधन के रूप में सड़कें मिलीं, भले ही वे जीर्ण-शीर्ण अवस्था में थीं। ब्रिटिश शासन-काल में न केवल पुरानी सड़कों की मरम्मत की गई अपितु नई सड़कों का भी निर्माण हुआ। रेलपथ के निर्माण के पूर्ण सड़कें ही व्यापार का मुख्य जरिया थी।

कम्पनी काल में सड़क परिवहन

कम्पनी काल में सड़कों के विकास की ओर सरकार का ध्यान नहीं था। शासन के प्रारम्भिक चरण में कम्पनी के अधिकारी व्यापार कर्म एवं कर संग्रह के कार्य में लगे हुए थे और इस कारण उन्होंने सड़कों की उपेक्षा की। बाद में जब सड़कों का निर्माण कार्य किया जाने लगा तब भी उसका उद्देश्य देश के व्यापार या इस परिवहन से आर्थिक विकास करने का उद्देश्य नहीं था। सिर्फ सामरिक सफलता के लिए सड़कों की स्थिति में सुधार लाने के लिए ध्यान दिया गया। सच पूछा जाय तो 20वीं सदी के द्वितीय दशक में ही राष्ट्र के स्तर पर सड़कों के निर्माण की चेष्टा की जाने लगी। फिर भी कंपनी शासन के प्रारम्भिक काल में व्यक्तिगत प्रयास करके इस परिवहन में सुधार लाने का यत्न किया गया।

पहली बार वारेन हेस्टिंग्स ने 1785 ई० में सड़कों के जर्जरपन को दूर करने के लिये कदम उठाया। उसने किसी नई सड़क का निर्माण न करके पुरानी

सड़कों को ही मरम्मत किया। कलकत्ता और उत्तरी पश्चिमी सीमा के मध्य पठान शासक शेरशाह द्वारा निर्मित ग्रैण्ड ट्रंक रोड पड़ती थी जो जीर्ण-शीर्ण दशा में थी। वारेन हेस्टिंग्स ने इसी सड़क की मरम्मत करवायी। लेकिन इस मरम्मत के पीछे सैनिकों को आने-जाने की सुविधा प्रदान करनी थी।

गवर्नर जनरल लार्ड विलियम बैंटिक के शासन काल में सड़क परिवहन को विकसित करने का पहली बार प्रयास किया गया। बेंथमवादी बैंटिक ने भारत का कल्याण करने के लिए शासक की बागडोर अपने हाथों में ली थी। इसीलिए उसने सभी दिशाओं में सुधार लाने का प्रयास किया। अपने काल में उसने स्वयं सड़क-निर्माण कार्य में अभिरुचि ली और ग्रैण्ड ट्रंक रोड का निर्माण-कार्य पूरा किया। उत्तर-पश्चिम प्राप्त के लेफ्टिनेंट गवर्नर टॉमसन तथा लार्ड कार्नवालिस ने इस योजना को कार्यान्वित किया। यह सड़क बनाकर पेशावर, दिल्ली और कलकत्ता को एक-दूसरे के साथ जोड़ दिया गया। इस बार इसका निर्माण सामरिक लाभ के लिये नहीं, सार्वजनिक लाभ के लिए किया गया। प्रो० एन० सन्याल ने लिखा है कि कम्पनी काल में 1849 तक लगभग 30,000 मील तक (लम्बी) सड़क बनाई गई। इसमें कच्ची और पक्की दोनों प्रकार की सड़कें थीं। सरकार ने लगभग 35 करोड़ रुपये इन सड़कों पर खर्च किया था।[1]

लार्ड डलहौजी ने कई कारणों से सड़क-निर्माण कार्य में अभिरुचि ली। वह पक्का साम्राज्यवादी था और भारत का पूरा का पूरा आर्थिक और राजनीतिक शोषण करना चाहता था। यह तभी संभव था जब भारत में यातायात के साधन सुगम और उन्नत हों। इसीलिए उसमें रेल तथा थल दोनों परिवहन के साधनों को विकसित करने की ओर ध्यान दिया।

डलहौजी ने सड़क परिवहन को विकसित करने के लिये 1855 में लोक कार्य विभाग (Public Works Department) की स्थापना की। लेकिन रेल पथ का विकास भी वह साथ-साथ कर रहा था, इसलिए सड़कों का विकास रेल की तुलना में संतोषप्रद नहीं रहा। इस तरह का विभाग मद्रास और बम्बई में भी खोला गया। लार्ड डलहौजी के पूर्व अर्थात 19वीं० सदी के पूर्वार्द्ध में प्रत्येक प्रेसीडेन्सी में सड़कों और मकानों को बनाने का अधिकार एक सैनिक समिति (Military Board) को दिया गया था। पंजाब के सारे क्षेत्रों को लार्ड डालहौजी ने नई सड़कों से भर दिया[2]

संक्षेप में कम्पनी काल में सड़कों को सामाजिक तथा आर्थिक उपयोगिता पर ध्यान नहीं दिया। सड़कों का निर्माण भी अधिकांशत: सैनिक बोर्ड ने किया। डलहौजी के बाद अर्थात् क्राउन काल में सड़क परिवहन को विकसित करने की

1. एन० सन्याल : डेवेलेपमेंट ऑफ इण्डियन रेलवेज, पृ० 3।
2. एस० सी० सरकार और के० के० दत्त : आधुनिक भारत का इतिहास भाग-2, पृ० 275।

दिशा में कदम उठाया गया।

क्राउन काल में सड़क परिवहन

क्राउन काल की अर्द्ध शताब्दी अर्थात् उन्नीसवीं सदी के अन्तिम चरण तक सड़क निर्माण के उद्देश्य रेल निर्माण उद्योग से जुड़े हुए थे। डलहौजी ने रेल-पथ के निर्माण कार्य की शुरूआत कर दी थी। उसके जाने के बाद जो भी गवर्नर जेनरल भारत में शासन किये उन्होंने रेलों के विकास के लिए सड़कों का निर्माण 19वीं सदी तक किया। सड़कों के जरिये रेलपथ के निर्माण की सामग्रियों को वहाँ-वहाँ पहुँचाना आवश्यक था जहाँ-जहाँ रेल पथ बन रहे थे। अतः रेलों के सहायक रूप में सड़कों की आवश्यकता का विशेष अनुभव किया गया।

फिर भी रेल की वजह से ही भारत में सड़कें बनीं। मेलेनबॉम के अनुसार 1880 में भारत में कुछ पक्की सड़कें बनवाई गई जिनकी लम्बाई 18,000 मील थी। बीसवीं सदी के समापन वर्ष (1900 ई०) तक इसकी लम्बाई बढ़कर 37,000 मील तक पहुँच गई। पक्की सड़को की भी वृद्धि हुई थी। लगभग 1,40,000 मील लम्बी पक्की सड़क भी तैयार हो गई थी।[1] सड़कों के विकास की यह गति भी संतोषप्रद नहीं थी। रेल की तुलना में यह नगण्य थी। लगभग सम्पूर्ण 19वीं सदी तक भारतीय सड़कें उपेक्षित ही रहीं और सरकार अपने आर्थिक लाभ के लिए रेलवे के उत्तरोत्तर विकास-कार्य में लगी रही।

जब बीसवीं सदी के दूसरे दशक में विश्वयुद्ध प्रारम्भ हुआ तब युद्ध ने सरकार को सड़क परिवहन के सम्बन्ध में सोचने नहीं दिया। इसके विकास में न तो केन्द्र के गवर्नर जेनरल ने और न प्रान्तों के गवर्नरों ने ही ध्यान दिया।

प्रथम विश्वयुद्ध के पश्चात सरकार को सड़क परिवहन को उन्नत दशा देने के लिए वाध्य होना पड़ा। युद्ध के बाद मोटर वाहन की संख्या में काफी वृद्धि हुई। मोटर गाड़ियों की वृद्धि ने सरकार को सड़कों की व्यवस्था करने के लिये वाध्य किया। 1919 में अधिनियय ने सड़कों को स्थिति में सुधार लाने के लिए इसे प्रान्तीय सरकार को सुपुर्द कर दिया। अब सड़कों का निर्माण कार्य प्रान्तों की सरकारों को करना था। हाँ, कुछ महत्त्वपूर्ण सड़कों पर केन्द्र की सरकार ने अपना नियन्त्रण रखा। कुछ समय बाद इस स्थिति में भी परिवर्तन आ गया। प्रान्तों की सरकारों ने भी इसे स्थानीय सरकारी संस्थाओं को सुपुर्द कर दिया। जिलों की संस्थाओं और परिषदों ने सार्वजनिक हित के कार्यों, जिसके अन्तर्गत सड़कों का निर्माण कार्य भी आता था, का निष्पादन करना प्रारम्भ किया।

1927 में सड़क परिवहन के विकास के लिए श्री एम० आर० जयकर के नेतृत्व में एक 'सड़क विकास समिति' (Road Development Committee) का

1. मेलेनबॉम : प्रोस्पेक्ट फॉर इण्डियन डेवेलपमेंट, पृ० 133-34

गठन हुआ। सड़कों के निर्माण के लिए धनकोष की जाँच करना इस समिति का काम था। एक वर्ष के उपरान्त जयकर समिति ने अपनी रिपोर्ट प्रस्तुत की जिसमें मुख्यतः दो बातों की ओर सरकार का ध्यान आकर्षित किया गया।

1. समिति का सुझाव था कि सड़क परिवहन न तो प्रान्तों की सरकारों का और न स्थानीय संस्थाओं का विषय बनाना चाहिये बल्कि यह केन्द्रीय सरकार का ही विषय रहे। जयकर का तर्क था कि परिवहन के साधनों के विकास में अपरिमित धन लगता है सारे प्रान्त अथवा स्थानीय संस्था इतना धन नहीं पा सकती।

2. समिति का यह भी सुझाव था कि प्रचुर धन की सुविधा के लिए सरकार एक केन्द्रीय सड़क कोष की स्थापना करे ताकि सड़कों का निर्माण सफलतापूर्वक किया जा सके। समिति ने धन जुटाने के उपाय के संबंध में भी अपना सुझाव दिया। उसने सुझाव दिया कि एक गैलन पेट्रोल पर दो आना अतिरिक्त पैसा वसूल करने से कोष धन-सम्पूरित रह सकता है। यह भी सुझाव था कि केन्द्र की सरकार इस कोष से धन लेकर अनुदान के रूप में प्रान्तों की सरकारों को दे सकती है और उन्हें सड़क निर्माण का आदेश कर सकती है।

जयकर समिति पर सरकार ने विचार किया और उसके सुझाव के अनुसार सन् 1929 ई० में एक 'केन्द्रीय सड़क निधि' (Central Road Development Fund) का निर्माण कर लिया गया। सुझाव के आधार पर सरकार ने कोष को धन से भरा। उसके कुछ धन (1/10) अपने पास रखकर अवशेष सारे धन को प्रान्तीय सरकारों के बीच सड़क निर्माण के लिए वितरण करना प्रारम्भ किया। किन्तु परिवहन का यह साधन फिर भी अधिक विकसित नहीं हुआ क्योंकि कोष से अनुदान मिलने के कारण प्रान्त की सरकारों ने अपनी आय का हिस्सा सड़क निर्माण कार्य में लगाना बन्द कर दिया। तब सरकार ने जयकर समिति के सुझाव के आधार पर ही दो संगठन बनाये—केन्द्रीय सड़क संगठन (Central Road Organisation) और परिवहन परामर्शदातृ परिषद (Transport Advisory Council)। प्रथम का गठन 1930 में और द्वितीय का 1935 में किया गया था।

सड़क परिवहन के विकास के सिलसिले में अप्रैल 1933 में शिमला में आयोजित सड़क-रेल अधिवेशन का उल्लेख करना महत्त्वपूर्ण है। इस अधिवेशन का आयोजन दोनों परिवहन के साधनों के बीच समन्वय स्थापित करना था। क्योंकि सड़कों की अपेक्षा सरकार की कृपा से रेलों का विकास अधिक हो रहा था और इस कारण सड़क निर्माण के लिए धन का अभाव हो जाता था। अधिवेशन में सड़क विकास के लिए कुछ प्रस्ताव पारित किये गये जो इस प्रकार है :

1. मोटरों के आवागमन के लिए राज्य यह उद्देश्य बनाये कि लोगों को आने-जाने में कठिनाई न हो। इसके लिए अधिक-से-अधिक सड़कें बनानी थीं।

2. ग्रामों के हल्कों में सड़कों का निर्माण कार्य व्यापक रूप से चलाया जाये ताकि वहाँ भी मोटरें दौड़ने लगे।

3. मोटर यातायात के करों में एकरूपता हो और

4. सड़क परिवहन के विकास के लिए ऋणकोष अपनी औकात देखकर रूप-रेखा तैयार करें।

1939-45 की अवधि में भारत के पूर्वी और पश्चिमी सीमाओं से लगी सड़कों का निर्माण किया गया। इस अवधि में पुरानी सड़कों को मरम्मत की गई और नयी सड़कें भी बनीं। यह द्वितीय महायुद्ध का दौर था। इस दौर में यौद्धिक सामग्रियों को ढोने में मोटर वाहन की भूमिका काफी महत्त्वपूर्ण थी। मोटर के चलने के लिए ही सड़कों की मरम्मत और नयी सड़कों के निर्माण की आवश्यकता हुई और सरकार को सड़कों को बनाने के लिए बाध्य होना पड़ा। किन्तु सड़कों का इतिहास फिर भी सन्तोषप्रद नहीं था। 1945 तक अर्थात बीसवीं सदी के पूर्वार्द्ध में 60,535 मील तक सड़कें बन गयी थीं। इनमें कच्ची और पक्की दोनों सड़कें शामिल थीं। पक्की सड़कों की लम्बाई 3,690 मील थी।

सड़क परिवहन के विकास के संबद्ध में नागपुर सड़क योजना की उल्लेख समीचीन होगा। द्वितीय विश्वयुद्ध सडकों के निर्माण का कार्य प्रान्तीय सरकारें करती थीं। इसलिए परिवहन का विकास कार्य तेजी से न हो सका। केन्द्रीय सरकार ने 1943 में युद्ध की आवश्यकता को देखते हुए नागपुर में देश के प्रमुख अभियन्ताओं का एक सम्मेलन बुलाया। सम्मेलन का मुख्य विषय सड़कों के विकास का प्रश्न ही था। सम्मेलन ने दस बर्षीय योजना प्रस्तुत कर सड़कों के विकास के लिए कामना की गई। यह योजना 'नागपुर सड़क योजना' कहलाता है। योजना के अनुसार सड़कों का विस्तार राष्ट्रीय स्तर पर करने का उल्लेख किया गया। देश की तमाम सड़कों को कुल चार भागों में वर्गित किया गया :

(क) **राष्ट्रीय सड़कें**—ऐसी सड़कें जो देश के प्रान्तों की राजधानियों, बड़े-बड़े पोतगाहों और औद्योगिक नगरों को देश के अन्य सड़कों से जोड़ती थीं। उन्हें राष्ट्रीय सड़क की संज्ञा दी गई। सैनिक कार्य में आनेवाली सड़कें भी इसी वर्ग में थीं। इन्हें केन्द्र सरकार द्वारा पक्की कराने का निर्णय लिया गया।

(ख) **प्रान्तीय सड़कें**—इस वर्ग में प्रान्तों की वे सड़कें थीं जो प्रमुख थीं और जो बड़े-बड़े प्रान्तीय नगरों को जोड़ते हुए प्रान्तों के उद्योग, व्यापार, रोजगार तथा अन्य आर्थिक साधनों की वृद्धि में सहायक थीं। इन सड़कों की मरम्मत और निर्माण का भार प्रान्त की सरकारों के कन्धों पर डाला गया।

(ग) **जनपद सड़कें**—जनपद जिला सड़कों के अन्तर्गत वे सड़कें थी जो जिलों के उत्पादन क्षेत्रों को मंडियों से अथवा प्रान्तीय सड़कों अथवा रेलवे स्टेशनों से जोड़ती थीं।' ऐसी सड़कों में पक्की और कच्ची दोनों प्रकार की सड़कें थीं। जिला परिषदों को इनका निर्माण करना था।

(घ) ग्रामीण सड़कें—गाँव-गाँव को जोड़ने वाली सड़कें ग्रामीण सड़कों की श्रेणी में रखी गई। ये सड़कें जनपदों की सड़कों से भी मिलती थीं। इन सड़कों का भार ग्राम पंचायतों पर रखा गया।

नागपुर सड़क योजना ने सड़कों को जिन वर्गों में बाँटा था और उनके निर्माण का भार जिन इकाइयों पर डाला था, उनसे आशा की गई कि अब राष्ट्रीय स्तर पर भारत में सड़कों का निर्माण होगा। सम्मेलन में लिए गये निर्णय के अनुसार 10 वर्ष के अन्तर्गत कुल 448 करोड़ रुपये 4 लाख मील लम्बी सड़कों के निर्माण कार्य पर खर्च करने थे।[1]

लेकिन भारत विभाजन के कारण योजना का लक्ष्य पूरा न हो सका। 1944 में योजना लागू हुई, लेकिन 1947 में विभाजन के कारण यह निश्चित किया गया कि सिर्फ 3·11 मील लम्बी सड़कों का ही नये पाकिस्तान में निर्माण किया जायेगा। 1947 में एक पंचवर्षीय सड़क योजना अलग से बनी। सड़कों की स्थिति में कुछ निश्चित रूप से सुधार आया।

स्वतन्त्र भारत में सड़क परिवहन

स्वतन्त्र भारत के सड़क परिवहन के विकास में नागपुर योजना पृष्ठभूमि बनी क्योंकि इस योजना के बाद ही सड़कों के निर्माण कार्य में वृद्धि की जाने लगी।

सड़क विषय को भारतीय संविधान की 7वीं अनुसूची में स्थान दिया गया। इस सूची में सड़कों को तीन श्रेणियों में वर्गीकरण किया गया। राष्ट्रीय राजमार्ग, राज्य मार्ग और समवर्ती मार्ग।

1. **राष्ट्रीय मार्ग** : संविधान के अनुसार (सूची 1 की 13वीं मद)। उन सड़कों को राष्ट्रीय मार्गों के तहत रखा जाना था, जिनका निर्धारण संसद (लोक सभा) के द्वारा होता था। इन सड़कों का निर्माण, मरम्मत और सौन्दर्यीकरण केन्द्र की सरकार को करना था। इसके तहत देश में राष्ट्रीय मार्गों (National Highways) का निर्माण हुआ।

2. **राज्य मार्ग**--परिवहन की बनी सड़कों को राज्य मार्ग में रखा गया। इन सड़कों के निर्माण और विकास का कार्य राज्य की सरकारों को करना था। लेकिन एक राज्य का दूसरे राज्य के साथ जोड़ने वाली सड़कें (पहली सूची की 42वीं मद के अनुसार) केन्द्र द्वारा बनानी थीं।

3. **समवर्ती मार्ग**—यांत्रिक यातायात के विकास की सूची 3 की 35वीं मद में की गई। इस मद ने वाहनों को मुख्य रूप से राज्य की सरकारों के नियन्त्रण में रखा। इस सम्बन्ध में लोक सभा को अधिनियम बनाना था। अधिनियम के बाद ही राज्य का नियन्त्रण कायम होना था।

---

1. सी० एन० वकील : इकोनॉमिक कॉन्सेक्वेन्सेश ऑफ डिबाइडेड इण्डिया, पृ॰. 415-16.

संविधान ने निश्चित रूप से सड़क परिवहन के विकास के लिए मार्ग तैयार कर दिया। जिला परिषदों, ग्राम पंचायतों, आदि पर भी थोड़े-बहुत उत्तरदायित्व डाले गये।

1947 से 1969 की अवधि में सड़कों के लिए कई आर्थिक योजनाएँ बनीं। इन योजनाओं के फलस्वरूप 1969 तक 324 पक्की सड़कें बन गयी और कच्ची सड़कों की संख्या तो और भी अधिक थी। लगभग 647 कच्ची सड़कों के निर्माण किए जाने की तालिका है। राष्ट्रीय मार्ग और उनपर लगभग 165 सेतु भी बने जो दो क्षेत्रों को एक-दूसरे को जोड़ने के लिए कड़ी का काम किये। इस अवधि में केन्द्र की सरकार ने लगभग 12,310 मील से केवल 14,957 मील तक राष्ट्रीय मार्गों की लम्बाई में वृद्धि की।

पंचवर्षीय योजनाओं में सड़क परिवाहन के विकास में गुंजाइश की गयी। प्रथम योजना के पहले भारत में लगभग 98,000 मील पक्की तथा 151 हजार मील लम्बी कच्ची सड़कें थीं। योजना के बाद उनमें 24,000 मील लम्बी पक्की सड़कें और 45,000 मील लम्बी कच्ची सड़कें जुट गयी। राष्ट्रीय तथा आर्थिक महत्त्व की सड़कों को इस योजना के अन्तर्गत बनाने में सफलता मिली। रोजगार को मुहैया कराने के लिए सरकार ने 1953-54 में सड़कों के निर्माण का कार्य प्रारम्भ किया। इसी प्रकार सामुदायिक विकास कार्यक्रम और राष्ट्रीय विस्तार सेवा कार्यक्रम के तहत ग्रामों में सड़कों की संख्या बढ़ी। इसी अवधि में (1952) 'केन्द्रीय सड़क गवेषणा संस्थान' (Central Road Research institute) भी बना।

द्वितीय पंचवर्षीय योजना के तहत भी इस परिवहन का विकास हुआ। इस योजना के अन्तर्गत सड़कों के निर्माण कार्य पर सरकार ने 250 करोड़ रुपये खर्च किये और 22,000 मील पक्की तथा 52,000 मील कच्ची सड़कें बन गईं।

तृतीय योजना के तहत भी सेना ही कदम उठाया गया। सरकार ने इस कार्य में 445 करोड़ रुपये व्यय किये। सामुदायिक विकास योजना तथा स्थानीय संस्थाओं ने भी इसमें अभिरुचि ली। आठवीं योजना तक भी सड़कों के लिए अलग धनराशि रखी जाती रही। सरकार अभी भी सड़क परिवहन के विकास के लिए सचेष्ट है।

सड़क निर्माण के लिए 1961 में एक बीस वर्षीय योजना बनी जो 1991 तक क्रियाशील रही। अभियन्ताओं ने शिलांग में सभा करके इस योजना का गठन किया था। इसके अनुसार विकसित क्षेत्रों, कृषि-क्षेत्रों, औद्योगिक क्षेत्रों, ग्रामीण क्षेत्रों आदि में सड़कों का जाल बिछा देने का प्रयास किया गया है।

यद्यपि 1947 के बाद भारत सरकार ने सड़कों के निर्माण एवं विकास कार्य पर अधिक ध्यान दिया, किन्तु देश में अभी भी पक्की सड़कों

---

1. India, 1971-72, P. 436

की कमी है और कई क्षेत्र, विशेषकर ग्रामीण क्षेत्र एक-दूसरे से कटे-कटे हैं। सड़क परिवहन के विकास की अभी भी जरूरत है। सरकार ने कुछ सड़कों का राष्ट्रीयकरण भी कर दिया है।

जल परिवहन

भारत के जल परिवहन के इतिहास को दो खण्डों में बाँटा जा सकता है। आन्तरिक जल परिवहन और सामुद्रिक जल परिवहन। पहले का सम्बन्ध देश के अन्तर्गत प्रवाहित नदियों तथा दूसरे का समुद्रों से था।

आन्तरिक जल परिवहन—आन्तरिक जल परिवहन के विकास के लिए भारत सरकार ने 1952 में कदम उठाया। सड़कों एवं रेलों के विकास के कारण जल परिवहन के प्रति उपेक्षा की नीति अपनायी जाती रही। कथित वर्ष गंगा-ब्रह्मपुत्र जल-परिवहन मण्डल (Ganges-Brahmputra Water Transport Board) का गठन किया गया जिसका उद्देश्य गंगा तथा ब्रह्मपुत्र क्षेत्र में आन्तरिक जल-पथों का विकास करना था। भारत सरकार ने द्वितीय पंचवर्षीय योजना में जल परिवहन के विकास पर लगभग तीन करोड़ रुपये खर्च करने का संकल्प लिया। कुछ धनराशि को दो तरफा खर्च करना था। 115 लाख रुपये बकिंघम नहर पर खर्च किये जानेवाले थे और 43 लाख रुपये पश्चिमी तट की नहर के विकास के लिए। अवशेष रुपयों को गंगा-ब्रह्मपुत्र परिवहन मण्डल द्वारा खर्च किया जाना था।

दक्षिण भारत में जल परिवहन के विकास के लिए एक पृथक मण्डल बनाने का उद्यम किया गया। लेकिन सच पूछा जाय तो आजादी के बाद भी आन्तरिक जल परिवहन के विकास के लिए कोई ठोस कदम नहीं उठाया गया है।

सामुद्रिक जल परिवहन—यद्यपि ब्रिटेन की तुलना में भारत सामुद्रिक जल परिवहन के विकास की दृष्टि से बहुत उन्नतशील नहीं रहा है, फिर भी इसका विकास प्राचीन काल से ही होता रहा है। हर्षवर्द्धन के काल तक भारत का सामुद्रिक जल परिवहन काफी विकसित था और बड़े-बड़े जलपोत व्यापार के सिलसिले में विदेशों की यात्रा किया करते थे। मुगल काल में यह परिवहन और भी अधिक विकसित हुआ। इस काल में भारत में जहाज-निर्माण उद्योग भी काफी विकसित था। यह परिवहन उन्नीसवीं शताब्दी के अन्त तक काफी विकसित था, बाद में इसमें ह्रास आया।[1] भारत में लगभग 3500 मील लम्बा समुद्र तट था जिनपर यत्र-तत्र बन्दरगाह बिखरे पड़े थे। फिर भी सामुद्रिक परिवहन को सन्तोषप्रद नहीं कहा जा सकता।

ब्रिटिश भारत में आधुनिक ढंग की जलयान कम्पनी की स्थापना 1854 ई० में हुई जिसका नाम ब्रिटिश इण्डिया स्टीम नेविगेशन कम्पनी (British India Steam Navigation Company) था। कई वर्षों तक इस कंपनी ने

1. डब्ल्यू डिग्बी : *प्रोस्परस ब्रिटिश इण्डिया*, पृ० 85-86

भारत के सामुद्रिक व्यापार को प्रभावित किया। भारत के समुद्र तटीय व्यापार पर इस कम्पनी का ही कब्जा था। कम्पनी अनेक जलयानों की स्वामी थे और उसके जलयान कलकत्ता, चटगाँव, मद्रास, बम्बई आदि में व्यापार के सिलसिले में चलते रहते थे। कई कम्पनियाँ इस कम्पनी के व्यापार के चलते शून्य हो गई थीं।

1893 में ताता कम्पनी बनी जिसने सामुद्रिक व्यापार में भाग लेना प्रारंभ किया। बीसवीं सदी के प्रारम्भिक दशक अर्थात् 1906 ई० में एक स्वदेशी शिपिंग कम्पनी की स्थापना हुई जिसने सामुद्रिक जल परिवहन को प्रभावित किया। लेकिन जब ब्रिटेन की कम्पनियाँ मैदान में उतरीं और उनके भाड़े कम हो गये तब कथित कम्पनियाँ प्रतियोगिता की घुड़ दौड़ में पीछे रह गईं। अब विदेशी कम्पनियों का युग आ गया। ब्रिटिश भारत की सरकार ने भी विदेशी कम्पनियों को ही बढ़ावा देना प्रारम्भ किया। कहा जाता है कि ब्रिटिश और अन्य यूरोपीय कम्पनियों के मैदान में उत्तर जाने से 1860 से 1920 तक लगभग 100 देशी जहाजी कम्पनियाँ बन्द हो गईं।

ब्रिटिश सरकार ने अब सामुद्रिक जल परिवहन के विकास के सम्बन्ध में कुछ सुझाव देने प्रारम्भ किये। फरवरी 1923 में इण्डियन मर्केण्टाइल मेरिन कमिटी' (Indian Mercantile Marine Committee) की स्थापना हुई जिसमें 1924 में अपनी रिपोर्ट प्रस्तुत की। रिपोर्ट में अनेक सुझाव दिये गये थे। इस समिति का मुख्य कार्य भारतीय जहाजरानी और जलयान निर्माण उद्योग के विकास के सम्बन्ध में विचार करना था। समिति के कुछ सुझाव इस प्रकार थे—

(i) भारतीय जहाजरानी के जो अधिकारी थे, उनके प्रशिक्षण के लिए सरकार व्यवस्था करे ताकि सामुद्रिक जल परिवहन को उन्नत बनाया जा सके।

(ii) भारत के अभियान्त्रिकी कॉलेजों के पाठ्यक्रमों में समुद्री इंजीनियरिंग के प्रशिक्षण का पाठ्यक्रम शामिल किया जाय।

(iii) सरकार सामुद्रिक जल परिवहन में विकास लाने के लिए भारतीय कम्पनियों को आर्थिक अनुदान देने की व्यवस्था करे।

(iv) जहाज निर्माण कार्य को अधिक-से-अधिक बढ़ाया जाय।

(v) सरकारी विपत्र (लाइसेन्स) प्राप्त जहाजों को ही तटीय व्यापार करने की अनुमति प्राप्त हो।

(vi) स्वचालित जलयान की व्यवस्था कलकत्ता के लिए किया जाय।[1]

समिति ने प्रारम्भ में विदेशी की सहायता लेकर भी भारत में जलयानों और जहाजरानी के विकास किये जाने का सुझाव दिया। यह भी कहा गया कि भारत के तटीय व्यापार पर भारत की कम्पनियों का ही एकाधिकार होना

---

1. रिपोर्ट, इण्डियन मार्केण्टाइल कमिटी, 1923-24

चाहिये और सामुद्रिक जल परिवहन के कर्मचारियों के लिए प्रशिक्षण की व्यवस्था की जाय। 1927 में प्रशिक्षण के लिए एक शिक्षण जलयान संस्थान, जिसे 'डफरिन' कहा जाता है, खोला गया, लेकिन यह संस्थान चल नहीं सका क्योंकि सरकार ने उसके सुझाओं को स्वीकार नहीं किया।

पहली बार एक भारतीय जलयान कम्पनी 'सिन्धिया स्टीम नेविगेशन कम्पनी' (Scindia Steam Navigation Company) ने भारतीय नौ परिवहन के सम्बन्ध ने सोचना प्रारम्भ किया। इस कम्पनी की स्थापना बालचन्द हीराचन्द नामक एक महान व्यापारी ने 1920 ई० में की थी। भारत के चावल व्यापारियों ने इस कम्पनी का सहयोग किया। चार वर्ष बाद (1924 ई०) इस कम्पनी ने ब्रिटिश इण्डिया स्टीम नेविगेशन कम्पनी के साथ एक समझौता किया। इस समझौते के अनुसार भारत और बर्मा के बीच यात्रियों को ढोने के लिए सिन्धिया कम्पनी को अधिकार प्राप्त हो गया।

सामुद्रिक जल परिवहन के विकास में श्री एस० एन० हाजी के सहयोग को विस्मृत नहीं किया जा सकता। 1928-29 में विधायिका सभा में उन्होंने दो बिल प्रस्तुत किये। प्रथम बिल का संबंध इस बात से था कि तटीय व्यापार का 75% भाग भारतीय कम्पनियों के सुपुर्द किया जाय और अवशेष 25% भाग का ही विदेशी कम्पनियाँ व्यापार करे। द्वितीय बिल का उद्देश्य था 'भाड़े की कुटिलतापूर्ण रियायत को समाप्त करना.' लेकिन भारत सरकार ने इन बिलों पर कोई ध्यान नहीं दिया। अगर ध्यान दिया जाता तो परिवहन का यह भाग अवश्य ही लाभान्वित होता।

1939-45 के महायुद्ध के दौरान भारतीय जल परिवहन (सामुद्रिक) कंम्पनियों को विकसित होने का सुअवसर मिला। इन वर्षों में युद्ध में सहायता देने के लिए भारतीय कम्पनियाँ न्यूयार्क तथा लन्दन तक जहाजी सेवाएँ प्रदान करने लगीं।

जब महायुद्ध समाप्त हो गया तब यह अनुभव किया जाने लगा कि भारत के समुद्री परिवहन के विकास की आवश्यकता है। परिवहन पर ध्यान देने के लिए सरकार ने सर सी० पी० रामास्वामी अय्यर की अध्यक्षता में एक ,नौ परिवहन पॉलिसी समिति' -(Shipping Policy Committee) का का गठन किया। जाँच-पड़ताल के बाद इस समिति ने 1947 में अपनी रिपोर्ट प्रस्तुत की। इसमें निम्नलिखित महत्त्वपूर्ण सुझाव थे :

(i) भारतीय नौ परिवहन कम्पनियों को समुद्र तोप व्यापार के लिए अधिक-से-अधिक व्यापार आरक्षित किया जाय।

(i) नौ परिवहन नीति में सुधार लाकर एक ऐसी नीति का अनुशीलन किया जाय जो पाँच वर्षों में 20 लाख टन की क्षमता तक का माल ढोने वाले जहाज का निर्माण करे।

(iii) जल परिवहन विभाग के साथ बन्दरगाहों को नहीं जोड़ा जाय। इन्हें (बन्दरगाहों) सरकार के वाणिज्य विभाग को सौंप दिया जाय।

(iv) एक नौ परिवहन मण्डल (Shipping Board) का गठन किया जाय जो इन सुझावों को कार्यान्वित करे।[1]

यद्यपि सरकार ने सिद्धान्त रूप में इन सारे सुझावों को स्वीकार कर लिया, लेकिन इन्हें तत्काल लागू करना संभव नहीं हो सका। क्योंकि इसके लिए ब्रिटिश कम्पनियों से समझौता करना आवश्यक था। समझौते के लिए एक शिष्ट मण्डल मई 1947 में ब्रिटेन भी गया। लेकिन इस शिष्ट मण्डल को समझौता करने में सफलता नहीं मिली। इनके वापस लाने पर सरकार ने जुलाई 1947 को नवीन जहाजरानी नीति संबंधी एक प्रस्ताव पारित किया जिसने जल परिवहन के विकास संबंधी अग्रलिखित प्रावधान बनाये :

(i) भारतीयों द्वारा अधिकृत, नियन्त्रित तथा प्रतिबन्धित जहाज भारतीय जहाजरानी के अन्तर्गत माने गये।

(ii) आर्थिक सहायता देकर भारतीय जहाजरानी को समुन्नत करने का प्रावधान बना।

(iii) सात वर्षों के अन्तर्गत 20,00000 टन के जहाजों के लक्ष्य को प्राप्त करना निश्चित किया गया।

(iv) भारतीय जलायन सौ प्रतिशत व्यापार करो, ऐसी व्यवस्था करनी थी।

(v) भारतीय जल परिवहन को भारत के विदेश व्यापार में अधिक भागीदारी हो।

देश के स्वतन्त्र होने पर भारत की सरकार ने जल परिवहन के सामुद्रिक भाग को विकसित करने की दिशा में कदम उठाया। 1950 में यह निश्चित कर दिया गया कि देश का समुद्री व्यापार अब भारत के जलयान करेंगे। विभिन्न देशों से समुद्री व्यापार करने के लिए सरकार ने अपने हिस्से निकाल लिये हैं। देश में नौ परिवहन निगम भी बन गये हैं। इनमें से एक पूर्वी नौ परिवहन निगम (Eastern Shipping Corporation) आस्ट्रेलिया, सुदूर पूर्व पश्चिमी एशियाई देशों से व्यापार करने के लिए 1950 में स्थापित किया गया। दूसरे की स्थापना जून 1956 में हुई जिसे भारत-फारस की खाड़ी, भारत तल सागर, रूस तथा पोलैण्ड के मार्गों पर कार्य करना था।

इस प्रकार भारत सरकार ने 1957 ई० में एक जहाजरानी मण्डल और जहाजरानी विकास कोष का गठन करके सामुद्रिक जल परिवहन को विकसित करने की दिशा में ठोस कदम उठाया। 1958 में कोष का तथा मार्च 1959 में राष्ट्रीय जहाजरानी मण्डल का गठन कर लिया गया।

देश की अर्थव्यवस्था में आमूल परिवर्तन लाने के लिए सरकार ने जिन पंचवर्षीय योजनाओं को लागू किया उनमें भी सामुद्रिक जल परिवहन के

---

1. सी० एन० वकील, पृ० 418

विकास के लिए ध्यान दिया गया। परिवहन के विकास के योजनाओं में अलग से धनराशि निकाल दी जाती है। प्रथम पंचवर्षीय योजना के अनुसार जहाजरानी के विकास हेतु 18·7 करोड़ रुपये खर्च किये जाने थे। द्वितीय योजना में भी इसी प्रकार ध्यान दिया गया। संक्षेप में इन योजनाओं के तहत समुद्रों, बन्दरगाहों, जहाजों आदि की स्थिति में सुधार लाने का प्रयास किया गया और भारत के विदेश व्यापार को अधिक-से-अधिक व्यापक बनाया गया।

इस संबंध में मुदालियर समिति का भी उल्लेख करना समीचीन प्रतीत होता है। 1935 में इस समिति ने तटीय जहाजों की क्षमता बढ़ाने के सम्बन्ध में अपना प्रतिवेदन प्रस्तुत किया। प्रतिवेदन में इस बात पर क्षोभ प्रकट किया गया कि तृतीय तथा अन्य योजनाओं ने सामुद्रिक जल परिवहन के विकास के लिए समुचित काम नहीं किया है। जहाज कम्पनियों को वित्तीय सहायता देने के लिए समिति ने सुझाव दिया। देश में जहाजों की संख्या भी बढ़ी। जनवरी 1972 में देश में जहाजों की संख्या लगभग 255 थी। अभी लगभग 36 भारतीय जहाज कम्पनियाँ सामुद्रिक व्यापार में लीन हुई है।

वायु परिवहन

भारत में वायु परिवहन की कहानी 20 वीं सदी में प्रारम्भ होती है। यद्यपि रामायण और महाभारत तथा जैन ग्रन्थ इस बात की चर्चा करते हैं कि प्राचीन भारत के लोग वायुयान से परिचित थे और वायुयान उड़ान भरते थे, लेकिन ऐतिहासिक प्रमाण के अभाव में इस चर्चा को संपुष्ट कर सही मानना सम्भव नहीं प्रतीत होता है।

आधुनिक भारत में वायुयान की उड़ान प्रथम महायुद्ध के ठीक 3 वर्ष पूर्व अर्थात् 1911 ई० में प्रारम्भ हुई। इस वर्ष बम्बई तथा करांची के बीच वायुयान उठाने की व्यवस्था की गई। इस व्यवस्था का उद्देश्य परीक्षा लेनी थी। परीक्षा लगभग सफल रही।

जब प्रथम महायुद्ध हुआ, जिसमें ब्रिटेन भी सम्मिलित था, प्रारम्भ हुआ तब ब्रिटिश भारत की सरकार ने वायुयानों को उतारने के लिए भारत में हवाई अड्डों को बनाना प्रारम्भ किया। भारत में वायु परिवहन के विकास के लिए प्रथम महायुद्ध वरदान सिद्ध हुआ। जब युद्ध की इतिश्री हो गई तब यह घोषणा की गई कि यात्रियों के आवागमन की सुविधा के लिए भारत में वायुयान उड़ान भरेंगे। लेकिन यह सीमित दायरे की व्यवस्था थी। यात्रियों को ढोने का काम सिर्फ बम्बई, कलकत्ता और रंगून के बीच ही किया गया। शुरूआत अच्छी रही और 1920 में की गई यह व्यवस्था विकसित करनी थी।

सरकार ने शीघ्र ही इस परिवहन के विकास का सारा भार अपने कंधों पर उठा लिया। राष्ट्रीय स्तर पर राज्य की सरकारें इस परिवहन के विकास-कार्य को करने में असमर्थ थी। हवाई अड्डे बनाये जाने लगे और यात्रियों की सुविधाओं के लिए नियमावलियों का निर्माण किया जाने लगा। एक

वायु परिवहन मण्डल (Air Transport Board) की स्थापना की गई। इस मण्डल की सिफारिश पर 1927 में एक नागरिक उड्डयन विभाग (Civil Aviation Department) का गठन किया गया। परिबहन के विकास की सम्भावना बढ़ गई। 1928 ई० में भारत के बड़े नगरों जैसे कलकत्ता, बम्बई, दिल्ली, कराँची आदि में फ्लाइंग क्लब (Flying Clubs) खोले गये। 1929 में भारत और लन्दन के बीच पहली बार वायुयान उड़ान भरने लगे जिसकी व्यवस्था एवं नियन्त्रण इम्पीरियल एयरवेज (Imperial Airways) ने किया।

कुछ वर्षों के बाद सम्पूर्ण भारत में वायुयान परिवहन के विकास तथा नागरिकों की सुविधा के लिए कदम उठाया गया। इसी उद्देश्य से 1932 ई० में टाटा एयरवेज लिमिटेड (Tata Airways Limited) कम्पनी की स्थापना की गई जो विशुद्ध भारतीय कम्पनी थी। इस कम्पनी के वायुयान इलाहाबाद, कलकत्ता और कोलम्बो के बीच उड़ान भरने लगे। बाद में इसी कम्पनी के वायुयान कराँची और मद्रास तक की दूरी तय करने लगे। इसके बाद दो और भी कम्पनियाँ बनी 1933 में इण्डियन नेशनल एयरवेज (Indian National Airways) और 1936 ई० में एयर सर्विसेज ऑफ इण्डिय लिमिटेड (Air Services of India Limited)

जब 1939 में पुनः द्वितीय महायुद्ध प्रारम्भ हुआ तब वायु परिवहन के विकास में युद्ध की नई कड़ी जुट गई। तेजी से युद्ध की आवश्यकताओं की पूर्ति के लिये भारत सरकार ने इस परिवहन के विकास के लिए सामयिक कदम उठाया। जैसे ही महायुद्ध प्रारम्भ हुआ वैसे ही ब्रिटिश साम्राज्य की वायु-सेना समाप्त कर दी गई और देश की तमाम वायु परिवहन कम्पनियों का ध्यान प्रतिरक्षा पर केन्द्रित हो गया। इस काल में नागरिकों को अच्छी-से-अच्छी सेवाएँ उपलब्ध कराई गई, बड़े-से-बड़े हवाई अड्डे बनाये गये और कई बाह्य देशों के लिए भारतीय जहाज उड़ान भरने लगे। यही नहीं, वायुयान संचालन का प्रशिक्षण देने के लिए 1946 में भारत में अन्य दस फ्लाइंग क्लब्स भी खोले गये। उड्डयन कार्य में दक्षता प्राप्त करने के लिए नागरिकों को भारत से लन्दन भी भेजा गया। वायुमार्गों के निर्माण एवं मरम्मत की ओर भी ध्यान दिया। इसके लिए 1940 में ही बंगलोर में हिन्दुस्तान एयरक्राफ्ट लिमिटेड' (Hiudustan Aircraft Limited) की स्थापना की गई। महायुद्ध विनाश के लिए अभिशाप था, लेकिन भारत में वायु परिवहन के विकास की दृष्टि से वरदान था।

युद्ध काल तक भारत में लगभग 10 संस्थान ऐसे बन गये थे जो वायु परिवहन से सम्बद्ध थे। 1946 में भारत सरकार ने पुनः इसके सम्बन्ध में एक नीति की घोषणा की। इस नीति में यह घोषित किया गया कि वायु परिवहन के विकास में सरकारी कम्पनियों एवं संस्थानों की तुलना में निजी (Private) कम्पनियाँ ही अधिक कारगर, उपयोगी और उपयुक्त सिद्ध हो सकती हैं। इसी वर्ष 'वायु परिवहन लाइसेंस बोर्ड' का गठन किया गया और यह अध्याय जारी किया गया कि बोर्ड से आदेश और अनुमति लेकर ही कोई भी वायु सेवा प्रारम्भ की जायेगी। भारत में कई कम्पनियाँ वायु परिवहन के लिए बन गई थीं। 1944 में एक वायु परिवहन अनुज्ञप्ति मण्डल (Air

Transport Licencing Board) बना जिसे अनुज्ञप्ति प्राप्त वायु पथ कम्पनियों के भाड़े की अधिकतम तथा न्यूनतम सीमा का निर्धारण करने का अधिकार प्राप्त हुआ।

भारत विभाजन के समय 1947 के पूर्व निर्मित सारी वायुयान कम्पनियाँ भारत में ही रह गई और एक भी ऐसा कम्पनी पाकिस्तान में नहीं थी जो वायुयानों की मरम्मत या निर्माण करती थी। स्वतन्त्र भारत की सरकार ने 1947 के दिसम्बर में एयर इण्डिया इन्टरनेशनल (Air India International) की स्थापना की जिसमें सरकार के अपने 49% शेयर थे। 1949 की फरवरी में 'रात्रि-डाक-वायु सेवा' की व्यवस्था की गई। पेट्रोल तथा अन्य ईंधनों की दरों को भी तय किया गया। फरवरी 1950 में सरकार के निर्देशन में 'वायु परिवहन जाँच-समिति' गठित की गई जिसने वायुयानों के विकास, घाटे को दूर करने के उपाय आदि मसलों पर अपने सुझाव दिये। वायुयान परिवहन के राष्ट्रीयकरण पर भी ध्यान दिया गया। योजना आयोग ने इस मसाले को प्रथम पंचवर्षीय योजना में भी स्थान दिया। अन्त में 1953 में वायु परिवहन निगम अधिनियम (Air Transport Corporation Act) पारित किया गया। इस अधिनियम के अनुसार पहली अगस्त 1953 को दो निगमों की स्थापना की गई—द एयर इण्डिया इन्टरनेशनल और इण्डियन एयरलाइन्स कॉरपोरेशन। पहला निगम लम्बी दूरी की सेवाओं और दूसरा आन्तरिक वायु-सेवाओं की व्यवस्था करता है। प्रथम निगम का सम्बन्ध लगभग 20 देशों से कायम है। इसी अधिनियम के अन्तर्गत वायु परिवहन परिषद (Air Transport Council) का भी गठन किया गया।

स्वतन्त्र भारत की सरकार वायु परिवहन के विकास के लिए सतत सचेष्ट है। नागरिकों को अच्छी-से-अच्छी सुविधाएँ मुहैया कराने के लिए वह तत्पर है। अच्छा है, भविष्य में यह परिवहन और भी विकसित होकर देश के विकास तथा नागरिकों के लिए सेवा करेगा।

16

सिंचाई

भारत में सिंचाई का इतिहास बहुत पुराना है। प्राचीन काल से ही कृषि-कार्य के लिए सिंचाई के कतिपय साधनों की व्यवस्था की जाती रही है। आधुनिक यंत्रों के अभाव में प्राचीन काल में सिंचाई के मात्र तीन साधन थे– कुँआ, तालाब और नदी। समतल भूमि में, विशेषकर गंगा के क्षेत्रों में, कुँए खोदकर सिंचाई का काम किया जाता था। स्थानीय क्षेत्रों में कृषक तालाब की व्यवस्था करते थे और वर्षा के अभाव में इन तालाबों के जल से खेतों में उगी फसलों की सिंचाई करते थे। नदियों से नहरें निकाली जाती थीं। ब्रिटिश राज की स्थापना के पूर्व भारत में नहरों के द्वारा सिंचाई करने का इतिहास है। 14वीं शताब्दी में ही पश्चिमी यमुना नहर का निर्माण हुआ था। भारत के मुगल बादशाहों ने पूर्वी यमुना नहर का निर्माण करवाया था और सिंचाई की व्यवस्था की थी। जब भारत में अंगरेज आये तो उन्होंने मुसलमान शासकों द्वारा निर्मित तकरीबन 18 नहरों को टूटे-फूटे रूप में भारत में पाया। कावेरी नहर, यमुना नहर आदि कुरूपावस्था को प्राप्त कर रही थी।

उन्नीसवीं सदी में सिंचाई का इतिहास

भारत में आधुनिक काल में सिंचाई का इतिहास कम्पनी काल से प्रारम्भ होता है। भारत वर्ष एक ऐसा देश है जहाँ "सभी ऋतुओं में बराबर वर्षा नहीं होती और वर्षा के बिल्कुल न होने अथवा बहुत कम होने का डर बना रहता है।"[1] ऐसे देश में सिंचाई का महत्त्व बढ़ जाता है। कम्पनी सरकार सिंचाई के प्रबन्ध करने की प्राकृतिक आवश्यकता से वाध्य थी। इसके अतिरिक्त कुछ अन्य कारण भी थे जिन्होंने सरकार को सिंचाई की व्यवस्था करने के लिए वाध्य किया। वह देश का शोषण करती थी। अनाजों और कृषि के वाणिज्यीकरण के द्वारा भी आर्थिक लाभ चाहती थी। अतः सिंचाई की आवश्यकता थी। दूसरा, अकाल आयोगों ने अपने सुझावों में सिंचाई की व्यवस्था करने के लिए सरकार को परामर्श दिया। तीसरा, 20वीं सदी में राष्ट्रवादी नेताओं ने सरकार की आर्थिक नीति की आलोचना की और दुर्भिक्ष का आगमन सरकार की नीति का दोष बतलाया। इन कारणों ने सरकार को सिंचाई के सम्बन्ध में सोचने के लिए वाध्य किया।

अपने शासन के प्रारम्भिक दिनों में ही कम्पनी के अधिकारियों ने अपने सार्वजनिक कार्य के अन्तर्गत सिंचाई को भी सम्मिलित किया। सरकार ने नहरों के निर्माण का कार्य स्वतः करने का निर्णय लिया और लघु साधनों जैसे कूपों, तालाबों आदि को जनता के जिम्मे लगा दिया।

---

1. एस० सी० सरकार और के० के० दत्त; आधुनिक भारतवर्ष का इतिहास भाग 2, पृ० 419

इसका फल यह हुआ कि 19वीं सदी के समाप्त होने के पूर्व ही भारत में कृषि-सिंचन के लिए सिंचाई की पर्याप्त व्यवस्था की जा चुकी थी।

1815 ई० में ही लार्ड हेस्टिंग्स ने यह अनुभव किया था कि भारत में अन्नोत्पादन की वृद्धि के लिये सिंचाई के साधनों का विकास करना अत्यावश्यक है। इसी अनुभव के कारण सिंचाई की ओर ध्यान दिया जाने लगा। 1820 ई० में पश्चिमी यमुना नहर की मरम्मत कराई गई जो विनाश के थपेड़ों से नष्ट प्राय हो चली थी। दस वर्ष बाद अर्थात् 1830 में पूर्वी यमुना नहर की स्थिति में भी परिवर्तन लाया गया और उसकी मरम्मत की गई। नहरों की मरम्मत से हजारों एकड़ भूमि की सिंचाई की जाने लगी।

सरकार ने नई नहरों के निर्माण की दिशा में भी कदम बढ़ाया। 1854 में लार्ड डलहौजी के काल में भारत सरकार ने सार्वजनिक कार्यों के निष्पादन के लिए एक विशेष विभाग का गठन किया जिसके आदर्श पर बम्बई और मद्रास में भी ऐसे ही विभाग खोले गये। इस विभाग ने सिंचाई की व्यवस्था पर भी ध्यान दिया। डलहौजी के काम में सिंचाई के लिए काफी जोर-शोर से काम प्रारम्भ हुआ। सर प्रौकी कोटले ने गंगा नहर की योजना बनाई और इस योजना को कार्यान्वित किया। आगरा के लेफ्टिनेंट गवर्नर कौलविन ने मार्च 1854 में इस नहर को खोला। इसके बाद बारी दोआब नहर बनी। सर आर्थर कॉटन और उसके उत्तराधिकारियों ने गोदावरी के ऊपर बांध बनाया। संक्षेप में उत्तरी और दक्षिणी भारत दोनों क्षेत्रों में नहर और बांध के निर्माण का काम किया। रॉबर्ट स्मिथ तथा कर्नल बेयर्ड स्मिथ ने उत्तरी भारत में गंगा नहर का पुर्ननिर्माण किया और कॉटन तथा अन्य ने ऊपरी एनीकट को बनाया, कावेरी के ग्रैण्ड एनीकट की सिंचाई योजना को पुनरुज्जीवित किया और गोदावरी नहर योजना का चालू करवाया।

यहाँ यह भी स्मरण रहे कि 1832-41 के बीच दक्षिण भारत में जो दुर्भिक्ष पड़े उस सम्बन्ध में सर आॅर्थर कॉटन को जाँच-पड़ताल करने के बाद प्रतिवेदन प्रस्ताव करने के लिए सरकार से आग्रह किया गया था। अपने प्रतिवेदन में कॉटन ने सिंचाई करने की व्यवस्था पर जोर दिया था। इसी का फल था कि उन क्षेत्र में नहरें बनीं। कृष्णा नदी के डेल्टा के साथ भी सिंचाई के लिए काम किया गया। 1855 तक कृष्णा नहर भी बनकर तैयार हो गई। 1870 तक देश में कई नहरें बन गईं जो विभिन्न योजनाओं और निजी कम्पनियों की देन थीं। 1863 में मद्रास इरीगेशन कम्पनी बनी जिसे तुंगभद्रा से कृष्णा तक नहरों की प्रणाली का निर्माण करना था। 1882 तक कम्पनी ने घाटा दिया, इसलिए सरकार ने नहर निर्माण का कार्य अपने हाथ में ले लिया। 1858 में ईस्ट इण्डिया इरीगेशन कम्पनी बनी जिसे उड़ीसा में नहरों का निर्माण करना था और महानदी तथा अन्य नदियों के बाढ़ की विभीषिका को रोकना था। यह कम्पनी भी असफल रही। सरकार ने इसे भी खरीद लिया। तीसरी ईस्ट इण्डिया इरीगेशन कम्पनी ही थी जिसे सोन नहर का निर्माण करना था। लेकिन यह योजना भी सफल न हो सकी। चौथी योजना के अनुसार मिनापुर नहर का निर्माण करना था। इसे अन्त में सरकार ने अपने हाथों में ले लिया। यह स्पष्ट हो गया कि वैयक्तिक कम्पनियाँ सिंचाई की योजनाओं को सफल नहीं बना सकतीं क्योंकि वे निजी लाभ पर अपना

ध्यान अधिक केन्द्रित करती थीं और सुनियोजित ढंग से नहर प्रणाली को सफल बनाने के लिए काम नहीं कर पाती थीं। कम्पनियाँ तेजी से काम समाप्त कर देने की चिन्ता में भी लगी रहती थीं।

कम्पनियों के इन दोषों का अध्ययन सरकार ने किया। लार्ड लारेन्स ने इसीलिए नहर निर्माण के लिए एक नई नीति की उद्घोषणा की। उसने स्पष्ट रूप से यह घोषित किया कि नहरों की निर्माण-योजना का काम सरकार करे और वही नहरों को बनवाये। सरकार ने नहरों के लिए माध्यम को अपना निर्देशन बरकरार रखते हुए ऋण देने का भी काम किया और लघु योजनाओं के बदले वृहत योजनाओं को बनाना प्रारम्भ किया। इसी का फल था कि कालान्तर में आगरा नहर, सरहिन्द नहर, निम्न गंगा नहर आदि का निर्माण हो सका।

19वीं सदी के अन्तिम चरण में (1887) भारत में दुर्भिक्ष का प्रकोप हुआ। फलतः एक दुर्भिक्ष आयोग का गठन किया गया। आयोग ने दुर्भिक्ष से बचने के लिए सिंचाई योजना अर्थात नहरों के निर्माण कार्य पर बल दिया। इस आयोग ने सरकार की नीति में भी परिवर्तन लाया। सरकार अब आयोगों का निर्माण कर नहरों का निर्माण और जल के संचयन करने का काम करने लगी। 19वीं सदी में सिंचाई की व्यवस्था बहुत संतोषप्रद न होने पर भी प्रशंसनीय थी। 1900 ई० तक अधिक भू-खण्ड सिंचित होने लगा था।

यहाँ संक्षेप में सरकार की सिंचाई नीति का भी उल्लेख करना आवश्यक है जिसे उसने 19वीं सदी में अनुग्रहण किया था। 1860-61 में आगरा के दुर्भिक्ष के समय बेयर्ड ने अपने प्रतिवेदन में दुर्भिक्षों पर नियन्त्रण पाने के लिए एक उपाय सिंचाई की व्यवस्था करना भी बतलाया था। सरकार ने इस समय अपनी नीति सिंचाई के समय में स्पष्ट नहीं की। लेकिन जब 1873-74 और 1876-77 में पुनः दुर्भिक्ष का दौरा प्रारम्भ हुआ तब सरकार ने 1878 में प्रथम दुर्भिक्ष आयोग का गठन किया जिसके अध्यक्ष सर रिचार्ड स्ट्रैची थे जिनके प्रतिवेदन में यह बात भी शामिल था कि सरकार सिंचाई के लिए व्यवस्था करें। सरकार ने सिंचाई के लिए अपनी नीति का निर्धारण किया। इसी प्रकार तृतीय दुर्भिक्ष आयोग के प्रतिवेदन के भी सिंचाई के लिए व्यवस्था करने का आग्रह सरकार से किया। इन प्रतिवेदनों का ही फल था कि 19वीं सदी में ही सरकार ने सिंचाई के लिए नहरों के निर्माण कार्य में अभिरुचि लेनी प्रारम्भ कर दी थी। बीसवीं सदी में कई आयोग बने जिनके फलस्वरूप सिंचाई का कार्य आगे बढ़ा।

बीसवीं सदी में सिंचाई का इतिहास

बीसवीं सदी में सिंचाई के इतिहास में एक नया अध्याय प्रारम्भ हुआ। 1899 में देश में भयंकर अकाल पड़ा जिसके फलस्वरूप सर कोलिन स्कॉट मॉन क्रीफ (Sir Colin Scott Moncrieff) की अध्यक्षता में एक राजकीय सिंचाई आयोग (Royal Irrigation Commission) की नियुक्ति की गई।[1] इस आयोग ने सिंचाई की व्यवस्था पर काफी बल दिया। यह कहा गया कि सरकार कुछ प्रमुख योजनाओं का निर्माण करे जिनसे कम-से-कम 6½ लाख एकड़ भूमि की सिंचाई करना सम्भव हो सके और इसपर 40 करोड़ रुपये खर्च किये जाँय। आयोग ने यह

1. एस० गोपाल, ब्रिटिश पॉलिसी इन इण्डिया (1358-1905), पृ० 256

भी सुझाव दिया कि दक्षिण भारत में जल का संचय करने की योजना बनाई जाये और मध्यप्रदेश के धान वाले जिलों में संरक्षणात्मक सिंचाई कीव्यवस्था की जाय।

इस आयोग के चलते ही अब भारतमें बीसवीं सदी में संरक्षात्मक नहरों तथा बाँधों का निर्माण कार्य किया जाने लगा। नहरों से खेतों तक जल पहुँचाने की व्यवस्था बड़ी तेजी से की गई और बाँध बनाकर जल का सचय करने का काम भी जारी रखा गया। कड़ी एवं पथरीली भूमि में तालाब बनाये गये क्योंकि वहाँ नहरें बनाना दुष्कर काम था। इसी आयोग के प्रतिवेदन के फलस्वरूप कावेरी नदी पर मैंटूर बाँध बना। इसी प्रकार पंजाब में तिहरी नहर योजना बनकर तैयार हुई जिसमें तीन वर्ष (1912-15) लगे। सतलज योजना का निर्माण कार्य भी 1921 में प्रारम्भ हुआ। उत्तर प्रदेश में शारदा नहर और सिन्ध में सक्खर बाँध (1923) का निर्माण-कार्य भी प्रारम्भ हुआ। महाराष्ट्र में भण्डार द्वारा बाँध, भाटगढ़ के लॉयड बाँध आदि भी इसी आयोग के प्रतिवेदन के फल थे।

कुँओं की व्यवस्था इस काल में की गई। प्रथम महायुद्ध के बाद आँकड़े के अनुसार भारत में लगभग ढाई लाख कुँए थे जो लगभग सवा बारह लाख एकड़ भूमि की सिंचाई करने में सक्षम थे।

स्वतन्त्र भारत में सिंचाई का इतिहास

देश विभाजन के समय कुछ नहरें और बाँध पाकिस्तान में लाये गये। किन्तु स्वतन्त्र भारत की सरकार ने इस कमी को पूरा करने में संलग्न है। 1948 से भारत सरकार ने बाँधों के निर्माण में अधिक दिलचस्पी लेना प्रारम्भ किया। इसी दिलचस्पी का परिणाम है कि भारत में कई योजनाएँ बनकर तैयार हैं जो सिंचाई में अभूतपूर्व सहयोग दे रही हैं। इनमें दामोदर घाटी योजना, भाखड़ा-नांगल योजना, तुंगभद्रा योजना, हीराकुण्ड योजना, रिहान्द योजना अधिक प्रमुख हैं। 1949 में मध्य भारत, कर्नाटक, और महाराष्ट्र में बाँधों की संख्या बढ़ी। लगभग 116 बाँध इन प्रान्तों में बनकर तैयार थे जो जल संचय करते थे।

भारत की पंचवर्षीय योजनाओं ने सिंचाई के साधनों में काफी वृद्धि की है। प्रथम योजना का उद्देश्य सिंचाई एवं ऊर्जा पर 661 करोड़ रुपये खर्च कर इनमें विकास लाना था।[1] 1950-51 में करीब 161 प्रतिशत भूमि का सिंचत करना योजनाबद्ध था। लगभग 163 लाख एकड़ भूमि को सिंचित करने में सफलता मिली। इसी योजना के तहत लघु तथा वृहत सिंचाई योजनाएँ भी बनी। भाखड़ा, दामोदर, हीराकुण्ड आदि वृहत योजनाएँ थीं। कुँओं, तालाबों आदि के विकास के लिए कई लघु योजनाएँ बनी। द्वितीय पंचवर्षीय योजना में 204 नई सिंचाई योजनाएँ जोड़ दी गई। यह निर्धारित किया गया कि तकरीबन 2100000 एकड़ भूमि को सिंचित खण्ड बनाया जायेगा।[2] इसी प्रकार तृतीय योजना में भी कृषि के विकास के लिए सिंचाई के संसाधनों को विकासोन्मुख करने का प्रयास किया गया। इस योजना में लगभग 1662 करोड़ रुपये इस कार्य में खर्च करने थे। इस योजना में सिंचाई को वृहत मध्यम तथा लघु तीन खण्डों में बाँटा गया और तीनों को विकसित करने का उद्देश्य निर्धारित किया गया। अन्य योजनाओं में भी ऐसी ही व्यवस्था की गई।

---

1. फर्स्ट फाइव इयर प्लान, पृ० 342
2. सेकेण्ड फाइव इयर प्लान, पृ० 349

अप्रैल 1969 में श्री ए० पी० जैन की अध्यक्षता में एक सिंचाई आयोग का गठन किया गया जिसने 1972 के अप्रैल माह में ही अपना प्रतिवेदन प्रस्तुत कर दिया। आयोग ने सिंचाई के विकास के निमित्त कई महत्त्वपूर्ण सुझाव दिये। कई नई योजनाओं को लागू करने के लिए इस आयोग के प्रतिवेदन में सुझाव थे। सरकार आज भी सिंचाई के लिए नये-नये प्रयास कर रही है और कृषि कार्य पर अधिक ध्यान दे रही है।

ब्रिटिश सरकार की सिंचाई नीति

कथित सन्दर्भ सिंचाई के साधनों के विकास में सरकार के सहयोग का आकलन एवं उल्लेख करते हैं। अब सिंचाई के सम्बन्ध में की नीति का उल्लेख करना आवश्यक है।

सच पूछा जाय तो 1898-99 के दुर्भिक्ष के पूर्व सरकार की कोई सिंचाई नीति नहीं थी। अकेला कॉटन ने बड़े उत्साह एवं लगन से सिंचाई के लिए कुछ काम किया था और सरकार भी थोड़ा बहुत सहयोग कर रही थी। लेकिन जब 19वीं सदी के अन्तिम दो वर्षों में भारत बुरी तरह दैवी प्रकोप से ग्रस्त हो गया तब सरकार को स्थाई रूप से सिंचाई के लिए अपनी नीति का निर्धारण करना पड़ा।

इस बात का उल्लेख किया जा चुका है कि 1901 ई० में सिंचाई एवं दुर्भिक्ष के संबन्ध में सोचने-विचारने के लिए एक राजकीय सिंचाई आयोग का गठन किया गया। इस आयोग ने 1903 में अपना प्रतिवेदन प्रस्तुत किया और प्रतिवेदन ने सरकार को नीति निर्धारण के लिए बाध्य किया। प्रतिवेदन में यह संकेत दिया गया कि भारत और मौनसून वाले देश में सिंचाई के साधनों को विकसित करने की बड़ी आवश्यकता है और सरकार को इस संबन्ध में अपनी नीति का निर्धारण करना चाहिये। इसने संरक्षणात्मक सिंचाई की व्यवस्था करने पर आर्थिक बल दिया।

इस प्रतिवेदन के अधार पर सरकार ने प्रान्तों का सक्षर्वेण किया और तब उसने सिंचाई के कई साधनों के विकास के लिए अपनी स्थायी नीति बनाई। सरकार ने संरक्षणात्मक सिंचाई-नहरों के संबध में भी अपनी नीति स्पष्ट की और ऐसी नहरों के निर्माण पर ध्यान दिया ताकि कृषि में उत्पादन की बृद्धि हो सके। सरकार अब शान्ति भी नहीं रह सकती था। नीति निर्धारण के साथ-साथ उसने काम भी करना प्रारम्भ किया। सिंचाई के लिए 1906 ई० में एक पृथक महाधिकारी की नियुक्ति की गई जिसे सिंचाई महानिरीक्षक (Inspector General of Irrigation) कहा जाता है। 1927 में इस पद को समाप्त कर दिया गया।

सरकार ने बृहत सिंचाई योजनाओं को बनाने की नीति का भी निर्धारण किया। इसी का फल था की बीसवीं सदी के प्रथम दो दशक (1901-1921) से सतलज नहर, तिहरी नहर, शारदा नहर, सक्खर बाँध आदि बनकर तैयार हो गये। लार्ड कर्जन जैसा प्रतिक्रिया शासक भी सिंचाई के साधनों के विकास के लिए काफी चिन्तित रहा। इन बीस वर्षों में लगभग 30 लाख पौण्ड खर्च किये गये और 60 लाख एकड़ भूमि की सिंचाई की व्यवस्था की गई। इस प्रतिवेदन पर ही सरकार ने स्पष्ट

रूप से अपनी सिंचाई नीति को जाहिर किया और 1908 से सिंचाई के आँकड़े व्यवस्थित रूप से इकट्ठे किये जाने लगे। लेकिन यह भी सही है कि आयोग के रूप सुझावों को कार्यान्वित नहीं किया जा सका।

सरकार की सिंचाई नीति 1919 के मॉन्टेग्यु जेम्सफोर्ड सुधार अधिनियम की स्पष्ट करते हैं। इस अधिनियम के अनुसार सिंचाई को सरकार ने प्रान्तीय विषय बना दिया और अब यह आरक्षित रूप में आ गया। अब स्थानीय सरकारों पर यह जिम्मेवारी आई कि वे सिंचाई के साधनों अथवा योजनाओं को कार्यान्वित करें और सिंचाई के कामों बनायें रखें अब केन्द्रीय सरकार 5 लाख रुपये के लागत से अधिक की योजनाओं का निर्माण कर सकती थी और इस निर्माण में भारत सचिव का सहयोग अवाश्यक था।

सरकार ने 1921 तक सिंचाई के विकास के लिए तीन वर्गों में बाँट दिया-उत्पादक, संरक्षणात्मक और लघु। दस वर्षों के अन्दर लगाई गई धनराशि पर लाभ पैदा करने वाली योजनाओं को 'उत्पादक' नहर की संज्ञा दी गई, लगाई गई धन राशि पर लाभ नहीं देने वाली संरक्षणात्मक नहर कही गई, और लघु सिंचाई योजनाएँ वे थी जिन्हें सरकार ने वैयक्तिक व्यवस्थापकों से ले लिया था।

लेकिन बाद में नहरों का यह भेद-विभेद दूर कर दिया गया और जन-कल्याण वाली नहरों के निर्माण की ओर सरकार ने ध्यान दिया। 1926 में सरकार ने एक केन्द्रीय सिंचाई मण्डल स्थापना की जिसका काम था केन्द्र तथा प्रान्तों की सरकारों के बीच सम्पर्क स्थापित करना।

पुनः भारत वर्ष में कृषि के राजकीय आयोग (Royal Commission on Agriculture) ने सिंचाई कार्यों पर भी विचार किया और कुछ महत्त्व की सिफारिशें की आयोग ने सिंचाई की आवश्यकताओं पर अनुसंधान की आवश्यकता बतलाई। उसने स्थानीय परामर्शदातृ समितियों और केन्द्रीय सिंचाई सूचना केन्द्र खोलने पर बल दिया। इसी के सुझाव के आधार पर 1931 में एक केन्द्रीय सिंचाई सूचना आयोग खोला गया। 1945 में केन्द्रीय जल शक्ति सिंचाई और नौवाहन आयोग (Central-Water Power Irrigation and Navigation Commission) की स्थापना की गई। 1946 में केन्द्रीय भू-गर्भ जल संगठन (Central Ground Water Organisation) बनाया गया। जिसका काम था भू-गर्भ जल उपयोग कराना। मई 1952 में केन्द्रीय सरकार ने सिंचाई एवं शक्ति मन्त्रालय की स्थापना की।

सिंचाई संबंधी अनुसंधान के लिए भी ब्रिटिश सरकार ने अपनी नीति का निर्धारण किया। 1920 में बम्बई सरकार ने पूना में एक गवेषणा केन्द्र खोला। 1936-37 में इसी सरकार ने इसे अपने नियन्त्रण में ले लिया। इसी प्रकार 1925 में पंजाब की सरकार ने लाहौर में एक प्रयोगशाला की स्थापना की। अमृतसर में भी ऐसी ही एक प्रयोगशाला बाद में खोली गई।

स्वतन्त्र भारत की सरकार ने भी अन्वेषण संबंधी संस्थाओं की स्थापना की है। पश्चिम बंगाल का नदी गवेषणा संस्थान, तमिलनाडु का सिंचाई गवेषणा केन्द्र आदि कुछ ऐसे ही संस्थान हैं।

ब्रिटिश सरकार की गई दृष्टियों से अर्थशास्त्रियों ने आलोचना की है। यह सही है कि सरदार ने भारत में कई नहरों का निर्माण किया और अपने अभियन्ताओं की मदद से बाँध आदि भी बनवाये लेकिन तत्काल सरकार की सिंचाई नीति प्रशंसा के योग्य नहीं थी। यह भी सही है कि सरकार ने सिंचाई के संसाधनों के निर्माण के द्वारा देश की अर्थ व्यवस्वस्था में, विशेषकर कृषि में परिवर्तन लाने का प्रयास किया किन्तु उन दिनों सरकार ऐसा करने के बाध्य थी। 19वीं सदी में तो वह अपने स्वार्थ की पूर्ति के लिए अधिक व्यग्र रहा करती थी, बाद में भले ही वह भारत का कल्याण करना चाहती है : अतः सरकार की सिंचाई नीति की सर्वथा सराहने ही योग्य नहीं है। सरकार की सिंचाई नीति के संबंध में आलोचना के अधोलिखित बिन्दु प्रस्तुत किये जा सकते हैं।

1. सरकार ने पूरे खुले मन से भारत में सिंचाई के साधनों के विकास के लिए ध्यान नहीं दिया। अपने शासन के प्रारम्भिक दिनों में तो सरकार ने पूरी-की-पूरी उपेक्षा की नीति को ही प्रश्रय दिया। कालान्तर में जब उसने दैवी प्रकापों से बाध्य होकर सिचाई के लिए कुछ काम भी करना प्रारम्भ किया तो उसने खुले मन से इस पर खर्च नहीं किया। दूसरे शब्दों में सिंचाई के लिए उसने अपनी कृपणता का परिचय दिया। कॉटन तथा कुछ अन्य अधिकारियों ने सरकार को भी परामर्श दिये थे, सरकार ने उन परामर्शों को हू-बहू स्वीकार नहीं किया क्योंकि उन परामर्शों के अनुसार चलने पर उसे अधिक धन लगाने पड़ते। यही कारण था कि सिंचाई के साधनों का जितना विकास होना चाहिये था। उतना नहीं हो सका।

2 सरकार की सिंचाई नीति योजनावद्ध नहीं थी। इस कारण इसमें दो-तीन प्रकार के दोष आ गये थे। एक निर्माण के जितने भी काम हुए वे दोष से भरे थे। दूसरे, योजना के अभाव में काम भी तेजी से होना सम्भव नहीं रहा। तीसरे, सरकार सिंचाई के मुद्दे पर निश्चित धन राशि का आबंटन नहीं कर सकी। योजना के अनुसार काम करने पर धन राशि का निर्धारण किया जाता है और एक निश्चित समय में निर्माण कार्य को पूरा किया जाता है। सरकार की नीति में यह एक महान दोष था।

3. सरकार ने सिंचाई वाली नहरों को मुख्य रूप से दो ही श्रेणियों में वर्गित किया था—उत्पादक नहरें और संरक्षणात्मक नहरें। जिन नहरों से लाभ अधिक होने की सम्भावना थी उन्हें उत्पादक नहरों की श्रेणी में रखा गया। सरकार ने ऐसी ही नहरों के निर्माण में अपनी पूँजी को लगाया। वह अपनी लागत पूँजी को वापसी लाभ के रूप में प्राप्त करना चाहती थी। जिन नहरों से उसकी पूँजी तथा लाभ की वापसी की सम्भावना नहीं रहती थी उनपर वह खर्च नहीं करती थी। ऐसी स्थिति के सारी प्रकार की नहरों का तत्काल समुचित निर्माण नहीं हो सका। देश को ऐसी नहरों की जरूरत थी जिनसे कृषकों को लाभ हो। सरकार को इस दृष्टि से संरक्षणात्मक नहरें बनानी थीं। उसने ऐसा नहीं किया। बाद में सरकार ने इस तथ्य को समझा।

4. सरकार ने सिचाई के मद पर अधिक कर का दर निश्चित किया था। जो लोग नहरों से पानी लेते थे उन्हें सरकार को टैक्स देना पड़ता था। यह टैक्स भारी था। कृषक गरीब थे, अतः सभी कृषक सिंचाई से लाभ नहीं उठा पाते थे।

दूसरी बात यह थी कि पानी के पैसों को किसानों से वसूल करने में बड़ी कठोरता बरती जाती थी। इससे किसान त्रस्त थे। इस प्रकार सरकार को सिंचाई नीति में समग्र कल्याण की भावना का अभाव था और उसका उद्देश्य (सरकार के पक्ष में) अधिक-से-अधिक आर्थिक लाभ करना था। भारत जैसे निर्धन देश में सरकार को सिंचाई कर की दर में कमी लानी चाहिये थी जो उसने ऐसा नहीं किया। सच तो यह है कि सरकार का भारत में उठाया गया हर कदम आर्थिक शोषण का प्रतीक था। सिंचाई भी इससे मुक्त नहीं थी।

5. सरकार ने अपने विशेष और अधिक लाभ के लिये रेलवे के विकास पर अधिक जोर दिया, सिंचाई व्यवस्था पर कम। उसने रेल पथों के विकास पर अधिक-से-अधिक खर्च किया और सिंचाई के साधनों के विकास की उपेक्षा की। इसीलिए आर० सी० दत्त ने लिखा कि "अंग्रेजों ने जितनी बड़ी भूल रेल-पथों के सम्बन्ध में धन का अपव्यय थी उतनी ही बड़ी भूल सिंचाई के सम्बन्ध में उनकी कृपणता थी।" भारत के लोगों को रेलों से कम, सिंचाई से अधिक लाभ होनेवाले थे। अतः सरकार को सिंचाई के विकास कार्य को प्राथमिकता देनी चाहिये थी।

6. प्रारम्भ में सरकार ने रेल नीति और सिंचाई नीति को मिलाकर एक कर दिया था। दूसरे शब्दों में 19वीं शताब्दी में सिंचाई नीति रेल नीति के अधीनस्थ थी और जब-जब रेल के विकास की बात सोची जाती थी तभी सिंचाई के साधनों के संबंध में भी सोचा था। यही कारण था कि रेलों ने सिंचाई को विकसित नहीं होने दिया। प्रारम्भ से ही दोनों के लिए अलग-अलग नीतियाँ होनी चाहिये थी और दोनों के विकास के लिए स्वतन्त्रता होनी चाहिये थी। रेलों के साथ सिंचाई को शामिल कर सरकार ने इसे परजीवी बना दिया। रेलों के फलने-फूलने पर ही सिंचाई का विकास होना निर्भर करता था। इस पर भी सरकार ने रेल की तुलना में सिंचाई के साथ सौतेला व्यवहार किया। सरकार की सिंचाई नीति का यह एक बड़ा दोष माना जा सकता है।

7. ब्रिटिश सरकार ने 19वीं सदी तक सिंचाई के संबंध में वैज्ञानिक दृष्टि से गवेषणा करने का प्रयास नहीं किया। उसने न तो मिट्टी की जाँच की और न क्षेत्र का। नतीजा यह हुआ कि 19वीं सदी में सही रूप में सिंचाई की व्यवस्था नहीं हो सकी। गवेषणा के अभाव में नहरों वाले क्षेत्रों में जहाँ-तहाँ महामारियाँ फैल गई, जहरीले कीटाणुओं का फैलाव हो गया और भूमि भी दलदल हो गई। अतः सरकार को वैज्ञानिक खोज एवं जाँच को सिंचाई-कार्य के साथ जोड़ना था।

कथित दोषों के बावजूद सरकार की सिंचाई नीति श्लाघ्य भी है। अंग्रेजों के भारत में आने के पूर्व जितनी भी मध्ययुगीन नहरें थीं वे जर्जर हो चली थीं और इन नहरों में जंगल उग आये थे। नालियाँ टूट गई थीं और नहरें बेकार हो गई थीं। ब्रिटिश सरकार ने इन पुरानी नहरों की मरम्मत करवाई। बाद में इसने देश में नई नहरों के निर्माण के लिए भी कदम उठाया। उसने अपने वैज्ञानिकों तथा अभियन्ताओं के सहयोग से नहरों का निर्माण करवाया। इसके लिए सरकार की भूरि-भूरि प्रशंसा की जा सकती है।

जॉन स्ट्रैची ने अपनी सरकार के इस कार्य की काफी प्रशंसा की है। उसने लिखा है कि अंग्रेजों ने भारत में जितने भी कार्य किये उनमें सिंचाई कार्य की तुलना एवं बराबरी में अन्य कार्य नहीं आ सकते। उन्होंने नहरों की उपयोगी बनाया और कृषकों को लाभ पहुँचाया।[1] टामस वार्ड ने अंग्रेज अभियन्ताओं की काफी प्रशंसा की है जिन्होंने भारत में नहरों के निर्माण में काफी योगदान किया। उसनें लिखा है कि "जब भारत में ब्रिटिश शासन की सिद्धियों का सारांश निकालने का समय आयेगा तो भारत के हितैषियों के रूप में सिचाई अभियन्ताओं से अधिक ऊँचा किसी का भी नाम नहीं होगा।" इन प्रशंसाओं के होते हुए भी इस बात को अस्वीकार नहीं किया जा सकता कि ब्रिटिश सरकार की सिंचाई नीति शोषपूर्ण थी और रेल-पथ के विकास पर धन का व्यय जिस हद तक किया उतना सिंचाई के साधनों के विकास के लिए नहीं किया गया।

□

1. जॉन स्ट्रैची; इण्डिया इट्स एडमिनिस्ट्रेशन एण्ड प्रोग्रेस, पृ० 222

अध्याय 15

विभिन्न श्रम विधानों का इतिहास

भारत की सम्पदा की वृद्धि कई उद्योगों पर निर्भर करती है। कोई भी उद्योग श्रम के विना चल नहीं सकता है। श्रम करनेवाले श्रमिक होते हैं जो खानों में काम करते हैं, बागानों में परिश्रम करते हैं और ऐसे ही विभिन्न उद्योगों के विकास कार्य में लगे रहते हैं। हमने कारखानों में काम करनेवाले श्रमिकों से सम्बन्धित अधिनियमों का अध्ययन किया। यहाँ कुछ अन्य उद्योगों में लगे श्रमिकों के लिए जो नियम-अधिनियम बने हैं, उनका अध्ययन करना हमारा उद्देश्य होगा।

खान विधान

भारत के अधिकांश श्रमिक खानों में काम करते हैं। खान श्रमिकों की स्थिति में सुधार लाने के लिए सरकार ने कई विधान बनाए हैं जिनसे इन श्रमिकों को लाभ हुए हैं।

भारत खनिज पदार्थों के क्षेत्र में बड़ा सम्पन्न देश रहा है। खानों में काम करनेवाले श्रमिकों के कल्याण और सुरक्षा का इतिहास भी 19वीं शताब्दी से ही प्रारम्भ होता है। इस शताब्दी के अन्तिम दशक के चौथे वर्ष (1894 ई०) कोयले की खानों के लिए एक निरीक्षक की नियुक्ति की गई थी। इस समय निरीक्षक का काम निरीक्षण करना नहीं था। कोयले की खानों में काम करनेवाले के रोजगार की दशाओं में विनियमित करने के निमित्त निरीक्षक की नियुक्ति हुई थी।

लेकिन अकेला निरीक्षक श्रमिकों की स्थिति में सुधार लाने में असमर्थ था। इसलिए खान अधिनियम बनाना आवश्यक था। 1890 में बर्लिन में हुए अन्तर्राष्ट्रीय सम्मेलन के फलस्वरूप निरीक्षक के पद का सृजन हुआ था और इसी सम्मेलन के प्रभाव के कारण भारत की खानों में काम करनेवाले श्रमिकों के लिये 1901 ई० में प्रथम भारतीय खान अधिनियम पारित हुआ। इस अधिनि म के प्रावधान के मुताबिक निरीक्षक के पद का सृजन हुआ और कोयले की खानों के लिए निरीक्षक की नियुक्ति की गई।

अगले 20-21 वर्षों तक कुछ संशोधनों के साथ यह अधिनियम बना रहा। लेकिन उसके दोष अभी भी बरकरार थे। इन दोषों को दूर करते हुए 1923 ई० में दूसरा भारतीय खान अधिनियम बना। इस अधिनियम में 1928, 1935, 1937, 1940 तथा 1946 संशोधन लाया गया। दूसरा खान अधिनियम प्रथम अधिनियम से कभी व्यापक और उपयोगी था। इसमें श्रमिकों की काम-सीमा का निर्धारण किया गया। इसके उपबन्ध इस प्रकार थे :

(क) खान की परिभाषा को व्याख्या इस अधिनियम में की गई। वह इस प्रकार थी, "कोई खुदाई जहाँ खनिज पदार्थों को प्राप्त करने या उनकी खोज करने के हेतु कार्य किया जाता है या किया जा रहा है।"

(ख) खान की ऊपरी सतह पर काम करनेवाले श्रमिकों के लिए प्रतिदिन 10 घण्टे निर्धारित किये गये। वे 12 घण्टे तक भी काम कर सकते थे। छः घण्टे निरन्तर काम करने के पश्चात उन्हें एक घण्टा विश्राम करने का समय दिया गया।

(ग) खान के भीतर काम करनेवाले श्रमिकों के लिए प्रतिदिन 9 घण्टे काम करना था। इससे अधिक भीतर के श्रमिकों का काम के लिए समय का विस्तार नहीं किया।

(घ) प्रत्येक खान श्रमिक सप्ताह में 54 घण्टे काम कर सकता था और एक दिन का उन्हें साप्ताहिक अवकाश दिया गया। निरीक्षकों और प्रबन्धकों के काम के घण्टे निर्धारित नहीं किये गये और वे श्रमिकों से अलग-अलग माने गये।

(ङ) 15 वर्ष से कम की उम्र वाले बच्चे खानों में काम करने से मना कर दिये गये और 17 वर्ष से कम आयु वाले व्यक्तियों को खान के भीतर काम करने के अनुमति तभी मिल सकती थी जब वे चिकित्सक का योग्यता का प्रमाण-पत्र दे।

(च) यह व्यवस्था (1946 के संशोधन के अनुसार) की गई कि खानों के ऊपर या उनके समीप महिला और पुरुषों के लिये अलग-अलग स्नान-गृह बने जो बन्द हो और जिनमें स्नान करने के लिये फव्वारों की व्यवस्था हो।

(छ) श्रमिकों के लिए सुरक्षा की भी व्यवस्था की गई इसके अन्तर्गत महत्त्वपूर्ण खान क्षेत्रों में ऐसे खान बोर्डों के निर्माण की व्यवस्था थी जिनमें खान के स्वामी, कर्मचारी और सरकार के प्रतिनिधि सदस्य हों। इस बोर्ड का काम था सरकार के अधिनियम के अन्तर्गत नियम बनाने में सहायता करना।

यह नियम अधिक महत्त्वपूर्ण था। यह समस्त खानों पर लागू किया गया। हिमाचल प्रदेश तथा मध्यप्रदेश तथा कुछ अन्य राज्यों में यह नियम लागू था, लेकिन तिरुवाँकुर और कर्नाटक में लागू नहीं था। बाद में उत्पादन, रोजगार, श्रमिकों की आमदनी, काम करने के घण्टे आदि में भी संशोधन लाया गया। इन सारे कार्यों के देखभाल के लिए मुख्य निरीक्षक की भी नियुक्ति की गई। रोजगार की दशाओं और खान के भीतर काम करनेवाली महिलाओं से सम्बद्ध भी कुछ उपबन्ध थे।

स्वतन्त्रता के बाद एक व्यापक अधिनियम बना जो भारत के श्रम इतिहास में 1952 का भारतीय खान अधिनियम कहा जाता है। कारखानों में काम करनेवाले श्रमिकों को जो सुविधाएँ दी गई थी वैसी ही सुविधाएँ खानों में काम करनेवाले श्रमिकों को देने के लिए सरकार ने संकल्प बनाया। इसी उद्देश्य से सरकार ने 18 दिसम्बर 1949 को पार्लियामेण्ट में एक विधेयक प्रस्तुत किया जो 15 फरवरी 1952 को पारित किया गया। 1952 के अधिनियम में 1959 ई० में एक संशोधन भी लाया गया। इस तरह 1952 का खान अधिनियम पिछले के अधिनियम से अच्छा और विस्तृत था। इसके प्रमुख उपबन्ध इस प्रकार हैं :

(क) खान में लगे या खान से सम्बन्धित किसी भी काम में लगे हुए सारे श्रमिकों पर यह अधिनियम लागू किया गया। सिर्फ जम्मू और कश्मीर में यह अधि-

नियम लागू नहीं है। इसी बिन्दु पर खान की परिभाषा भी निश्चित की गई। खान में घूसने और जाने के रास्ते, मशीन तथा अन्य गाड़ियों के ठहरने के स्थान, खनिज धोने के स्थान आदि सभी खान हैं। ऐसे सभी क्षेत्रों में यह अधिनियम लागू किया गया।

(ख) वयस्क श्रमिकों के जो खान के बाहर-भीतर काम करते थे, काम के समय निर्धारित कर दिये गये। यह कहा गया कि ऊपर वाले श्रमिक 9 घण्टे और भीतर वाले 8 घण्टे काम करेंगे और दोनों प्रकार के श्रमिक सप्ताह में 48 घण्टे काम करेंगे। स्मरण रहे कि पहले के अधिनियम के अनुसार कुछ अधिक समय तक श्रमिकों को काम करने होते थे। पाँच घण्टों तक लगातार काम करने के बाद श्रमिक 30 मिनट का विश्राम भी ले सकते थे। हर हालत में सप्ताह में केवल 6 दिन ही श्रमिकों से काम लेना था।

(ग) समयोपरि देने की दर का निर्धारण इस अधिनियम ने कर दिया। ऊपर काम करनेवाले श्रमिकों की मजदूरी सामान्य दरों से 1½ गुनी थी और खान के भीतर वाले श्रमिक को सामान्य दर से दुगुनी समयोपरि मिलती थी। पर, एक नियन्त्रण डाल दिया गया। वह था कि कोई भी श्रमिक समयोपरि सहित एक दिन में 10 घण्टों से अधिक काम करने को आदिष्ट नहीं था। खान के ऊपर काम करने वाले श्रमिक अधिक-से-अधिक 12 घण्टे और भीतर काम करनेवाले अधिक-से-अधिक 8 घण्टे काम कर सकते थे।

(घ) श्रमिकों की आयु-सीमा को इस अधिनियम ने तय कर दिया। 17 से 18 वर्ष के वयस्क श्रमिक खान के अन्दर और 15 से 18 वर्ष तक की आयुवाले किशोर श्रमिक ऊपर काम कर सकते थे।

(ङ) महिलाओं को खान के अन्दर काम करने की इस अधिनियम ने मनाही कर दी। इस बात की भी व्यवस्था की गयी कि किसी भी महिला श्रमिक को खान के ऊपर सुबह 6 बजे से शाम 7 बजे के अतिरिक्त कार्य करने की अनुमति नहीं दी जायेगी। अगर राज्य सरकारें चाहे तो इसमें फेर-बदल कर सकती थी। रात्रि काल में महिलाओं को खान के ऊपर या भीतर काम करने की मनाही थी।

(च) श्रमिकों को सप्ताह में एक दिन का विश्राम अवकाश दिया गया। नियम के अनुसार श्रमिकों को छुट्टी और वेतन देने की व्यवस्था की गई। लगातार 12 माह तक काम करके श्रमिक छुट्टी और वेतन पा सकते थे। मासिक वेतन पानेवाले को सवेतन 14 दिन की और साप्ताहिक मजदूरी पानेवाले श्रमिक को 7 दिन की छुट्टी मिल सकती थी।

(छ) इस अधिनियम में श्रमिकों के स्वास्थ्य, कल्याण और सुरक्षा से सम्बद्ध उपबन्ध भी थे। कल्याण अधिकारी की नियुक्ति, रक्षक स्थान, शिशु गृह, विश्राम गृह, स्नान गृह, पेयजल गृह, शौचालय आदि बनाने की भी बात कही गई।

(ज) अधिनियम ने उन लोगों को दण्ड देने के उपबन्ध बनाये जो इसके नियमों की अवहेलना करनेवाले थे। लोगों को जेल की हवा खिलाई जा सकती थी या जुर्माना करने को आदेश दिया जा सकता था।

(झ) खानों के लिये मुख्य निरीक्षक की नियुक्ति की बात कही गई। उन्हें श्रमिकों की सुरक्षा पर अधिक ध्यान रखना था।

1959 में खान (संशोधन) अधिनियम बनाकर 1952 के खान अधिनियम को संशोधित किया गया जिसे 16 जनवरी 1960 को लागू किया गया। संशोधित अधिनियम ने 'खान' की परिभाषा के अन्तर्गत तेल के कूप, खानों के मार्ग सभी प्रकार के बोरिंग, बरमे के छेद, रेलें, विद्युत घर आदि आ गये। इसमें यह भी व्यवस्था है कि जिन खानों में 150 या उससे अधिक श्रमिक काम करते हैं वहाँ प्राथमिक उपचार के लिये अलग कमरे होने चाहिये। 1952 के अधिनियम में इसके लिये 500 श्रमिकों को होना आवश्यक माना गया था। अधिनियम में यह भी धारा है कि "उस खान में श्रमिकों को रोजगार पर नहीं लगाया जा सकता जिसका स्वामी खान निरीक्षक की चेतावनी पर भी ऐसी बातों को ठीक नहीं करता जिनसे मानव जीवन को, अंगों अथवा सुरक्षा को खतरा हो। इस अधिनियम में खान के अन्दर और ऊपर दोनों ही स्थानों पर किये जाने वाले समयोपरि काम के लिये सामान्य मजदूरी से दुगुनी मजदूरी देने की व्यवस्था की गई है जबकि 1952 के अधिनियम में ये दरें खान के ऊपर काम करनेवाले श्रमिकों के लिये डेढ़ गुनी तथा खान के अन्दर कान करने वाले श्रमिकों के लिए दुगुनी थी। संशोधित अधिनियम ने यह भी उपबन्ध में शामिल कर दिया कि खान के भीतर भाग में काम करनेवाले श्रमिकों को प्रति 20 दिन काम के बाद एक छुट्टी दी जायेगी जिसका वेतन भी दिया जायेगा। इसी प्रकार खान के ऊपरी हिस्सों में 16 दिनों तक निरन्तर काम करनेवाले श्रमिकों को एक संवेतन छुट्टी देने की भी व्यवस्था की गई। इस प्रकार की छुट्टियाँ 30 दिन तक एकत्र की जा सकती थी। अधिनियम के उपबन्धों को उल्लंघन करनेवाले सजा पाने के भागी भी हो सकते थे।

इन विधानों के अतिरिक्त खानों के लिये कुछ अन्य विधान भी बने। इनमें से कुछ वर्षों में अग्र लिखित अधिनियम बने :

अधिनियम	वर्ष
कोयला खान श्रम कल्याण निधि अधिनियम	1947
अभ्रम खान श्रम कल्याण निधि अधिनियम	1956
कच्चा लोहा खान श्रम कल्याण उपकर अधिनियम	1961
चूना-पत्थर और डोलोमाइट खान श्रम निधि अधिनियम	1972

इनके अतिरिक्त 1948 ई० में कोयला खान प्रॉविडेंट फण्ड तथा बोनस योजना अधिनियम भी पारित किया गया है। इसी प्रकार खान मातृत्वकालीन लाभ अधिनियम भी सरकार के द्वारा पारित किया गया है। खानों में दुर्घटनाओं की रोक-थाम के लिये 1955 ई० में कोयला खान (अस्थायी) विनियम भी घोषित किया गया। नाम से ही इन अधिनियमों के ध्येय का पता चल जाता है। 1957 ई० से कोयला खानों के लिये विनियमों की एक पूर्ण संशोधन संहिता लागू कर दी गई है और पुराने विनियम समाप्त कर दिये गये हैं। यह विनियम इस बात की व्यवस्था करते हैं कि जलनेवाली तथा जहरीली गैसों, धूल, खानों में पानी भर जाने या आग लग जाने या तापक्रम एकदम से बढ़ जाने आदि से खान के भीतर कार्य करने वाले श्रमिकों की प्रभावात्मक रूप से सुरक्षा हो सके। खानों 'बचाव नियम' (Rescue Rules) 1959 में बनाये गए। एक बार 1939 में ऐसे नियम बने थे।

खानों में शिशु-गृह के लिए भी नियम 1946 ई० में बनाये गये। 1959 में पुनः उनको बनाया गया। 1961 ई० में इन नियमों में संशोधन भी किया गया। निश्चित रूप से आजादी के बाद खान श्रमिकों की सुरक्षा कल्याण और स्वास्थ्य के लिये कई नियम-अधिनियम बने।

बचत और सुरक्षा को दृष्टि में रखकर दो अधिनियम क्रमशः 1939 और 1952 में बने। पहला 1939 का कोयला खान सुरक्षा (उचित व्यवस्था) अधिनियम (The Coal Mines Safety Stowing Act 1939) कहते हैं। इस अधिनियम के अनुसार एक विधि की व्यवस्था करने की बात कही गई ताकि कोयला को अच्छी तरह रखा जा सके। उत्पादन कर के द्वारा इस निधि को संचित करना था। निधि को कोयला खान स्टोइंग बोर्ड के अधीन रखना था। इस बोर्ड में 6 सदस्य रखे गये। इस अधिनियम ने खानों के निरीक्षकों और मुख्य निरीक्षकों को यह अधिकार दिया कि वे श्रमिकों की सुरक्षा के लिये स्वामियों, अभिकर्त्ताओं, प्रबन्धकों को हमेशा बाध्य करते रहें। लेकिन इस अधिनियय से ज्यादा लाभ कुछ ही कारखानों को हो सका क्योंकि इस अधिनियम के कुछ ही उपबन्ध क्रिया में परिणत किये गये थे। बाद में इस अधिनियम को भी समाप्त कर दिया गया और उसकी जगह 1952 का कोयला खान बचत तथा सुरक्षा अधिनियम पास करना पड़ा।

1952 का अधिनियम जम्मू व कश्मीर को छोड़कर समस्त भारत की कोयला खानों में लागू किया गया। इस अधिनियम के अनुसार केन्द्र की सरकार कोयला की बचत और सुरक्षा के लिए कोई भी काम कर सकती थी। कोयले की राख कम हो, इसके लिये सरकार कोयला धोने की आज्ञा दे सकती है। कोयले की बचत हो, इसके लिए सरकार मालिकों को कोयला अच्छी तरह से रखने के लिये आदेश दे सकती है। इस अधिनियम के अनुसार एक कोयला बोर्ड तथा परामर्शदातृ समिति की स्थापना की गई। सरकार कोयला पर उत्पादन कर भी लगा सकती है ताकि उसकी बचत की भावना बढ़ती रहे। 1961 ई० के अधिनियम में संशोधन ला कर कोयला कर में चार रुपये प्रति टन कर दी गई है। सरकार सब कोयले पर एक अतिरिक्त उत्पादन कर भी लगाने को अधिकृत है। कोयले से प्राप्त कर को कोयला बोर्ड को दिया जायेगा और बोर्ड इस कर धन को निधि में जमा कर देगा। इस धन का उपयोग कोयले की बचत एवं सुरक्षा कार्य में किये जाने की बात कही गई।

बागान श्रम अधिनियम

भारत के बागान श्रमिक मूक हैं और वे शान्तिपूर्वक अपने कामों में लगे रहते हैं। वे देश की सेवा करते हैं, इसकी आर्थिक सम्पन्नता में लगे रहते हैं, लेकिन स्वयं की स्थिति में सुधार करने के लिये कभी जल्द सरकार से माँग नहीं करते और न हड़ताल करते हैं। इनकी संख्या तकरीबन 15 लाख है और वे देश के निर्यात व्यापार में महत्त्वपूर्ण सहयोग करते हैं।

कारखानों और खानों में लगे श्रमिकों से बागान श्रमिकों की स्थिति अच्छी नहीं है। इनके लिये न तो उचित चिकित्सा की व्यवस्था है और न शिक्षा की ही। इनकी मजदूरी भी बहुत ही कम है।

इनकी स्थिति में भी सुधार लाने के धीरे-धीरे कई अधिनियम पारित किये गये। असम बागान उद्योग में भारत में प्रसिद्ध रहा है। बागानों के हिसाब से यहाँ बागान श्रमिकों की संख्या न्यून है। बागान मालिक दूर-दूर के श्रमिकों को लाकर अपने बागानों में लगाते रहे हैं। अतः उन्हें अनेक कठिनाइयों और परिस्थितियों का सामना करना पड़ता है। उनकी कठिनाइयों को दूर करने के लिए सरकार ने कदम उठाया और 1863 से 1901 तक अनेक अधिनियम पारित किये गये। इन में से पाँच अधिनियम बंगाल के तथा एक तामिलनाडू के बागान श्रमिकों के लिये भी थे। प्रारम्भ में पारित किये गये इन अधिनियमों के अनुसार (क) श्रमिकों को श्रम करने के लिये लाइसेन्स रखना अनिवार्य हो गया, (ख) अन्य राज्यों के श्रमिकों को अन्य राज्यों में जाकर काम करने के लिए स्वयं को पंजीकृत कराना जरूरी हो गया (ग) उनकी यात्रा के समय स्वास्थ्य संबंधी प्रबन्ध किया गया (घ) उनकी संविदा की अवधि उसे 5 साल के लिये निर्धारित की गई और (ङ) मजदूरी में भी बढ़ोत्तरी की गई। एक प्रावधान यह भी था कि मालिक अपने पलायित श्रमिक को कैद कराने के लिए अधिकृत भी हुए। यह भी कहा गया कि संविदा भंग करनेवाले कानून की दृष्टि में अपराधी माने जायेंगे।

बीसवीं सदी के प्रथम वर्ष (1901 ई०) में ही असम के लिए एक अधिनियम पारित किया गया जिसे 'असम श्रम और परावासी अधिनियम' कहा जाता है। इसके अतिरिक्त 1908 से 1915 तक दो संशोधित अधिनियम पारित किये गये जिन्होंने (क) अनुबन्ध श्रम पद्धति को खतम कर दिया और (ख) बागान मालिकों द्वारा श्रमिकों को निजी रूप से गिरफ्तार कर लेने के अधिकार को वापस कर दिया।

बागान श्रमिकों की समस्याओं पर विचार करने के लिए रॉयल श्रम आयोग ने बैठक की और उसने अपनी रिपोर्ट में कई सिफारिशें की। इन सिफारिशों के आधार पर ही 'चाय क्षेत्र परावासी श्रमिक अधिनियम 1932' पारित हुआ जिसे 1933 के अक्तूबर माह में लागू किया गया। बाद में 1970 ई० में इसे निरस्त भी कर दिया गया और इसकी जगह इसी वर्ष चाय क्षेत्र परावासी श्रम अधिनियम पारित किया गया।

1946 में बागान श्रमिकों के लिए एक पृथक अधिनियम बनाने के लिए श्रम अनुसन्धान समिति ने सिफारिश की थी। 1947 ई० में सिर्फ बागान के लिए एक औद्योगिक समिति की नियुक्ति की गई और भारत सरकार के तत्वाधान में एक सम्मेलन का आयोजन किया गया जिसमें बागान समस्याओं पर विचार करना था। इस सम्मेलन में राज्य सरकारों, बागान मालिकों और बागान श्रमिकों के प्रतिनिधियों ने हिस्सा लिया। 1947 में निर्मित औद्योगिक समिति ने सिफारिश की उचित मजदूरी का निर्धारण करने के लिये बागान में श्रमिकों के जीवन-स्तर तथा निर्वाह लागत की जाँच की जानी चाहिये। जाँच के काम का भार श्रम ब्यूरो के निदेशक को दे दिया गया। सम्मेलन में यह भी फैसला लिया गया कि बागान श्रमिकों के लिये एक चिकित्सक की नियुक्ति की जाय। यह भार स्वास्थ्य सेवाओं (सामाजिक बीमा) के उप-महानिदेशक मेजर ई० लायड जोन्स के ऊपर छोड़ दिया गया। समिति की सिफारिश थी कि बागान में 12 वर्ष से कम आयु

वाले बाल श्रमिकों को बागान में काम न करने दिया जाये, डाक्टर की उम्र रिपोर्ट की जाँच हो और बागान में कार्य की स्थितियों में सुधार लाया जाय। इन सारे सुझाओं, बैठकों और विचारों को ध्यान में रखकर अक्तूबर 1951 ई० में सरकार ने बागान श्रमिक अधिनियम पारित किया जिसे अप्रैल 1954 ई० में लागू किया गया। इसमें एक संशोधन 1960 में लाया गया। इस अधिनियम का मूल उद्देश्य था बागान श्रमिकों के कल्याण एवं उनके कार्य की दशाओं में सुधार लाना। इसके अग्रलिखित उपबन्ध थे :

(क) इस अधिनियम को कॉफी, चाय, रबर और सिनकोना के बागानों में लागू किया गया। शर्तें यह थी कि बागान का क्षेत्रफल 20 एकड़ हो जहाँ 30 या इससे अधिक व्यक्ति रोजगार में लगे हों। अगर केन्द्र की सरकार चाहे तो इस अधिनियम को अन्य बागानों पर भी लागू कर सकती थी। केरल तमिलनाडु और कर्नाटक में इलायची बागान में भी इस अधिनियम को लागू किया गया।

(ख) बागान निरीक्षकों की नियुक्ति के लिये सरकार से इस अधिनियम ने सिफारिश की। इसके अधीन एक मुख्य निरीक्षक तथा इसके अधीन अन्य निरीक्षकों की नियुक्ति की जाती है। इन अधिकारियों के कामों एवं अधिकारों की सीमा का भी निर्धारण कर दिया गया।

(ग) कल्याण एवं स्वास्थ्य संबंधी बातों को स्पष्ट किया गया। श्रमिकों के लिए पेय जल, दवा, आदि की व्यवस्था करने का भार बागान मालिकों के ऊपर डाल दिया गया। अगर बागान मालिकों ने उदासीनता दिखलायें तो इन सुविधाओं का मुहैया कराने का भार निरीक्षकों पर था।

(घ) कल्याण संबंधी उपबन्ध भी इस अधिनियम में थे। जहाँ 150 या इससे अधिक श्रमिक कार्यरत थे वहाँ जलपान गृह और जहाँ 50 या इससे अधिक महिला श्रमिक थीं वहाँ शिशु गृह की व्यवस्था करने की बात कही गई। मनोरंजन के साधनों और शिक्षा की व्यवस्था से संबंधित उपबन्ध भी थे। शौचालय, मूत्राशय, बरसाती, छाता आदि की व्यवस्था करने की भी बातें थी। तीन सौ या इससे अधिक श्रमिकों वाले बागान के लिए एक कल्याण अधिकारी की नियुक्ति की बात कही गई।

(ङ) बागान श्रमिकों के काम के घण्टे भी निर्धारित किये गये। यह कहा गया कि वयस्क सप्ताह में 54 घण्टे और किशोर तथा बालक 40 घण्टे से अधिक काम बागानों में नहीं करेंगे। श्रमिकों को पाँच घण्टे के उपरान्त आधे घण्टे का विश्राम अवकाश दिया गया। श्रम समय विस्तार प्रतिदिन 12 घण्टे निश्चित किया गया। साप्ताहिक छुट्टी देने का भार राज्य सरकारों को दिया गया और साप्ताहिक छुट्टी के दिन काम करने वालों को मजदूरी देने एवं उसकी दर निश्चित करने का भार भी उसे ही दिया गया। यह भी प्रबन्ध किया गया कि 12 वर्ष से कम आयु वाले श्रमिक और 7 बजे शाम से 6 बजे सुबह तक बालक और महिलायें काम नहीं कर सकती हैं। सारे किशोरों और बालकों को, जो 15 से 18 वर्ष की आयुवाले थे, अपनी स्वस्थता का प्रमाण-पत्र देना आवश्यक कर दिया गया जिसकी (प्रमाण-पत्र की) वैधता केवल एक वर्ष के लिये मानी गई।

(च) श्रमिकों के लिये सवेतन अवकाश की भी बात कही गई। यह नियम बना कि यदि श्रमिक वयस्क है तो कार्य के प्रत्येक 20 दिनों पर एक दिन का अवकाश और अगर किशोर है तो कार्य के प्रत्येक 15 दिनों पर एक दिन का अवकाश मिलेगा। 30 दिनों तक छुट्टियों को एकत्रित करने का भी नियम बना।

(छ) ऐसे श्रमिकों को जो झूठा आयु-प्रमाण-पत्र देंगे और अधिनियम के उपबन्धों का उल्लंघन करेंगे सजा दी जायेगी।

अधिनियम को समस्त देश में लागू कर दिया गया। पर कुछ राज्यों में उदासीन नीति का पालन किया जाता है। बागान श्रमिक अधिनियम में 1960 ई० में संशोधन किया गया जिसे 21 नवम्बर को लागू किया गया। इसके अनुसार बागान श्रमिकों को कई सुविधाएँ दी गई। किशोर एवं बाल श्रमिक, बागान मालिक और महिलाओं आदि के लिए पुनः नियम बने।

इन अधिनियमों के चलते बागानों में काम करनेवाले श्रमिकों की स्थिति अच्छी हो गई है। लेकिन अभी भी महिलाओं और बाल श्रमिकों का शोषण होता है। अतः नये अधिनियम की आवश्यकता का अनुभव किया जा रहा है।

यातायात श्रम विभाजन

भारत की आर्थिक सम्पन्नता उन श्रमिकों के ऊपर भी निर्भर करती है जो यातायात के साधनों से जुड़े हैं और जिनके द्वारा व्यापारिक और औद्योगिक मालों का आयात-निर्यात होता है। रेल, जहाज, सड़क के वाहनों आदि में हजारों हजार श्रमिक काम कर रहे हैं। इन श्रमिकों के कल्याण और सुरक्षा तथा विविध सुविधाओं के लिये भी अधिनियम बने हैं जिनकी बड़ी आवश्यकता थी।

रेलवे श्रम विधान

यातायात के श्रमिकों के लिए भारत में जो भी अधिनियम बने उनमें रेल विभाग के श्रमिकों के लिए बने अधिनियम अधिक महत्त्वपूर्ण हैं। बीसवीं सदी के तीन दशक तक इस विभाग के लिये कोई अधिनियम नहीं बना था। 1930 ई० में अन्तर्राष्ट्रीय श्रम संगठन के दो अभिसमयों यानि 1919 का काम के घण्टे अभिसमय और 1921 का साप्ताहिक विश्राम अभिसमय को मान्यता देने के फलस्वरूप 1890 के भारतीय रेलवे अधिनियम में संशोधन किया गया जिसमें VI(A) नामक एक नया अध्याय जोड़ दिया गया। इसमें पुनः 1956 ई० में संशोधन लाया गया।

पहले 1890 के भारतीय रेलवे अधिनियम का उल्लेख किया जाय जिसमें 1930 ई० में संशोधन लाया गया। इस अधिनियम के अनुसार निम्नलिखित व्यवस्था की गई :

(क) एक महीने में औसत कार्य घण्टे सविराम श्रमिकों के प्रति सप्ताह 84 तथा निरन्तर कार्य करने वाले श्रमिकों के लिये प्रति सप्ताह 60 निश्चित हुए। रेलवे के समस्त कर्मचारियों को रविवार से आरम्भ होनेवाले प्रत्येक सप्ताह में कम-से-कम 24 घण्टे का विश्राम देना आवश्यक बना दिया गया। किन्तु

आवश्यकता होने पर इस विश्राम समय में भी कर्मचारियों को सेवा देनी थी जिसके लिए उन्हें मजदूरी मिलनी थी।

(ख) समयोपरि कार्य के लिये भुगतान की दर साधारण मजदूरी से $1\frac{1}{2}$ गुनी निर्धारित की गई।

(ग) सरकार अधिनियम में दी गई कुछ विशेष बातों के लिये नियम बनाने को भी अधिकृत थी।

दूसरा 1956 का भारतीय रेलवे अधिनियम था जो संशोधित था। इस अधिनियम में रेलवे कर्मचारियों का वर्गीकरण किया गया था, उनके काम और विश्राम के घण्टे निश्चित किये गये थे। यह नियम बना कि समस्त रेलवे कर्मचारियों को 24 घण्टे का लगातार विश्राम देना होगा जो रविवार को प्रारम्भ होगा संकट काल के समय या काम की अधिकता होने पर इस विश्राम के घण्टे को घटाया जा सकता था। समयोपरि काम के लिये साधारण मजदूरी की अपेक्षा कम-से-कम 1 गुनी मजदूरी देने की व्यवस्था की गई।

1946 में अखिल भारतीय रेलवे संगम ने अपने कर्मचारियों के लाभ के लिए सरकार से कुछ माँगे की और एक विवाचक की नियुक्ति की बात कही। माँग को स्वीकार करते हुए सरकार ने जस्टिस जी० एस० राजाध्यक्ष को विवाचक नियुक्त कर दिया। जाँच-पड़ताल एवं वाद-विवाद के बाद विवाचक ने मई 1947 में सरकार की सेवा में अपना एवार्यन्ट प्रस्तुत किया जिसमें काम के घण्टे, छुट्टी, वेतन, मजदूरी आदि का वातें थी। सरकार ने इस एवार्यन्ट को स्वीकार कर लिया। उसने एक आदेश निकालकर जून 1918 को इस एवार्यन्ट को तीन वर्ष के लिये रेल प्रशासन पर जारी कर दिया। इसमें बाद में सुधार भी लाये गये। 1975 ई० में सरकार ने सभी कर्मचारियों के बोनस के प्रश्न पर निर्णय लिया और इसे उत्पादन से जोड़ दिया।

इन दिनों कई प्रकार सुविधाएँ रेलवे कर्मचारियों को दी गई हैं। यद्यपि उन्हें अभी भी कतिपय कठिनाइयों का सामना करना पड़ रहा है, लेकिन अन्य उद्योगों में लगे श्रमिकों की अपेक्षा रेलवे कर्मचारी अच्छी स्थिति में हैं।

भारतीय व्यापारी जहाज अधिनियम 1923

सरकार ने पानी के जहाजों में काम करने वाले श्रमिकों के लिए अधिनियम बनाए हैं। इसमें 1923 का अधिनियम पहला अधिनियम है जिसमें अग्रलिखित व्यवस्था की गई :

(क) नाविक की नियुक्ति करने का अधिकारी 'मास्टर' (मुख्य प्रबन्धक) को बनाया गया। भारत, ब्रिटेन या विदेश के किसी भी जहाज को चलाने के लिए नाविक की नियुक्ति वही कर सकता था।

(ख) नाविक के साथ इकरारनामा तैयार करके ही उसकी नियुक्ति की जा सकती थी। इकरारनामे में जहाज के वजन के साथ-साथ नाविक की मजदूरी, काम के घण्टे आदि भी सम्मिलित थे।

(ग) ऐसी स्थिति में जब किसी भारतीय नाविक की नौकरी विदेशी बन्दरगाह पर समाप्त कर दी गई हो, तो अधिनियम के अनुसार उसे किसी ऐसे जहाज पर नौकरी दिये जाने की व्यवस्था थी, जो या तो उस बन्दरगाह को जा रहा हो जहाँ उस नाविक भर्ती की गई थी या किसी ऐसे अन्य भारतीय बन्दरगाह को जा रहा हो जहाँ जाने के लिये वह सहमत हो। यह भी व्यवस्था की गई कि ऐसे नाविक को किसी अन्य भारतीय बन्दरगाह को बिना किराया आदि लिये या आपसी शर्तों के अनुसार भेजा जाये। विदेशी जलयान के मुख्य प्रबन्धक के लिये भी यह अनिवार्य था कि अगर कोई नाविक विदेशी यात्रा के निमित्त किसी भारतीय बन्दरगाह पर भर्तो किया गया है तो ऐसे नाविक से इसी प्रकार का करार करे। 1931 के एक संशोधित अधिनियम के अनुसार नाविक को इस बात के लिए अधिकृत किया गया कि वह जहाज के मुख्य प्रबन्धक से इस बात का सर्टिफिकेट ले कि उसकी सेवा कैसी रही थी और उसने करार के अनुसार अपना उत्तरदायित्व निभाया या नहीं।

जलयान के श्रमिकों के सम्मरण का विनियमन करने के निमित्त एक संशोधित अधिनियम 13 दिसम्बर 1949 को पारित किया गया। इस अधिनियम का नाम है भारतीय व्यापारी जहाज (संशोधित) अधिनियम इसमें बन्दरगाहों पर नाविकों के लिये रोजगार कार्यालय की स्थापना की बात कही गई ताकि नाविकों की भर्ती में सुविधा हो! दफ्तर के द्वारा ही नाविकों की रोजगार पर लगाया जा सकता था। अधिनियम की इस धारा को भंग करने पर व्यक्ति को 100 रुपये तक का जुर्माना भरना पड़ सकता था। इसी धारा के तहत बम्बई (जून 1954) तथा कलकत्ता (मार्च 1955) में दफ्तर खोले गये। 1951 में संशोधन करके नाविकों की डाक्टरी जाँच के लिये भी व्यवस्था की गई। 14 वर्ष से नीचे के बाल कर्मचारी जहाजों पर काम नहीं कर सकते थे। मालों के उतारने-चढ़ाने के सम्बन्ध में भी धाराएँ थी।

नाविकों के कल्याण एवं सुरक्षा के संबंध में भी व्यवस्था थी। जहाज पर पेय जल, दवा, शयन कक्ष आदि की पर्याप्त व्यवस्था की गई।

1958 में एक नया व्यापारी जहाज अधिनियम बना जिसे पहली जनवरी 1961 ई० को लागू किया गया। इस अधिनियम का सम्बन्ध निम्नलिखित बातों से है :—एक राष्ट्रीय जहाजी बोर्ड की स्थापना और उसके कार्य, सामान्य प्रशासन, एक जहाजी विकास निधि की स्थापना, भारतीय जहाजों का पंजीकरण, सामुद्रिक सेवा के निमित्त नाविकों और शिक्षार्थियों का वर्गीकरण, यात्रीगणों का निरीक्षण, आदि। इस अधिनियम ने केन्द्र की सरकार को नाविकों के रोजगार के लिए दफ्तर स्थापित करने का अधिकार दे दिया है ताकि नाविकों के रोजगार का नियन्त्रण तथा विनियमन किया जा सके। इन दफ्तरों के जरिये ही जहाजों के लिये नाविकों की नियुक्ति की जाती है। नाविकों को अपना-अपना अलहदगी का प्रमाण-पत्र रखना आवश्यक है। इसी प्रकार अन्य भी प्रावधान थे।

1966 में नाविक प्रॉविडेन्ड फण्ड अधिनियम भी बना। जनवरी 1964 में नाविकों के लिए राष्ट्रीय कल्याण परिषद का गठन किया गया जिसकी सिफारिशों के कारण नाविक प्रॉविडेन्ड फण्ड अधिनियम पारित हुआ जिसे जुलाई माह में लागू

किया गया। इसके अनुसार केन्द्र सरकार नाविकों के लिये प्रॉवीडेन्ड फण्ड की योजना बनाने के लिए कदम उठाता है। इसके तहत यह व्यवस्था की गई कि 1 जुलाई 1964 से 31 मार्च 1968 तक जो श्रमिक अपनी मजदूरी का 6% भाग फण्ड में अंशदान के रूप में देंगे और तत्पश्चात 8% की दर से जमा करेंगे। मालिकों पर भी यह अधिनियम लागू था और उन्हें भी दरों से अंश दान करना था।

संक्षेप में, श्रमिकों की दशा में क्रान्तिकारी परिवर्तन आ गया है। किसी भी रोजगार में लगे अधिनियमों के अन्तर्गत सुरक्षा पाते हैं कल्याण के साधनों का उपभोग करते हैं और स्वास्थ्य के लिए दवाएँ पाते हैं। लेकिन श्रमिकों का आय भी शोषण होता है। सरकार को अभी भी जाँच-पड़ताल कर नये अधिनियम बनाने चाहिये।

———

अध्याय **16**

भारत में श्रम विधान

पृष्ठ-भूमि : उन्नीसवीं सदी के पूर्वार्द्ध तक भारत में कारखानों में काम करने वाले श्रमिकों की सुरक्षा तथा लाभ के लिये कोई अधिनियम नहीं था। इन दिनों भारत में आधुनिक उद्योग क्रान्तिकारी दौरे से गुजर रहे थे, लेकिन उद्योगों के मेरूदण्ड श्रमिक असुरक्षित थे। मिल मालिक उनसे अधिक काम लेते थे और काम के घण्टों की अनिश्चिता के कारण उनका शोषण होता था। अगर कोई श्रमिक कारखानों में मशीनों की चपेट में आकर दुर्घटना का शिकार हो जाता था तो उसे किसी प्रकार का मुआवजा भी नहीं दिया जाता था। मजदूरों तथा उनकी सन्तानों के स्वास्थ्य और शिक्षा के लिये कोई व्यवस्था नहीं थी। ब्रिटिश सरकार भारत के श्रमिकों के लिए अभी तक कोई अधिनियम नहीं बना पाई थी, लेकिन अपने आर्थिक लाभ के लिए इनसे ही अधिक काम लेती थी। ऐसी समस्या अन्य क्षेत्रों में काम करनेवाले श्रमिकों भी थी।

श्रमिकों की ओर ध्यान : ब्रिटिश सरकार ने भारतीय श्रमिकों की ओर पहली बार 1875 ई० में ध्यान दिया। इस ध्यान के पीछे न तो मिल मालिकों की उदारता थी और न राजनीतिज्ञों की पहल ही। इसके कुछ विशेष कारण थे। बम्बई में पहली बार 1870 ई० में सूती वस्त्र के निर्माण के लिये मिल की स्थापना की गई। इस मिल के बनते ही लंकाशायर के उद्योगपति भारत से ईर्ष्या करने लगे। लंकाशायर के उद्योगपतियों से अधिक भारत के उद्योगपतियों को अधिक सुविधाएं थीं। अतः वहाँ के उद्योगपति और व्यापारी दोनों चिन्तित हो उठे और उन्हें यह आशंका सताने लगी कि बम्बई की मिल और बाद में भारत में स्थापित होने वाली अन्य मिलें उनकी मिलों से आगे निकल जायेगी और भारत में उनके वस्त्रों की बिक्री कम हो जायेगी। अतः उन्होंने भारत में कपड़ा पैदा करनेवाली मिलों के विकास मार्ग में रूकावटें डालनी प्रारम्भ की। उन्होंने प्रयास किया कि अगर इंगलैण्ड की मिलों की तरह भारत की मिलों के लिए भी अधिनियम बनने लगेंगे तो भारतीय मिलें स्वतन्त्र रूप से वस्त्र उद्योग का विकास नहीं कर सकेगी और उसकी उत्पादन क्षमता की गति में धीमापन आ जायेगा। इस सम्बन्ध में मैनचेस्टर के चैम्बर ऑफ कॉमर्स ने 1874 ई० में भारत के राज्य सचिव की सेवा में एक प्रतिनिधि मण्डल भेजकर भारत की मिलों पर भी कारखाना विधान, जो इंगलैण्ड में लागू था, लागू करने की प्रार्थना भी की।

लंकाशायर एवं मैनचेस्टर के इस कदम ने भारत की सरकार का ध्यान मिलों की ओर आकर्षित किया जिसके सम्बन्ध में श्रमिकों के बारे में सोचना अनिवार्य हो गया। सरकार ने 1875 ई० में भारत में श्रम अधिनियम की आवश्यकता की जाँच के लिए एक आयोग कर गठन कर दिया। आयोग ने जांच-पड़ताल के बाद इस बात पर बल दिया कि भारत में भी श्रमिक अधिनियम बनने चाहिये। जांच-

पड़ताल के दौरान यह पाया गया कि भारत के मिल मालिक सुबह से शाम तक श्रमिकों से काम लेते थे और 10 वर्ष से कम आयुवाले शिशुओं से भी काम लिया जाता था। श्रमिकों को सप्ताह में एक दिन भी छुट्टी नहीं दी जाती थी। इससे उत्पादन में वृद्धि का मार्ग तो प्रशस्त था और इंगलैण्ड से भारत अधिक वस्त्र का उत्पादन कर सकता था। लेकिन श्रमिकों का घनघोर शोषण होता था। अतः सरकार ने अधिनियम बनाने की बाद सोच डाली ताकि इंगलैण्ड की तुलना में भारत अधिक परिणाम में उत्पादन न कर सके और श्रमिक भी नियमित घण्टे के अनुसार काम करें ताकि उनका स्वास्थ्य बना रहे। उन्नीसवीं सदी में ही तेजी से दो अधिनियम बन गये। बीसवीं सदी में तो अधिनियमों की एक तरह से भरमार हो गई।

कारखाना अधिनियम

श्रम विधानों में पहले कारखानों में काम करने वाले श्रमिकों से सम्बन्ध अधिनियमों का उल्लेख किया जाय।

19वीं सदी के कारखाना अधिनियम

ब्रिटिश सरकार ने 19वीं शताब्दी में कारखानों के श्रमिकों के लिये दो अधिनियम बनाये — 1881 का प्रथम कारखाना अधिनियम और 1891 का कारखाना अधिनियम।

1891 **का कारखाना अधिनियम** : 1881 ई० में सरकार ने प्रथम कारखाना अधिनियम बनाया यह अधिनियम उन कारखानों के लिये था जहाँ 100 या इससे अधिक श्रमिक काम करते थे एवं जो कारखाने साल में चार माह से अधिक उत्पादन का काम करते थे। इस अधिनियम के मुख्य प्रावधान इस प्रकार थे :

(क) सात वर्ष से कम आयु वाले शिशुओं को कारखानों में काम करना रोक दिया गया।

(ख) जो शिशु सात वर्ष से ऊपर और बारह वर्ष से छोटे थे, वे केवल नौ घण्टे तक ही अपना श्रम दे सकते थे।

(ग) सात से बारह वर्ष की आयु वाले काम करने वाले शिशु-श्रमिकों को दिन में एक घण्टे का विश्राम काल निश्चित किया गया और एक महीने में उन्हें पाँच दिनों का अवकाश दिया गया

(घ) खतरनाक मशीनों के चारो ओर घेरा लगाने की बात कही गई। यह भी प्रावधान बना कि जैसे ही दुर्घटना हो वैसे ही इसकी सूचना सम्बन्धित स्वामी और अधिकारी को दे दी जाय।

(ङ) अधिनियम के प्रावधानों को लागू करने तथा सुधारों की देखरेख के लिये एक इन्सपेक्टर की नियुक्ति की गई जिसे 'कारखाना निरीक्षक' (Factory Inspector) कहा गया।

इस अधिनियम से विशेष लाभ शिशुओं को हुआ और उनका शोषण कम हो गया। लेकिन अभी कारखानों के श्रमिकों को अनेकानेक कष्ट थे। उनके स्वास्थ्य के सम्बन्ध में कुछ नहीं कहा गया। इसके अतिरिक्त कारखानों में काम करनेवाले

वयस्क पुरुष श्रमिकों की सुरक्षा के संबंध में अधिनियम मौन था। इसी प्रकार महिला श्रमिकों के लिए भी किसी प्रकार का प्रावधान नहीं था। फिर भी श्रमिकों के जीवन में सुधार लाने का कदम उठा और इस दृष्टिकोण से यह पहला अधिनियम महत्त्वपूर्ण माना जा सकता है।

1891 का कारखाना अधिनियम : जैसा कि लिखा जा चुका है कि 1881 ई० के अधिनियम से किसी वर्ग को विशेष फायदा नहीं हुआ। कुछ हद तक बाल श्रमिकों को राहत मिली थी, लेकिन वयस्क श्रमिक पुरुष और महिला, मिल मालिक आदि असन्तुष्ट ही थे। अतः दूसरा अधिनियम बनाने की जोरदार माँग होने लगी।

इसी समय दो ऐसी बातें हुई जिनके फलस्वरूप 1891 ई० में सरकार को वाध्य होकर पुनः कारखाना अधिनियम पारित करना पड़ा। भारत के राज्य सचिव को आग्रह भरा प्रतिवेदन देकर अधिनियम बनाने की माँग की गई जिसके फलस्वरूप महाराष्ट्र सरकार ने 1884 ई० में एक कारखाना आयोग का गठन किया। आयोग ने अपनी रिपोर्ट में यह बात स्पष्ट की कि बाल और महिला श्रमिकों की सुविधा और सुरक्षा के लिये अधिनियम की आवश्यकता है। तत्काल सरकार ने रिपोर्ट पर ध्यान नहीं दिया। छः वर्ष उपरान्त अर्थात् 1890 ई० में बर्लिन में एक अन्तर्राष्ट्रीय श्रम सम्मेलन का आयोजन हुआ जिसमें श्रमिकों के कल्याण के लिये बहुत सारी बातें की गई। इन बातों और सम्मेलन के अन्य सुझावों को ब्रिटिश सरकार ने स्वीकार कर लिया। इन सुझावों को भारत में भी लागू करना उचित माना गया। अतः भारत की ब्रिटिश सरकार ने नये अधिनियम के निर्माण की आवश्यकता की जाँच-पड़ताल करने के लिये 1890 ई० में एक कारखाना आयोग का गठन किया। इस आयोग ने अपनी रिपोर्ट में नये अधिनियम की सिफारिश की। फलतः उसके सुझावों को ध्यान में रखकर 1891 ई० में दूसरा कारखाना अधिनियम पारित किया गया। यह अधिनियम 50 या इससे अधिक श्रमिकों को कार्य पर लगाने वाले तथा शक्ति का प्रयोग करने वाले सभी श्रमिक संस्थानों पर लागू होता था। इसके अतिरिक्त स्थानीय सरकारों को इस बात की छूट थी कि वह चाहे तो इस अधिनियम को 20 या इससे अधिक श्रमिकों को कार्य पर लगानेवाले कारखानों पर भी लागू कर सकती थी।

इस अधिनियम के अग्रलिखित प्रावधान थे :

(क) नौ वर्ष से कम उम्रवाले बच्चों से श्रम लेना निषिद्ध कर दिया गया।

(ख) नौ से 14 वर्ष तक के बच्चों से प्रतिदिन 7 घण्टे ही श्रम लेना निर्धारित कर दिया गया।

(ग) महिला और शिशु श्रमिकों को रात में 8 बजे से सुबह 5 बजे के बीच काम पर लगाना निषिद्ध कर दिया गया।

(घ) महिला श्रमिकों से मात्र 11 घण्टे ही काम लिया जाना निर्धारित किया गया। उन्हें दिन में $1\frac{1}{2}$ घण्टे का विश्राम देना तय किया गया।

(ङ) सारे श्रमिकों को एक दिन का साप्ताहिक अवकाश दिया गया।

(च) पुरुष श्रमिकों दोपहर 12 बजे से लेकर 2 बजे के अन्दर 30 मिनट का विश्राम देना निर्धारित किया गया।

(छ) कारखानों के निरीक्षण संवातन तथा सफाई से सम्बद्ध नियम बने।

स्पष्ट है कि प्रथम अधिनियम से यह दूसरा अधिनियम कुछ अधिक व्यापक था। इसमें वयस्क स्त्री-पुरुष के भी काम के घण्टे निर्धारित कर दिये और स्त्री श्रमिकों को रात्रिकाल में काम करना बन्द कर दिया गया।

बीसवीं शताब्दी के कारखाना अधिनियम

बीसवीं शताब्दी में अधिक कारखाना अधिनियम बने। इन अधिनियमों को 1911, 1922, 1934, 1946 और 1948 ईस्वियों में पारित किया गया। इन अधिनियमों के चलते मालिकों और श्रमिकों के पारस्परिक सम्बन्धों को सौहार्द्र बनाने का प्रयास किया गया और प्रत्येक चरण पर श्रमिकों के शोषण को रोका गया।

1911 का कारखाना अधिनियम

दूसरे अधिनियम के 20 वर्ष के बाद बीसवीं सदी 1911 ई० में कारखाना अधिनियम बना। इस अधिनियम के बनने के मुख्यतः तीन कारण थे :

1. 1905 में बम्बई की मिलों का उत्पादन बढ़ गया। इसका कारण यह था कि मिलों में विद्युत की व्यवस्था हो गई थी जिसके चलते निर्धारित समय से अधिक श्रमिकों से काम लिया जाने लगा। विद्युत प्रबन्ध के कारण बम्बई की सूती मिलों को रात्रि में भी वस्त्रोत्पादन करना सम्भव हो गया।

2. इसी तरह कलकत्ते की जूट मिलों के स्वामी भी श्रमिकों से अधिक काम लेने लगे। अधिक काम लेने की शिकायत सर्वत्र होने लगी। लंकाशायर के मिल मालिकों ने हल्ला करना प्रारम्भ किया।

3. बीसवीं सदी के प्रथम दशक में भारत के सामाचार पत्रों तथा समाज सेवकों से श्रमिकों की दयनीय स्थिति पर समाचार छापने तथा आलोचना करने प्रारम्भ किये। उन्होंने श्रमिकों की स्थिति में सुधार लाने के लिये उन्हें अधिक-से-अधिक सुविधाएँ देने की मांग करनी शुरू कर दी।

कथिक कारणों के चलते वाध्य होकर सरकार ने 1908 ई० में पुनः एक आयोग की नियुक्ति की जिसकी रिपोर्ट की सिफारिशों के अनुसार 1911 ई० में कारखाना अधिनियम बनाया गया। इस अधिनियम ने श्रमिकों की स्थिति को बेहतर बनाने के लिए कई अच्छे प्रावधान गढ़े। इसके प्रावधान इस प्रकार थे :

(क) इस अधिनियम ने वयस्क पुरुष श्रमिकों के श्रम-समय का निर्धारण किया। यह नियम बना कि वयस्क पुरुष श्रमिकों से 12 घण्टे से अधिक काम लेना अपराध मानेगा। इसके बीच में उन्हें एक घण्टे का विश्राम लेने की भी अनुमति दी गई।

(ख) पारियों की स्वीकृत प्रणाली को छोड़कर कोई भी श्रमिक किसी भी कारखाने में 7 बजे रात्रि से लेकर 5 बजे सुबह के बीच श्रम नहीं दे सकता था।

(ग) सूती वस्त्र उत्पादन करनेवाली मिलों में काम करनेवाले श्रमिकों के काम के घण्टे निर्धारित किये गये। उन्हें इन मिलों में छः घण्टों से अधिक काम करने की मनाही कर दी गई। वे रात में काम करने से भी रोक दिये गये।

(घ) महिला श्रमिक पहले की तरह 11 घण्टे काम करने के लिए आदिष्ट की गई, लेकिन उनका विश्राम का समय घटाकर एक घण्टे का कर दिया गया। वे रात्रि में काम करने से रोक दी गई।

(ङ) बाल श्रमिकों को आयु का प्रमाण-पत्र रखना अनिवार्य बना दिया गया।

(च) श्रमिकों के स्वास्थ्य तथा सुरक्षा के लिए भी प्रावधान था।

प्रचलित कारखानों के अतिरिक्त मौसमी कारखानों पर भी इस अधिनियम को लागू किया गया। इस अधिनियम से बाल, महिला तथा पुरुष श्रमिकों के काम के घण्टे निर्धारित हो गये जिससे शोषण का रफ्तार रुकने लगा।

1922 का कारखाना अधिनियम : इस अधिनियम के पारित होने के मुख्यतः दो कारण थे प्रथम विश्व युद्ध और अन्तर्राष्ट्रीय श्रम संगठन की स्थापना। जब 1914-18 में प्रथम विश्व युद्ध प्रारम्भ हुआ तब औद्योगिक वस्तुओं का उत्पादन बहुत तेजी से होने लगा। इसी काल में श्रमिक भी अपने अधिकारों के प्रति अधिक जागरूक और सचेत होने लगे। युद्ध के कारण वस्तुओं के मूल्य बढ़ गये। मूल्य बढ़ने से पूँजीपतियों और मिल मालिकों को लाभ हुए। लेकिन श्रमिकों की मजदूरी में कोई परिवर्तन नहीं आया जिसका औसत से वस्तुओं की मूल्य वृद्धि से मिल मालिकों को लाभ हुए उस औसत की दर से उत्पादन बढ़ाने वाले श्रमिकों की मजदूरी नहीं बढ़ी।

इसके अतिरिक्त 1920 में अन्तर्राष्ट्रीय श्रम संगठन की स्थापना हुई। इस संगठन ने श्रमिकों के कल्याण के लिए काम करना प्रारम्भ किया। इसके फलस्वरूप श्रमिक आन्दोलन के जन्म लेने की संभावना बढ़ गई। ऐसी स्थिति में नया अधिनियम बनाना अनिवार्य हो गया। इसी का फल था 1922 का कारखाना अधिनियम।

इस अधिनियम के अनुसार अग्रलिखित व्यवस्था की गई :

(क) यह नियम बना कि वयस्क श्रमिक प्रतिदिन 11 घण्टे काम करेंगे और सप्ताह में 60 घण्टे।

(ख) बाल श्रमिकों के काम के घण्टे घटाकर 6 घण्टे कर दिये गये

(ग) श्रम करनेवाले बालकों की आयु सीमा बढ़ा दी गई। यह नियम बना कि 12 वर्ष से कम आयु वाले बालक किसी भी कारखाने में काम नहीं करेंगे। यह आयु सीमा भी 12 वर्ष से बढ़ाकर 15 वर्ष कर दी गई।

(घ) बाल और महिला श्रमिकों को रात के 7 बजे के पश्चात् तथा सुबह 5·30 बजे तक काम करना रोक दिया गया।

(ङ) यह नियम बना कि बाल श्रमिक लगातार 4 घण्टे काम करके आधा घण्टा विश्राम करेंगे और पुनः श्रम करेंगे।

(च) सप्ताह में एक दिन का अवकाश दिये जाने की व्यवस्था की गई।

(छ) सभी श्रमिकों के लिए यह आवश्यक कर दिया गया कि वे लगातार 6 घण्टे काम करके एक घण्टे का विश्राम लेंगे।

(ज) श्रमिकों की सुरक्षा और स्वास्थ्य की वृद्धि के लिये भी उपलब्ध थे। श्रमिकों के स्वास्थ्य का नुकसान न हो, इसके लिए प्रान्तीय सरकारों को संवातन, नमी आदि के स्तरों को निर्धारित करने का अधिकार दिया गया।

(झ) कारखानों एवं श्रमिकों की निरीक्षण-व्यवस्था में भी सुधार लाये जाने के प्रावधान बने।

1922 के कारखाना अधिनियम में दो बार (1923 और 1926) संशोधन किया गया। 1923 के संशोधन में साप्ताहिक अवकाश की बात थी जिसके दोष को दूर किया गया। 1926 ई० में इसमें पुन: संशोधन किया गया जिसके अनुसार ऐसे वयस्क श्रमिकों को जो दिन में $8\frac{1}{2}$ घण्टे से अधिक कार्य नहीं करते थे, आधे घण्टे का विश्राम समय देने की व्यवस्था की गई। इसी संशोधन में प्रान्तीय सरकारों को यह अधिकार दिया गया कि वह दुर्घटनाओं की सूचना देने की व्यवस्था में और अधिक सुधार करें तथा जिस समय मशीन गति में हो उनकी सफाई करने को निषेध कर दिया जाय। यह भी मनाही कर दी गई कि कोई भी बाल श्रमिक एक दिन में एक से अधिक मिलों में काम नहीं करेगा और ऐसा करते पाया जायेगा तो बालक के पिता अथवा संरक्षक को अपराधी माना जायेगा और उसे दण्ड दिया जायेगा।

1934 का कारखाना अधिनियम : 1934 में पुन: एक नया कारखाना अधिनियम बना। 1928 में एक रॉयल श्रम आयोग का गठन किया गया जिसने 1931 ई० में अपने सुझाव-पत्र प्रस्तुत किये। आयोग के सुझावों के अनुसार ही 1934 ई० में कारखाना अधिनियम बना।

इस अधिनियम ने कारखानों को दो भागों—मौसमी और चालू में बाँट दिया। 180 दिन तक या उससे कम दिनों तक जिन कारखानों में काम चलते थे उन्हें मौसमी कारखानों में सम्मिलित किया गया और जिन कारखानों में निरन्तर छ: महीनों से अधिक काम होते थे उन्हें चालू कारखानों में रखा गया। इन दोनों प्रकार के कारखानों में काम करने वाले श्रमिकों की स्थिति में सुधार लाने के लिए अधिनियम में प्रावधान थे जो इस प्रकार थे :

(क) चालू कारखानों में काम करने वाले वयस्क श्रमिकों को प्रतिदिन 10 घण्टे और सप्ताह में 54 घण्टे काम करने थे।

(ख) मौसमी कारखानों में श्रमिक को प्रतिदिन 11 घण्टे और सप्ताह में 60 घण्टे काम करने थे।

(ग) बाल श्रमिकों को दिन में अब 5 घण्टे काम करने थे।

(घ) अतिरिक्त समय काम करने का प्रावधान पहली बार बना। निरन्तर कार्य के घण्टे वयस्कों के लिये 13 घण्टे और बालकों के लिये $6\frac{1}{2}$ घण्टे निश्चित किये गये। समयोपरि (Over Time Duty) के लिये मजदूरी में वृद्धि की गई। सामान्य मजदूरी से $1\frac{1}{2}$ गुनी अधिक मजदूरी निर्धारित की गई।

(ङ) एक नया श्रमिक वर्ग बनाया गया जिसे 'किशोर वर्ग' (Adolesceuts) कहा गया। इस वर्ग में 12 से 17 वर्ष की आयु वाले बालकों को रखा गया जो कि किशोरावस्था के होते थे।

(च) सुरक्षा, पट्टे बाजी, नयी आदि के सम्बन्ध में भी कई उपबन्ध बनाये गये।

प्रान्तीय सरकारों को इस अधिनियम के प्रावधानों को लागू करने का अधिकार दिया गया। प्रान्तीय सरकारों ने प्रावधानों को क्रिया में परिणत करने के लिये कई निरीक्षकों की नियुक्ति की। इस अधिनियम के कारण ही अब अतिरिक्त समय में काम करके $1\frac{1}{2}$ गुनी मजदूरी पा सकते थे।

1946 का कारखाना अधिनियम

1934 का अधिनियम सात बार संशोधित हुआ। 1936, 1940, 1941, 1944, 1945, 1946 और 1947 में संशोधन के काम किये गये। इनमें 1946 ई० में किया गया संशोधन सर्वाधिक महत्त्वपूर्ण था। सातवें श्रम सम्मेलन का आयोजन नवम्बर 1945 में किया गया था जिसमें 48 घण्टे काम करने के सिद्धान्त को स्वीकार कर लिया गया था और इसी आधार पर सरकार ने 1946 में एक कारखाना अधिनियम पारित किया।

इस अधिनियम के अनुसार (क) यह निश्चित किया गया कि चालू कारखानों में वयस्क श्रमिक सप्ताह में 48 घण्टे और प्रतिदिन 9 घण्टे काम करेंगे। (ख) मौसमी कारखानों में काम के साप्ताहिक और प्रतिदिन के घण्टे क्रमश: 54 और 10 पर छोड़े गये। (ग) समय विस्तार निरन्तर चालू कारखानों में 13 घण्टों की जगह $10\frac{1}{2}$ घण्टे मौसमी कारखानों में $11\frac{1}{2}$ घण्टे निर्धारित किये गये। (घ) अतिरिक्त समय की मजदूरी में सामान्य मजदूरी से दुगुनी मजदूरी निर्धारित की गई।

1947 में भी संशोधन लाया गया था। इसके अनुसार 250 और इससे अधिक श्रमिकों को काम पर लगाने वाले कारखानों में जलपान गृह की व्यवस्था की गई। इस व्यवस्था को अनिवार्य बना दिया गया।

1948 का कारखाना अधिनियम

स्वतन्त्रता प्राप्ति के उपरान्त भारत सरकार ने 1948 में अधिनियम पारित किया जो सर्वाधिक व्यापक था और जिससे बहुत लाभ हुए। इसके पूर्व 1934 ई० में कारखाना अधिनियम बना था जिसका सात बार संशोधन किया था। इतने संशोधन के बाद भी इस अधिनियम में दोष रह गये थे। मजदूरों अथवा श्रमिकों के लिए सुरक्षा, स्वास्थ्य और काम के सम्बन्ध में जो भी प्रावधान थे वे अभी भी दोषपूर्ण थे। प्रावधानों से अधिक लाभ बड़े कारखानों के श्रमिकों को प्राप्त थे, लघु संस्थानों में काम करने वाले श्रमिक इनसे लाभ नहीं उठा पाते थे। अतः अब संशोधन की प्रक्रिया को छोड़कर एक नये अधिनियम को ही बनाने की बात सोच डाली गई। इसी का फल था 1948 का अधिनियम।

नवम्बर 1947 में एक विधेयक प्रस्तावित किया गया। संसद के सदस्यों ने इसमें थोड़ा संशोधन लाकर 23 सितम्बर 1948 को इसे कानून का रूप दे दिया और इसे पहली अप्रैल 1949 को लागू भी कर दिया गया। इस कानून को 1948 का कारखाना अधिनियम कहते हैं। अबतक के बने सारे अधिनियमों में यह अधिनियम सर्वाधिक व्यापक और विस्तृत था और श्रमिकों के कल्याणार्थ कई आयाम इसमें जुट गये थे।

इस अधिनियम के अन्तर्गत 1934 ई० के अधिनियम से अधिक क्षेत्र थे। 1934 का अधिनियम उन औद्योगिक संस्थानों में लागू होता था जहाँ शक्ति के द्वारा उत्पादन का कार्य किया जाता था और जिनमें 20 या 20 से अधिक श्रमिक काम करते थे। इसके विपरीत 1948 का अधिनियम शक्ति से ही संचालित उन कारखानों पर लागू होता था जहाँ 10 या 10 से अधिक श्रमिक श्रम करते थे। उन कारखानों पर जो शक्ति से नहीं चालाये जाते थे और जहाँ 20 श्रमिक काम करते थे यह अधिनियम लागू होता था। 1934 अधिनियम के अनुसार 10 या उससे अधिक श्रमिकों वाले कारखानों पर, चाहे वे शक्ति चालित हो या न हो, प्रान्तीय सरकारें इस अधिनियम को लागू कर सकती थी। 1938 के अधिनियम के तहत प्रान्तीय सरकारों पर बन्धन नहीं रहा हों, उन्हें यह अधिकार दिया गया कि वह चाहें तो निर्माण या उत्पादन करने वाले सारे संस्थानों पर इस अधिनियम को लागू कर सकती है। वह बिना शक्ति पारित कारखानों पर भी इसे लागू कर सकती थीं। श्रमिकों का संख्या को भी हटा दिया गया। लेकिन एक नियम और था। यह अधिनियम उन स्थानों पर लागू नहीं करना है जहाँ काम या निर्माण या उत्पादन करने वाले एक ही परिवार के सदस्य हैं। मौसमी कारखानों पर भी यह अधिनियम लागू हुआ। कश्मीर को छोड़कर यह अधिनियम प्राय: समस्त भारत के उत्पादक संस्थानों और कारखानों पर लागू हुआ। लेकिन सितम्बर 1971 से यह अधिक जम्मू-कश्मीर में भी लागू हो गया।

अन्य बिन्दुओं पर या 1948 का अधिनियम 1934 के अधिनियम से फर्क पड़ता था। 1934 के अधिनियम में स्वास्थ्य, सुरक्षा और कल्याण सम्बन्धी उपबन्ध बहुत ही सामान्य ढंग के थे। प्रान्तीय सरकारों को यह काम दिया गया था कि उक्त विषयों की आवश्यकताओं पर जोर दे और उनकी सूची बनाये। सरकारों ने ऐसा ही किया। लेकिन विभिन्न प्रांतीय सरकारों द्वारा बनाई गये आवश्यकताओं में विभिन्नता आ गई और कई स्तर की हो गई। इन दोषों को दूर करने के लिये 1948 के अधिनियम में विस्तृत उपबन्धों को रखा गया और कथित विषयों—स्वास्थ्य, सुरक्षा और कल्याण के लिये स्पष्ट और ठीक-ठीक शब्दों में आवश्यकताओं की चर्चा की गई।

पहले स्वास्थ्य के उपबंधों का उल्लेख किया जाय। पहले के अधिनियमों में भी ऐसे इस विषय पर उपबंध थे, लेकिन 1948 के अधिनियम में एक स्थान पर सब समेटकर रख दिये गये हैं। इस अधिनियम के अनुसार प्रत्येक कारखाना नालियों या अन्य कारणों से उत्पन्न दुर्गन्ध से मुक्त रहना चाहिये। झाड़ू या किसी अन्य साधन द्वारा प्रतिदिन फर्श कमरों के बेंचों, सीढ़ियों, मार्गों आदि की गंदगी

और धूल भी साफ करनी चाहिये तथा कूड़ा-करकट को अन्यत्र फेंकने का भी व्यवस्था होनी चाहिये। कमरों को जहाँ बैठकर काम किया जाता है, सप्ताह में एक दिन तो अवश्य ही कीटनाशक दवाओं से धुलाई करनी चाहिये। पानी निष्कासन के लिये नालियों की व्यवस्था की भी वात कही गई। निर्माण अथवा उत्पादन करने वाले संस्थानों की पाँच साल एक बार अवश्यक धुलाई, रोशन और वार्निश करनी चाहिए। दुर्गन्ध की निकासी, भीड़-भाड़ की रोक-थाम, प्रकाश की व्यवस्था, धूल और धुआँ निकालने का उपाय, शौचालय और पेशाब घर आदि की व्यवस्था कर स्वास्थ्य एवं सफाई को बरकरार रखना चाहिये। उचित स्थानों पर पीकदान रखने की भी बात कही गई।

श्रमिकों की सुरक्षा और दुर्घटनाओं की रोक-थाम के लिये उपबंध थे। खतरनाक मशीनों, उनके घूमनेवाले भागों और पहियों के चारों ओर पर्याप्त रूप से रोक लगाने के लिए इस नियम में उपबंध बनाये गये। अधिनियम में इस उपबंध को भी रखा गया है कि हानि से बचने के लिए श्रमिकों को भी भारी बोझ उठाने से मुक्त रहना होगा। राज्य सरकारों को इस बात का अधिकार है कि वे यह निर्धारित कर सके कि पुरुषों, महिलाओं एवं बच्चों द्वारा अधिक-से-अधिक कितना भार उठाया जा सकता है। संक्षेप में, इस अधिनियम के मिल मालिकों को श्रमिकों की सुरक्षा के लिए उत्तरदायी बना दिया है।

1948 के कारखाना अधिनियम में कल्याण कार्यों के लिए एक पृथक अध्याय जोड़ा गया है। इसके अन्तर्गत मिल मालिकों का कुछ आवश्यक कल्याण कार्य करने के लिए उत्तरदायी बना दिया गया है। दृष्टान्त के तौर पर वस्त्र प्रक्षालन की सुविधा, प्राथमिक चिकित्सा, जलपान गृह, विश्राम स्थल, शिशु-गृह आदि की व्यवस्था मिल मालिक को करनी है। ये सारी बातें पहले से भी चली आ रही थी जब 1948 के अधिनियम में भी थीं। लेकिन इस नये अधिनियम में कल्याण से सम्बद्ध दो नयी धाराओं को जोड़ दिया गया। इन धाराओं में श्रमिकों की वस्त्र व्यवस्था है, कारखानों में उनके बैठने की व्यवस्था है। कारखानों में वस्त्र रखने और गीले वस्त्रों को सुखाने की बातें इसमें हैं। बीच-बीच में 1948 के अधिनियम में भी संशोधन किये गये।

कारखाना अधिनियमों को आलोचना

1946 ई० में श्रम अनुसन्धान समिति का गठन किया गया। इस समिति ने कारखाना अधिनियम के दोषों को निकाला। तथ्य तो यह है कि बड़े-बड़े औद्योगिक संस्थानों में इन अधिनियमों को लागू तो किया जाता है लेकिन छोटे-छोटे संस्थानों में इन्हें लागू नहीं किया जाता हैं। मिल मालिक महिला, बालकों आदि से अभी भी निश्चित समय से अधिक काम लेते हैं, सुरक्षा और स्वास्थ्य के लिए उचित प्रबन्ध नहीं करते और घड़ी सूइयों को आगे-पीछे रहते हैं कि श्रमिकों से अधिक काम लिया जा सके। कारखाना निरीक्षक भी इन दोषों को दूर करने में असमर्थ हैं। मिल मालिकों को निरीक्षकों के आने की सूचना पहले ही मिल जाती है और वे सारी व्यवस्था ठीक-ठीक कर देते हैं। आजकल तो बहुत से श्रमिक अधिकारियों और निरीक्षकों को मिल मालिक खरीद भी लेते हैं और इसलिये औद्योगिक संस्थाओं का निरीक्षकों द्वारा अधिक दौर करने पर भी कोई विशेष लाभ नहीं होता।

निरीक्षकों की नजर रहने पर भी मिल मालिक श्रमिकों से अधिक काम लेते रहे हैं। कई कारखानों में तो समयोपरि काम करने पर भी उचित मजदूरी नहीं दी जाती। कुछ कारखानों के मिल मालिक दो प्रकार का रजिस्टर रखते हैं—एक कच्चा, अपने लिये और दूसरा पक्का, निरीक्षकों को दिखलाने के लिये। अभी भी बाल श्रमिकों का कारखानों में शोषण होता है। आर्थिक कष्टों के चलते बाल श्रमिक भी डाक्टर से उम्र का प्रमाण-पत्र लेकर कम ही उम्र में काम पर लग जाते हैं। स्वास्थ्य और सुरक्षा के उपबन्ध भी सही ढंग से लागू नहीं किये जाते।

समिति की रिपोर्ट के अनुसार बहुत सारे कारखानों के निरीक्षण के लिए अधिक निरीक्षक की नियुक्ति भी नहीं की गई है। आजादी के बाद कारखानों की संख्या में अच्छी वृद्धि हुई है। लेकिन निरीक्षकों की संख्या में वृद्धि नहीं की गई है। महिला निरीक्षकों की भी आवश्यकता पड़ती है। लेकिन बहुत से राज्यों में अभी भी महिला निरीक्षकों की नियुक्ति की गई है। रॉयल श्रम आयोग ने महिला निरीक्षकों की नियुक्ति के लिये सिफारिश भी की थी, लेकिन सरकार ने इस पर ध्यान नहीं दिया। निरीक्षकों की स्थिति भी ठीक नहीं है। उन्हें कारखानों के क्षेत्र में न रखकर बाहर रखा जाता है, उन्हें कम वेतन दिया जाता है और समाज में उनकी अन्य विभागों के निरीक्षकों की तरह प्रतिष्ठा भी प्राप्त नहीं है। इसलिये निरीक्षक भी पूरे उत्साह से अपना काम नहीं कर पाते हैं।

कहीं-कहीं अधिनियम के नियमों की उपेक्षा भी की जाती है। इसका कारण है कि अधिनियम के नियमों का उल्लंघन करनेवाले मुफस्सिल न्यायालयों द्वारा उचित सजा भी नहीं पाते हैं। रॉयल श्रम आयोग की रिपोर्ट में यह बात कही गई "अधिकांश प्रान्तों में ऐसे अनेक मामले मिलते हैं जिनमें बहुत कम जुर्माना किया गया है, विशेषतया ऐसे मामलों में जहाँ नियम बार-बार भंग किये गये हों। नियम भंग से जो अपराधी को जो लाभ होता है उसकी अपेक्षा जुर्माना बहुत कम किया जाता है।" कम जुर्माने या दण्ड के कारण अपराधियों को और भी अपराध करने के लिये प्रोत्साहन मिलता है।

अधिनियमों में एक और भी दोष रहा है। 1948 के कारखाना अधिनियम से पूर्व संस्थानों की एक बड़ी संख्या पर कोई कानून लागू नहीं होता था। शक्ति का प्रयोग नहीं करनेवाले कारखानों और संस्थानों पर भी 1948 का अधिनियम लागू नहीं होता। 20 से कम श्रमिक वाले संस्थान भी इस से मुक्त रहे हैं। साधारण काम करने वाले श्रमिकों को एक तरह से किसी भी प्रकार की सुरक्षा नहीं दी जाती रही है। ऊन साफ करने, चटाई बुनने वाले, चमड़े साफ करनेवाले, बीड़ी बनाने वाले और ऐसे ही साधारण काम करनेवाले श्रमिक सुरक्षा के अन्तर्गत नहीं आते हैं। इन उद्योगों को भी नियम या, अधिनियम के अन्तर्गत रखना चाहिये।

संक्षेप में कारखाना अधिनियमों को कड़ाई से लागू कर उत्पादन भी बढ़ाया जा सकता है और श्रमिकों का शोषण भी रोका जा सकता है। भारत की आर्थिक सम्पन्नता इन्हीं कारखानों और श्रमिकों पर निर्भर करती है। सरकार को अभी भी अधिनियम बनाने की आवश्यकता है ताकि श्रमिकों की बेहतर स्थिति हो सके और सहयोगात्मक तरीके से उत्पादन कर देश की समृद्धि बढ़ाई जा सके।
